Deutsch von Uwe Friesel und
Marianne Therstappen

Vladimir Nabokov

Ada

oder Das Verlangen

Aus den
Annalen einer
Familie

Rowohlt

Die Originalausgabe erschien 1969 unter dem Titel
Ada or Ardor: A Family Chronicle
bei McGraw-Hill Book-Company, New York
Schutzumschlag- und Einbandentwurf von
Werner Rebhuhn

1.–10. Tausend September 1974

Printed in Germany
ISBN 3 498 04614 4

Für Véra

Prinz Vseslav Zemskij ⚭ 1770
(1699–1797)

Peter
(1772–1832)
⚭ 1824
Mary O'Reilly
(1806–1850)

Daria (Dolly)
(1825–1870)
⚭ 1840
Ivan Durmanov
(1801–1872)

Ivan
(1842–1862)

Marina
(1844–1900)
⚭ 1871
Daniel Veen

Aqua
(1844–1883)
⚭ 1869
Dementij Veen

Prinzessin Sofia Temnosinij
(1755–1809)

Olga
(1773–1814)
⚭ 1793
Erasmus Veen
(1760–1852)

Dedalus
(1799–1883)
⚭ 1837
Gräfin Irina Garin
(1820–1838)

Ardelion
(1800–1848)
⚭
Mary Trumbell
(?–1849)

Dementij (Demon)
(1838–1905)
⚭ 1869
Aqua Durmanov

Daniel
(1838–1893)
⚭ 1871
Marina Durmanov

Ivan (Van)
(1870–)

Adelaida (Ada)
(1872–)
⚭ 1893
Andrej Vinelander
(1865–1922)

Lucinda (Lucette)
(1876–1901)

Mit Ausnahme von Mr. und Mrs. Ronald Oranger, ein paar Randfiguren und einigen nicht-amerikanischen Bürgern sind alle in diesem Buch namentlich erwähnten Personen tot. (Der Hrsg.)

Erster Teil

1

«Alle glücklichen Familien unterscheiden sich mehr oder weniger; alle unglücklichen ähneln sich mehr oder weniger», sagt ein großer russischer Dichter am Anfang eines berühmten Romans (*Anna Arkadievitch Karenina,* ins Englische transfiguriert von R. G. Stonelower, Mount Tabor, Ltd., 1880). Jener Ausspruch hat wenig, wenn überhaupt, etwas zu tun mit der Geschichte, die hier ausgebreitet werden soll, eine Familienchronik, deren erster Teil eher einem anderen Werk Tolstojs, *Detstvo i Otrotschestvo* (*Childhood and Fatherland,* Pontius Press, 1858), nahesteht.

Vans Großmutter mütterlicherseits, Daria («Dolly») Durmanov, war die Tochter von Prinz Peter Zemskij, dem Gouverneur von Bras d'Or, einer amerikanischen Provinz im Nordosten unseres großen und vielgestaltigen Landes, der sich 1824 mit Mary O'Reilly, einer irischen Dame von Welt, vermählte. Dolly, einziges Kind, in Bras geboren, heiratete 1840, im zarten und leichtfertigen Alter von fünfzehn, den General Ivan Durmanov, Kommandeur der Yukon-Festung, ein friedlicher Landherr mit Ländereien in den Severn Tories (Severnyje Territorii), jenem tesselarischen Protektorat, das immer noch liebevoll «russisches» Estoty genannt wird und zerfasert und organisch in «Russisch»-Canady oder auch «Französisch»-Estoty übergeht, wo nicht nur französische, sondern auch mazedonische und bayerische Siedler sich eines halkyonischen Klimas unter unserem Sternenbanner erfreuen.

Die Lieblingsdomäne der Durmanovs war jedoch Raduga in der Nähe der Stadt gleichen Namens, jenseits des eigentlichen Estotilands auf der atlantischen Tafel des Kontinents zwischen dem eleganten Kaluga, New Cheshire, USA, und dem nicht minder eleganten Ladoga, Mayne, gelegen, wo sie ein Stadthaus besaßen und wo auch ihre drei Kinder zur Welt kamen: ein Sohn, der jung und berühmt starb, und ein Paar schwieriger weiblicher Zwillinge. Dolly hatte die Schönheit und Launenhaftigkeit ihrer Mutter geerbt, aber auch eine ältere, angestammte Neigung zu wunderlichem, nicht selten sogar bedauernswertem Geschmack, den zum Beispiel die Namen, die sie ihren Töchtern gab, sehr schön widerspiegelten: Aqua und Marina («Warum nicht Tofana?» fragte verwundert der gute und kapital gehörnte General, mit einem im Bauche verhaltenen Lachen, dem ein kleines, abschließendes Hüsteln vorgetäuschter Gleichgültigkeit folgte – ihm graute vor den Geistesblitzen seiner Frau).

Am 23. April 1869, im feucht-warmen, trüb-grünen Kaluga, heiratete die fünfundzwanzigjährige Aqua, an ihrer üblichen Frühjahrsmigräne leidend, Walter D. Veen, einen Bankier aus Manhattan von alter anglo-irischer Abstammung, der lange Zeit und bald danach mit Unterbrechungen eine leidenschaftliche Liebesbeziehung zu Marina unterhielt. Letztere ehelichte irgendwann 1871 den ersten Vetter ihres ersten Liebhabers, ebenfalls ein Walter D. Veen, ein ebenso begüterter, aber wesentlich langweiligerer Bursche.

Das «D» im Namen von Aquas Gatten stand für Demon (eine Form von Demian oder Dementius), und so wurde er auch in seiner Sippe genannt. In der Gesellschaft war er allgemein als Rabe Veen oder schlicht Dunkler Walter bekannt, zum Unterschied von Marinas Mann, Durak Walter oder einfach Roter Veen. Demons zwiefaches Hobby war das Sammeln alter Meister und junger Mätressen. Außerdem liebte er mittelältliche Wortspiele.

Daniel Veens Mutter war eine Trumbell, und er neigte dazu, in großer Ausführlichkeit zu erklären – sofern nicht irgendein Stumpfsinn-Störer ihn ablenkte –, wie im Laufe der amerikanischen Geschichte aus dem Englischen *bull* das Neuenglische *bell* geworden war. Irgendwie war er in seinen Zwanzigern «ins Geschäft gekommen» und hatte sich ziemlich üppig zu einem Kunsthändler in Manhattan ausgewuchert. Zumindest anfangs hatte er weder ein besonderes Verhältnis zu Bildern noch ein wie auch immer geartetes kaufmännisches Geschick. Auch brauchte er sich in keiner Weise von dem Auf und Ab eines «Jobs» durchrütteln zu lassen, denn er hatte ein solides Vermögen von einer Reihe weitaus tüchtigerer und wagemutigerer Veens ererbt. Da er zugegebenermaßen nicht viel vom Landleben hielt, verbrachte er nur wenige, sorgfältig abgeschirmte Sommerwochenenden auf Ardis, seinem prachtvollen Landsitz nahe Ladore. Seit seiner Kindheit hatte er nur einige Male einem anderen Gut, das ihm gehörte, hoch oben im Norden am Kitesch-See in der Nähe von Luga, seinen Besuch abgestattet. Es umfaßte eine große, merkwürdig rechteckige, jedoch ganz natürliche Wasserfläche, ja, bestand praktisch daraus, und ein Flußbarsch brauchte, das hatte er mit einer Uhr abgestoppt, eine halbe Stunde, um den See diagonal zu durchschwimmen. Er teilte diesen Besitz mit seinem Vetter, der als Knabe ein großer Fischer vor dem Herrn war.

Das Liebesleben vom armen Dan war weder kompliziert noch schön, aber irgendwie (er vergaß bald die genauen Umstände, wie man die Maße und den Preis eines mit Liebe angefertigten Überziehers, den man hin und wieder wenigstens einige Sommer lang getragen hat, vergißt) verliebte er sich ganz gemütlich in Marina, deren Familie er schon kannte, als sie noch auf Raduga lebte (das später an Mr. Eliot, einen jüdischen Geschäftsmann, verkauft wurde). Eines Nachmittags im Frühling 1871 hielt er in dem Aufwärts-Fahrstuhl des ersten zehnstöckigen Gebäudes von Manhattan um Marinas Hand an, wurde beim Halt im siebten Stock (Spielwaren) empört zurückgewiesen, kam allein wieder nach unten und machte sich, um seine Sinne abzukühlen, in Kontra-Fogg-Richtung auf den Weg zu einer Dreifach-Reise um die Erde, wobei er jedesmal wie eine lebendige Parallele dieselbe Route wieder aufnahm. Im November 1871, als er gerade beschäftigt war, gemeinsam mit demselben riechenden, aber artigen Fremdenführer im milchkaffeebraunen Anzug, den er schon zweimal in demselben Genueser Hotel angeheuert hatte, seine Pläne für den Abend aufzustellen, wurde ihm ein Luftogramm von Marina (mit einer ganzen Woche Verspätung über sein Büro in Manhattan nachgeschickt, wo man es durch Versehen eines neuen Mädchens in irgendeiner Ablage mit der Bezeichnung RE AMOR abgelegt hatte) auf einem Silbertablett präsentiert, worin sie ihm mitteilte, sie werde ihn heiraten, sobald er nach Amerika zurückgekehrt sei.

Laut Sonntagsbeilage einer Zeitung, die gerade begonnen hatte, auf der «Humorseite» die inzwischen längst erloschenen Goodnight Kids, Nicky und Pimpernella (süße Geschwister, die ein schmales Bettchen miteinander teilten), zum Leben zu erwecken, und die zusammen mit anderen alten Papieren auf dem Dachboden von Ardis Hall die Jahre überdauert hatte, fand die Hochzeit Veen–Durmanov am St. Adelaidenstag 1871 statt.

Zwölf Jahre und etwa acht Monate später geschah es, daß zwei nackte Kinder, eines dunkelhaarig und sonnengebräunt, das andere dunkelhaarig und milchweiß, sich in einem Strahl grellen Sonnenlichtes, der schräg durch die Dachluke fiel, über verstaubte Pappkartons beugten und jenes Datum (16. Dezember 1871) mit einem anderen verglichen (16. August gleichen Jahres), das von Marinas Hand anachronistisch quer über die Ecke einer professionell aufgenommenen Photographie (in einem himbeerroten Plüschrahmen auf dem Schreibtisch ihres Mannes) gekritzelt war; die Photographie glich bis ins Detail dem Bild in der Zeitung – mitsamt dem üblichen Schweif des ektoplasmischen Brautschleiers, den eine Brise auf den zugigen Kirchenstufen dem Bräutigam vor die behosten Beine wehte. Am 21. Juli 1872 wurde auf Ardis, dem Sitz seines mutmaßlichen Vaters in der Grafschaft Ladore, ein Mädchen geboren und aus ungeklärten mnemotechnischen Gründen als Adelaida eingetragen. Eine zweite Tochter, diesmal ganz bestimmt Dans, folgte am 3. Januar 1876.

Außer der alten illustrierten Beilage der immer noch existenten, aber schon ziemlich gaga Kaluga Gazette fanden unsere possierlichen Pimpernell und Nicolette auf dem gleichen Dachboden eine Kassette. Sie enthielt, wie sich herausstellte (nämlich nach Aussage von Kim, dem Küchenjungen, was man später noch besser verstehen wird), einen fürchterlichen Streifen Mikrofilm, den unser Erd-Umreiser belichtet hatte, und manche seiner malerischen Basare, angepinselten Cherubim und Männekens Piss kehrten dreimal, an verschiedenen Stellen, in drei verschiedenen Stufungen des Sonnenlichtes, wieder. Natürlich konnte man zu dem Zeitpunkt, da man eine Familie zu gründen gedachte, nicht sehr gut gewisse Intérieurs vorführen (etwa die Gruppenszene in Damaskus, mit ihm und dem unentwegt zigarrerauchenden Archäologen aus Arkansas mit der faszinierenden Narbe dort, wo die Leber sitzt, den drei fetten Huren und Old Archie's voreiligen Spritzern, wie das dritte männliche Mitglied der Gruppe, so ein richtiger britischer Bruder, es witzigerweise nannte); doch immerhin ließ Dan den größten Teil des Films mit rein sachlichen Kommentaren, die er wegen der unzuverlässigen oder irreführenden Lesezeichen in den verschiedenen herumliegenden Reiseführern gar nicht so leicht zusammen bekam, während ihrer instruktiven Flitterwochen in Manhattan viele Male vor seiner Braut ablaufen.

Der beste Fund der beiden Kinder jedoch ruhte in einem anderen Karton in einer tieferen Schicht der Vergangenheit: ein kleines grünes Album mit säuberlich eingeklebten Blumen, die Marina in Ex, einem Gebirgskurort, nicht weit von Brig in der Schweiz, wo sie vor ihrer Ehe meist in einem gemieteten Chalet weilte, selber gepflückt oder sonstwie erworben hatte. Die ersten zwanzig Seiten waren mit einer Anzahl kleinerer Pflanzen geschmückt, die sie im August 1869 aufs Geratewohl zusammengesucht hatte – auf den Almen oberhalb des Chalets oder im Park des Hotels Florey oder im Garten des nahe gelegenen Sanatoriums («Meine Klapsmühle», wie die arme Aqua es tituliert hatte, oder «das Heim», nach Marinas nüchternen Fundortvermerken). Diese einleitenden Seiten enthielten weder botanisch noch psychologisch Interessantes; und die letzten rund fünfzig Seiten waren leer geblieben; aber der mittlere Teil mit seinen auffällig wenigen Pflanzensorten erwies sich als regelrechtes kleines Melodram, aufgeführt von den Geistern toter Blumen. Die Spezimina befanden sich auf der einen Albumseite, die Anmerkungen von Marina Dourmanoff (sic) auf der gegenüberliegenden.

Ancolie Bleue des Alpes, Ex en Valais, 1. IX. 69. Von einem Engländer im Hotel. «Alpine Akelei, Ihre Augenfarbe.»

Epervière auricule. 25. X. 69, Ex, *ex* Dr. Lapiners ummauerten Steingarten.

Goldenes (Ginkgo) Blatt: aus dem Buch *Die Wahrheit über Terra* gefallen, das Aqua mir gab, bevor sie ins «Heim» zurückging. 14. XII. 69.

Künstliches Edelweiß, überbracht von meiner neuen Pflegerin mit einem Zettel von Aqua, auf dem stand, daß es von einem «*misernyj* und bizarren» Weihnachtsbaum im «Heim» stamme. 25. XII. 69.

Blütenblatt einer Orchidee, eine von 99 Orchideen, bitte schön, gestern durch Boten an mich, Sonderaustragung, *c'est bien le cas de le dire*, aus der Villa Armina, Alpes Maritimes. Habe zehn davon beiseite gelegt, damit man sie Aqua ins «Heim» bringe. Ex en Valais, Schweiz. «Schneefall in Fatums Kristallkugel», wie er zu sagen pflegte. (Datum ausradiert.)

Gentiane de Koch, selten, gebracht von *lapotschka* (Liebling) Lapiner aus seinem «verschwiegenen Enzianarium». 5. I. 1870.

(Blauer Tintenklecks, zufällig wie eine Blume geformt, oder verbesserte Filzstifttilgung) *Compliquaria compliquata* var. *aquamarina.* Ex, 15. I. 70.

Phantasieblume aus Papier, gefunden in Aquas Handtasche. Ex, 16. II. 1870, gebastelt von einem Mitpatienten, im «Heim», das nicht mehr das ihre ist.

Gentiana verna (printanière). Ex, 28. III. 1870, auf dem Rasen vor dem Häuschen meiner Pflegerin. Letzter Tag hier.

Die zwei jungen Entdecker dieses seltsamen und ekligen Schatzes redeten darüber wie folgt:

«Ich deduziere», sagte der Knabe, «vor allem drei Tatsachen: daß die noch nicht verheiratete Marina und ihre verheiratete Schwester an meinem *lieu de naissance* überwinterten; daß Marina ihren eigenen Dr. Krolik hatte, *pour ainsi dire;* und daß die Orchideen von Demon kamen, der es vorzog, an der See, seiner dunkelblauen Urgroßmutter, zu bleiben.»

«Ich kann hinzufügen», sagte das Mädchen, «daß das Blütenblatt zu der gemeinen Schmetterlingsorchidee gehört; daß meine Mutter noch verrückter als ihre Schwester war; und daß die Papierblume, die so beiläufig bezeichnet worden war, eine durchaus erkennbare Nachahmung der Frühjahrs-Sanikel ist, die ich im vergangenen Februar in Hülle und Fülle auf den Bergen an Kaliforniens Küste sah. Dr. Krolik, unser ortsansässiger Naturforscher, auf den du, Van, dich bezogest, wie Jane Austen es der schnellen Erzähl-Information halber formuliert haben könnte (*«You recall Brown, don't you, Smith?»*), hat das Exemplar, das ich von Sacramento nach Ardis mitbrachte, bestimmt als Bärenfuß – BÄR, mein Schatz, nicht bar-fuß wie du oder ich oder das Stabianer Blumenmädchen –, eine Anspielung, die dein Vater, der, so meint jedenfalls Blanche, auch meiner ist, verstanden haben würde wie dies hier (Fingerschnappen). Es ist dir sicher angenehm», fuhr sie fort, während sie ihn küßte, «daß ich es nicht bei seinem wissenschaftlichen Namen nenne. Übrigens, der andere Fuß – der *Leontopodium* von jenem armen kleinen Weihnachtsbaum, stammt von derselben Hand – und möglicherweise gehört sie einem sehr kranken Chinesenjungen, der den ganzen Weg vom Barkley College angereist war.»

«Gut gemacht, Pompeianella (die *du* aus den Bilderbüchern von Onkel Dan kennst, wie sie ihre Blumen ausstreut, aber die *ich* im letzten Sommer in einem neapolitanischen Museum bewunderte). Nun sollten wir aber doch unsere Hemdchen und Höschen wieder anlegen und hinuntergehen und dieses Album sogleich vergraben oder verbrennen, Mädchen. Stimmt's?»

«Stimmt», erwiderte Ada. «Vernichten und vergessen. Aber es ist ja noch eine Stunde bis zum Tee.» Übrigens, noch etwas zum Thema «dunkelblau», das bisher in der Schwebe geblieben war:

Ein früherer Vizekönig von Estoty, Prinz Ivan Temnosinij, Vater der Ururgroßmutter der Kinder, Prinzessin Sofia Zemskij (1755–1809), und direkter Abkömmling der Jaroslav-Herrscher aus vortatarischer Zeit, hatte einen jahrhundertealten Namen, der im Russischen «dunkelblau» bedeutete. Obwohl er gegen den glitzernden Schauder genealogischen Bewußtseins immun war, und es ihn kalt ließ, daß Dummköpfe sowohl seine Zurückhaltung wie auch seine Leidenschaft als Snobismus auslegten, konnte Van nicht umhin, sich von dem samtenen Hintergrund, den er fortwährend als tröstlichen, allzeit gegenwärtigen Sommerhimmel zwischen dem schwarzen Blattwerk des Familien-Stammbaums ausmachen konnte, ästhetisch betroffen zu fühlen. In späteren Jahren mochte er Proust nicht wieder lesen (wie er auch das parfümierte Gummi türkischer Paste nicht mehr genießen mochte), ohne eine Woge des Überdrusses und das Raspeln griesigen Sodbrennens zu verspüren; und dennoch blieb seine Lieblingsstelle jene, die den Namen «Guermantes» betraf und mit deren violetten Schein das angrenzende Ultramarin im Prisma seines Bewußtseins verschmolz, Vans artistische Vanitas angenehm anstachelnd.

Schein oder Sein? Ungeschickt. Neu formulieren! (Anmerkung letzter Hand von Ada Veen.)

Marinas Verhältnis mit Demon Veen begann an seinem, ihrem und Daniel Veens Geburtstag, am 5. Januar 1868, als sie vierundzwanzig und beide Veens dreißig waren.

Als Schauspielerin hatte sie nichts von dem atemberaubenden Talent, das die Kunst der Mimikry wenigstens für die Dauer der Aufführung mehr wert erscheinen läßt als den Preis, den man für solche Künste zahlen muß – Schlaflosigkeit, Launenhaftigkeit und Hochmut; jedoch an dem speziellen Abend, während jenseits von Plüsch und Puder weicher Schnee fiel, war *la Durmanska* (die dem großen Scott, ihrem Impresario, allein für Publicity wöchentlich siebentausend Golddollars zahlte zuzüglich einer prächtigen Prämie für jedes Engagement) von Anfang an in diesem kitschigen, ephemeren Stück (ein amerikanisches Drama, von irgendeinem prätentiösen Schreiberling an einer berühmten russischen Liebesgeschichte entlanggeschrieben) so traumhaft, so süß, so aufregend, daß Demon (in amourösen Angelegenheiten nicht *ganz* ein Gentleman) mit seinem Orchestersitz-Nachbarn, Prinz N., eine Wette abschloß, eine Reihe von Garderobiers hinter den Kulissen bestach, und dann, in einem *cabinet reculé* (wie ein französischer Autor eines früheren Jahrhunderts jenen kleinen Raum geheimnisvoll genannt hätte, in dem noch die zerbrochene Trompete und die Springreifen für die Pudel eines vergessenen Clowns neben vielen staubigen Töpfchen bunter Schminke herumstanden) sich anschickte, sie zwischen zwei Szenen (Kapitel 3 und 4 dieses gemarterten Romans) zu besitzen. In der ersten Szene hatte sie sich in anmutiger Silhouette hinter einem halbdurchsichtigen Wandschirm entkleidet, war in einem zarten und zauberischen Nachthemdchen erschienen und hatte den Rest der erbärmlichen Szene damit verbracht, mit einer alten Amme in Eskimo-Stiefeln über einen ortsansässigen Gutsbesitzer, den Baron O., zu plauschen. Auf den Rat der unendlich weisen Frau vom Lande schrieb sie mit einer Gänsefeder, auf der Kante ihres Bettes sitzend, an einem Louis XV-Tischchen mit geschwungenen Beinen, einen Liebesbrief. Sie beanspruchte fünf Minuten, um ihn mit schmachtender, aber trotzdem lauter Stimme noch einmal vorzulesen, was niemandem besonders nützte, denn die Amme saß vor sich hin dösend auf einer Art Seemanns-Kiste, und die Zuschauer waren vorwiegend mit dem Schimmer künstlichen Mondlichts auf den bloßen Armen und schwellenden Brüsten der liebelosen jungen Dame beschäftigt.

Noch ehe die alte Eskimosche mit der Botschaft davongeschlurft war, hatte Demon Veen seinen rosa Samtsitz verlassen und machte sich daran, die Wette zu gewinnen. Er war sich seines Erfolges um so sicherer, als Marina, eine Küss-Jungfrau, seit ihrem letzten Tanz am Silvesterabend in ihn verliebt war. Überdies machten der tropische Mondschein, in dem sie gerade gebadet hatte, das durchdringende Empfinden ihrer eigenen Schönheit, der glühende Puls der just dargestellten Jungfer und der tapfere Applaus eines beinah vollen Hauses sie besonders empfänglich für den Kitzel des Demonschen Schnurrbarts. Sie hatte außerdem reichlich Zeit, sich für die nächste Szene umzuziehen, denn diese begann mit dem ziemlich langen Intermezzo einer russischen Ballett-Truppe, die Scotty sich dadurch verpflichtet hatte, daß er sie den ganzen Weg von Belokonsk, West-Estoty, in zwei Schlafwagen herbeischaffen ließ. In einem üppigen Obstgarten ließen mehrere fröhliche junge Gärtner, die aus irgendeinem Grunde in der Tracht georgischer Stammesangehöriger herumliefen, in großer Eile Himbeeren in ihrem Mund verschwinden, während mehrere gleichermaßen unglaubwürdige Dienstmädchen in *Scharovars* (irgend jemand hatte Unsinn verzapft – das Wort «Samovars» mag im Telegramm des Agenten verstümmelt worden sein) eifrig Marshmallows und Erdnüsse von den Zweigen der Obstbäume pflückten. Auf ein unsichtbares Zeichen dionysischen Ursprungs hin stürzten sich alle in einen wilden Tanz, genannt *kurva* oder «Boulevard-Schleife», wenigstens in diesem lachhaften Programm, dessen Heuler Veen (kribbelnd, leichtlendig, mit Prinz N.s rosenroter Banknote in der Tasche) fast vom Sitz fallen ließen.

Sein Herz setzte einen Schlag lang aus und bereute nie die liebliche Lücke, da sie, erregt und errötend, in einem rosa Kleid in den Obstgarten lief, womit sie bewirkte, daß der Beifall nach den beiden sitzenden Ovationen für den augenblicklichen Abgang der blöden, aber bunten Transfiguranten aus Ljaska – oder Iveria – noch ein drittes Mal anschwoll. Ihr Zusammentreffen mit

Baron O., der aus einer Seitenallee herausgeschlendert kam, mit Sporen und grünen Schwalbenschwänzen, entging gewissermaßen Demons Aufmerksamkeit, so betroffen war er von dem Wunder jenes jähen Abgrunds absoluter Wirklichkeit zwischen den zwei fingierten Blitzlichtern vorgetäuschten Lebens. Ohne das Ende der Szene abzuwarten, eilte er aus dem Theater in die klirrende kristallne Nacht hinaus, da Schneeflocken seinen Zylinder mit Sternen sprenkelten, und weiter zu seinem Haus im nächsten Block, wo er ein verschwenderisches Souper arrangierte. Als er aufbrach, um die neue Geliebte in seinem glöckchenklingelnden Schlitten heimzuholen, hatte das Schluß-Akt-Ballett der kaukasischen Generale und der verwandelten Cinderellas gerade ein plötzliches Ende gefunden, und Baron O., nun mit schwarzen Schwalbenschwänzen und weißen Handschuhen, kniete in der Mitte der leeren Bühne, den gläsernen Schuh hochhaltend, den seine launische Liebste ihm gelassen hatte, indem sie sich seinen verspäteten Avancen entzog. Die Claqueure wurden müde und sahen schon auf ihre Chronometer, während Marina in einem schwarzen Umhang in Demons Arme und in seinen Schwanenschlitten schlüpfte.

So schwelgten und schweiften sie, entzweiten sich und flogen wieder zueinander. Im folgenden Winter wuchs in ihm der Verdacht, daß sie ihm untreu sei, aber er konnte seinen Rivalen nicht ausmachen. Mitte März, bei einem Arbeitsessen mit einem Kunstexperten, einem leichtlebigen, schlaksigen, liebenswerten Burschen in einem altmodischen Frack, klemmte sich Demon sein Monokel ins Auge, klickte eine kleine, lavierte Tuschzeichnung aus einem extra flachen Futteral und sagte, er sei der Ansicht (natürlich hegte er keinen Zweifel, aber er wünschte Bewunderung für seine Gewißheit), daß sie ein unbekanntes Werk der delikaten Kunst Parmigianinos sei. Das Blatt zeigte ein nacktes Mädchen, das einen pfirsichgleichen Apfel in seiner hohlen, halberhobenen Hand hielt, im Damensitz auf einem blumenumwundenen Podest. Es hatte für seinen Entdecker den zusätzlichen Reiz, an Marina zu erinnern, da sie aus dem Hotelbadezimmer ans Telephon gerufen wurde und, auf der Lehne eines Sessels schwebend, die Muschel abschirmte, um ihren Liebhaber etwas zu fragen, das er nicht verstehen konnte, denn ihr Flüstern ging unter im Geplätscher des Bades. Baron d'Onsky brauchte nur einen Blick auf jene erhobene Schulter und auf gewisse faserig-gewundene Effekte zarter Vegetation zu werfen, um Demons Ansicht zu bestätigen. D'Onsky stand in dem Ruf, selbst beim Anblick des herrlichsten Meisterwerks nicht das geringste Zeichen ästhetischer Bewegung zu zeigen; dieses Mal jedoch legte er sein Vergrößerungsglas wie eine Maske beiseite und erlaubte seinem unverhüllten Auge, den samtenen Apfel und die Grübchen wie auch die moosigen Stellen des Aktes mit einem entzückten, gedankenverlorenen Lächeln zu liebkosen. Würde Mr. Veen in Erwägung ziehen, es ihm hier und jetzt zu verkaufen, Mr. Veen, bitte? Mr. Veen würde nicht. Skonky (ein höchst einbahniger Spitzname) mußte sich mit dem stolzen Gedanken begnügen, daß, jedenfalls heute, er und der glückliche Besitzer die einzigen waren, die es je *en conaissance de cause* bewundert hatten. Zurück wanderte es in seine Spezial-Hülle; doch nachdem d'O. den vierten Cognac genossen hatte, flehte er um einen letzten kleinen Blick. Beide Herren waren ein bißchen betrunken, und Demon fragte sich insgeheim, ob die ziemlich banale Ähnlichkeit dieses paradiesischen Geschöpfes mit einer jungen Schauspielerin, die sein Gast zweifellos in *Eugene and Lara* oder *Lenore Raven* auf der Bühne gesehen hatte (beides völlig verrissen von einem «widerlich unbestechlichen» jungen Kritiker), kommentiert werden sollte oder würde. Sie wurde nicht: Solche Nymphen waren sich wirklich sehr ähnlich wegen ihrer elementaren Durchsichtigkeit, zumal da Ähnlichkeiten junger Springquellen nichts anderes sind als das leise Murmeln natürlicher Unschuld und zwielichtiger Spiegel, dies ist mein Hut, seiner ist älter, aber wir haben den gleichen Londoner Hutmacher.

Am nächsten Tag, als Demon in seinem Lieblingshotel mit einer böhmischen Dame, die er nie zuvor gesehen hatte und auch nie wiedersehen würde (sie begehrte seine Empfehlung für eine Stelle in der Glasfisch- und -blumen-Abteilung eines Bostoner Museums), Tee trank, unterbrach sie ihre eigene Geschwätzigkeit, um auf Marina und Aqua hinzuweisen, die in modischer Verdrießlichkeit und bläulichen Pelzen, mit Dan Veen und einem Dackel hinter sich, ausdruckslos durch die Halle wallten, und sagte:

«Interessant, wie diese entsetzliche Schauspielerin Parmigianinos berühmter ‹Eva auf dem Clepsydrophon› gleicht.»

«Es ist alles andere als berühmt», sagte Demon ruhig, «und Sie können es gar nicht gesehen haben. Ich beneide Sie nicht», fügte er hinzu, «der naive Fremde, der feststellt, daß er oder sie in den Schlamm eines fremden Lebens getreten hat, muß ein ziemlich ekelerregendes Gefühl verspüren. Haben Sie diesen informativen Klatsch direkt von einem Burschen namens d'Onsky oder von einem Freund eines Freundes von ihm?»

«Freund von ihm», antwortete die unselige böhmische Dame.

Beim Verhör in Demons Kerker wob Marina unter trillerndem Gelächter einen pittoresken Lügen-Teppich; dann brach sie zusammen und gestand. Sie schwor, daß alles vorbei sei; daß der Baron, physisch ein Wrack, geistig ein Samurai, für immer nach Japan gegangen sei. Aus einer zuverlässigeren Quelle erfuhr Demon, daß das wahre Reiseziel des Samurai der hübsche kleine Vatikan war, ein römischer Kurort, von wo er in einer Woche oder so nach Aardvark, Massa, zurückkehren würde. Da Veen der Vorsichtige es vorzog, seinen Mann in Europa umzulegen (der altersschwache, aber unverwüstliche Gamaliel, hieß es, tat zwar alles Erdenkliche, um Duelle in der westlichen Hemisphäre zu verbieten – eine Zeitungsente, dies, oder aber eines idealistischen Präsidenten Pulverkaffee-Kapriole, denn nichts kam je dabei heraus), mietete Demon das schnellste verfügbare Benzinflugzeug, holte den Baron (der vor Gesundheit strotzte) in Nizza ein, sah ihn in Gunters Buchladen treten, ging hinterher und schlug dem erstaunten Baron in Gegenwart des unerschütterlichen und eher gelangweilten englischen Buchhändlers einen lavendelfarbigen Handschuh quer übers Gesicht. Die Herausforderung wurde angenommen; zwei ortsansässige Sekundanten wurden ausgesucht; der Baron wählte Degen; und nachdem eine gewisse Menge guten Blutes (polnisches und irisches – eine Art amerikanischer «Gory Mary», im Schankstuben-Jargon) zwei behaarte Oberkörper, die geweißte Terrasse, die Freitreppe, die in einem ergötzlichen Douglas-d'Artagnan-Arrangement in den ummauerten Garten führte, die Schürze eines rein zufällig anwesenden Milchmädchens und die Hemdsärmel beider Sekundanten, des charmanten Monsieur de Pastrouil und des schurkischen Colonel St. Alin, bespritzt hatte, trennten die beiden zuletzt genannten Herren die keuchenden Duellanten, und Skonky starb, nicht «an seinen Wunden» (wie es in einem niederträchtigen Gerücht behauptet wurde), sondern an einer schwärenden Erinnerung auf seiten des Geringsten unter ihnen, nämlich möglicherweise sich selber zugefügt, ein Stich in der Leistengegend, der Kreislaufstörungen verursachte, trotz ziemlich vieler chirurgischer Eingriffe während zweier oder dreier Jahre mit langwierigen Aufenthalten im Aardvark-Hospital in Boston – eine Stadt, in der er übrigens 1869 unsere Freundin, die böhmische Dame, nunmehr Aufsicht der Glas-Biota im örtlichen Museum, heiratete.

Marina erschien wenige Tage nach dem Duell in Nizza und spürte Demon in seiner Villa Armina auf, und im Rausch der Versöhnung vergaßen beide, den Schöpfer zu überlisten, woraufhin der höchst «interessante Umstand» begann, ohne den in der Tat diese qualvollen Saiten nicht hätten gespannt werden können.

(Van, ich vertraue Deinem Takt und Deinem Talent, aber sollten wir wirklich wieder und wieder so *lustvoll* zu dieser verruchten Welt zurückkehren, die letztlich vielleicht doch nur oneirologisch existierte, Van? Randbemerkung in Adas Handschrift von 1965; dünn durchgestrichen in ihrer jüngsten, leicht zittrigen Schrift.)

Jenes unbekümmerte Stadium war nicht das letzte, aber das kürzeste – eine Angelegenheit von vier oder fünf Tagen. Er verzieh ihr. Er betete sie an. Er wollte sie unbedingt heiraten – unter der Bedingung, daß sie ihre schauspielerische «Karriere» sofort aufgäbe. Er tadelte die Mittelmäßigkeit ihrer Begabung und ihren ordinären Umgang, und sie schrie, er sei ein Rohling und ein Teufel. Vom 10. April an war es Aqua, die ihn versorgte, während Marina zu ihren Proben von *Lucile* zurückflog, schon wieder so ein scheußliches Drama, das wiederum auf einen Reinfall am Ladore-Theater zusteuerte.

«Adieu. Vielleicht ist es besser so», schrieb Demon Mitte April 1869 an Marina (der Brief ist entweder eine Kopie in seiner kalligraphischen Handschrift oder das nicht abgesandte Original), «denn welch' Segen auch immer unser Eheleben begleitet und wie lange auch immer dieses gesegnete Leben angedauert hätte, dies eine Bild werde ich nicht vergessen und will ich nicht verzeihen. Präge es Dir ein, meine Liebe. Laß es mich in Worten wiederholen, wie sie ein Schauspieler zu würdigen weiß – Du warst nach Boston gefahren, um eine alte Tante zu besuchen – ein Klischee, aber für dieses Mal die Wahrheit, und ich war zu *meiner* Tante auf die Ranch in der Nähe von Lolita, Texas, gefahren. An einem frühen Februarmorgen (um die Mittagszeit *chez vous*) rief ich Dich im Hotel an: aus einer Telephonzelle am Straßenrand, aus reinem Kristall, die nach einem fürchterlichen Gewitter immer noch voller Tränenspuren war – um Dich zu bitten, sofort herüberzufliegen, weil ich, Demon, der ich mit meinen verknitterten Flügeln rasselte und das automatische Dorophon verfluchte, ohne Dich nicht leben konnte, und weil ich wünschte, daß Du in meinen Armen den Wirbel der Wüstenblumen sehen solltest, die der Regen hervorgebracht hatte. Deine Stimme war weit weg, aber süß; Du sagtest, Du seist im Evakostüm, bleib dran, laß mich einen Morgenrock anziehen. Statt dessen schirmtest Du die Muschel ab und sprachst vermutlich zu dem Mann, mit dem Du die Nacht verbracht hattest (und den ich beseitigt hätte, wäre ich nicht darauf versessen gewesen, ihn zu kastrieren). *Das* ist die Skizze, die im sechzehnten Jahrhundert ein junger Künstler aus Parma in einer prophetischen Trance für das Fresko *unseres* Schicksals angefertigt hatte und die bis auf den Apfel der schrecklichen Erkenntnis mit einem Abbild in der Erinnerung zweier Männer übereinstimmte. Übrigens hat die Polizei Deine flüchtige Zofe hier in einem Bordell gefunden und wird sie Dir zurückschicken, sobald sie genügend mit Quecksilber vollgestopft ist.»

3

Die Einzelheiten der L-Katastrophe im *beau milieu* des vergangenen Jahrhunderts, die die ungewöhnliche Wirkung hatte, den Begriff «Terra» sowohl zu prägen als auch zu prügeln, sind in historischer Hinsicht zu wohlbekannt und in geistlicher zu obszön, um in aller Ausführlichkeit in einem Buch behandelt zu werden, das sich an junge Laien und Liebste – und nicht an Würdenträger oder würdige Träger – wendet.

Natürlich, heute, nachdem großartige Anti-L-Jahre reaktionären Wahns vorüber sind (mehr oder weniger!) und unsere glatten kleinen Maschinen – Faragott segne sie – wieder belanglos schnurren wie in der ersten Hälfte des neunzehnten Jahrhunderts, hat der rein geographische Aspekt der Angelegenheit seine versöhnend komische Seite, wie ja auch die Muster metallener Marketerien und *bric-à-Braques* und die bronzierten Scheußlichkeiten, die für unsere humorlosen Vorfahren «Kunst» bedeuteten. Denn tatsächlich kann niemand leugnen, daß etwas höchst Lächerliches in eben jenen Konfigurationen lag, von denen ernstlich behauptet wurde, sie stellten eine mehrfarbige Karte von «Terra» dar. Es ist doch zum Totlachen, wenn man sich vorstellt, daß «Rußland», statt ein sonderbares Synonym von Estoty zu sein – wobei sich die amerikanische Provinz vom nördlichen Polar- und nicht länger Teufelskreis bis hin zu den eigentlichen Vereinigten Staaten erstrecken würde – daß «Rußland» auf Terra den Namen eines Landes bedeutete, das wie durch einen trickreichen *Land*griff über die Senke eines verdoppelten Ozeans auf die gegenüberliegende Hemisphäre transferiert worden war, wo es sich über die ganze heutige Tatarei, von Kurland bis zu den Kurilen ausdehnte! Aber (noch absurder) wenn man, in den räumlichen Termini von Terra, das Amerußland von Abraham Milton in seine Bestandteile zerlegte – und fühlbares Wasser und Eis war dann eine Trennung eher der politischen als der poetischen Begriffe von «Amerika» und «Rußland» –, würde in Hinblick auf die Zeit eine noch kompliziertere, noch absurdere Diskrepanz auftauchen – nicht nur, weil die Geschichte eines jeden Teiles dieses Amalgams nicht ganz zur Geschichte des jeweiligen Gegenstücks mit seinen speziellen Bedingungen paßte, sondern weil so oder so eine Lücke bis zu hundert Jahren zwischen den beiden Welten klaffte; eine Lücke mit einem bizarren Durcheinander von Wegweisern an den Kreuzungen der Zeitläufe, wo längst nicht *jedes* Nicht-mehr der einen Welt dem Noch-nicht der anderen entsprach. Es lag, unter anderem, an diesem «wissenschaftlich nicht faßbaren» Zusammenfluß von Auseinanderstrebendem, daß klare Köpfe, *bien rangés* (untauglich, Kobolde loszulassen) Terra als Faxe oder Phantom verwarfen, während derangierte Köpfe (bereit, sich in jeden Abgrund zu stürzen) sie zur Stütze und Bezeugung ihrer eigenen Irrationalität akzeptierten.

Wie Van Veen selber während der Zeit seiner leidenschaftlichen Forschungsarbeit auf dem Gebiet der Terrologie (damals ein Zweig der Psychiatrie) herausfinden sollte, waren sogar die tiefsten Denker, die reinsten Philosophen, Paar von Chose und Zapater von Aardvark, gefühlsmäßig in ihrer Haltung gegenüber der Möglichkeit geteilt, daß es «einen Zerrspiegel von unserem Zerr-Globus» gab, wie es ein Gelehrter, der ungenannt bleiben möchte, mit so wortspielerischem Scharfsinn ausgedrückt hat. (Hm! *Je query, je query*, pflegte die arme Mlle L. zu Gavronskij zu sagen. In Adas Handschrift.)

Da waren jene, die darauf beharrten, daß die Diskrepanzen und «unechten Überlappungen» zwischen diesen beiden Welten zu zahlreich und in die Kette aufeinanderfolgender Ereignisse zu fest eingegliedert waren, um nicht die Theorie von wesensmäßiger Gleichheit mit platten Phrasen zu verfälschen; und dann gab es jene, die dem entgegensetzten, daß die Ungleichheiten die lebendige organische Wirklichkeit der anderen Welt nur bestätigten; daß eine völlige Übereinstimmung eher ein Spiegel – und also ein Spekulier-Phänomen suggerieren würde; und daß zwei Schachspiele mit identischen Eröffnungen und identischen Endspielen sich in eine unendliche Zahl von Variationen verzweigen könnten, und zwar auf *einem* Brett und in *zwei* Gehirnen, in jedem Stadium ihres unwiderruflich konvergierenden Verlaufs.

Der bescheidene Erzähler muß den Wiederleser an all dies erinnern, denn im April (mein Lieblingsmonat) 1869 (auf keinen Fall ein larvenreiches Jahr) am St. Georgstag (laut Mlle Larivières sentimentalem Tagebuch) heiratete Demon Veen Aqua Durmanov – aus Trotz und Mitleid, eine nicht ungewöhnliche Mischung.

Gab es noch eine zusätzliche Würze? Marina pflegte im Bett in perverser Prahlerei zu behaupten, daß Demons Sinne von einer ausgefallenen Art von «blutschänderischem» (was immer das bedeuten mag) Vergnügen (siehe französisch *plaisir*, wodurch das Rückenmark noch zusätzlich vibriert) umnebelt gewesen sein mußten, wenn er es streichelte und schmeckte und feinfühlig teilte und verführte auf unaussprechliche, aber faszinierende Arten – Fleisch nämlich (*une chair*), das seiner Frau und das seiner Geliebten, die vermischten und vermehrten Reize von Zwillingshuris, Aquamarina einzeln und doppelt zugleich, Mirage in einem Emirat, paarige Perle, Orgie von Epithel-Alliterationen.

Tatsächlich war Aqua weniger hübsch und weitaus verrückter als Marina. Im Laufe ihrer vierzehn Jahre elenden Ehelebens verbrachte sie mit Unterbrechungen eine Serie von stetig länger werdenden Aufenthalten in Sanatorien. Eine kleine Karte vom europäischen Teil des British Commonwealth – sagen wir mal von Skoto-Skandinavien bis an die Riviera, Altar und Palermontovia – und auch das meiste von den USA, von Estoty und Canady bis nach Argentinien, könnte ganz schön dicht mit emaillierten Rote-Kreuz-Fähnchen gespickt sein, die Aquas Biwake bei ihrem «Krieg der Welten» markierten. Sie hatte einst Pläne gehabt, ein Körnchen Gesundheit («nur ein bißchen Gräuliches bitte, statt dieser massiven Schwärze») in solchen anglo-amerikanischen Protektoraten wie dem Balkan und Indien zu finden, und hätte wohl gar die beiden südlichen Kontinente versucht, die unter unserer gemeinsamen Verwaltung so prächtig gedeihen. Natürlich war die Tatarei, ein unabhängiges Inferno, das damals von der Ostsee und dem Schwarzen Meer bis zum Pazifischen Ozean reichte, dem Tourismus nicht zugänglich, obwohl Jalta und Altyn Tagh seltsam anziehend klangen . . . Aber ihr wahres Ziel war Terra die Schöne und dorthin, daran glaubte sie zuversichtlich, würde sie nach ihrem Tod auf libellula-langen Flügeln fliegen. Ihre armen kleinen Briefe aus den Wahnsinnsheimen an ihren Mann waren manchmal unterschrieben mit: Madame Schtschemjaschtschich-Svukov («Herzzerreißtöne»).

Nach ihrem ersten Kampf mit dem Irrsinn in Ex en Valais kehrte sie nach Amerika zurück und erlitt eine schlimme Niederlage zu einer Zeit, als Van noch von einer sehr jungen, feuchten Amme gesäugt wurde, die selber fast noch ein Kind war, Ruby Black, geborene Black, und die auch irre werden sollte: denn kaum gerieten all die Zärtlichen, all die Zerbrechlichen in engeren Kontakt mit ihm (wie es später Lucette geschah, um ein anderes Beispiel zu nennen), da waren sie auch schon zu Pein und Trübsal verurteilt, es sei denn, ein Schuß von seines Vaters dämonischem Blut hatte sie gestärkt.

Aqua war noch nicht zwanzig, als die Exaltation ihrer Natur

einen krankhaften Zug zu offenbaren begann. Chronologisch fiel das Anfangsstadium ihrer Geisteskrankheit mit der ersten Dekade der Großen Revelation zusammen, und obwohl Aqua ebensogut ein anderes Thema für ihren Wahn hätte finden können, zeigen die Statistiken, daß die Große und für manche Untragbare Revelation mehr Geistesverwirrung in der Welt hervorgerufen hatte als selbst der religiöse Wahn des Mittelalters.

Revelation kann gefährlicher als Revolution sein. Kranke Gemüter identifizierten den Begriff eines Terra-Planeten mit dem einer anderen Welt, und diese «Andere Welt» wurde verwechselt nicht nur mit der «Nächsten Welt», sondern mit der Wirklichen Welt in uns und jenseits von uns. *Unsere* Zauberer, *unsere* Dämonen sind edle, schillernde Geschöpfe mit durchscheinenden Klauen und mächtig schlagenden Flügeln; aber in den Achtzehnhundertsechzigern drängten die Neuen Gläubigen einen dazu, sich eine Sphäre vorzustellen, wo unsere herrlichen Freunde, gänzlich degradiert, nicht mehr waren als scheußliche Monster, widerwärtige Teufel mit den schwarzen Hoden der Fleischfresser und den Giftzähnen der Schlangen, Schmäher und Peiniger weiblicher Seelen; während auf der anderen Seite der kosmischen Bahn ein Regenbogennebel engelgleicher Geister, Einwohner der lieblichen Terra all die abgestandenen, aber immer noch potenten Mythen alten Glaubens wiederaufrichteten, neu arrangiert fürs Melodium aller Kakophonien sämtlicher Götter und Gottesmänner, die je in den Sümpfen dieser uns genügenden Welt scharenweise ausgebrütet worden sind.

Deinen Absichten genügend, Van, *entendons-nous.* (Randnotiz.)

Die arme Aqua, deren Phantasie sich nur allzu leicht in den Maschen von Krummgeistern und Christen verfing, stellte sich lebhaft das Paradies eines kleineren Hymnendichters vor, ein zukünftiges Amerika mit Alabasterbauten, hundert Stockwerke hoch, einem wunderschönen Möbelladen ähnlich, der mit großen weißen Kleiderschränken und etwas kleineren Kühltruhen vollgestopft ist; sie sah gigantische Flughaie mit lateralen Augen, die kaum eine Nacht brauchten, um eine Pilgerschar durch den schwarzen Äther über einen ganzen Kontinent hinwegzutragen, von dunkler zu leuchtend heller See, bevor sie zurück nach Seattle oder Wark brausten. Sie hörte Zauberspieldosen sprechen und singen, den Terror des Denkens ersäufend, dem Fahrstuhlmädchen Auftrieb gebend und mit dem Bergmann in die Tiefe fahrend und in den Behausungen der Einsamen und Armen Schönheit und Frömmigkeit, Jungfrau und Venus preisend. Die unaussprechliche, magnetische Macht, von bösen Gesetzgebern verleugnet in diesem unserem schäbigen Land – oh, überall, in Estoty und Canady, in der «deutschen» Mark Kennensie wie auch im «schwedischen» Manitobogan, in den Werkstätten rothemdiger Yukonesen wie auch in der Küche der Ljaskanka mit dem roten Tuch um den Kopf, selbst in «Französisch»-Estoty, von Bras d'Or bis nach Ladore – und sehr bald auch in unseren beiden Amerikas, und auf den anderen verbohrten Kontinenten –, wurde auf Terra kostenlos verbraucht wie Wasser und Luft, wie Bibeln und Besen. Zwei oder drei Jahrhunderte früher wäre sie wohl bloß eine von den brennbaren Hexen gewesen.

In ihren wechselvollen Jahren als Studentin hatte Aqua das modische Brown Hill College, das von einem ihrer weniger berühmten Vorfahren gegründet worden war, verlassen, um an diesem oder jenem Sozialhilfswerk in den Severnyje Territorii teilzunehmen (das war auch gerade modisch). Sie organisierte mit Milton Abrahams unbezahlbarer Hilfe einen Freien-Farma-Laden in Belokonsk und verliebte sich daselbst bitterlich in einen verheirateten Mann, der es aber nach einem Sommer parvenühafter Passion, die er ihr in seinem Camping Ford *garçonnière* gespendet hatte, doch vorzog, sie aufzugeben, statt seine gesellschaftliche Stellung in einer Stadt von Spießbürgern zu riskieren, wo die Geschäftsleute sonntags «Golf» spielten und «Logen» angehörten. Die furchtbare Krankheit, in ihrem Falle und dem anderer Unglücklicher grob als eine «extreme Form von mystischer Manie plus Daseinsentfremdung» (also schlichtweg Wahnsinn) diagnostiziert, ergriff stufenweise Besitz von ihr – mit Intervallen ekstatischer Ruhe, mit herausgelösten Abschnitten gefährlichen Wohlseins, mit plötzlichen Träumen von Ewigkeits-Gewißheit, die immer seltener und kürzer wurden.

Nach ihrem Tode 1883 rechnete Van aus, daß im Verlauf von dreizehn Jahren, jeden mutmaßlichen Moment ihrer Gegenwart mitgezählt, auch die trostlosen Besuche in ihren verschiedenen Krankenhäusern und ihre plötzlichen tumultuösen Auftritte mitten in der Nacht (wobei sie den ganzen Weg die Treppe herauf entweder mit ihrem Mann oder mit der zarten, aber behenden englischen Gouvernante rang und oben von dem alten *Appenzeller* wild begrüßt wurde – und schließlich das Kinderzimmer erreichte, ohne Perücke, ohne Hausschuh, mit blutigen Fingernägeln), daß also die Zeit, da er sie tatsächlich sah oder in ihrer Nähe gewesen war, alles in allem kaum länger als eine menschliche Schwangerschaft gedauert hatte.

Die rosige Ferne von Terra wurde ihr bald mit grauenvollen Nebeln verhängt. Ihr Zerfall sank in einen Schacht schlimmer Phasen, jede einzelne davon zermürbender als die vorausgegangene; denn das menschliche Gehirn kann zur besten aller Folterkammern werden, die es erfunden, eingerichtet und in Millionen von Jahren, in Millionen von Ländern, an Millionen von brüllenden Kreaturen ausprobiert hat.

Sie entwickelte eine krankhafte Sensibilität für die Sprache von fließenden Wasserhähnen – die gelegentlich (wie der Pulsschlag vor dem Einschlafen etwa) ein bruchstückhaftes Echo menschlicher Rede widerhallen lassen, das noch im Ohr nachklingt, während man sich – nach Cocktails mit Fremden – die Hände wäscht. Als sie dieses unmittelbare, anhaltende und in ihrem Falle ziemlich lebhafte und spöttische, aber wirklich ganz harmlose Nachspiel dieses oder jenes kürzlich geführten Gesprächs zum ersten Male bemerkte, fühlte sie sich sehr geschmeichelt bei dem Gedanken, daß sie, die arme Aqua, rein zufällig auf solch einfache Methode, Sprache zu speichern und weiterzugeben, gestoßen war, während Technologen der ganzen Welt (sogenannte Eierköpfe) darum bemüht waren, äußerst komplizierte und immer noch sehr teure hydrodynamische Telephone und andere jämmerliche Erfindungen für das Publikum nutzbar und für den Kommerz lohnend zu machen als Ersatz für Apparate, die wegen des Bannstrahls eines unaussprechlichen «Ambers» *k tschertyam sobatschjim* (russisch «zum Teufel») gegangen waren. Bald jedoch begann der rhythmisch perfekte, aber verbal ziemlich verschwommene Redefluß der Wasserhähne zuviel Sachverstand zu erfordern. Die Artikulations-Reinheit des fließenden Wassers wuchs proportional mit der Plage, zu der es sich entwickelte. Das Wasser sprach, kaum daß sie jemanden reden gehört hatte – nicht einmal unbedingt mit ihr – oder daß sie einer starken und ausdrucksvollen Stimme ausgesetzt gewesen war, einer Person mit schnellem charakteristischem Tonfall und mit sehr individuellen oder fremdartigen Phrasierungen, etwa das Geschwätz eines aufdringlichen Erzählers auf einer gräßlichen Gesellschaft oder ein wäßriges Gewäsch in einem langweiligen Stück, oder Vans süße Stimme, oder ein bißchen Poesie aus einer Vorlesung, *my lad, my pretty, my love, take pity,* vor allem aber der flüssigere, *flou*ere italienische Vers, zum Beispiel jenes Liedchen, das beim Kniereflexklopfen und Augenlidlüpfen aufgesagt wurde von einem halb russischen, halb verrückten alten Doktor, Dok, Tok, Klipper, Klapper, ballatetta, deboletta ... tu, voce sbigottita ... spigotty e diavoletta ... de lo cor dolente ... con ballatetta va ... va ... della Strutta, destruttamente ... mente ... mente ... stell die Platte ab, oder der Fremdenführer wird nicht aufhören, wie an diesem Morgen in Florenz, eine lächerliche Säule vorzuführen, die, sagte er, an die «Elmo» erinnern sollte, die plötzlich Blätter trieb, als man den stein-toten St. Zeus daran vorübertrug durch den langsam wachsenden Schatten; oder die Vettel von Arlington, die unaufhörlich auf ihren schweigenden Ehemann einsprach, während die Weinberge vorbeiflogen, und sogar im Tunnel («das können sie dir nicht antun, sag's ihnen, Jack Black, sag's ihnen doch ...»). Das Bade- (oder Dusch-) Wasser war zu sehr Caliban, um deutlich zu sprechen – oder war vielleicht allzu brutal nur darauf bedacht, den heißen Strahl herauszuschleudern, die höllische Glut loszuwerden, als sich um Geplauder zu kümmern; aber die Plätscher-Bächlein wurden immer ehrgeiziger und abscheulicher, und als Aqua in ihrem ersten «Heim» einen der widerlichsten der Visite machenden Ärzte (den Cavalcanti-Zitator) geschwätzig widerliche Vorschriften mit russisch-gefärbtem Deutsch in ihr widerliches Bidet gießen hörte, entschloß sie sich, nie wieder Wasserhähne aufzudrehen.

Aber auch jene Phase ging vorüber. Andere Martern ersetzten die redseligen Quellen ihrer Namensschwester so vollständig, daß, als sie während eines ihrer lichten Momente zufällig mit der zarten kleinen Hand einen Waschbeckenhahn für einen Schluck Wasser aufdrehte, der lauwarme Born in dem ihm eigenen Kauderwelsch ohne die leiseste Spur von Falsch oder Mimikry antwortete: *Finito!* Nun war es das Entstehen weicher schwarzer Höhlungen (*jamy, jamischtschi*) in ihrem Bewußtsein zwischen den sich trübenden Skulpturen von Gedanken und Erinnerung, das sie unglaublich quälte; psychische Angst und physischer Schmerz falteten rubinschwarze Hände, eines ließ sie für Gesundheit beten, das andere um den Tod flehen. Künstliche Gegenstände verloren ihre Bedeutung oder gewannen einen monströsen Beiklang; Kleiderbügel waren in Wirklichkeit die Schultern enthaupteter Tellurier, die Falten einer Wolldecke, die sie von ihrem Bett geschleudert hatte, blickten sie traurig an mit einem Gerstenkorn auf dem herabhängenden Augenlid und trübseligem Tadel auf der schlaffen Krümmung einer bläulichen Lippe. Ihre Anstrengung, jene Information, die genialen Menschen von den Zeigern eines Zeitmessers oder Zeit-Messers irgendwie übermittelt wurde, zu begreifen, blieb genauso hoffnungslos, wie wenn sie versucht hätte, die Zeichensprache einer Geheimgesellschaft zu entschlüsseln oder auch den chinesischen Gesang jenes jungen Studenten mit seiner nicht-chinesischen Gitarre, den sie zu der Zeit kannte, als sie oder ihre Schwester ein lilafarbenes Baby gebar. Aber ihr Wahnsinn, die Majestät ihres Wahnsinns, behielt immer noch die pathetische Koketterie einer wahnsinnigen Königin bei: «Wissen Sie, Herr Doktor, ich glaube, ich brauche bald eine Brille, ich weiß nicht recht» (hoheitsvolles Lachen), «ich kann einfach nicht entziffern, was meine Armbanduhr anzeigt . . . Sagen Sie mir, um Himmels willen, was sie zeigt! Ah! halb zehn – warum Zehen? Macht nichts, macht nichts, ‹Macht› und ‹Nichts› sind Zwillinge, ich habe eine Zwillingsschwester und einen Zwillingssohn. Ich weiß, Sie wollen mein Pudendron untersuchen, die Haarige Alpenrose in *ihrem* Album, vor zehn Jahren gesammelt» (sie zeigt ihre zehn Finger fröhlich, stolz, zehn bleibt zehn!).

Dann wuchs sich die Qual zu unerträglicher Dichte und zu Alptraumdimensionen aus und ließ sie schreien und kotzen. Sie wünschte (und es wurde ihr dank des Spitalfriseurs, Bob Bean, gestattet), daß man ihre dunklen Locken zu einem aquamarinblauen Igel schor, denn sie wuchsen *in* ihren löchrigen Schädel *hinein* und kringelten sich drinnen. Laubgesägte Stücke aus Himmel oder Wand fielen auseinander, ganz gleich, wie sorgfältig sie zusammengefügt worden waren, jedoch ein unbedachter Stoß oder ein Pflegerinnen-Ellbogen kann solch federgewichtige Fragmente so leicht irritieren, so daß sie zu unverständlichen Blankos anonymer Gegenstände wurden, oder zu den leeren

Rückseiten von «Scrabble»-Spielmarken, deren Sonnenseite sie nicht aufdecken konnte, weil ihr die Hände von einem Pfleger mit Demons schwarzen Augen gefesselt worden waren. Doch sogleich gaben Panik und Pein, wie ein Paar Kinder in einem ungestümen Spiel, ein letztes gellendes Gelächter von sich und liefen fort, um einander hinter einem Busch zu manipulieren, wie in Graf Tolstojs *Anna Karenin*, einem Roman, und wieder für einen Augenblick, einen kurzen Augenblick, war alles still im Haus, und deren Mutter hatte den gleichen Vornamen wie ihre.

Einmal glaubte Aqua, daß ein totgeborenes männliches Kind von einem halben Jahr, ein erstaunter kleiner Fetus, ein Fisch aus Gummi, den sie in der Badewanne hervorgebracht hatte, an einem *lieu de naissance*, der in ihren Träumen schlicht als X gekennzeichnet war, nach dem Zusammenstoß mit einem Lärchenstumpf bei voller Schußfahrt im Pulverschnee, irgendwie gerettet und zu ihr in die Klapsmühle gebracht worden war, versehen mit den Glückwünschen ihrer Schwester, in blutgetränkte Watte gewickelt, aber völlig lebendig und gesund, damit er als ihr Sohn Ivan Veen eingetragen würde. In anderen Augenblicken war sie überzeugt, daß es ein Kind ihrer Schwester war, unehelich geboren während eines aufreibenden, aber höchst romantischen Wirbelsturms, in einer Schutzhütte auf dem Sex Rouge, wo zum Glück ein Dr. Alpiner, praktischer Arzt und Enzianliebhaber, neben einem rüden roten Ofen darauf wartete, daß seine Stiefel trockneten. Einige Verwirrung gab es dann knapp zwei Jahre später (September 1871 – ihr stolzes Gehirn behielt immer noch Dutzende von Daten), als sie, aus *ihrem* nächsten Refugium entwichen und irgendwie beim unvergeßlichen Landhaus ihres Mannes angelangt (imitiere einen Fremden: *«Signor Konduktor, ei want go Lago di Luga, hier geld»*), den Augenblick ausnutzte, da er im Solarium massiert wurde, um auf Zehenspitzen in ihr früheres Schlafzimmer zu schleichen – und einen köstlichen Schock erfuhr: *ihr* Talkumpuder in einem halbvollen Glasbehältnis mit der farbenprächtigen Aufschrift Quelques Fleurs stand immer noch auf *ihrem* Nachttisch; *ihr* liebstes flammenfarbiges Nachthemd lag unordentlich auf dem Bettvorleger; für sie hieß das, nur ein kurzer schwarzer Alptraum hatte die strahlende Wirklichkeit, die ganze Zeit mit ihrem Mann geschlafen zu haben, verfinstert – die ganze Zeit seit Shakespeares Geburtstag an einem grünen, regnerischen Tag, indessen für die meisten anderen Leute bedeutete es, leider, daß Marina (nachdem G. A. Vronskij, der Film-Mann, Marina wegen eines anderen langwimprigen *Christosik*, wie er alle hübschen Starlets nannte, verlassen hatte) schwanger ging, *c'est bien le cas de le dire*, mit dem phantastischen Gedanken, daß Demon sich von der verrückten Aqua scheiden lassen und Marina heiraten solle, die glaubte (glücklich und mit Recht), daß sie wieder guter Hoffnung sei. Marina hatte einen turtelnden Monat mit ihm am Kitesch-See verbracht, aber als sie ihre Absichten selbstgefällig vortrug (kurz vor Aquas Ankunft), warf er sie aus dem Haus. Noch später, in der letzten Runde einer unnützen Existenz, warf Aqua all diese doppeldeutigen Erinnerungen über Bord und sah sich in einem luxuriösen *sanastoria* in Centaur, Arizona, wieder und wieder, eifrig und selig, die Briefe ihres Sohnes lesen. Stets schrieb er auf französisch, nannte sie *petite maman* und erzählte von dem ergötzlichen Internat, in das er nach seinem dreizehnten Geburtstag eingeschult würde. Sie hörte seine Stimme durch das nächtliche Ohrenklingen ihrer neuen, planvollen, letzten, letzten Schlaflosigkeiten und war getröstet. Er nannte sie meistens Mammi oder Mama, wobei er die letzte Silbe englisch, die erste russisch betonte; jemand hatte einmal gesagt, daß Drillinge und heraldische «Dracunculi» in dreisprachigen Familien öfter vorkommen; aber es gab jetzt absolut keinen Zweifel mehr *wie auch immer* (außer vielleicht im höllenbrausenden Geist der verhaßten, lange toten Marina), daß Van *ihr*, *ihr*, Aquas, geliebter Sohn war.

Weil sie nach diesem gesegneten Zustand vollkommener innerlicher Ruhe keinen weiteren Rückfall erleiden wollte, aber wußte, es würde nicht so bleiben, tat sie, was ein anderer Patient im fernen Frankreich in einem viel weniger strahlenden und bequemen «Heim» getan hatte. Ein Dr. Froid, einer der Verwaltungszentauren, möglicherweise ein emigrierter Bruder mit dem reisepaß-geänderten Namen des Dr. Froit aus Signy-Mondieu-Mondieu in den Ardennen oder, noch wahrscheinlicher, derselbe Mann, denn beide kamen aus Vienne Isère und waren einzige Söhne (wie ja auch ihr eigener Sohn), entwickelte beziehungsweise erneuerte die therapistische Erfindung, die darauf abzielte, ein «Gruppen»-Gefühl zu etablieren, indem die feinsten Patienten dem Personal helfen durften, wenn sie «Lust dazu» verspürten. Als die Reihe an Aqua kam, wiederholte sie haargenau den Kniff der schlauen Eleonore Bonvard, nämlich sich zum Bettmachen und Gläserbord-Säubern zu melden. Das Astorium in St. Taurus oder wie immer es hieß (wen kümmert's – man vergißt Kleinigkeiten rasch, wenn man auf endloser Un-Dinglichkeit treibt) war vielleicht moderner, mit einem ausgesuchteren Wüstenblick, als das freudlose Mondefroid-Bleakhorse-Horsepittle, aber beiderorts konnte ein dementer. Patient einem imbezilen Pedanten durchaus ein Schnippchen schlagen.

In knapp einer Woche hatte Aqua mehr als zweihundert Tabletten verschiedener Potenz zusammengerafft. Die meisten kannte sie – die faden Sedativa und jene, die einen von acht Uhr abends bis Mitternacht mattsetzten, sowie etliche Varianten stärkerer Schlafmittel, die einen nach acht Stunden des Nicht-Seins mit gläsernen Gliedern und bleiernem Kopf zurückließen, und eine Droge, die an sich köstlich war, aber ein bißchen tödlich im Zusammenspiel mit einem Schluck jenes flüssigen Reinigungsmittels, das im Handel als Morona bekannt war; und eine plumpe lila Pille erinnerte sie, dabei mußte sie lachen, an jene Tabletten, mit denen die kleine Zigeunerhexe aus dem spanischen Märchen (von Ladores Schulmädchen heiß geliebt) all die Jäger mit all ihren Bluthunden bei Beginn der Jagd-Saison in Schlaf versetzte. Damit kein Übereifriger auf die Idee kam, sie beim Davontreiben zu erretten, überlegte Aqua, mußte sie dafür sorgen, daß sie so viel Zeit wie möglich in ungestörtem Stupor außerhalb des Glashauses zubrachte, und die Realisierung dieses zweiten Teils ihres Planes wurde vereinfacht und unterstützt von einem zweiten Agenten oder Double des Isère-Professors, einem Dr. Sig Heiler, den alle als großen Mann und Dünn-Genie im üblichen Sinne von Dünn-Bier verehrten. Von solchen Patienten, die durch ein gewisses Zwinkern mit dem Augenlid oder anderen fast-intimen Körperteilen unter der Aufsicht von Medizinstudenten bestätigten, daß Sig (ein leicht deformierter, aber nicht unansehnlicher alter Junge) in ihren Träumen als «Papa Fig», als Mädchenpopo-Versohler und sprühender Spucknapf-Spucker zu erscheinen begann, wurde angenommen, daß sie sich auf dem Wege der Besserung befanden, und man erlaubte ihnen, nach dem Erwachen an normalen Freiluft-Vergnügungen teilzunehmen, wie zum Beispiel Picknicks. Die schlaue Aqua zwinkerte, simulierte ein Gähnen, öffnete die hellblauen Augen (mit den bestürzend kontrastierenden pechschwarzen Pupillen, die Dolly, ihre Mutter, auch hatte), zog eine gelbe Hose und einen schwarzen Bolero an, ging durch ein kleines Kiefernwäldchen, fuhr ein Stück per Anhalter mit einem mexikanischen Laster, fand eine passende Schlucht im Gestrüpp, und nachdem sie ein Briefchen niedergeschrieben hatte, fing sie an, aus der hohlen Hand seelenruhig den vielfarbigen Inhalt ihrer Handtasche zu essen, wie irgendein russisches Landmädchen *lakomjaschtscha jasja jagodami* (in Beeren schwelgend), die es gerade im Wald gesammelt hatte. Aqua lächelte und genoß träumerisch den Gedanken (ziemlich «kareninianisch» getönt), daß ihre Auslöschung die Leute ungefähr so tief träfe wie das abrupte, mysteriöse, nie erklärte Ableben eines Comic strips in einer Sonntagszeitung, die man sich seit Jahren gehalten hat. Es war ihr letztes Lächeln. Sie wurde viel früher entdeckt und war auch viel schneller gestorben als erwartet, und der aufmerksame Siggy, immer noch in seinen sackigen Khaki-Shorts, berichtete, daß Schwester Aqua (wie alle sie aus irgendwelchen Gründen nannten) dalag, als sei sie in Vor-Zeiten begraben worden, in einer *fetus in utero*-Position, ein Kommentar, der seinen Studenten relevant vorkam, wie auch vielleicht meinen eigenen.

Jene letzte Notiz, die man bei ihr fand, an ihren Mann und Sohn gerichtet, hätte von dem gesündesten Menschen auf dieser oder jener Erde stammen können.

> *Aujourd'hui* (*heute* – toity!) habe ich, dieses lidklappernde Spielzeug, das psykitschige Recht verdient, eine Landpartie mit dem Herrn Doktor Sig, Schwester Johanna der Schrecklichen und einigen «Patienten» in den benachbarten *bor* (das Fichtenwäldchen) zu genießen, wo ich genau die gleichen skunk-ähnlichen Erdhörnchen sah, Van, die Dein Dunkelblauer Vorfahr nach Ardis Park importiert hatte, wo Du zweifellos eines Tages herumstrolchen wirst. Die Zeiger einer Turmuhr, sogar wenn sie nicht geht, müssen wissen und auch die dümmste kleine Armbanduhr wissen lassen, wo sie stehen, sonst ist weder das eine noch das andere ein Zifferblatt, sondern bloß ein weißes Gesicht mit einem Anklebe-

bärtchen. Ähnlich muß der *tschelovek* (Mensch) wissen, wo er steht, und muß es andere wissen lassen, sonst ist er nicht einmal ein *klok* (Stück) eines *tschelovek*, weder er noch sie, sondern nur ein «Tittchen vom Bißchen», wie die arme Ruby, mein kleiner Van, ihr dürftiges rechtes Brüstlein zu nennen pflegte. Ich, die arme *Princesse Lointaine, très lointaine* inzwischen, weiß nicht, wo ich stehe. Also muß ich fallen. Drum adieu, mein lieber, lieber Sohn, und leb wohl, armer Demon, ich weiß weder Tag noch Jahreszeit, aber es ist ein einigermaßen und gewiß zeitigermaßen freundlicher Tag mit einer Menge niedlicher kleiner Ameisen, die sich formieren, um auf meine hübschen Pillen loszugehen.

[Gezeichnet] Meiner Schwester Schwester, die jetzt *iz ada* («aus der Hölle») ist

«Wenn wir möchten, daß die Sonnenuhr des Lebens ihren Zeiger zeigt», kommentierte Van, als er Ende August 1884 im Rosengarten von Schloß Ardis die Metapher weiterentwickelte, «müssen wir uns immer daran erinnern, daß die Stärke, die Würde, die Freude des Menschen darin liegt, die Schatten und Sterne, die ihre Geheimnisse vor uns verbergen, zu kränken und zu ächten. Nur die lächerliche Macht der Marter zwang sie aufzugeben. Und ich denke oft, es wäre so sehr viel plausibler gewesen, ästhetisch, ekstatisch, estotisch gesprochen, wenn sie wirklich meine Mutter gewesen wäre.»

4

Als Van in der Mitte des zwanzigsten Jahrhunderts anfing, seine tiefste Vergangenheit zu rekonstruieren, stellte er bald fest, daß jene Details seiner Kindheit, die wirklich von Belang waren (für die spezielle Absicht, die er mit seiner Rekonstruktion verfolgte), am besten, und nicht selten gar *nur*, dann abgehandelt werden konnten, wenn sie zu verschiedenen späteren Stadien seiner

Knabenjahre und Jugend erneut auftauchten als plötzliches Nebeneinander, das den Teil wiederbelebte, indem es das Ganze lebendig machte. Deshalb hat seine erste Liebe hier Vorrang vor seinem ersten schlimmen Schmerz oder schlimmen Traum.

Er war gerade dreizehn geworden. Er hatte nie zuvor die Annehmlichkeiten des väterlichen Daches verlassen. Er hatte sich nie zuvor klargemacht, daß solche «Annehmlichkeiten» nicht als selbstverständlich betrachtet werden durften, sondern allenfalls als schablonierte Vorwort-Metapher in einem Buch über einen Jungen und eine Schule vorkamen. Ganz in der Nähe der Schule hatte eine Witwe, Mrs. Tapirov, die Französin war, aber mit russischem Akzent Englisch sprach, einen Laden mit Kunstgewerbe und mehr oder weniger antiken Möbeln. Dorthin ging er an einem klaren Wintertag. Kristallvasen mit karmesinroten Rosen und goldbraunen Astern standen hier und da im vorderen Teil des Ladens – auf einer vergoldeten Holz-Konsole, auf einer lackierten Kommode, auf dem Bord einer Vitrine oder einfach auf den teppichbelegten Stufen, die einen Stock höher führten, wo große Kleiderschränke und blinkende Frisiertische im Halbkreis um eine seltsame Gesellschaft von Harfen herumstanden. Er überzeugte sich davon, daß jene Blumen tatsächlich künstlich waren, und fand es befremdlich, daß solche Imitationen immer nur der Verlockung des Auges dienten, anstatt auch das feuchte, fette Gefühl lebendiger Blüten und Blätter zu kopieren. Als er am nächsten Tag den Gegenstand (nun, achtzig Jahre später, nicht mehr in Erinnerung), den er repariert oder nachgemacht haben wollte, abholen kam, war jener noch nicht fertig oder noch nicht eingetroffen. Im Vorbeigehen berührte er eine halboffene Rose und wurde von dem sterilen Gewebe, das seine Fingerspitzen erwartet hatten, zum Narren gehalten, als kühles Leben sie mit schmollenden Lippen küßte. «Meine Tochter», sagte Mrs. Tapirov, seine Überraschung bemerkend, «stellt immer einen echten Strauß zwischen die künstlichen *pour attraper le client.* Sie haben den Joker gezogen.» Als er hinausging, kam sie herein, ein Schulmädchen in einem grauen Mantel mit braunen, schulterlangen Ringellocken und einem niedlichen Gesicht. Bei einer anderen Gelegenheit (denn ein bestimmter Teil von dem Ding – der Rahmen vielleicht – brauchte entsetzlich lange, um heil zu werden, oder aber es stellte sich heraus, daß der ganze Artikel nun doch nicht mehr zu kriegen war) sah er sie zusammengerollt mit ihren Schulbüchern in einem Sessel – ein Teil des Hauses zwischen den verkäuflichen Dingen. Er sprach nie mit ihr. Er liebte sie wahnsinnig. Es muß mindestens ein Semester lang gedauert haben.

Das war Liebe, normal und geheimnisvoll. Weniger geheimnisvoll und beträchtlich grotesker waren die Leidenschaften, die etliche Generationen von Schulmeistern nicht auszurotten vermocht hatten und die selbst 1883 sich noch immer unvergleichlicher Beliebtheit im Riverlane-Internat erfreuten. Jedes Schülerhaus hatte seinen Lustknaben. Ein hysterischer Knabe aus Upsala mit Silberblick und Hängelippen, mit beinah bestürzend beschränkten Bewegungen, aber mit einer wundervoll weichen Haut und den runden, rahmigen Reizen von Bronzinos Amor (dem großen, den ein entzückter Satyr im Boudoir einer Dame entdeckt), wurde viel geschätzt und gequält von einer Gruppe ausländischer Jungen, vorwiegend Griechen und Engländern, angeführt von dem Rugby-As Cheshire; und teils aus Prahlerei, teils aus Neugier, überwand Van seinen Abscheu und beobachtete kalt ihre wüsten Orgien. Bald jedoch gab er dieses Surrogat auf zugunsten einer natürlicheren, wenn auch gleichermaßen herzlosen Zerstreuung.

Die ältliche Frau, die Gerstenzucker und «Lucky Louse»-Hefte in dem Eckladen verkaufte, dessen Besuch aus Tradition nicht so streng verboten war, heuerte zufällig eine junge Helferin an, und Cheshire hatte als Sohn eines sparsamen Lords schnell heraus, daß dieses fette kleine Luder für einen russischen Grün-Dollar zu haben war. Van war einer der ersten, der sich ihrer Gunst bediente. Sie wurde im Halbdunkel gewährt, zwischen Säcken und Kisten im Lagerraum, nach Ladenschluß. Die Tatsache, daß er ihr erzählt hatte, er sei sechzehn und ein Wüstling statt vierzehn und unberührt, erwies sich als ein Quell der Verwirrung für unseren Draufgänger, als er versuchte, seine Unerfahrenheit in schnelle Aktion hochzuschaukeln, aber mit dem einzigen Erfolg, daß er auf der Willkommen-Matte vergoß, was sie hilfsbereit gern mit ins Haus gebracht hätte. Die Sache lief besser sechs Minuten später, nachdem Cheshire und Zographos durch waren; aber erst bei der nächsten Paarungs-Party begann Van ihre Sanftheit, ihren weichen, süßen Griff und ihr herzhaftes

Gerüttel wirklich zu genießen. Er wußte, sie war nichts als ein plumpes schweinchen-rosa Hürchen, und pflegte ihr Gesicht mit seinem Ellbogen wegzustoßen, wenn sie versuchte, ihn zu küssen, nachdem er fertig war, und mit flinkem Griff, wie er es bei Cheshire gesehen hatte, vergewisserte er sich, ob seine Brieftasche noch in seiner Hüfttasche stak; aber irgendwie, als die letzte von einigen vierzig Konvulsionen im normalen Lauf zusammenbrechender Zeit gekommen und gegangen war und sein Zug vorbei an schwarzen und grünen Feldern gen Ardis raste, merkte er, wie er ihr armseliges Bild mit unvermuteter Poesie auszustatten im Begriff war – den Küchengeruch ihrer Arme, die feuchten Augenwimpern im plötzlichen Aufflackern von Cheshires Feuerzeug und sogar die knarrenden Schritte der alten, tauben Mrs. Gimber oben in ihrer Schlafkammer.

In einem eleganten Erste-Klasse-Abteil, mit der behandschuhten Hand in der Samtschlaufe, fühlt man sich sehr als Mann von Welt, wenn man die tüchtige Landschaft tüchtig vorbeifliegen sieht. Und ab und zu hielten die umherschweifenden Augen des Fahrgastes einen Moment inne, da er einem unteren inneren Kribbeln nachlauschte, von dem er annahm (mit Recht, Pott sei Dank), daß es sich nur um eine geringfügige Reizung des Epithels handele.

5

Am frühen Nachmittag stieg er mit seinen zwei Koffern aus in den sonnigen Frieden des kleinen, ländlichen Bahnhofs, von wo eine gewundene Straße hinaufführte nach Ardis Hall, das er zum erstenmal in seinem Leben besuchte. Auf der Miniatur der Imagination hatte er ein Pferd gesehen, das man gesattelt für ihn bereithielt; es gab nicht einmal einen Kutschwagen. Der Stationsvorsteher, ein stämmiger, sonnenverbrannter Mann in einer braunen Uniform, war sich ganz sicher, man erwarte ihn mit dem Abendzug, der zwar langsamer sei, aber einen Tee-Wagen führe. Er würde gleich die Hall anrufen, sagte er, indem er dem ungeduldigen Lokomotivführer das Signal gab. Plötzlich kam eine Droschke an den Bahnsteig herangefahren, und eine rothaarige Dame, die ihren Strohhut in der Hand trug und über ihre eigene Hast lachen mußte, rannte zum Zug und schaffte es gerade noch, vor Abfahrt aufzuspringen. So willigte Van ein, das Transportmittel zu benutzen, das ihm ein zufälliger Knick im Gewebe der Zeit zur Verfügung gestellt hatte, und nahm in der alten Kalesche Platz. Die halbstündige Fahrt erwies sich als recht angenehm. Er wurde durch Kiefernwälder und felsige Schluchten gefahren, mit Vögeln und anderen Tieren, die im blühenden Unterholz sangen. Sonnenflecke und Schattengeflecht huschten über seine Beine und liehen dem Messingknopf auf dem Mantelrücken des Kutschers, der seines Zwillings beraubt war, ein grünes Glitzern. Sie fuhren durch Torfyanka, ein verträumtes Dörfchen, das aus drei oder vier Blockhütten, einer Milcheimerreparatur und einer jasmingeschmückten Schmiede bestand. Der Fahrer winkte einem unsichtbaren Freund, und der sensible Wagen schwankte schwach, um die Gebärde auszugleichen. Sie rumpelten nun auf einer staubigen Landstraße entlang durch die Felder. Die Straße hob und senkte sich, und bei jeder Anhöhe verlangsamte das alte Aufzieh-Taxi seine Fahrt wie auf der Schwelle des Schlafs und überwand nur widerwillig seine Schwäche.

Sie hüpften über das Kopfsteinpflaster von Gamlet, einem halb-russischen Dorf, und der Chauffeur winkte wieder, dieses Mal einem Jungen auf einem Kirschbaum. Birken traten auseinander, um sie über eine alte Brücke passieren zu lassen. Ladore, mit seiner schwarzen Burgruine auf einem Fels, und seine bunten Dächer weiter flußabwärts wurden erspäht – er würde sie sehr viel später im Leben noch viele Male wiedersehen.

Alsbald gewann die Vegetation ein südlicheres Aussehen, da der Weg Ardis Park säumte. Mit der nächsten Biegung erschien das romantische Herrenhaus auf der sanften Anhöhe alter Romane. Es war ein prächtiges Landhaus, drei Stockwerke hoch, gebaut aus fahlen Ziegeln und violettisch schimmernden Steinen, deren Farbschattierungen und Substanz sich bei bestimmten Beleuchtungen auszutauschen schienen. Der Vielzahl, Fülle und Lebhaftigkeit großer Bäume zum Trotz, die längst die zwei ausgerichteten Reihen stilisierter Schößlinge ersetzt hatten (eingestreut eher von der Vorstellung des Architekten, als vom Auge des Malers wahrgenommen) erkannte Van sofort Ardis Hall, wie es auf dem zweihundert Jahre alten Aquarell, das im Ankleidezimmer seines Vaters hing, dargestellt war: das Herrenhaus lag auf einer Erhebung mit Blick auf eine abstrakte Wiese, wo zwei winzige Menschen mit Dreispitzen nicht weit von einer stilisierten Kuh sich unterhielten.

Niemand aus der Familie war zu Hause, als er ankam. Ein diensthabender Diener übernahm sein Pferd. Van betrat den gotischen Bogengang der Halle, wo Bouteillan, der alte, glatzköpfige Butler, der jetzt ganz berufsfremd einen Schnurrbart trug (fettsaucenbraun gefärbt) ihn mit theatralischem Entzücken begrüßte – er war einst der Kammerdiener von Vans Vater gewesen –, *«Je parie»*, sagte er, *«que Monsieur ne me reconnaît pas»*, und fing an, ihn an all das zu erinnern, was Van sich ohnehin schon ins Gedächtnis zurückgerufen hatte, an den *farmänneken* (eine besondere Art Kastendrachen, heutzutage sogar in den größten Museen, die das Spielzeug der Vergangenheit beherbergen, unauffindbar), den Bouteillan eines Tages mit ihm auf einer mit Butterblumen gesprenkelten Wiese hatte steigen lassen. Beide blickten empor: das kleine rote Rechteck hing einen Augenblick lang schief in einem blauen Frühlingshimmel. Die Halle war berühmt wegen ihrer Deckenmalereien. Für den Tee war es noch zu früh: wünschte Van, daß er oder eine Zofe auspackte? Oh, eines der Mädchen, sagte Van, kurz überlegend, welcher Gegenstand im Gepäck eines Schuljungen wohl ein Hausmädchen schockieren könnte. Das Bild von der nackten Ivory Revery (ein Photo-Modell)? Wen ging es an, jetzt, da er ein Mann war?

Auf Vorschlag des Butlers machte er sich auf eine *tour du jardin*. Während er in den Segeltuchschuhen, die zu seiner Schuluniform gehörten, lautlos über den weichen rosa Sand eines gewundenen Pfades schritt, stieß er auf eine Person, in der er mit Ekel seine frühere französische Gouvernante wiedererkannte (an diesem Ort wimmelte es von Geistern!). Sie saß auf einer grünen Bank unter dem persischen Flieder, in der einen Hand einen Sonenschirm, in der anderen ein Buch, aus dem sie laut einem kleinen Mädchen vorlas, das derweil in der Nase bohrte und verträumt seinen Finger untersuchte, bevor es ihn an der Kante der Bank abwischte. Van nahm an, daß es «Ardelia» sein mußte, die ältere der beiden kleinen Cousinen, die er kennenlernen sollte. Tatsächlich aber war es Lucette, die jüngere, ein neutrales Kind von acht Jahren mit einem Pony aus glänzendem, rotblondem Haar und einem Sommerspross-Knopf als Nase: Im Frühjahr hatte sie Lungenentzündung gehabt und war immer noch umhüllt von einem merkwürdigen Gebaren der Entrücktheit, wie es Kinder, vor allem schelmische Kinder, eine Zeitlang beibehalten, wenn der Tod sie gestreift hat. Mlle Larivière sah Van plötzlich über den Rand ihrer grünen Brille an – und er mußte ein zweites warmes Willkommen über sich ergehen lassen. Im Gegensatz zu Albert hatte sie sich überhaupt nicht verändert seit jenen Tagen, da sie dreimal die Woche in das Stadthaus des Dunklen Veen gekommen war mit einer Tasche voller Bücher und dem zierlichen, zitternden Zwergpudel (nun tot), der nicht daheim gelassen werden konnte. Er hatte glänzende Äuglein wie traurige schwarze Oliven.

Alsbald schlenderten sie alle zurück, wobei die Gouvernante im Erinnerungsschmerz ihren großkinnigen, großnasigen Kopf unter der Moiré-Seide ihres Sonnenschirms schüttelte; Lucy eine Erdhacke, die sie gefunden hatte, knirschend hinter sich her schleifte; und Jung-Van in seinem knappen grauen Anzug und fließendem Schlips, Hände auf dem Rücken, auf seine sorgfältig schreitenden stummen Füße hinabblickte, die er ohne bestimmten Grund hintereinander zu setzen versuchte.

Eine Viktoria hatte vor der Veranda gehalten. Eine Dame, die Vans Mutter ähnelte, und ein dunkelhaariges Mädchen von elf oder zwölf, vorweg ein herabfließender Dackel, stiegen aus. Ada hielt einen unordentlichen Strauß wilder Blumen. Sie trug einen weißen Rock mit einer schwarzen Jacke, und in ihrem langen Haar war eine weiße Schleife. Er sah diese Kleidung nie wieder an ihr, und wenn er sie bei rückblickender Betrachtung erwähnte, beharrte Ada darauf, daß er geträumt haben mußte, sie hatte nie so etwas besessen, konnte niemals an einem so heißen Tag einen dunklen Blazer getragen haben, aber er hielt an seinem allerersten Bild von ihr bis zum Schluß fest.

Ungefähr zehn Jahre zuvor, nicht lange vor oder nach seinem vierten Geburtstag und gegen Ende des langen Aufenthalts seiner Mutter in einem Sanatorium, war «Tante» Marina in einem öffentlichen Park, wo es Fasane in einem großen Käfig gab, über ihn hergefallen. Sie gab seiner Kinderfrau Anweisung, sich um ihre eigenen Angelegenheiten zu kümmern, und zog ihn zu einem Kiosk in der Nähe des Musikpavillons, wo sie ihm eine smaragdene Zuckerstange aus Pfefferminz kaufte und ihm erzählte, daß sie, wenn sein Vater es wünschte, die Stelle seiner Mutter einnehmen würde und daß man die Vögel nicht ohne Lady Amhersts Erlaubnis füttern dürfte, oder etwa so hatte er verstanden.

Sie nahmen nun den Tee in einer anmutig möblierten Ecke der sonst ziemlich strengen Haupthalle, von der aus die Große Treppe emporführte. Sie saßen auf seidenbezogenen Stühlen um ein hübsches Tischchen herum. Adas schwarze Jacke und ein rosa-gelb-blauer Blumenstrauß, den sie aus Anemonen, Scharbockskraut und Akelei zusammengestellt hatte, lagen auf einem Eichenhocker. Der Hund bekam mehr Kuchenhappen als üblich. Price, der traurige alte Lakai, der die Sahne für die Erdbeeren brachte, ähnelte Vans Geschichtslehrer, G. G. Jones.

«Er ähnelt meinem Geschichtslehrer», sagte Van, als der Mann gegangen war.

«Geschichte habe ich besonders gern gemocht», sagte Marina, «ich liebte es, mich mit berühmten Frauen zu identifizieren. Da ist ein Marienkäfer auf deinem Teller, Ivan. Besonders mit berühmten Schönheiten – Lincolns zweiter Frau oder Kaiserin Joséphine.»

«Ja, hab schon gesehen – es ist wunderhübsch gemacht. Wir haben ein ähnliches Service zu Hause.»

«*Slivok* (etwas Sahne)? Ich hoffe, du sprichst Russisch?» fragte Marina, als sie ihm Tee eingoß.

«*Neochotno, no soverschenno svobodno* (ungern, aber fließend)», erwiderte Van, *slegka ulybnuvschisj* (mit einem kleinen Lächeln). «Ja, recht viel Sahne und drei Stück Zucker.»

«Ada und ich teilen deinen ausgefallenen Geschmack. Dostoevskij mochte ihn mit Himbeer-Sirup.»

«Pah», machte Ada.

Marinas Porträt, ein ziemlich gutes Ölbild von Tresham, das über ihr an der Wand hing, zeigte sie mit dem breitkrempigen Hut, den sie auf der Probe einer Jagd-Szene vor zehn Jahren getragen hatte, romantisch beladen mit einem Regenbogen-Flügel und einer großen, überhängenden Feder aus schwarzgestreiftem

Silber; und Van, der sich an den Käfig im Park erinnerte und an seine Mutter irgendwo in ihrem eigenen Käfig, hatte ein seltsames Gefühl des Unheimlichen, als hätten die Kommentatoren seines Schicksals eine verborgene Besprechung geführt. Marinas Gesicht war in einer Weise geschminkt, daß es ihrem früheren Aussehen nahekam, aber die Mode hatte sich geändert, ihr Baumwollkleid war rustikal bedruckt, ihre nußbraunen Locken waren gebleicht und fielen nicht länger an ihren Schläfen herab, und nichts an ihrer Kleidung oder ihrem Schmuck war noch Echo auf den Knall ihrer Reitpeitsche auf dem Bild und das Schuppenmuster ihres glitzernden Gefieders, das Tresham mit ornithologischem Geschick wiedergegeben hatte.

An jenen ersten Tee gab es nicht viel Erinnernswertes. Er bekam Adas Trick mit, ihre Fingernägel zu verbergen, indem sie ihre Hand zur Faust ballte oder die Innenfläche nach oben kehrte, wenn sie nach einem Keks griff. Alles, was ihre Mutter sagte, langweilte sie und machte sie verlegen, und als Marina begann, über den «See», sonst das Neue Reservoir, zu sprechen, merkte er, daß Ada nicht mehr neben ihm saß, sondern den Rükken zum Teetisch ein wenig abseits am geöffneten Fensterflügel stand, neben dem taillierten Hund, der von einem Stuhl aus über gespreizte Vorderpfoten ebenfalls in den Garten spähte, und sie fragte ihn mit Flüsterstimme, was es denn wohl sei, was er da schnuppere.

«Du kannst den ‹See› vom Bibliotheksfenster sehen», sagte Marina. «Ada wird dir jetzt alle Räume des Hauses zeigen. Ada?» (Sie sprach es auf die russische Weise aus, so daß es fast wie «Ardor» klang.)

«Du kannst auch von hier aus sein Glitzern erkennen», sagte Ada, indem sie den Kopf wandte und, *pollice verso*, Van auf die Aussicht hinwies. Van setzte die Tasse nieder und wischte sich den Mund mit einer winzigen, bestickten Serviette, die er dann in seine Hosentasche stopfte, als er zu dem dunkelhaarigen, blaß-armigen Mädchen hinüberging. Als er sich zu ihr beugte (er war eine gute Handbreit größer und gar das Doppelte davon, als sie einen griechischen Katholiken heiratete und sein Schatten von hinten die Brautkrone über sie hielt), bewegte sie ihren Kopf, damit er den seinen in den erwünschten Winkel brächte, und ihr Haar rührte an seinen Hals. In seinen ersten Träumen von ihr stellte sich stets aufs neue heraus, daß dieser nachgespielte Kontakt, so leicht, so kurz, jenseits dessen lag, was der Träumer ertragen konnte und wie ein erhobenes Schwert Feuer und heftige Erlösung kundtat.

«Trink deinen Tee aus, mein Teures», rief Marina.

Dann gingen die Kinder hinauf, wie Marina es versprochen hatte. «Warum Treppenstufen nur so entsetzlich knarren müssen, wenn zwei Kinder hinaufsteigen», dachte sie, während sie zum Geländer emporblickte, auf dem sich zwei linke Hände mit verblüffend gleichen Griffen und Zügen fortbewegten, wie zwei Geschwister bei ihrer ersten Tanzstunde. «Immerhin waren wir Zwillingsschwestern; jeder weiß das.» Das gleiche, langsame Hochziehen, sie vorn, er dahinter, brachte sie über die letzten beiden Stufen, und die Treppe war wieder still. «Altmodische Skrupel», sagte Marina.

6

Ada zeigte ihrem schüchternen Gast die große Bibliothek im zweiten Stock, der Stolz von Ardis und ihr Lieblingsplatz zum Stöbern, den ihre Mutter nie betrat (hatte sie doch ihre eigene Sammlung von *Die Tausendundein Besten Dramen* in ihrem Boudoir), und auch der Rote Veen, Sentimentalist und Memme, mied die Bibliothek, weil er keinen Wert darauf legte, dem Geist seines Vaters zu begegnen, der hier an Herzschlag gestorben war, und weil er nichts deprimierender fand als die erlesenen Werke ungelesener Autoren, obwohl er andererseits nichts dagegen hatte, wenn ein gelegentlicher Besucher die hohen Bücherborde und niedrigen Schränkchen, die dunklen Bilder und bleichen Büsten, die zehn handgeschnitzten Walnußstühle und die zwei kostbaren Tische mit Ebenholzintarsien bewunderte. Ein Strahl gelehrten Sonnenlichts fiel auf den kolorierten Kupferstich von Orchideen in einem Botanik-Atlas, der offen auf einem Lesepult lag. Eine Art Divan oder Ruhebett, bezogen mit schwarzem

Samt und mit zwei gelben Kissen ausgestattet, stand in einer Nische unterhalb eines Aussichtsfensters, das einen großzügigen Blick auf den banalen Park und den künstlichen See freigab. Ein Paar Kerzenhalter, bloße Phantome aus Metall und Talg, standen oder schienen auf dem breiten Fenstersims zu stehen.

Ein Korridor, der von der Bibliothek abführte, hätte unsere schweigsamen Entdecker in die Gemächer von Mr. und Mrs. Veen im Westflügel geleitet, würden sie ihre Untersuchungen in jene Richtung fortgesetzt haben. Statt dessen schraubte eine halb-geheime kleine Wendeltreppe hinter einem drehbaren Buchregal sie empor ins oberste Stockwerk, sie, blaßschenklig, über ihm, größere Schritte machend als er, drei steile Stufen voraus.

Die Schlafkammern und angrenzenden Bequemlichkeiten waren mehr als bescheiden, und Van stellte mit Bedauern fest, daß er anscheinend zu jung war, um eines der beiden Gästezimmer neben der Bibliothek zugewiesen zu bekommen. Sehnsüchtig dachte er an den Luxus von zu Hause, als er die abstoßenden Objekte betrachtete, die ihn in der Einsamkeit von Sommernächten einschließen würden. Alles machte ihm den Eindruck, als sei es für einen kriecherischen Kretin hergerichtet – das trostlose Armenhaus-Bett mit dem mittelalterlichen Kopfende aus schäbigem Holz, der von selbst knarrende Kleiderschrank, die gedrungene Kommode aus Mahagoni-Imitation mit Eisenring-Knöpfen (einer fehlte), die Bett-Truhe (ein linkischer Überläufer aus dem Wäscheraum) und der alte Schreibtisch, dessen gewölbte Vorderklappe verschlossen oder verklemmt war: er fand den Knopf in einer der unnützen Schubladen und reichte ihn Ada, die ihn aus dem Fenster warf. Nie zuvor war Van auf ein Handtuch-Gestell gestoßen, hatte noch nie einen Waschtisch gesehen, der speziell für die Badlosen angefertigt war. Darüber der runde Spiegel war umrankt von goldenen Gipsreben; eine satanische Schlange umringelte das Porzellanbecken (Zwilling von dem im Mädchenwaschraum auf der anderen Korridorseite). Ein Lehnstuhl mit hohem Rücken und ein Hocker neben dem Bett, der einen Messingleuchter mit Ölpfanne und Griff emporhielt (und dessen Ebenbild er kurz vorher gespiegelt gesehen zu haben schien – wo?), vervollständigten den schlimmsten und hauptsächlichen Teil der dürftigen Ausstattung.

Sie kehrten zum Korridor zurück, sie ihr Haar schüttelnd, er sich räuspernd. Weiter unten stand die Tür eines Spiel- oder Kinderzimmers halb offen und schwang hin und her, als Klein Lucette herauslugte und ein karottenbraunes Knie vorzeigte. Dann flog der Türflügel auf – doch sie schoß nach drinnen und war fort. Kobaltblaue Segelboote zierten die weißen Kacheln eines Ofens, und als ihre Schwester und er an der offenen Tür vorübergingen, begann eine Spieldose einladend ihr holpriges kleines Menuett zu dudeln. Ada und Van kehrten ins Erdgeschoß zurück – dieses Mal den ganzen Weg über die Prachttreppe. Sie wies auf ihren Liebling unter den vielen Ahnen an der Wand, den alten Prinzen Vseslav Zemskij (1699–1797), ein Freund des Linnaeus und Verfasser von *Flora Ladorica,* porträtiert in sattem Öl, wie er seine eben pubeszente Braut samt ihrem blonden Püppchen in seinem Seidenschoß hält. Eine schlicht gerahmte vergrößerte Photographie hing (ziemlich unpassend, fand Van) neben dem Rosenknospen-Liebhaber in seinem bestickten Überrock. Der verstorbene Sumeretschnikov, amerikanischer Vorläufer der Lumière-Brüder, hatte Adas Onkel mütterlicherseits im Profil aufgenommen, die Violine an der Wange, ein gezeichneter Jüngling, nach seinem Abschiedskonzert.

Im ersten Stockwerk gab ein mit Damast ausgeschlagener gelber Salon, möbliert in einem Stil, der von den Franzosen einst als «Empire» bezeichnet worden war, den Weg frei zum Garten, und nun, am späten Nachmittag, erlebte er über die Schwelle hinweg eine Invasion der großblättrigen Schatten des Paulownia-Baums (der, erläuterte Ada, von einem mittelmäßigen Linguisten nach dem Patronymikum, das er fälschlicherweise für den Zweit- oder Nachnamen jener harmlosen Lady hielt, Anna Pavlovna Romanov nämlich, so benannt wurde, Tochter von Pavel, mit Spitznamen Paul minus Peter, warum, wußte sie auch nicht, eines Vetters also von jenes Nicht-Sprachlers Lehrer, des botanischen Zemskij, und jetzt schreie ich sofort los, dachte Van). Ein Porzellanschrank hielt einen ganzen Zoo kleiner Tiere umschlossen, von denen der Oryx und das Okapi, vollständig, mit lateinischen Namen, von seiner liebreizenden, aber maßlos anmaßenden Begleiterin ihm besonders nahegelegt wurden. Ebenso faszinierend war eine fünffaltige spanische Wand mit leuchtenden Malereien auf den schwarzen Tafeln, die die ersten

Landkarten der viereinhalb Kontinente wiedergaben. Wir kommen jetzt in das Musikzimmer mit seinem wenig benutzten Piano, und in einen Eckraum, das sogenannte Jagdzimmer, in dem ein ausgestopftes Shetland-Pony steht, das eine Tante von Dan Veen, hab den Mädchennamen, Pott sei Dank, vergessen, einst ritt. Auf der anderen oder irgendeiner anderen Seite des Hauses war der Ballsaal, ein schimmerndes Ödland mit Mauerblümchen-Stühlen. «Leser, reite weiter» (*«mimo, tschitatelj»*, wie Turgenev schrieb). Die «Stallungen», wie man sie in der Grafschaft Ladore unzutreffend nannte, erwiesen sich im Falle von Ardis Hall als architektonisch ziemlich verwirrend. Eine vergitterte Galerie blickte über ihre umrankte Schulter in den Garten und bog zur Auffahrt scharf ab. An anderer Stelle leitete eine elegante Loggia, durch lange Fenster erleuchtet, die nunmehr zungenlahme Ada und den unsagbar gelangweilten Van in eine Felsen-Laube: eine künstliche Grotte mit Farnen, die sich schamlos an sie klammerten, und einem artifiziellen Wasserfall, entliehen aus irgendeinem Bach oder Buch oder Vans brennender Blase (nach all dem verdammten Tee).

Die Unterkünfte der Dienerschaft (bis auf die der beiden bepinselten und bepuderten Zimmermädchen, die ihre Kammern oben hatten) lagen auf der Hofseite im Erdgeschoß, und Ada erzählte, sie habe sie während des Forscher-Stadiums ihrer Kindheit einmal aufgesucht, aber alles, woran sie sich noch erinnere, seien ein Kanarienvogel und ein alter Apparat zum Mahlen von Kaffeebohnen, womit die Angelegenheit erledigt war.

Sie sausten wieder nach oben.

Van flitzte in ein WC – und tauchte in wesentlich besserer Laune wieder auf. Als sie weitergingen, spielte abermals ein Haydn-Zwerg ein paar Takte.

Der Boden. Dies ist der Boden. Willkommen auf dem Boden. Er beherbergte eine große Anzahl von Truhen und Kartons und zwei braune Couches, eine über der anderen wie kopulierende Käfer, und Mengen von Bildern, die mit den Gesichtern zur Wand in Ecken oder auf Borten standen wie gedemütigte Kinder. Aufgerollt stak in seinem Futteral, verschossen, aber immer noch bezaubernd, ein alter «Jikker» oder Gleiter, ein blauer Zauberteppich mit arabischem Muster, den Onkel Daniels Vater während seiner Kindheit benutzt und später bei Trunkenheit geflogen hatte. Wegen all der Kollisionen, Kollapse und anderer Unfälle, die besonders zahlreich unter abendrotem Himmel über idyllischen Feldern auftraten, waren die Jikkers von der Luftpolizei verboten worden; aber vier Jahre später bestach Van, der diesen Sport liebte, einen ansässigen Mechaniker, das Ding zu reinigen, die Triebröhren neu zu laden und es insgesamt wieder in magische Ordnung zu bringen, und so manchen Sommertag verbrachten sie damit, seine Ada und er, über Hain und Au zu hängen oder in der sicheren Höhe von zehn Fuß über Dielen und Dächer zu gleiten. Wie witzig der wackelnde, furchentauchende Radfahrer, wie komisch der armschwenkende und ausrutschende Schornsteinfeger!

Ada, vage getrieben von dem Gefühl, daß sie, solange sie das Haus besichtigten, wenigstens *etwas* taten und damit den Anschein folgerichtiger Handlung aufrechterhielten, die alsbald, trotz des glänzenden Konversationstalents beider, in ein hoffnungsloses Vakuum befangenen Herumlungerns absänke mit keinem anderen Ausweg als affektiertem Witz, dem Schweigen folgen müßte, Ada ersparte ihm nicht einmal den Keller, wo ein dickbäuchiger Robot bebte und mannhaft die Rohre beheizte, die zu der riesigen Küche und zu den beiden schäbigen Badezimmern meanderten und ihr armes Bestes taten, das Schloß bei geselligen Besuchen im Winter bewohnbar zu halten.

«Du hast überhaupt noch nichts gesehen!» rief Ada. «Das Dach ist noch übrig!»

«Aber das wird die letzte Kletterpartie für heute», sagte Van fest zu sich selber.

Dank einer Mischung sich überlappender Stile und Ziegel (für Nicht-Dach-Liebhaber in nicht-technischer Terminologie nicht leicht zu erklären), als auch eines gewissermaßen zufälligen Kontinuums von Ausbesserungen, bot das Dach von Schloß Ardis ein unbeschreibliches Gewirr von Winkeln und Flächen, von blechgrünen und blatt-grauen Oberflächen, von ausblickenden Firsten und windgeschützten Ecken. Man konnte sich umarmen und küssen und zwischendurch das Wasserbecken, die Wälder, die Wiesen betrachten, ja, sogar die Tintenlinie von Lärchen, die meilenweit weg die Grenze des nächstgelegenen Besitzes markierten, und die häßlichen kleinen Formen von mehr oder weniger beinlosen Kühen an einem fernen Hügel. Und man konnte sich hinter einem Dachvorsprung leicht vor neugierigen Gleitern oder photographierenden Ballons verstecken.

Ein Gong dröhnte bronzen auf einer Terrasse.

Aus irgendeinem sonderbaren Grund waren beide Kinder erleichtert, als sie erfuhren, daß ein Fremder zum Abendessen erwartet wurde. Es war ein andalusischer Architekt, den Onkel Dan beauftragt hatte, ein «künstlerisches» Schwimmbad für Schloß Ardis zu entwerfen. Onkel Dan hatte gleichfalls die Absicht gehabt, zu kommen, zusammen mit einem Dolmetscher, hatte sich aber statt dessen die russische *chrip* (Spanische Grippe) geholt und Marina angerufen und gebeten, sehr nett zu dem guten alten Alonso zu sein.

«Ihr müßt mir helfen!» sagte Marina mit besorgtem Stirnrunzeln zu den Kindern.

«Ich könnte ihm vielleicht eine Kopie zeigen», sagte Ada, sich Van zuwendend, «von einer einfach phantastisch zauberhaften *nature morte* von Juan de Labrador von Estremadura – goldene Trauben und eine seltsame Rose vor schwarzem Hintergrund. Dan verkaufte sie Demon, und Demon hat versprochen, sie mir zu meinem fünfzehnten Geburtstag zu schenken.»

«Wir haben auch ein paar Früchte von Zurbarán», sagte Van blasiert. «Mandarinen, glaube ich, und so was wie 'ne Feige mit einer Wespe obendrauf. Oh, wir werden den alten Knaben schon mit Fachsimpelei verwirren!»

Sie taten's nicht. Alonso, ein winziger dürrer Mann in zweireihigem Smoking, sprach nur Spanisch, während die Summe spanischer Wörter, die seine Gastgeber kannten, kaum ein halbes Dutzend ausmachte. Van wußte *canastilla* (kleiner Korb) und *nubarrónes* (Gewitterwolken), die beide aus der *en regard*-Übersetzung eines lieblichen spanischen Gedichts in einem seiner Schulbücher stammten. Ada erinnerte sich natürlich an *mariposa*, Schmetterling, und an die Namen zweier oder dreier (in ornithologischen Handbüchern verzeichneter) Vögel wie *paloma*, Taube, oder *grevol*, Haselhuhn. Marina kannte *aroma* und *hombre* und einen anatomischen Terminus, bei dem ein «j» in der Mitte hängt. Folglich bestand das Tischgespräch aus langen, klumpigen spanischen Sätzen, die von dem hilfsbereiten Architekten sehr laut ausgesprochen wurden, weil er dachte, er habe es mit ziemlich tauben Leuten zu tun, und aus einem französischen Radebrechen, das ebenso absichtlich wie vergeblich von seinen Opfern italienisiert wurde. Sobald das schwierige Essen vorüber war, nahm Alonso beim Lichte dreier Fackeln, die von zwei Bedienten gehalten wurden, die mögliche Lage für ein teures Becken in Augenschein, tat den Grundstücksplan zurück in seine Aktenmappe, und nachdem er im Dunkeln aus Versehen Adas Hand geküßt hatte, hastete er davon, um den letzten Zug nach Süden noch zu erwischen.

7

Van war zu Bett gegangen, mit Sandpapier-Augen, gleich nach dem «Abend-Tee», einer praktisch teelosen Sommermahlzeit, die zwei Stunden nach dem Dinner kam und deren Stattfinden für Marina so natürlich und unausweichlich schien wie der Sonnenuntergang vor Einbruch der Nacht. Dieser russische Routine-Schmaus bestand im Ardis-Haushalt aus *prostokvascha* (von der englischen Gouvernante übersetzt als *curds-and-whey* und von Mlle Larivière als *lait caillé*, «Dickmilch»), deren dünne, rahm-glatte Oberschicht die kleine Miss Ada behutsam, aber gierig (Ada, diese Adverbien kennzeichneten viele deiner Taten!) mit ihrem besonderen V-Monogramm-Silberlöffel abschöpfte und aufschleckte, ehe sie die amorpheren Quark-Tiefen des Zeugs in Angriff nahm; dazu gab es grobes schwarzes Bauernbrot; dunkle *klubnika* (*Fragaria elatior*) und riesige leuchtendrote Gartenerdbeeren (eine Kreuzung aus zwei anderen *Fragaria*-Sorten). Van hatte kaum seine Wange auf das kühle, flache Kopfkissen gelegt, als er von einem jauchzenden Jubilieren heftig hochgerissen wurde – ein helles Schmettern, süßes Flöten, Schirpen, Trillern, Zwitschern, heiseres Krächzen und zärtliches Schwatzen, von dem er mit der Besorgnis eines Nicht-Audubons annahm, daß Ada es sogleich den richtigen Stimmen der richtigen Vögel zuordnen könnte und würde. Er schlüpfte in seine Turnschuhe, ergriff Seife, Kamm und Handtuch und verließ, indem er seine Nacktheit in einem Frotté-Mantel barg, sein Schlafzimmer, um einmal kurz in den Bach zu tauchen, den er am Abend entdeckt hatte. Die Flur-Uhr pochte durch die morgenrote Stille, die im Innern des Hauses sonst nur von dem Schnarchen aus dem Gouvernanten-Zimmer gebrochen wurde. Nach kurzem Zögern ging er ins Kinderzimmer-WC. Dort stürzten durch ein schmales Fenster das tolle Vogelhaus und das volle Sonnenlicht auf ihn ein. Alles war in Ordnung, ganz in Ordnung! Als er die Große Treppe herunterschritt, nahm ihn General Durmanovs Vater mit ernsten Augen zur Kenntnis und reichte ihn weiter an den alten Prinzen Zemskij und andere Ahnen, und alle waren sie so diskret aufmerksam wie jene Museumswärter, die den einzigen Touristen in einem dämmrigen alten Palast beobachten.

Der Haupteingang erwies sich als verschlossen und verriegelt. Van probierte die verglaste und vergitterte Tür einer Glyzinien-Galerie; aber auch sie gab nicht nach. Da er noch nicht wußte, daß eine unauffällige Nische unterhalb der Treppe eine Sammlung Ersatzschlüssel barg (einige, an Messinghaken hängend, sehr alt und anonym) und durch einen Werkzeugraum mit einem abgelegenen Teil des Gartens verbunden war, wanderte Van auf der Suche nach einem entgegenkommenden Fenster durch etliche Empfangsräume. In einem Eckzimmer fand er, an einer Glastür stehend, ein junges Kammermädchen, das ihm schon am Vorabend flüchtig aufgefallen war (und das er näher zu untersuchen sich versprochen hatte). Sie trug, was sein Vater mit halbgeheuchelter Lüsternheit als «Schwarze-Kammerkatzenzunft-und-Schauer-Gekräusel» bezeichnete; ein Schildpatt-Kamm in ihrem Kastanienhaar fing das Bernstein-Licht auf; die Glastür war offen; und sie stützte die eine mit einem winzigen Aquamarin gestirnte Hand ziemlich hoch gegen den Fensterrahmen, einen Spatzen betrachtend, der über den gepflasterten Weg auf den Krümel babyzehigen Bahlsen-Keks loshüpfte, den sie ihm hingeworfen hatte. Ihr Kamee-Profil, ihr niedliches rosa Näschen, ihr langer französischer lilienweißer Hals, der gleichermaßen volle und feine Umriß ihrer Figur (männliche Lust strebt nicht allzu weit nach beschreibendem Glück) und besonders das wilde Gefühl der günstigen Gelegenheit bewegten Van so stark, daß er nicht widerstehen konnte, das Handgelenk ihres erhobenen Arms in dem knappen Ärmel zu umklammern. Das Mädchen befreite sich und bestätigte durch die Kühle ihres Verhaltens, daß sie sein Kommen gespürt hatte. Sie wandte ihm ihr anziehendes, obwohl fast brauenloses Gesicht zu und fragte, ob er eine Tasse Tee vor dem Frühstück wünsche. Nein. Wie war doch ihr Name? Blanche – aber Mlle Larivière nannte sie «Cendrillon», weil ihre Strümpfe so leicht Laufmaschen bekamen, sehen Sie, und weil sie dauernd Dinge zerbrach und verlegte und Blumen durcheinanderbrachte. Sein loses Gewand verriet sein Begehr; das konnte dem Blick eines Mädchens nicht entgehen, selbst bei Farbenblindheit nicht, und da Van sich noch näher heranschob, während er über ihren Kopf hinweg Ausschau hielt, ob nicht in irgendeinem Teil dieses Zauberbaus eine passende Couch Gestalt annähme – wo *jeder* Ort wie in Casanovas Memoiren zu einer abgeschiedenen Haremsnische traumverwandelt werden konnte –, wand sie sich gänzlich aus seiner Reichweite und hielt einen kleinen Monolog in ihrem weichen Ladore-Französisch:

«Monsieur a quinze ans, je crois, et moi, je sais, j'en ai dix-neuf. Monsieur ist ein Edelmann; ich bin eines armen Torfstechers Tochter; *Monsieur a tâté, sans doute, des filles de la ville; quant à moi, je suis vierge, ou peut s'en faut. De plus* wenn ich mich in Sie verlieben würde – ich meine richtig verlieben – und ich könnte es, ach, falls Sie mich besäßen *rien qu'une petite fois* – gäbe es für mich nur Kummer, und Höllenfeuer, und Verzweiflung, und sogar Tod, *Monsieur. Finalement* leide ich an Weißfluß und muß *le Docteur Chronique*, ich meine Crolique an meinem nächsten freien Tag aufsuchen. Nun müssen wir uns trennen, ich sehe gerade, der Spatz ist fort, und Monsieur Bouteillan hat das andere Zimmer betreten und kann uns deutlich auf dem Spiegel über dem Sofa hinter jenem seidenen Wandschirm wahrnehmen.»

«Vergib mir, Mädchen», murmelte Van, den ihr seltsamer, tragischer Ton eigenartig verstört hatte, so als sei er in einem Stück aufgetreten, wo er zwar der Hauptdarsteller gewesen war, von dem er aber nur diese eine Szene in Erinnerung hatte.

Die Hand des Butlers im Spiegel griff von nirgendwoher eine Karaffe und ward zurückgezogen. Den Gürtel seines Bademantels neu verknotend, trat Van durch die Fenstertür in die grüne Wirklichkeit des Gartens hinaus.

8

Am selben Morgen oder ein paar Tage später auf der Terrasse:

«Mais va donc jouer avec lui», sagte Mlle Larivière und gab Ada einen Stoß, daß ihre jungen Hüften einen zusammenhanglosen Ruck taten. «Laß deinen Vetter nicht *se morfondre,* wo das Wetter doch so schön ist. Nimm ihn an der Hand. Geh und zeig ihm die weiße Dame auf deiner Lieblingsallee, und den Berg und die große Eiche.»

Ada wandte sich achselzuckend zu ihm um. Die Berührung ihrer kalten Finger und feuchten Handfläche und die forcierte Art, mit der sie ihr Haar zurückwarf, als sie die Hauptallee des Parks hinuntergingen, machten auch ihn befangen, und unter dem Vorwand, einen Tannenzapfen aufzusammeln, zog er seine Hand fort. Er warf mit dem Zapfen nach einer Frau aus Marmor, die sich über einen Stamnos beugte, aber alles, was er damit erreichte, war, einen Vogel aufzuschrecken, der auf dem Rand ihres zerbrochenen Krugs gehockt hatte.

«Es gibt auf der Welt nichts Banaleres», sagte Ada, «als Steine auf einen Kernbeißer zu schleudern.»

«Tut mir leid», sagte Van, «ich hatte nicht vor, diesen Vogel zu erschrecken. Aber schließlich bin ich auch kein Landjunge, der einen Zapfen von einem Stein unterscheiden kann. Was für Spiele, *au fond,* sollen wir ihrer Meinung nach spielen?»

«Je l'ignore», antwortete Ada, «es ist mir wirklich ziemlich egal, was in ihrem armen Kopf vorgeht. *Cache-cache,* vielleicht, oder Bäumeklettern.»

«Oh, das kann ich gut», sagte Van, «ich kann sogar hangeln.»

«Nein», sagte sie, «wir werden *meine* Spiele spielen. Spiele, die ich ganz allein ausgedacht habe. Spiele, die Lucette hoffentlich nächstes Jahr mit mir wird spielen können, das arme Häschen. Komm, fangen wir an. Diese Serie jetzt gehört zur Schatten-und-Schein-Gruppe, von der ich dir zwei zeigen werde.»

«Aha», sagte Van.

«Gleich kannst du ‹aha› sagen», entgegnete der feine Fant. «Zunächst müssen wir einen guten Stock finden.»

«Guck mal», sagte Van, immer noch etwas stichelnd, «da fliegt wieder so ein Zapfen-Beißer.»

Unterdes waren sie am *rond-point* angekommen – eine kleine Arena, umgeben von Blumenbeeten und verschwenderisch blühenden Jasminbüschen. Oben über ihren Köpfen langten die Arme einer Linde nach denen eines Eichbaums wie eine grünpaillettierte Schöne, die auf ihren starken Vater zufliegt, der wartend an seinen Füßen vom Trapez hängt. Schon damals verstanden wir beide diese Art von himmlischem Zeug, schon damals.

«Das ist ganz schön akrobatisch, da oben in den Ästen, nicht?» sagte er, hinaufzeigend.

«Ja», antwortete sie, «das hab ich schon vor langer Zeit entdeckt. Die Linde ist die fliegende italienische Dame, und der alte Eichbaum, der alte Liebhaber wartet mit Schmerzen, aber fängt sie trotzdem noch jedesmal» (unmöglich, den richtigen Tonfall zu reproduzieren, während man den ganzen Sinn wiedergibt – nach acht Jahrzehnten! –, aber sie hatte etwas Extravagantes gesagt, etwas, das nicht im mindesten zu ihrem zarten Alter paßte, als sie beide erst empor und dann zu Boden blickten).

Zu Boden blickend und mit einem spitzen grünen Stock, den sie sich von den Päonien ausgeborgt hatte, herumfuchtelnd, erklärte Ada das erste Spiel.

Die Schatten der Blätter auf dem Sand waren vielfältig unterbrochen von kleinen Scheibchen lebendigen Lichts. Der Spieler wählte sein Lichtrund – das beste, hellste, das er finden konnte – und umriß es deutlich mit der Spitze seines Stocks; daraufhin schien das gelbe runde Licht sich hochzuwölben wie die übervolle Fläche irgendeiner goldenen Farbe. Nun höhlte der Spieler die Rundung mit seinem Stock oder seinen Fingern vorsichtig aus. Die Oberfläche der leuchtenden *infusion de tilleul* versank dann magisch in ihrem Erdpokal und schrumpfte schließlich zu einem einzigen kostbaren Tropfen. Der Spieler gewann, der in, sagen wir, zwanzig Minuten die meisten Pokale gemacht hatte.

Van fragte ungläubig, ob das alles sei.

Nein, nicht. Ada, die jetzt einen festen kleinen Kreis um einen besonders feinen Goldklumpen grub, hockte sich hin und bewegte sich, hingehockt, und ihr schwarzes Haar fiel über die elfenbein-glatten beweglichen Knie, während ihre Hüften und Hände arbeiteten, wobei eine Hand den Stock hielt und die andere störende Strähnen Haar zurückstrich. Eine sanfte Brise verfinsterte plötzlich den Lichtfleck. Wenn das geschah, verlor der Spieler einen Punkt, selbst dann, wenn das Blatt oder die Wolke sich beeilten, beiseite zu rücken.

Na schön. Wie ging das zweite Spiel?

Das andere Spiel (mit Sing-Sang-Stimme) mochte ein bißchen komplizierter erscheinen. Um es richtig zu spielen, mußte man auf den Nachmittag warten wegen der längeren Schatten. Der Spieler –

«Hör auf, ‹der Spieler› zu sagen. Es ist entweder du oder ich.»

«Sagen wir, du. Du ziehst eine Linie um meinen Schatten hinter mir auf dem Sand. Ich bewege mich. Du ziehst wieder eine Linie. Dann markierst du die nächste Grenzlinie (sie reichte ihm den Stock). Wenn ich mich jetzt zurück bewege –»

«Weißt du», sagte Van, den Stock fortschleudernd, «was mich betrifft, finde ich, daß dies die langweiligsten und dümmsten Spiele sind, die je irgendwer erfunden hat, wo und wann auch immer, vor- oder nachmittags.»

Sie sagte nichts, aber ihre Nasenflügel wurden eng. Sie holte den Stock wieder und steckte ihn wütend zurück, wohin er gehörte, tief in den Lehm, neben eine dankbare Blume, zu der sie ihn mit einem schweigsamen Kopfnicken hinbog. Sie ging zurück zum Haus. Er überlegte, ob ihr Gang wohl graziler würde, wenn sie erwachsen wäre.

«Ich bin ein ungehobelter, brutaler Junge, bitte verzeih mir», sagte er.

Sie neigte den Kopf, ohne sich umzusehen. Als Zeichen teilweiser Vergebung zeigte sie ihm zwei starke Haken, die mit Eisenringen an zwei Tulpenbaum-Stämmen befestigt waren, zwischen denen, noch vor ihrer Geburt, ein anderer Junge, auch ein Ivan, der Bruder ihrer Mutter, eine Hängematte zu spannen pflegte, worin er im Hochsommer, wenn die Nächte wirklich schwül wurden, schlief – dies war immerhin die Breite von Sizilien.

«Eine fabelhafte Idee», sagte Van. «Übrigens, brennt es, wenn Feuerfliegen auf einem landen? Ich frage nur so. Nur die dumme Frage eines Stadtjungen.»

Sie zeigte ihm als nächstes, wo die Hängematte – ein ganzer Haufen von Hängematten, ein Segeltuchsack voller starker, weicher Netze – untergebracht war: Das war in der Ecke eines ebenerdigen Werkzeugraums hinter den Fliederbüschen, der Schlüssel lag in diesem Loch hier versteckt, das im letzten Jahr mit dem Nest eines Vogels verstopft war – nicht nötig, ihn zu klassifizieren. Ein spitzer Sonnenlichtzeiger betupfte mit noch grünerer Farbe eine lange grüne Kiste, in der Krocket-Zubehör aufbewahrt wurde; aber die Kugeln waren den Hügel hinuntergerollt worden von ein paar ungezogenen Kindern, den kleinen Ermins, die jetzt in Vans Alter und sehr nett und ruhig waren.

«Wie wir alle in jenem Alter», sagte Van und bückte sich, um einen gebogenen Schildpattkamm aufzuheben – einer von denen, womit Mädchen sich ihr Haar hinten hochstecken, er hatte einen gesehen, genauso einen, ganz vor kurzem, aber wo, in wessen Frisur?

«Eines von den Kammermädchen», sagte Ada. «Das zerfetzte Blätterbuch da muß ihr auch gehören, *Les Amours du Docteur Mertvago*, eine mystische Romanze von einem Pastor.»

«Mit dir Krocket spielen», sagte Van, «müßte ungefähr so sein, als würde man Flamingos und Igel benutzen.»

«Unsere Leselisten stimmen nicht überein», erwiderte Ada. «Jenes *Palace in Wonderland* gehörte für mich zu der Art Buch, von der jedermann so oft behauptete, ich würde sie innig lieben, daß ich eine unüberwindbare Abneigung dagegen entwickelte. Hast du irgendeine von Mlle Larivières Erzählungen gelesen? Nun, das wirst du noch müssen. Sie glaubt, daß sie in irgendeinem früheren Hindu-Stadium ein ‹Boulevadier› in Paris war, und schreibt entsprechend. Wir können uns von hier aus durch einen Geheimgang in die Eingangshalle winden, aber ich glaube, wir sollten uns noch die *grand chêne* ansehen gehen, die in Wahrheit eine Ulme ist.» Mochte er Ulmen? Kannte er das Gedicht von Joyce über die beiden Wäscherinnen? Er kannte es tatsächlich. Mochte er es? Ja. In der Tat begann er *arbors* und *ardors* und Adas sehr gern zu mögen. Sie reimten sich. Sollte er's erwähnen?

«Und jetzt», sagte sie und hielt inne, ihn anstarrend.

«Ja?» sagte er. «Und jetzt?»

«Nun, vielleicht sollte ich nicht versuchen, dich zu unterhalten – nachdem du auf meinen Kreisen herumgetrampelt bist; aber ich werde mich erbarmen und dir das wahre Wunder von Schloß Ardis zeigen, mein Larvarium; es ist in dem Raum gleich neben meinem Zimmer» (das er nie sah, niemals – wie merkwürdig, wenn man's recht überlegt!).

Mit Sorgfalt schloß sie eine Verbindungstür hinter sich, ehe sie etwas betraten, das aussah wie ein verklärter Kaninchenstall am Ende eines marmorgepflasterten Flurs (ein umgebautes Badezimmer, wie sich erwies). Obwohl der Raum gut durchlüftet war mit seinen weitgeöffneten, bleiverglasten heraldischen Fenstern (so daß man das Kreischen und schrille Pfeifen einer unterernährten und schrecklich frustrierten Vogelschar hören konnte), wirkte der Geruch der Kästen – feuchte Erde, satte Wurzeln, altes Gewächshaus und vielleicht ein Hauch von Ziege – ganz schön abstoßend. Bevor Van näher herantreten durfte, fummelte Ada an kleinen Riegeln und Rosten herum, und ein Gefühl großer Leere und Bedrücktheit trat an die Stelle des süßen Feuers, das ihn seit Beginn ihrer unschuldigen Spiele an jenem Tag verzehrt hatte.

«*Je raffole de tout ce qui rampe* (Ich bin verrückt nach allem was krabbelt)», sagte sie.

«Was mich betrifft», sagte Van, «mag ich lieber jene, die sich zu einem kleinen Muff zusammenrollen, sobald man sie berührt – jene, die wie alte Hunde schlafen gehen.»

«Oh, sie gehen nicht *schlafen, quelle idée,* sie *fallen in Ohnmacht,* es ist eine kleine Bewußtlosigkeit», erklärte Ada stirnrunzelnd. «Und ich stell mir vor, daß es für die jüngeren ein ziemlicher Schock sein muß.»

«Ja, das kann ich mir auch gut vorstellen. Doch ich glaube, man gewöhnt sich daran, nach und nach, meine ich.»

Aber seine schlecht-unterrichtete Unschlüssigkeit wich bald einem ästhetischen Verständnis. Viele Jahrzehnte später erinnerte sich Van, wie sehr er die hübschen, nackten, schimmernden, prunkvoll gefleckten und gestreiften Mönchseulen-Raupen bewundert hatte, die so giftig waren wie die traubenartig um sie herumwachsenden Königskerzen, und auch die flache Larve eines lokalen Catocaliden, deren graue Warzen und lila Flecken die Knoten und Flechten des Zweiges nachahmten, an den sie sich so fest klammerte, daß sie praktisch daran angeschlossen war, und natürlich der kleine Bürstenspinner, dessen schwarzes Mäntelchen den ganzen Rücken entlang mit bemalten Büscheln belebt war, rot, blau, gelb, von verschiedener Länge, wie bei einer besonderen, mit bleifreien Farben behandelten Zahnbürste. Und ebenso ein Similé mit jenem besonderen Besatz erinnert mich heute an die entomologischen Eintragungen in Adas Tagebuch – das wir doch noch irgendwo haben müssen, nicht wahr, Liebling, in der Schublade dort, nein? Du glaubst es nicht? Doch! Hurra! Beispiele (deine rundwangige Schrift, meine Liebe, war ein bißchen größer, aber sonst hat sich nichts, nichts, gar nichts geändert):

«Der einziehbare Kopf und die diabolischen analen Anhängsel des prunkenden Ungeheuers, das einen bescheidenen daunenweißen Nachtfalter hervorbringt, gehören zu einer höchst unraupigen Raupe, deren vordere Segmente wie Balge geformt sind und deren Gesicht der Linse einer Klappkamera gleicht. Wenn du ihren glatten, geblähten Leib behutsam streichelst, fühlt es sich ganz seidig und angenehm an – bis das gereizte Geschöpf dich undankbar mit einer ätzenden Flüssigkeit aus einem Schlitz an seinem Hals besprüht.»

«Dr. Krolik erhielt aus Andalusien und gab mir sodann freundlicherweise fünf junge Larven des erst vor kurzem beschriebenen sehr lokalen Carmen-Fuchs. Das sind entzückende Wesen von schönem jadegrünen Ton mit silbrigen Dornen, und sie vermehren sich nur auf einer schon fast ausgestorbenen Art der Hochgebirgsweide (die der liebe Kraulig mir auch beschafft hat).»

(Mit zehn oder früher hatte das Kind – genau wie Van – *Les Malheurs de Swann* gelesen, wie das folgende Beispiel verrät:)

«Ich glaube, Marina würde aufhören, mich wegen meines Steckenpferds auszuschimpfen (‹Es liegt etwas Ungehöriges darin, wenn ein kleines Mädchen sich solch abstoßende Haustiere hält . . .›, ‹Normale junge Damen sollten sich vor Schlangen und Würmern ekeln› et cetera), wenn ich sie dazu überreden könnte, ihre altmodische Zimperlichkeit zu überwinden und sich auf Hand und Puls zugleich (denn die Hand allein böte nicht genug Platz!) die edle Larve des Cattleyaschwärmers (violette Schatten von Monsieur Proust) setzen würde, ein siebenzölliger Koloß, fleischfarben, mit türkisen Arabesken, der seinen hyazinthroten Kopf in einer steifen ‹Sphinx›-Haltung emporreckt.»

(Zauberhaftes Zeug! sagte Van, aber *sogar* ich nahm es nicht ganz in mich auf, als ich jung war. So laß uns den Lümmel nicht langweilen, der durch ein Buch blättert und denkt: «Was für ein Flunkerer, dieser alte V. V.!»)

Am Ende dieses so fernen, so nahen Sommers von 1884 sollte Van, bevor er Ardis verließ, Adas Larvarium noch einen Abschiedsbesuch abstatten.

Die porzellanweiße, augen-gefleckte Mönchseulen-Larve, ein hochgepriesenes Glanzstück, hatte unversehrt ihre nächste Metamorphose vollendet, aber Adas einzigartiges Lorelei-Ordensband war gestorben, gelähmt von irgendeiner Schlupfwespe, die sich nicht hatte täuschen lassen von jenen klugen Prominenzen und schwammigen Klecksen. Die bunte Zahnbürste hatte sich in einem zottigen Kokon verpuppt und versprach, bequem im Spätherbst eine *Orgyia persica* zu werden. Die beiden *Cerura*-Nachtfalter-Larven hatten ein noch häßlicheres, aber wenigstens wurmartigeres und in gewisser Weise auch würdigeres Aussehen angenommen: mit ihren Mistgabeln, jetzt schlapp im Schlepp, unter einer violetten Röte, die der Kubismus ihrer extravaganten Farben abstumpfte, «tobten» sie in einer Aufwallung von Vor-Verpuppungs-Antrieb wie toll über den Boden ihres Behälters. Aqua war quer durch einen Wald und bis in eine Schlucht gegangen, letztes Jahr, um es zu tun. Ein frisch entschlüpfter *Nymphalis carmen* fächerte seine limonen- und bernsteinbraunen Flügel auf einem sonnenlichten Stückchen Gitterwerk und wurde alsbald durch einen Kniff von den flinken Fingern der hingerissenen und herzlosen Ada erwürgt; die *Sphinx odetta* hatte sich, gesegnet sei sie, in eine elephantoide Mumie verwandelt mit einem ulkig vermummten Rumpf von guermantoider Art; und in einer anderen Hemisphäre jagte Dr. Krolik hurtig auf kurzen Beinen hinter einem ganz besonderen Exemplar Aurorafalter oberhalb der Baumgrenze her, einem *Antocharis ada* Krolik (1884) – als der er bekannt war, bis er durch das unerbittliche Gesetz klassifizierender Priorität umbenannt wurde in *A.prittwitzi* Stümper (1883).

«Aber danach, wenn all diese Tierchen ausgeschlüpft sind», fragte Van, «was machst du dann mit ihnen?»

«Oh», sagte sie, «ich bringe sie zu Dr. Kroliks Assistent, der sie präpariert und beschriftet und in eine verglaste Schublade eines reinlichen Eichenschranks tut, den ich bekomme, wenn ich heirate. Dann werde ich eine große Sammlung besitzen und damit fortfahren, alle möglichen Falter zu züchten – mein Traum ist, ein Spezialinstitut für Perlmutterfalterlarven und Violen zu haben – all die besonderen Violen, auf denen sie sich fortpflanzen. Man würde mir in Windeseile Eier oder Larven aus ganz Nordamerika per Flugzeug herbringen, zusammen mit ihren Nährpflanzen, Rotholz-Violen von der Westküste, und eine Fahle Viola aus Montana, die Prärie-Viola, die Egglestone-Viola aus Kentucky und eine seltene Weiße Viola aus einem verborgenen Sumpf in der Nähe eines namenlosen Sees auf einem arktischen Gebirge, wo *Clossiana kroliki* fliegt. Wenn die Dinger ausschlüpfen, kann man sie natürlich ganz leicht mit der Hand paaren – man muß sie nur – manchmal ziemlich lange – so halten wie jetzt im Faltflügel-Profil (sie zeigte die Methode und ließ dabei ihre armen Fingernägel außer acht), Männchen in der Linken, Weibchen in der Rechten, oder umgekehrt, wobei sich die Spitzen ihrer Unterleiber berühren, aber sie müssen ganz frisch sein und getränkt in ihrem liebsten Violen-Dunst.»

9

War sie wirklich hübsch, mit zwölf? Begehrte er – würde er je begehren, sie zu liebkosen, richtig zu liebkosen? Ihr schwarzes Haar fiel in Kaskaden über ihr Schlüsselbein herab, und die Bewegung, mit der sie es nun zurückwarf, und das Grübchen auf ihrer blassen Wange waren Enthüllungen, die ein Element unmittelbarer Kenntnis offenbarten. Ihre Blässe leuchtete, ihre Schwärze schwelte. Die Faltenröckchen, die sie bevorzugte, waren angemessen kurz. Sogar ihre bloßen Glieder waren von Sonnenbräune so unbeleckt, daß der Blick, der ihre weißen Schienbeine und Unterarme streifte, den gleichmäßigen Schrägen feiner dunkler Härchen, Seidenflaum ihres Mädchentums, folgen konnte. Die dunkelbraune Iris ihrer ernsten Augen besaß die rätselhafte Opazität eines orientalischen Hypnotiseurs (auf der Werbe-Rückseite einer Zeitschrift) und schien höher als gewöhnlich zu liegen, so daß zwischen dem unteren Rand der Iris und dem feuchten unteren Lid ein waagerechter weißer Halbmond stehen blieb, wenn sie dich direkt ansah. Ihre langen Wimpern schienen geschwärzt zu sein und waren es tatsächlich. Ihre Gesichtszüge wurden von der dicklichen Form ihrer trockenen Lippen vor elfenhafter Hübschheit bewahrt. Ihre gerade irische Nase war die Miniaturausgabe von Vans. Ihre Zähne waren ziemlich weiß, aber nicht allzu gleichmäßig.

Ihre armen hübschen Hände – man konnte nicht umhin, sich in zärtlichem Mitleid über sie zu äußern –, rosig im Vergleich zur durchscheinenden Haut des Arms, rosiger gar als der Ellbogen, der über den Zustand ihrer Nägel zu erröten schien: sie kaute sie so gründlich ab, daß jegliche Spur freien Randes durch eine Furche ersetzt war, die, mit der Härte von Draht tief ins Fleisch gegraben, ihren nackten Fingerspitzen eine zusätzliche Spachtel-Länge verlieh. Später, als er so gern ihre kalten Hände küßte, pflegte sie sie zusammenzuballen, er aber öffnete ihre Hand mit wildem Ungestüm, um an jene flachen, blinden kleinen Polster heranzukommen. (Doch, o liebe Güte, oh, die langen, matten, rosa und silbern bepinselten und gespitzten, fein stechenden Onyxe ihrer Feen- und Frauenjahre!)

Was Van in jenen ersten befremdlichen Tagen durchmachte, als sie ihm das Haus zeigte – samt jenen Nischen, in denen sie sich so bald schon lieben würden –, enthielt zur selben Zeit Elemente des Entzückens und des Ärgers. Entzücken – wegen ihrer bleichen, sinnlichen, unstatthaften Haut, ihres Haars, ihrer Beine, ihrer eckigen Bewegungen, ihres Gazell-Gras-Geruchs, wegen des plötzlichen schwarzen Blicks ihrer weitstehenden Augen, der rustikalen Nacktheit unter ihrem Kleid; Ärger – weil zwischen ihm, dem ungeschickten, genialen Schuljungen, und dem frühreifen, affektierten, unergründlichen Kind eine Leere aus Licht und ein Schleier aus Schatten sich ausbreiteten, die keine Kraft überwinden und durchdringen konnte. Er fluchte fürchterlich in der Trostlosigkeit seines Bettes, und konzentrierte seine geschwollenen Sinne auf einen flüchtigen Anblick von ihr, den er in sich hineingeschlungen hatte, als sie bei ihrer zweiten Exkursion ins Obergeschoß auf eine Seemannskiste geklettert war, um eine Art Luke, durch die man aufs Dach gelangte (sogar der Hund war einmal dorthin geraten), zu öffnen, und ein Haken oder irgendwas riß ihren Rock hoch, und er sah – wie man ein ekelhaftes Wunder in einem biblischen Gleichnis oder die schockierende Metamorphose eines Nachtfalters sieht –, daß das Kind schwarz gefläumt war. Er bemerkte, daß sie bemerkt zu haben schien, daß er es vielleicht oder bestimmt bemerkt hatte (was er nicht nur bemerkte, sondern mit zärtlichem Zorn bewahrte, bis er sich selbst von jener Vision freimachte – viel später und auf merkwürdige Weise), und ein sondererbarer, gelangweilter, stolzer Ausdruck ging über ihr Gesicht: ihre eingefallenen Wangen und dicken, blassen Lippen bewegten sich, als ob sie an irgend etwas kaute, und sie stieß einen Jauler lustlosen Lachens hervor, als er, der große Van, auf einem Dachziegel ausglitt, kaum daß er sich seinerseits durch das Oberlicht gewunden hatte. Und in der jähen Sonne wurde ihm klar, daß er, der kleine Van, bis dahin eine blinde Jungfrau gewesen war, denn Hast, Staub und Schatten hatten die Maus-Reize seiner ersten Dirne verdunkelt, die er so oft besessen hatte.

Die Schule seiner Gefühle nahm nun raschen Fortgang. Am nächsten Morgen erspähte er Ada zufällig, als sie Gesicht und Arme über einem altmodischen Becken auf einem Rokoko-Ständer wusch, das Haar oben zusammengeknotet, ihr Nachthemd um die Hüfte geschlungen wie eine unordentliche Blumenkrone, aus der ihr schlanker Rücken emporwuchs, die nahe Seite rippenbeschattet. Eine fette Porzellanschlange ringelte sich um das Becken, und da beide, das Reptil und er, innehielten, um Eva und das weiche Schwappen ihrer Knospenbrüste im Profil zu beobachten, schlüpfte ein großes Stück maulbeerfarbener Seife aus ihrer Hand, und ihr schwarzbestrumpfter Fuß hakte die Tür zu mit einem Päng, das eher das Echo zum Aufprall der Seife auf dem Marmorbecken als ein Zeichen schamhaften Mißfallens zu sein schien.

10

Lunch an einem Wochentag in Ardis Hall. Lucette zwischen Marina und der Gouvernante; Van zwischen Marina und Ada; Dack, das goldbraune Wiesel, unter dem Tisch, entweder zwischen Ada und Mlle Larivière oder zwischen Lucette und Marina (Van mochte Hunde insgeheim nicht leiden, am wenigsten bei Mahlzeiten, und am allerwenigsten diese winzliche, längliche Mißgeburt mit dem fauligen Atem). Prätentiös und schwülstig beschrieb dann Ada einen Traum, ein naturgeschichtliches Wunder, einen besonderen belletristischen Kunstgriff – Paul Bourgets *monologue intérieur*, vom alten Leo entliehen – oder irgendwelche Albernheiten aus der Klatschspalte der Elsie de Nord, eine vulgäre literarische Halbweltdame, die glaubte, daß Ljovin in einem *nagolnyj tulup* durch Moskau zog, «einem Muschik-Schaffellmantel, die Blank-Seite nach außen, die Blüh-Seite nach innen», wie es in dem Lexikon hieß, das unsere Kommentatorin wie durch Zauber hervorholte, während es für die Elsies offenbar unerhältlich war. Ihr spektakuläres Handhaben von Nebensätzen, ihre eingeklammerten Beiseite-Sprüche, ihre sinnliche Betonung benachbarter Einsilbler («Die idiotische Elsie *liest nicht*») – all dies zielte irgendwie darauf ab, gleich künstlichen Erregungen und exotischen Folter-Liebkosungen auf Van einzuwirken, ihn in eine aphrodisisch-linke Richtung zu drängen, die er übelnahm und zugleich pervers genoß.

«Mein Teures», wurde sie von ihrer Mutter genannt, die Adas Rede mit kleinen Ausrufen unterbrach: «Wahnsinnig komisch!», «Oh, ich liebe das!», die aber auch in Ermahnungen schwelgen konnte wie zum Beispiel: «Sitz bitte ein bißchen gerader», oder «*Iß*, mein Teures» (wobei sie das «iß» mit einem mütterlichen Drängen betonte, das den Bosheiten der spondeischen Sarkasmen ihrer Tochter sehr unähnlich war).

Ada saß nun gerade, schmiegte ihre geschmeidiges Rückgrat in ihren Stuhl und dann, als der Traum oder das Abenteuer (oder was immer sie gerade erzählte) einen Höhepunkt erreichte, beugte sie sich über ihren Platz, von dem Price klugerweise den Teller bereits fortgeräumt hatte, war nur noch Ellbogen, sich rekelnd, den ganzen Tisch einnehmend, und lehnte sich dann zurück, wobei sie übertrieben den Mund verzog, um «lang, lang» zu illustrieren mit beiden hoch, hoch! erhobenen Händen.

«Mein Teures, du hast noch nicht das – oh, Price, bringen Sie doch das –»

Das was? Das Seil fürs bloßbackige Kind des Fakirs, ins schmelzende Blau hinaufzuklettern?

«Es war so eine Art von langem, langem. Ich meine (sich selbst unterbrechend) . . . wie ein Tentakel . . . nein, laß mich überlegen» (Kopfschütteln, Gesichtszucken, als ob man eine verhaspelte Locke mit raschem Ruck löst).

Nein: enorme rosaviolette Pflaumen, eine mit einer feuchten gelben Platz-Spalte.

«Und da saß ich nun –» (das herabfallende Haar, die Hand, die an die Schläfe fuhr, aber das Strähne-Zurückstreichen nur andeutete und nicht ausführte; dann plötzlich ein grobkräusliger Schwall von Gelächter, der in einem feuchten Husten endete).

«Nein, ernsthaft, Mutter, du mußt dir mich vorstellen, völlig sprachlos, sprachlos *schreiend,* als ich merkte –»

Bei der dritten oder vierten Mahlzeit merkte auch Van etwas. Ada war weit davon entfernt, sich nur des Neuankömmlings wegen als neunmalkluges Kind aufzuspielen; ihr Benehmen stellte vielmehr den verzweifelten und recht schlauen Versuch dar, Marina davon abzuhalten, daß sie das Gespräch an sich riß und in einen Vortrag über Theater verwandelte. Andererseits spielte Marina, während sie auf eine Chance lauerte, die Troika ihrer Steckenpferde hervortrotten zu lassen, mit einem gewissen professionellen Vergnügen die abgedroschene Rolle einer glücklichen Mutter, die stolz auf Anmut und Humor ihrer Tochter ist und selbst voller Anmut und Humor Nachsicht gegen deren heftige Weitschweifigkeit übt: *sie* spielte sich auf – nicht Ada! Und als Van den wahren Sachverhalt erkannt hatte, nutzte er eine Pause (die Marina gerade mit einigen ausgewählten Stanislavskij-Anekdoten füllen wollte), um Ada auf die unruhigen Wogen der Botany Bay zu lotsen, eine Seefahrt, vor der er sich sonst fürchtete, die sich aber nun als sicherster und leichtester Kurs für sein Mädchen herausstellte. Dies galt besonders für die Abendmahlzeit, denn Lucette und ihre Gouvernante speisten abends schon ein wenig vorher oben, so daß Mlle Larivière während solcher kritischer Momente nicht anwesend war, man sich also nicht darauf verlassen konnte, daß sie die in Flaute geratene Ada mit einem flotten Bericht über ihre Arbeit an einer neuen Novelle ihrer Dichtung (ihr berühmtes *Diamanten-Collier* bekam gerade den letzten Schliff) ablöste oder mit Erinnerungen an Vans frühe Kindheit, wovon jene besonders annehmbar waren, die seinen verehrten russischen Mentor betrafen, der Mlle L. zart umwarb, «dekadente» russische Verse mit Akzentverschiebung schrieb und in russischer Vereinsamung trank.

Van: «Das gelbe Dingsda» (auf ein fein gemaltes Blümchen auf einem Eckercrown-Teller zeigend) – «ist das eine Butterblume?»

Ada: «Nein. Diese gelbe Blume ist die gewöhnliche Sumpfdotterblume, *Caltha palustris.* Hierzulande nennen die Bauern sie fälschlicherweise ‹Himmelsschlüssel›, während der richtige Himmelsschlüssel, *Primula veris,* natürlich eine völlig andere Pflanze ist.»

«Aha», sagte Van.

«Ja, wirklich», begann Marina, «als ich die Ophelia spielte, war der Umstand, daß ich früher einmal Blumen zu sammeln pflegte –»

«Von Nutzen, zweifellos», sagte Ada. «Also, das russische Wort für Sumpfdotterblume ist *Kuroslep* (was wiederum die Muschiks in der Tatarei, arme Sklaven, fälschlich für die Butterblume gebrauchen) oder auch *Kaluschniza,* wie es ganz richtig in Kaluga, USA, benutzt wird.»

«Aha», sagte Van.

«Wie bei vielen andern Blumen auch», setzte Ada mit dem milden Lächeln eines wahnwitzigen Gelehrten fort, «wurde der unglückliche französische Name unserer Pflanze, *souci d'eau,* verleumdet, oder sagen wir, verwandelt –»

«Von der Stil-Blume zur Stengel-Blüte», wortspielte Van Veen.

«Je vous en prie, mes enfants!» warf Marina ein, die der Unterhaltung nur unter Schwierigkeiten hatte folgen können und nun auf Grund eines sekundären Mißverständnisses glaubte, die Anspielung sei ganz anders gemeint.

«Zufällig zog grad heute morgen», sagte Ada, der es nicht beliebte, ihre Mutter aufzuklären, «unsere gelehrte Gouvernante, die auch die deine war, Van, und die –»

(Zum erstenmal sprach sie seinen Namen aus – in jener Botanikstunde!)

«– sehr streng ist mit englisch-sprechenden Verbastardierern – wenn ich auch den Verdacht hege, daß ihre Gründe eher chauvinistisch als artistisch oder moralisch sind – zog meine Aufmerksamkeit – meine flüchtige Aufmerksamkeit – auf einige wirklich prachtvolle Stengel-Blüten, wie du sie nennst, Van, in der *soi-disant* wörtlichen Version eines Mr. Fowlie – sie wurde kürzlich in einer Elsianischen Lobhudelei als ‹sensibel› bezeichnet – sensibel! von *Mémoire,* einem Gedicht von Rimbaud (das sie mich in glücklicher – und weiser Voraussicht hatte auswendig lernen lassen, obwohl, wie ich annehme, sie Musset und Coppée bevorzugt)» –

«. . . les robes vertes et déteintes des fillettes . . .» zitierte Van triumphierend.

«Geh-nau» (Dan nachäffend). «Also, Larivière erlaubt mir nur, ihn in jener Feuilletin-Anthologie nachzulesen, die gleiche offenbar, die du hast, aber ich werde seine *œuvres complètes* sehr bald bekommen, oh, sehr bald, früher als mancher glaubt. Übrigens wird sie noch herunterkommen, sobald sie Lucette ins Bett gebracht hat, unser süßes Kupferköpfchen, das jetzt wohl in seinem grünen Nachthemd steckt –»

«Angel moj», flehte Marina, «ich bin sicher, Van ist nicht an Lucettes Nachthemd interessiert!»

«– im Farbton von Trauerweiden, und die kleinen Schafe zählt auf ihrem *ciel de lit,* den Fowlie zum ‹Bett des Himmels› macht anstatt zum ‹Betthimmel›. Aber um auf unsere arme Blume zurückzukommen. Der gefälschte *louis d'or* in jener Sammlung von faulendem Französisch ist die Transformation der *souci d'eau* (unserer Sumpfdotterblume also) in eine dümmliche ‹Wasser-Sorge› – obwohl er Dutzende von Synonymen zur Verfügung hatte wie Kuhblume, Samtblume, Studentenblume und etliche andere Spitznamen, die man mit Fruchtbarkeitsriten assoziiert, was immer das sind.»

«Andererseits», sagte Van, «kann man sich gut eine ähnlich zweisprachige Miss Rivers vorstellen, die eine französische Fassung von, sagen wir, Marvells *Garden* revidiert –»

«Oh», schrie Ada, «ich kann *Le jardin* in meiner eigenen Transversion zitieren – Moment mal –

En vain on s'amuse à gagner
L'Oka, la Baie du Palmier . . .»

«. . . die Palm', die Okka oder Lorbeer zu gewinnen!» rief Van.

«Also wißt ihr, Kinder», unterbrach Marina resolut und mit beschwichtigenden Gesten beider Hände, «als ich in deinem Alter war, Ada, und mein Bruder in *deinem*, Van, da sprachen wir über Krocket und Ponies und junge Hunde, und das letzte *fête-d'enfants* und das nächste Picknick und oh, tausend hübsche, normale Sachen, aber nie, nie über alte französische Botaniker und weiß Gott was!»

«Aber du sagtest doch gerade, du habest Blumen gesammelt?» meinte Ada.

«Oh, nur für kurze Zeit, irgendwo in der Schweiz. Ich weiß nicht mehr, wann genau. Das ist jetzt auch belanglos.»

Die Referenz galt Ivan Durmanov: er war vor Jahren in einem Sanatorium an Lungenkrebs gestorben (in der Nähe von Ex, irgendwo in der Schweiz, wo acht Jahre später Van geboren wurde). Marina erwähnte Ivan, der mit achtzehn ein berühmter Geiger gewesen war, häufig, aber gewöhnlich ohne besondere Bewegung, so daß Ada jetzt mit Erstaunen bemerkte, wie die starke Schminke ihrer Mutter unter einer jähen Tränenflut dahinzuschmelzen begann (womöglich eine Allergie gegen flachgepreßte, trockene alte Blumen, ein Anfall von Heuschnupfen oder Enzianitis vielleicht, wie eine wenig später angesetzte Diagnose im Rückblick hätte zeigen können). Sie schneuzte sich die Nase mit dem Geräusch eines Elefanten, so nannte sie es selbst, und da kam auch schon Mlle Larivière zu Kaffee und Klatsch über Van als *bambin angélique*, der *à neuf ans* – der wonnige Kleine! – Gilberte Swann verehrte *et la Lesbie de Catulle* (und der ganz allein gelernt hatte, der Bewunderung freien Lauf zu lassen, sobald die Kerosinlampe in der Hand des schwarzen Kindermädchens das bewegliche Schlafzimmer verlassen hatte).

11

Ein paar Tage nach Vans Ankunft kam Onkel Dan mit dem Morgenzug aus der Stadt, um wie üblich das Wochenende mit seiner Familie zu verbringen.

Van stieß zufällig auf ihn, als Onkel Dan die Halle durchquerte. Der Butler signalisierte seinem Herrn auf sehr reizende Art (fand Van), *wer* dieser hochaufgeschossene Junge war, indem er seine Hand drei Fuß hoch über dem Boden hielt und sie dann höher und höher stufte – ein Höhenkode, den nur unser sechs Fuß großer Jüngling verstand. Van sah, wie der kleine rothaarige Herr dem alten Bouteillan einen verdutzten Blick zuwarf, woraufhin dieser ihm eilig Vans Namen zuflüsterte.

Mr. Daniel Veen hatte die merkwürdige Manier, wenn er auf einen Gast zutrat, die Finger seiner reglos-steifen Rechten in seine Jackentasche zu versenken und sie dort in einer Art läuterndem Vorgang stillzuhalten, bis der genaue Zeitpunkt des Händeschüttelns kam.

Er teilte Van mit, daß es in ein paar Minuten regnen würde, «weil es in Ladore zu regnen begonnen hatte», und der Regen, sagte er, «brauchte ungefähr eine halbe Stunde, um bis Ardis vorzudringen». Van hielt das für einen Scherz und lachte höflich, aber Onkel Dan sah wieder ganz verdutzt aus und fragte, indem er Van aus fahlen Fischaugen anstarrte, ob er sich mit der Umgebung schon vertraut gemacht habe, wie viele Fremdsprachen er beherrsche, und würde er wohl für ein paar Kopeken ein Rote-Kreuz-Lotterie-Los kaufen?

«Nein, danke», sagte Van, «mir reichen meine eigenen Lotterien» – und sein Onkel starrte wieder, aber mehr von der Seite her.

Der Tee wurde im Salon serviert, und alle waren ziemlich zahm und schweigsam, und schon zog sich Onkel Dan, eine zusammengekniffte Zeitung aus einer Innentasche hervorholend, in sein Arbeitszimmer zurück, und kaum hatte er den Raum verlassen, da sprang eines der Fenster ganz von selbst auf und ein mächtig einsetzender Regenschauer trommelte auf die Blätter des Tulpenbaums und der Imperialis draußen, und die Konversation wurde allgemein und laut.

Nicht lange dauerte – beziehungsweise blieb der Regen: er wanderte weiter auf seinem mutmaßlichen Weg nach Raduga oder Ladoga oder Kaluga oder Luga und ließ dabei einen unvollständigen Regenbogen über Ardis Hall zurück.

Onkel Dan in seinem Clubsessel versuchte, mit Hilfe eines jener Wörterbuch-Winzlinge für anspruchslose Touristen, womit er gewöhnlich fremdsprachige Kunstkataloge entzifferte, in einer holländisch-sprachigen Illustrierten, die jemand im Zug ihm gegenüber hatte liegenlassen, einen offenbar dem Austernfischen gewidmeten Artikel zu lesen – als ein scheußlicher Tumult ausbrach und sich von Raum zu Raum durch das ganze Haus verbreitete.

Der mutwillige Dackel, das eine Ohr schlapp, das andere hochgeklappt, so daß man sein graugesprenkeltes Rosa sehen konnte, die komischen Beine schnell bewegend und beim Hakenschlagen übers Parkett rutschend, war im Begriff, einen beträchtlichen, blutgetränkten Wattebüschel, den er sich oben irgendwo geschnappt hatte, zu einem passenden Versteck davonzutragen, wo er ihn beuteln konnte. Ada, Marina und zwei Mädchen verfolgten das fröhliche Tier, aber es war unmöglich, den durch unzählige Flure flitzenden Dackel zwischen all dem barocken Mobiliar in die Enge zu treiben. Plötzlich schoß die ganze wilde Jagd an Onkel Dans Sessel vorüber und wieder hinaus.

«Guter Gott!» rief er beim Anblick der blutigen Trophäe. «Jemand muß sich den Daumen abgehackt haben!» Er klopfte forschend Stuhl und Schenkel ab, angelte schließlich – unter der Fußbank – das Westentaschenwörterbuch hervor und widmete sich wieder seiner Zeitung, mußte aber schon die nächste Sekunde *groote* nachschlagen, wonach er gerade gesucht hatte, als man ihn unterbrach.

Die Schlichtheit der Bedeutung des Wortes ärgerte ihn.

Durch eine geöffnete Glastür führte Dack seine Verfolger in den Garten. Dort, auf dem dritten Rasen, überwältigte ihn Ada mit einem jener fliegenden Kopfsprünge, wie sie im «American football» geübt werden, einer Art Rugby, das die Kadetten einstmals auf dem nassen Rasenufer des Goodson River gespielt hatten. Im selben Moment erhob sich Mlle Larivière von der Bank, wo sie Lucette die Fingernägel geschnitten hatte, und bezichtigte, die Schere auf Blanche gerichtet, die mit einer Papiertüte herbeigeeilt war, die junge Schlampe eines schamlosen Präzedenzfalles – nämlich einmal eine Haarnadel in Lucettes Kinderbettchen fallen gelassen zu haben, *un machin long comme ça qui faillit blesser l'enfant à la fesse.* Marina jedoch, geplagt von der morbiden Angst einer russischen Adligen, «Untergebene zu beleidigen», erklärte den Vorfall für erledigt.

«Nechoroschaja, nechoroschaja sobaka», sang Ada schmachtend, mit heftigem, aspiratorischem und sibilierendem Nachdruck, und schloß den endlich beute-, aber auch völlig reuelosen «bösen, bösen Hund» in ihre Arme.

12

Honig und Hängematte: noch achtzig Jahre später konnte er sich mit dem jungen Schmerz der ursprünglichen Freude daran erinnern, wie er sich in Ada verliebte. In der Hängematte seines jugendlichen Erwachens trafen sich Erinnerung und Phantasie auf halbem Wege. Mit vierundneunzig liebte er es, jenen ersten amourösen Sommer wieder aufzuspüren, aber nicht wie einen gerade geträumten Traum, sondern als Rekapitulation des Bewußtseins zu seiner Stärkung in den frühen grauen Stunden zwischen seichtem Schlaf und erster Tages-Pille. Übernimm du, Liebe, für eine Weile, Pille, Mille, Million, Billion. Hier mach du weiter, Ada, bitte.

(Sie) Billionen junger Burschen. Nehmen wir mal ein einigermaßen anständiges Jahrzehnt. Eine Billion Billies, gut, begabt, zärtlich und voller Leidenschaft, nicht nur geistig, sondern auch körperlich wohlmeinende Billionen haben Jillionen ihrer nicht minder zärtlichen und brillanten Jillies während jenes Jahrzehnts entblößt, an Bahnhöfen und unter Bedingungen, die vom Forscher selber kontrolliert und bestimmt werden müssen, soll nicht der ganze Bericht im Unkraut von Statistiken und hüfthohen Verallgemeinerungen ersticken. Keinen Grund hätten wir, folgendes zum Beispiel auszulassen: jene Nichtigkeit staunenswerten individuellen Bewußtseins und junger Genialität, die gelegentlich aus diesem oder jenem bestimmten Atemzug ein *nie dagewesenes und unwiederholbares* Ereignis im Kontinuum des Lebens macht oder zumindest ein thematisches Anthemion solcher Ereignisse in einem Kunstwerk oder dem Bericht eines Denunzianten. Die Details, die durchscheinen oder durchschatten: blankes Blatt durch hyaline Haut, grüne Sonne im braun-feuchten Auge, *tout ceci, vsjo eto*, in Zitze und Zahl, muß in Betracht gezogen werden; nun bereite dich auf die Übernahme vor (nein, Ada, mach weiter, *ja sasluschalsja*: Ich bin ganz Ohr und Entzükken), wofern wir das Faktum, Faktum, Faktum vermitteln wollen – daß unter diesen Billionen brillanter Paare in einem Querschnitt von etwas, das du mich hier einmal Raumzeit zu nennen erlaubst (der bequemeren Beweisführung halber) – daß hiervon ein Paar ein einzigartiges, super-herrliches Paar ist, was zur Folge hat (was erforscht, gemalt, verleumdet, in Musik gesetzt oder verhört und zum Tode verurteilt werden muß, falls die Dekade nun doch einen Skorpionsstachel besitzt), daß die Besonderheiten ihrer Liebesbeziehung auf besondere, einzigartige Weise zwei lange Leben und ein paar Leser, diese nachdenklichen Schilfrohre, wie auch ihre Federn und Geistes-Pinsel beeinflussen. Naturgeschichte in der Tat! Unnatürliche Geschichte – weil die Präzision von Sinnen und Sinn einem Bauerngemüt unangenehm absonderlich vorkommen muß und weil das Detail alles ist: Das Lied eines toskanischen oder kalifornischen Goldhähnchens in einer Friedhofszypresse; der minzige Hauch von Bohnenkraut oder von Yerba Buena an einem Steilufer; das tanzende Flattern eines Faulbaumbläulings oder eines Echobläulings zusammen mit anderen Vögeln, Blumen und Schmetterlingen: *das* muß man hören, riechen oder durch die Transparenz von Tod und glühender Schönheit sehen. Und das Schwierigste: Schönheit selbst, wie sie durch das Hier und Jetzt wahrgenommen wird. Männliche Glühwürmchen. (Nun bist wirklich du an der Reihe, Van.)

Die männlichen Glühwürmchen, kleine Leuchtkäfer, eher wandernden Sternen als geflügelten Insekten gleich, tauchten in den ersten warmen schwarzen Nächten von Ardis auf, einer nach dem anderen, hier und dort, dann in gespenstischer Vielzahl, und wieder zu wenigen Einzelgängern dahinschwindend, da ihre Suche zu einem natürlichen Ende kam. Van sah ihnen mit der gleichen angenehmen Beklemmung zu, die er als Kind empfunden hatte, als er, verloren im violetten Zwielicht eines italienischen Hotelgartens, einer Zypressenallee, sie für goldene Ghuls hielt oder die vorbeischwebenden Phantome des Gartens. Nun, da sie mild umherflogen, scheinbar geradenwegs, die Dunkelheit ringsum wieder und wieder kreuzend, ließ jeder sein limonenbleiches Licht alle fünf Sekunden oder so aufblitzen, jeder in seinem eigenen bestimmten Rhythmus (ein ganz anderer übrigens als der einer verwandten Spezies, die, laut Ada, mit *Photinus ladorensis* in Lugano und Luga herumflog), gab Signale an das gras-beheimatete Weibchen, das nach ein paar Augenblicken, die es brauchte, um den genauen Typ seines Leuchtkodes festzustellen, in photischer Erwiderung pulsierte. Die Anwesenheit dieser prächtigen kleinen Tierchen, die mit ihrem Flug die duftende Nacht so delikat illuminierten, erfüllte Van mit einer subtilen Begeisterung, wie sie Adas Insektenkunde selten in ihm hervorrief – vielleicht war's auch wegen des Neides des abstrakten Scholaren, den das unmittelbare Wissen des Naturwissenschaftlers manchmal provoziert. Die Hängematte, ein bequemes, längliches Nest, zernetzte seinen nackten Körper entweder unter der Trauer-Zeder, die über eine Rasenecke wucherte und im Falle eines Schauers teilweisen Schutz gewährte, oder, in beständigeren Nächten, zwischen zwei Tulpenbäumen (wo ein früherer Sommergast, angetan mit einem kurzen Abendcape über dem klammfeuchten Nachthemd, einst erwachte, weil eine Stinkbombe die *Stern-Chore* über ihm explodieren ließ, und als Onkel Van ein Streichholz anriß, sah er das helle Blut sein Kopfkissen färben).

Die Fenster im schwarzen Schloß erloschen nacheinander in Zeilen, Reihen und Rösselsprüngen. Die längste Sitzung auf dem Wasserklosett der Kinder hatte Mlle Larivière, die dort mit einem Rosenöl-Leuchter und ihrem *buvard* eingekehrt war. Eine Brise zauste die Vorhänge seines nun unendlichen Zimmers. Venus stieg am Himmel empor. Venus setzte sich in sein Fleisch.

All dies war kurz vor der alljährlichen Invasion einer gewissen interessant-primitiven Mücke (deren Giftigkeit das nicht gerade freundliche russische Kontingent unseres Gebietes auf die Nahrung der französischen Weinbauern und Moosbeeresser von Ladore zurückführte); aber auch ohne sie glichen die faszinierenden Glühwürmchen und der noch unheimlichere bleiche Kosmos, der durch das dunkle Laub drang, die nächtliche Pein mit neuen Unbequemlichkeiten aus, jene Belästigungen von Schweiß und Sperma, die mit seinem stickigen Zimmer verbunden waren. Die Nacht blieb natürlich *immer* eine Pein, das ganze Fast-Jahrhundert seines Lebens hindurch, ganz gleich, wie schläfrig oder beschwipst der arme Mann sein mochte – denn Genie ist nicht immer Zuckerschlecken, nicht einmal für Billionär Bill mit seinem spitzigen Bärtchen und seiner stilisierten kahlen Kuppel, oder der krustige Proust, der gern Ratten enthauptete, wenn er nicht zum Schlafen aufgelegt war, oder *dieser* glänzende oder obskure V. V. (je nach Sehvermögen der Leser, auch sie arme Leute, unserem Hohn und ihren Honoraren zum Trotz); aber in Ardis störte das intensive Leben des von Sternen heimgesuchten Himmels die Nacht des Jungen so sehr, daß er alles in allem dankbar war, als übles Wetter oder die noch üblere Mücke – die *Kamargskij Komar* unserer *Muschiks* und die *Moustique moscovite* ihrer nicht weniger alliterierenden Rächer – ihn zurück in sein beuliges Bett trieben.

In diesem unseren trockenen Bericht über Van Veens frühe, allzu frühe Liebe zu Ada Veen ist weder Grund noch Raum für metaphysische Abschweifungen. Trotzdem wollen wir festhalten (weil gerade die Lucifers fliegen und pulsieren und im nahen Park ein Käuzchen schreit – auch höchst rhythmisch), daß Van, der damals den Terror von Terra noch nicht wirklich geschmeckt hatte – er schrieb ihn, als er die Foltern seiner lieben, unvergeßlichen Aqua analysierte, vage verruchten Marotten und volkstümlichen Hirngespinsten zu –, schon damals, mit vierzehn, erkannte, daß die alten Mythen, die einen Wirbel von Welten (wie dumm und mystisch auch immer) zu hilfreichem Sein zwangen und sie mitten in die graue Masse sternüberströmter Himmel placierten, vielleicht einen Glühwurm fremder Wahrheit enthielten. Seine Nächte in der Hängematte (wo jener andere arme Jüngling seinen blutigen Husten verflucht hatte und in Träume von lauernden schwarzen Spumas und dem Zusammenprall von Cymboln in freudianischen *Orchestern* versunken war – wie es ihm von Karriereärzten weisgemacht wurde) wurden jetzt nicht so sehr von der Agonie seiner Sehnsucht nach Ada heimgesucht als von dem sinnlosen Raum über ihm, unter ihm, überall, dem dämonischen Gegenpol zur göttlichen Zeit, die um ihn herum und durch ihn hindurchklang, wie sie noch einmal – zum Glück mit etwas mehr Bedeutung – in den letzten Nächten erklingen sollte eines Lebens, das ich nicht bereue, meine Liebe.

Er pflegte immer dann einzuschlafen, wenn er meinte, nie wieder schlafen zu können, und seine Träume waren jung. Wenn das erste Licht des Tages an seiner Hängematte leckte, wachte er auf als ein anderer Mann – und ein Mann in der Tat. *«Ada, our ardors and arbors»* – ein daktylischer Trimeter, der Van Veens einziger Beitrag zur anglo-amerikanischen Lyrik bleiben sollte – sang durch sein Hirn. Gelobt sei der Star, verdammt der Sternenstaub! Er war vierzehneinhalb; er war brennend und brünftig; er würde sie eines Tages heftig besitzen!

Eine dieser grünen Auferstehungen konnte er in allen Einzelheiten vergegenwärtigen, wenn er sich die Vergangenheit wieder vorspielte. Nachdem er seine Badehose angezogen und die ganze verzwickte, widerstrebende, mannigfaltige Apparatur eingepackt und hineingezwängt hatte, war er aus seinem Nest gepurzelt und hatte schnurstracks versucht festzustellen, ob ihr Teil des Hauses schon lebendig war. Es war. Er sah ein Sprühen von Kristall, ein Sprenkel von Farbe. Sie nahm *sa petite collation du matin* allein auf einem privaten Balkon zu sich. Van fand seine Turnschuhe – in dem einen ein Käfer, im andern ein Blütenblatt – und betrat durch den Werkzeugraum das kühle Haus.

Kinder ihres Typs erfinden die reinsten Philosophien. Ada hatte ein eigenes kleines System ausgearbeitet. Kaum eine Woche war seit Vans Ankunft verstrichen, als er für wert befunden wurde, in ihr Gewebe der Weisheit eingeweiht zu werden. Das Leben eines Individuums bestand aus bestimmten klassifizierten Dingen: den «wirklichen Dingen», die selten und unbezahlbar waren; einfach nur den «Dingen», die den Routinekram im Leben ausmachten; und den «Geisterdingen», auch «Nebel» genannt, zum Beispiel Fieber, Zahnschmerzen, gräßliche Enttäuschungen und Tod. Drei oder mehr Dinge, die gleichzeitig auftauchten, bildeten einen «Turm» oder, wenn sie unmittelbar aufeinanderfolgten, eine «Brücke». «Wirkliche Türme» und «wirkliche Brücken» waren die Freuden des Lebens, und wenn die Türme serienweise kamen, erfuhr man höchste Verzückung; das geschah aber fast nie. Unter gewissen Umständen, in einem bestimmten Licht, konnte ein neutrales «Ding» «wirklich» aussehen oder sogar zu einem «wirklichen Ding» werden, oder aber, umgekehrt, zu einem stinkenden «Nebel» gerinnen. Geschah es, daß die Freude und das Freudlose miteinander vermischt waren, gleichzeitig oder während des Verlaufs ihrer Dauer, hatte man es mit «zerstörten Türmen» oder «zerbrochenen Brücken» zu tun.

Die bildhaften und architektonischen Details ihrer Metaphysik machten ihre Nächte leichter als Vans, und an jenem Morgen – wie an den meisten Morgen – hatte er das Empfinden, aus einem viel entfernteren und grimmigeren Land zurückzukehren als dem, wo sie und ihr Sonnenlicht hergekommen waren.

Ihre prallen, klebrig glitzernden Lippen lächelten.

(Wenn ich dich *hier* küsse, sagte er Jahre später zu ihr, denke ich immer an den blauen Morgen auf dem Balkon, als du eine *tartine au miel* – soviel besser auf französisch – aßest.)

Die klassische Schönheit von Kleeblütenhonig, glatt, bleich, durchscheinend, wie er rein vom Löffel rinnt und meiner Geliebten Brot und Butter in flüssigem Messing ertränkt. Die Krume mit Nektar vollgesogen.

«Wirkliches Ding?» fragte er.

«Turm», antwortete sie.

Und die Wespe.

Die Wespe untersuchte den Teller. Ihr Leib bebte.

«Wir werden nachher versuchen, eine zu essen», bemerkte sie, «aber sie muß *verschlungen* werden, um gut zu schmecken. Natürlich kann sie dir nicht in die Zunge stechen. Kein Tier würde je eines Menschen Zunge berühren. Wenn ein Löwe einen Reisenden mit Haut und Haar verspeist hat, läßt er die Zunge des Mannes *immer* einfach so in der Wüste liegen» (mit nachlässiger Handbewegung).

«Das bezweifle ich.»

«Es ist ein allbekanntes Mysterium.»

Ihr Haar war an jenem Tag schön gebürstet und glänzte dunkel im Gegensatz zur matten Blässe ihres Halses und ihrer Arme. Sie trug das gestreifte T-Shirt, das er in seinen einsamen Phantasien besonders gern von ihrem sich windenden Torso pellte. Das

Wachstuch war in weiße und blaue Karos geteilt. Eine Schliere Honig klebte an dem Rest Butter im kühlen Steintopf.

«Na gut. Und das dritte wirkliche Ding?»

Sie betrachtete ihn. Ein feuriges Tröpfchen im Winkel ihres Mundes betrachtete ihn. Ein dreifarbiges, samtenes Veilchen, das sie am Abend aquarelliert hatte, betrachtete ihn aus seiner kannelierten Kristallvase. Sie sagte nichts. Sie leckte an ihren gespreizten Fingern, noch immer ihn ansehend.

Van, da er keine Antwort erhielt, verließ den Balkon. Sanft zerbröckelte ihr Turm in der süßen, schweigenden Sonne.

13

Für das große Picknick zu Adas zwölftem Geburtstag und Idas zweiundvierzigstem *jour de fête* erhielt das Kind die Erlaubnis, seine «Lolita» anzuziehen (benannt nach der kleinen andalusischen Zigeunerin gleichen Namens in Osbergs Roman und übrigens mit einem spanischen «t» gesprochen, nicht mit einem dikken englischen) – das war ein ziemlich langer, aber sehr luftiger und weiter schwarzer Rock mit roten Mohnblumen oder Päonien, «unzulänglich in Hinsicht auf botanische Realität», wie sie es großartig ausdrückte, noch ohne zu wissen, daß Realität und Naturwissenschaft synonym sind in der Sprache dieses, und nur dieses, Traums.

(Du wußtest es ja auch nicht, weiser Van. Ihre Anmerkung.)

Sie war nackt hineingestiegen, die Beine noch feucht und fichtennadelduftig nach einer besonderen Abreibung mit dem Waschlappen (Morgenbäder waren unter der Herrschaft von Mlle Larivière unbekannt), und nun zog sie ihn mit einem flinken Hüftwackeln hoch, was den üblichen Verweis ihrer Erzieherin provozierte: *mais ne te trémousse pas comme ça quand tu mets ta jupe! Une petite fille de bonne maison* usw. *Per contra* wurde das Beiseitelassen der Höschen von Ida Larivière, einer vollbusigen Frau von großer und abstoßender Schönheit (die in diesem

Moment nichts weiter anhatte als ein Korsett und bestrapste Strümpfe), völlig übersehen, denn sie war nicht darüber erhaben, selber an die Hitze dieser Hundstage Konzessionen zu machen; aber im Falle der zarten Ada hatte diese Gewohnheit beklagenswerte Wirkungen. Das Kind versuchte, den Ausschlag in der weichen Wölbung mit all seinen Begleiterscheinungen von klebrigen, juckenden, nicht gänzlich unangenehmen Reizen zu lindern, indem es rittlings festumklammert auf dem kühlen Ast eines Euphrat-Apfelbaums saß, was Van mit Abscheu erfüllte, wie wir noch mehr als einmal sehen werden. Außer der «Lolita» trug sie einen kurzärmligen weißen Pulli mit schwarzen Streifen, einen Schlapphut (der an einem Hals-Gummi auf ihrem Rücken hing), ein Samtband im Haar und ein Paar alte Sandalen. Weder Hygiene noch ausgeklügelter Geschmack waren, wie Van immer wieder feststellte, typisch für den Haushalt in Ardis.

Als alle zum Aufbruch bereit waren, purzelte sie wie ein Wiedehopf aus dem Baum. Husch, husch, mein Vöglein, mein Engel. Der englische Kutscher, Ben Wright, war noch stocknüchtern (hatte er doch nur eine einzige Flasche Bier zum Frühstück genossen). Blanche, die mindestens einmal bei einem großen Picknick dabei gewesen war (als sie eiligst nach Pine-Glen kutschiert wurde, um Mademoiselle, die in Ohnmacht gefallen war, aufzuschnüren), unterzog sich nun der weniger bezaubernden Aufgabe, den knurrenden und sich windenden Dack in ihr kleines Turmzimmer fortzutragen.

Ein Kremser hatte bereits zwei Diener, drei Sessel und eine Anzahl von Körben zum Picknickplatz befördert. Die Romancière fuhr in einem weißen Satinkleid (gemacht von Vass in Manhattan für Marina, die kürzlich zehn Pfund abgenommen hatte) mit Ada neben sich und Lucette, in einer weißen Seglerbluse *très en beauté* hoch oben beim verdrießlichen Wright hockend, in der *calèche* dorthin. Van radelte auf einem der Fahrräder seines Onkels oder Großonkels hinterdrein. Der Waldweg blieb einigermaßen glatt, wenn man sich an die mittlere Spur hielt (sie war immer noch aufgeweicht und dunkel nach einem regnerischen Tagesanbruch), zwischen jenen himmelblauen Furchen, die mit den Spiegelbildern derselben Birkenblätter besprenkelt waren, deren Schatten über die straff gespannte perlmuttfarbene Seide von Mlle Larivières geöffnetem Sonnenschirm und den breiten

Rand von Adas ziemlich liederlich aufgesetztem weißem Hut huschten. Hin und wieder sah sich Lucette von ihrem Sitz neben dem blaulivrierten Ben nach Van um und machte geschwindigkeitsdämpfende kleine Zeichen mit der flachen Hand, wie sie es bei ihrer Mutter gesehen hatte, wenn diese fürchtete, Ada könne mit ihrem Pony oder Fahrrad von hinten in die Kutsche hineinrasen.

Marina kam in einem roten Automobil eines frühen «Laubfrosch»-Typs, das vom Butler äußerst behutsam chauffiert wurde, als handele es sich um eine besonders ausgefallene Art von Korkenzieher. Sie sah ungewöhnlich schick aus in ihrer Männerhose aus grauem Flanell, und ihre behandschuhte Hand ruhte auf dem Knauf eines opalenen Glasstöckchens, als das Auto leicht schwankend genau auf dem Rand des Picknickplatzes zum Stehen kam, einer malerischen Lichtung in einem uralten Kiefernwald, der von hinreißend schönen Schluchten durchkerbt war. Ein fremdartiger, blasser Schmetterling kam von der anderen Seite des Waldes herübergeflattert, den Sommerweg nach Lugano entlang, und unmittelbar darauf folgte ein Landauer, daraus quollen eines nach dem anderen, je nach Alter und Umstand behende oder behäbig, die Erminin-Zwillinge, ihre junge, schwangere Tante (eine große Last, was das Erzählen betrifft) und eine Gouvernante, die weißhaarige Mme Forestier, Schulfreundin von Mathilde in einer demnächst erscheinenden Novelle.

Drei erwachsene Herren wurden überdies erwartet, tauchten aber nie auf: Onkel Dan, der den Morgenzug aus der Stadt verpaßte; Colonel Erminin, ein Witwer, dessen Leber, so schrieb er in einem Briefchen, sich wie ein *petscheneg* benahm; und sein Arzt (und Schachpartner), der berühmte Dr. Krolik, der sich selbst als Adas Hofjuwelier bezeichnete und ihr tatsächlich früh am nächsten Morgen sein Geburtstagsgeschenk brachte – drei makellos geformte Schmetterlingspuppen («Unschätzbare Juwelen», rief Ada kehlig mit zusammengezogenen Augenbrauen), die alle drei ziemlich bald Spezimina einer enttäuschenden Schlupfwespe hervorbringen sollten an Stelle des Kibo-Perlmutterfalters, einer erst kürzlich entdeckten Rarität.

Stapel zarter, rindeloser Butterbrote (vollkommene Rechtecke von fünfmalzwei Zoll), der goldbraune Leichnam eines Truthahns, russisches Schwarzbrot, Töpfe voller Grauperl-Kaviar, kandierte Veilchen, kleine Himbeertörtchen, eine halbe Gallone Weißen Goodson Ports, eine weitere halbe Roten, Bordeaux-Schorle in Thermosflaschen für die Mädchen und der kalte süße Tee glücklicher Kindheiten – all dies ist leichter vorstellbar als zu beschreiben. Man fand es lehrreich [so im Mskr. Der Hrgs.].

Man fand es lehrreich, Ada Veen und Grace Erminin Seite an Seite zu setzen: Adas magermilchige Blässe und die gesunde, glühende Röte ihrer Altersgenossin; das glatte schwarze Hexenmädchenhaar der einen und der braune Schopf der anderen; die glanzlosen, ernsten Augen meiner Geliebten und das blaue Strahlen hinter den Hornbrillengläsern von Grace; der nackte Schenkel der ersteren und die langen roten Strümpfe der zweiten; der Zigeunerrock und der Matrosenanzug. Vielleicht noch lehrreicher war es, festzustellen, wie Gregs schlichte Gesichtszüge geradezu unversehrt in die Aura seiner Schwester transponiert worden waren, wo sie den Anschein mädchenhaften «guten Aussehens» annahmen, ohne dabei die große Ähnlichkeit zwischen Matrosenjungen und -mädchen zu beeinträchtigen.

Die Ruinen des Puters, der Portwein, den nur die Gouvernanten angerührt hatten, und ein zerbrochener Sèvres-Teller wurden rasch von den Dienern beiseite geschafft. Eine Katze kam unter einem Busch hervor, starrte sie einen Augenblick blanker Überraschung lang an und verschwand trotz eines vielstimmigen «Musch-Musch» wieder.

Mlle Larivière bat alsbald Ada, sie zu einem abgelegenen Plätzchen zu begleiten. Dort nun stand die vollständig angezogene Dame in ihrem voluminösen Kleid, das seinen stattlichen Faltenwurf zwar beibehielt, aber offenbar um einen Zoll länger geworden war, so daß ihre Prünellenschuhe verdeckt wurden, stocksteif über einem verborgenen Platzregen und kehrte im nächsten Moment zu ihrer normalen Größe zurück. Auf dem Rückweg klärte die wohlmeinende Pädagogin Ada darüber auf, daß eines Mädchens zwölfter Geburtstag der geeignete Anlaß sei, vorausschauend eine Sache zu besprechen, die, sagte sie, aus Ada nunmehr jederzeit eine *grande fille* machen könnte. Ada war schon sechs Monate zuvor von einer Schullehrerin genügend darüber belehrt worden, ja, hatte sie schon zweimal gehabt, und verblüffte nun ihre arme Gouvernante (die Adas scharfem und sonderbarem Verstand nie gewachsen war), indem sie erklärte, das sei alles Geschwätz und Nonnen-Nonsense; solche Dinge widerführen heutzutage normalen Mädchen kaum noch und kämen ganz sicher in ihrem Fall nicht vor. Mlle Larivière, die (trotz oder vielleicht wegen ihres Hangs zum Romaneschreiben) eine bemerkenswert einfältige Person war, ließ ihre eigene Erfahrung im Geiste Revue passieren und fragte sich für ein paar schreckliche Minuten, ob nicht vielleicht, während sie in den schönen Künsten geschwelgt hatte, die Entwicklung der Wissenschaft die der Natur umgekrempelt habe.

Die Sonne des frühen Nachmittags fand neue Stellen zum Aufhellen und alte zum Toasten. Tante Ruth döste, den Kopf auf einem normalen Kopfkissen, wofür Mme Forestier gesorgt hatte, die an einem winzigen Pullover für den zukünftigen Halb-Zwilling ihrer Pfleglinge strickte. Durch die quälenden Nachnebel des Selbstmords blickte Lady Erminin, überlegte Marina, mit der alten Sehnsucht und der Neugier eines Kindes herab auf die Picknick-Gäste unter dem prächtigen Kieferngrün, herab aus dem persischen Blau ihres Sitzes der Seligkeit. Die Kinder führten ihre Begabungen vor: Ada und Grace tanzten zur Begleitung einer uralten Musik-Box (die immer im Mitteltakt aussetzte, als ob sie sich an andere Küsten, andere, radiale, Wellen erinnerte) einen russischen Wirbeltanz; Lucette, die Faust auf die Hüfte gestemmt, sang ein St. Malô-Fischerlied; Greg zog den blauen Rock seiner Schwester an und setzte ihren Hut und ihre Brille auf, was ihn in eine sehr kranke, geistig zurückgebliebene Grace verwandelte; und Van ging auf seinen Händen spazieren.

Zwei Jahre früher, auf der Schwelle seines ersten Gefangenenjahrs in dem berühmten und brutalen Internat, das schon andere Veens vor ihm besucht hatten (zurückreichend bis in die Tage, «da *Washingtonia*-Bäume noch *Wellingtonias* waren»), hatte Van beschlossen, irgendein verblüffendes Kunststück einzuüben, das ihn schnell und glanzvoll ans Ruder bringen würde. Also bekam der kräftige Bursche nach einer Unterredung mit Demon von King Wing, dessen Ringkampflehrer, das Auf-den-Händen-Gehen mittels eines gewissen Spiels der Schultermuskulatur beigebracht, ein Trick, zu dessen Erlangung und Vervollkommnung nichts weniger als eine Umkehr der Karyatiden nötig war.

Welch ein Vergnügen [so im Mskr.]. Das Vergnügen, plötzlich den richtigen Kniff zu entdecken, wie man sich «Hals über Kopf» fortbewegte, kam fast der Erfindung gleich, nach etlichen schmerzhaften und schmählichen Stürzen jene Segelflugzeuge zu bemannen, «Magiteppiche» (oder «Jikkers») genannt, die in den abenteuerlichen Tagen vor der Großen Reaktion den Jungen zum zwölften Geburtstag geschenkt wurden – und dann, was für ein atemberaubender, langanhaltender Nervenkitzel, als man zum ersten Male von der Erde abhob und es schaffte, über einen Heuschober, einen Baum, über Bach und Scheune zu gleiten, während Großvater Dedalus Veen, mit emporgewandtem Gesicht einherlaufend, ein Fähnchen schwenkte und in die Pferdeschwemme fiel.

Van pellte sich das Polohemd vom Leibe und zog Schuhe und Strümpfe aus. Die Schlankheit seines Oberkörpers, der in der Tönung, wo nicht in der Textur, zum Beige seiner knappen Shorts paßte, kontrastierte mit den ungewöhnlich entwickelten Deltamuskeln und sehnigen Unterarmen des hübschen Jungen. Vier Jahre später konnte Van einen Mann mit einem einzigen Schlag eines seiner Ellbogen betäuben.

Den umgekehrten Körper anmutig gebogen, die braunen Beine gehißt wie ein tarentinisches Segel, die geschlossenen Fesseln zum Lavieren benutzend, fand Van mit gespreizten Fingern Halt am Rande der Schwerkraft und bewegte sich drehend und seitwärtstretend hin und her, öffnete den Mund falsch herum und blinzelte auf jene seltsame *Bilboquet*-Weise, die den Augenlidern in dieser unnormalen Position eigen ist. Noch außerordentlicher als die Vielfalt und Geläufigkeit der Bewegungen, mit denen er tierische Hinterbeine nachahmte, war die Mühelosigkeit seiner Haltung; King Wing hatte ihn gewarnt, daß Vekchelo, ein yukonischer Profi, sie etwa mit zweiundzwanzig verlor; aber an jenem Sommernachmittag, auf dem seidigen Boden der Kiefernlichtung, im magischen Herzen von Ardis, unter Lady Ermins blauem Blick, bescherte uns der vierzehnjährige Van die großartigste Vorstellung, die wir je von einem Handgänger gesehen haben. Nicht die leiseste Röte erschien auf seinem Gesicht oder Hals! Hin und wieder, wenn er seine Fortbewegungs-Organe vom nachgiebigen Grund loslöste und, fabelhafte Parodie auf einen Ballett-Sprung, tatsächlich in der Luft in die Hände zu klatschen schien, fragte man sich, ob diese träumerische Lässigkeit der Levitation nicht daher rührte, daß die Erde in einem Anfall geistesabwesenden Wohlwollens ihre Schwerkraft aufgehoben hatte. Übrigens, eine kuriose Folge gewisser Veränderungen der Muskulatur und des «Zurückklickens« der Knochen, hervorgerufen durch das besondere Training, mit dem Van von King Wing gemartert worden war, blieb seine Unfähigkeit in späteren Jahren, mit den Schultern zu zucken.

Fragen zum Nachdenken und zur Diskussion:

1. Lösten sich *beide* Handflächen vom Boden, als Van, während er umgekehrt stand, auf seinen Händen regelrecht zu «hüpfen» schien?

2. War Vans Unfähigkeit, als Erwachsener Dinge mit einem Schulterzucken «abzuschütteln», nur physisch, oder «korrespondierte» sie mit irgendeiner archetypischen Eigenheit seiner «Unterseele»?

3. Warum brach Ada auf dem Höhepunkt seiner Darbietung in Tränen aus?

Schließlich las Mlle Larivière ihr *La Rivière de Diamants* vor, eine Erzählung, die sie gerade für *The Quebec Quarterly* getippt hatte. Die hübsche und kultivierte Frau eines schäbigen Buchhalters leiht sich von einer reichen Bekannten ein Halsband. Auf dem Nachhauseweg von der Büro-Party verliert sie es. Dreißig oder vierzig schreckliche Jahre lang arbeiten und sparen der unglückliche Ehemann und seine Frau für die Tilgung der Schulden, die sie gemacht hatten durch den Ankauf eines Halsbands für eine halbe Million Francs, womit vor Rückgabe des Schmuckkastens an Mme F. das verlorene Kleinod ersetzt ward. Oh, wie Mathildes Herz schlug – würde Jeanne den Kasten öffnen? Sie tat es nicht. Als sie siech, aber siegreich (er halbgelähmt von einem halben Jahrhundert *copie* in ihrer *mansarde*, sie bis zur Unkenntlichkeit verroht durch das Reinigen von Fußböden *à grand eau*) alles einer weißhaarigen, doch immer noch jungaussehenden Mme F. gestehen, teilt ihnen letztere im abschließenden Satz der Geschichte mit: «Aber, meine arme Mathilde, das Halsband war unecht: es kostete nur fünfhundert Francs!»

Marinas Beitrag war bescheidener, aber hatte auch seinen Reiz. Sie zeigte Van und Lucette (die anderen wußten schon alles darüber) die genau richtige Kiefer und die genau richtige Stelle auf ihrem rauhen roten Stamm, wo vor langer, urlanger Zeit ein magnetisches Telephon genistet hatte, das mit Ardis Hall verband. Nach dem Verbot von «Strömen und Stromkreisen», sagte sie (schnell, aber freimütig mit der *désinvolture* einer Schauspielerin, als sie jene nicht ganz sauberen Wörter aussprach – während die verwirrte Lucette Van, Vanitschka, der alles erklären konnte, am Ärmel zupfte), «röhrte» die Großmutter ihres Mannes, die ein genialer Ingenieur war, das Redmont-Bächlein (das von einem Hügel oberhalb von Ardis herunterkommend genau am Fuße der Lichtung entlangfloß). Sie ließ es vibrierende VIBGGORS (prismatische Impulse) durch ein System von Platinsegmenten übertragen. Diese gaben die Nachrichten natürlich nur in eine Richtung weiter, und die Installation und Erhaltung der «Trommeln» (Zylinder) kosteten, sagte sie, ein Judengeld, so daß der Gedanke fallengelassen wurde, wie groß auch immer die Versuchung, womöglich einen Veen beim Picknick benachrichtigen zu können, daß sein Haus in Flammen stand.

Wie um die Unzufriedenheit vieler Leute mit der nationalen und internationalen Politik zu bestätigen (der alte Gamaliel war inzwischen reichlich senil), kam das kleine rote Automobil von Ardis Hall zurückgeknattert, und heraus sprang der Butler mit einer Botschaft. Monsieur war gerade mit einem Geburtstagsgeschenk für Mademoiselle Ada angekommen, aber niemand konnte herausfinden, wie das komplizierte Objekt funktionierte, und Madame muß helfen. Der Butler hatte einen Brief mitgebracht, den er nun auf ein Taschentablett legte und Marina überbrachte.

Wir können den exakten Wortlaut der Botschaft nicht wiederherstellen, aber wir wissen, daß er besagte, dieses aufmerksame und sehr teure Geschenk sei eine riesige, wunderschöne Puppe – unglücklicherweise, und befremdlich dazu, mehr oder weniger nackt; noch befremdlicher, mit einem geschienten rechten Bein und einem bandagierten linken Arm, und einem Kasten voll Gipsverbänden und Gummizeugs an Stelle der üblichen Spitzenröckchen. Anweisungen auf russisch oder bulgarisch ergaben keinen Sinn, denn sie standen nicht in der modernen lateinischen, sondern in der alten kyrillischen Schrift, einem Alptraum-Alphabet, das Dan niemals ganz beherrscht hatte. Könnte Marina sofort herüberkommen, um passende Puppenkleider zuschneiden zu lassen aus einigen hübschen Seidenresten, die ihre Zofe in einer Schublade gesammelt hatte, wie er entdeckte, und die Schachtel dann in neues Glanzpapier wickeln?

Ada, die über die Schultern ihrer Mutter hinweg in dem Briefchen gelesen hatte, erschauderte und sagte:

«Richte ihm aus, er soll eine Zange nehmen und den ganzen Kram auf den chirurgischen Müllhaufen bringen.»

«*Bednjatschjok!* Armer, armer kleiner Mann», rief Marina aus, die Augen randvoll von Mitleid. «Natürlich komme ich. Deine Grausamkeit, Ada, ist manchmal, manchmal, ich weiß nicht – satanisch!»

Energisch mit ihrem langen Spazierstock ausschreitend, mit einem Gesicht, das vor nervöser Entschlossenheit zuckte, marschierte Marina auf das Vehikel zu, das sich alsbald in Bewegung setzte, wendete und eine leere Zweiliter-Flasche umstieß, als sein Kotflügel durch einen ärgerlichen Feuerbeerbusch rauschte, um der geparkten *calèche* auszuweichen.

Doch welcher Art Zorn auch in der Luft hängen mochte, er verrauchte bald. Ada bat die Gouvernante um Papier und Bleistifte. Auf dem Bauch liegend, die Wange in die Hand gestützt, betrachtete Van den geneigten Hals seiner Geliebten, während sie englische Anagramme mit Grace spielte, die voller Unschuld *insect* vorgegeben hatte.

«Scient», sagte Ada und schrieb es nieder.

«Oh, nein!» protestierte Grace.

«Oh, ja! Ich bin sicher, das gibt es. Er ist ein großer ‹Scient›. *Dr. Entsic was scient in insects.*»

Grace dachte nach, wobei sie sich mit dem Radiergummi-Ende des Bleistifts an die gerunzelte Stirn klopfte, und brachte hervor:

«Nicest!»

«Incest», sagte Ada sofort.

«Ich gebe auf», sagte Grace. «Wir brauchen ein Lexikon, um deine kleinen Erfindungen zu überprüfen.»

Aber die Nachmittagsglut war in ihre drückendste Phase getreten, und die erste bösartige Mücke der Saison wurde von der wachsamen Lucette geräuschvoll auf Adas Schienbein erschlagen. Der Kremser war bereits losgefahren mit den Sesseln, den Körben und den schmatzenden Dienern Essex, Middlesex und Somerset; und nun tauschten Mlle Larivière und Mme Forestier melodiöse Adieus aus. Hände winkten, und die Zwillinge wurden mit ihrer ältlichen Gouvernante und der schläfrigen jungen Tante im Landauer davongetragen. Ein fahler, diaphaner Schmetterling mit einem sehr schwarzen Körper flog hinterdrein, und Ada rief «Guck mal!» und erklärte, er sei eng verwandt mit einem japanischen Parnassus-Falter. Mlle Larivière sagte plötzlich, sie würde bei Veröffentlichung der Geschichte ein Pseudonym benutzen. Sie führte ihre zwei hübschen Zöglinge zur Kalesche und piekte *sans façon* mit der Spitze ihres Sonnenschirms in den fetten roten Nacken von Ben Wright, der auf dem Rücksitz unter tiefhängenden Laubgirlanden stumpfsinnig schlief. Ada warf ihren Hut auf Idas Schoß und lief zurück zu der Stelle, wo Van stand. Da er mit der Reiseroute von Sonne und Schatten auf der Lichtung nicht vertraut war, hatte er sein Fahrrad so verlassen, daß es den stechenden Strahlen für mindestens drei Stunden ausgesetzt gewesen war. Ada bestieg es, stieß einen Schmerzensjauler aus, fiel beinah herunter, wand sich, erholte sich wieder – und der Hinterreifen platzte mit einem komischen Knall.

Der besiegte Apparat wurde unter einem Busch liegen gelassen, wo er später von Bouteillan Junior, einem weiteren Hausgeist, abgeholt werden sollte. Lucette weigerte sich, ihren Hochsitz aufzugeben (mit einem höflichen kleinen Kopfnicken den Rat ihres trunkenen Kutschbockkumpans annehmend, den man ihre bloßen Knie mit gutmütiger Tatze berühren sah); und da es keinen Notsitz gab, mußte Ada mit Vans hartem Schoß vorliebnehmen.

Es war der erste körperliche Kontakt der Kinder, und beide waren verlegen. Sie setzte sich mit dem Rücken zu Van, setzte sich erneut zurecht, als die Kutsche anruckte, und zappelte noch ein bißchen mehr, um ihren weiten, kieferndurftenden Rock zurechtzulegen, der ihn luftig einzuhüllen schien, um alle Welt wie ein Friseur-Umhang. Benommen, voll ungeschickten Entzükkens, hielt er sie bei den Hüften. Heiße Sonnenflecken liefen rasch über ihre Zebrastreifen und die Rückseiten ihrer bloßen Arme und schienen ihre Reise durch den Tunnel seines eigenen Körpers fortzusetzen.

«Warum hast du geweint?» fragte er, während er ihr Haar und

die Glut ihres Ohres einatmete. Sie wandte den Kopf und blickte ihn für einen Augenblick ganz aus der Nähe an, mit enigmatischem Schweigen.

(Habe ich das? Ich weiß nicht – es hat mich irgendwie aus der Fassung gebracht. Ich kann's nicht erklären, aber ich spürte, da war etwas Schreckliches, Brutales, Dunkles und, ja, Schreckliches an der ganzen Sache. Eine spätere Anmerkung.)

«Es tut mir leid», sagte er, als sie wegsah, «ich werde es in deiner Gegenwart nie wieder tun.»

(Übrigens, dieses «um alle Welt», ich verabscheue den Ausdruck. Ein anderer Vermerk in Adas später Schrift.)

Mit seinem ganzen Sein genoß der überheiße, überquellende Junge ihr Gewicht, fühlend, wie es auf jeden Stoß der Straße reagierte, indem es sich sanft zweiteilte und unter sich das Zentrum seines Verlangens zerdrückte, das er wohlweislich zu kontrollieren hatte, damit nicht ein denkbares Durchsickern ihre Unschuld verwirrte. Er hätte nachgegeben und wäre in animalische Laxheit dahingeschmolzen, hätte nicht die Gouvernante des Mädchens die Situation gerettet, indem sie ihn ansprach. Der arme Van schob Adas Po auf sein rechtes Knie und machte damit stumpf, was in der Sprache der Folterkammern als «Spitze der Qual» bezeichnet zu werden pflegte. In der kläglichen Fadheit unbefriedigten Verlangens sah er eine Reihe von Isbas verstreut vorbeisausen, als die *calèche* durch Gamlet fuhr, einen Weiler.

«Ich kann mich einfach nicht daran gewöhnen (*m'y faire*)», sagte Mlle Laparure, «an den Kontrast zwischen dem Reichtum der Natur und dem Elend menschlichen Lebens. Sieh diesen alten Muschik *décharné* mit dem zerrissenen Hemd, sieh seine jammervolle *cabane*. Und sieh dort die schnelle Schwalbe! Wie glücklich die Natur, wie unglücklich der Mensch! Keiner von euch hat mir erzählt, wie ihr meine neue Geschichte findet? Van?»

«Es ist ein gutes Märchen», sagte Van.

«Es ist ein Märchen», sagte die vorsichtige Ada.

«Allons donc!» schrie Mlle Larivière. «Im Gegenteil – jedes Detail ist realistisch. Wir haben hier das Drama des Kleinbürgers vor uns, mit all seinen Standessorgen und Standesträumen und seinem Standesdünkel.»

(Stimmt; das mag die Absicht gewesen sein – vom *pointe assas-*

sine einmal abgesehen; aber der Geschichte fehlte «Realismus» *innerhalb ihrer eigenen Bedingungen*, denn ein akkurater, mit dem Pfennig rechnender Angestellter hätte zunächst einmal, ganz gleich wie, herausgefunden, *quitte à tout dire à la veuve*, wieviel genau das abhanden gekommene Halsband gekostet hatte. *Das* war der fatale Fehler in dem Larivièreschen Pathos-Stück, aber zu der Zeit konnten der junge Van und die noch jüngere Ada diesen Punkt nicht ganz erfassen, obwohl sie instinktiv die Falschheit der ganzen Angelegenheit spürten.)

Eine leichte Unruhe entstand auf dem Kutschbock. Lucette drehte sich um und sprach zu Ada.

«Ich will bei euch sitzen. *Mne tut neudobno, i ot nego nechoroscho pachnet* (Ich fühle mich hier nicht wohl, und außerdem riecht er nicht gut).»

«Wir sind gleich da», antwortete Ada, «*poterpi* (hab ein bißchen Geduld).»

«Was ist los?» fragte Mlle Larivière.

«Nichts. *Il pue.*»

«Du lieber Himmel! Ich bezweifle sehr, daß er je im Dienste des Radschas stand.»

14

Am nächsten oder übernächsten Tag war die ganze Familie zum Abendbrot im Garten versammelt. Ada, auf dem Rasen, versuchte ständig, einen Margeritenkranz für den Hund zu flechten, während Lucette toastkauend zusah. Marina hielt beinah eine Minute lang den Strohhut ihres Mannes wortlos über den Tisch hinweg in seine Richtung gestreckt; endlich schüttelte er den Kopf, starrte in die Sonne, die zurückstarrte, und retirierte mit seiner Tasse und dem *Toulouse Enquirer* auf einen rustikalen Gartenstuhl, der auf der anderen Seite des Rasens unter einer gewaltigen Ulme stand.

«Ich frage mich, wer das wohl sein mag», murmelte Mlle Larivière hinter dem Samovar (der Bruchstücke seiner Umgebung in wahnsinnigen Phantasiegebilden eines primitiven Genres wiedergab), während sie ihre zusammengekniffenen Augen auf einen Teil der Auffahrt richtete, der zwischen den Stützpfeilern einer durchbrochenen Säulenhalle erkennbar war. Van, hinter Ada flach auf dem Bauch liegend, sah von seinem Buch hoch (Adas Exemplar von *Atala*).

Ein großer rosiger Jüngling in schicken Reithosen stieg von einem schwarzen Pony herunter.

«Das ist Gregs wunderschönes neues Pony», sagte Ada.

Mit den ungezwungenen Entschuldigungsworten eines wohlerzogenen Jungen brachte Greg Marinas Platin-Feuerzeug zurück, das seine Tante in ihrer eigenen Handtasche entdeckt hatte.

«Du liebe Güte, ich hatte nicht einmal Zeit, es zu vermissen. Wie geht es Ruth?»

Greg sagte, daß Tante Ruth und Grace beide mit akuter Verdauungsstörung darniederlagen – «aber nicht wegen eurer köstlichen Sandwiches», fügte er eilig hinzu, «sondern wegen all der Feuerbeeren, die sie von den Büschen gepflückt hatten».

Marina wollte schon mit einer Bronzeglocke nach dem Diener läuten, damit er mehr Toast brächte, aber Greg sagte, er sei auf dem Weg zu einer Party bei der Gräfin de Prey.

«Sie hat sich ziemlich schnell getröstet», bemerkte Marina und spielte damit auf den Tod des Grafen an, der vor ein paar Jahren bei einem Pistolenduell im Boston Park getötet worden war.

«Sie ist eine sehr fröhliche und hübsche Frau», sagte Greg.

«Und zehn Jahre älter als ich», sagte Marina.

Nun verlangte Lucette die Aufmerksamkeit ihrer Mutter.

«Was sind Juden?» fragte sie.

«Andersdenkende Christen», antwortete Marina.

«Warum ist Greg ein Jude?» fragte Lucette.

«Warum – warum!» sagte Marina. «Weil seine Eltern Juden sind.»

«Und seine Großeltern? Seine *arrière* Großeltern?»

«Das kann ich wirklich nicht wissen, mein Liebes. Waren deine Vorfahren Juden, Greg?»

«Nun, ich bin nicht sicher», sagte Greg. «Hebräer, ja – aber keine Juden in Anführungsstrichen – ich meine, keine komischen

Käuze oder christlichen Kaufleute. Sie kamen vor fünf Jahrhunderten aus der Tatarei nach England. Aber der Großvater meiner Mutter war ein französischer Marquis, der, das weiß ich, dem römischen Glauben angehörte und verrückt war nach Banken, Börsen und Brillanten, so daß ich mir vorstellen kann, daß die Leute ihn vielleicht *un juif* nannten.»

«Es ist jedenfalls keine sehr alte Religion, wie so manche andere, nicht wahr?» sagte Marina (an Van gewandt und undeutlich darauf aus, das Gespräch auf Indien zu lenken, wo sie, lange bevor Moses oder irgend jemand sonst in den Lotus-Sümpfen geboren wurde, Tänzerin gewesen war).

«Wen kümmert das schon –» sagte Van.

«Und Belle» (Lucettes Name für ihre Erzieherin), «ist sie auch ein Andenken-Christ?»

«Wen kümmert's», rief Van, «wen kümmern all diese abgestandenen Mythen, was macht das schon – Jupiter oder Jehovah, Spitze oder Kuppel, Moscheen in Moskau oder Bonzen und Kleriker und Reliquien und Wüsten mit ausgebleichten Kamelgerippen? Sie sind bloß der Staub und der Wahn des kollektiven Bewußtseins.»

«Wie fing diese idiotische Unterhaltung überhaupt an?» wünschte Ada zu erfahren, indem sie ihren Kopf dem teilgeschmückten Dackel oder *taksik* zuneigte.

«Mea culpa», erklärte Mlle Larivière mit verletzter Würde. «Alles, was ich beim Picknick sagte, war, daß Greg sich vielleicht aus Schinkenbrot nichts macht, weil Juden und Tataren kein Schweinefleisch essen.»

«Die Römer», sagte Greg, «die römischen Kolonisatoren, die in alten Zeiten Christenjuden und Barabbiten und andere unglückliche Menschen kreuzigten, rührten auch kein Schweinefleisch an, aber ich tu's, und ebenso taten's meine Großeltern.»

Ein Verb, das Greg gebraucht hatte, verwirrte Lucette. Um es ihr zu illustrieren, stellte Van die Knöchel übereinander, breitete beide Arme weit aus und rollte die Augen nach oben.

«Als ich noch ein kleines Mädchen war», sagte Marina mürrisch, «wurde die Geschichte Mesopotamiens praktisch schon im Kindergarten gelehrt.»

«Nicht alle kleinen Mädchen können lernen, was man sie lehrt», bemerkte Ada.

«Sind wir Mesopotamier?» fragte Lucette.

«Wir sind Hippopotamier», sagte Van. «Komm», fügte er hinzu, «wir haben heute noch gar nicht gepflügt.»

Vor ein oder zwei Tagen hatte Lucette darum gebeten, daß man ihr das Auf-den-Händen-Gehen beibrachte. Van ergriff sie an den Fußgelenken, während sie sich langsam auf ihren kleinen roten Handflächen vorwärtsbewegte, manchmal mit einem Grunzen auf ihr Gesicht fiel oder anhielt, um an einem Gänseblümchen zu knabbern. Dack protestierte mit grellem Gebell.

«*Et pourtant*», sagte zusammenzuckend die geräuschempfindliche Gouvernante, «zweimal habe ich ihr die Ségursche Fabel-Adaption des Shakespeare-Stückes von dem niederträchtigen Geldverleiher vorgelesen.»

«Sie kennt auch meinen revidierten Monolog seines irren Königs», sagte Ada:

Ce beau jardin fleurit en mai
Mais en hiver
Jamais, jamais, jamais, jamais, jamais
N'est vert, n'est vert, n'est vert, n'est vert
n'est vert.

«Oh, das ist gut», rief Greg mit einem regelrechten Schluchzer der Bewunderung.

«Nicht so *energitschno*, Kinder!» schrie Marina in Richtung Van und Lucette.

«*Elle devient pourpre*, sie wird knallrot», erläuterte die Erzieherin. «Ich bleibe bei meiner Behauptung, daß diese unanständige Gymnastik nicht gut für sie ist.»

Vans Augen lächelten, und indem er mit engelsstarken Händen die Kalte-Karotten-Suppen-Beine des Kindes ein Stückchen oberhalb des Spannes festhielt, «pflügte» er «herum» mit Lucette, die als Pflug agierte. Ihr helles Haar hing ihr übers Gesicht, die Höschen lugten unter dem Rocksaum hervor, und trotzdem drängte sie ihren Ackerknecht, weiterzumachen.

«*Budet, budet,* das reicht», sagte Marina zu dem Pflüge-Paar.

Van ließ ihre Beine behutsam zu Boden und zog ihr Kleid gerade. Einen Augenblick lang lag sie keuchend da.

«Ich meine, ich würde es dir sehr gern für einen Ausritt leihen.

Jederzeit. Ganz gleich, wie lange. Möchtest du? Übrigens habe ich noch ein anderes Schwarzes.»

Aber sie schüttelte den Kopf, sie schüttelte den gesenkten Kopf, während sie immer noch ihre Gänseblümchen pflückte und flocht.

«Tja», sagte er, indem er aufstand, «ich muß los. Auf Wiedersehen, alle miteinander. Auf Wiedersehen, Ada. Das ist wohl dein Vater da drüben unter der Eiche, oder?»

«Nein, das ist eine Ulme», sagte Ada.

Van blickte über den Rasen und sagte wie in Gedanken versunken – vielleicht mit einem ganz kleinen Hauch von jungenhafter Angeberei:

«Ich würde das Toulouser Blatt auch ganz gern mal ansehen, wenn Onkel es durchhat. Ich sollte eigentlich für meine Schule antreten gestern beim Kricket. Veen krank, schlagunfähig, Riverlane gedemütigt.»

15

Eines Nachmittags erklommen sie den glatt-gliedrigen Euphrat-Baum am Ende des Gartens. Mlle Larivière und Klein Lucette, abgeschirmt durch die Laune eines Laubwäldchens, aber gerade noch in Hörweite, spielten Fangreifen. Hin und wieder konnte man über oder durch Laubwerk den gleitenden Reifen erspähen, wie er von einem unsichtbaren Wurfstöckchen zum anderen wechselte. Die erste Zikade der Saison übte ausdauernd ihr Instrument. Ein silber-schwarzes Skybab-Eichhörnchen saß auf der Lehne einer Bank und probierte einen Tannenzapfen.

Als Van im blauen Trainingsanzug sich bis zu einer Astgabel genau unter seiner behenden Spielkameradin (die natürlich mit der verzwickten Geographie des Baumes besser vertraut war) emporgearbeitet hatte, aber noch nicht ihr Gesicht sehen konnte, deutete er stillschweigende Verständigung an, indem er ihr Fußgelenk zwischen Daumen und Zeigefinger nahm, so wie *sie* einen eingeschlossenen Schmetterling genommen hätte. Ihre nackter Fuß glitt aus, und die zwei keuchenden Kinder verwickelten sich schmählich zwischen den Zweigen, unter einem Schauer von Früchten und Blättern aneinander geklammert, und im nächsten Moment, als sie so etwas Ähnliches wie die Balance zurückgewannen, waren sein ausdrucksloses Gesicht und kurzgeschorener Kopf zwischen ihren Beinen, und eine letzte Frucht fiel mit einem Klatsch – der gefallene Punkt eines umgekehrten Ausrufezeichens. Sie trug seine Armbanduhr und ein Baumwollkleid.

(«Weißt du noch?»

«Ja, natürlich weiß ich noch: Du küßtest mich hier, auf der Innenseite –»

«Und du fingst an, mich mit deinen teuflischen Knien zu strangulieren –»

«Ich suchte irgendeinen Halt.»)

Das mag der Fall gewesen sein, aber laut einer späteren (beträchtlich späteren!) Version saßen sie noch auf dem Baum, glühten sie noch, als Van sich den Seidenfaden eines Larvengewebes von der Lippe entfernte und dazu meinte, daß solche Nachlässigkeit in der Kleidung eine Form von Hysterie sei.

«Nun gut», antwortete Ada, rittlings auf ihrem Lieblingsast, «wie wir alle inzwischen wissen, hat Mlle La Rivière de Diamants nichts dagegen, daß ein hysterisches kleines Mädchen während *l'ardeur de la canicule* keine Höschen trägt.»

«Ich weigere mich, die Glut deiner kleinen *canicule* mit einem Apfelbaum zu teilen.»

«Es ist wirklich der Baum der Erkenntnis – dieses Exemplar wurde im letzten Sommer in Brokat gewickelt hierher eingeführt aus dem Eden-National-Park, wo Dr. Kroliks Sohn Jagdaufseher und Züchter ist.»

«Von mir aus laß ihn aufsehen und züchten, was er will», sagte Van (ihre Naturgeschichte ging ihm schon längst auf die Nerven), «aber ich schwöre, im Irak wachsen keine Apfelbäume.»

«Richtig, aber dies ist kein echter Apfelbaum.»

(«Richtig und falsch», kommentierte Ada, wiederum sehr viel später: «Wir haben die Angelegenheit tatsächlich diskutiert, aber damals konntest du dir solche vulgären Schlagfertigkeiten nicht erlauben. Zu einer Zeit, da die keuscheste aller Gelegenheiten dir gestattete, einen ersten scheuen Kuß zu rauben, wie es heißt! Oh, schäme dich! Und außerdem gab es vor achtzig Jahren gar keinen National-Park im Irak.» – «Stimmt», sagte Van. «Und keine Raupe gedieh auf jenem Baum in unserem Obst-Garten.» – «Stimmt, meine Schöne und Unberaupte.» Naturgeschichte lag inzwischen jenseits der Geschichte.)

Beide führten Tagebücher. Bald nach diesem Vorgeschmack der Erkenntnis passierte eine amüsante Sache. Sie war auf dem Wege zu Dr. Krolik mit einer Schachtel voller ausgeschlüpfter und chloroformierter Schmetterlinge und hatte gerade den Obstgarten durchquert, als sie plötzlich stehenblieb und fluchte (*tschort!*). Im selben Moment hielt auch Van, der sich in entgegengesetzter Richtung aufgemacht hatte, um in einem nahen Pavillon ein wenig Schießen zu üben (wo es eine Kegelbahn und andere, einst von anderen Veens viel benutzte Erholungs-Einrichtungen gab), abrupt inne. Dann stürmten beide in einer hübschen Koinzidenz zum Haus zurück, um ihre Tagebücher zu verstekken, denn beide glaubten, sie in ihren Zimmern offen liegengelassen zu haben. Ada, die Lucettes und Blanches Neugier fürchtete (die Gouvernante stellte keine Bedrohung dar, da sie geradezu pathologisch unaufmerksam war), stellte fest, daß sie sich geirrt hatte – sie hatte das Buch mit dem letzten Eintrag beiseite gelegt. Van, der wußte, daß Ada gern ein bißchen «schnüffelte», entdeckte in seinem Zimmer Blanche, die vorgab, sein gemachtes Bett zu machen, während das unverschlossene Tagebuch auf dem Hocker danebenlag. Er gab ihr einen leichten Klaps aufs Hinterteil und legte das in Chagrinleder gebundene Buch an einen sicheren Platz. Dann trafen Van und Ada sich auf dem Gang und hätten sich in einem früheren Stadium der Entwicklung des Romans in der Literaturgeschichte wohl auch geküßt. Das hätte eine hübsche kleine Fortsetzung zum Euphrat-Baum-Vorfall abgeben können. Statt dessen nahmen beide ihre verschiedenen Wege wieder auf – und Blanche, vermute ich, stieg, um zu weinen, in ihren Turm.

16

Ihren ersten offenen und ungestümen Liebkosungen war eine kurze Zeitspanne seltsamer Täuschung, kriecherischer Heimlichkeit vorausgegangen. Der maskierte Angreifer war Van, der arme Junge, aber ihre passive Hinnahme seines Benehmens schien stillschweigend zu bestätigen, wie verrufen und geradezu ungeheuerlich es war. Ein paar Wochen später sollten beide diese Phase seiner Werbung mit amüsierter Herablassung betrachten; im Augenblick jedoch verwirrte die implizierte Feigheit sie und quälte ihn – vor allem, weil er sich ihrer Verwirrung sehr genau bewußt war.

Obwohl Van niemals Gelegenheit gehabt hatte, irgend so etwas wie jungfräuliche Empörung von seiten Adas mitzuerleben – Ada, ein nicht leicht zu erschreckendes oder überempfindliches kleines Mädchen (*«Je raffole de tout ce qui rampe»*) –, konnte er sich doch auf zwei oder drei furchtbare Träume verlassen, um sie sich vorzustellen im wirklichen oder zumindest verantwortlichen Leben, wie sie mit wildem Blick zurückwich und seine Wollust im Stich ließ, um ihre Gouvernante oder Mutter herbeizuzitieren, oder einen riesigen Diener (den es im Hause gar nicht gab, der aber zu töten war im Traum – zu boxen mit scharfberingten Knöcheln, zu löchern wie eine Blutblase), und danach, wußte er, würde er von Ardis verbannt werden –

(In Adas Schrift: ich verbitte mir heftigst das «nicht überempfindlich». Es ist unfair im Faktischen und verschwommen in der Erfindung. Vans Randbemerkung: Tut mir leid, Kätzchen; das muß bleiben.)

– aber selbst wenn er sich absichtlich über jene Einbildung lustig gemacht hätte, um sie auf diese Weise völlig aus dem Bewußtsein herauszubrennen, konnte er nicht stolz auf sein Betragen sein: In all seinem verdeckten Umgang mit Ada, indem er tat, was er tat, und durch die Art, wie er es tat, mit diesem verborgenen Genuß, kam er sich vor, als nutze er ihre Unschuld aus, oder aber, als veranlasse er sie, vor ihm, dem Verberger, ihre Kenntnis dessen, was er verbarg, zu verbergen.

Nachdem der erste Kontakt, so leicht, so stumm, zwischen seinen weichen Lippen und ihrer noch weicheren Haut hergestellt worden war – hoch oben in dem buntscheckigen Baum, wo nur jener herumhuschende Herbstlaubhupfer, das Eichhörnchen, zierlicher Zeuge war –, schien sich nichts geändert zu haben in einer Hinsicht – in anderer war alles verloren. Solche Kontakte entwickeln ihre eigene Textur; eine taktile Wahrnehmung ist ein blinder Fleck; man berührt sich in Umrissen. Fortan, zu bestimmten Zeiten ihrer sonst trägen Tage, unter bestimmten, wiederkehrenden Umständen beherrschten Wahnsinns, wurde ein geheimes Signal aufgerichtet, ein Schleier zwischen sie und ihn gezogen –

(Ada: Sie sind heute auf Ardis praktisch ausgerottet. Van: Wer? Ach so, die. Ja.)

– die nicht entfernt werden konnten, ehe er das nicht losgeworden war, was die Notwendigkeit der Verheimlichung fortwährend auf die Ebene eines elenden Juckreizes herabminderte.

(Och, Van!)

Nachher, als er mit ihr über jene irgendwie rührende Unanständigkeit sprach, konnte er nicht sagen, ob er wirklich fürchtete, daß seine *avournine* (wie Blanche sich später auf Ada bezüglich in ihrem Bastard-Französisch ausdrückte) mit einem Ausbruch echter oder gut gespielter Empörung auf ein nacktes Zurschaustellen der Begierde reagieren würde, oder ob die verhaltene, verschlagene Annäherung ihm aus Gründen des Mitleids und des Anstands einem keuschen Kinde gegenüber geboten schien, dessen Reiz zu unwiderstehlich war, um nicht insgeheim gekostet, und zu heilig, um offen verletzt zu werden; aber irgend etwas lief falsch – soviel war klar. Die verschwommenen Allgemeinplätze über verschwommene Sittsamkeit, die vor achtzig Jahren so schrecklich beliebt waren, die unerträglichen Banalitäten scheuen Werbens, begraben in alten Romanzen, die so manieriert waren wie Arkadien, diese Launen, diese Moden, lauerten zweifellos hinter dem Schweigen seiner Hinterhalte und dem ihres Duldens. Kein Zeugnis von dem genauen Sommertag, an dem seine vorsichtigen und kunstvollen Zärteleien begannen, ist geblieben; aber gleichzeitig, während sie spürte, daß er in gewissen Augenblicken unanständig dicht hinter ihr stand mit heißem Atem und gleitenden Lippen, war ihr klar, daß diese schweigenden, exotischen Annäherungen schon in einer unbestimmten und unendlichen Vergangenheit begonnen haben mußten und nun von ihr nicht mehr gebremst werden konnten, ohne daß sie die stillschweigende Hinnahme ihrer dauernden Wiederholung in jener Vergangenheit eingestand.

An jenen erbarmungslos heißen Julinachmittagen saß Ada gern auf einem kühlen Klavierhocker aus elfenbeingeschmücktem Holz an einem Tisch, der mit weißem Wachstuch bedeckt war, im sonnigen Musikzimmer, ihren liebsten Botanik-Atlas offen vor sich, und malte in Farbe auf Aquarell-Papier irgendeine bemerkenswerte Blume daraus ab. Zum Beispiel wählte sie vielleicht eine insektennachahmende Orchidee aus, die sie alsdann mit bemerkenswerter Geschicklichkeit vergrößerte. Oder aber sie kombinierte eine Spezies mit einer anderen (so nicht überliefert, aber möglich) und führte dabei seltsame kleine Veränderungen und Verdrehungen ein, die fast morbide schienen bei einem so jungen, so spärlich bekleideten Mädchen. Der lange Sonnenstrahl, der schräg durch die Balkontür einfiel, glühte in dem facettierten Glas, im farbtrüben Wasser und auf dem Blech des Malkastens – und während sie zart einen Augenfleck oder die Läppchen einer Lippe malte, ließ verzückte Konzentration die Zungenspitze sich im Mundwinkel kringeln, und beim näheren Hinsehen der Sonne schien das phantastische, schwarz-blau-braunhaarige Kind selber die Spiegel-der-Venus-Blume nachzuahmen. Ihr leichtes, loses Kleid war hinten zufällig so tief ausgeschnitten, daß jedesmal, wenn sie ein Hohlkreuz machte und die hervorstehenden Schulterblätter bei geneigtem Kopf hin- und herbewegte – während sie mit abgespreiztem Pinsel ihr frischfeuchtes Werk begutachtete oder sich mit der Außenkante ihres linken Handgelenks eine Haarsträhne von der Schläfe strich – Van, der so dicht an ihren Stuhl herangerückt war, wie er nur wagte, an ihrer glatten *ensellure* entlang bis hinab zu ihrem Coccyx blicken und die Wärme ihres ganzen Körpers einatmen konnte. Mit heftig schlagendem Herzen, eine elende Hand tief in der Hosentasche – wo er ein Säckchen mit einem halben Dutzend Zehn-Dollar-Goldstücken trug, um seinen Zustand zu bemänteln –, beugte er sich über sie, während sie sich über ihre Arbeit beugte. Sehr sanft ließ er die trockenen Lippen über ihr warmes Haar und ihren heißen Nacken wandern. Es war das süßeste, das stärkste, das geheimnisvollste Gefühl, das der Junge je erlebt hatte; nichts von seinem gemeinen Geschlechtsgenuß im vergangenen Winter konnte dieser daunenweichen Zärtlichkeit, dieser Verzweiflung des Verlangens gleichkommen. Er hätte für immer auf dem kleinen Mittelknopf abgerundeter Wonne auf dem Rücken ihres Halses verweilt, wenn sie ihn für immer geneigt hätte – und wenn der unglückliche Knabe fähig gewesen wäre, den Rausch dieser Berührung unter seinem wachs-starren Mund sehr viel länger zu ertragen, ohne sich in wilder Hemmungslosigkeit an ihr zu reiben. Das Knallrotwerden des einen unverdeckten Ohrs und die allmähliche Erstarrung, die ihren Pinsel überkam, waren die einzigen Zeichen – furchtbare Zeichen – dafür, daß sie den erhöhten Druck seiner Liebkosung fühlte. Da schlich er stumm davon in sein Zimmer, schloß die Tür ab, ergriff sein Handtuch, entblößte sich und rief das Bild herbei, das noch immer so unversehrt und strahlend wie eine Flamme in der hohlen Hand war – ins Dunkel getragen, nur um sie dort mit wilder Inbrunst loszuwerden; danach dann kehrte Van, für eine Zeitlang ausgetrocknet, mit zitternden Lenden und schwachen Waden in die Reinheit des sonnendurchfluteten Raumes zurück, wo ein kleines Mädchen, nun vor Schweiß glänzend, immer noch an ihrer Blume malte: die wundersame Blume, die einen leuchtend-hellen Falter nachahmte, der wiederum einen Skarabäus simulierte.

Wenn die Linderung, irgendeine Linderung, der Brünstigkeit eines Jünglings Vans einziges Anliegen gewesen – wenn, mit anderen Worten, keine Liebe im Spiel gewesen wäre, hätte unser junger Freund sich wohl – einen beiläufigen Sommer lang – mit der Unart und der Zweideutigkeit seines Verhaltens abgefunden. Da Van aber Ada liebte, konnte jene umständliche Erlösung kein Ziel an sich sein; es war eher eine Sackgasse, weil ungeteilt; weil schrecklich versteckt; weil ohne Verpflichtung, in eine weitere Phase unvergleichlich größeren Hingerissenseins zu münden, das, gleich einer dunstigen Bergspitze jenseits des zerklüfteten Gebirgspfades, der wahre Gipfel seiner gefährlichen Beziehung zu Ada zu sein versprach. Während dieser ein oder zwei Mittsommerwochen fühlte sich Van trotz der täglichen Schmetterlingsküsse auf jenes Haar, auf jenen Nacken noch weiter von ihr entfernt als am Abend des Tages, an dem sein Mund zufällig mit einem Quadratzentimeter ihrer Haut in Kontakt geraten war, was seine Sinne in dem Wirrwarr des Euphrat-Baums kaum wahrgenommen hatten.

Aber Natur ist Bewegung und Werden. Eines Nachmittags trat er hinter sie im Musikzimmer, geräuschloser denn je, denn er war zufällig barfuß – und als Klein Ada den Kopf wandte, schloß sie die Augen und preßte ihre Lippen auf seinen Mund mit einem Rosentau-Kuß, der Van verzückte und bestürzte.

«Nun geh», sagte sie, «schnell, schnell, ich bin beschäftigt», und da er wie ein Idiot zauderte, taufte sie mit ihrem Pinsel seine gerötete Stirn mit dem Abbild eines alten estotischen «Kreuzzeichens». «Ich muß dies noch beenden», fügte sie hinzu und zeigte dabei mit dem lilagefärbten dünnen Pinsel auf eine Kreuzung von *Ophrys scolopax* und *Ophrys veenae,* «und in einer Minute müssen wir uns feinmachen, weil Marina wünscht, daß Kim uns photographiert – händchenhaltend und grinsend» (grinsend, und sich dann wieder ihrer scheußlichen Blume zuwendend).

17

In dem umfänglichsten Lexikon der Bibliothek stand unter «Lippe»: «Jeweils eine von einem Paar fleischiger Falten, eine Öffnung umrandend.»

Milejschij Émile, wie Ada Monsieur Littré nannte, formulierte so: *«Partie extérieure et charnue qui forme le contour de la bouche . . . Les deux bords d'une plaie simple»* (wir sprechen schlicht mit unseren Wunden; Wunden zeugen) *«. . . C'est le membre qui lèche.»* Liebster Émile!

Eine dicke kleine russische Enzyklopädie befaßte sich nur mit *guba,* Lippe, in der Bedeutung Amtsgericht im alten Ljaska, oder Arktischer Golf.

Ihre Lippen waren sich absurd ähnlich in Form, Färbung und Beschaffenheit. Vans Oberlippe ähnelte im Umriß einem langflügeligen Seevogel, der direkt auf einen zufliegt, während die

Unterlippe, dick und verdrießlich, seinem üblichen Gesichtsausdruck einen Anstrich von Brutalität verlieh. Nichts von dieser Brutalität fand sich bei Ada, aber die Bogenform der Oberlippe und die Fülle der Unterlippe in ihrer verächtlichen Vorwölbung und dem glanzlosen Rosa wiederholten Vans Mund in einer femininen Tonart.

Während der Kußphase unserer Kinder (zwei nicht besonders gesunde Wochen voll langer, schmuddeliger Umarmungen) schnitt sozusagen irgendein seltsamer pudibunder Schirm ihre beiden ungestümen Körper voneinander ab. Aber Berührungen und Reaktionen auf Berührungen drangen unweigerlich durch wie eine ferne Schwingung verzweifelter Signale. Endlos, beharrlich, zart fuhren Vans Lippen über ihren Mund und schürten dessen brennende Blume, vor und rück, rechts, links, Leben, Nichts, schwebend in Spannung zwischen der luftigen Zärtlichkeit eines offenen Idylls und dem groben Blutandrang des verborgenen Fleisches.

Es kamen andere Küsse. «Ich möchte gern», sagte er, «das Innere deines Mundes schmecken. Gott, wie gern wär ich ein koboldkleiner Gulliver und erforschte diese Höhle.»

«Ich kann dir meine Zunge leihen», sagte sie und tat's.

Eine große, gekochte Erdbeere, noch sehr heiß. Er saugte ein, so weit er konnte. Er preßte sie an sich und leckte ihren Gaumen. Ihrer beider Kinn wurde völlig naß. «Taschentuch», sagte sie und fuhr zwanglos mit der Hand in seine Hosentasche, zog aber blitzschnell zurück und ließ ihn das Tuch selber herausholen. Kein Kommentar.

(«Ich habe deinen Takt sehr geschätzt», sagte er zu ihr, als sie sich mit Heiterkeit und Schrecken jener Verzückung und jenes Unbehagens erinnerten. «Aber wir verloren eine Menge Zeit – unersetzliche Opale.»)

Er lernte ihr Gesicht. Nase, Wange, Kinn – allem war eine solche Weichheit der Kontur eigen (diese im Rückblick assoziiert mit Liebespostkarten, breitkrempigen, gefiederten Damenhüten und erschreckend teuren kleinen Kurtisanen aus Wicklow), daß ein abgeschmackter Verehrer sich wohl die blasse Feder eines Schilfrohrs hätte vorstellen können, jener einfallslose Mensch – *pascaltrezza* –, die ihr Profil formte, während ein mehr kindlicher und sinnlicher Finger gern jene Nase, Wange, Kinn befühlt hätte, gern befühlt hat. Erinnerung ist wie Rembrandt dunkel, aber festlich. Erinnerte machen sich für diesen Anlaß fein und sitzen still. Gedächtnis ist ein Photo-Atelier de luxe an einer unendlichen Fifth Power Avenue. Das schwarze Samtband in ihrem Haar an jenem Tage (dem Tag des mentalen Bildes) hob seinen Seiden-Glanz an der Schläfe und entlang dem Kreidestrich des Scheitels noch hervor. Es hing lasch und lang über den Nakken und wurde in seinem Fluß von der Schulter auseinandergeteilt, so, daß das matte Weiß ihres Halses in einem eleganten Triangel durch den schwarzen, bronzenen Strom sichtbar wurde.

Wenn man den leichten Stups ihrer Nase betonte, wandelte man sie in Lucettes; wenn man sie glättete, ins Samojedische. Bei beiden Schwestern waren die Vorderzähne eine Idee zu groß und die Unterlippe zu dick für die Ideal-Schönheit marmornen Todes; und da ihre Nasen ständig verstopft waren, sahen beide Mädchen (besonders später, mit fünfzehn und zwölf) im Profil ein bißchen verträumt und benommen aus. Die Blässe von Adas Haut (mit zwölf, sechzehn, zwanzig, dreiunddreißig et cetera) war unvergleichlich köstlicher als Lucettes goldene Blüte (mit acht, zwölf, sechzehn, fünfundzwanzig, finis). Beide hatten eindeutig von Marina die lange, schlanke Linie des Halses geerbt, die die Sinne mit unbekannten, unbeschreiblichen Versprechungen quälte (die von der Mutter nicht gehalten wurden).

Die Augen. Adas dunkelbraune Augen. Was (fragt Ada) sind denn schon Augen? Zwei Löcher in der Maske des Lebens. Was (fragt sie) würden sie einem Lebewesen von einem anderen Korpuskel oder einer anderen Milchblase bedeuten, dessen Sehorgan ein (sagen wir) innerer Parasit ist, der dem geschriebenen Wort «handnah» gleichkommt? Was, fürwahr, würde ein Paar schöner (Menschen-, Lemuren-, Eulen-) Augen irgend jemandem bedeuten, wenn er sie auf dem Sitz eines Taxis liegend vorfände? Dennoch muß ich deine beschreiben. Die Iris: schwarz-braun, mit bernsteinfarbenen Flecken oder Flackerfeuern um die ernste Pupille gruppiert wie ein Zifferblatt mit identischen Stunden. Die Lider: gewissermaßen faltig, *v skladotschku* (reimt sich im Russischen auf das Diminutiv ihres Namens im Akkusativ). Augenschnitt: sehnsüchtig. An jenem teuflischen Abend mit schwarzen Graupelschauern, an dem tragischsten und beinah tödlichen Punkt meines Lebens (Van ist jetzt, Gott sei Dank, neunzig – in Adas Schrift), verweilte die Kupplerin in Wicklow mit absonderlichem Nachdruck bei den «länglichen Augen» ihres rührenden und anbetungswürdigen Enkelkindes. Wie, unter welchen verbissenen Qualen, suchte ich Spuren und Striche meiner unvergeßlichen Geliebten, in sämtlichen Freudenhäusern der Welt!

Er entdeckte ihre Hände (vergessen wir die Nägel-kau-Geschichte). Das Pathos der Handwurzel, die Grazie der Fingerglieder verlangten nach hilflosen Kniefällen, einem Schleier überströmender Tränen, nach Agonien unauflösbarer Anbetung. Er berühre ihren Puls wie ein sterbender Doktor. Wie ein stiller Irrer liebkoste er die parallelen Striche delikater dunkler Daunen auf dem Unterarm des brünetten Mädchens. Er kehrte zurück zu ihren Knöcheln. Die Finger, bitte.

«Ich bin sentimental», sagte sie, «ich könnte einen Koalabären sezieren, aber nicht sein Kleines. Ich mag die Wörter Damsel, Eglantine, Elegant. Ich liebe es, wenn du meine elongierte weiße Hand küßt.»

Auf dem Rücken ihrer linken Hand hatte sie den gleichen kleinen braunen Punkt, der seine rechte markierte. Sie sei sicher, sagte sie – entweder verschlagen oder unbesonnen –, er stamme von einem Muttermal ab, das Marina sich vor Jahren von eben derselben Stelle hatte entfernen lassen, als sie in einen Schuft verliebt war, dem es wie eine Wanze vorkam.

An sehr stillen Nachmittagen konnte man das Vor-Tunnel-Tuten der Tut-tut nach Toulouse von jenem Hügel aus hören, wo dieser Wortwechsel ungefähr stattfand.

«Schuft ist zu stark», bemerkte Van.

«Ich gebrauchte es durchaus zärtlich.»

«Trotzdem. Ich glaube, ich kenne den Mann. Er hat weniger Herz als Geist, das steht fest.»

Während er noch schaut, blendet die hohle Hand einer Zigeunerin, die um Almosen bittet, über in die des Almosenspenders, der um ein langes Leben bittet. (Wann werden die Filmemacher das Stadium erreichen, das *wir* erreicht haben?) Blinzelnd, im grünen Sonnenschein unter einer Birke, erklärte Ada ihrem leidenschaftlichen Wahrsager, daß die kreisrunden Marmorierungen, die sie mit Turgenevs Katja, auch einem unschuldigen Mädchen, teilte, in Kalifornien «Walzer» genannt wurden («Weil die Señorita die ganze Nacht tanzen wird»).

An ihrem zwölften Geburtstag am 21. Juli 1884 hatte das Kind in einem großartigen Willensakt (den sie gleichermaßen vollzog, als sie zwanzig Jahre später das Rauchen einstellte) aufgehört, an den Fingernägeln (aber nicht an den Fußnägeln) zu kauen. Gewiß, man konnte einige Kompensationen aufzählen – wie jenen gesegneten Fall in köstliche Sünde zu Weihnachten, wenn *Culex chateaubriandi* Brown nicht schwärmt. Ein neuer und endgültiger Entschluß wurde am Silvesterabend gefaßt, nachdem Mlle Larivière gedroht hatte, auf Adas arme Fingerspitzen französischen Senf zu streichen und grüne, gelbe, orangefarbene, rote und rosa Wollkäppchen darüberzubinden (der gelbe Zeigefinger war eine *trouvaille*).

Bald nach dem Geburtstagspicknick, als es für Van zu einer süßen Besessenheit geworden war, die Hände seiner kleinen Freundin zu küssen, wurden ihre Nägel, obwohl immer noch fast quadratisch, kräftig genug, um mit dem unerträglichen Jukken fertig zu werden, das die ortsansässigen Kinder im Hochsommer verspürten.

Während der letzten Juliwoche tauchte mit teuflischer Regelmäßigkeit das Weibchen der Chateaubriandschen Mücke auf. Chateaubriand (Charles), nicht der erste, der von ihr gestochen wurde . . . aber der erste, der die Angreiferin in einer Flasche fing und mit Sieggeschrei zu Professor Brown trug, der die ziemlich hingehauene Erst-Beschreibung lieferte («kleine schwarze Taster . . . glasige Flügel . . . bei gewissem Licht gelblich . . . die vernichtet werden sollten, wenn man die Fenster offenlaesst [Deutscher Setzer!] . . .» Der *Boston Entomologist*, August, schnelle Arbeit (1840), war nicht verwandt mit dem großen Dichter und Memoirenschreiber, geboren zwischen Paris und Tagne (wäre er's doch, sagte Ada, die gern Orchideen kreuzte).

Mon enfant, ma sœur,
Songe à l'épaisseur
Du grand chêne à Tagne;
Songe à la montagne,
Songe à la douceur –

– mit ihren Krallen oder Nägeln jene Stellen zu kratzen, die dieses flausch-füßige Insekt heimgesucht hatte, das ein unstillbarer und rücksichtsloser Appetit auf Adas und Ardelias, Lucettes und Luciles Blut (multipliziert mit Juckreiz) kennzeichnete.

Die «Pest» tauchte so plötzlich auf wie sie verschwand. Sie ließ sich auf hübschen bloßen Armen und Beinen ohne den leisesten Hinweis nieder, in einer Art von *recueilli* Lautlosigkeit, die – im Vergleich – das plötzliche Einsenken des absolut höllischen Stechrüssels dem Blechspektakel einer Militärkapelle gleichkommen ließ. Fünf Minuten nach dem Angriff in der Dämmerung, zwischen Veranda-Stiege und grillenwildem Garten, pflegte eine brennende Hautreizung einzusetzen, die von den Starken und Kalten ignoriert wurde (im Vertrauen darauf, daß es höchstens eine Stunde dauern würde), aber ausgenutzt von den Schwachen, den Liebenswerten, den Wollüstigen, um irr daran zu kratzen und zu kratzen und zu kratzen. «*Sladko!* (Köstlich!)» pflegte Puschkin im Zusammenhang mit einer anderen Spezies in Yukon auszurufen. Noch eine Woche nach ihrem Geburtstag blieben Adas unglückliche Fingernägel granatrot gefleckt, und nach einer besonders ekstatischen, weltentrückten Kratzerei floß das Blut buchstäblich an ihren Schienbeinen herab – traurig anzusehen, grübelte ihr betrübter Bewunderer, aber zugleich schändlich faszinierend – denn wir sind Besucher und Untersucher in einem befremdlichen Universum, durchaus, durchaus.

Die blasse Haut des Mädchens, so aufregend zart für die Augen Vans, so verletzbar durch die Nadel der Bestie, war dennoch stark wie ein Streifen Samarkander Satin und widerstand allen Versuchen der Selbst-Schälung, wann immer Ada, die dunklen Augen verschleiert wie in den erotischen Ekstasen, die Van schon bei ihren unmäßigen Umarmungen beobachtet hatte, ihre Lippen geöffnet und die großen Zähne glänzend vor Speichel, mit allen fünf Fingern die rosa Kegel kratzte, die der Biß dieses seltenen Insekts hervorgerufen hatte – denn es *ist* eine ziemlich seltene und interessante Mücke (beschrieben – wenn auch nicht ganz zur gleichen Zeit – von zwei zornigen alten Männern – der zweite war Braun, der Dipterologe aus Philadelphia, ein viel besserer als der Bostoner Professor), und rar und reizend war der Anblick meiner Geliebten, wie sie versuchte, die Lust ihrer kostbaren Haut zu kühlen, indem sie zuerst perlige, dann rubinene Striemen auf ihrem entzückenden Bein hinterließ und kurzzeitig eine betäubte Seligkeit erreichte, in die, wie in ein Vakuum, das Höllenfeuer des Juckreizes mit erneuerter Kraft hineinschoß.

«Schau her», sagte Van, «falls du *jetzt* nicht aufhörst, wenn ich eins, zwei, drei sage, werde ich dieses Messer öffnen (das Messer öffnend) und mein Bein aufschlitzen, damit es zu deinem paßt. Oh, bitte, friß deine Fingernägel! Was es auch sei, es ist mir lieber.»

Vielleicht, daß Vans Lebenssaft zu bitter war – sogar in jenen glücklichen Tagen –, der Mücke Chateaubriands lag nicht viel an ihm. Heutzutage scheint sie allmählich ausgerottet, was wohl mit dem kühleren Klima und der schwachsinnigen Drainage der lieblich-üppigen Sümpfe sowohl in der Ladore-Region als auch bei Kaluga, Conn., und Lugano, Pa. zusammenhängt. (Eine kleine Serie, alles Weibchen, reichlich angefüllt mit dem Blut ihres glücklichen Fängers, ist, wie ich hörte, kürzlich an einem geheimen Fundort weit weg von den obengenannten Lokalitäten aufgelesen worden. Anmerkung Adas.)

18

Nicht nur im Hörrohr-Alter – wie Van ihre Senilität nannte –, sondern mehr noch in ihrer Jugend (Sommer 1888) suchten sie eine gelehrtenhafte Erregung im Wiederherstellen der einstigen Evolution (Sommer 1884) ihrer Liebe, der Anfangsstufen ihrer Offenbarungen, der grilligen Diskrepanzen in lückenhaften Chronographien. Sie hatte nur ein paar vorwiegend botanische und entomologische Seiten ihres Tagebuchs aufbewahrt, weil sie beim Wiederlesen fand, daß der Ton falsch und affektiert klang; er hatte das seine gänzlich vernichtet wegen des plumpen Schuljungen-Stils voller unbesonnenem und unechtem Zynismus. So mußten sie sich auf mündliche Überlieferung stützen, auf die ge-

genseitige Berichtigung gemeinsamer Erinnerungen. «Und erinnerst du dich, *a ty pomnischj, et te souviens-tu*» (unweigerlich mit jener inbegriffenen Codetta «und», womit die Perle eingeführt wurde, die neu aufs zerrissene Halsband zu fädeln war), wurde bei ihnen, in ihren intensiven Gesprächen, zur Standard-Einleitung vor jedem zweiten Satz. Kalenderdaten wurden debattiert, Sätze durchsiebt und verschoben, empfindsame Notizen verglichen, Zögern und Entscheiden heftig analysiert. Wenn ihre Erinnerungen hier und da nicht übereinstimmten, so lag das eher an sexuellen Differenzen als am individuellen Temperament. Beide waren belustigt von den jungen Tölpeleien des Lebens, beide traurig durch die Weisheit der Zeit. Ada neigte dazu, diese Anfangsstadien als ein äußerst diffuses und allmähliches Wachsen zu betrachten, möglicherweise unnatürlich, vielleicht einzigartig, aber insgesamt zauberisch in seiner sanften Entfaltung, die jeglichem groben Impuls oder Schock der Beschämung vorbeugte. Vans Gedächtnis konnte nicht anders, als bestimmte Episoden herauszupicken, in die schroffe und bittersüße und manchmal bedauerliche physische Erregungen für immer eingebrannt waren. Sie hatte den Eindruck, daß die unstillbaren Genüsse, bei denen sie angelangt war, ohne daß sie sie erwartet oder herbeigerufen hatte, von Van immer erst dann erfahren wurden, wenn sie sie erfuhr: also nach Wochen wachsender Liebkosungen; ihre ersten körperlichen Reaktionen darauf tat sie spröde damit ab, sie seien den kindischen Praktiken verwandt, denen sie vorher nachgegeben hatte und die wenig mit dem Glanz und Geschmack ganz eigenen Glücks zu tun hatten. Van dagegen konnte nicht nur jede beiläufige Zuckung, die er vor ihr verborgen hatte, ehe sie Liebende wurden, tabularisch aufstellen, sondern hob die philosophischen und moralischen Unterscheidungen hervor zwischen der zerstörerischen Gewalt der Selbstbefleckung und der überwältigenden Weichheit bekennender und gegenseitiger Liebe.

Wenn wir uns an unser früheres Ich erinnern, gibt es da immer jene kleine Gestalt mit langem Schatten, die wie ein ungewisser verspäteter Besucher auf der erleuchteten Schwelle am hinteren Ende eines unfehlbar sich verengenden Korridors stehenbleibt. Ada sah sich selbst als wunderäugige, verwahrloste Waise mit einem durchgeweichten Blumenstrauß; Van sah sich als garstiger junger Satyr mit plumpen Hufen und einer mehrdeutigen Flöte. «Aber ich war erst zwölf», rief Ada, wenn irgendeine unfeine Einzelheit vorgebracht wurde. «Ich stand im fünfzehnten Lebensjahr», sagte traurig Van.

Und erinnerte sich die junge Dame wohl, fragte er, indem er metaphorisch einige Notizen aus seiner Tasche holte, an das allererste Mal, da sie vermutete, daß ihr schüchterner junger «Vetter» (ihr offizieller Verwandtschaftsgrad) in ihrer Gegenwart physisch erregt war, trotz schicklicher Hüllen aus Leinen und Wolle und ohne Kontakt mit der jungen Dame?

Sie sagte, offengestanden nein, das tat sie nicht – konnte es auch gar nicht –, weil sie mit elf, trotz zahlloser Versuche, mit jedem einzelnen Schlüssel des Hauses die Vitrine aufzuschließen, worin Walter Daniel Veen «Jap. & Ind. erot. Druckgr.» verwahrte, wie man es deutlich beschriftet durch die verglaste Tür erkennen konnte (den Schlüssel fand Van für sie im Nu – an die Rückwand des Giebelfeldes geheftet) sich immer noch recht unklar darüber war, wie Menschen sich paarten. Sie war natürlich sehr aufmerksam und hatte ganz aus der Nähe verschiedene Insekten *in copula* beobachtet, aber in dem besagten Zeitabschnitt hatte sie klare Beispiele säugetierhafter Männlichkeit kaum zu Gesicht bekommen und war von jeglicher Vorstellung oder Möglichkeit sexueller Funktion unberührt geblieben (so zum Beispiel das eine Mal, als sie den weich aussehenden braunen Schnabel vom Sohn des Negerpförtners betrachtete, der manchmal in ihrer ersten Schule, 1883, im Klosett der Mädchen urinierte).

Zwei andere Phänomene, die sie sogar noch früher beobachtet hatte, stellten sich als lächerlich irreführend heraus. Sie mußte ungefähr neun gewesen sein, als jener ältere Herr, ein berühmter Maler, dessen Namen sie nicht nennen konnte und wollte, mehrere Male zum Dinner nach Ardis Hall kam. Ihre Zeichenlehrerin, Miss Wintergreen, hegte großen Respekt vor ihm, obwohl, was dies betraf, ihre *natures mortes* unvergleichlich höher (1888 und nochmals 1958) eingeschätzt wurden als die Arbeiten des gefeierten alten Schurken, der seine winzigen Akte unveränderlich von hinten zeichnete – feigenpflückende, pfirsich-backige Nymphetten, emporstrebend, oder aber felsenerklimmende Pfadfinderinnen in berstenden Shorts –

«Ich weiß genau», unterbrach Van ärgerlich, «wen du meinst

und möchte hiermit zu Papier bringen, daß, selbst wenn seine köstliche Fähigkeit heutzutage nicht in der Gunst steht, Paul J. Gigment durchaus das Recht hatte, Schulmädchen und Pool-Mädchen von jeder Seite, die er wollte, zu malen. Weiter.»

Bei jedem Besuch von Pig Pigment (sagte Ada ungerührt) verkroch sie sich, sobald sie ihn die Treppen heraufschlürfen, -schnaufen und -keuchen hörte, immer näher, wie der Marmorne Gast, jener steinalte Geist, sie suchend, nach ihr rufend mit dünner, kläglicher Stimme, die zu Marmor nicht passen wollte.

«Armer alter Knabe», murmelte Van. Seine Methode des Kontaktierens, sagte sie, «*puisqu'on aborde ce thème-là*, und ich stelle ganz gewiß *keinen* beleidigenden Vergleich an», war die, mit krankhaftem Nachdruck darauf zu bestehen, daß er ihr half, sich nach etwas zu recken – egal was, ein kleines Geschenk, das er mitgebracht hatte, Bonbons, oder einfach irgendein altes Spielzeug, das er vom Fußboden im Kinderzimmer aufgehoben und hoch oben an die Wand gehängt hatte, oder eine rosa Kerze, bläulich brennend, die er ihr an einem *arbre de Noël* auszublasen befahl, und trotz ihres leisen Protests pflegte er das Kind an den Ellbogen emporzuheben, sich Zeit dabei lassend, stemmend, grunzend, murmelnd: ah, wie hübsch und schwer sie war – in einem fort, bis der Gong zum Essen rief oder 's Kindermädchen mit einem Glas Fruchtsaft hereintrat, und welch eine Erleichterung war es für alle Beteiligten, wenn im Verlauf dieser schwindlerischen Himmelfahrt ihr armes kleines Hinterteil es *endlich* bis an den knirschenden Schnee seiner Hemdbrust geschafft hatte, und er sie dann herunterließ und sein Jackett zuknöpfte. Und sie erinnerte sich –

«Blödsinnig übertrieben», kommentierte Van. «Außerdem, nehme ich an, künstlich übermalt im Lampenlicht späterer Ereignisse, wie sich noch später herausstellen wird.»

Und sie erinnerte sich, qualvoll errötet zu sein, als jemand sagte, der arme Pig hätte ein sehr krankes Gemüt und «eine Verhärtung der Arterie», so hatte sie es jedenfalls gehört, oder vielleicht der «Artillerie»; aber sie wußte auch, schon damals, daß die Arterie unheimlich lang werden konnte, denn sie hatte Drongo, ein schwarzes Pferd, gesehen, das zugegebenermaßen höchst betrübt und verlegen aussah über das, was ihm mitten auf einer wilden Wiese mit all den zuschauenden Gänseblümchen passierte.

Sie dachte, sagte die listige Ada (in welchem Maße aufrichtig, war eine andere Frage), daß ein Fohlen mit einem frei beweglichen schwarzen Gummibein aus Drongos Bauch baumelte, denn sie verstand nicht, daß Drongo keineswegs eine Stute war und auch keinen Beutel hatte wie das Känguruh auf einem Bild, das sie vergötterte, aber dann erklärte ihre englische Kinderschwester, daß Drongo ein sehr krankes Pferd sei, und alles war wieder an seinem Platz.

«Fein», sagte Van, «das ist gewiß faszinierend; aber ich dachte mehr an das erste Mal, da du vermutet haben könntest, ich sei auch so ein krankes Schwein oder Pferd. Ich erinnere mich», fuhr er fort, «an den runden Tisch im runden rosigen Lampenlicht, und daß du neben mir auf einem Stuhl knietest. Ich saß oben auf des Stuhls sich wölbender Armlehne, und du bautest ein Kartenhaus, und jede einzelne deiner Bewegungen wurde vergrößert, natürlich, wie in Trance, traumlahm, aber zugleich ungeheuer wach, und ich schwelgte förmlich in dem Mädchen-Duft deines bloßen Arms und deines Haars, der nun von irgendeinem populären Parfum ermordet ist. Ich datiere diese Begebenheit um den 10. Juni herum – ein regnerischer Abend kaum eine Woche nach meiner ersten Ankunft in Ardis.»

«Ich erinnere mich an die Karten», sagte sie, «und an das Licht und das Geräusch des Regens und deinen blauen Kaschmir-Pullover – aber an nichts sonst, nichts Seltsames oder Ungebührliches, *das* kam später. Übrigens, *les messieurs hument* junge Damen nur in französischen Liebesgeschichten.»

«Nun, ich tat's, während du mit deiner delikaten Arbeit fortfuhrst. Taktile Magie. Unendliche Geduld. Fingerspitzen, die Schwerkraft anpirschend. Übel zerkaute Nägel, mein Herz. Verzeih diese Bemerkungen, ich kann die Unbequemlichkeit unförmiger, klebriger Begierde wirklich nicht beschreiben. Siehst du, ich hoffte, daß du, sobald dein Schloß zusammenfiel, eine platschende russische Gebärde der Unterwerfung machen und dich auf meine Hand setzen würdest.»

«Es war kein Schloß. Es war eine pompejanische Villa mit Mosaiken und Gemälden darinnen, weil ich nur die Bildkarten von Großvaters alten Glücksspielen benutzte. Setzte ich mich nieder auf deine heiße, harte Hand?»

«Auf meine offene Handfläche, Liebling. Ein paradiesisches

Pochen. Du verharrtest einen Augenblick still, genau meinen Kelch füllend. Dann ordnetest du deine Glieder neu und knietest wieder hin.»

«Schnell, schnell schnell, die flachen, glänzenden Karten wieder zusammensuchen, um wieder aufzubauen, wiederum langsam? Wir waren schändlich verdorben, nicht wahr?»

«Alle klugen Kinder sind verdorben. Ich sehe, du besinnst dich auf –»

«Nicht gerade auf diese Gelegenheit, aber auf den Apfelbaum, und als du meinen Nacken küßtest, *et tout le reste*. Und siehe! Apotheose – Die Nacht der Brennenden Scheune!»

19

Ein ziemlich angegrautes Rätsel (*Les Sophismes de Sophie* von Mlle Stopchine in der Bibliothèque Vieux Rose): kam die «Brennende Scheune» vor der «Dachkammer» oder kam die «Dachkammer» zuerst. Ja, zuerst! Wir waren schon längst küssende Kinder, als das Feuer ausbrach. Tatsächlich besorgte ich mir etwas Château Baignet Coldcreme aus Ladore für meine armen, spröden Lippen. Und beide zugleich wurden wir in unseren getrennten Zimmern von ihrem *au feu*-Geschrei aufgescheucht. 28. Juli? 4. August?

Wer schrie? Stopchine schrie? Larivière schrie? Larivière? Antworte! Schrie, daß die Scheune *flambait*?

Nein, sie stand fest in Flammen – ich meine, lag im Schlaf. Ich weiß, sagte Van, sie war's, die handgemalte Magd, die deine Wasserfarben benutzte, um ihre Augen zu verschönern, oder so ähnlich sagte Larivière, die sie und Blanche phantastischer Sünden bezichtigte.

Oh, natürlich! Aber nicht Marinas arme French – es war unsere kleine Gans Blanche. Ja, sie flog den Korridor herunter und verlor einen fehfellbesetzten Pantoffel auf der Großen Treppe, wie Ashette in der englischen Version.

«Und erinnerst du dich, Van, wie warm die Nacht war?»

«*Eschtschjo by!* (und ob!). In jener Nacht, wegen des Blinkens –»

In jener Nacht hatte Van, wegen des störenden Blinkens eines weit entfernten Wetterleuchtens durch die schwarzen Herzen seiner Schlaflaube, die beiden Tulpenbäume aufgegeben und war in seinem Zimmer zu Bett gegangen. Der Tumult im Haus und der Aufschrei der Magd unterbrachen einen seltenen, brillanten, dramatischen Traum, an dessen Gegenstand er sich später nicht mehr erinnern konnte, obwohl er ihn immer noch in einem geretteten Schmuckkasten bewahrte. Wie üblich schlief er nackt und schwankte nun, ob er ein Paar Shorts anziehen oder sich in sein Schottenplaid hüllen sollte. Er entschloß sich für das zweite, ließ eine Streichholzschachtel rasseln, zündete seine Nachtschrankkerze an und fegte aus seinem Zimmer, bereit, Ada und all ihre Larven zu retten. Der Flur war dunkel, irgendwo bellte ekstatisch der Dachshund. Van hörte aus den schwächer werdenden Rufen heraus, daß die sogenannte «Herrschaftliche Scheune», eine riesige, geliebte Konstruktion in drei Meilen Entfernung, in Flammen stand. Fünfzig Kühe hätten kein Heu gehabt und Larivière keine Sahne für ihren Mittags-Kaffee, wäre es zu späterer Jahreszeit passiert. Van fühlte sich gekränkt. Sie sind alle fort und haben mich zurückgelassen, wie der alte Firs am Schluß vom *Kirschgarten* murmelt (Marina war eine angemessene Mme Ranevskij).

Die Schotten-Toga um sich geschlungen, begleitete Van seinen schwarzen Doppelgänger die Zusatz-Wendeltreppe hinab, die zur Bibliothek führte. Er stützte ein bloßes Knie auf den zottigen Divan unterhalb des Fensters und zog die schweren roten Vorhänge zurück.

Onkel Dan, dem eine Zigarre zwischen den Zähnen steckte, und Marina mit Kopftuch, Dack im Griff, der die Wachhunde verbellte, waren drauf und dran, zwischen erhobenen Armen und schwingenden Laternen mit dem Zweisitzer – so rot wie eine Feuerwehr! – loszufahren, wurden aber schon in der knirschenden Kurve der Ausfahrt von drei englischen Lakaien zu Pferde mit drei französischen Zofen *en croupe* überholt. Die gesamte Dienerschaft schien aufzubrechen, um das Feuer zu genießen (ein seltenes Ereignis in unserer feuchten, windstillen Gegend), und benutzte dabei jeden verfügbaren oder vorstellbaren Apparat: Telegas, Telesitze, Straßenboote, Tandems und sogar die Aufzieh-Gepäckwagen, mit denen der Bahnhofsvorsteher die Familie in Gedenken an Erasmus Veen, den Erfinder derselben, versah. Nur die Gouvernante, die pfeifend und stockend schnarchte, verschlief die ganze Angelegenheit (wie Ada, nicht Van, inzwischen entdeckt hatte) in dem Zimmer gleich neben dem alten Kinderzimmer, wo Klein Lucette eine Minute lang wach lag, ehe sie ihrem Traum nachsprang in den letzten Caravan.

Van, am Aussichtsfenster kniend, sah das entflammte Auge der Zigarre sich entfernen und verschwinden. Der vielfältige Aufbruch . . . Mach weiter.

Der vielfältige Aufbruch bot wirklich einen prachtvollen Anblick vor dem blassen, sternübersäten Firmament des praktisch subtropischen Ardis, das zwischen den schwarzen Bäumen von einer fernen Flamingo-Röte gefärbt war an der Stelle, wo die Scheune brannte. Um hin zu kommen, mußte man ein großes Wasserbecken umrunden, das ich erkennen konnte, wenn es hier und dort in schuppiges Licht aufbrach in den Augenblicken, da irgendein tollkühner Stallknecht oder Küchenjunge auf Wasserskiern oder in einem Kanu oder mittels eines Floßes darüber hinwegfuhr – typische Floß-Wellen wie Feuerschlangen in Japan; und man konnte nun mit den Augen des Künstlers den Lampen der Motorkutschen folgen, wie sie in Kiellinie sich ostwärts voranbewegten entlang dem AB-Ufer jenes rechteckigen Sees, dann, beim Erreichen seines B-Winkels, scharf wendeten, sich die kurze Seite hinaufschleppten und wieder in verschwommener und verminderter Gestalt nach Westen zurückkrochen auf einen Mittelpunkt am entfernten Rand los, wo sie nach Norden schwenkten und verschwanden.

Als zwei letzte Gefolgsleute, der Koch und der Nachtwächter, über den Rasen auf einen pferdelosen Zweirädler oder Jungpferd-Wagen zuhasteten, der da stand und sie mit aufgerichteten Deichseln grüßte (oder war es eine Rikscha? Onkel Dan hatte einmal einen japanischen Diener), war Van entzückt und schokkiert, als er eben dort, im tintigen Buschwerk, Ada in ihrem langen Nachthemd mit einer brennenden Kerze in der einen Hand und einem Schuh in der anderen vorüberwandeln sah, als ob sie den verspäteten Ignicolisten nachschlich. Es war nur ihre Spiegelung in der Scheibe. Sie ließ den aufgelesenen Schuh in den Papierkorb fallen und kniete sich neben Van auf den Divan.

«Kann man irgend etwas sehen, oh, kann man's sehen?» wiederholte das dunkelhaarige Kind dauernd, und hundert Scheunen loderten auf in ihren bernstein-schwarzen Augen, als sie vor seliger Neugier strahlte und umherspähte. Er befreite sie von ihrem Kerzenständer, indem er ihn zu seinem eigenen längeren auf den Fenstersims stellte. «Du bist nackt, du bist schrecklich unschicklich», bemerkte sie ohne hinzuschauen und ohne Nachdruck oder Tadel, woraufhin er sich noch fester verhüllte, Ramses der Schotte, da sie neben ihm kniete. Einen Augenblick lang betrachteten sie beide das romantische Nachtstück, das vom Fenster eingerahmt war. Er hatte angefangen sie zu streicheln, zitternd, geradeaus starrend, durch den Batist hindurch mit der Hand eines Blinden die Senke ihrer Wirbelsäule nachziehend.

«Schau, Zigeuner», flüsterte sie und zeigte dabei auf drei schattenhafte Figuren – zwei Männer, einer mit einer Leiter, und ein Kind oder Zwerg –, die sich vorsichtig über den grauen Rasen bewegten. Sie sahen das kerzenerleuchtete Fenster und machten sich aus dem Staube, wobei der kleinere *à reculons* lief, als ob er photographierte.

«Ich blieb absichtlich zu Hause, weil ich hoffte, du würdest es auch tun – es war ein ausgeheckter Zufall», sagte sie oder sagte später, sie hätt's gesagt – während er fortfuhr, die Flut ihrer Haare zu liebkosen und ihr Nachthemd zu reiben und zu knittern, zwar noch nicht wagend, darunter und aufwärts zu gehen, jedoch mit dem Mut, ihr Gesäß nachzuformen, bis sie sich mit einem kleinen Zischen auf seine Hand und ihre Hacken setzte, als das brennende Karten-Schloß zusammenfiel. Sie wandte sich ihm zu, und im nächsten Augenblick küßte er ihre bloße Schulter und stieß gegen sie wie der Soldat hinter ihr in der Schlange.

Höre das erste Mal von ihm. Ich dachte, der alte Mr. Nymphobottomus sei mein einziger Vorgänger gewesen.

Im vergangenen Frühjahr. Ausflug in die Stadt. Französisches Theater-Matinée. Mademoiselle hatte die Karten verlegt. Der arme Bursche dachte vielleicht, «Tartuffe» sei eine Hure oder Striptease-Tänzerin.

Ce qui n'est pas si bête, au fond. Was gar nicht mal ganz dumm war. Okay. In jener Szene aus der Brennenden Scheune aber –

Ja?

Nichts. Mach weiter.

Oh, Van, in jener Nacht, in jenem Augenblick, da wir Seite an Seite im Kerzenlicht knieten wie Betende Kinder auf einem sehr üblen Bild, und zwei Paar weichfaltige, einstmals Baumtier-Sohlen zeigten – nicht der Großmutter, die die Weihnachtskarte bekommt, sondern der überraschten und erfreuten Schlange –, wollte ich dich, daran erinnere ich mich noch, unbedingt um eine kleine, rein wissenschaftliche Auskunft bitten, weil mein heimlicher Blick –

Nicht jetzt, jetzt ist es kein schöner Anblick, und es wird gleich noch schlimmer werden (oder Worte in dieser Richtung).

Van konnte nicht entscheiden, ob sie wirklich äußerst unwissend und so rein war wie der – nun seiner Feuerfarbe beraubte – Nachthimmel, oder ob völlige Erfahrenheit ihr riet, sich ein kaltes Spiel zu erlauben. Es war eigentlich nicht wichtig.

Warte, nicht gerade jetzt, antwortete er mit gedämpftem Murmeln.

Sie bestand darauf: möchtgernfragen, möchtgernwissen –

Er liebkoste und teilte mit seinen fleischigen Falten, *parties très charnues*, im Falle unserer leidenschaftlichen Geschwister, ihr leichtes, loses, fast lendenlanges (wenn sie ihren Kopf wie jetzt zurückwarf) schwarzes Seidenhaar und versuchte, an ihren bettwarmen Splenius zu gelangen. (Es ist weder hier noch anderswo, es gab da schon einen ähnlichen Abschnitt, nötig, einen einigermaßen klaren Stil mit vagen anatomischen Begriffen zu beklekkern, an die sich ein Psychiater aus seiner Studentenzeit erinnert. In Adas letzter Schrift.)

«Möchtgernwissen», wiederholte sie, als er gierig sein heißes, blasses Ziel erreichte.

«Ich möchte dich gern fragen», sagte sie ganz deutlich, aber auch ganz außer sich, denn seine aufwärtswühlende Hand hatte sich unter der Achselhöhle hindurch einen Weg gebahnt, und sein Daumen auf einem Brustwärzchen ließ ihren Gaumen prikkeln: das Läuten nach der Zofe in georgianischen Romanen – undenkbar ohne das Vorhandensein von *elettricità* –

(Ich protestiere. Das nicht auch noch. Sogar im Lithuanischen und Lateinischen ist das verboten. Adas Anmerkung.)

«– dich fragen . . .»

«Frag», rief Van, «aber verdirb nicht alles» (wie von dir sich zu nähren, an dir sich zu winden).

«Also warum», fragte sie (verlangte sie, forderte sie heraus, eine Flamme knisterte, ein Kissen lag auf dem Fußboden), «warum wirst du da so dick und hart, wenn du –»

«Werde wo? Wenn ich was?»

Um es klar zu machen, taktvoll, tastbar, bauchtanzte sie gegen ihn, immer noch mehr oder weniger kniend, ihre langen Haare gerieten dazwischen, ein Auge starrte in sein Ohr (ihre gegenseitigen Positionen waren inzwischen ziemlich verworren).

«Sag's noch einmal!» rief er, als wäre sie weit fort, eine Spiegelung in einem dunklen Fenster.

«Du zeigst es mir auf der Stelle», sagte Ada fest.

Er ließ seinen Behelfs-Kilt fallen, und sofort änderte sich der Tonfall ihrer Stimme.

«Ach je», sagte sie wie ein Kind zum anderen. «Es ist ganz gehäutet und roh. Tut es weh? Tut es schrecklich weh?»

«Faß an, schnell», flehte er.

«Van, armer Van», sprach sie weiter mit jenem kleinen Stimmchen, mit dem das süße Mädchen zu Katzen, Raupen, sich verpuppenden Welpen sprach, «ja, ich bin sicher, daß es schmerzt, würde es helfen, wenn ich anfaßte, bist du sicher?»

«Und ob!» sagte Van. *«On n'est pas bête à ce point»* («Dummheit hat Grenzen», umgangssprachlich und grob).

«Reliefkarte», sagte die Primel-Pedantin, «die Flüsse Afrikas.» Ihr Zeigefinger folgte dem blauen Nil hinab in seinen Dschungel und wanderte wieder nach oben. «Und was ist das hier? Der Hut vom Roten Boletus ist nicht halb so samtig. Wirklich (regelrecht daherplappernd), ich fühle mich an die Geranien- oder eher an die Pelargonienknospe erinnert.»

«Gott, wer wohl nicht», sagte Van.

«Oh, ich mag diese Textur, Van, ich mag sie! Ganz bestimmt!»

«Drück zu, du Gans, siehst du nicht, daß ich umkomme.»

Aber unsere junge Botanikerin hatte nicht die leiseste Ahnung, wie das Ding richtig zu handhaben sei – und Van, nun in extremis, stieß es roh in den Saum ihres Nachthemds und konnte ein Stöhnen nicht verhindern, als er in einer Lache von Lust dahinschmolz.

Sie blickte bestürzt nach unten.

«Nicht was du glaubst», bemerkte Van ruhig. «Dies ist *nicht* das kleine Geschäft. Übrigens ist es so sauber wie Grasmilch. Also, jetzt ist der Nil erledigt, Stop Speke.»

(Ich frage mich, Van, *warum* du dir soviel Mühe gibst, unsere poetische und einzigartige Vergangenheit in eine schmutzige Farce umzuwandeln? Ehrlich, Van! Oh, ich *bin* ehrlich, so ist es gelaufen. Ich war meiner nicht sicher, daher die Dreistigkeit und das dumme Grinsen. *Ah, parlez pour vous: ich,* Lieber, kann bestätigen, daß jene berühmten Fingerreisen dein Afrika hinauf und an den Rand der Welt beträchtlich später kamen, als ich die Reiseroute auswendig kannte. Verzeih, nein – wenn alle Leute sich an dasselbe erinnerten, wären sie nicht verschieden. So-ist-es-gelaufen. Aber wir sind nicht «verschieden»! Denken und Träumen ist im Französischen dasselbe. Denke an *la douceur,* Van! Oh, ich denke daran, natürlich denke ich daran – es war nur *douceur,* mein Kind, mein Reim. Das ist besser, sagte Ada.)

Bitte, erzähl du weiter.

Van streckte sich nackend aus in dem nun reglosen Kerzenlicht.

«Laß uns hier schlafen», sagte er. «Sie sind nicht eher zurück, als bis das Morgenrot Onkel Dans Zigarre neu entzündet.»

«Mein Hemdchen ist *trempée*», flüsterte sie.

«Zieh's aus, diese Decke faßt zwei.»

«Guck weg, Van.»

«Das ist nicht fair», sagte er und half ihr, es über ihren haareschüttelnden Kopf zu ziehen. Ein Hauch von Kohle bloß beschattete den Punkt des Mysteriums auf ihrem kreideweißen Körper. Ein schlimmer Furunkel hatte eine rosa Narbe zwischen zwei Rippen hinterlassen. Dort küßte er sie und legte sich zurück auf seine verschränkten Hände. Sie betrachtete aus der Höhe über seinem gebräunten Körper die Ameisenkarawane auf die Oase des Nabels zu; er war entschieden haarig für seine Jugend. Ihre jungen, runden Brüste hingen genau über seinem Gesicht. Ich mißbillige als Arzt wie als Künstler die post-koitale Zigarette des Philisters. Es stimmt indessen, daß Van der Glasbehälter mit Türkischen Traumatis auf einer Konsole nicht verborgen geblieben war, die aber zu weit weg stand, um mit einem längeren Ausstrecken erreichbar zu sein. Die Standuhr schlug ein anonymes

Viertel, und Ada beobachtete gerade, Wange auf Faust, die eindrucksvollen, obwohl merkwürdig mürrischen Regungen, den gleichmäßig rechtsläufigen Start und gewichtigen Aufschwung männlicher Wiederkehr.

Aber der Sofa-Plüsch war so kitzlig wie der sternenbestäubte Himmel. Bevor irgend etwas Neues geschah, machte Ada sich auf allen vieren daran, Wolldecke und Kissen neu zu drapieren. Eingeborenen-Mädchen, Kaninchen nachahmend. Er griff und umfaßte von hinten ihr heißes kleines Moos, dann raffte er sich ungestüm hoch in die Position eines sandburgenbauenden Jungen; sie aber drehte sich um, naiv bereit, ihn zu umarmen, so wie Julia empfohlenermaßen ihren Romeo empfängt. Sie hatte recht. Zum ersten Male in ihrer Liebesgeschichte stieg der Segen, der Genius lyrischen Sprechens auf den rauhen Burschen hernieder, er stammelte und stöhnte, während er ihr Gesicht mit zungenfertiger Zärtlichkeit küßte, in drei Sprachen – den drei größten der ganzen Welt – Koseworte ausrufend, auf denen ein Wörterbuch geheimer Diminutiva basieren und durch viele Revisionen bis zur endgültigen Ausgabe 1967 gehen sollte. Als er zu laut wurde, beschwichtigte sie ihn, atmete beschwichtigend in seinen Mund, und nun waren ihre vier Gliedmaßen frank und frei um ihn herum, als hätte sie schon jahrelang in all unseren Träumen geliebt – aber ungestüme junge Leidenschaft (randvoll wie Vans überlaufende Badewanne, während er dies bearbeitet, ein grauer, verschrobener alter Wortmann auf der Kante eines Hotelbetts) überlebte die paar ersten blinden Vorstöße nicht; sie barst an der Lippe der Orchidee, und eine Drossel stieß ein warnendes Trillern aus, und nun stahlen sich die Lichter unter einer zerklüfteten Dämmerung zurück, Glühwurm-Signale umschrieben das Wasserbecken, die Pünktchen der Kutschlaternen wurden Sterne, Räder mahlten auf dem Kies, alle Hunde kehrten sehr zufrieden mit dem Nachterlebnis heim, des Kochs Nichte Blanche hüpfte mit ihren bestrumpften Füßen aus einem kürbisgoldenen Polizeiwagen (weit, weit nach Mitternacht, ach) – und unsere beiden nackten Kinder griffen nach Decke und Nachthemd, gaben der Couch einen Abschiedstaps und tapsten samt ihren Kerzenhaltern zurück in ihre unschuldigen Schlafzimmer.

«Und erinnerst du dich», sagte Van mit dem Silberschnurrbart, indem er eine Cannabina-Zigarette vom Nachtschrank nahm und eine gelb-blaue Streichholzschachtel rasseln ließ, «wie leichtsinnig wir waren, und wie Larivière zu schnarchen aufhörte, aber schon einen Augenblick später wieder das Haus erschütterte, und wie kalt die Eisenstufen waren, und wie durcheinander ich war von deinem – wie soll ich's sagen? – Mangel an Zurückhaltung.»

«Idiot», sagte Ada, von der Wandseite her, ohne den Kopf zu wenden.

Sommer 1960? Überfülltes Hotel irgendwo zwischen Ex und Ardez?

Sollte anfangen, jede Manuskriptseite zu datieren: sollte freundlicher zu meinen unbekannten Träumern sein.

20

Am nächsten Morgen – der Junge hatte die Nase noch tief in der Traumtüte des dicken Kopfkissens, das ihm die süße Blanche (mit der er nach den Gesellschafts-Spielregeln des Schlafs in einem herzzerreißenden Alptraum Händchen hielt, oder vielleicht war's auch nur ihr billiges Parfum) in sein ansonsten karges Bett gelegt hatte – war er sich gleich des Glücks bewußt, das pochend Einlaß erheischte. Er suchte absichtlich, das Inkognito dieses Glühens etwas länger zu bewahren, indem er bei den letzten Spuren von Jasmin und Tränen in einem dummen Traum verharrte; aber der Tiger Glück sprang ganz ins Dasein.

Jene Heiterkeit eines frisch erworbenen Vorrechts! Einen Schimmer davon schien er sich im Schlaf erhalten zu haben, im letzten Teil seines jüngsten Traums, wo er Blanche erzählte, daß er gelernt hatte, frei zu schweben, und daß sein Vermögen, Luft mit magischer Leichtigkeit zu begehen ihm erlaubte, alle Weitsprung-Rekorde zu brechen, indem er ein paar Zoll über dem Boden auf einer Strecke von ungefähr dreißig oder vierzig Fuß (eine zu große Länge wäre verdächtig) gleichsam dahinspazierte, während die Tribüne tobte und Sambovskij aus Sambia, die

Arme in die Hüften gestemmt, bestürzt und ungläubig dreinstarrte.

Zärtlichkeit krönt wahren Triumph, Sanftheit ölt echte Befreiung: Gefühle, die für den Ruhm und die Leidenschaft in Träumen nicht charakteristisch sind. Eine Hälfte der phantastischen Freude, die Van von nun an (für immer, hoffte er) kosten sollte, verdankte ihre Kraft der Gewißheit, daß er Ada offen und frei mit all dem kindlichen Kosen überschütten konnte, das sich auszumalen die Scham vor der Gesellschaft, männliche Selbstsucht und moralische Bedenken ihm vorher verwehrt hatten.

An den Wochenenden wurden alle drei Hauptmahlzeiten mit drei Gongs, klein, mittelgroß und groß, angekündigt. Der erste zeigte jetzt das Frühstück im Eßzimmer an. Seine Vibration erregte in Van die Vorstellung, daß er nach sechsundzwanzig Schritten auf seine junge Komplicin träfe, deren köstlichen Moschus er noch immer in der Höhlung seiner Hand bewahrte – und erfüllte ihn mit einer Art von strahlendem Staunen: War es *wirklich* geschehen? Sind wir wirklich frei? Gewisse Vögel in Gefangenschaft, behaupten chinesische Amateure mit fettwänstigem Gelächter, schlagen sich selber an den Gitterstäben k. o. (und liegen einige Minuten bewußtlos), jeden gesegneten Morgen gleich nach dem Aufwachen, mit einem automatischen traumverlängernden, traumgesäumten Stoß – obwohl sie, irisierende Gefangene, die übrige Zeit sehr munter und willig und gesprächig sind.

Van bohrte seinen bloßen Zeh in den einen Turnschuh und fischte zugleich dessen Partner unter dem Bett hervor; er sauste hinunter, vorbei an einem erfreut blickenden Prinzen Zemskij und einem grimmen Vincent Veen, Bischof von Balticomore und Como.

Doch sie war noch nicht unten. In dem hellen Eßzimmer voller gelber Blumen, in herabhängenden Trauben von Sonnenschein, futterte Onkel Dan. Er trug die angemessene Kleidung für einen angemessen heißen Tag auf dem Lande – nämlich einen Seersukker über einem malvenfarbenen Flanellhemd und einer Piqué-Weste, mit einer blau-roten Clubkrawatte und einem von goldener Sicherheitsnadel gehaltenen, sehr hohen weichen Kragen (all seine akkuraten Streifen und Farben waren jedoch ein bißchen danebengeraten in der Art von Comic strip-Druck, weil Sonntag war). Er hatte gerade seinen ersten Butter-Toast mit einem Klecks Ye-Old-Orange-Marmalade verzehrt und machte nun Putergeräusche, indem er sein Gebiß oral mit einem Mundvoll Kaffee durchspülte, um ihn dann mitsamt dem schmackhaften Schwemmgut hinunterzuschlucken. Da ich, wie ich mit Recht annahm, mutig war, konnte ich mich dazu bringen, den direkten Anblick vom rosa Gesicht des Mannes zu ertragen, mit seinem (rotierenden) roten «Schnauz», aber ich war nicht verpflichtet (überlegte Van, 1922, als er jene *baguenaudier*-Blumen wiedersah), sein kinnloses Profil mit der lockigen roten Kotelette auszuhalten. So betrachtete Van nicht ohne Appetit die blauen Kannen heißer Schokolade und die Stücke Stangenbrot, die für die hungrigen Kinder zubereitet waren. Marina frühstückte im Bett, der Butler und Price aßen in einer Küchennische (irgendwie ein angenehmer Gedanke), und Mlle Larivière rührte bis Mittag keine Nahrung an, da sie eine schicksals-fürchtige *midinette* war (die Sekte, nicht der Beruf) und tatsächlich ihren Beichtvater dazu veranlaßt hatte, ihrer Gruppe beizutreten.

«Du hättest uns zu dem Feuer mitnehmen können, lieber Onkel», bemerkte Van und goß sich eine Tasse Schokolade ein.

«Ada wird dir darüber berichten», erwiderte Onkel Dan, liebevoll einen zweiten Toast mit Butter und Marmelade bestreichend. «Sie hat den Ausflug sehr genossen.»

«Oh, hat sie dich etwa begleitet?»

«Ja – in dem schwarzen Kremser, zusammen mit den Butlern. *Jolly good fun, rally*» (pseudo-britische Aussprache).

«Aber das muß eines der Küchenmädchen gewesen sein, nicht Ada», bemerkte Van. «Ich wußte gar nicht», fügte er hinzu, «daß wir mehrere hier haben – Butler, meine ich.»

«Oh, ich denke doch», sagte Onkel Dan vage. Er wiederholte den innerlichen Spülvorgang und setzte mit einem leisen Huster seine Brille auf, aber es war keine Morgenzeitung gekommen – und so setzte er sie wieder ab.

Plötzlich hörte Van ihre wonnige dunkle Stimme im Treppenhaus nach oben sprechen, *«Je l'ai vu dans une des corbeilles de la bibliothèque»* – wahrscheinlich in bezug auf irgendeine Geranie oder Veilchen oder Frauenschuh. Dann gab es eine «Geländer-Pause», wie Photographen sagen, und nachdem der ferne frohe Aufschrei des Zimmermädchens aus der Bibliothek gedrungen war, fügte Adas Stimme hinzu: «*Je me demande*, ich frage mich *qui l'a mis là.*» *Aussitôt après* betrat sie das Eßzimmer.

Sie trug, obwohl keine Absprache zwischen ihnen bestand, schwarze Shorts, einen weißen Pulli und Turnschuhe. Ihr Haar war aus der großen, runden Stirn gezogen und zu dicken Zöpfen geflochten. Die Rose einer Reizung unterhalb ihrer Unterlippe glänzte vor Glyzerin durch den fleckig aufgetupften Puder. Sie war zu blaß, um wirklich hübsch zu sein. Sie trug einen Band Gedichte in der Hand. Meine Älteste ist recht schlicht, hat aber schönes Haar, und meine Jüngste ist hübsch, aber fuchsrot, pflegte Marina zu sagen. Undankbares Alter, undankbares Licht, undankbarer Künstler, aber keineswegs undankbarer Liebhaber. Eine wahre Woge der Verehrung hob ihn aus der Magengrube in den Himmel empor. Die Erregung, sie zu sehen und zu wissen, sie wußte, und zu wissen, niemand sonst wußte, worin sie vor weniger als sechs Stunden so frei und verworfen und entzückt geschwelgt hatten, war denn doch zuviel für unseren grünen Liebhaber, trotz seines Versuchs, es mit dem moralischen Korrektiv eines gemeinen Adverbs zu trivialisieren. Er verpatzte ein halbherziges «Hallo», kein üblicher Morgengruß (was sie übrigens ignorierte), und beugte sich über sein Frühstück, mit einem geheimen polyphemischen Organ jede ihrer Bewegungen beobachtend. Sie schlug im Vorübergehen leicht mit ihrem Buch auf Mr. Veens kahlen Kopf und stellte geräuschvoll ihren Stuhl neben ihn, gegenüber von Van. Blinkernd, puppen-bewimpert zierlich, goß sie sich eine große Tasse Schokolade ein. Trotz deren kräftiger Süße legte das Kind einen Zuckerwürfel auf den Löffel, senkte ihn vorsichtig in die Tasse und genoß es, wie die heiße braune Flüssigkeit erst eine kristallkörnige bröckelnde Ecke und dann das ganze Stück überflutete und auflöste.

Inzwischen verjagte Onkel Dan mit Spätzündung ein unsichtbares Insekt von seinem Schädel, blickte auf, blickte um sich und nahm endlich Notiz von dem Neuankömmling.

«Ach ja, Ada», sagte er, «Van möchte unbedingt etwas erfahren. Was tatest du, meine Liebe, während er und ich uns um das Feuer kümmerten?»

Sein Widerschein überschwemmte Ada. Nie hatte Van ein Mädchen (so durchscheinend weißhäutig wie sie), im Grunde überhaupt noch niemanden, Porzellan oder Pfirsich, so gründlich und gewohnheitsmäßig erröten sehen, und diese Gewohnheit machte ihn unruhig, da sie ihm viel unschicklicher vorkam als jeder Akt, der sie hervorgerufen haben könnte. Das Mädchen warf dem finsteren Jungen einen blöden Blick zu und fing an herumzureden, daß sie in ihrem Schlafzimmer tief und fest entflammt gewesen sei.

«Das warst du nicht», unterbrach Van scharf, «die Flammen hast du mit mir zusammen vom Bibliotheksfenster aus beobachtet. Onkel Dan spinnt.»

«Ménagez vos expressions», sagte jener, und dann öffnete er weit die Arme zu väterlichem Willkommen, da die arglose Lucette ins Zimmer getrottet kam mit einem rosa steif-beuteligen Schmetterlingsnetz für Kinder wie eine Oriflamme in ihrer kleinen Faust.

Van sah Ada an und schüttelte mißbilligend den Kopf. Sie zeigte ihm das scharfe Blüten-Blatt ihrer Zunge, und mit schokkierender Empörung über sich selbst fühlte ihr Liebhaber, wie er seinerseits errötete. Soviel zu dem frischen Vorrecht. Er beringte seine Serviette und zog sich auf den *mestetschko* («Örtchen») jenseits der Eingangshalle zurück. Nachdem auch sie ihr Frühstück beendet hatte, lauerte er ihr, vollgestopft mit süßer Butter, am Treppenabsatz auf. Sie hatten einen einzigen Augenblick, um die Dinge zu planen, alles lag, historisch gesprochen, in der Morgenröte des Romans, der immer noch in den Händen von Pfarrhausdamen und französischen Akademiemitgliedern lag, daher waren solche Augenblicke kostbar. Sie stand und kratzte ihr erhobenes Knie. Sie kamen überein, vor dem Lunch spazierenzugehen und ein abgeschiedenes Plätzchen zu suchen. Sie mußte eine Übersetzung für Mlle Larivière zu Ende bringen. Sie zeigte ihm ihre Kladde. François Coppée? Ja.

Ihr Sturz ist langsam. Der Holzfäller
Weiß vor dem Aufschlag in der Flut
Die Eiche an dem Kupferblattwerk,
Den Ahorn an dem Blatt aus Blut.

«Leur chute est lente», sagte Van, *«on peut les suivre du regard en reconnaissant* – der umschreibende Gestus von ‹-fäller› und

‹Flut› ist selbstverständlich reiner Lowden (zweitrangiger Dichter und Übersetzer, 1815–1895). Die erste Hälfte der Strophe zu verraten, um die zweite zu retten, das sieht jenem russischen Edelmann gleich, der seinen Kutscher den Wölfen zum Fraße vorwarf und dann selber vom Schlitten fiel.»

«Ich finde dich grausam und dumm», sagte Ada. «Dies soll kein Kunstwerk und auch keine brillante Parodie sein. Es ist das Lösegeld, das eine wahnsinnige Gouvernante von einem armen, überarbeiteten Schulmädchen erpreßt. Warte auf mich in der Colutea-Laube», fügte sie hinzu. «Dort bin ich in genau dreiundsechzig Minuten.»

Ihre Hände waren kalt, ihr Nacken war heiß; der Junge vom Postboten hatte an der Tür geschellt; Bout, ein junger Bediensteter, des Butlers Bastard, überquerte die klingenden Fliesen der Halle.

Sonntagmorgens kam die Post spät wegen der umfangreichen Sonntagsbeilagen der Zeitungen von Balticomore und Kaluga und Luga, die Robin Sherwood, der alte Postbote, in seiner hellgrünen Uniform hoch zu Roß in dem schlaftrunkenen Landstrich verteilte. Als Van, seine Schulhymne summend – die einzige Melodie, die er je behalten konnte – die Terrassenstufen herunterhüpfte, sah er Robin auf seinem alten Braunen sitzen und den lebhafteren Rappen-Hengst seines Sonntagshelfers festhalten, eines hübschen englischen Burschen, den, so lief das Gerücht hinter den Rosenhecken, der alte Mann heftiger liebte, als sein Amt ihm vorschrieb.

Van erreichte den dritten Rasen und die Laube und inspizierte sorgsam die für die Szene vorbereitete Bühne, «wie ein Provinzler, der eine Stunde zu früh in die Oper kommt, nachdem er den ganzen Tag über Ernte-Straßen geholpert ist und Mohn und Kornblumen sich in den Rädern seines Wagens verfangen und verflochten haben» (Floebergs *Ursula*).

Blaue Schmetterlinge, fast so groß wie Kleine Weißlinge und gleichfalls europäischen Ursprungs, flatterten eilig um die Büsche und ließen sich auf den schlaffen Trauben gelber Blumen nieder. Vierzig Jahre später, unter weniger schwierigen Umständen, sollten unsere Liebenden mit Erstaunen und Freude das gleiche Insekt und den gleichen Blasenstrauch an einem Waldweg nahe Susten im Valais wiedersehen. Im Augenblick freute er sich darauf, zu rufen, was er sich später immer wieder zurückrufen würde, und sah den großen, dreisten Blaulingen zu, während er sich auf dem Rasen rekelte, brennend angesichts der heraufbeschworenen Vision von Adas blassen Gliedmaßen im buntscheckigen Licht der Laube, und sich dann kalt und nüchtern sagte, daß die Tatsachen nie ganz der Phantasie gleichkamen. Als er mit nassem Haar und prickelnder Haut von einem Bad in dem breiten und tiefen Bach hinter dem Buschwerk zurückkam, erfuhr Van die seltene Wonne, seine Vorahnung von lebendigem Elfenbein genau nachgeformt zu finden, nur daß sie ihr Haar gelöst und das kurze Kleid aus sonnenheller Baumwolle angezogen hatte, in das er so vernarrt war und das er vor so kurzer Zeit so inbrünstig hatte beflecken wollen.

Er war entschlossen, sich zunächst einmal ihrer Beine anzunehmen, die er nach seinem Empfinden in der vorangegangenen Nacht nicht genügend gefeiert hatte; sie mit Küssen zu überziehen vom A des Angespannten Spanns bis zum V des Velours; und dies vollbrachte Van, sobald Ada und er tief genug in den Lärchenwald eingedrungen waren, der den Park am Steilhang des felsigen Bruchs zwischen Ardis und Ladore beschloß.

Keiner von beiden konnte im Rückblick feststellen, wollte es in der Tat auch gar nicht, wie, wann und wo er sie denn nun wirklich «deflorierte» – ein Vulgarismus, den Ada im Wunderland zufällig in *Phrody's Encyclopedia* folgendermaßen erläutert fand: «die jungfräuliche Membrane der Vagina mit männlichen oder mechanischen Mitteln durchstoßen», mit dem Beispiel: «Die Süße seiner Seele ward defloriert (Jeremy Taylor).» War es die Nacht auf der Reisedecke? Oder der Tag im Lärchenwald? Oder später im Schießstand oder auf dem Boden oder auf dem Dach oder auf einem abgeschiedenen Balkon oder im Badezimmer oder (nicht sehr bequem) auf dem «Zauberteppich»? Wir wissen's nicht und wollen's auch nicht wissen.

(Du hast mich dort so arg und oft geküßt und geknabbert und gestoßen und gestochen und mir zugesetzt, daß meine Jungfernschaft im Eifer des Gefechts verlorenging; aber ich erinnere mich genau, daß spätestens im Hochsommer die Maschine, genannt «Sex» von unseren Vorvätern, so glatt und gleichmäßig lief wie später, 1888 etc., Liebling. Randnotiz in roter Tinte.)

Ada wurde der freie Gebrauch der Bibliothek verweigert. Dem letzten Verzeichnis zufolge (gedruckt am 1. Mai 1884) enthielt sie 14841 Bände, und nicht einmal diesen trockenen Katalog wollte die Gouvernante in die Hände des Kindes geraten lassen – *«pour ne pas lui donner des idées»*. Auf ihren eigenen Borden hatte Ada sowohl klassifizierende Werke zur Botanik und Entomologie als auch ihre Schulbücher, versteht sich, und ein paar harmlose Unterhaltungsromane. Aber nicht nur durfte sie nicht unbeaufsichtigt herumstöbern, sondern es mußte auch jedes Buch, das sie herausnahm, um es in Bett oder Laube zu lesen, von ihrer Mentorin geprüft und als *«en lecture»* mit Namen und aufgestempeltem Datum in der Kartei vermerkt werden, die in einem sorgfältigen Durcheinander von Mlle Larivière und in einer Art verzweifelter Ordnung (mit Einfügungen von Fragezeichen, Ausrufen der Not oder gar Flüchen auf rosa, roten oder violetten Zettelchen) von einem Vetter von ihr, Monsieur Philippe Verger, geführt wurde; ein kleiner alter Junggeselle, er, krankhaft still und scheu, der eine um die andere Woche wie ein Mäuschen hereinhuschte für ein paar Stunden lautloser Arbeit – so lautlos in der Tat, daß eines Nachmittags, als eine hohe Bibliotheksleiter sich plötzlich in Zeitlupe bedrohlich rückwärts neigte und mit ihm, der hoch oben eine Windmühle von Bänden umklammerte, zu Boden ging, er samt Leiter und Büchern in solcher Stille auf dem Rücken unten ankam, daß die schuldbewußte Ada, die gemeint hatte, sie wäre allein (und gerade dabei war, die wenig lohnenden *Arabischen Nächte* herauszuziehen und zu überfliegen), seinen Sturz fälschlicherweise für den Schatten einer Tür hielt, die von irgendeinem weichfleischigen Eunuchen verstohlen geöffnet wurde.

Ihre Intimität mit dem *cher, trop cher René*, wie sie Van manchmal in zärtlichem Spott nannte, veränderte die Lese-Situation völlig – welche Vorschriften auch immer in der Luft hängengeblieben waren. Bald nach seiner Ankunft auf Ardis hatte Van seine frühere Gouvernante (die mit gutem Grund seine Drohungen glaubte) gewarnt, daß, wofern ihm nicht gestattet würde, zu jeder Zeit, für jede Dauer und ohne irgendeine Spur von *en lec-*

ture jedweden Band, gesammelte Werke, Pamphlete in Kassetten oder Inkunabeln, die ihn reizten, aus der Bibliothek zu entleihen, er die Bibliothekarin seines Vaters, Miss Vertograd, eine völlig diensteifrige und unendlich gefällige Jungfer von Vergers Format und vermutlichem Erscheinungsjahr, beauftragen würde, kistenweise Libertiner des achtzehnten Jahrhunderts, deutsche Sexualwissenschaftler und einen ganzen Zirkus von Shastras und Nefsawis in wörtlicher Übersetzung mit apokryphen Anmerkungen nach Ardis Hall zu schicken. Die verdutzte Mlle Larivière hätte den Herrn von Ardis konsultiert, aber sie besprach nichts Ernstes mehr mit ihm seit jenem Tage (im Januar 1876), als er ihr unerwartet (und ziemlich halbherzig, wirklich – seien wir fair) zu nahe trat. Was die liebe frivole Marina anbetrifft, so bemerkte sie, um Rat gebeten, lediglich, sie in Vans Alter hätte ihre Gouvernante mit Borax gegen Ungeziefer vergiftet, wenn ihr untersagt worden wäre, zum Beispiel Turgenevs *Rauch* zu lesen. Hierauf wurde alles, was Ada wünschte oder möglicherweise zu wünschen gewünscht hätte, von Van in verschiedenen sicheren Winkeln zu ihrer Verfügung gelegt, und die einzige sichtbare Folge von Vergers Bestürzungen und Verzweiflung war das zunehmende Ausstreuen eines kuriosen schneeweißen Staubs, den er immer hier und dort hinterließ, auf dem dunklen Teppich, an diesem oder jenem Platz geschäftiger Plackerei – ein so grausamer Fluch auf einem so reinlichen kleinen Mann!

Vor ein paar Jahren, auf einer netten Weihnachtsfeier für Privat-Bibliothekare unter der Schirmherrschaft des Braille-Clubs in Raduga, hatte die emphatische Miss Vertograd bemerkt, daß sie und der kichernde Verger, mit dem sie im Begriff stand, einen stillen kleinen Knallbonbon zu teilen (der ohne hörbares Ergebnis auseinandergerissen wurde – auch brachte das an beiden Enden gekräuselte goldene Papier weder Bonbon noch Berlocke, noch sonst einen Schmu des Schicksals hervor), ebenso eine spektakuläre Hautkrankheit teilten, die erst kürzlich von einem berühmten amerikanischen Roman-Schreiber in seinem *Chiron* porträtiert und in zwerchfell-erschütterndem Stil von einem Mit-Leidenden, der Essays für eine Londoner Wochenzeitung verfaßte, beschrieben worden war. Sehr absichtsvoll pflegte Miss Vertograd durch Van Bibliotheks-Zettel an den ziemlich unempfänglichen Franzosen mit diesem oder jenem knappen Vorschlag zu übermitteln: «Quecksilber!» oder «*Höhensonne* wirkt Wunder». Mademoiselle, die auch Bescheid wußte, schlug «Psoriasis» in einem einbändigen medizinischen Wörterbuch nach, das ihre verstorbene Mutter ihr hinterlassen und nicht nur ihr und ihren Zöglingen bei verschiedenen kleineren Anlässen geholfen hatte, sondern auch passende Krankheiten für das Personal der Geschichten, die sie für das *Quebec Quarterly* schrieb, bereit hielt. Im vorliegenden Fall lautete die optimistisch empfohlene Kur, «mindestens zweimal im Monat ein warmes Bad zu nehmen und Gewürze zu meiden»; dies tippte sie ab und leitete es in einem Gute-Besserung-Umschlag an ihren Vetter weiter. Schließlich zeigte Ada Van einen Brief von Dr. Krolik zum gleichen Thema; er lautete: «Als feuerrotgefleckte, silberschuppige, gelbverkrustete arme Teufel wurden die harmlosen Psoriasiten (die ihr Hautleiden nicht übertragen können und ansonsten die gesündesten Menschen sind – tatsächlich schützen ihre *bobos* sie vor Bubos und Busteln, wie mein Lehrer anzumerken pflegte) mit Leprakranken verwechselt – ja, Leprakranken – im Mittelalter, da Tausende, wo nicht Millionen von Vergers und Vertograds, von Enthusiasten an Holzstöße gefesselt, die auf den öffentlichen Plätzen in Spanien und anderen feuer-freudigen Ländern errichtet worden waren, knisterten und heulten.» Aber sie beschlossen, diese Notiz nicht im Index des milden Märtyrers unter PS einzuordnen, wie sie es zuerst vorhatten: Schuppenfalterkenner sind zu gesprächig bei Schuppengeschichten.

Romane, Gedichte, wissenschaftliche und philosophische Werke wanderten unbemerkt aus, nachdem der arme Bibliothekar seine *démission éplorée* am 1. August 1884 eingereicht hatte. Sie überquerten Rasen und reisten an Hecken entlang, etwa in der Art und Weise der Gegenstände, die von dem Unsichtbaren Mann in Wells' entzückender Erzählung hinweggetragen wurden, und landeten auf Adas Schoß, wo immer sie und Van ihr Stelldichein hatten. Beide suchten sie Aufregung in Büchern, wie es die besten Leser immer tun; beide fanden in vielen berühmten Werken Anmaßung, Langeweile und leichtfertige Fehlinformation.

In einer Geschichte von Chateaubriand über ein romantisches Geschwisterpaar hatte Ada, als sie sie mit neun oder zehn zum erstenmal las, den Satz «*les deux enfants pouvaient donc s'aban-*

donner au plaisir sans aucune crainte» nicht ganz verstanden. Ein zotiger Rezensent erklärte in einer Sammlung von Artikeln, die sie nun fröhlich befragen konnte (*Les muses s'amusent*), das *donc* beziehe sich sowohl auf die Unfruchtbarkeit jenes zarten Alters als auch auf die Sterilität jener zarten Blutsverwandtschaft. Van aber sagte, daß der Autor und der Kritiker sich irrten und lenkte, um seine Behauptung zu veranschaulichen, die Aufmerksamkeit seiner Liebsten auf ein Kapitel in dem Werk *Sex und Lex*, das von den Wirkungen einer unseligen Laune der Natur auf die Gemeinschaft handelte.

Zu jener Zeit meinte in diesem Lande «Inzest» nicht nur «Unzucht» – der Punkt betraf eher die Sprach- denn die Rechtskunde –, sondern bedeutete auch (in dem Ausdruck «inzestuöser Beischlaf» und so weiter) ein Einmischen in die Kontinuität menschlicher Evolution. Die Geschichte hatte schon längst Berufungen auf «göttliches Recht» durch gesunden Menschenverstand und Populärwissenschaft ersetzt. Angesichts solcher Erwägungen konnte «Inzest» nur insoweit ein Verbrechen genannt werden, als Inzucht kriminell zu nennen wäre. Aber wie Richter Kahl schon während der Albino-Aufstände von 1835 hervorhob, benutzten praktisch alle nordamerikanischen und tatarischen Landwirte und Viehzüchter die Inzucht als eine Fortpflanzungsmethode, die die Tendenz hatte, günstige Anlagen in einer Rasse oder Linie zu erhalten und anzuregen, zu festigen oder gar erneut zu schaffen, sofern sie nicht allzu heftig praktiziert wurde. Zu heftig praktiziert führte der Inzest zu verschiedenen Formen des Niedergangs, zur Hervorbringung von Krüppeln, Schwächlingen, «verstummter Mutanten» und endlich zu hoffnungsloser Sterilität. Nun, *das* allerdings schmeckte nach «Verbrechen», und da von niemandem erwartet werden konnte, Orgien wahlloser Inzucht wohlüberlegt zu kontrollieren (irgendwo in der Tatarei fanden fünfzig Generationen von immer wolliger und wolliger werdenden Schafen plötzlich ihr Ende in einem einzigen haarlosen, fünfbeinigen, impotenten kleinen Lamm – und auch die Enthauptung etlicher Bauern ließ diese fette Linie nicht wiederaufleben), war es vielleicht besser, «inzestuösen Beischlaf» insgesamt zu verbieten. Richter Kahl und seine Anhänger widersprachen aus der Erkenntnis, daß «in der freiwilligen Unterdrückung möglicher Wohltat nur um des Vermeidens wahrscheinlichen

Übels willen» ein Eingriff in eines der wesentlichen Rechte der Menschheit vorlag – nämlich das, die Freiheit ihrer Evolution zu genießen, eine Freiheit, die kein anderes Geschöpf je gekannt hatte. Unglücklicherweise passierte nach dem durch Gerücht verbreiteten Mißgeschick jener Wolgaherden und -hirten auf dem Höhepunkt der Auseinandersetzung ein viel besser belegtes *fait divers* in den USA. Ein Amerikaner, ein gewisser Ivan Ivanov aus Yukonsk, als «gewohnheitsmäßig betrunkener Arbeiter» bezeichnet («eine gute Definition», sagte Ada leichthin, «des wahren Künstlers»), schaffte es irgendwie – im Schlaf, wie von ihm und seiner riesigen Familie behauptet wurde –, seine fünfjährige Urenkelin Maria Ivanov zu schwängern, und dann, fünf Jahre später, machte er in einem weiteren Anfall von Schlaftrunkenheit auch Marias Tochter Daria ein Kind. Photographien von Maria, einer zehn Jahre alten Oma, mit Klein Daria und dem Baby Varia um sich herumkrabbelnd, erschienen in allen Zeitungen, und allerhand lustige Rätselspiele entstanden auf Grund der genealogischen Posse, zu der die verwandtschaftlichen Beziehungen der zahlreichen lebenden – und nicht immer reinlich lebenden – Mitglieder der Ivanov-Sippe im empörten Yukonsk geworden war. Bevor der sechzigjährige Somnambule weiterzeugen konnte, wurde er für fünfzehn Jahre in ein Kloster gesteckt, wie es ein altes russisches Gesetz verlangt. Bei seiner Entlassung gelobte er ehrbare Besserung, indem er Daria, nun eine dralle Dirn mit eigenen Problemen, heiratete. Journalisten machten viel Aufhebens um die Hochzeit und den Geschenkeregen der Gratulanten (alte Damen aus New England, ein progressiver Dichter mit Sitz im Tennessee Waltz College, eine ganze mexikanische Mittelschule et cetera), und am selben Tag schlug Gamaliel (damals ein stämmiger junger Senator) mit solcher Wucht auf den Konferenztisch, daß er sich die Faust verletzte und ein Wiederaufnahmeverfahren und die Todesstrafe forderte. Es war natürlich nur eine temperamentvolle Geste; aber die Ivanov-Affäre warf einen langen Schatten auf die Kleinigkeit «günstige Inzucht». Um die Mitte des Jahrhunderts war es nicht nur Vettern und Cousinen ersten Grades, sondern auch Onkeln und Großnichten verboten, untereinander zu heiraten; und in einigen fruchtbaren Regionen von Estoty mußten die Fenster der Isbas großer Bauernfamilien, in denen bis zu einem Dutzend Menschen von verschiedener Größe und Geschlecht auf einer *blin*-ähnlichen Matratze schliefen, während der Nacht unverhängt bleiben zur Bequemlichkeit der petrol-fackelnden Patrouillen – «Peeping Pats», wie sie von anti-irischen Revolverblättern genannt wurden.

Und noch ein herzliches Lachen schüttelte Van, als er für die entomologisch vernarrte Ada folgenden Abschnitt in einer zuverlässigen *Geschichte der Paarungsgewohnheiten* entdeckte. «Einige der Gefahren und die Lächerlichkeit im Gefolge der Missionarsposition, die von unserer puritanischen Intelligenz zu Paarungszwecken angenommen und von den ‹primitiven›, aber mit einem gesunden Verstand begabten Eingeborenen der Begouri-Inseln mit Recht verlacht worden ist, hebt ein berühmter französischer Orientalist [dicke Fußnote, hier ausgelassen] hervor, der die Paarungsgewohnheiten der Fliege *Serromyia amorata* Poupart beschreibt. Die Kopulation findet mit aneinandergepreßten Bauchseiten und sich berührenden Mündern statt. Wenn die letzte Zuckung (*frisson*) des Verkehrs beendet ist, saugt das Weibchen den Inhalt des männlichen Körpers durch den Mund ihres erregten Partners aus. Man nimmt an (siehe PESSON et al.) [noch eine wortreiche Fußnote], daß die Häppchen, wie zum Beispiel ein saftiges Käferbein, eingehüllt in eine spinnenwebartige Substanz, oder einfach eine bloße Bezeugung (das frivole letzte Ende oder der subtile Anfang eines evolutionären Prozesses – *qui le sait!*), wie beispielsweise ein Blütenblatt, das sorgfältig eingewickelt und mit einem roten Farnwedel umschnürt ist, das gewisse männliche Fliegen (aber offensichtlich nicht die *femorata*- und *amorata*-Trottel) dem Weibchen vor der Paarung darbringen, eine kluge Vorkehrung gegen die unangebrachte Gefräßigkeit der jungen Dame darstellen.»

Noch amüsanter war die «Botschaft» einer kanadischen Sozialarbeiterin, Mme de Réan-Fichini, die ihre Abhandlung *Über empfängnisverhütende Mittel* in kapuskanischer Mundart veröffentlichte (um den Estotianern und Vereinigten Staatianern das Erröten zu ersparen, während sie die besser abgehärteten Mitarbeiter auf ihrem Spezialgebiet unterwies). *«Sole sura metoda»*, schrieb sie, *«por decevor natura, est por un strong-guy de contino-contino-contino jusque le plesir brimz; et lors, a lultima instanta, svitchera a l'altra gropa* [Furche]; *ma perquoi una femme ardora andor ponderosa ne se retorna kvik enof, la transita e facilitata per positio torovago»*; und diesen Fachausdruck erklärte ein angehängtes Glossar in schlichtem Englisch als «die Haltung, die allgemein in ländlichen Bezirken von allen Schichten angenommen worden ist, beginnend beim Landadel und endend bei den niedersten Haustieren in den ganzen Vereinigten Amerikas von Patagony bis Gasp». *Ergo,* schloß Van, löst sich unser Missionar in Rauch auf.

«Deine Gemeinheit kennt keine Grenzen», sagte Ada.

«Nun, ich verbrenne lieber, als daß ich lebendig von der Cheramie – oder wie du sie auch nennst – aufgeschlürft werde und meine Witwe noch einen Haufen winziger grüner Eier obendrauf legt!»

Paradoxerweise langweilte sich «scient» Ada bei großen gelahrten Werken mit Holzschnitten von Organen, Abbildungen elender mittelalterlicher Freudenhäuser und Photographien dieses oder jenes kleinen Caesars, der gerade aus dem Uterus herausgerissen wird, wie es Schlächter und maskierte Chirurgen in alten und modernen Zeiten vorführen; wohingegen Van, der keine «Naturgeschichte» mochte und fanatisch die Existenz körperlichen Schmerzes auf allen Welten verleugnete, unendlich fasziniert war von den Beschreibungen und Bebilderungen gefolterten menschlichen Fleisches. Im übrigen erwies sich auf blumigeren Gebieten ihr Geschmack und Gekicher als ziemlich ähnlich. Sie liebten Rabelais und Casanova; sie verabscheuten *le sieur* Sade und Herrn Masoch und Heinrich Müller. Englische und französische pornographische Poesie, wiewohl hin und wieder witzig und lehrreich, ekelte sie auf die Dauer an, und die besonders in Frankreich vor der englischen Invasion herrschende Tendenz, Mönche und Nonnen sexuelle Kraftakte leisten zu lassen, erschien ihnen ebenso unverständlich wie niederschmetternd.

Onkel Dans Sammlung orientalischer Erotica erwies sich als künstlerisch zweitrangig und, die Gymnastik betreffend, als albern. Auf dem lächerlichsten und teuersten Bild war eine mongolische Frau mit einem leeren ovalen Gesicht, das von einer häßlichen Frisur überragt wurde, dargestellt, wie sie mit sechs ziemlich plumpen, ausdruckslosen Turnern geschlechtlich kommunizierte, in einer Art Schaufenster, vollgestopft mit Wandschirmen, Topfblumen, Seidenstoffen, Papierfächern und Tongeschirr. Drei der Männer, verschränkt in verzwickt unbequemen Stellungen, benutzten simultan drei von den Hauptöffnungen der Dirne; zwei ältere Kunden wurden von ihr manuell bedient; und der sechste, ein Zwerg, mußte sich mit ihrem deformierten Fuß befriedigen. Sechs weitere Lüstlinge sodomierten ihre unmittelbaren Partner, und ein übriger war in ihrer Achselhöhle steckengeblieben. Onkel Dan hatte nach dem geduldigen Entwirren all dieser Glieder und Bauchfalten, die direkt oder indirekt mit der völlig reglosen Dame verbunden waren (sie hatte immer noch irgendwelche Kleidungsstücke an), eine Notiz mit Bleistift gemacht, worin der Preis des Bildes und sein Titel angegeben wurden: «Geisha mit 13 Liebhabern.» Van machte indes noch einen fünfzehnten Nabel ausfindig, eine Zugabe des großzügigen Künstlers, die jedoch anatomisch unmöglich zu begründen war.

Jene Bibliothek hatte eine erhöhte Bühne für die unvergeßliche Szene aus der Brennenden Scheune abgegeben; sie hatte ein langwährendes Idyll der Bibliolatrie versprochen; sie hätte ein Kapitel in einem der alten Romane auf ihren eigenen Borden werden können; ein Hauch von Parodie verlieh dem Stoff die komische Erleichterung von Leben.

22

O Schwester, siehst du manches Mal
Den Fluß Lador' und Ardis Hall?

Hast du nicht auch wie ich gefühlt,
Wo der Lador' die Burg umspült?

Ma sœur, te souvient-il encore
Du château qui baignait la Dore?

Meine Schwester, entsinnst du dich nicht genauer
Der Ladore-umspülten Burgenmauer?

Sestra moja, ty pomnischj goru
I dub vysokij, i Ladoru?

O Schwester, kennst du nicht den Traum
Vom Hügel und dem Eichenbaum?

Oh! qui me rendra mon Aline
Et le grand chêne et ma colline?

Wer gibt mir wieder meine Lotte
Die große Eiche und die Grotte?

Oh! qui me rendra, mon Adèle,
Et ma montagne et l'hirondelle?

Oh! qui me rendra ma Lucile,
La Dore et l'hirondelle agile?

Oh, who will render in our tongue
The tender things he loved and sung?

Sie gingen Boot fahren und schwimmen in Ladore, sie folgten den Biegungen seines heißgeliebten Flusses, sie suchten noch mehr Verse für ihn, sie stiegen den Hügel hinan zu den schwarzen Ruinen von Bryants Burg, um deren Turm immer noch die Mauersegler segeln. Sie reisten nach Kaluga und tranken Kaluga-Quelle und besuchten den Hauszahnarzt. Van, in einer Illustrierten blätternd, hörte Ada nebenan aufschreien und «*Tschort*» (Teufel) sagen, was er vorher noch nie von ihr gehört hatte. Sie waren zum Tee bei einer Nachbarin, der Gräfin de Prey – die ihnen, ohne Erfolg, einen lahmen Gaul anzudrehen versuchte. Sie gingen auf den Jahrmarkt von Ardisville, wo sie besonders die chinesischen Saltospringer, einen deutschen Clown und eine schwere schwertschluckende tscherkessische Prinzessin bewunderten, die mit einem Obstmesser begann, auf einen juwelenbesetzten Dolch überging und schließlich eine gewaltige

Salami verschlang, mit Schnur und allem. – Sie liebten sich – meistens in Schluchten und Schneisen.

Einem Durchschnitts-Physiologen hätte die Energie jener beiden Kinder anomal vorkommen können. Ihr gegenseitiges Verlangen wurde unerträglich, wenn es nicht innerhalb von wenigen Stunden mehrmals befriedigt wurde, in Sonne oder Schatten, auf dem Dach oder im Keller, egal wo. Trotz ungewöhnlicher Leidenschafts-Reserven konnte der junge Van mit seiner blassen kleinen *amorette* (lokaler französischer Dialekt) kaum Schritt halten. Ihre maßlose Ausbeutung physischer Freude grenzte an Irrsinn und hätte wohl ihr junges Leben verkürzt, hätte nicht der Sommer, der zunächst als ein grenzenloser Strom grüner Glorie und Freiheit erschienen war, begonnen, verschwommen auf mögliche Schwächen und Schwund hinzudeuten, auf den Verfall seiner Fuge – letzte Zuflucht der Natur, treffliche Alliterationen (wenn Flora und Fliegen einander nachahmen), das Nahen einer ersten Pause im späten August, eines ersten Schweigens im frühen September. Die Obstgärten und die Weinberge waren besonders malerisch in jenem Jahr; und Ben Wright wurde gefeuert, nachdem er unverblümt Luft gelassen hatte, während er Marina und Mlle Larivière vom *Vendange*-Festival in Brantôme bei Ladore nach Hause fuhr.

Was uns auf etwas bringt. In der Ardis-Bibliothek war unter «Exot. Lüst.» ein prächtiger Band katalogisiert (den Van wegen der freundlichen Dienste von Miss Vertograd kannte), des Titels *Verbotene Meisterwerke: einhundert Gemälde, einen geschlossenen Teil der Nat. Gal. (Bes. Abt.) darbietend, gedruckt für S. K. M. König Victor.* Dies war (wunderschön in Farbe photographiert) jene Art wollüstigen und zärtlichen Zeugs, das italienische Meister im Verlauf einer allzu langen und lüsternen Renaissance zwischen zu vielen frommen «Auferstehungen» sich gönnten. Der Band selbst war entweder verlorengegangen oder gestohlen worden oder lag verborgen auf dem Boden zwischen Onkel Ivans Habseligkeiten, von denen einige höchst seltsam waren. Van wußte nicht mehr genau, von wem das Bild stammte, das er im Kopf hatte, meinte aber, daß es dem Jugendwerk von Michelangelo da Caravaggio zugeschrieben sein könnte. Es war in Öl auf ungerahmter Leinwand und stellte zwei sich ungebührlich aufführende Akte dar, Junge und Mädchen, in einer efeu-

oder weinumrankten Grotte oder nah bei einem kleinen Wasserfall, über den bronze-farbene und dunkle smaragd-grüne Blätter und große Trauben durchscheinenden Weins herabhingen, wobei Schatten und lichte Reflexe von Frucht und Blattwerk sich magisch mit geädertem Fleisch mischten.

Wie auch immer (dies könnte ein rein stilistischer Übergang sein), eines Nachmittags fühlte er sich selbst in dieses verbotene Meisterwerk versetzt, als jedermann nach Brantôme gefahren war und Ada und er sich am Rande des Wasserfalls in der Lärchenschonung von Ardis Park sonnten und seine Nymphette sich über ihn und sein detailliertes Verlangen gebeugt hatte. Ihr langes, glattes Haar, das im Schatten von eintönigem Blau-Schwarz zu sein schien, offenbarte nun unter der funkelnden Sonne Beimengungen von tiefem Kastanienbraun abwechselnd mit dunklem Bernstein in den langen Strähnen, die ihre ausgehöhlte Wange bedeckten oder von ihrer erhobenen Elfenbeinschulter anmutig geteilt wurden. Beschaffenheit, Glanz und Geruch jener seidigen braunen Streifen hatten einst, am Anfang jenes schicksalhaften Sommers, seine Sinne entflammt und wirkten weiter auf ihn, stark und stechend, noch lange nachdem seine junge Erregung andere Quellen unstillbarer Wonne in ihr gefunden hatte. Mit neunzig erinnerte sich Van an seinen ersten Sturz vom Pferd mit kaum geringerer Atemlosigkeit bei dem bloßen Gedanken als an das erste Mal, da sie sich über ihn gebeugt und er ihr Haar besessen hatte. Es kitzelte seine Beine, es kroch in seine Leistengegend, es breitete sich über seinen ganzen zuckenden Bauch. Im Durchblick konnte der Kunststudent den Gipfel der *trompe-l'œil*-Schule erkennen, monumental, vielfarben, aus dunklem Hintergrund herausragend, im Profil geformt von einer Konzentration caravaggio-haften Lichts. Sie liebkoste ihn, sie hüllte ihn in ihr Haar: so umschlingt eine Ranke die Säule, sie fester und fester umklammernd, immer süßer in den Hals beißend, dann die Kraft in tiefer roter Weichheit auflösend. Da war aus einem Weinblatt ein Halbmond von einer Schwärmer-Larve herausgebissen worden. Da war ein bekannter Mikro-Lepidopterologe, der, da sein Vorrat an lateinischen und griechischen Namen sich erschöpft hatte, eine Nomenklatur wie Marikysme, Adakysme, Ohkysme erfand. Tat sie. Wessen Pinsel war es nun? Ein kitzliger Tizian? Ein betrunkener Palma Vecchio? Nein, sie war alles andere als eine venezianische Blondine. Dosso Dossi vielleicht? Faun, erschöpft von Nymphe? Benommener Satyr? Tut der neugefüllte Backenzahn nicht deiner eigenen Zunge weh? Mich hat er zerquetscht. Ich mache Spaß, meine Zirkus-Tscherkessin.

Einen Augenblick später waren die Holländer am Zug: Mädchen, in ein Becken unter dem kleinen Wasserfall steigend, um ihre Haarflechten zu waschen, und sie begleitete die unvordenkliche Geste des Haarauswringens mit einem Auswringe-Mund – auch unvordenklich.

O Schwester, ist dir noch bekannt
Das Türmchen, «Von dem Mohr» genannt?

My sister, do you still recall
The castle, the Ladore, and all?

23

Alles ging gut, bis Mlle Larivière beschloß, für fünf Tage im Bett zu bleiben: Sie hatte sich beim Winzerfest auf einem Karussell den Rücken verstaucht, was sie nebenbei als Hintergrund für eine Erzählung brauchte, die sie bereits begonnen hatte (über einen Bürgermeister, der ein kleines Mädchen namens Rockette erwürgt), und sie wußte aus Erfahrung, das nichts den Drang der Inspiration besser am Leben erhielt als *la chaleur du lit.* Während jener Zeit sollte die zweite Etagenzofe, French, deren Launen und Aussehen mit dem süßen Naturell und der durchsichtigen Grazie von Blanche nicht zu vergleichen waren, auf Lucette achtgeben, und Lucette tat ihr Bestes, um der Aufsicht der trägen Magd zu entgehen, um ihrem Cousin und ihrer Schwester Gesellschaft leisten zu können. Die ominösen Worte: «Na schön, wenn Master Van dich mitkommen läßt» oder «Ja, sicher hat Fräulein Ada nichts dagegen, wenn du mit ihr Pilze sammeln gehst», wurden so etwas wie Grabgeläut, was die Liebesfreiheit anging.

Während die bequem ruhende Dame das Ufer eines Flüßchens beschrieb, an dem die kleine Rockette so gern herumtollte, saß Ada lesenderweise an einem ähnlichen Ufer und blickte von Zeit zu Zeit sehnsüchtig auf eine einladende Gruppe Immergrün (sie hatte unseren Liebenden des öfteren Unterschlupf geboten) und auf einen braungebrannten, barfüßigen Van in hochgekrempelten Jeans auf der Suche nach seiner Armbanduhr, die er vermeintlich in den Vergißmeinnichts verloren hatte (aber die Ada, was er vergaß, am Arm trug). Lucette hatte ihr Springtau aufgegeben, um sich am Rand des Baches niederzukauern und eine Gummipuppe in Fetusgröße schwimmen zu lassen. Hin und wieder preßte sie einen faszinierenden Wasserstrahl aus einem kleinen Loch, das ihr Ada geschmackloserweise in das schlüpfrige orange-rote Spielzeug gebohrt hatte. Mit der plötzlichen Ungeduld lebloser Dinge schaffte es die Puppe, von der Strömung abgetrieben zu werden. Van entledigte sich unter einer Weide seiner Hose und holte die Ausreißerin zurück. Ada, nachdem sie die Lage einen Moment lang bedacht hatte, schloß ihr Buch und sagte zu Lucette, die normalerweise leicht zu verzaubern war, sie, Ada, fühle, wie sie sich rasch in einen Drachen verwandelte, daß die Schuppen sich bereits grün färbten, daß sie jetzt tatsächlich ein Drachen *war* und daß Lucette mit dem Springtau an einen Baum gebunden werden mußte, damit Van sie gerade noch rechtzeitig retten könnte. Aus irgendeinem Grund wehrte sich Lucette gegen diese Vorstellung, aber körperliche Kraft überwog. Van und Ada ließen die erboste Gefangene fest an einen Weidenstamm gebunden zurück, und «tänzelnd», um rasche Flucht und Verfolgung vorzutäuschen, verschwanden sie für ein paar kostbare Minuten im dunklen Koniferenhain. Die sich windende Lucette hatte irgendwie einen der rotknaufigen Griffe des Seils abgerissen und schien sich schon fast befreit zu haben, da kamen Drache und Ritter tänzelnd zurück.

Sie beklagte sich bei ihrer Gouvernante, die, die ganze Sache mißdeutend (was auch von ihrer neuen Dichtung gesagt werden konnte), Van herbeizitierte und ihm, von ihrem abgeschirmten Bett aus, durch eine Wolke von Einreibemitteln und Schweiß hindurch wissen ließ, er möge es unterlassen, Lucette den Kopf zu verdrehen, indem er aus ihr eine Märchenjungfrau in Nöten machte.

Am folgenden Tag teilte Ada ihrer Mutter mit, daß Lucette dringend ein Bad nötig hatte und daß sie's ihr bereiten würde, ob die Gouvernante es nun wolle oder nicht. *«Choroscho»*, sagte Marina (die sich im besten Lady Marina-Stil für den Empfang eines Nachbarn und seines Günstlings, einen jungen Schauspieler, vorbereitete), «aber die Temperatur sollte genau auf 28 gehalten werden (wie es seit dem achtzehnten Jahrhundert üblich war), und laß sie nicht länger als zehn oder zwölf Minuten drinbleiben.»

«Wunderbare Idee», sagte Van, während er Ada half, den Kessel anzuheizen, die alte, beulige Badewanne zu füllen und ein paar Handtücher zu wärmen. Lucette, obwohl erst neun Jahre alt und eher unterentwickelt, war nicht der trügerischen Pubeszenz rothaariger kleiner Mädchen entkommen. Ihre Achseln wiesen eine leichte Punktierung heller Härchen auf, und ihre Muschi war mit Kupfer bestäubt.

Das flüssige Gefängnis war nun fertig und ein Wecker mit einer ganzen Viertelstunde Leben versehen.

«Sie soll erst einweichen, abseifen kannst du sie nachher», sagte Van fiebrig.

«Ja, ja, ja», schrie Ada.

«Ich bin Van», sagte Lucette, in der Wanne stehend mit der Maulbeerseife zwischen den Beinen und vorgestrecktem, glänzendem Bauch.

«Du wirst dich in einen Jungen verwandeln, wenn du das tust», sagte Ada streng, «und das ist nicht sehr spaßig.»

Vorsichtig tauchte das kleine Mädchen seinen Popo ins Wasser.

«Zu heiß», sagte sie, «viel zu fürchterlich heiß!»

«Es wird abkühlen», sagte Ada, «laß dich reinplumpsen und entspanne dich. Hier ist deine Puppe.»

«Komm schon, Ada, um Himmels willen, laß sie weichen», wiederholte Van.

«Und denk dran», sagte Ada, «daß du dich nicht unterstehst, vor dem Klingeln der Glocke aus diesem schönen warmen Wasser herauszusteigen, sonst stirbst du, hat Krolik gesagt. Ich komme wieder, um dich einzuseifen, aber ruf mich nicht; wir müssen die Wäsche zählen und Vans Taschentücher aussortieren.»

Die beiden älteren Kinder, die die Tür des L-förmigen Badezimmers von innen abgeriegelt hatten, zogen sich in die Abgeschiedenheit seines Seitenteils zurück, in eine Ecke zwischen einer Kommode und einer alten, unbenutzten Wäschemangel, die das seegrüne Auge der Badezimmertür nicht erfaßte; aber kaum hatten sie ihre heftigen und unbequemen Anstrengungen in jener verborgenen Nische zu Ende gebracht, wozu eine leere Arzneiflasche auf einem Bord idiotisch den Takt geschlagen hatte, als Lucette auch schon lautstark aus der Badewanne rief und die Zofe an die Tür klopfte: Mlle Larivière wünschte gleichfalls heißes Wasser.

Sie probierten alle möglichen anderen Tricks.

Zum Beispiel einmal, als Lucette besonders lästig fiel, weil ihre Nase lief und ihre Hand dauernd nach Vans Hand griff, so daß ihre winselnde Anhänglichkeit an seine Gesellschaft sich in eine regelrechte Obsession verwandelte, nahm Van all seine Überzeugungskunst, seinen Charme und seine Beredsamkeit zusammen und sagte mit verschwörerischem Unterton: «Schau, mein Liebes: Dies braune Buch ist eines meiner kostbarsten Besitztümer. Ich habe dafür extra eine Tasche in meiner Schuljacke anfertigen lassen. Zahllose Kämpfe wurden darüber ausgetragen mit bösen Buben, die's mir stehlen wollten. Was wir hier haben» (die Seiten ehrfürchtig umblätternd), «ist nichts Geringeres als eine Sammlung der schönsten und berühmtesten Gedichte in englischer Sprache. Dies winzige hier, zum Beispiel, wurde vor vierzig Jahren unter Tränen von dem Poeta laureatus Robert Brown geschrieben, dem alten Herrn, den mir mein Vater einst zeigte, wie er hoch oben in der Luft auf einem Kliff unter einer Zypresse stand, den Blick auf die schäumende türkise Brandung nahe Nizza gerichtet, ein unvergeßlicher Anblick für alle Beteiligten. Sein Titel ist *Peter und Margaret.* Du hast jetzt, sagen wir» (sich zu ernster Beratung nach Ada umwendend) «vierzig Minuten» («Gib ihr eine ganze Stunde, sie kann nicht einmal *Mironton, mirontaine* behalten») – «na gut, eine ganze Stunde, um diese acht Zeilen auswendig zu lernen. Du und ich» (flüsternd) «werden deiner boshaften, arroganten Schwester beweisen, daß die dumme kleine Lucette alles kann. Wenn» (ihr kurzgeschorenes Haar leicht mit den Lippen streifend) «wenn du es aufsagen kannst, meine Süße, und Ada dadurch beschämst, daß du nicht einen einzigen Versprecher machst – du mußt sehr aufpassen bei dem ‹hier-dort› und dem ‹dies-jenes› und all den anderen Einzelheiten – *wenn* du das schaffst, gebe ich dir dieses wertvolle Buch zum Behalten.» («Laß sie das von der ‹Adler-Feder› und Peacock persönlich lernen», sagte Ada unbarmherzig – «es ist ein bißchen schwerer.») «Nein, nein, sie und ich, wir haben schon jene kleine Ballade ausgewählt. Also los. Hier geh rein» (eine Tür öffnend) «und komm nicht wieder raus, bis ich dich rufe. Sonst verscherzt du dir die Belohnung und bereust den Verlust dein Leben lang.»

«O Van, wie lieb von dir», sagte Lucette, während sie langsam in ihr Zimmer ging und mit betäubtem Blick das faszinierende Deckblatt betrachtete, seinen Namen darauf, seinen kühnen Schnörkel und seine eigenen wunderschönen Federzeichnungen – eine schwarze Aster (hervorgegangen aus einem Tintenklecks), eine dorische Säule (eine zotigere Zeichnung umkleidend), ein zarter, blattloser Baum (wie er vom Klassenzimmer aus zu sehen war) und etliche Knabenprofile (Cheshcat, Zogdog, Fancytart und der ada-ähnliche Van selbst).

Van beeilte sich, zu Ada auf dem Dachboden zu gelangen. In jenem Augenblick war er ganz stolz auf seine Kriegslist. Siebzehn Jahre später sollte er sich mit schicksalsbeladenem Schauder daran erinnern, als Lucette in ihrem letzten Brief an ihn, von Paris aus am 2. Juni 1901 an seine Kingstoner Universitäts-Adresse gesandt, «für den Fall, daß» schrieb:

«Ich habe jahrelang – sie muß in meinem Kinderzimmer in Ardis liegen – die Anthologie, die Du mir einmal schenktest, aufbewahrt, und das kleine Gedicht, das ich für Dich auswendig lernen sollte, ist immer noch Wort für Wort an einem sicheren Ort in meinem verwirrten Geist, während die Packer auf meinen Sachen herumtrampeln und Kisten umstürzen, und Stimmen rufen: es ist Zeit, es ist Zeit. Schlag es nach bei Brown und lobe mich noch einmal wegen meiner achtjährigen Intelligenz, wie Du und die glückliche Ada taten an jenem fernen Tag, der irgendwo auf seinem Bord klirrte wie eine kleine, leere Flasche. Nun lies weiter:

Hier, sprach der Guide, ist der Hag,
Jenes, sagt' er, ist das Feld,
Dies, wo Peter auf Knien lag,
Dort, wo die Prinzessin sich stellt.

Nein, sagte der Besucher,
Du bist der Geist, alter Guide.
Eichen und Hafer sind wohl hinüber,
Doch *sie* ist an meiner Seit'.»

24

Van bedauerte, daß, nur weil die «Lettrokalamität» (Vanvitellis alter Witz!) auf der ganzen Welt verboten worden war, ja, schon allein der Name als ein «Kraftausdruck» galt bei den oberen Ober-Klassen-Familien (in der britischen und brasilianischen Bedeutung), wozu die Veens und Durmanovs zufällig gehörten, und weil sie durch ausgetüftelte Surrogate nur bei den ganz wichtigen «Utilitäten» ersetzt worden war – Telephone, Motoren – was noch? –, nun, eine Menge von Apparaten, wonach das einfache Volk mit hängender Zunge lechzt, der Atem schneller als bei Jagdhunden (denn es ist ein ganz schön langer Satz), daß also solche Kleinigkeiten wie Tonbandgeräte, die Lieblingsspielzeuge von seinen und Adas Ahnherren (Prinz Zemskij hatte eines für jedes Bett seines Schulmädchen-Harems), nicht mehr hergestellt wurden außer in der Tatarei, wo sie *miniretschi* («sprechende Minarette») geheimer Machart entwickelten. Hätten Gewohnheitsbesitz und Gewohnheitsrecht unseren gelehrten Liebenden gestattet, den geheimnisvollen Kasten, den sie einst auf ihrem magischen Dachboden entdeckt hatten, wieder in Gang zu setzen, hätten sie (zum Noch-einmal-Abspielen, acht Jahrzehnte später) sowohl Giorgio Vanvitellis Arien als auch Van Veens Gespräche mit seiner Liebsten aufzeichnen können.

Das hier, zum Beispiel, hätten sie heute hören können – belustigt, verwirrt, bekümmert, verwundet.

(Erzähler: an jenem Sommertag, bald nachdem sie in die Küß-Phase ihrer viel zu frühreifen und in vieler Hinsicht fatalen Romanze eingetreten waren, befanden sich Van und Ada auf dem Weg zum Jagd-Pavillon *alias* Schießstand, in dessen oberer Etage sie einen kleinen, orientalisch ausgeschmückten Raum ausfindig gemacht hatten mit blinden Glas-Schränken, die einst – der Form der dunklen Abdrücke auf dem verblichenen Samt nach zu urteilen – Pistolen und Dolche beherbergten; ein hübscher und melancholischer Schlupfwinkel, ziemlich muffig, mit einer gepolsterten Fensterbank und einem ausgestopften Rauhfußkauz auf einem Wandbord neben einer leeren Bierflasche, die von irgendeinem toten alten Gärtner dort stehengelassen worden war, denn als Herstellungsjahr für die obsolete Sorte war 1842 angegeben.)

«Rassel bloß nicht mit den Schlüsseln», sagte sie, «wir werden von Lucette beobachtet, die ich eines Tages noch erwürgen werde.»

Sie gingen durch einen Hain und an einer Grotte vorbei.

Ada sagte: «Offiziell sind wir Geschwisterkinder mütterlicherseits, und Geschwisterkinder können durch eine besondere Bestimmung heiraten, *wenn* sie versprechen, ihre ersten fünf Kinder sterilisieren zu lassen. Aber außerdem war der Schwiegervater meiner Mutter der Bruder deines Großvaters. Nicht wahr?»

«So hat man's mir erzählt», antwortete Van ernst.

«Nicht genügend weit auseinander», überlegte sie, «oder doch?»

«So weit, so gut.»

«Komisch – ich sah diesen Ausspruch in kleinen lila Buchstaben, ehe du ihn in Orange tatest – genau in der Sekunde, bevor du ihn aussprachst. Schall und Rauch. Wie das Wölkchen, das einem fernen Kanonenschuß vorausgeht.

Physisch», fuhr sie fort, «sind wir eher wie Zwillinge als wie Vetter und Cousine, und Zwillinge oder auch nur ein Geschwisterpaar können natürlich nicht heiraten, oder sie werden ins Gefängnis gesteckt und kastriert, wenn sie weitermachen.»

«Es sei denn», sagte Van, «sie sind amtlich erklärte Geschwisterkinder.»

(Van schloß bereits die Tür auf – die grüne Tür, gegen die sie später in ihren getrennten Träumen noch so oft mit knöchellosen Fäusten hämmern sollten.)

Ein anderes Mal, während einer Radtour (mit etlichen Pausen) über Waldpfade und Feldwege, bald nach der Nacht der Brennenden Scheune, aber noch ehe sie auf das Herbarium im Dachboden stießen und die Bestätigung fanden für etwas, das beide in undeutlicher, amüsanter, eher körperlicher als moralischer Weise vorausgefühlt hatten, erwähnte Van beiläufig, daß er in der Schweiz geboren worden und während seiner Kindheit zweimal drüben gewesen war. Sie einmal, sagte sie. Die meisten Sommer verbrachte sie auf Ardis; die meisten Winter in ihrer Kaluga-Stadtwohnung – zwei obere Etagen im früheren Zemskij-*tschertog* (*palazzo*).

1880 war Van, zehnjährig, in silbernen Zügen mit Duschbädern, begleitet von seinem Vater, seines Vaters schöner Sekretärin, deren achtzehn Jahre alten, weiß-behandschuhten Schwester in einer Nebenrolle als Vans englische Gouvernante und Milchmädchen und seinem keuschen, engelhaften russischen Hauslehrer, Andrej Andrejevitsch Aksakov («AAA») an heitere Ferienorte in Louisiana und Nevada gereist. AAA erläuterte, erinnerte sich Van, einem Negerjungen, mit dem Van sich gerauft hatte, daß Puschkin und Dumas afrikanisches Blut hatten, woraufhin der Bursche AAA seine Zunge rausstreckte, ein neuer, interessanter Trick, den Van bei allernächster Gelegenheit nachahmte, wofür er von der jüngeren der Misses Fortune geohrfeigt wurde, stecken Sie sie in Ihr Gesicht zurück, Sir, sagte sie. Er erinnerte sich auch, gehört zu haben, wie ein Deutschamerikaner mit Kummerbund in der Hotelhalle einem anderen erzählte, daß Vans Vater, der gerade, eine seiner drei Melodien pfeifend, vorübergegangen war, ein berühmter *camler* sei (Kameltreiber – sind kürzlich Kamele eingeführt worden? Nein, *gambler*).

Bevor Vans Internatstage begannen, war seines Vaters hübsches Haus im florentinischen Stil zwischen zwei unbebauten Plätzen (5 Park Lane in Manhattan) seine Winterwohnung gewesen (zwei gigantische Wächter sollten sich bald zu beiden Seiten erheben, bereit, es im Polizeigriff fortzuschleppen), sofern sie nicht nach Übersee reisten. Die Sommer in Radugalet, dem «anderen Ardis», waren soviel kälter und langweiliger als jene hier in *diesem*, Adas, Ardis. Einmal verbrachte er sogar Winter *und* Sommer dort; das mußte 1878 gewesen sein.

Natürlich, natürlich, denn das war das erste Mal, erinnerte sich Ada, daß sie ihn flüchtig erblickt hatte. In seinem kleinen weißen Matrosenanzug mit blauer Matrosenmütze. (*Un régulier angelotschek*, kommentierte Van in Raduga-Mundart.) Er war acht, sie war sechs. Onkel Dan hatte unerwartet den Wunsch geäußert, den alten Besitz wiederzusehen. Im letzten Moment hatte Marina gesagt, sie käme mit, trotz der Proteste von Dan, und hatte die kleine Ada, hoppla, mit ihrem Reifen in die Kutsche gehoben. Sie nahmen vermutlich den Zug von Ladoga nach Raduga, denn sie erinnerte sich an die Art, in der der Stationsvorsteher mit der Trillerpfeife um den Hals den Bahnsteig entlangging, vorbei an den Waggons des haltenden Bummelzugs, eine Tür nach der anderen zuschlagend, alle sechs Türen sämtlicher Wagen, von denen jeder einzelne aus sechs einfenstrigen Kürbis-Karossen bestand, die man miteinander verschmolzen hatte. Das war nach Vans Vorschlag ein «Turm im Nebel» (so nannte sie jede gute Erinnerung), und dann lief ein Schaffner auf dem Trittbrett jedes Waggons entlang, während der Zug ebenfalls lief, und machte all die Türen wieder auf, um Fahrkarten auszugeben, zu knipsen, einzusammeln, um den Daumen zu lecken und Geld zu wechseln, ein verdammt harter Job, aber noch ein «lila Turm». Mieteten sie ein motorisiertes Landaulet nach Radugalet? Zehn Meilen, riet sie. Zehn Werst, sagte Van. Sie mußte ihr Unrecht zugeben. Er ging, glaubte er, spazieren im düsteren Tann mit Aksakov, seinem Lehrer, und Bagrovs Enkel, einem Nachbarjungen, den er ärgerte und kniff und schrecklich zum Narren hielt, ein netter kleiner, stiller Bursche, der still vor sich hin Maulwürfe massakrierte und was sonst noch Fell trug, wahrscheinlich pathologisch. Indessen wurde bei ihrer Ankunft augenblicklich klar, daß Demon keine Damen erwartet hatte. Er saß auf der Terrasse und trank «Goldwein» (süßen Whisky) mit einem Waisenkind, das er angeblich adoptiert hatte, einer lieblichen, wilden irischen Rose, in der Marina auf der Stelle ein schamloses Küchenmädchen wiedererkannte, das kurz in Ardis Hall gearbeitet hatte und von einem unbekannten Herrn entführt worden war – der jetzt wohlbekannt war. In jenen Tagen trug Onkel Dan, seinen Cousin schlappschwänzig kopierend, ein Monokel, und dieses klemmte er sich ein, um Rose zu beäugen, die ihm vielleicht auch schon versprochen gewesen war (hier unterbrach Van seine Gesprächspartnerin mit der Mahnung, auf ihre Wortwahl achtzugeben). Die Party war ein Desaster. Die Waise nahm gelangweilt ihre Perl-Ohrringe ab, damit Marina sie begutachten konnte. Von einem Schläfchen im Salon humpelte Opa Bagrov herein und hielt Marina irrtümlicherweise für eine *grande cocotte*, wie die aufgebrachte Dame später mutmaßte, als sie Gelegenheit hatte, des armen Dan habhaft zu werden. Statt über Nacht zu bleiben, stolzierte Marina davon und rief Ada, die, nachdem man ihr gesagt hatte, sie solle «im Garten spielen», vor sich hin murmelnd mit Roses gestohlenem Lippenstift, dem Rot von rohem Fleisch, die weißen Stämme einer Reihe junger Birken numerierte als Präambel zu einem Spiel, an das sie sich jetzt nicht erinnern konnte – wie schade, sagte Van –, als ihre Mutter mit ihr im selben Taxi schnurstracks nach Ardis rauschte und Dan zurückließ – bei seinen Listen und Lastern, fügte Van ein – und bei Sonnenaufgang zu Hause ankam. Aber, setzte Ada hinzu, gerade bevor sie hinweggefegt und ihres Buntstifts beraubt wurde (dieser von Marina fortgeschleudert *k tschertyam sobatschjim*, zu den Höllenhunden – und es erinnerte einen durchaus an Roses Terrier, der unentwegt Dans Bein zu umklammern versucht hatte), war ihr der bezaubernde Anblick des winzigen Van vergönnt, wie er mit einem anderen süßen Jungen und dem blondbärtigen, weiß-hemdigen Aksakov auf das Haus zuging, und, ach ja, sie hatte ihren Reifen vergessen – nein, er lag noch im Taxi. Doch was Van betraf, so erinnerte er sich nicht im mindesten an jenen Besuch oder auch nur an jenen bestimmten Sommer, denn das Leben seines Vaters war ohnehin die ganze Zeit ein Rosengarten, und er selbst war mehr als einmal von lieblichen unbehandschuhten Händen gestreichelt worden, was Ada nicht interessierte.

Und wie war das 1881, als die Mädchen, acht bis neun beziehungsweise fünf Jahre alt, an die Riviera, in die Schweiz, an die italienischen Seen mitgenommen wurden, wobei Marinas Freund, das hohe Theatertier, Gran D. du Mont (das «D» stand hier auch für Duke, Mädchenname seiner Mutter, *des hobereaux irlandais, quoi*), diskret im nächsten Mittelmeer-Express nachreiste, oder im nächsten Simplon oder im nächsten Orient, oder welcher andere *train de luxe* auch immer die drei Veens, eine englische Gouvernante, ein russisches Kindermädchen und zwei Zofen beförderte, während ein halb-geschiedener Dan an irgendeinen Ort in Äquatorial-Afrika reiste, um Tiger zu photographieren (die er zu seinem Erstaunen nicht vorfand), und andere notorisch wilde Tiere, trainiert, des Kraftfahrers Pfad zu kreuzen, wie auch ein paar plumpe schwarze Mädchen im reizenden Heim eines Reisevertreters in der Wildnis von Moçambique. Sie konnte sich, wenn sie und ihre Schwester «Gedankenaustausch» spielten, natürlich viel besser als Lucette an solche Dinge wie Reiserouten erinnern, an spektakuläre Flora, Moden, an die überdachten Galerien mit allerlei Läden, an einen gutaussehenden, sonnengebräunten Mann mit einem schwarzen Schnurrbärtchen, der sie aus seiner Ecke im Restaurant von Genfs Manhattan Palace unverwandt anstarrte; doch Lucette, obgleich soviel jünger, behielt Haufen von Bagatellen im Gedächtnis, kleine «Türmchen» und kleine «Tonnen», Angelspiele der Vergangenheit. Sie war, *cette Lucette,* wie das Mädchen in *Ah, cette Line* (ein Unterhaltungsroman), «eine Mischung aus Intuition, Dummheit, Einfalt und List». Übrigens, sie hatte zugegeben, Ada hatte sie gezwungen, zuzugeben, daß es, wie Van vermutet hatte, umgekehrt ablief – daß nämlich, als sie zu der Märchenjungfrau in Nöten zurückkehrten, sie es furchtbar eilig hatte, nicht, sich zu befreien, sondern vielmehr zu versuchen, sich wieder in Fesseln zu legen, nachdem sie losgekommen war und ihnen zwischen den Lärchen nachspioniert hatte. «Ach du lieber Gott», sagte Van, «das erklärt den Winkel der Seife!» Aber was machte es schon aus, wen kümmerte es, Ada hoffte nur, das arme kleine Ding würde in Adas Alter so glücklich sein wie Ada jetzt, mein Liebster, mein Liebster, Liebster, Liebster. Van hoffte, die Fahrräder, die sie ins Gebüsch gelegt hatten, zeigten ihr glänzendes Metall nicht durch die Blätter hindurch einem Spaziergänger auf dem Waldweg.

Danach versuchten sie zu klären, ob ihre Wege sich irgendwo gekreuzt hatten oder ein Weilchen parallel gelaufen waren, jenes Jahr in Europa. Im Frühjahr 1881 verbrachte Van, elfjährig, zusammen mit seinem russischen Lehrer und dem englischen Kammerdiener ein paar Monate in der Villa seiner Großmutter in der Nähe von Nizza, während Demon viel mehr Spaß auf Cuba hatte als Dan in Mocuba. Im Juni wurde Van nach Florenz und Rom und Capri mitgenommen, wo sein Vater auf einen Sprung vorbeikam. Sie trennten sich wieder, Demon segelte zurück nach Amerika, Van reiste mit seinem Lehrer zuerst nach Gardone am Garda-See, wo Aksakov ehrfurchtsvoll auf Goethes und d'Annunzios marmorne Fußabdrücke hinwies, und dann, im Herbst, blieb er für eine Weile in einem Hotel auf einer Bergkuppe oberhalb des Leman-Sees (wo Karamsin und Graf Tolstoj umhergewandert waren). Ahnte Marina, daß Van während des ganzen Jahres 1881 sich irgendwo in etwa der gleichen Gegend wie sie aufhielt? Wahrscheinlich nicht. Beide Mädchen hatten Scharlach in Cannes, während Marina mit ihrem Grande in Spanien war. Nach dem sorgfältigen Vergleich ihrer Erinnerungen kamen Van und Ada zu dem Schluß, es sei nicht unmöglich, daß sie irgendwo auf einer kurvenreichen Riviera-Straße aneinander vorbeigefahren waren, in gemieteten Viktorias, die, so entsannen sich beide, grün gewesen waren, mit grün-geschirrten Pferden, oder vielleicht in zwei verschiedenen Zügen, die vielleicht die gleiche Strecke fuhren, wobei das kleine Mädchen am Fenster eines Schlafwagens auf den braunen Schläfer eines parallelen Zuges blickte, der allmählich in Richtung glitzernder Flächen von Meer wegbog, die der kleine Junge auf der anderen Seite der Schienen sehen konnte. Die Kontingenz war zu mild, um romantisch zu sein, auch erweckte die Möglichkeit, daß sie auf der Seepromenade einer Schweizer Stadt aneinander vorbeigegangen oder gelaufen waren, keinerlei konkrete Schauer. Aber als Van beiläufig den Scheinwerfer des Zurückdenkens in jenes Labyrinth der Vergangenheit richtete, wo die spiegelgesäumten, schmalen Pfade nicht nur verschiedene Kehren, sondern auch verschiedene Ebenen durchliefen (wie wenn ein Maultier-Karren unter dem Bogen eines Viadukts hindurchfährt, auf dem ein Motorwagen dahinsaust), sah er sich in noch undeutlicher und nachlässiger Manier mit jener Wissenschaft befaßt, die seine reifen Jahre heimsuchen sollte – Fragen von Raum und Zeit, Raum gegen Zeit, zeitverschränktem Raum, Raum als Zeit, Zeit als Raum – und Raum, sich von Zeit losreißend im endgültigen tragischen Triumph menschlicher Erkenntnis: Ich sterbe, also bin ich.

«Aber *dies*», rief Ada aus, «ist gewiß, dies ist Wirklichkeit, dies ist reine Tatsache – dieser Wald, dieses Moos, deine Hand, der Marienkäfer auf meinem Bein, das kann nicht weggenommen werden, nicht wahr? (es wird, es wurde). *Dies* alles ist *hier* zusammengekommen, ganz gleich, wie verworren die Pfade, wie sie sich narrten und verwickelten: Sie trafen sich unvermeidlich hier!»

«Jetzt müssen wir unsere Fahrräder suchen», sagte Van, «wir haben uns ‹in einen andern Teil des Waldes› verirrt.»

«Oh, laß uns noch nicht zurückkehren», rief sie, «warte doch.»

«Aber ich möchte mich unserer Wo's und Wann's vergewissern», sagte Van, «es ist ein philosophisches Bedürfnis.»

Der Tag wurde dunkler; eine glühende Spur Sonnenlicht hing noch an einem westlichen Streifen im bewölkten Himmel: Wir alle haben schon einmal den Menschen gesehen, der nach der fröhlichen Begrüßung eines Freundes die Straße überquert, mit jenem Lächeln noch frisch auf dem Gesicht – das sich verfinstert angesichts des starrenden Fremden, der die Ursache übersehen haben mochte und die Wirkung fälschlich für den blanken Blick des Wahnsinns nahm. Nach der Ausarbeitung dieser Metapher entschieden Van und Ada, es sei wirklich Zeit, nach Hause zu fahren. Als sie durch Gamlet radelten, spornte der Anblick eines russischen *traktir* ihren Hunger derartig an, daß sie abstiegen und das dämmrige kleine Gasthaus betraten. Ein Kutscher, Tee von der Untertasse trinkend, die er mit großer Tatze an seine lauten Lippen hielt, kam direkt von einer Brezel-Schnur alter Erzählungen. Sonst gab es niemanden in diesem dampfenden Loch außer einer Frau mit Kopftuch, die einen beinschlenkernden Burschen in rotem Hemd anflehte (*ugovarivajuschtschaja*), er solle seine Fischsuppe endlich aufessen. Sie erwies sich als die *traktir*-Wirtin und erhob sich, «die Hände an der Schürze abwischend», um Ada (die sie sofort erkannte) und Van (von dem sie, nicht zu Unrecht, annahm, daß er der «junge Mann» der kleinen Schloßherrin sei) einige kleine Frikadellen russischer Art, genannt *bitotschki*, zu bringen. Jeder verschlang ein halbes Dutzend – dann zogen sie ihre Räder wieder unter den Jasminbüschen hervor, um weiterzuradeln. Sie mußten ihre Karbid-Lampen anzünden. Sie machten eine letzte Rast, bevor sie die Dunkelheit von Ardis Park erreichten.

Durch eine Art lyrischen Zufalls trafen sie Marina und Mlle Larivière in der selten benutzten verglasten Veranda im russischen Stil beim Abendtee. Die Romancière, die jetzt ganz genesen war, aber noch immer im geblümten Morgenrock steckte, hatte gerade aufgehört, ihre neue Erzählung in erster Reinschrift (am morgigen Tage abzutippen) der Tokajer-schlürfenden Marina vorzulesen, die *le vin triste* hatte und sehr betroffen war von dem Selbstmord des Herrn *«au cou rouge et puissant de veuf encore plein de sève»*, der, entsetzt über das Entsetzen seines Opfers, sozusagen, den Hals des kleinen Mädchens, das er in einem Augenblick von *«gloutonnerie impardonnable»* vergewaltigte, zu fest zugedrückt hatte.

Van trank ein Glas Milch und fühlte plötzlich solch eine Woge köstlicher Erschöpfung seine Glieder überfluten, daß er beschloß, sogleich zu Bett zu gehen. *«Tant pis»*, sagte Ada, gierig nach dem *keks* (englischer Teekuchen) greifend. «Hängematte?» fragte sie; aber der wankende Van schüttelte den Kopf und zog sich nach einem Kuß auf Marinas melancholische Hand zurück.

«Tant pis», wiederholte Ada, und mit unbesiegbarem Appetit begann sie Butter über die ganze eigelbfarbene, rauhe Oberfläche und reichhaltige Kruste – Rosinen, Angelika, kandierte Kirschen, Zitronat – eines dicken Kuchenstücks zu streichen.

Mlle Larivière, die Adas Bewegungen mit Ehrfurcht und Abscheu verfolgte, sagte: *«Je rêve. Il n'est pas possible qu'on mette du beurre par-dessus toute cette pâte britannique, masse indigeste et immonde.»*

«Et ce n'est que la première tranche», sagte Ada.

«Möchtest du einen Sprenkel Zimt auf dein *lait caillé*?» fragte Marina. «Weißt du, Belle» (sich an Mlle Larivière wendend), «als Baby pflegte sie es ‹sandigen Schnee› zu nennen.»

«Sie war nie ein Baby», sagte Belle mit Nachdruck. «Sie konnte ihrem Pony den Rücken brechen, noch bevor sie gehen konnte.»

«Ich frage mich», fragte Marina, «wie viele Meilen ihr gefahren seid, um unseren Athleten so gründlich auszulaugen?»

«Nur sieben», antwortete Ada mit einem schmatzenden Lächeln.

25

An einem sonnigen Septembermorgen, die Bäume waren noch grün, aber die Astern und das Flohkraut begannen an Bach und Beet zu herrschen, machte Van sich auf nach Ladoga, N. A., um dort vierzehn Tage mit seinem Vater und drei Hauslehrern zu verbringen, bevor er im kalten Luga, Mayne, in die Schule zurückkehrte.

Van küßte Lucette auf jedes Grübchen und dann auf den Hals und blinzelte der spröden Larivière zu, die Marina ansah.

Es war Zeit zu gehen. Sie verabschiedeten sich von ihm: Marina in ihrem *shlafrock*, Lucette (ersatzweise) Dack streichelnd, Mlle Larivière, die noch nicht wußte, daß Van ein signiertes Buch zurückließ, das sie ihm am Vorabend geschenkt hatte, und eine Menge reichlich mit Trinkgeld versehener Diener (unter denen wir Küchen-Kim mit seiner Kamera erkannten) – praktisch der ganze Haushalt, bis auf Blanche, die Kopfschmerzen hatte und die pflichtbewußte Ada, die sich entschuldigen ließ, da sie versprochen hatte, einen Dorfkrüppel zu besuchen (sie besaß ein Herz aus Gold, dieses Kind, wirklich – wie Marina so bereitwillig und weise zu bemerken pflegte).

Vans schwarze Truhe und schwarzer Koffer und schwarze, übergroße Hanteln wurden im Fond des Familienmotorwagens verstaut; Bouteillan setzte eine Chauffeurs-Mütze auf, die zu groß für ihn war, und eine traubenblaue Schutzbrille; «*remouvez votre* Hinterteil, ich möchte steuern», sagte Van – und der Sommer 1884 war vorüber.

«She rolls sweetly, Sir», bemerkte Bouteillan in seinem drolligen, altmodischen Englisch. «*Tous les pneus sont neufs*, aber, leider, es gibt so viele Steine am Wege, und die Jugend fährt schnell. Monsieur sollte vorsichtig sein. Die Winde der Wildnis sind indiskret. *Tel un lis sauvage confiant au désert* –»

«Ganz der alte Lustspiel-Diener, nicht wahr?» bemerkte Van trocken.

«Non, Monsieur», antwortete Bouteillan, seine Mütze festhaltend. *«Non. Tout simplement j'aime bien Monsieur et sa demoiselle.»*

«Falls», sagte Van, «Sie an die kleine Blanche denken, zitieren

Sie Delille lieber nicht vor mir, sondern vor Ihrem Sohn, der sie wohl demnächst schwängern wird.»

Der alte Franzose warf Van einen scheelen Blick zu, *poscheval gubami* (biß sich auf die Lippen), sagte aber nichts.

«Hier wird für ein paar Minuten gehalten», sagte Van, als sie Forest Fork, eben hinter Ardis, erreichten. «Ich habe vor, ein paar Steinpilze für Vater zu sammeln, dem ich natürlich (Bouteillan hatte eine höfliche Geste angedeutet) Ihren Gruß übermitteln werde. Diese Handbremse muß – verdammt noch mal – in Gebrauch gewesen sein, bevor Ludwig der Sechzehnte nach England emigrierte.»

«Sie muß geölt werden», sagte Bouteillan und zog seine Uhr, «ja, wir haben reichlich Zeit, den 9:04 zu kriegen.»

Van tauchte in das dichte Unterholz. Er trug ein seidenes Hemd, eine samtene Jacke, schwarze Reithosen und Stiefel mit Sternsporen – und dieser Aufzug war kaum dazu angetan, *ykotkt zhj izwhm gdv lgksgkpB* zu bahnen *xqg jnsjs fegl Bw FpmpCBFpCpy*, wo Ada in einer natürlichen Espenlaube *Bw Aylmmlu; vlh sCmAABmv wmgl*, worauf sie sagte:

«Ja – um es nicht zu vergessen. Hier ist die Formel für unsere Korrespondenz. Lern sie auswendig und iß sie dann auf wie ein guter kleiner Spion.»

«*Poste restante* beiderseits; und ich möchte mindestens drei Briefe pro Woche, meine weiße Liebe.»

Es war das erste Mal, daß er sie in jenem leuchtenden Kleid erblickte, fast so luftig wie ein Nachthemd. Sie hatte ihr Haar geflochten, und er sagte, sie ähnelte der jungen Sopranistin Maria Kusnezova in der Brief-Szene in Tschtschaikows Oper *Onegin und Olga.*

Ada, die ihr weiblich Bestes tat, um ihre Schluchzer zurückzuhalten und abzulenken, indem sie sie in gefühlvolle Ausrufe umwandelte, wies auf ein abscheuliches Insekt, das sich an einem Espenstamm gesetzt hatte.

(Abscheulich? *Abscheulich?* Es war der neu beschriebene, phantastisch seltene Fuchsfalter *Nymphalis danaus* Nab., orangebraun, mit schwarz-weißen Flügelspitzen, der, wie sein Entdecker Professor Nabonidus vom Babylon College, Nebraska, feststellte, nicht die direkte Mimikry des *Monarch*-Schmetterling war, sondern des *Monarch mittels* des *Viceroy*, einem der bestbekannten Imitatoren des *Monarch*. In Adas ärgerlicher Handschrift.)

«Morgen wirst du mit deinem grünen Netz hierherkommen», sagte Van bitter, «mein Schmetterling.»

Sie küßte ihn übers ganze Gesicht, sie küßte seine Hände, dann wieder seine Lippen, seine Augenlider, sein weiches schwarzes Haar. Er küßte ihre Knöchel, ihre Knie, ihr weiches schwarzes Haar.

«Wann, mein Liebster, wann wieder? In Luga? Kaluga? Lagoda? Wo, wann?»

«Das ist nicht der springende Punkt», schrie Van, «der Punkt, der Punkt, der Punkt ist – wirst du treu sein, wirst du mir immer treu sein?»

«Du spuckst, Liebster», sagte schwach-lächelnd Ada und wischte sich die P's und T's ab. «Ich weiß es nicht. Ich bete dich an. Ich werde nie im Leben wieder jemanden so lieben, wie ich dich anbete, niemals und nirgendwo, weder in Ewigkeit noch auf Erdigkeit, weder in Ladore noch auf Terra, wohin angeblich unsere Seelen wandern. Aber! Aber, mein Liebster, mein Van, ich bin körperlich, furchtbar körperlich, ich weiß nicht, ich bin offen, *qu'y puis je?* O Lieber, frag mich nicht, in meiner Schule ist ein Mädchen, das in mich verliebt ist, ich weiß nicht, was ich rede –»

«Die Mädchen zählen nicht», sagte Van, «die Knaben sind's, die ich umbringe, falls sie in deine Nähe kommen. Gestern abend habe ich versucht, darüber ein Gedicht für dich zu machen, aber ich kann keine Verse schreiben; es fängt an, fängt nur an: *Ada, our ardors and arbors* – aber der Rest ist völliger Nebel, versuch, dir den Rest auszudenken.»

Sie umarmten sich ein letztes Mal, und ohne sich umzusehen, floh er.

Über Melonen stolpernd, wütend den hohen, arroganten Fenchel mit seiner Reitgerte köpfend, kehrte Van nach Forest Fork zurück. Morio, sein Lieblingsrappe, wartete auf ihn, gehalten vom jungen Moore. Er dankte dem Stallknecht mit einer Handvoll goldener Sterndollars und galoppierte davon, die Handschuhe naß von Tränen.

26

Für ihren Briefwechsel in der ersten Zeit der Trennung hatten Van und Ada sich einen Kode ausgedacht, den sie im Laufe der ersten fünfzehn Monate seit Vans Abreise von Ardis ständig verbesserten. Die gesamte Dauer jener Trennung sollte sich über fast vier Jahre erstrecken (Ada bezeichnete sie als «unser schwarzer Regenbogen»), vom September 1884 bis zum Juni 1888, mit zwei kurzen Zwischenspielen von unerträglicher Wonne (im August 1885 und Juni 1886) und ein paar Zufallstreffen («durch ein Regengitter hindurch»). Kodes sind langweilig zu beschreiben; dennoch müssen einige wenige Grundlagen, wenn auch widerstrebend, erläutert werden.

Wörter aus einem Buchstaben blieben unverändert. Bei allen längeren Wörtern wurde jeder Buchstabe durch einen anderen ersetzt, der ihm im Alphabet – an zweiter, dritter, vierter Stelle und so weiter – folgte, je nachdem, wieviel Buchstaben das jeweilige Wort hatte. So wurde aus «Liebe», einem Fünf-Buchstaben-Wort, «qnjgj» (wobei «q» der fünfte Buchstabe nach «l» in der alphabetischen Reihenfolge ist, «n» der fünfte nach «i» et cetera), wogegen, sagen wir, «liebenswert» (worin die größere Anzahl von Buchstaben es in vier Fällen erforderte, das Alphabet, nachdem es ausgeschöpft war, von vorn anzufangen) zu «wtpmpyDHpCE» wurde, und die Buchstaben, die in die zweite Alphabetserie überflossen, wurden dann großgeschrieben: D, zum Beispiel, für «s», dessen Ersatz der elfte Buchstabe («liebenswert» besteht aus elf Buchstaben) danach sein mußte: tuvwxyzABCD, und «w» steigt sogar noch tiefer in die nächste Serie ein: xyzABCDEFGH. Es gibt einen schrecklichen Moment bei populärwissenschaftlichen Büchern über kosmische Theorien (die forsch mit simplen, redlichen Absätzen im Plauderton beginnen), und plötzlich sprießen da mathematische Formeln empor, die einem sofort das Hirn vernebeln. Soweit gehen wir hier nicht. Wenn die Beschreibung des Kodes unserer Liebenden (das «unserer» mag an sich schon eine Quelle der Irritation darstellen, aber das macht nichts) mit ein bißchen weniger Abneigung verfolgt wurde, so wird gewißlich auch der schlichteste Leser das «Überfließen» in die nächste ABC-Angelegenheit verstehen.

Unglücklicherweise tauchten Schwierigkeiten auf. Ada schlug gewisse Verbesserungen vor, etwa jede Mitteilung auf verschlüsseltem Französisch beginnen zu lassen, dann nach dem ersten Zwei-Buchstaben-Wort auf verschlüsseltes Englisch zu schalten und nach dem ersten Drei-Buchstaben-Wort auf Französisch zurückzuschalten und mit zusätzlichen Variationen das Hin und Her umzugruppieren. Infolge dieser Verbesserungen wurde das Lesen der Mitteilungen sogar schwerer als das Schreiben, besonders da beide Briefpartner in der Verzweiflung zärtlicher Leidenschaft nachträgliche Gedanken einfügten, Sätze auslöschten, Einfügungen neu formulierten und Ausstreichungen mit falscher Rechtschreibung und falschen Verschlüsselungen wieder einsetzten, was ebensosehr auf ihren Kampf mit unaussprechlicher Qual wie auf die Überkomplizierung ihres Kryptogramms zurückzuführen war.

Im zweiten Abschnitt der Trennung, der 1886 begann, wurde der Kode radikal geändert. Sowohl Van als auch Ada konnten immer noch die zweiundsiebzig Zeilen von Marvells *The Garden* und die vierzig Verse von Rimbauds *Mémoire* auswendig. Von diesen beiden Texten entlehnten sie die Buchstaben für die Wörter, die sie brauchten. Zum Beispiel bedeutete z 2.11. z 1.2.20. z 2.8. «love», wobei «z» und die darauffolgende Zahl die Zeile in dem Marvell-Gedicht angaben und die nächste Zahl den Standort des Buchstabens in jener Zeile, z 2.11. hieß also der «elfte Buchstabe in der zweiten Zeile», ich halte dies für ziemlich klar; und wenn, um irrwegiger Abwechslung willen, das Rimbaud-Gedicht benutzt wurde, schrieb man den Buchstaben, der die Zeile angab, einfach groß.

Wiederum ist es lästig, dies zu erklären, und die Erklärung zu lesen bringt nur dem Spaß, der die Absicht hat (schon durchkreuzt, fürchte ich), in den Beispielen nach Fehlern zu suchen. Jedenfalls stellte sich bald heraus, daß dieses System noch schwerer wiegende Mängel als das erste aufwies. Sicherheitsgründe machten es erforderlich, daß sie die Gedichte weder gedruckt noch geschrieben zum Nachschlagen besitzen durften, und wie wunderbar ihre Gedächtniskraft auch sein mochte, die Fehler mußten notwendig zunehmen.

Im Laufe des Jahres 1886 schrieben sie sich so häufig wie vorher, nie weniger als einen Brief pro Woche; aber, seltsam genug, in ihrer dritten Trennungsperiode von Januar 1887 bis Juni 1888 (nach einem sehr langen Ferngespräch und einem sehr kurzen Treffen) wurden ihre Briefe rarer, schrumpften auf bloße zwanzig in Adas Fall (mit nur zwei oder drei im Frühling 1888) und auf ungefähr doppelt so viele von Vans Seite. Nicht eine Passage aus dem Briefwechsel kann hier beigebracht werden, denn alle Briefe wurden 1889 vernichtet.

(Ich schlage vor, dieses kleine Kapitel ganz wegzulassen. Adas Bemerkung.)

27

«Marina gibt mir einen glühenden Bericht über dich und sagt *usche tschuvstvuetsja osenj.* Was sehr russisch ist. Deine Großmutter pflegte regelmäßig diese ‹Man spürt schon den Herbst›-Bemerkung zu wiederholen, jedes Jahr, zur selben Zeit, sogar am heißesten Sommertag in der Villa Armina: Marina hat niemals gemerkt, daß es ein Anagramm vom Meer war, nicht von ihr. Du siehst blendend aus, *synok moj,* aber ich kann mir gut vorstellen, wie satt du ihre beiden kleinen Mädchen hast. Darum mache ich dir einen Vorschlag –»

«Oh, ich mochte sie riesig gern», schnurrte Van. «Besonders die liebe kleine Lucette.»

«Mein Vorschlag ist, daß du heut mit mir auf eine Cocktail-Party kommst. Veranstaltet wird sie von der vortrefflichen Witwe eines unbedeutenden Majors de Prey – entfernt verwandt mit unserem verstorbenen Nachbarn, ein hervorragender Schütze, aber das Licht war schlecht im Park, und ein vorwitziger Müll-Mann brüllte im falschen Moment. Nun, diese exzellente und einflußreiche Dame, die einer Freundin von mir weiterhelfen möchte (sich räuspernd), hat, wie ich hörte, eine Tochter von fünfzehn Lenzen namens Cordula, die es dir sicherlich wettmachen wird, daß du den ganzen Sommer über mit den Kindern von Ardis Wood Blinde Kuh gespielt hast.»

«Wir spielten meistens Scrabble und Schnipp-Schnapp», sagte Van. «Ist die bedürftige Freundin auch in meinem Alter?»

«Sie ist eine angehende Duse», erwiderte Demon ernst, «und die Party ist ausschließlich ein ‹Karriere-Starter›. Du hältst dich an Cordula de Prey, ich mich an Cordelia O'Leary.»

«D'accord», sagte Van.

Cordulas Mutter, eine überreife, überschminkte, überpriesene Komödiantin, stellte Van einem türkischen Akrobaten vor mit rötlichen Haaren auf seinen schönen Orang-Utan-Händen und den feurigen Augen eines Scharlatans – der er, als großer Künstler auf seinem kreisrunden Gebiet, nicht war. Van wurde von seiner Rede, von den Trainings-Hinweisen, die er über den begierigen Jungen ausschüttete, von Neid, Ehrgeiz, Achtung und anderen jugendlichen Gefühlen so sehr in Anspruch genommen, daß er wenig Zeit fand für Cordula, rundgesichtig, klein, stämmig, mit einem Rollkragenpullover aus dunkelroter Wolle, ja nicht einmal für die tolle junge Dame, auf deren bloßem Rücken die väterliche Hand leicht ruhte, während Demon sie auf diesen oder jenen nützlichen Gast zusteuerte. Aber noch am selben Abend lief Van Cordula in einem Buchladen über den Weg, und sie sagte: «Übrigens, Van – ich darf Sie doch so nennen, oder? Ihre Cousine Ada ist meine Schulkameradin. O ja. Nun erklär mir bitte, was du unserer schwierigen Ada angetan hast? In ihrem allerersten Brief aus Ardis schwärmte sie förmlich – unsere Ada schwärmte! –, wie süß, klug, ungewöhnlich, unwiderstehlich –»

«Dummes Ding. Wann war das?»

«Im Juni, glaube ich. Sie schrieb später noch mal, aber ihre Antwort – denn ich war sehr eifersüchtig auf dich – wirklich, das war ich! – und hatte eine ganze Salve von Fragen losgelassen – nun, ihre Antwort war ausweichend und so gut wie frei von Van.»

Er musterte sie genauer als zuvor. Irgendwo hatte er gelesen (wir könnten uns an den richtigen Titel erinnern, wenn wir es versuchten, nicht Tiltil, das ist in Blaubart . . .), daß ein Mann eine Lesbierin, so sie jung und allein ist (denn ein maßgeschneidertes altes Gespann kann niemanden mehr zum Narren halten), an der Kombination dreier Charakteristika erkennt: leicht zitternde Hände, verschnupfte Stimme und das Ins-Schleudern-

Geraten der Augen, falls man zufällig mit offensichtlicher Abschätzung solche Reize überfliegt, die sie durch die Umstände zu zeigen gezwungen war (liebliche Schultern, zum Beispiel). Jedoch nichts von alldem (richtig – *Mytilène, petite isle,* von Louis Pierre) schien auf Cordula anwendbar, die einen *garbotosch* (gegürteten Regenmantel) über ihrem schrecklich reizlosen Rollkragen trug und beide Hände tief in den Taschen vergraben hielt, als sie seinen Blick herausforderte. Ihr gestutztes Haar war von unbestimmter Tönung zwischen trockenem Stroh und nassem. Ihre hellblaue Iris war mit Millionen ähnlicher Augen in den pigmentarmen Familien von Französisch-Estoty zu vergleichen. Ihr Mund war puppenhübsch, wenn er bewußt zu einem künstlichen Schmollen geschlossen war, um zu unterstreichen, was Porträtisten die zwei «Sichelfalten» nannten, die im besten Fall ovale Grübchen sind und im schlimmsten jene Knitterfalten auf den gut durchgekühlten Wangen fellstiefeliger Apfelkarren-Mädchen. Wenn ihre Lippen auseinandergingen wie jetzt, stellten sie geklammerte Zähne bloß, die wieder dichtzumachen Cordula sich schnell erinnerte.

«Meine Cousine Ada», sagte Van, «ist ein kleines Mädchen von elf oder zwölf und viel zu jung, um sich in irgend jemanden zu verlieben, außer in Personen aus Büchern. Ja, ich fand sie auch süß. Ein bißchen auf der Blaustrumpf-Seite, vielleicht, gleichzeitig frech und eigenwillig – aber, ja, süß.»

«Ich frage mich», murmelte Cordula mit einer so hübschen Nuance der Nachdenklichkeit, daß Van nicht sagen konnte, ob sie das Thema beenden oder offen lassen oder ein anderes eröffnen wollte.

«Wie kann ich dich erreichen?» fragte er. «Würdest du nach Riverlane kommen? Bist du eine Jungfrau?»

«Ich treff mich nicht mit Strolchen», antwortete sie ruhig, «aber du kannst mich immer über Ada kontaktieren. Wir sind nicht in der gleichen Klasse, in mehr als einer Beziehung» (lachend); «sie ist ein kleines Genie, ich bin eine schlichte amerikanische Zwischenlösung, aber wir sind in derselben Gruppe für Fortgeschrittenes Französisch eingeschrieben, und die Gruppe für Fortgeschrittenes Französisch wohnt im selben Schlafsaal, so daß ein Dutzend Blonde, drei Brünette und ein Rotkopf, *la Rousse,* im Schlaf französisch flüstern können» (allein lachend).

«Was für ein Spaß. Okay, danke. Die gerade Zahl bedeutet Kojen, nehme ich an. Na, denn wollen wir mal, wie die Strolche sagen.»

In seinem nächsten verschlüsselten Brief an Ada fragte Van nach, ob Cordula nicht die *lesbianotschka* sein könnte, die Ada mit so unnötigem Schuldgefühl erwähnt hatte. Ich würde ebensogern auf deine eigene kleine Hand eifersüchtig sein. Ada schrieb zurück: «Was für ein Unsinn, laß Wie-heißt-sie-gleich da raus»; aber obwohl Van noch nicht wußte, wie schrecklich unwahr Ada sein konnte, wenn es galt, einen Komplicen zu decken, blieb er im Zweifel.

Die Regeln ihrer Schule waren altmodisch und streng bis zum Wahnsinn, aber sie erinnerten Marina auf nostalgische Weise an das Russische Institut für Höhere Töchter in Yukonsk (wo sie sie ständig mit mehr Leichtigkeit und Erfolg durchbrach, als Ada oder Cordula oder Grace es in Brownhill vermochten). Den Mädchen wurde gestattet, auf gräßlichen Tees mit rosa Kuchen im Empfangsraum der Direktorin drei- oder viermal pro Semester Jungen zu sehen, und in Begleitung eines älteren Mädchens von tadellosem Ruf konnte sich jedes Mädchen von zwölf oder dreizehn jeden dritten Sonntag mit dem Sohn eines Gentleman in einer beglaubigten Milchbar treffen, die nur ein paar Häuserblocks entfernt war.

Van raffte sich auf, Ada auf diese Weise zu besuchen in der Hoffnung, mit Hilfe seines Zauberstabs jedwede begleitende Jungfer in einen Löffel oder eine Rübe zu verwandeln. Diese «Verabredungen» mußten von der Mutter des Opfers mindestens zwei Wochen im voraus bestätigt werden. Die Direktorin, die leise gestimmte Miss Cleft, rief Marina an, die ihr erzählte, daß Ada keinesfalls einer Aufsicht bedürfe, um mit einem Cousin auszugehen, der ihr einziger Gefährte bei tagelangen Streifzügen den ganzen Sommer über gewesen war. «Das ist genau das», hakte die Cleft ein, «zwei junge Herumstreifer sind außergewöhnlich anfällig für Verschlingungen, und wo ein Dorn ist, ist auch die Knospe nicht weit.»

«Aber praktisch sind sie Bruder und Schwester», stieß Marina hervor in der Meinung, die viele dumme Leute hegen, daß «praktisch» beides zugleich bewirkt – nämlich die Wahrheit einer Behauptung zu mindern und einen Gemeinplatz wie die Wahrheit klingen zu lassen. «Was die Gefährdung nur noch vergrößert», sagte die milde Cleft. «Jedenfalls werde ich einen Kompromiß machen und die liebe Cordula de Prey bitten, die dritte zu sein: Sie bewundert Ivan und betet Ada an – kann also folglich den Wein nur zusätzlich würzen» (schaler Slang – schal sogar da).

«Großer Gott, was für ein *figli-migli*» (Misch-Masch), sagte Marina, als sie aufgelegt hatte.

In trüber Stimmung, ohne Warnung vor dem, was ihn erwartete (strategische Vorkenntnis hätte vielleicht helfen können, der Qual entgegenzutreten), wartete Van auf Ada in der Schulstraße, einer trostlosen Nebenstraße mit Pfützen, die einen grauen Himmel und den Zaun des Hockey-Platzes widerspiegelten. Ein ortsansässiger Gymnasiast, «in seinem besten Staat», stand nah am Tor, ein bißchen weiter vorn, ein Mitwartender.

Gerade wollte Van zum Bahnhof zurückmarschieren, als Ada auftauchte – mit Cordula. *La bonne surprise!* Van begrüßte die beiden mit einer Schau scheußlicher Herzlichkeit («Na, wie geht's dir denn, süßes Cousinchen? Ah, Cordula! Wer ist die Aufsicht, du oder Miss Veen?»). Die süße Cousine protzte mit einem glänzenden schwarzen Regenmantel und einem Ölzeughut mit herabgezogener Krempe, als müßte jemand aus den Gefahren des Lebens oder des Meeres gerettet werden. Ein kleines, rundes Schönheitspflästerchen verbarg nicht ganz einen Pickel auf einer Seite ihres Kinns. Ihr Atem roch nach Äther. Ihre Stimmung war noch schwärzer als seine. Er meinte leutselig, daß es wohl regnen würde. Es regnete – heftig. Cordula bemerkte, daß sein Trenchcoat schick sei. Sie fand, es lohne sich nicht, wegen der Regenschirme umzukehren – ihr köstliches Ziel sei gerade um die Ecke herum. Van sagte, Ecken seien niemals herum, ein annehmbarer Scherz. Cordula lachte. Ada nicht: es gab offensichtlich keine Überlebenden.

Die Milchbar war so überfüllt, daß sie sich entschlossen, unter den «Arkaden» zum Bahnhofscafé zu laufen. Er wußte (konnte aber nichts dagegen tun), die ganze Nacht hindurch würde er bereuen, absichtlich die Tatsache übersehen zu haben – die wichtigste, zermürbende Tatsache –, daß er seine Ada fast drei Monate lang nicht zu Gesicht bekommen und daß in ihrem letzten Brief solche Leidenschaft gebrannt hatte, daß die Blase der Geheimschrift in ihrer armen kleinen Botschaft von Versprechen und Hoffnung zerplatzt war, eine herausfordernde, göttliche Zeile unverschlüsselter Liebe entblößend. Jetzt benahmen sie sich, als hätten sie sich nie gesehen, als wäre dies eine Verabredung zwischen unbekannten Partnern, arrangiert von ihrer Aufsicht. Fremde, boshafte Gedanken wirbelten durch seinen Kopf. Was genau – nicht, daß es von Belang wäre, aber Stolz und Neugier standen auf dem Spiel – was genau führten sie im Schilde, diese beiden ungepflegten Mädchen, vergangenes Semester, dieses Semester, vergangene Nacht, jede Nacht, in ihren Pyjama-Jacken, inmitten des Gemurmels und Gestöhns ihres abnormen Dormitoriums? Sollte er fragen? Würde er die richtigen Worte finden: so daß er Ada nicht weh tat, aber ihre Bettschwester wissen ließ, er verabscheue sie, weil sie ein Kind entflammte so dunkelhaarig und bleich, Kohle und Koralle, langbeinig und biegsam und wimmernd am Schmelzpunkt? Vor ein paar Augenblicken, als er sie auf sich zukommen sah, die unscheinbare Ada, seekrank, aber pflichtbewußt, und Cordula, apfelstichig, aber tapfer, wie zwei aneinandergekettete Gefangene, die dem Eroberer vorgeführt werden, hatte Van sich vorgenommen, den Betrug zu rächen, indem er in höflichen, aber allergenausten Details über den letzten homosexuellen, oder besser pseudo-homosexuellen, Krach an seiner Schule berichtete (ein Junge der Oberstufe, Cordulas Cousin, war mit einem als Jungen verkleideten Mädchen in den Räumen eines eklektischen Präfekten geschnappt worden). Er würde das Zusammenzucken der Mädchen beobachten, er würde eine Geschichte von ihnen fordern, die seiner gleichkam. Dieser Drang war geschwunden. Er hoffte immer noch, die stumpfsinnige Cordula für einen Augenblick loszuwerden und irgend etwas Grausames zu finden, um die stumpfsinnige Ada in helle Tränen zerfließen zu lassen. Aber das war durch seine *amour-propre* hervorgerufen, nicht durch ihre *sale amour*. Er würde noch mit einem alten Wortspiel auf den Lippen sterben. Und warum «schmutzig»? Fühlte er irgendwelche Proustische Stiche? Keineswegs. Im Gegenteil: die versteckte Vorstellung, wie sie einander liebkosten, plagte ihn mit perverser Befriedigung. Vor seinem blutunterlaufenen inneren Auge war Ada verdoppelt und bereichert, verzwillingt durch Umschlingung, gebend, was er gab, nehmend, was er nahm: Corada, Adula. Ihm fiel plötzlich auf, daß die stämmige kleine Gräfin seinem ersten Hürchen glich, und das verschärfte das Gelüst.

Sie sprachen über Lernen und Lehrer, und Van sagte:

«Ich wüßte gern deine Meinung, Ada, und deine, Cordula, zu folgendem literarischem Problem. Unser Französisch-Lehrer behauptet, daß es einen schwerwiegenden philosophischen und folglich künstlerischen Bruch in der gesamten Behandlung der Marcel-und-Albertine-Affäre gibt. Diese habe einen Sinn, wenn der Leser *wisse*, daß der Erzähler eine Tante ist und daß die guten fetten Wangen von Albertine die guten fetten Hinterbacken von Albert sind. Sie habe keinen Sinn, wenn man von dem Leser nicht annehmen könne und ja auch nicht verlangen sollte, *irgend etwas* über die sexuellen Gewohnheiten dieses oder jedes anderen Autors zu wissen, um ein Kunstwerk bis zum letzten Tropfen genießen zu können. Mein Lehrer behauptet, daß, wofern der Leser nichts über Prousts Perversion weiß, die ausführliche Beschreibung eines heterosexuellen Mannes, wie er eifersüchtig über eine homosexuelle Frau wacht, widersinnig ist, denn ein normaler Mann wäre nur amüsiert, was sage ich, ganz weg vor Freude über die Spielchen seines Mädchens mit einem weiblichen Partner. Der Professor schließt daraus, daß ein Roman, der nur von *quelque petite blanchisseuse* gewürdigt werden kann, die des Autors schmutzige Wäsche untersucht hat, künstlerisch ein Fehlschlag ist.»

«Ada, worüber, um alles in der Welt, spricht er eigentlich? Über irgendeinen italienischen Film, den er gesehen hat?»

«Van», sagte Ada mit müder Stimme, «dir ist nicht klar, daß die Gruppe für Fortgeschrittenes Französisch an meiner Schule nicht weiter als bis zu Racan und Racine fortgeschritten ist.»

«Lassen wir's also», sagte Van.

«Aber *du* hast zuviel Marcel genossen», brummte Ada.

Der Bahnhof hatte einen halb-privaten Tee-Raum, der von der Frau des Stations-Vorstehers unter der idiotischen Schirmherrschaft der Schule überwacht wurde. Er war leer bis auf eine schlanke Dame in schwarzem Samt, die einen wunderschönen, breitkrempigen schwarzen Samthut trug und, an einer «Milch-Bar» sitzend, ihnen den Rücken zuwandte und nicht ein einziges Mal den Kopf drehte, aber ihn durchzuckte der Gedanke, daß sie eine Kokotte aus Toulouse war. Unser feuchtes Trio fand einen hübschen Ecktisch und entledigte sich unter Seufzern nichtssagender Erleichterung der Regenmäntel. Er hoffte, Ada würde ihren Südwester ablegen, aber sie tat es nicht, weil sie ihr Haar abgeschnitten hatte, weil sie gräßliche Migräne hatte, weil sie nicht wollte, daß er sie in der Rolle eines todgeweihten Romeo sah.

(*On fait son grand Joyce*, nachdem man seinen *petit Proust* hinter sich hat. In Adas hübscher Schrift.)

(Aber lies weiter; es ist reiner V. V. Beachte die Dame! In Vans Bett-*buvard*-Gekritzel.)

Als Ada nach der Sahne langte, fing er ihre scheintote Hand und untersuchte sie. Wir erinnern uns an den Trauermantel-Schmetterling, der für einen Augenblick mit fest geschlossenen Flügeln auf unserer Handfläche lag, und plötzlich war die Hand leer. Mit Genugtuung sah er, daß ihre Fingernägel jetzt lang und scharf waren.

«Nicht zu scharf, oder, meine Liebe?» fragte er zugunsten von *dura* Cordula, die in den «Waschraum» hätte gehen sollen – eine vergebliche Hoffnung.

«Wieso, nein», sagte Ada.

«Und du wirst auch nicht», sagte er weiter, unfähig, aufzuhören, «du wirst auch nicht kleine Leute kratzen, wenn du kleine Leute streichelst? Schau dir die Hand deiner kleinen Freundin an» (sie nehmend), «sieh dir diese niedlichen kurzen Nägel an (kalte, unschuldige, fügsame kleine Pfote!). *Sie* könnte nicht einmal im prunkvollsten Satin damit hängenbleiben, o nein, oder könntest du das, Ardula – ich meine, Cordula?»

Beide Mädchen kicherten, und Cordula küßte Adas Wange. Van hatte keine Ahnung, welche Reaktion er erwartet hatte, fand aber diesen schlichten Kuß entwaffnend und enttäuschend. Das Geräusch des Regens ging unter in einem anschwellenden Rattern von Rädern. Er blickte auf seine Armbanduhr; blickte auf die Uhr an der Wand. Er sagte, es tue ihm leid – das sei sein Zug.

«Überhaupt nicht», schrieb Ada (hier in Paraphrase) als Antwort auf seine verächtlichen Entschuldigungen, «wir dachten bloß, du seist betrunken; aber ich werde dich nie wieder nach Brownhill einladen, mein Herz.»

Das Jahr 1880 (Aqua lebte noch – irgendwie, irgendwo!) sollte sich als das nachhaltigste und begabteste in seinem langen, zu langen, niemals zu langen Leben herausstellen. Er war zehn. Sein Vater hatte sich noch im Westen aufgehalten, wo die vielfarbigen Berge auf Van wirkten wie auf alle jungen genialen Russen. Er konnte ein Euler-Problem lösen oder Puschkins Gedicht *Der kopflose Reiter* in weniger als zwanzig Minuten auswendig lernen. Mit dem weißblusigen, vor Begeisterung schwitzenden Andrej Andrejevitsch rekelte er sich stundenlang im violetten Schatten von rosa Felsen, studierte dabei größere und kleinere russische Schriftsteller – und setzte sich die übertriebenen, aber im ganzen schmeichelhaften Anspielungen auf die Höhenflüge und Liebschaften seines Vaters in einem anderen Leben in Lermontovs diamant-geschliffenen Tetrametern zusammen. Er kämpfte mit den Tränen, und AAA schneuzte seine dicke rote Nase, als man ihnen den bäurisch-bloßen Fußabdruck von Tolstoj zeigte, der im Lehm eines Motels in Utah erhalten war, wo er die Erzählung von Murat, dem Navajo-Häuptling, geschrieben hatte, Bastard eines französischen Generals, erschossen von Cora Day in seinem Swimmingpool. Welch ein Sopran Cora gewesen war! Demon nahm Van mit in das weltberühmte Opernhaus in Telluride in West Colorado, und dort genoß (und manchmal verabscheute) er die größten internationalen Shows – englische Schauspiele im Blankvers, französische Tragödien in gereimten Verspaaren, donnernde deutsche Musikdramen mit Riesen und Zauberern und einem defäkierenden Schimmel. Er durchlief verschiedene kleine Leidenschaften – Gesellschaftsmagie, Schach, Fliegengewichts-Boxkämpfe auf Jahrmärkten, Kunst-Reiten – und natürlich jene unvergeßlichen, viel zu frühen Initiationen, da seine entzückende junge englische Gouvernante ihn zwischen Milchmix und Bett streichelte, sie, mit Petticoat und Petititt, halbangezogen für eine Party mit ihrer Schwester und Demon und Demons Casino-Reise-Begleiter, Leibwächter und Schutzengel, Aufpasser und Berater, Mr. Plunkett, ein bekehrter Falschspieler.

Mr. Plunkett war in der Blütezeit seiner Abenteurer-Jahre sowohl in England als auch in Amerika einer der größten Falschspieler gewesen, höflich «Karten-Künstler» genannt. Mit vierzig, mitten in einer Poker-Runde, hatte ihn ein von Herzschwäche verursachter Ohnmachtsanfall verraten (der, leider, den schmutzigen Händen eines schlechten Verlierers gestattete, seine Taschen zu durchfingern), er hatte etliche Jahre im Gefängnis verbracht, war wieder zum römischen Glauben seiner Vorväter bekehrt worden und hatte gegen Ende seiner Inhaftierung oberflächlich in der Missionsarbeit mitgewirkt, ein Handbuch über Zauberei geschrieben, Bridge-Spalten in verschiedenen Zeitungen ediert und ein bißchen für die Polizei geschnüffelt (er hatte in dieser Ordnungsmacht zwei stramme Söhne). Die gräßlichen Verwüstungen der Zeit und einige chirurgische Pfuschereien an seinen zerklüfteten Gesichtszügen hatten sein graues Gesicht zwar nicht attraktiver gemacht, aber doch unkenntlich für alle bis auf ein paar alte Kameraden, die seine abschreckende Gesellschaft nun sowieso mieden. Auf Van wirkte er noch faszinierender als King Wing. Der rauhe, aber herzliche Mr. Plunkett konnte nicht widerstehen, diese Faszination auszubeuten (wir alle mögen es gern, gern gemocht zu werden), indem er Van in die Tricks einer Kunst einführte, die nunmehr rein und abstrakt und also echt geworden war. Mr. Plunkett fand, daß die Anwendung aller mechanischen Mittel, Spiegel und vulgärer «Ärmel-Krücken» unweigerlich zur Bloßstellung führe, genauso wie Gelees, Musselin, Gummihände und so weiter die Karriere eines berufsmäßigen Mediums beschmutzen und verkürzen. Er lehrte Van, worauf er achten mußte, wenn er den Betrüger mit glänzenden Gegenständen um sich herum witterte («Weihnachtsbaum» oder «Funkeler», wie diese Amateure, einige von ihnen angesehene Clubleute, von Professionellen genannt werden). Mr. Plunkett glaubte nur an Taschenspielerei; verborgene Taschen waren nützlich (konnten aber von innen nach außen und gegen dich gekehrt werden). Am wesentlichsten war das «Fühlen» einer Karte, die Delikatesse ihres Befingerns und der Handflächentricks, das Schein-Mischen, das Ausbreiten, das falsche Decken, die Präparierung des Austeilens und vor allem eine Fingerfertigkeit, die durch Übung in wahre Auflösungsvorgänge verwandelt werden konnte oder, umgekehrt, einen Joker Gestalt annehmen ließ oder aus zwei Paaren vier Könige machte. Eines war unbedingt erforderlich, falls man insgeheim ein zusätzliches Kartenspiel benutzte, sich nämlich, wenn das Blatt nicht vorher arrangiert worden war, die abgeworfenen Karten zu merken. Ein paar Monate lang übte Van Kartentricks, dann wandte er sich anderem Zeitvertreib zu. Er war ein Schüler, der schnell lernte und seine beschrifteten Phiolen kühl lagerte.

1885 ging er nach dem Abschluß seiner Internats-Ausbildung an die Chose University in England, die schon seine Väter besucht hatten, und reiste von Zeit zu Zeit nach London oder Lute (wie wohlhabende, aber nicht besonders subtile Kolonial-Briten jene hübsche perlgraue, traurige Stadt auf der anderen Seite des Kanals nannten).

Irgendwann während des Winters von 1886–7 im scheußlich kalten Chose, im Verlauf eines Pokerspiels mit zwei Franzosen und einem Kommilitonen, den wir Dick nennen wollen, und zwar in dessen elegant eingerichteten Räumen in Serenity Court, bemerkte er, daß die französischen Zwillinge nicht nur deshalb verloren, weil sie glücklich und hoffnungslos blau waren, sondern auch deshalb, weil *milord* jener «Kristall-Kretin» aus Plunketts Wortschatz war, ein Mann der vielen Spiegel – kleiner, reflektierender Oberflächen, verschieden gewinkelt und geformt, diskret an Armbanduhr und Siegelring glitzernd, sich verstellend wie weibliche Glühwürmchen im Gebüsch, an Tischbeinen, in Manschetten oder Rockaufschlägen, und an den Kanten von Aschbechern, deren Position auf Beistelltischchen Dick fortwährend mit achtloser Miene veränderte – was insgesamt, wie jeder Falschspieler bestätigen könnte, ebenso dumm wie übertrieben war.

Als Van den rechten Augenblick abgewartet und etliche Tausend verloren hatte, entschloß er sich, einige alte Lektionen in die Praxis umzusetzen. Es gab eine Spielpause. Dick stand auf und ging zu einer Sprechröhre in der Ecke, um mehr Wein zu bestellen. Die unglücklichen Zwillinge reichten einander einen Kugelschreiber hin und her, dessen Mine sie im fürchterlichen Wechsel dauernd herein- und herausdrückten, während sie ihre Verluste nachrechneten, die Vans noch übertrafen. Van ließ ein Kartenpäckchen in seine Tasche gleiten, stand auf und rollte die mächtigen Schultern, um die Steifheit daraus loszuwerden.

«Was ich sagen wollte, Dick, bist du in den Staaten je einem

Spieler namens Plunkett begegnet? Kahler grauer Bursche, als ich ihn kannte.»

«Plunkett? Plunkett? Muß vor meiner Zeit gewesen sein. War das der, der dann Priester oder so was wurde? Warum?»

«Einer der Freunde meines Vaters. Großer Künstler.»

«Künstler?»

«Ja, Künstler. Ich bin ein Künstler. Ich nehme an, *du* hältst dich für einen Künstler. Viele Leute tun das.»

«Was zum Teufel ist ein Künstler?»

«Ein Untergrund-Observatorium», erwiderte Van prompt.

«Das stammt aus irgendeinem modernen Roman», sagte Dick, indem er nach ein paar gierigen Zügen seine Zigarette ausdrückte.

«Das stammt von Van Veen», sagte Van Veen.

Dick schlenderte wieder an den Tisch. Sein Diener kam mit dem Wein. Van zog sich ins WC zurück und begann, «das Blatt zu verarzten», wie der alte Plunkett den Vorgang zu nennen pflegte. Er entsann sich, das letzte Mal Kartenzauber gemacht zu haben, als er Demon ein paar Tricks vorführte, der ihre Poker-Tendenz mißbilligte. Oh, ja, und als er den irren Zauberer in der Anstalt beruhigte, dessen fixe Idee es war, daß die Schwerkraft etwas mit dem Blutkreislauf eines Höchsten Wesens zu tun hätte.

Van war sich seiner Geschicklichkeit ziemlich sicher – und Milords Dummheit –, zweifelte aber, ob er beliebig lange durchhalten konnte. Es tat ihm leid um Dick, der, abgesehen von seiner amateurhaften Schurkerei, ein liebenswerter, lässiger Bursche war, mit schwammigem Gesicht und schlaffem Körper – man konnte ihn mit einer Feder umlegen, und er gab offen zu, daß, falls seine Angehörigen sich weiterhin weigerten, seine (riesigen und banalen) Schulden zu bezahlen, er sich nach Australien absetzen müßte, um dort neue zu machen und unterwegs ein paar Schecks zu fälschen.

Er *constatait avec plaisir,* wie er seinen Opfern erzählte, daß ihn jetzt nur noch ein paar hundert Pfund von der Küstenlinie der Mindest-Summe trennten, die er brauchte, um seinen erbarmungslosesten Gläubiger zu befriedigen, worauf er weiterhin in rücksichtsloser Hast die armen Jean und Jacques betrog, und sah sich dann mit drei ehrlichen Assen (die Van ihm liebevoll zugeteilt hatte) Vans flink zusammengetriebenen vier Neunen gegenüber. Dem folgte ein guter Bluff auf einen besseren; und dadurch, daß Van dem verzweifelt blitzenden und funkelnden jungen Lord gute, aber nicht genügend gute Karten zuspielte, fand dessen Martyrium ein plötzliches Ende (Londoner Schneider rangen im Nebel die Hände, und ein Geldverleiher, der berühmte St. Priest von Chose, ersuchte um eine Zusammenkunft mit Dicks Vater). Nach dem gewagtesten Setzen, das Van je gesehen hatte, zeigte Jacques eine verlorene *couleur* (wie er es mit dem Wispern eines Sterbenden nannte), und Dick kapitulierte mit einer Farbflöte vor dem Royal Flush seines Peinigers. Van, der bis dahin keinerlei Schwierigkeiten gehabt hatte, seine delikaten Manöver vor Dicks dummer Linse zu verbergen, genoß nun das Vergnügen, mitanzusehen, wie Dick den zweiten Joker in seiner, Vans, Hand bemerkte, als er das «Regenbogen-Elfenbein» – Plunkett war voller Poesie – zusammenkehrte und an seine Brust drückte. Die Zwillinge zogen Schlips und Jacke an und sagten, sie müßten jetzt aufhören.

«Genau wie ich, Dick», sagte Van. «Schade, daß du dich auf deine Kristallkugeln verlassen mußtest. Ich habe mir oft überlegt, warum der russische Ausdruck dafür – ich glaube, wir haben einen gemeinsamen russischen Vorfahren – der gleiche ist, wie der deutsche ‹Schüler›, bis auf den Umlaut –» und während er so schwätzte, zahlte er mit einem rasch geschriebenen Scheck den unbändig erstaunten Franzosen ihre Verluste zurück. Dann nahm er eine Handvoll Karten und Spielmarken und schleuderte sie Dick ins Gesicht. Die Geschosse flogen noch, als er die grausame und gemeine *beau geste* schon bereute, denn der arme Kerl konnte in keiner erdenklichen Weise reagieren und saß bloß da, hielt das eine Auge zu und untersuchte mit dem anderen seine zersprungene Brille – es blutete auch ein bißchen –, während die Franzosenzwillinge zwei Taschentücher gegen ihn preßten, die er immer wieder gutmütig beiseite schob. Die rosige Aurora fröstelte im grünen Serenity Court. Laboriöses altes Chose.

(Da sollte ein Zeichen stehen, das Beifall anzeigt. Bemerkung Adas.)

Den Rest des Morgens schäumte Van vor Wut, und nachdem er lange in einem heißen Bad geweicht hatte (der beste Ratgeber, Anstifter und Erleuchter der Welt außer natürlich dem WC-Sitz), nahm er sich vor, ein Entschuldigungsbriefchen abzufassen

– abzufassen ist das richtige Wort – an den betrogenen Betrüger. Als er sich ankleidete, brachte ein Bote ihm eine Mitteilung von Lord C. (er war ein Cousin eines Riverlane-Schulkameraden), worin der großzügige Dick vorschlug, seine Schuld durch eine Einführung in den Venus Villa Club zu begleichen, dem sein ganzer Clan angehörte. Solche Gabe zu empfangen konnte kein Junge von achtzehn je erhoffen. Es war die Fahrkarte zum Paradies. Van rang mit seinem leicht übergewichtigen Gewissen (beide grinsten wie alte Freunde in ihrer alten Sporthalle) – und nahm Dicks Angebot an.

(Ich finde, Van, du solltest es klarer machen, warum du, Van, der stolzeste und sauberste aller Menschen – ich spreche nicht von elenden Körperlichkeiten, wir sind alle von dieser Art – aber warum du, reiner Van, das Angebot eines Schurken annehmen konntest, der nach jenem Fiasko zweifellos fortfuhr zu «blitzen und zu funkeln». Ich finde, du solltest erklären, *primo*, daß du schrecklich überarbeitet warst, und *secundo*, daß du den Gedanken nicht ertragen konntest, daß der Schurke wußte, daß, obwohl er ein Schurke war, du ihn nicht fordern konntest und sicher warst, sozusagen. Stimmt's? Van, hörst du mich? Ich finde –.)

Danach «funkelte» er nicht mehr lange. Fünf oder sechs Jahre später ging Van in Monte Carlo an einem Straßencafé vorüber, als eine Hand ihn am Ellbogen packte und ein strahlender, rosiger, vergleichsweise ansehnlicher Dick C. sich über die Petunien der Holzgitter-Balustrade zu ihm rüberlehnte:

«Van», rief er, «ich hab den ganzen Spiegel-Mist aufgegeben, du kannst mir gratulieren! Hör zu: der einzig sichere Weg ist, sie zu markieren! Warte, das ist noch nicht alles, kannst du dir vorstellen, man hat einen mikroskopisch-kleinen – und ich meine mikroskopisch – Euphorionspunkt erfunden, ein kostbares Metall, das man unter den Daumennagel schieben kann, mit bloßem Auge ist es nicht zu erkennen, aber ein winziger Ausschnitt deines Monokels ist so gearbeitet, daß er die Markierung vergrößert, die man damit macht, so als ob man einen Floh zerquetscht, eine Karte nach der andern, wie sie im Spiel gerade kommen, das ist das Schöne daran, keine Vorbereitungen, keine Requisiten, nichts! Nur markieren! Nur markieren!» rief der gute Dick immer noch, als Van schon längst weiterging.

29

Mitte Juli 1886, als Van gerade das Tischtennis-Turnier an Bord eines «Luxus»-Dampfers (der jetzt eine ganze Woche brauchte, um in weißer Bescheidenheit Manhattan von Dover aus zu erreichen!) gewann, zitterten Marina, ihre beiden Töchter, ihre Gouvernante und zwei Dienerinnen in mehr oder weniger simultanen Stadien russischer *influenza* auf den verschiedenen Haltestellen ihrer Eisenbahnfahrt von Los Angeles nach Ladore. Ein Hydrogramm aus Chicago, das Van im Hause seines Vaters am 21. Juli (ihrem lieben Geburtstag!) vorfand, besagte: «Dadaistische ungeduldige Dulderin kommt an zwischen vier- und siebenundzwanzigstem, anrufe Doris, können treffen Gruesse Nachbarschaft.»

«Was mich schmerzlich an die *petits bleus* erinnert, die Aqua mir zu schicken pflegte», bemerkte Demon mit einem Seufzer (nachdem er mechanisch den Umschlag geöffnet hatte). «Ist die ungeduldige Dulderin ein Mädchen, das ich kenne? Denn du kannst so viele Blicke werfen, wie du willst, aber dies ist *kein* Telegramm von Doktor zu Doktor.»

Van blickte zur Boucher-Decke des Frühstückszimmers empor und machte, in spöttischer Bewunderung den Kopf schüttelnd, Bemerkungen über Demons Scharfsinn. Ja, ganz richtig. Er mußte unverzüglich nach Surgese reisen (Anagramm zu «Gruesse», verstehst du?), einem Weiler entgegengesetzt von Lerwei (verstehst du?), um eine irre Künstlerin zu besuchen, die Doris oder Odris hieß und nur Hottehüs und Geldonkels zeichnete. – Van mietete unter falschem Namen (Boucher) ein Zimmer in dem einzigen Gasthof von Malahar, einem elenden Dorf am Ladore-Fluß, ungefähr zwanzig Meilen von Ardis entfernt. Er verbrachte die Nacht mit dem Bekämpfen des berühmten Moskitos oder seines *Cousins*, der ihn lieber mochte als damals die Ardis-Bestie. Die Toilette auf dem Treppenabsatz war ein schwarzes Loch mit den Spuren einer Fäkal-Explosion zwischen den zwei riesigen Sohlen eines Hockenden. Am 25. Juli um 7 Uhr früh rief er vom Postamt Malahar in Ardis Hall an und wurde mit Bout verbunden, der mit Blanche verbunden war und Vans Stimme für die des Butlers hielt.

«Verdammt, Pa», sagte er in sein Nachttisch-Dorophon, «ich bin beschäftigt!»

«Ich will Blanche, du Idiot», knurrte Van.

«Oh, pardon», schrie Bout, *«un moment, Monsieur.»*

Eine Flasche wurde hörbar entkorkt (morgens um sieben Hochheimer zu trinken!), und Blanche übernahm das Gespräch, aber kaum hatte Van begonnen, eine sorgfältig phrasierte Botschaft auszurichten, die an Ada übermittelt werden sollte, als Ada selbst, die die ganze Nacht über auf dem *qui vive* gewesen war, vom Kinderzimmer aus antwortete, wo unter einem toten Barometer des Hauses deutlichster Apparat zuckte und blubberte.

«Forest Fork in fünfundvierzig Minuten. Tut mir leid, so zu spucken.»

«Turm!» erwiderte ihre süß klingende Stimme, wie ein Pilot im Himmelsblau sagen könnte «Roger».

Er mietete sich ein Motorrad, eine ehrwürdige Maschine mit einem Sattel aus billardgrünem Filz und hochtrabenden, unechten Perlmutthandgriffen, und fuhr, über Baumwurzeln holpernd, einen schmalen «Waldweg» entlang. Das erste, was er sah, war der Sternenglanz ihres fallen gelassenen Fahrrads: sie stand daneben, die Arme in die Seite gestemmt, der schwarzhaarige weiße Engel, in einem Anflug von Scheu beiseite blickend, mit Frotté-Umhang und Pantöffelchen bekleidet. Als er sie in das nächste Dickicht trug, fühlte er das Fieber ihres Körpers, aber wie krank sie war, merkte er erst, als sie nach zwei leidenschaftlichen Orgasmen voller kleiner brauner Ameisen aufstand, und taumelte, und fast zusammenbrach, und etwas über Zigeuner murmelte, die gerade ihre Jeeps stahlen.

Es war ein bestialisches, aber betörendes Stelldichein. Er konnte sich nicht erinnern –

(Stimmt, kann ich auch nicht. Ada.)

– nicht an ein einziges Wort, das sie gesagt hatte, keine Frage, keine Antwort; er brachte sie schleunigst zurück, so nah ans Haus, wie es eben ging (ihr Fahrrad hatte er ins Farnkraut gestoßen) – und als er an jenem Abend Blanche anrief, flüsterte sie dramatisch, *Mademoiselle* habe *une belle pneumonie, mon pauvre Monsieur.*

Drei Tage später ging es Ada viel besser, aber er mußte wieder nach Man, um dasselbe Schiff zurück nach England zu kriegen – und sich einer Zirkus-Tournee anzuschließen, an der Leute beteiligt waren, die er nicht im Stich lassen durfte.

Sein Vater brachte ihn hin. Demon hatte sein Haar in noch schwärzeres Schwarz gefärbt. Er trug einen Brillantring, der wie ein kaukasischer Grat loderte. Seine langen schwarzen, blauaugenfleckigen Flügel schleppten und flatterten in der Meeresbrise. Die Leute drehten sich danach um. Eine temporäre Tamara, Kohol, Kasbek-Rouge und Flamingo-Boa, konnte nicht entscheiden, was ihren Demon-Liebhaber mehr erfreuen würde – einfach nur stöhnen und seinen gutaussehenden Sohn nicht beachten, oder Blaubarts Männlichkeit zur Kenntnis nehmen, wie sie sich in dem verdrießlichen Van widerspiegelte, der ihr kaukasisches Parfum, Glacier Bek, sieben Dollar die Flasche, nicht ausstehen konnte.

(Weißt du, das ist bis jetzt mein Lieblings-Kapitel, Van, ich weiß nicht warum, aber ich liebe es. Und du kannst deine Blanche ruhig in der Umarmung des jungen Mannes lassen, nicht einmal das stört. In Adas zärtlichster Schrift.)

30

Am 5. Februar 1887 beschrieb ein nicht gezeichneter Leitartikel in *The Ranter* (das normalerweise so sarkastische und krittelige Wochenblatt von Chose) Mascodagamas Auftritt als «das einfallsreichste und singulärste Bravourstück, das je einem übersättigten Varieté-Publikum geboten wurde». Es wurde etliche Male im Rantariver Club wiederholt, aber nichts im Programmheft oder in den öffentlichen Ankündigungen gab über den Begriff «Ausländischer Exzentriker» hinaus irgendeinen Hinweis, weder auf die genaue Art des «Bravourstücks» noch auf die Identität des Künstlers. Gerüchte, von Mascodagamas Freunden sorgfältig und geschickt lanciert, zerstreuten Vermutungen, er sei ein mysteriöser Besucher von jenseits des Goldenen Vorhangs, besonders, seit mindestens ein halbes Dutzend Mitglieder einer großen Good-will-Circus-Truppe, die damals gerade aus der Tatarei gekommen war (d.h. am Vorabend des Krim-Krieges) – drei Tänzerinnen, ein kranker alter Clown mit seiner alten sprechenden Ziege und einer der Ehemänner der Tänzerinnen, ein Maskenbildner (zweifellos ein Mehrfach-Agent) – bereits zwischen Frankreich und England irgendwo in dem neukonstruierten «Chunnel» abgesprungen waren. Mascodagamas spektakulärer Erfolg in einem Theaterclub, wo man sich gewöhnlich auf Elisabethanische Stücke mit Königinnen und Feen beschränkte, die von hübschen Knaben dargestellt wurden, hatte vor allem einen großen Einfluß auf Karikaturisten. Dekane, Lokalpolitiker, Staatsmänner der Nation und natürlich der derzeitige Herrscher der Goldenen Horde wurden von den ortsansässigen Humoristen als Mascodagamas gezeichnet. Ein grotesker Imitator (in Wirklichkeit Mascodagama selber, in einer überspannten Parodie seines eigenen Aktes!) wurde in Oxford (einem nahe gelegenen Frauen-College) von ansässigen Störenfrieden ausgepfiffen. Ein gewitzter Reporter, der ihn über eine Falte im Bühnenteppich fluchen hörte, ließ sich gedruckt über sein «Yankee-Näseln» aus. Der werte Mr. «Vascodagama» erhielt eine Einladung ins Schloß Windsor von seinem Eigentümer, einem Abkömmling sowohl väterlicher- als auch mütterlicherseits von Vans eigenen Vorfahren, aber er sagte ab, da er den Verdacht hegte (den falschen, wie später durchsickerte), der Druckfehler könnte bedeuten, daß sein Inkognito von einem der Spezial-Detektive von Chose aufgedeckt worden war – demselben vielleicht, der kürzlich den Psychiater P. O. Tyomkin vor dem Dolch des Prinzen Potyomkin, eines verwirrten Jugendlichen aus Sebastopol, Id., gerettet hatte.

Während seiner ersten Sommerferien arbeitete Van in der berühmten Chose-Klinik unter Tyomkin an einer anspruchsvollen Dissertation, die er niemals vollendete, «Terra: Eremitische Wirklichkeit oder Kollektiver Traum?» Er interviewte zahlreiche Neurotiker, darunter Varieté-Künstler und Literaten und wenigstens drei intellektuell klare, jedoch geistig «verlorene» Kosmologen, die entweder in einem telepathischen Komplott miteinander standen (sie waren sich nie begegnet und wußten nicht einmal von ihrer wechselseitigen Existenz), oder aber sie hatten, keiner von ihnen wußte, wie oder wo, vielleicht mittels verbotener «Ondulas» irgendwelcher Art, eine grüne Welt entdeckt, die im All rotierte und in der Zeit spiralte, im Sinne von Materie und Geist der unserigen entsprechend, und die sie in den gleichen spezifischen Details beschrieben, wie drei Leute von drei verschiedenen Fenstern aus einen Karnevalszug in der gleichen Straße beschreiben würden.

Er verbrachte seine Freizeit in wüster Zügellosigkeit.

Irgendwann im August wurde ihm ein Vertrag für eine Reihe von Matinées und Abendvorstellungen angeboten – in einem berühmten Londoner Theater, für die Dauer der Weihnachtsferien und den ganzen Winter hindurch an den Wochenenden. Er nahm erfreut an, da er dringend eine strikte Ablenkung von seinen gefährlichen Studien benötigte: Die besondere Art von Besessenheit, worunter Tyomkins Patienten litten, hatte etwas an sich, das geeignet schien, ihre jüngeren Erforscher zu infizieren.

Mascodagamas Ruhm erreichte unausweichlich die Hinterwälder von Amerika: Ein Photo von ihm, maskiert, das ist wahr, was jedoch eine zugeneigte Verwandte oder treue Verwalterin nicht irreführen konnte, wurde von den Ladore, Ladoga, Laguna, Lugano und Luga-Blättern in der ersten Woche von 1888 gebracht; nicht aber der Begleit-Bericht. Das Werk eines Dichters, und nur das eines Dichters («besonders von der Oberstübchen-Gruppe», wie ein Witzbold meinte) hätte einen gewissen makabren Schauder angemessen beschreiben können, der Vans außergewöhnlichen Akt kennzeichnete.

Die Bühne war leer, wenn der Vorhang sich hob; dann, nach fünf Herzschlägen theatralischer Spannung, fegte etwas aus den Seitenkulissen hervor, riesig und schwarz, zur Begleitung von Derwischtrommeln. Der Schock seines brachialischen und bestürzenden Auftritts wirkte so tief auf die Kinder im Publikum, daß noch lange Zeit später, im Dunkel schluchzender Schlaflosigkeit, im Lichtschwall heftiger Alpträume, empfindliche kleine Jungen und Mädchen mit eigenen Ergänzungen so etwas wie «Urangst» erneut durchlebten, eine umrißlose Widerwärtigkeit, Rauschen namenloser Flügel, unerträgliche Ausweitung von Fieber, das in einem klammen Luftzug von der unheimlichen Bühne herunterkam. Ins grelle Licht des prunkhaft mit Teppichen ausstaffierten Bühnen-Raums stürzte ein maskierter Riese, volle acht Fuß groß, und fing mit kräftigen Schritten in jenen weichen Stiefeln, die von Kosakentänzern getragen werden, zu laufen an. Ein voluminöser, zottiger schwarzer Umhang im Stil des *burka* verhüllte seine *silhouette inquiétante* (einem weiblichen Korrespondenten der Sorbonne zufolge – all diese Ausschnitte haben wir aufbewahrt) von Hals bis Knie oder was als diese seine Körperteile erschien. Eine Karakulmütze überragte ihn. Eine schwarze Maske verdeckte den oberen Teil seines bärtigen Gesichts. Der unangenehme Koloß stolzierte für eine Weile auf und ab, dann wurde aus dem Stolzieren das rastlose Gehen eines eingesperrten Irren, dann wirbelte er herum, und begleitet von einem Aufschlagen der Zymbeln im Orchester und einem Geschrei des Grauens (vielleicht gespielt) von der Empore, überschlug sich Mascodagama in der Luft und stand auf seinem Kopf.

In dieser absurden Stellung, bei der ihm seine Mütze als Pseudo-Fuß-Polster diente, hüpfte er in Pogostockmanier auf und nieder – und fiel plötzlich in Stücke. Vans Gesicht, glänzend vor Schweiß, grinste zwischen den Beinen der Stiefel hervor, die immer noch seine steif erhobenen Arme beschuhten. Zugleich stießen seine richtigen Füße den falschen Kopf mit der knittrigen Mütze und bärtigen Maske ab und beiseite. Die magische Umkehrung «ließ das Haus nach Luft schnappen». Frenetischer («betäubender», «rasender», «ein wahrer Sturm von») Beifall folgte dem Luftholen. Er sprang von der Bühne – und war im nächsten Moment wieder da in einem schwarzen Trikot, eine Gigue auf den Händen tanzend.

Wir widmen der Beschreibung dieser seiner Nummer nicht nur deshalb soviel Platz, weil Varieté-Künstler der «exzentrischen» Sorte leicht besonders schnell vergessen werden, sondern auch darum, weil man ihre erregende Spannung gern analysiert haben möchte. Weder ein sagenhafter Fang auf dem Kricketfeld noch ein prächtiges, beim Fußball geschossenes Tor (er war ein College-Champion in jedem dieser großartigen Spiele), noch die körperlichen Erfolge früherer Zeiten wie beispielsweise der k. o. über den stärksten Schläger an seinem ersten Riverlane-Schultag hatten Van mit jener Befriedigung erfüllt, die Mascodagama verspürte. Er stand in keinem direkten Zusammenhang mit dem warmen Atem befriedigten Ehrgeizes, obgleich Van als sehr alter Mann, auf ein Leben voll unerkannten Bemühens zurückblickend, mit belustigtem Entzücken – mehr Entzücken, als er zu jener Zeit tatsächlich empfunden hatte – den banalen Zuspruch und den gemeinen Neid begrüßte, die ihn eine kurze Zeit lang in seiner Jugend umwirbelten. Die Essenz dieser Befriedigung gehörte vielmehr zu der gleichen Sorte, wie die, die er später aus selbstauferlegten, außerordentlich schwierigen, scheinbar absurden Aufgaben zog, als V. V. danach trachtete, etwas auszudrücken, das *bis* zu seiner Benennung nur ein Dämmer-Dasein fristete (oder überhaupt keins – nichts als die Illusion des rückwärtigen Schattens seines unmittelbar bevorstehenden Ausdrucks). Es war Adas Kartenhaus. Es war der Kopfstand einer Metapher nicht wegen des Schwierigkeitgrades bei diesem Kunststück, sondern damit ein aufsteigender Wasserfall oder ein zurückspulender Sonnenaufgang wahrgenommen werden konnte: ein Triumph, gewissermaßen, über das *ardis* der Zeit. Darum entsprach die Verzückung des jungen Mascodagama, wie er sie bei der Überwindung der Schwerkraft empfand, der künstlerischen Offenbarung in einem Sinne, der den Harmlosen kritischer Huldigung, den Berichterstattern der gesellschaftlichen Szene, den Moralisten, den Ideenhändlern und so weiter gänzlich und ganz natürlich unbekannt war. Van vollbrachte organisch auf der Bühne, was später im Leben seine Sprachfiguren vollbringen sollten – akrobatische Wunder, die man ihnen nie zugetraut hatte und die kleine Kinder erschreckten.

Auch war das schiere physische Vergnügen der Maniambulation kein unbedeutender Faktor, und die pfauenblauen Flecken, mit denen der Teppich während der handschuhlosen Tanz-Routine seine Handflächen färbte, schienen die Reflexe einer farbenprächtigen Unterwelt zu sein, die er als erster entdeckte. Für den Tango, der auf seiner letzten Tournee den Abschluß seiner Nummer bildete, war ihm eine Partnerin gestellt worden, eine Krim-Kabarettänzerin in einem sehr kurzen, im Rücken sehr tief ausgeschnittenen glitzernden Kleid. Sie sang das Tangolied auf russisch:

Pod snójnym nebom Argentiny,
Pod strástnyi góvor mandolíny –

Im schwülen Lande Argentina
Beim heißen Sirrn der Mandolina

Die fragile rothaarige «Rita» (niemals erfuhr er ihren richtigen Namen), eine hübsche Karäerin aus Chufut Kale, wo, sagte sie sehnsüchtig, die Krimkornelkirsche, *kizil'*, gelb zwischen den unfruchtbaren Felsen blühte, hatte eine merkwürdige Ähnlichkeit mit Lucette, wie sie zehn Jahre später aussah. Alles, was Van während ihres Tanzes von ihr sah, waren die silbernen Schuhe, sich drehend und hurtig im Gleichtakt mit den Sohlen seiner Hände dahingleitend. Er entschädigte sich bei den Proben, und eines Abends bat er um ein Stelldichein. Sie lehnte entrüstet ab mit der Bemerkung, sie vergöttere ihre Gatten (den Maskenbildner) und verabscheue England.

Chose war lange Zeit für die Würde seiner Statuten ebenso berühmt gewesen wie für den Scharfsinn seiner Schelme. Mascodagamas Identität konnte der Aufmerksamkeit und schließlich Kenntnis der Behörden nicht entgehen. Sein Studienleiter, ein verbrauchter und verdrießlicher Homosexueller mit keinem Fünkchen Humor und einem angeborenen Respekt vor allen Konventionen akademischen Lebens, wies einen höchst gereizten und kaum noch höflichen Van darauf hin, daß nicht von ihm erwartet wurde, in seinem zweiten Chose-Jahr seine Universitätsstudien mit dem Zirkus zu kombinieren, und daß man ihn, falls er darauf bestand, ein Varieté-Künstler zu werden, von der Universität verweisen würde. Auch schrieb der alte Herr einen Brief an Demon, worin er ihn bat, seinen Sohn zu bewegen, körperliche Bravourstücke um der Philosophie und Psychiatrie willen zu vergessen, besonders da Van der erste Amerikaner sei, der (mit siebzehn!) den Dudley-Preis gewonnen habe (für einen Essay über Geisteskrankheit und Ewiges Leben). Van war sich durchaus noch nicht im klaren darüber, zu welchem Kompromiß Stolz und Besonnenheit gelangen könnten, als er Anfang Juni 1888 nach Amerika aufbrach.

31

Van sah Ardis Hall im Jahre 1888 wieder. Er kam dort an einem wolkigen Juninachmittag an, unerwartet, ungebeten, unnütz, mit einer zusammengerollten Brillantkette lose in der Tasche. Als er sich über einem Seitenrasen näherte, erblickte er die Probe zu einer Szene aus irgendeinem neuen Leben für einen unbekannten Film, ohne ihn, nicht für ihn. Eine große Gesellschaft schien aufzubrechen. Drei junge Damen in gelb-blauen Vass-Kleidern mit modischen regenbogenfarbenen Schärpen umringten einen üppigen, geckigen, glatzigen jungen Mann, der mit einem Sektkelch in der Hand auf der Salon-Terrasse stand und auf ein Mädchen in Schwarz mit nackten Armen herabsah: Ein alter Zweisitzer wurde, bei jedem Ruck erzitternd, von einem ergrauten Chauffeur vor der Veranda angekurbelt, und jene gestreckten nackten Arme hielten den weißen Umhang der Baronin von Skull ausgebreitet, einer Großtante von ihr. Gegen den weißen Umhang stand Adas neue schlanke Figur, schwarz umrissen – das Schwarz ihres eleganten Seidenkleids ohne Ärmel, ohne Schmuck, ohne Erinnerungen. Die langsame alte Baronin stand da und griff nach etwas unter der einen Achselhöhle, unter der anderen – wonach? einer Krücke? den verhakelten Enden baumelnder Juwelen? – und als sie sich halb drehte, um das Cape anzulegen (das ihrer Großnichte von einem zu spät kommenden neuen Diener endlich abgenommen worden war), wandte auch Ada sich halb, und ihr von Edelstein noch unbesetzter Nacken leuchtete weiß, als sie die Verandatreppe hinauflief.

Van folgte ihr nach innen, zwischen die Säulen der Halle, durch eine Gruppe von Gästen hindurch, bis an einen entfernten Tisch mit Kirsch-*ambrosia* in Kristallkrügen. Sie trug, ganz unmodisch, keine Strümpfe, ihre Waden waren stark und bleich, und (ich habe eine Notiz hier, für den Ghostwriter eines Romans) «der tiefe Ausschnitt ihres schwarzen Kleides erlaubte die Herstellung eines scharfen Kontrastes zwischen der bekannten matten Weiße ihrer Haut und dem brutalen schwarzen Pferdeschwanz ihrer neuen Frisur».

Innere Ohnmachten, die einander ausschlossen, brachten ihn in Zwiespalt: die irre Gewißheit, daß, sobald er – in dem Labyrinth eines Alptraums – ein deutlich erinnertes kleines Zimmer mit Bett und Kinderwaschtisch erreichte, sie ihn dort aufsuchen würde in ihrer neuen glatten aufgeschossenen Schönheit; und, auf der Schattenseite, der Schmerz und der Schrecken, sie verändert zu finden, hassend, wonach ihn verlangte, es als unrecht verurteilend, ihm gräßliche neue Umstände erklärend – daß sie beide tot waren oder nur als Statisten in einem für Filmaufnahmen gemieteten Haus existierten.

Aber Hände, die ihm Wein, Mandeln oder ihr bloßes Selbst anboten, hinderten seine Traumsuche. Er drängte weiter, trotz der Schwalle des Wiedererkennens: Onkel Dan wies mit einem Schrei einen Fremden auf ihn hin, und jener heuchelte Bewunderung über die Einzigartigkeit des optischen Tricks – und im nächsten Augenblick preßte eine neu geschminkte, rotperückige, sehr betrunkene und tränenreiche Marina Kirsch-Wodka-Lippen auf die Kinnlade und andere ungeschützte Stellen, mit unterdrückten Mutter-Lauten russischer Zuneigung, halb gemuht, halb gemurmelt.

Er machte sich los und nahm seine Suche wieder auf. Sie war nun in den Salon hinübergewechselt, aber am Ausdruck ihres Rückens, an den gespannten Schulterblättern erkannte Van, daß sie sich seiner Gegenwart bewußt war. Er wischte über sein feuchtes summendes Ohr und nahm mit einem Kopfnicken das erhobene Glas eines kräftigen blonden Burschen zur Kenntnis (Percy de Prey? Oder hatte Percy einen älteren Bruder?). Eine vierte Maid in des kanadischen Couturiers korn-und-himmelblauer Sommer-Kreation stoppte Van, um ihm mit einem hübschen Schmollmündchen mitzuteilen, daß er sich nicht an sie erinnere, was zutraf. «Ich bin erschöpft», sagte er. «Mein Pferd blieb mit einem Huf in einem Loch in den morschen Planken der Ladore-Brücke hängen und mußte erschossen werden. Ich bin acht Meilen zu Fuß gegangen. Ich glaube, ich träume. Ich glaube, auch du bist Am Träumen.» – «Nein, ich bin Cordula!» rief sie, aber er war schon wieder weg.

Ada war verschwunden. Er legte das Kaviar-Brötchen beiseite, das er wie eine Eintrittskarte vor sich her getragen hatte, wandte sich zur Küche und bat Bouts Bruder, einen neuen Kammerdiener, ihn zu seinem alten Zimmer zu bringen und ihm eine jener Gummibadewannen zu besorgen, die er als Kind vor vier Jahren benutzt hatte. Plus einen Ersatz-Pyjama von irgendwem. Sein Zug war auf freiem Feld zwischen Ladoga und Ladore zusammengebrochen, er war zwanzig Meilen zu Fuß gegangen, Gott weiß, wann sie sein Gepäck nachsenden würden.

«Es ist gerade angekommen», sagte der richtige Bout mit einem vertrauten und zugleich traurigen Lächeln (Blanche hatte ihm den Laufpaß gegeben).

Vor dem Baden reckte Van den Hals aus seinem engen Fenster, um die Lorbeer- und Fliederbüsche in Augenschein zu nehmen, die die vordere Veranda flankierten, wo das Stimmengewirr fröhlicher Abschiede herkam. Er entdeckte Ada. Er bemerkte, wie sie Percy nachlief, der seinen grauen Zylinder aufgesetzt hatte und quer über einen Rasen davonschritt, und diese Überquerung fiel in Vans Gedächtnis sofort mit der flüchtigen Erinnerung an jene Koppel zusammen, wo er und Van sich einst zufällig über ein lahmes Pferd und das Riverlane-Internat unterhalten hatten. Ada überholte den jungen Mann an einem Flecken plötzlichen Sonnenlichts; er hielt an, und sie stand und sprach zu ihm und schüttelte den Kopf in der ihr eigentümlichen Weise, wenn sie nervös oder verärgert war. De Prey küßte ihre Hand. Das war französisch, aber in Ordnung. Er hielt die Hand, die er geküßt hatte, während sie weitersprach, und küßte sie dann noch einmal, und das war nicht der Brauch, das war entsetzlich, das war nicht zu ertragen.

Der nackte Van gab seinen Posten auf und durchsuchte die Kleidungsstücke, die er abgelegt hatte. Er fand das Halsband. In eisigem Zorn zerriß er es in dreißig, vierzig glitzernde Hagelkörner, von denen ihr einige vor die Füße fielen, als sie in den Raum gestürzt kam.

Ihr Blick schweifte über den Boden.

«Wie schade –» begann sie.

Van zitierte ruhig die Pointe von Mlle Larivières berühmter Geschichte: *«Mais, ma pauvre amie, elle était fausse»* – was eine bittere Lüge war; doch ehe sie die verstreuten Brillanten auflas, verriegelte sie die Tür und umarmte ihn, weinend – die Berührung ihrer Haut und Seide war der ganze Zauber des Lebens, aber warum begrüßt mich hier jeder mit Tränen? Er wollte auch wissen, war das Percy de Prey? Er war's. Der aus Riverlane geflogen war? Sie nahm es an. Er hatte sich verändert, er war schweine-stark geworden. Ja, das war er, nicht wahr? War er ihr neuer Beau?

«Und nun», sagte Ada, «wird Van aufhören, vulgär zu sein – ich meine, ein für allemal aufhören. Denn ich hatte und habe und werde immer nur einen Beau haben, nur ein Biest, nur einen Kummer, nur eine Freude.»

«Wir können deine Tränen später aufsammeln», sagte er, «ich kann's nicht abwarten.»

Ihr offener Kuß war heiß und bebend, aber als er versuchte, ihr Kleid hochzuziehen, wich sie mit einem Gemurmel widerstrebender Verweigerung zurück, weil die Tür lebendig geworden war: Von außen konnte man zwei kleine Fäuste dagegen trommeln hören, in einem beiden wohlbekannten Rhythmus.

«Tag, Lucette!» rief Van. «Ich zieh mich grad um, geh weg.»

«Tag, Van! Sie wollen Ada, nicht dich. Sie wollen, daß du runterkommst. Ada!»

Eine von Adas Gebärden – womit sie in stummer Windeseile alle Bestandteile ihrer mißlichen Lage umreißen wollte («Siehst du, ich hatte recht, so ist das, *nitschevo ne podelaesch*») – bestand darin, mittels beider Hände eine unsichtbare Schale zu formen vom Rand bis zum Boden, begleitet von einer traurigen Verbeugung. Diese vollführte sie nun, bevor sie das Zimmer verließ.

Die Situation wiederholte sich wenige Stunden später in einer sehr viel angenehmeren Weise. Zum Abendessen trug Ada ein anderes Kleid aus scharlachrotem Batist, und als sie sich abends trafen (in dem alten Werkzeugraum beim Schein einer Karbidlampe), öffnete er, um ihre ganze Schönheit bloßzulegen, ihren Reißverschluß mit solchem Ungestüm, daß er beinah ihr Kleid entzweiriß. Sie waren noch heftig beschäftigt (auf derselben Bank, auf demselben schottisch karierten Plaid – in weiser Voraussicht mitgebracht), als sich die Außentür geräuschlos öffnete und Blanche wie ein achtloser Geist hereinglitt. Sie hatte einen eigenen Schlüssel, kam zurück von einem Rendezvous mit dem alten Sore, dem burgundischen Nachtwächter, und blieb stehen, wie eine Irre das junge Paar begaffend. «Klopf nächstes Mal an», sagte Van grinsend und keineswegs eine Pause einlegend – im Gegenteil, er genoß die vexierende Erscheinung: Sie trug ein Fehfell-Cape, das Ada im Wald verloren hatte. Oh, sie war wunderhübsch geworden, und *elle le mangeait des yeux* – aber Ada machte die Laterne dicht und unter reumütigem Gegrummel tappte die Dirne im Dunkeln auf den inneren Durchgang zu. Seine Allerliebste konnte ein Kichern nicht unterdrücken; und Van nahm seine leidenschaftliche Arbeit wieder auf.

Sie blieben und blieben, ganz unfähig, sich zu trennen, wissend, daß jegliche Erklärung gut genug war, falls irgend jemand fragte, warum ihre Zimmer bis zum Morgengrauen leerstanden. Der erste Strahl des Morgens betupfte eine Werkzeugkiste mit frischer grüner Farbe, als sie schließlich, vom Hunger getrieben, aufstanden und sich leise in die Küche stahlen.

«*Schto, vyspalsja, Vahn* (nun, genug geschlafen, Van)?» sagte Ada, entzückend die Stimme ihrer Mutter nachahmend, und sie fuhr fort in der Sprechweise ihrer Mutter: «Nach deinem Appetit zu urteilen. Und, ich denke, das ist erst das erste *brekfest.*»

«Au», knurrte Van, «meine Kniescheiben! Diese Bank war grausam. Und ich bin *hongry.*»

Sie saßen einander gegenüber am Frühstückstisch und schmausten Schwarzbrot mit frischer Butter und Virginia-Schinken und Scheiben echten Emmentalers – und hier ist ein Topf durchsichtigen Honigs: zwei fröhliche Geschwisterkinder beim «Plündern des Eisschranks» wie Kinder in alten Märchen, und die Drosseln flöteten süß im leuchtend-grünen Garten, während die dunkelgrünen Schatten ihre Klauen zurückzogen.

«Mein Lehrer in der Theaterklasse», sagte sie, «findet, daß ich besser in Possen als in Tragödien bin. Wenn die nur wüßten!»

«Da gibt es nichts zu wissen», erwiderte Van. «Nichts, nichts hat sich geändert! Aber das ist der allgemeine Eindruck, es war zu düster dort unten für Details, die werden wir morgen auf unserer kleinen Insel untersuchen: ‹O Schwester, siehst du manches Mal . . .›»

«Oh, hör auf!» sagte Ada. «Ich hab all den Kram aufgegeben – *petits vers, vers de soie . . .*»

«Komm, komm», rief Van, «einige Reime waren hervorragende Akrobatik seitens eines Kindergemüts: *‹Oh! qui me rendra ma Lucile, et le grand chêne and dzi big hill›*, Klein Lucile», fügte er hinzu, bemüht, ihre Stirnrunzeln mit einem Scherz zu zerstreuen, «Klein Lucile ist so ein Pfirsich geworden, daß ich glaube, ich schalte auf sie um, wenn du weiter so launenhaft bist. Ich erinnere mich an das erste Mal, wo du vergrätzt warst über mich, als ich einen Stein gegen eine Statue schleuderte und einen Finken erschreckte. Das nennt man Gedächtnis!»

Sie stand auf schlechtem Fuß mit dem Gedächtnis. Sie glaubte, daß die Diener bald auf wären und man dann etwas Heißes bekommen könnte. Der Eisschrank war ein einziger Eiskrem, wirklich.

«Was denn, plötzlich traurig?»

Ja, sie war traurig, antwortete sie, sie steckte in schrecklichen Schwierigkeiten, ihr Dilemma könnte sie zum Wahnsinn treiben, wenn sie nicht wüßte, daß ihr Herz rein war. Sie könnte es am besten mit einem Gleichnis erklären. Sie war wie das Mädchen in einem Film, den er bald sehen würde, in die Dreifach-Folter einer Tragödie verwickelt, die sie verbergen mußte, um nicht ihren einzigen Allerliebsten zu verlieren, den Kopf des Pfeils, die Spitze der Pein. Insgeheim kämpft sie gleichzeitig mit drei Folterqualen – sie versucht, aus der trostlosen, schleppenden Affäre mit einem verheirateten Mann, den sie bemitleidet, herauszukommen; sie versucht, ein verrücktes Abenteuer mit einem anziehenden jungen Tölpel, den sie noch mehr bemitleidet, im Keime – im klebrigen roten Keime – zu ersticken; und sie versucht, die Liebe des einzigen Mannes intakt zu halten, der ihr ganzes Leben bedeutet und der über jedes Mitleid, über die Armseligkeit ihres weiblichen Mitleids erhaben ist, weil, wie das Drehbuch sagt, sein Ego reicher und stolzer ist als alles, was jene zwei armen Würmer sich je vorstellen könnten.

Was hatte sie tatsächlich mit den armen Würmern gemacht, nach Kroliks vorzeitigem Ende?

«Oh, sie freigelassen» (große unbestimmte Geste), «sie ausgesetzt, auf passende Pflanzen getan, sie in verpupptem Zustand vergraben, ihnen geraten, sich davonzumachen, wenn die Vögel gerade nicht guckten – oder, ach, so taten, als guckten sie nicht.

«Nun, um jenes Gleichnis zu beenden, denn du verstehst dich gut darauf, meine Gedanken zu unterbrechen und abzulenken, auch ich selber werde gewissermaßen von drei ganz privaten Foltern zerrissen, wobei die Hauptfolter natürlich der Ehrgeiz ist. Ich weiß, ich werde nie eine Biologin sein, meine Leidenschaft für kriechende Kreaturen ist groß, aber nicht verzehrend. Ich weiß, ich werde immer für Orchideen und Pilze und Veilchen schwärmen, und du wirst sehen, ich ziehe immer noch allein los, um allein in den Wäldern umherzustreifen und mit einer kleinen, einsamen Lilie allein zurückzukehren; aber auch die Blumen, wie unwiderstehlich immer, müssen aufgegeben werden, sobald ich die Kraft dazu habe. Bleibt der große Ehrgeiz und der größte Schrecken: der Traum von den blauesten, weitest entfernten, schwierigsten dramatischen Aufstiegen – wahrscheinlich, um am Ende als eine von hundert alten Spinnenjungfern dazustehen, die Schauspielschüler unterrichten, wissend, daß, obwohl du drängst, drangvoller Dränger, wir nicht heiraten können, und vor mir immer das fürchterliche Beispiel der bedauernswerten, zweitklassigen, tapferen Marina.»

«Also, das mit den Jungfern ist Unsinn», sagte Van, «wir werden das schon irgendwie hinkriegen, wir werden unsere Verwandtschaft auf kunstvoll gefälschten Papieren mehr und mehr entfernen und schließlich zu reinen Namensvettern zusammenschrumpfen, oder schlimmstenfalls werden wir ganz still miteinander leben, du als meine Haushälterin, ich als dein Epileptiker, und dann, wie in deinem Tschechov, ‹werden wir den ganzen Himmel in Diamanten sehen›.»

«Hast du sie alle gefunden, Onkel Van?» fragte sie seufzend und legte ihren schmerzenden Kopf auf seine Schulter. Sie hatte ihm alles gesagt.

«Mehr oder weniger», antwortete er, ohne sich klar zu sein, daß sie alles gesagt hatte. «Jedenfalls habe ich die beste Untersuchung des staubigsten Fußbodens, die je von einer Figur in einem romantischen Roman angestellt wurde, durchgeführt. Ein glänzender kleiner Schurke rollte unters Bett, wo ein Urwald aus Staubflocken und Schimmel sprießt. Ich werde sie in Ladore wieder aufziehen lassen, wenn ich in den nächsten Tagen dort hinkutschiere. Ich muß mir eine Menge Sachen kaufen – einen tollen Bademantel zu Ehren eures neuen Swimmingpools, eine Crème namens Deodora, ein Paar Duell-Pistolen, eine Luftmatratze, vorzugsweise schwarz – nicht, um dich an den Strand, sondern auf jene Bank zu bringen und auf unsere *isle de Ladore.*»

«Außer», sagte sie, «daß ich es nicht billige, wenn du dich zur Zielscheibe des Gespötts machst, indem du in Andenkenläden nach Pistolen fragst, besonders, da Ardis Hall voll ist von alten Schrotflinten, Gewehren, Revolvern und Pfeilen und Bögen – du erinnerst dich, wir hatten ganz schön Übung darin, als du und ich noch Kinder waren.»

O ja, gewiß, gewiß. Kinder, ja. Tatsächlich, wie verwirrend, daß man diese nahe Vergangenheit fortwährend in Kinderzimmer-Begriffen sah. Weil nichts sich geändert hatte – das meinst du doch auch, nicht wahr? – nichts, kleine Verbesserungen an der Umgebung und der Gouvernante ausgenommen.

Ja! War das nicht der letzte Heuler? Larivière, Blüten und Busen treibend als große Schriftstellerin! Eine sensationelle kanadische Bestseller-Autorin! Ihre Erzählung «Das Halsband» (*La rivière de diamants*) war ein Klassiker in Mädchenschulen geworden, und ihr fabelhaftes Pseudonym «Guillaume de Monparnasse» (das Auslassen des «t» machte es besonders *intim*) war wohlbekannt von Quebec bis Kaluga. Wie sie es in ihrem exotischen Englisch ausdrückte: «Der Ruhm schlug ein und der Rubel rollte und die Dollars rannen» (beide Währungen waren zu der Zeit in Ost-Estotiland gängig); aber die gute Ida, weit davon entfernt, Marina zu verlassen, in die sie platonisch und unwiderruflich verliebt war, seit sie sie in *Bilitis* gesehen hatte, klagte sich selbst an, Lucette zu vernachlässigen durch Hingabe an *Literatur;* folglich widmete sie dem Kind, in Zwischenspurts ferienmäßigen Eifers, beträchtlich mehr Aufmerksamkeit, als der armen kleinen Ada (sagte Ada) ihrerseits mit zwölf zuteil geworden war nach *ihrem* ersten (miserablen) Semester in der Schule. Van war solch ein Idiot gewesen: Cordula zu verdächtigen! Tugendhafte, sanfte, dumme kleine Cordula de Prey, wo Ada ihm doch zweimal, dreimal, in verschiedenen Kodes, erklärt hatte, sie habe eine unanständige zärtliche Schulkameradin *erfunden* zu einem Zeitpunkt, da sie buchstäblich von ihm *fortgerissen* worden war, und – im voraus, sozusagen – die Existenz eines solchen Mädchens nur vorgetäuscht. Eine Art Blanko-Scheck, den sie von ihm wollte. «Na gut, den kriegtest du», sagte Van, «aber nun ist er vernichtet und wird nicht erneuert; aber warum bist du hinter dem fetten Percy hergelaufen, was war da so wichtig?»

«Oh, sehr wichtig», sagte Ada, die einen Tropfen Honig auf ihrer Unterlippe erwischte, «seine Mutter war am Dorophon, und er sagte, richte ihr bitte aus, er sei auf dem Heimweg, und Ada vergaß das völlig und kam sofort hier raufgesaust, um dich zu küssen!»

«Im Riverlane-Internat», sagte Van, «nannten wir das eine Topfkuchen-Wahrheit: nur die Wahrheit, und nichts als die Wahrheit, mit einem Loch in der Wahrheit.»

«Ich hasse dich», schrie Ada und machte, was sie ein Warn-Frosch-Gesicht nannte, denn Bouteillan war im Eingang aufgetaucht, Schnurrbart rasiert, ohne Jackett, ohne Krawatte, mit knallroten Hosenträgern, die seine gut ausgefüllten schwarzen Hosen bis zur Brust hochhielten. Er entfernte sich mit dem Versprechen, ihnen den Kaffee zu bringen.

«Aber laß mich dich fragen, lieber Van, laß mich dich etwas fragen. Wie viele Male war Van mir untreu seit September 1884?»

«Sechshundertunddreizehnmal», antwortete Van. «Mit mindestens zweihundert Huren, die mich nur liebkosten. Ich blieb dir absolut treu, weil das nur ‹Als-ob-Manipulationen› waren (unechte, unbedeutende Streicheleien von nicht erinnerten kalten Händen).»

Der Butler, nunmehr voll bekleidet, kam mit Kaffee und Toast. Und der *Ladore Gazette*. Sie enthielt ein Bild von Marina, wie sie von einem jungen lateinamerikanischen Schauspieler umschmeichelt wurde.

«Pah!» stieß Ada hervor. «Das hatte ich ganz vergessen. Er kommt heute, mit einem Filmer, und unser Nachmittag wird hin sein. Aber ich fühle mich erfrischt und fit», setzte sie hinzu (nach einer dritten Tasse Kaffee).

«Es ist erst zehn Minuten vor sieben. Wir machen jetzt einen hübschen Spaziergang durch den Park; es gibt zwei oder drei Stellen, die du vielleicht wiedererkennst.»

«Meine Liebste», sagte Van, «meine Phantom-Orchidee, meine liebliche Blasen-Senna! Ich habe zwei Nächte lang nicht geschlafen – von der ich eine damit verbrachte, mir die andere vorzustellen, und diese andere wurde weit mehr, als ich mir vorgestellt hatte. Ich habe erst einmal genug von dir.»

«Kein sehr feines Kompliment», sagte Ada und klingelte geräuschvoll nach mehr Toast.

«Ich habe dir acht Komplimente gezollt, wie ein gewisser Venezianer –»

«Ich bin an vulgären Venezianern nicht interessiert. Du bist so grob geworden, lieber Van, so seltsam . . .»

«Tut mir leid», sagte er und stand auf. «Ich weiß nicht mehr, was ich sage. Ich bin todmüde. Ich sehe dich beim Mittagessen wieder.»

«Es gibt heute kein Mittagessen», sagte Ada. «Es wird irgendeinen schmierigen Imbiß am Schwimmbecken geben, und den ganzen Tag lang klebrige Drinks.»

Er wollte sie auf ihren seidigen Kopf küssen, aber in dem Augenblick kam Bouteillan herein, und während Ada ihn ärgerlich ausschimpfte, weil er sie so kärglich mit Toast versorgte, entschlüpfte Van.

32

Das Drehbuch war jetzt fertig. Marina, im goldenen Seiden-Bademantel und Kulihut, ruhte lesend in einem Liegestuhl auf der Terrasse. Ihr Regisseur, G. A. Vronskij, ältlich, kahlköpfig, mit einer Decke grauhaariger Bepelzung auf der fetten Brust, schlürfte wechselweise seinen Vodka-Tonic und fütterte Marina mit Schreibmaschinenseiten aus einem Aktendeckel. Zu ihrer anderen Seite saß mit gekreuzten Beinen auf einer Matte Pedro (Nachname unbekannt, Bühnenname vergessen), ein abstoßend hübscher, praktisch nackter junger Schauspieler mit Satyr-Ohren, schrägen Augen und Luchs-Nüstern, den sie aus Mexiko mitgebracht hatte und in einem Hotel in Ladore hielt.

Ada, die auf dem Rand des Schwimmbeckens lag, tat ihr Bestes, um den scheuen Dackel dazu zu bringen, in einer einigermaßen aufrechten und anständigen Haltung in die Kamera zu blicken, während Philip Rack, ein unbedeutender, doch im ganzen liebenswürdiger junger Musiker, der in seiner ausgebeutelten Badehose noch entmutigter und ungeschickter aussah als in dem grünen Samtanzug, den er während der Klavierstunden, die er Lucette gab, für die angemessene Bekleidung hielt, versuchte, ein Photo zu machen von dem widerspenstigen, lefzenleckenden Tier und den geteilten Brüsten des Mädchens, die durch ihre vorgeneigte Haltung noch deutlicher im Ausschnitt ihres Badeanzugs enthüllt wurden.

Wenn man die Kamera nun zu einer anderen Gruppe fahren würde, ein paar Schritte weiter unter den Glyzinien-Ranken des Terrassenbogens, könnte man eine Halbtotale machen von der schwangeren Frau des jungen Maestro in einem gepunkteten Kleid, wie sie die Gefäße neu mit gesalzenen Mandeln füllt, und von unserer berühmten Romanschreiberin, prangend in lila Volants, lila Hut, lila Schuhen, wie sie Lucette ein gestreiftes Hemdchen aufdrängt und dauernd von ihr zurückgewiesen wird mit rüden Bemerkungen, die jene von einer Magd aufgeschnappt hatte, aber in einer Lautstärke äußerte, die eben jenseits des Hörbereichs von der leicht tauben Mlle Larivière lag.

Lucette blieb oben frei. Ihre feste glatte Haut hatte die Farbe von Pfirsichsirup, ihre kleine Kruppe in den weidengrünen Shorts rollte drollig hin und her, die Sonne lag glänzend auf ihrem rostbraunen Haarschopf und rundlichen Oberkörper: Er zeigte nur einen Anflug von weiblichen Rundungen, und Van, in düsterer Stimmung, dachte mit gemischten Gefühlen daran, wieviel stärker entwickelt ihre Schwester im Alter von noch nicht ganz zwölf gewesen war.

Den größten Teil des Tages hatte er fest schlafend in seinem Zimmer verbracht, und ein langer, weitschweifiger, trostloser Traum hatte in einer Art pointenloser Parodie seine anstrengende «casanovaische» Nacht mit Ada und das irgendwie ominöse Morgengespräch mit ihr wiederholt. Nun, da ich dies niederschreibe, nach so vielen Höhlen und Höhen der Zeit, finde ich es nicht einfach, unsere Unterhaltung, wie sie in unvermeidlich stilisierter Form aufgezeichnet ist, von dem Gesumme der Klagen über scheußliche Treuebrüche zu trennen, von denen Jung-Van in seinem finsteren Alptraum besessen gewesen war. Oder träumte er jetzt, daß er geträumt hatte? War es Wirklichkeit, daß eine groteske Gouvernante einen Roman mit dem Titel *Les Enfants Maudits* geschrieben hatte? Um von frivolen Wachspuppen verfilmt zu werden, die jetzt die Bearbeitung diskutierten? Um noch abgeschmackter gemacht zu werden als das ursprüngliche «Buch des Halbmonats» mit seinen glucksenden Waschzetteln? Verachtete er Ada so, wie er's im Traum tat? Er tat's.

Nun, mit fünfzehn, war sie eine aufreizende und hoffnungslose Schönheit; liederlich obendrein; erst vor zwölf Stunden, im schummrigen Werkzeugraum, hatte er ihr ein Rätsel ins Ohr geflüstert: Was beginnt mit lateinisch «Gott» und endet mit lateinisch «beten»? Sie war exzentrisch in Gewohnheiten und Kleidung. Sie scherte sich nicht ums Sonnenbaden, und nicht eine Spur der Bräune, die Lucette kalifornisiert hatte, war auf dem schamlosen Weiß von Adas langen Gliedmaßen und mageren Schulterblättern zu entdecken.

Eine entfernte Cousine, nicht mehr Renés Schwester, nicht einmal seine Halbschwester (von Monparnasse so lyrisch anathematisiert), so stieg sie über ihn weg wie über ein Holzscheit und brachte den verlegenen Hund zu Marina zurück. Der Schauspieler, dem es durchaus passieren konnte, in einer künftigen Szene in jemandes Faust zu laufen, machte in gebrochenem Französisch eine anzügliche Bemerkung.

«Du sollst nicht zuhören», murmelte Ada dem deutschen Dack zu, bevor sie ihn unter die «Verfluchten Kinder» in Marinas Schoß legte. *«On ne parle pas comme ça devant un chien»*, setzte Ada hinzu, ohne Pedro eines Blickes zu würdigen, der dennoch aufstand, seinen Zwickel zurechtrückte und ihr bis zum Swimmingpool mit einem Nurschinskij-Sprung zuvorkam.

War sie wirklich schön? War sie wenigstens das, was man attraktiv nennt? Sie war Verzweiflung, sie war Qual. Das dumme Ding hatte ihr Haar unter eine Gummikappe gestopft, und das verlieh ihrem Hals ein unvertrautes, fast klinisches Aussehen, mit merkwürdigen dunklen Strähnen und Sprößlingen, als hätte sie den Posten einer Krankenschwester angenommen und würde nie wieder tanzen. Ihr verblichener blaugrauer, einteiliger Badeanzug hatte einen Fettfleck und ein Loch oberhalb der einen Hüfte – durchgeknabbert, hätte man meinen können, von einer talg-hungrigen Larve – und erschien viel zu kurz, um angenehm und bequem zu sein. Sie roch nach feucht-warmer Baumwolle, Achselhöhlen-Haar und Weißen Seerosen, wie die wahnsinnige Ophelia. Keine dieser Kleinigkeiten hätte Van gestört, wären sie und er allein gewesen; aber die Gegenwart des Maskulin-Schau-Spielers machte alles zweideutig, gräulich und unerträglich. Wir kehren wieder an den Beckenrand zurück.

Unser junger Mann, über die Maßen *bresgliv* (empfindlich,

leicht angewidert) hatte keinerlei Neigung, ein paar Kubikmeter gechlorten Zölestins («bläut dein Bad») mit zwei anderen Burschen zu teilen. Er war ausgesprochen kein Japaner. Es schauderte ihn vor Ekel bei dem Gedanken an das Hallenbad seines Internats, die laufenden Nasen, die pickligen Oberkörper, die zufälligen Berührungen mit widerlichem männlichen Fleisch, die verdächtige Blase, die wie eine kleine Stinkbombe zerplatzte, und besonders, besonders der höfliche, hinterhältige, triumphierende und absolut abstoßende Wicht, der in schulterhohem Wasser stand und heimlich urinierte (und, Gott, wie er ihn verdroschen hatte, obwohl jener Vere de Vere drei Jahre älter war als er).

Er hielt sich sorgfältig außer Reichweite aller möglichen Spritzer, als Pedro und Phil in ihrem fauligen Bad schnoben und tobten. Schon versuchte der Pianist, während er obenauf trieb und mit servilem Grinsen sein scheußliches Zahnfleisch zeigte, Ada aus ihrer hingestreckten Lage auf dem gekachelten Rand ins Bekken zu ziehen, aber sie entwischte seinem Verzweiflungsgriff, indem sie den großen orangefarbenen Ball umschlang, den sie gerade herausgefischt hatte, und ihn mit diesem Schild wegstieß; darauf warf sie Van den Ball zu, der ihn zur Seite schlug, der das Gambit verweigerte, die Gambade ignorierte, die Gamine verschmähte.

Und nun zog sich der haarige Pedro an der Kante hoch und fing an, mit dem elenden Mädchen zu flirten (seine banalen Aufmerksamkeiten machten ihr wirklich am wenigsten Sorge).

«Ihr kleines Öffnung muß wieder zugemakt werden», sagte er.

«*Que voulez-vous dire*, um Himmels willen?» fragte sie, anstatt ihn mit Rückhand zu bedienen.

«Gestatten, daß ich Ihr reizendes Penetralium berühre», beharrte der Idiot und legte einen feuchten Finger auf das Loch in ihrem Badeanzug.

«Ach *das*» (achselzuckend und den Träger wieder zurechtrükkend, der durch das Achselzucken verrutscht war). «Lassen Sie das. Nächstes Mal, vielleicht, zieh ich meinen sagenhaften neuen Bikini an.»

«Nächstes Mal, vielleicht, no Pedro?»

«Pech gehabt», sagte Ada. «Nun seien Sie ein lieber Hund und holen Sie mir eine Coke.»

«E tu?» fragte Pedro Marina, als er an ihrem Stuhl vorbeiging. «Noch einen Screwdriver?»

«Ja, Lieber, aber mit Grapefruit, nicht Orange, und ein bißchen *zucchero.* Ich begreife nicht» (sich Vronskij zuwendend), «warum ich auf dieser Seite wie eine Hundertjährige klinge und auf der nächsten wie eine Fünfzehnjährige? Denn wenn es ein flashback ist – und es ist ein flashback, nehme ich an» (sie sprach es *fleshbeck* aus), «dürfte Renny, oder wie heißt er, René, nicht wissen, was er zu wissen scheint.»

«Er weiß es ja auch nicht», schrie G. A., «es ist nur ein halbherziger flashback. Jedenfalls weiß dieser Renny, dieser Liebhaber Nummer Eins, natürlich nicht, daß sie sich Mühe gibt, Liebhaber Nummer Zwei loszuwerden, während sie sich die ganze Zeit überlegt, ob sie es wagen kann, sich weiterhin mit Nummer Drei zu treffen, dem *gentleman farmer,* verstehst du?»

«Nu, eto schto-to sloschnovato (einigermaßen kompliziert), Grigorij Akimovitsch», sagte Marina, sich an der Wange kratzend, da sie ständig dazu neigte, aus reiner Selbsterhaltung die ganz beträchtlichen *sloschnye* Muster ihrer eigenen Vergangenheit zu diskontieren.

«Lies weiter, lies weiter, es wird alles sonnenklar», sagte G. A., sein eigenes Exemplar durchpflügend.

«Übrigens», bemerkte Marina, «hoffe ich, daß die liebe Ida nichts dagegen hat, wenn wir aus ihm nicht nur einen Dichter, sondern auch einen Ballett-Tänzer machen. Das würde Pedro wunderbar hinkriegen, aber französische Gedichte aufsagen lassen kann man ihn nicht.»

«Wenn sie protestiert», sagte Vronskij, «kann sie gehen und sich einen Telegraphenmasten reinstecken – wohin er gehört.»

Der unanständige «Telegraph» veranlaßte Marina, die eine heimliche Schwäche für gepfefferte Witze hatte, in ein adaähnliches, leis rollendes Gelächter auszubrechen: «Aber im Ernst, ich versteh immer noch nicht, wie und warum seine Frau – ich meine die von dem zweiten – die Situation akzeptiert (*poloschenie*).»

Vronskij spreizte Finger und Zehen.

«Pritschjom tut poloschenie (Situation – Schituation)? Sie weiß herzlich wenig über jenes Verhältnis, und außerdem ist sie sich

im klaren, daß sie plump und altmodisch ist und es einfach nicht aufnehmen kann mit der feschen Hélène.»

«Ich versteh's ja, aber die andern?» sagte Marina.

Inzwischen kam Herr Rack wieder angeschwommen und gesellte sich zu Ada auf dem Beckenrand und verlor bei dem amphibischen Emporhieven beinah seine ausgebeulte Badehose.

«Gestatten Sie mir, Ivan, daß ich Ihnen auch eine nette, kalte, russische *kok* hole?» sagte Pedro – wirklich ein sehr netter und liebenswürdiger Junge, im Grunde. «Holen Sie sich eine Kokesnuß», erwiderte der freche Van, den armen Faun auf die Probe stellend, der es nicht mitbekam, in keiner Hinsicht, und vergnüglich kichernd zu seiner Matte zurückkehrte. Claudius, zumindest, machte Ophelia nicht den Hof.

Der melancholische junge Deutsche war in einer philosophischen Stimmung, die ans Selbstmörderische grenzte. Er mußte nach Kalugano zurückkehren mit seiner Elsie, die, so meinte Doc Ecksreher, «ihm in drei Wochen Drillinge schenken würde.» Er haßte Kalugano, seine und ihre Heimatstadt, wo in einem Augenblick «wechselseitiger Verirrung» die dumme Elsie ihm auf einer Parkbank ihr Alles gegeben hatte nach einer herrlichen Büro-Fête von «Musakovskijs Orgeln», wo der übersexte, bedauernswerte Dummkopf eine gute Anstellung besaß.

«Wann reisen Sie ab?» fragte Ada.

«Donnerstag – übermorgen.»

«Schön. Das ist schön. Adieu, Mr. Rack.»

Der arme Philip fiel in sich zusammen, schrieb mit dem Finger traurige Nichtse auf den nassen Stein, schüttelte den schweren Kopf, schluckte sichtbar.

«Man fühlt . . . Man fühlt», sagte er, «daß man bloß eine Rolle spielt und die nächste Rede vergessen hat.»

«Das fühlen viele, hörte ich», sagte Ada, «das muß ein *furchtbares* Gefühl sein.»

«Dem kann nicht abgeholfen werden? Überhaupt keine Hoffnung mehr? Ich liege im Sterben, ja?»

«Sie sind tot, Mr. Rack», sagte Ada.

Sie hatte während dieses schrecklichen Gesprächs um sich geblickt und sah jetzt den reinen, wilden Van ziemlich weit weg unter dem Tulpenbaum, eine Hand auf der Hüfte, den Kopf zurückgeworfen, Bier aus einer Flasche trinken. Sie verließ den

Beckenrand mit der Leiche und bewegte sich in Richtung auf den Tulpenbaum, wobei sie einen strategischen Umweg machte zwischen der Autorin, die – immer noch im unklaren darüber, was man mit ihrem Roman anstellte – in einem Liegestuhl döste (aus dessen hölzernen Armlehnen ihre rundlichen Finger wie rosa Pilze herauswuchsen), und der Hauptdarstellerin, die jetzt an einer Liebesszene herumrätselte, in der die «strahlende Schönheit» der jungen Schloßherrin erwähnt wurde.

«Aber», sagte Marina, «wie kann man ‹strahlend› darstellen, was heißt strahlende Schönheit?»

«Blasse Schönheit», sagte Pedro hilfsbereit, zu Ada aufblikkend, die gerade vorüberging, «die Schönheit, für die viele Männer ihre Glieder abschneiden würden.»

«Okay», sagte Vronskij. «Laß uns weitermachen mit diesem verdammten Skript. Er verläßt die Terrasse beim Schwimmbad, und da wir erwägen, es in Farbe zu machen –»

Van verließ die Terrasse beim Schwimmbad und schlenderte davon. Er bog in einen Seitenweg ein, der zu einem bewaldeten Teil des Gartens führte und unmerklich in den eigentlichen Park überleitete. Sogleich merkte er, daß Ada ihm eilig gefolgt war. Sie hob den Ellbogen, den schwarzen Stern ihrer Achselhöhle entblößend, riß die Badekappe herunter und setzte mit einem Kopfschütteln eine Flut von Haaren frei. Lucette, in Farbe, trottete hinter ihr her. Aus Mitgefühl für die bloßen Füße der Schwester änderte Van seinen Kurs von Kiesweg auf Samtrasen (und kehrte damit die Handlung von Dr. Ero um, dem vom Unsichtbaren Albino Verfolgten in einem der großartigsten Romane der englischen Literatur). Sie holten ihn im Zweiten Dikkicht ein. Lucette, im Vorübergehen, hielt an, um die Badekappe ihrer Schwester und die Sonnenbrille aufzuheben – die Brille vieler Wonnen, ein Jammer, sie fortzuwerfen! Meine ordentliche kleine Lucette (ich werde dich nie vergessen . . .) legte beide Gegenstände auf einen Baumstumpf neben eine leere Bierflasche, trottete weiter und kam dann zurück, um ein Bündel rosa Pilze zu untersuchen, die an dem Stumpf staken, schnarchend. Doppel-Aufnahme, Doppel-Belichtung.

«Bist du wütend, weil –» begann Ada schon beim Überholen (sie hatte einen Satz vorbereitet wie, daß sie doch immerhin höflich bleiben mußte gegenüber einem Klavierstimmer, praktisch einem Diener, mit einem obskuren Herzleiden und einer gewöhnlichen, armseligen Frau – aber Van unterbrach sie).

«Ich habe dir», sagte er, es wie ein Geschoß herausschleudernd, «zwei Dinge vorzuwerfen. Eine Brünette, auch eine schlampige Brünette sollte ihre Leistengegend rasieren, bevor sie sie vorzeigt, und ein wohlerzogenes Mädchen gestattet einem tierischen Wollüstling nicht, ihr in die Rippen zu pieken, selbst wenn sie einen mottenzerfressenen, stinkigen Fetzen tragen muß, der viel zu kurz für ihre Reize ist. *Ach!*» sagte er noch. «Warum, zum Teufel, bin ich wieder nach Ardis gekommen!»

«Ich versprech es, ich versprech es, von jetzt an vorsichtiger zu sein und mir den lausigen Pedro fernzuhalten», sagte sie mit glücklichem, heftigem Kopfnicken – und einem Ausbruch köstlicher Erleichterung, dessen Ursache Van erst viel später quälen sollte.

«Oh, wartet auf mich!» japste Lucette.

(Qualen, mein armer Liebster! Qualen! Ja! Aber's ist alles versunken und tot. Adas späte Anmerkung.)

Die drei bildeten eine hübsche, arkadische Gruppe, als sie sich auf den Rasen fallen ließen, unter der großen Trauerzeder, deren aus der Reihe tanzende Zweige einen orientalischen Baldachin ausbreiteten (der hier und dort von Krücken aus eigenem Fleisch gestützt wurde wie dieses Buch) über zwei schwarzen Köpfen und einem goldroten, wie damals über dich und mich in dunklen, warmen Nächten, als wir unbekümmerte, glückliche Kinder waren.

Van, auf dem Rücken ausgestreckt, krank von Erinnerungen, tat die Hände hinter seinen Nacken und verengte seine Augen vor dem libanesischen Himmelsblau zwischen den Bruchstellen des Blattwerks. Lucette bewunderte liebevoll seine langen Augenwimpern und bemitleidete zugleich seine zarte Haut um die entzündeten Flecken und Stacheln zwischen Hals und Kinnlade, wo das Rasieren den meisten Kummer bereitete. Ada saß da, das Liebespostkarten-Profil gesenkt, das melancholische, magdalenenhafte Haar (in Einklang mit den Trauer-Schatten) an ihrem blassen Arm herabhängend, und untersuchte gedankenverloren die gelbe Kehle eines wachs-weißen Sumpfwurzes, den sie aufgelesen hatte. Sie haßte ihn, sie vergötterte ihn. Er war brutal, sie war wehrlos.

Lucette, immer dabei, ihre Rolle als klettenhaftes, zärtlich nervöses Mägdlein zu spielen, legte beide Handflächen auf Vans behaarte Brust und wollte wissen, warum er böse sei.

«Ich bin nicht mit *dir* böse», antwortete Van schließlich.

Lucette küßte seine Hand, dann attackierte sie ihn.

«Hör auf damit!» sagte er, da sie auf seinem bloßen Oberkörper herumzappelte. «Du bist unangenehm kalt, Kind.»

«Das ist nicht wahr, ich bin heiß», gab sie zurück.

«Kalt wie zwei Hälften Dosen-Pfirsich. Nun geh da runter, bitte.»

«Warum zwei? Warum?»

«Ja, warum», knurrte Ada mit einem Schauder des Entzükkens, und sich vornüber beugend, küßte sie ihn auf den Mund. Er mühte sich aufzustehen. Die beiden Mädchen küßten ihn jetzt abwechselnd, dann küßten sie sich gegenseitig, dann waren sie wieder eifrig mit ihm beschäftigt – Ada gefährlich lautlos, Lucette mit kleinen Freudenjuchzern. Ich erinnere mich nicht, was *Les Enfants Maudits* taten oder sagten in Monparnasses Novelle – sie wohnten in Bryants Château, glaube ich, und es begann damit, daß Fledermäuse eine nach der anderen aus dem *œil-de-bœuf* eines Turms in den Sonnenuntergang hinausflogen, aber *diese* Kinder (die die Novellistin gar nicht wirklich kannte – ein delikater Punkt) hätten auch recht unterhaltsam gefilmt werden können, hätte der schnüffelnde Kim, der Küchen-Foto-Fanatiker, die nötige Ausrüstung besessen. Man schreibt höchst ungern über solche Angelegenheiten, bei der schriftlichen Beschreibung kommt alles so unsauber heraus, im ästhetischen Sinne, aber man kann nicht umhin, in dieser allerletzten Dämmerung (wo kleinere künstlerische Schnitzer schwächer sind als sehr flüchtige Fledermäuse in einer insektenarmen Wildnis orangener Luft) sich zu entsinnen, daß Lucettes taufeuchte kleine Beiträge Vans unweigerliche Reaktion auf die leichteste Berührung, echt oder eingebildet, des einzigen und hauptsächlichen Mädchens eher förderten als dämpften. Ada, die mit ihrer seidigen Mähne über seine Brustwarzen und seinen Bauchnabel streifte, genoß es offensichtlich, mit allen erdenklichen Mitteln meinen jetzigen Bleistift aufzuregen und, in jener lächerlich weit zurückliegenden Vergangenheit, ihre unschuldige kleine Schwester bemerken und registrieren zu lassen, was Van nicht kontrollieren konnte. Die gepreßte Blume wurde nun unter dem Gummigürtel seiner schwarzen Badehose durch zwanzig kitzelnde Finger munter eingepfercht. Als Ornament hatte sie keinen großen Wert; als Spiel war sie unangebracht und gefährlich. Er schüttelte seine hübschen Quälgeister ab und ging auf seinen Händen davon, eine schwarze Maske über seiner Karnevals-Nase. In dem Augenblick tauchte die Gouvernante keuchend und rufend auf. *«Mais qu'est-ce qu'il t'a fait, ton cousin?»* fragte sie wieder und wieder, als Lucette, die gleichen, gänzlich unberechtigten Tränen vergießend wie einst Ada, in ihre lilabeflügelten Arme stürzte.

33

Der folgende Tag begann mit Nieselregen, klärte sich aber nach dem Lunch auf. Lucette hatte ihre letzte Klavierstunde bei dem schwermütigen Herrn Rack. Das sich wiederholende Kling-Bumm-Kling traf Van und Ada während der Rekognoszierung eines Flurs im zweiten Stock. Mlle Larivière war im Garten, Marina war nach Ladore ausgeflogen, und so schlug Van vor, Lucettes «hörbare Abwesenheit» zu nutzen, indem sie Zuflucht in einem oben gelegenen Ankleidezimmer suchten.

Lucettes erstes Dreirad stand dort in einer Ecke; ein Bücherbord über einer cretonnebezogenen Couch barg einige der alten «unberührbaren» Schätze des Kindes, darunter auch die zerfledderte Anthologie, die er ihr vor vier Jahren gegeben hatte. Die Tür konnte nicht zugeschlossen werden, aber Van war ungeduldig, und die Musik würde sicherlich fortdauern, fest wie eine Wand, noch mindestens zwanzig Minuten. Er hatte seinen Mund in Adas Nacken vergraben, als sie erstarrte und warnend einen Finger hob. Schwere, langsame Schritte kamen die Haupttreppe herauf. «Schick ihn weg», flüsterte sie. «*Tschort* (zur Hölle)», fluchte Van, rückte seine Kleidung zurecht und trat auf den Treppenabsatz hinaus. Philip Rack kam heraufgestapft, mit rukkendem Adamsapfel, schlecht rasiert, aschfahl, das Zahnfleisch entblößt, eine Hand auf der Brust, die andere eine Rolle rosa Papier zerknüllend, während die Musik wie durch irgendeine mechanische Vorrichtung getrieben ganz von selbst weiterspielte.

«Es gibt eine unten in der Halle», sagte Van, in der Annahme, oder in der vorgetäuschten Annahme, der unglückliche Bursche litte an Magenkrämpfen oder Übelkeit. Aber Herr Rack wollte «sich nur verabschieden» – von Ivan Demonovitsch (miserabel auf dem zweiten «o» betont), von Fräulein Ada, von Mademoiselle Ida, und natürlich von Madame. Wie schade, Vans Cousine und Tante waren in der Stadt, aber gewiß würde Phil seine Freundin Ida schreibenderweise im Rosengarten antreffen. Ob Van sich dessen sicher sei? Van war sich verdammt sicher. Herr Rack schüttelte Vans Hand mit einem tiefen Seufzer, blickte auf, blickte nieder, klopfte mit seiner geheimnisvollen Rolle rosa Papier auf das Treppengeländer und ging zurück ins Musikzimmer, wo Mozart ins Stocken geraten war. Einen Moment lang wartete Van, lauschend und unfreiwillig Grimassen schneidend, dann gesellte er sich flugs wieder zu Ada. Sie saß da mit einem Buch auf dem Schoß.

«Ich muß mir die rechte Hand waschen, ehe ich dich oder irgend etwas anfasse», sagte er.

Sie las nicht wirklich, sondern blätterte nervös, ärgerlich, abwesend durch die Seiten – aus Zufall – jener alten Anthologie – *sie*, die sonst immer, sobald sie ein Buch aufnahm, sofort ganz in Anspruch genommen wurde, gleichgültig, in welchen Text sie «vom Ufer des Buchs» mit der natürlichen Bewegung eines Waserwesens, das man wieder in seinen Bach setzt, zurückzutauchen pflegte.

«Ich habe in meinem ganzen Leben keine feuchtere, schlaffere, widerlichere Pfote gedrückt», sagte Van und ging fluchend (die Musik unten hatte aufgehört) in das Kinderzimmer-WC, wo es einen Wasserhahn gab. Von dessen Fenster aus sah er, wie Rack seine unförmige schwarze Aktentasche in den vorderen Gepäckkorb seines Fahrrads stellte und von hinnen kurvte, vor einem unempfänglichen Gärtner den Hut lüpfend. Das Gleichgewicht des schwerfälligen Radlers überlebte seine vergebliche Geste nicht: er schrammte hart an der Hecke auf der anderen Wegseite entlang und stürzte. Für einen Augenblick oder zwei verharrte

Rack in verworrener Vereinigung mit dem Liguster, und Van überlegte, ob er ihm nicht zu Hilfe eilen sollte. Der Gärtner hatte dem kranken oder betrunkenen Musiker den Rücken zugekehrt, der sich jetzt, Gott sei Dank, aus dem Buschwerk erhob und seine Aktentasche zurück in den Gepäckkorb stellte. Er radelte langsam davon, und eine Woge unerklärlichen Abscheus veranlaßte Van, in das Toilettenbecken zu speien.

Als er zurückkam, hatte Ada das Zimmer schon verlassen. Er entdeckte sie auf einem Balkon, wo sie einen Apfel für Lucette schälte. Der nette Pianist pflegte ihr stets einen Apfel mitzubringen oder manchmal auch eine ungenießbare Birne oder zwei kleine Pflaumen. Jedenfalls war dies sein letztes Geschenk.

«Mademoiselle ruft dich», sagte Van zu Lucette.

«Nun, dann wird sie eben warten müssen», sagte Ada, während sie gemächlich an der «idealen Schale» weiterschnitt, eine gelb-rote Spirale, die Lucette mit ritueller Faszination beobachtete.

«Hab noch was zu tun», stieß Van hervor. «Bin unsäglich gelangweilt. Werde in der Bibliothek sein.»

«Okay», antwortete Lucette mit heller Stimme, ohne sich umzudrehen – und kreischte vor Vergnügen, als sie die fertige Girlande erwischte.

Er verbrachte eine halbe Stunde auf der Suche nach einem Buch, das er an einen falschen Platz zurückgestellt hatte. Als er es endlich fand, sah er, daß es bereits von ihm mit Marginalien versehen war, so daß er es nicht mehr brauchte. Eine Zeitlang lag er auf dem schwarzen Divan, aber das schien den Druck leidenschaftlicher Obsession nur noch zu verstärken. Er beschloß, über die Schnecke zum oberen Stock zurückzukehren. Dort rief er sich qualvoll, als etwas phantastisch Köstliches und hoffnungslos Unwiederbringliches, ins Gedächtnis zurück, wie sie in der Nacht der Brennenden Scheune, in seiner Erinnerung auf ewig großgeschrieben, mit ihrem Kerzenhalter nach oben eilte – er mit seinem tanzenden Licht hinter ihrem Gesäß, ihren Waden und beweglichen Schultern und fließenden Haaren einher, und die Schatten, von denen sie in riesigen Wellen schwarzer Geometrie auf ihrem sich emporschraubenden Kurs entlang der gelben Wand überholt wurden. Jetzt fand er die Tür im dritten Stock von der anderen Seite verschlossen und mußte wieder zur Bibliothek hinabsteigen (Erinnerungen jetzt von ganz gewöhnlichem Ärger weggewischt) und die Haupttreppe benutzen.

Als er auf die helle Sonne der Balkontür zuging, hörte er, wie Ada Lucette etwas erklärte. Etwas Lustiges, das zu tun hatte mit – ich weiß nicht mehr und kann's auch nicht erfinden. Ada hatte eine besondere Art, sich mit dem Abschluß eines Satzes zu beeilen, bevor Heiterkeit sie überholte, aber manchmal, wie jetzt, ließ schon ein kurzer Ausbruch ihre Worte explodieren, und dann pflegte sie sie wieder einzuholen und den Satz mit noch größerer Hast zu beenden, ihre Heiterkeit in Schach haltend, und dem letzten Wort folgte dann das dreifache Kräuseln eines klangvollen, kehligen, erotischen und eher behaglichen Lachens.

«Und jetzt, meine Süße», setzte sie hinzu, wobei sie Lucette auf die Grübchenwange küßte, «tu mir einen Gefallen: lauf hinunter und sag der bösen Belle, daß es höchste Zeit sei für deine Milch und *petit-beurre. Schivo* (schnell)! Inzwischen werden Van und ich uns ins Badezimmer zurückziehen oder sonstwohin, wo es einen guten Spiegel gibt – und ich werde ihm die Haare schneiden; er hat es dringend nötig. Nicht wahr, Van? Oh, ich weiß, wo wir hingehen ... Lauf los, lauf los, Lucette.»

34

Jenes Spiel unter der Sealyham-Zeder erwies sich als ein Fehler. Wann immer Lucette ohne Aufsicht ihrer schizophrenen Gouvernante war, wann immer man ihr nicht vorlas, mit ihr spazierenging oder sie zu Bett brachte, wurde sie nun zur Pest. Bei Einbruch der Nacht – falls nicht Marina in der Nähe war und, sagen wir, mit ihren Gästen unter den goldenen Globen der neuen Gartenlampen, die hier und dort im plötzlichen Grün erglühten und ihren Kerosin-Geruch mit dem Atem von Heliotrop und Jasmin mischten, pokulierte – konnten die Liebenden sich in die tiefere Dunkelheit hinausstehlen und dort bleiben, bis die *noc-*

turna – eine scharfe mitternächtliche Brise – kam und das Blattwerk zerwühlte *«troussant la raimée»*, wie Sore, der zotige Nachtwächter, es ausdrückt. Einmal war er mit seiner smaragdgrünen Laterne über sie gestolpert, und mehrere Male war eine Phantom-Blanche an ihnen vorbeigekrochen, leise lachend, um sich in irgendeinem bescheideneren Winkel mit dem robusten und zuverlässig bestochenen alten Glühwurm zu paaren. Aber den ganzen Tag auf eine günstige Nacht zu warten, war zuviel für unsere ungeduldigen Liebenden. Meist hatten sie sich schon lange vor dem Abendessen erschöpft, genau wie damals; Lucette jedoch schien hinter jedem Wandschirm zu lauern, aus jedem Spiegel zu spähen.

Sie probierten den Dachboden, bemerkten aber gerade noch rechtzeitig einen Spalt zwischen den Dielen, durch den man eine Ecke der Waschküche erkennen konnte, wo French, das zweite Mädchen, in ihrem Korsett und Unterrock hin und her lief. Sie blickten umher – und konnten nicht begreifen, wie es ihnen je möglich gewesen war, sich zwischen zersplitterten Kisten und herausragenden Nägeln zärtlich zu lieben oder durch das Oberlicht aufs Dach zu winden, das jeder grüne Kobold mit kupfernen Gliedern leicht von einer Astgabel der riesigen Ulme aus überwachen konnte.

Da war immer noch der Schieß-Pavillon mit seiner orientalisch behängten Nische unter dem heruntergezogenen Dach. Aber nun krabbelte es dort von Wanzen, stank nach schalem Bier und war so schmutzig und schmierig, daß man nicht einmal davon träumen konnte, sich dort auszuziehen oder den kleinen Divan zu benutzen. Alles, was Van dort von seiner neuen Ada sah, waren ihre elfenbeinernen Schenkel und Hüften, und als er sie das allererste Mal umfaßte, hieß sie ihn mitten in seiner ungestümen Freude über ihre Schultern und über das Fenstersims blicken, woran sich ihre Hände im verebbenden Beben ihrer Reaktion noch klammerten, und zur Kenntnis nehmen, daß Lucette sich nähere – tauspringend, entlang eines Pfades im Gesträuch.

Jene Zudringlichkeiten wurden bei den nächsten zwei oder drei Anlässen wiederholt. Lucette kam immer näher, sammelte jetzt einen Pfifferling auf und tat, als äße sie ihn roh, kroch dann herum, um einen Grashüpfer zu fangen, oder zumindest vollführte sie die natürlichen Bewegungen müßigen Spiels und sorgloser Geschäftigkeit. Sie pflegte bis zur Mitte der verwilderten Spielwiese vor dem verbotenen Pavillon vorzudringen und dort mit träumerischer Unschuldsmiene an dem Brett einer alten Schaukel zu rütteln, die von einem langen, luftig-hohen Ast von Kahla, einer stellenweise laublosen, aber noch gesunden alten Eiche herabhing (die – oh, ich erinnere mich, Van! – auf einer hundertjährigen Lithographie von Ardis vorkam, von Peter de Rast – als ein junger Koloß, der vier Kühe beschützt sowie einen Burschen in Lumpen mit einer entblößten Schulter). Als unser Liebespaar (du magst das autoriale Possessiv gern, nicht wahr, Van?) zufällig wieder hinausschaute, wiegte Lucette den mürrischen Dackel oder blickte zu einem Phantasie-Specht empor oder bestieg unter etlichen hübschen Verdrehungen gemächlich das graubeseilte Brett und schaukelte sanft und behutsam, als hätte sie's nie zuvor getan, während der Idiot Dack die verschlossene Pavillon-Tür anbellte. Sie beschleunigte ihren Schaukelschwung so schlau, daß Ada und ihr Kavalier, in der verzeihlichen Blindheit wachsender Wonne, nicht ein einziges Mal den Augenblick bezeugen konnten, da ein rundes rosiges Gesicht mit all seinen glühenden Sommersprossen emporschwang und zwei grüne Augen sich auf das erstaunliche Tandem richteten.

Der Schatten Lucette folgte ihnen vom Rasen zum Speicher, vom Pförtnerhaus zum Stall, von der modernen Duschkabine beim Schwimmbad zum alten Badezimmer oben. Lucette-aus-dem-Kasten sprang aus einer Truhe. Lucette wünschte, daß sie mit ihr spazierengingen. Lucette bestand darauf, daß sie «Bockspringen» mit ihr spielten – und Ada und Van tauschten finstere Blicke.

Ada ersann einen Plan, der nicht einfach war, nicht klug war und außerdem falsch funktionierte. Vielleicht tat sie's absichtlich. (Streich es aus, streich es aus, *bitte*, Van.) Die Vorstellung war, daß Van Lucette täuschen sollte, indem er sie in Adas Gegenwart streichelte, während er gleichzeitig Ada küßte, und indem er Lucette liebkoste und küßte, wenn Ada fort war «in den Wäldern» («in den Wäldern», «beim Botanisieren»). Dies, versicherte Ada, würde zwei Erfolge zeitigen – die Eifersucht des pubeszenten Kindes lindern und als Alibi herhalten für den Fall, daß sie sie in einer mehrdeutigen Balgerei erwischte.

Die drei kuschelten und kosten so häufig und so ausgiebig, daß eines Nachmittags er und Ada auf dem lang-leidenden schwarzen Divan schließlich ihre amouröse Erregung nicht länger zurückdämmen konnten, und unter dem absurden Vorwand eines Versteckspiels schlossen sie Lucette in einen Schrank, der dazu diente, gebundene Bände von *The Kaluga Waters* und *The Lugano Sun* aufzubewahren, und liebten sich heftig, während das Kind klopfte und rief und stieß, bis der Schlüssel herausfiel und das Schlüsselloch ein wütendes Grün annahm.

Jedoch noch widerwärtiger als jene scheußlichen Wutausbrüche war nach Adas Meinung der Anblick besessener Ekstase, den Lucettes Gesicht bot, wenn sie sich mit Armen und Knien und Greifschwanz fest an Van klammerte, als wäre er ein Baumstamm, gar ein wandelnder Baumstamm, und nicht abgetrennt werden konnte, es sei denn durch einen derben Schlag von der großen Schwester.

«Ich muß zugeben», sagte Ada zu Van, als sie in einem roten Boot flußabwärts einem Vorhang aus Trauerweiden auf einer Ladore-Insel entgegentrieben, «mit Scham und Kummer muß ich zugeben, Van, daß der fabelhafte Plan Stümperei ist. Ich glaube, der Balg hat eine schmutzige Phantasie. Ich glaube, sie ist geradezu kriminell in dich verliebt. Ich glaube, ich werde ihr erzählen, daß du ihr uteraler Bruder bist und daß es ungesetzlich ist und überhaupt abscheulich, mit uteralen Brüdern zu flirten. Häßliche dunkle Wörter jagen ihr Angst ein, das weiß ich; sie haben mir Angst eingejagt, als ich vier war; aber sie ist im Grunde ein dummes Kind und sollte vor Nachtmähren und Deckhengsten geschützt werden. Hört sie dann immer noch nicht auf, kann ich mich jederzeit bei Marina beklagen und sagen, sie störe uns bei unseren Meditationen und Studien. Aber vielleicht hast du gar nichts dagegen? Vielleicht erregt sie dich? Ja? Sie erregt dich, gestehe?»

«Dieser Sommer ist so viel trauriger als der andere», sagte Van sanft.

35

Wir befinden uns jetzt auf einer Weideninsel mitten im ruhigsten Flußarm des blauen Ladore, feuchte Felder auf der einen Seite und auf der anderen eine Ansicht von Bryants Château, fern und romantisch schwarz auf seinem Eichen-Hügel. In dieser ovalen Abgeschiedenheit unterwarf Van seine neue Ada einer vergleichenden Betrachtung; Gegenüberstellungen waren leicht, denn das Kind, das er vier Jahre vorher bis in die kleinsten Einzelheiten gekannt hatte, stand hell beleuchtet in seinem Gedächtnis vor demselben Hintergrund fließenden Blaus.

Ihre Stirnpartie schien sich verkleinert zu haben, nicht nur, weil sie selber gewachsen war, sondern auch, weil sie ihr Haar anders frisierte, mit einem dramatischen Wirbel vorn; ihre jetzt völlig makellose Weiße hatte einen besonders matten Ton angenommen, und weiche Falten durchzogen sie, als hätte sie die Stirn in all diesen Jahren zu oft gerunzelt, arme Ada.

Die Augenbrauen waren so königlich und stark wie immer.

Die Augen. Die Augen hatten ihre sinnlichen Lidfalten behalten; die Wimpern, ihr Anschein von Düsenstaub-Belag; die erhöhte Iris, ihre hindu-hypnotische Position; die Lider, ihre Unfähigkeit, bei der kürzesten Umarmung wachsam und weit offen zu bleiben; aber der Ausdruck jener Augen – wenn sie einen Apfel aß oder einen aufgelesenen Gegenstand untersuchte oder einfach einem Tier oder einem Menschen lauschte – hatte sich gewandelt, als ob neue Schichten von Verschwiegenheit und Trauer sich angesammelt hätten, die Pupille halb verschleiernd, während die schimmernden Augäpfel in ihren wunderschönen länglichen Höhlen ruheloser hin und her wanderten als ehedem: Mlle Hypnokush, «deren Augen nie auf dir verweilen und dich dennoch durchbohren».

Ihre Nase hatte nicht die Verdickung zu irischem Umriß durchgemacht wie Vans; aber das Nasenbein war entschieden kühner, die Spitze schien sich noch stärker nach oben zu biegen und hatte eine kleine, vertikale Rille, und er konnte sich nicht entsinnen, sie bei dem zwölfjährigen Iren-Kind gesehen zu haben.

Bei starker Beleuchtung war die Andeutung schwärzlichen

Seidenflaums (verwandt mit dem ihrer Unterarme) zwischen Mund und Nase auszumachen, aber der war dazu verurteilt, sagte sie, bei der ersten kosmetischen Sitzung der Herbst-Saison ausgerottet zu werden. Ein Strich Lippenstift verlieh ihrem Mund einen Ausdruck von sturer Verdrießlichkeit, der durch den Gegensatz den Schock der Schönheit noch erhöhte, wenn sie aus Lust oder Gier den feuchten Glanz ihrer großen Zähne und die roten Reichtümer von Zunge und Gaumen entblößte.

Ihr Hals war und blieb sein köstlichstes und durchdringendstes Entzücken, vor allem, wenn sie ihr Haar frei fließen ließ und die warme weiße, hinreißende Haut durchschimmerte, wo sich glänzende schwarze Strähnen zufällig voneinander trennten. Furunkel und Mückenstiche hatten aufgehört sie zu plagen, aber er entdeckte die fahle Spur eines zollangen Schnitts, der parallel zur Wirbelsäule direkt unterhalb der Taille hinablief, Resultat eines tiefen Kratzers, von einer erratischen Haarnadel im letzten August verursacht – oder vielmehr von einem dornigen Zweig im einladenden Heu.

(Du bist unbarmherzig, Van.)

Auf jener geheimen Insel (verboten für Sonntagspärchen – sie gehörte den Veens, und ein Hinweisschild verkündete gelassen, «Unbefugte könnten durch Jäger von Ardis Hall erschossen werden», Dans Formulierung) bestand die Vegetation aus drei babylonischen Weiden, einem Erlensaum, vielen Gräsern, Phleum, Calamus und ein paar violett-gelippten Zweiblättern, vor denen Adas Stimme dahinschmolz wie vor kleinen Hunden oder Kätzchen.

Unter dem Schutz jener neurotischen Weiden setzte Van seine Begutachtung fort.

Ihre Schultern waren von unerträglicher Anmut: Ich würde meiner Frau niemals erlauben, bei solchen Schultern trägerlose Kleider zu tragen, aber wie könnte sie meine Frau sein? In der englischen Version von Monparnasses ziemlich komischer Erzählung sagt Renny zu Nell: «Der schändliche Schatten unseres unnatürlichen Verhältnisses wird uns in die niederen Tiefen des Infernos folgen, das unser Vater, der da ist im Himmel, uns mit seinem superben Finger zeigt.» Aus irgendeinem merkwürdigen Grund sind die schlechteren Übersetzungen nicht die aus dem Chinesischen, sondern die aus schlichtem Französisch.

Ihre Brustwarzen, jetzt keck und rot, waren umrandet von feinen schwarzen Härchen, die auch bald verschwinden würden, denn sie seien, sagte sie, *«unschicklich»*. Wo hatte sie bloß, fragte er sich verwundert, dieses häßliche Wort aufgeschnappt? Ihre Brüste waren hübsch, hell und happig, aber irgendwie hatte er die kleinen, weichen Schwellungen des früheren Mädchens mit ihren formlos-stumpfen Knospen bevorzugt.

Er erkannte das vertraute, ganz eigene, schöne Einziehen ihres flachen jungen Bauches wieder, sein wunderbares «Spiel», den offenen und lebhaften Ausdruck der Schrägmuskeln und das «Lächeln» ihres Nabels – um aus dem Wortschatz der Bauchtänzerinnen-Kunst zu schöpfen.

Eines Tages brachte er sein Rasierköfferchen mit und half ihr, sich aller drei Fellchen Körperhaars zu entledigen:

«Jetzt bin ich Scheher», sagte er, «und du bist seine Ada, und dies ist dein grüner Gebetsteppich.»

In der Erinnerung an jenen Sommer blieben ihre Besuche auf der Insel eingraviert mit Verschlingungen, die nicht mehr entwirrt werden konnten. Sie sahen sich dort stehen, umschlungen, eingehüllt nur in bewegliche Blätter-Schatten, und dabei das rote Ruderboot beobachten, wie es sie mit seinen beweglichen Intarsien aus widergespiegelten Wellen davontrug, winkend, winkend mit ihren Taschentüchern; und dieses Mysterium vermischter Sequenzen wurde noch verstärkt durch solche Dinge wie das Zurücktreiben des Bootes auf sie zu, während es sich immer noch entfernte, Ruder durch Brechung verkrüppelt, Sonnenflecke nun andersherum rieselnd wie der Stroboskop-Effekt gegenläufiger Speichen, da der Festzug vorbeirollt. Zeit hielt sie zum Narren, ließ den einen eine erinnerte Frage stellen, den andern eine vergessene Antwort geben, und einmal, in einem schmalen Erlendickicht, das vom blauen Strom in Schwarz verdoppelt wurde, fanden sie ein Strumpfband, das, sie konnte es nicht leugnen, mit Sicherheit ihr gehörte, das sie aber nach Vans Überzeugung niemals während ihrer strumpflosen Sommerausflüge auf die Zauberinsel getragen hatte.

Ihre schönen, starken Beine waren vielleicht ein wenig länger gewachsen, doch hatten sie immer noch die glatte Blässe und Biegsamkeit ihrer Nymphchenjahre. Sie konnte noch immer an ihrem großen Zeh saugen. Der rechte Spann und der Rücken ihrer linken Hand trugen das gleiche kleine, nicht überdeutliche, aber unauslöschliche und geheiligte Muttermal, mit dem die Natur seine rechte Hand und seinen linken Fuß gekennzeichnet hatte. Sie versuchte, ihre Fingernägel mit Scheherazades Lack (eine sehr groteske Modetorheit der achtziger Jahre) zu überziehen, aber sie war unordentlich und vergeßlich in bezug auf Körperpflege, der Lack blätterte ab, hinterließ häßliche Flecken, und er bat sie, zu ihrem «glanzlosen» Zustand zurückzukehren. Als Entschädigung kaufte er ihr in Ladore-Stadt (jenem ziemlich eleganten kleinen Badeort) ein Goldkettchen fürs Fußgelenk, aber sie verlor es im Laufe ihrer anstrengenden Rendezvous und brach unerwartet in Tränen aus, als er sagte, macht nichts, ein anderer Liebhaber würde es eines Tages für sie wiederfinden.

Ihr Scharfsinn, ihre Begabung. Natürlich hatte sie sich in den vier Jahren verändert, aber auch er hatte sich verändert, in gleichlaufenden Stadien, so daß ihr Geist und ihre Sinne aufeinander abgestimmt geblieben waren und immer bleiben sollten, über sämtliche Trennungen hinweg. Keiner von beiden war das draufgängerische *Wunderkind* von 1884 geblieben, aber an Belesenheit übertrafen beide ihre Altersgenossen in noch unglaublicherem Ausmaß als in der Kindheit; und offiziell hatte Ada (geboren am 21. Juli 1872) ihren Privatschul-Besuch schon abgeschlossen, während Van, der zweieinhalb Jahre älter war als sie, Ende 1889 seinen M. A. zu schaffen hoffte. Adas Art der Unterhaltung mochte etwas von dem lustigen Glanz verloren haben, und die ersten schwachen Schatten dessen, was sie später als «mein unfruchtbares Schicksal» bezeichnete, waren erkennbar – zumindest im Rückblick; aber die Qualität ihres angeborenen Esprit hatte sich verstärkt, seltsame «metempirische» (wie Van sie nannte) Unterströmungen schienen sich innerlich zu verdoppeln und dergestalt den einfachsten Ausdruck ihrer einfachsten Gedanken zu bereichern. Sie las so gierig und wahllos wie er, aber jeder hatte ein mehr oder weniger «bevorzugtes» Thema herausgearbeitet – er den terrologischen Teil der Psychiatrie, sie das Drama (besonders das russische), eine «Anmaßung», die er in ihrem Fall für «angemessen» hielt, von der er aber doch hoffte, daß es eine vorübergehende Laune war. Ihre Florimania währte leider fort; jedoch nachdem Dr. Krolik (1886) in seinem Garten einem Schlaganfall erlegen war, hatte sie all ihre lebendigen Puppen in seinen offenen Sarg getan, wo er, sagte sie, rund und rosig lag wie *in vivo*.

In der Liebe reagierte Ada nun, in ihrer ansonsten schmerzlichen und schwankenden Jugend, noch aggressiver und stärker als in ihrer ungewöhnlich leidenschaftlichen Kindheit. Auch als eifrigem Erforscher von Krankheitsgeschichten war es Dr. Van Veen nie so recht gelungen, zu der glühenden, zwölf Jahre alten Ada ein passendes, nicht-straffälliges, nicht-nymphomanisches, intellektuell hochentwickeltes, geistig glückliches und normales englisches Kind in seiner Kartei zu finden, obwohl viele vergleichbare kleine Mädchen erblüht – und verwelkt waren in den alten Châteaus von Frankreich und Estotiland, porträtiert in ausschweifenden Liebesgeschichten und senilen Memoiren. Seine eigene Leidenschaft für sie zu studieren und zu analysieren fand Van noch viel schwieriger. Als er sich Liebkosung für Liebkosung seine Venus-Villa-Sessionen ins Gedächtnis zurückrief oder frühere Besuche der Hausboote von Ranta oder Livida, war es ihm eine Genugtuung, daß seine Reaktionen auf Ada immer noch jenseits all dessen lagen, wie auch die leiseste Berührung ihres Fingers oder Mundes entlang einer geschwollenen Ader nicht nur eine potentere, sondern wesentlich andere *delicia* hervorrief, als das langsamste «Machlangsam» des aufgeklärtesten jungen Hürleins. Was also war es, das den tierischen Akt auf eine Ebene hob, die höher war als die der exaktesten Künste oder der wildesten Flüge reiner Wissenschaft? Es genügte nicht, zu behaupten, daß er bei seinem Liebesakt mit Ada den plötzlichen Stich, das *agonj*, die Agonie höchster «Wirklichkeit» entdeckte. Besser gesagt, Wirklichkeit verlor ihre Anführungszeichen, die sie wie Klauen trug – in einer Welt, wo unabhängige und schöpferische Geister sich an Dinge klammern oder Dinge auseinanderreißen müssen, um Wahnsinn oder Tod (der der Hauptwahnsinn ist) abzuwehren. Für einen Spasmus oder zwei war er in Sicherheit. Die neue nackte Wirklichkeit brauchte weder Tentakel noch Anker; sie währte nur einen Augenblick, konnte aber wiederholt werden, so oft es ihm und ihr physisch möglich war, sich zu lieben. Farbe und Feuer jener unmittelbaren Wirklichkeit hingen einzig an Adas Persönlichkeit, so, wie sie von ihm wahrgenommen wurde. Dies hatte nichts zu tun mit Tugend oder der Vergeblichkeit von Tugend in einem weiten Sinne – tatsächlich wollte es Van später so vorkommen, als habe er in den Gluten jenes Sommers die ganze Zeit gewußt, daß sie ihm gräßlich untreu gewesen war, es immer noch war – genau wie sie wußte, lange bevor er ihr es erzählte, daß er während ihrer Trennung hin und wieder Gebrauch von jenen lebendigen Mechanismen gemacht hatte, die angespannte Männer für ein paar Minuten mieten konnten, wie es, mit verschwenderischen Holzschnitten und Photographien, in einer dreibändigen *Geschichte der Prostitution* beschrieben stand, die sie im Alter von zehn oder elf zwischen *Hamlet* und Captain Grants *Microgalaxis* gelesen hatte.

Um jener Gelehrten willen, die *diese* verbotenen Memoiren mit geheimem Kribbeln (sie sind menschlich) in den Geheim-Schluchten der Bibliotheken (wo das Geplapper, die Paarungen und Popos verrottender Pornographen pietätvoll aufbewahrt werden) lesen – muß ihr Autor am Rand der Fahnenabzüge, die ein bettlägeriger alter Mann heroisch korrigiert (denn jene schlüpfrigen langen Schlangen treiben die Leiden eines Schreibers auf die Spitze) noch ein paar Zusätze [das Ende des Satzes ist nicht zu entziffern, aber zum Glück ist der nächste Abschnitt auf eine Extra-Schreibblockseite gekritzelt. Anm. d. Hrsg.].

. . . das Entzücken über ihre Identität. Die Esel, die tatsächlich glauben könnten, im Sternenlicht der Ewigkeit stelle *meine*, Van Veens, und *ihre*, Ada Veens, Konjunktion irgendwo in Nordamerika, im neunzehnten Jahrhundert, nur ein Trillionstel eines trillionstel Partikels der Bedeutung eines punktgroßen Planeten dar, können *ailleurs, ailleurs, ailleurs* brüllen (nur der französische Ausdruck vermag das onomatopoetische Element zu liefern; der alte Veen ist nachsichtig), denn das Entzücken über ihre Identität, unters Mikroskop der Realität (der einzigen Realität) gelegt, zeigt ein komplexes System jener zarten Brücken, die von den Sinnen überquert werden – lachend, umschlungen, Blumen in die Luft werfend –, zwischen Häutchen und Hirn, und das immer eine Form von Gedächtnis war und ist, sogar im Moment der Wahrnehmung. Ich bin schwach. Ich schreibe schlecht. Ich werde vielleicht heute nacht sterben. Mein Zauberteppich segelt nicht mehr über Wipfeldach und schnäbelsperrende Nestlinge und ihre seltensten Orchideen. Einfügen.

36

Die pedantische Ada sagte einmal, daß das Nachschlagen von Wörtern in einem Lexikon für jeden anderen Zweck als den des Sich-Ausdrückens – sei es im Unterricht oder in der Kunst – irgendwo zwischen dem dekorativen Zusammenstellen von Blumen (was, räumte sie ein, leicht romantisch in mädchenhaft-kekker Manier sein konnte) und dem Fertigen von Collagen aus grundverschiedenen Schmetterlingsflügeln läge (was immer gemein und häufig kriminell war). *Per contra*, gab sie Van zu verstehen, könnten verbale Zirkusse, «sich aufführende Wörter», «Pudel-Dudeleien», und so weiter, errettbar sein kraft der Güte der Geistesarbeit, die zur Schöpfung eines großen Logographen oder inspirierten Wortspiels erforderlich war, und sie sollten die Hilfe eines Wörterbuchs, grob oder angenehm, nicht von vornherein ausschließen.

Darum ließ sie auch «Flavita» gelten. Der Name stammte von *alfavit*, einem alten russischen Glücks- und Geschicklichkeitsspiel, das auf dem Durcheinandermischen und Entwirren von Buchstaben beruhte. Um 1790 war es die große Mode in ganz Estoty und Canady, wurde zu Anfang des neunzehnten Jahrhunderts wiederbelebt durch die «Madhatters» (wie die Bewohner von Neu-Amsterdam einst genannt wurden), erlebte nach kurzem Wegsacken um 1860 ein großes Comeback und scheint jetzt, ein Jahrhundert später, erneut *in* zu sein, hörte ich – unter dem Namen «Scrabble», gänzlich unabhängig von seiner ursprünglichen Form oder den Ursprungsformen erfunden von irgendeinem Genie.

Die russische Hauptspielart, wie sie während Adas Kindheit geläufig war, wurde in großen Landhäusern mit 125 Buchstaben-Blöcken gespielt. Die Aufgabe bestand darin, auf einem Brett mit 225 Quadraten Wortreihen und -zeilen zu bilden. Von diesen Quadraten waren 24 braun, 12 schwarz, 16 orange, 8 rot und der Rest goldgelb (i. e., «flavidus», dem Original-Namen des Spiels sei's zugestanden). Jeder Buchstabe des kyrillischen Alphabets wurde mit einer Anzahl von Punkten bewertet (sehr hoch das seltene russische *F*, nämlich mit 10, sehr niedrig das häufige *A*, nämlich mit 1). Braun verdoppelte den Grundwert eines Buchstabens, Schwarz verdreifachte ihn. Orange verdoppelte die Summe der Punkte eines ganzen Wortes, Rot verdreifachte die Summe. Später würde sich Lucette daran erinnern, wie die Triumphe ihrer Schwester beim Verdoppeln, Verdreifachen und sogar Verneunfachen (wenn sie zwei rote Quadrate passierte) des Zahlenwerts der Wörter ungeheuerliche Formen annahmen während des Deliriums einer schweren Streptokokken-Infektion im September 1888 in Kalifornien.

Zu jeder Spielrunde nahm sich jeder Spieler sieben Blöcke aus einem Behälter, worin sie – Schrift nach unten – steckten, und arrangierte dann wieder sein Wort auf dem Brett. Eröffnete er das Spiel auf der noch freien Fläche, so mußte er nur zwei beliebige oder auch alle sieben Buchstaben dergestalt aufreihen, daß das Quadrat im Zentrum, das durch ein leuchtendes Siebeneck gekennzeichnet war, mit einbezogen wurde. In der Folge mußte einer der Buchstaben, die schon auf dem Brett lagen, als Katalysator benutzt werden, wenn das nächste Wort zu bilden war, ob nun waagerecht oder senkrecht. Es gewann der Spieler, der die größte Punktzahl, Buchstabe um Buchstabe und Wort um Wort, zusammengesammelt hatte.

Das Spiel, das unsere drei Kinder im Jahre 1884 von einem alten Freund der Familie (als solche waren Marinas frühere Liebhaber bekannt), dem Baron Klim Avidov, erhalten hatten, bestand aus einem großen Faltbrett aus Saffian und einem Kasten voll schwerer Rechtecke aus Ebenholz mit eingelegten Platin-Buchstaben, von denen nur einer ein lateinischer war, nämlich der Buchstabe J auf den zwei Joker-Blöcken (die zu kriegen so aufregend war wie ein Blanko-Scheck unterschrieben von Jupiter oder Jurojin). Es war übrigens der gleiche freundliche, aber reizbare Avidov (erwähnt in vielen pikanten Memoiren jener Zeit), der einmal einen unglücklichen englischen Touristen mit einem Kinnhaken in die Portiersloge katapultierte, weil jener spaßeshalber angemerkt hatte, wie schlau es doch sei, den ersten Buchstaben eines Nachnamens auszulassen, um ihn als *particule* zu gebrauchen – im Gritz, in Venezia Rossa.

Bis zu diesem Juli waren die zehn A's auf neun geschrumpft und die vier D's auf drei. Das fehlende A tauchte eines Tages unter einem Abgedeckten Armsessel wieder auf, aber das D war verloren – und ahmte damit das Schicksal seines apostrophierbaren Doppelgängers nach, wie es von einem Walter C. Keyway, Esq., erdacht worden war, gerade bevor letzterer samt ein paar ungestempelten Postkarten in den Armen eines sprachlosen Multilinguisten in einem Frack mit Messingknöpfen landete. Der Veensche Witz (sagt Ada in einer Randnotiz) kennt keine Grenzen.

Van, ein erstklassiger Schachspieler – 1887 sollte er einen Wettkampf in Chose gewinnen, als er den aus Minsk gebürtigen Pat Rishin (Champion von Underhill und Wilson, N. C.) schlug –, war ganz erstaunt gewesen über Adas Unfähigkeit, den Standard ihrer sozusagen mädchen-wirren Spielweise über den einer jungen Dame aus einem alten Roman oder aus einer dieser Anti-Schuppen-Farb-Photo-Annoncen zu heben, wo ein wunderschönes Photomodell (wie geschaffen für andere Spiele als Schach) gezeigt wird, das auf die Schulter ihres im übrigen tadellos gepflegten Partners starrt, quer über ein lächerliches Verkehrsgewühl aus weißen und roten, kunstvoll und unerkennbar geschnitzten Lalla Rookh-Schachfiguren hinweg, womit nicht einmal Schwachsinnige gern spielen – selbst wenn sie für die Degradierung einfachster Gedanken unter juckender Kopfhaut königlich bezahlt werden.

Allerdings schaffte es Ada hin und wieder, ein Kombinationsopfer heraufzubeschwören, indem sie, sagen wir mal, ihre Königin anbot – mit einem subtilen Gewinn nach zwei oder drei Zügen, falls die Figur geschlagen würde; aber sie sah nur die eine Seite des Problems und beliebte – unter einer sonderbaren Schlaffheit gehemmten Denkens – die augenfällige Gegenkombination außer acht zu lassen, die unvermeidlich zu ihrer Niederlage führen müßte, würde ihr großes Opfer *nicht* akzeptiert. Auf dem Scrabblebrett jedoch verwandelte sich dieselbe wilde und schwache Ada in eine Art anmutigen Computer, ausgestattet überdies mit einem phänomenalen Glück, und pflegte den verdutzten Van gewaltig an Scharfsinn, Voraussicht und Wahrnehmung von Chancen zu übertreffen, wenn sie appetitliche lange Wörter aus äußerst wenig versprechenden Resten und Überbleibseln bildete.

Er hielt das Spiel für ziemlich ermüdend und spielte am Ende übereilt und nachlässig und ließ sich nicht dazu herab, «seltene» oder «veraltete», aber sonst ganz annehmbare Möglichkeiten nachzuprüfen, die ihm ein zuverlässiges Wörterbuch an die Hand gab. Was die ehrgeizige, untaugliche und launische Lucette betraf, so mußte sie, sogar noch mit zwölf, insgeheim von Van beraten werden, der dies vor allem deshalb tat, weil es Zeit sparte und den gesegneten Augenblick ein bißchen näherbrachte, in dem sie eilig fort ins Kinderzimmer geschickt werden konnte, so daß Ada für den dritten oder vierten kleinen Höhepunkt des süßen Sommertages zur Verfügung stand. Besonders langweilig war das Gezänk der Mädchen über die Berechtigung dieses oder jenes Wortes: Eigen- oder Ortsnamen waren tabu, aber es traten Grenzfälle auf, die endloses Herzzerbrechen hervorriefen, und es war jammervoll, mitanzusehen, wie Lucette sich an ihre letzten fünf Buchstaben klammerte (auch in der Schachtel war keiner mehr übrig), die das schöne ARDIS bildeten, was, wie die Gouvernante ihr erzählt hatte, «Pfeil-Spitze» bedeutete – aber nur im Griechischen, leider.

Eine besondere Plage war das ärgerliche oder verächtliche Nachschlagen zweifelhafter Wörter in einer Anzahl von Lexika, die um die Mädchen herumsaßen, -standen und -lümmelten, auf dem Fußboden, unter Lucettes Stuhl, auf dem sie kniete, auf dem Divan, auf dem großen, runden Tisch mit dem Brett und den Blöcken und auf einer daran anstoßenden Kommode. Die Rivalität zwischen dem blöden *Oschegov* (ein beleibter blauer, brüchig gebundener Band mit 52 872 Stichwörtern) und einem kleinen, aber flotten Edmundson-Wörterbuch in Dr. *Gerschischevskijs* ehrfürchtiger Fassung, die Wortkargheit gekürzter Scheusale und der ungewöhnliche Großmut eines vierbändigen Dahl («Mein Darling Dahlia», seufzte Ada, als sie ein obsoletes Wort aus der Gaunersprache von dem sanften, langbärtigen Ethnographen erlangte) – all das hätte Van unerträglich gelangweilt, wäre er nicht als Wissenschaftler angestachelt worden durch die merkwürdige Affinität von gewissen Aspekten des Scrabble zu solchen der Planchette. Dieser wurde er gewahr an einem Augustabend des Jahres 1884 auf dem Kinderzimmerbalkon, unter einem Sonnenuntergangs-Himmel, dessen letzte Glut sich über die Ecke des Wasserbeckens schlängelte, die letzten Turmschwalben anspornte und den Farbton von Lucettes Kupferlocken vertiefte. Das Saffian-Brett lag auseinandergeklappt auf einem stark tintenbekleckten Kiefernholztisch voller Monogramme und Kerben. Blanche, die Hübsche, an Ohrläppchen und Daumennagel ebenfalls vom Abendrosa betupft – und nach dem Parfum duftend, das die Dienstmädchen «Hermelin-Moschus» nannten –, hatte eine noch nutzlose Lampe gebracht. Das Los hatte entschieden, Ada hatte gewonnen und durfte anfangen, und sie war gerade dabei, mechanisch und ohne Nachdenken ihre sieben «Glücksbringer» einen nach dem andern aus dem offenen Kasten herauszuklauben, worin die Blöcke, jeder in seiner eigenen Zelle aus flavidgelbem Samt, umgedreht lagen und nichts als ihre anonymen schwarzen Rücken zeigten. Zugleich sprach sie und äußerte beiläufig: «Ich hätte viel lieber die Benten-Lampe hier, aber da ist kein *Kerosin* mehr drin. Liebchen (sich an Lucette wendend), sei ein guter Kerl und ruf Blanche – Heiliger Himmel!»

Die sieben Buchstaben, die sie genommen und auf ihrem *spektrik* (die kleine Versteckrille aus lackiertem Holz vor jedem Spieler) zusammengestellt hatte, S, R, E, N, O, K, I, bildeten nun in schneller und gleichsam selbstbetriebener Umordnung das Schlüsselwort des beiläufigen Satzes, der ihre zufällige Zusammenraffung begleitet hatte.

Ein anderes Mal, an einem gewittrigen Abend im Erker der Bibliothek (ein paar Stunden vor dem Brand der Scheune), bildete eine Folge von Lucettes Blöcken das lustige VANIADA, und daraus wählte sie genau das Möbelstück, auf das sie sich im selben Moment mit verdrießlich-kleiner Stimme bezog: «Aber auch ich möchte vielleicht gern auf dem ‹Divan› sitzen.»

Bald darauf folgte, wie es so oft mit Spielen und Spielzeug und Ferienfreundschaften der Fall ist, die eine ewige Zukunft voller Spaß zu versprechen scheinen, Flavita den bronzefarbenen und blutroten Bäumen in die Herbstnebel; dann wurde der schwarze Kasten verlegt, wurde vergessen – und zufällig (zwischen Kästen mit Tafelsilber) wiederentdeckt, vier Jahre später, kurz vor Lucettes Besuch in der Stadt, wo sie um die Juli-Mitte 1888 ein paar Tage bei ihrem Vater verbrachte. Es ergab sich, daß dies das letzte Flavita-Spiel wurde, das die drei jungen Veens je zusammen spielten. Entweder weil es aus Zufall mit einem denkwürdigen Rekord für Ada ausging, oder weil Van sich ein paar Notizen machte in der – nicht ganz unerfüllten – Hoffnung, einmal «des Innenfutters der Zeit ansichtig zu werden» (was, wie er später schreiben sollte, «die beste formlose Definition von Zeichen und

Wundern» ist) – die letzte Runde eben dieses Spiels blieb überdeutlich in seinem Gedächtnis haften.

«Je ne peux rien faire», jammerte Lucette, *«mais rien* – mit meinen idiotischen Lettern, REMNILK, LINKREM . . .»

«Schau», flüsterte Van, *«c'est tout simple*, vertausch die beiden Silben, und du kriegst eine Festung im alten Muscovy.»

«O nein», sagte Ada, ihren Finger in Höhe der Schläfe auf eine für sie typische Art hin- und herdrehend. «O nein. Jenes hübsche Wort existiert im Russischen nicht. Ein Franzose hat es erfunden. Es gibt keine zweite Silbe.»

«Erbarmen mit einem kleinen Kind?» warf Van ein.

«Kein Erbarmen!» rief Ada.

«Schön», sagte Van, «du kannst immer noch eine kleine Creme, KREM oder KREME daraus machen, oder – noch besser – wie wär's mit KREMLI, das bedeutet Yukonische Gefängnisse? Leg es durch ihr ORHIDEJa!»

«Durch ihre dumme Orchidee», sagte Lucette.

«Und jetzt», sagte Ada, «wird Adoschka sogar etwas noch Dümmeres machen.» Und indem sie einen billigen Buchstaben ausnutzte, der irgendwann vorher im siebenten Feld der obersten fruchtbaren Reihe leichtsinnig ausgesät worden war, komponierte sie mit einem tiefen Seufzer der Zufriedenheit das Adjektiv TORFJaNUJu, das beim F durch ein braunes Quadrat lief und dann durch zwei rote Quadrate ($37 \times 9 = 333$ Punkte), und erhielt noch einen Bonus von 50 (dafür, daß sie alle sieben Blöcke auf einmal untergebracht hatte), was zusammen 383 ergab, die höchste Wertung, die je für ein einziges Wort von einem russischen Scrabble-Spieler erreicht worden war. «Na bitte!» sagte sie. «Uff! *Pas facile.*» Und während sie mit den rosigen Knöcheln ihrer weißen Hand das schwarz-bronzene Haar von ihrer Schläfe schob, rechnete sie ihre monströsen Punkte noch einmal mit selbstgefälliger, melodischer Stimme nach wie eine Prinzessin, die den Giftbecher-Mord an einem überflüssigen Liebhaber zum besten gibt, während Lucette mit einem Blick voller stummer, schnaubender Anklage gegen des Lebens Ungerechtigkeit Van anstarrte – und dann, wieder aufs Brett sehend, ein plötzliches Hoffnungsgeheul ausstieß:

«Das ist ein Ortsname. Man darf es nicht benutzen! Es ist der Name der ersten kleinen Station nach Ladore Bridge!»

«Stimmt, Liebchen», sang Ada. «Oh, Liebchen, du hast ja so recht! Ja, Torfjanja, oder wie Blanche sagt, *La Tourbière*, ist tatsächlich das hübsche, aber reichlich feuchte Dorf, wo die Familie unseres *cendrillon* wohnt. Aber, *mon petit*, in unserer Muttersprache – *que dis-je*, in der Sprache einer Großmutter mütterlicherseits, die uns allen gemeinsam ist – eine reiche schöne Sprache, die mein Liebchen nicht um einer kanadischen Abart des Französischen willen vernachlässigen sollte – bedeutet dieses ganz gewöhnliche Adjektiv ‹torfig›, Femininum. Akkusativ. Ja, dies hat mir auf einen Schlag fast 400 gebracht. Zu schade – *ne dotjanula* (hab's nicht ganz geschafft).»

«Ne dotjanula!» beklagte Lucette sich bei Van mit geblähten Nüstern, die Schultern bebend vor Entrüstung.

Er kippte ihren Stuhl, um sie herunterrutschen und gehen zu lassen. Des armen Kindes Endsumme für die etwa fünfzehn Spielrunden betrug weniger als die Hälfte des Meisterwurfs ihrer Schwester, und Van hatte kaum besser abgeschnitten, aber was tat's! Die Flaumstreifen auf Adas Arm, das blasse Blau der Adern in der Armbeuge, der Holzkohlen-Geruch ihres Haars, das neben dem Pergament des Lampenschirms (eine durchsichtige Seeschaft mit japanischen Drachen) bräunlich schimmerte, brachten unendlich mehr Punkte als jene gespannten, um den Bleistiftstummel gebündelten Finger je in Vergangenheit, Gegenwart oder Zukunft zusammenzählen konnten.

«Der Verlierer wird jetzt *schnurstracks* zu Bett gehen», sagte Van fröhlich, «und dort *bleiben*, und wir gehen hinunter und holen ihr – in genau zehn Minuten – einen großen Becher (den dunkelblauen Becher!) Kakao (süßer dunkler Cadbury-Kakao ohne Haut!).»

«Ich gehe nirgendwohin», sagte Lucette, die Arme verschränkend. «Erstens, weil es erst halb neun ist, und zweitens, weil ich ganz genau weiß, *warum* ihr mich los sein wollt.»

«Van», sagte Ada nach einer knappen Pause, «würdest du bitte Mademoiselle rufen; sie arbeitet mit Mutter an einem Manuskript, das nicht dümmer sein kann als dieses ungezogene Kind.»

«Ich würde gern», sagte Van, «den Sinn ihrer interessanten Bemerkung erfahren. Frag sie doch, Ada Schatz.»

«Sie glaubt, wir werden noch Scrabble ohne sie spielen», sagte

Ada, «oder aber jene orientalischen Leibesübungen durchnehmen, die, du erinnerst dich, Van, du angefangen hattest mir beizubringen, wie du dich erinnerst.»

«Oh, ich erinnere mich! Du erinnerst dich, ich zeigte dir, was mir mein Sportlehrer, du erinnerst dich an seinen Namen, King Wing, beibrachte.»

«Ihr erinnert euch an eine Menge, ha-ha», sagte Lucette, vor ihnen stehend in ihrem grünen Pyjama, die sonnengebräunte Brust entblößt, die Beine gespreizt, die Arme in die Hüften gestemmt.

«Vielleicht ist die einfachste –» fing Ada an.

«Die einfachste Antwort», sagte Lucette, «ist, daß ihr zwei mir gar nicht sagen *könnt*, warum genau ihr mich loswerden wollt.»

«Vielleicht ist die einfachste Antwort», setzte Ada fort, «für dich, Van, sie kräftig und schallend zu verhauen.»

«Tu's doch!» schrie Lucette und drehte sich einladend.

Sehr sanft strich Van über ihren Seidenkopf und küßte sie hinters Ohr; und ausbrechend in eine scheußliche Flut von Schluchzern stürzte Lucette aus dem Zimmer. Ada schloß hinter ihr die Tür ab.

«Sie ist natürlich ein äußerst irres und verdorbenes Zigeunernymphchen», sagte Ada, «trotzdem müssen wir vorsichtiger denn je sein . . . o schrecklich, schrecklich, schrecklich . . . oh, vorsichtig, mein Liebling.»

37

Es regnete. Die Rasenflächen sahen grüner aus und das Wasserbecken grauer in der trüben Landschaft vor dem Fenster des Bibliothekserkers. Van, angetan mit einem schwarzen Trainingsanzug, zwei gelbe Kissen unter den Kopf gestopft, lag und las Rattner über Terra, ein schwieriges und deprimierendes Werk. Ab und zu warf er einen Blick auf die herbstlich tackende Standuhr über dem kahlen Schädel der bräunlichen Tatarei, wie sie sich auf einem großen alten Globus darbot, im verblassenden Licht eines Nachmittags, der besser zum frühen Oktober als zum frühen Juli gepaßt hätte. Ada war in einem unmodisch gegürteten Regenmantel, den er nicht mochte, die Handtasche an einem Riemen über der Schulter, für den ganzen Tag nach Kaluga gefahren – offiziell, um ein paar Kleidungsstücke anzuprobieren, inoffiziell, um Dr. Kroliks Cousin aufzusuchen, den Gynäkologen Seitz (oder «Sajaz», wie sie ihn im Geiste transliterierte, da es in russischer Aussprache genau wie Dr. «Rabbit» zur hasenartigen Gruppe gehörte). Van war völlig davon überzeugt, daß er es in diesem Monat voller Liebe nicht ein einziges Mal versäumt hatte, alle notwendigen Vorkehrungen zu treffen, manchmal recht bizarre, aber unstreitig vertrauenswürdige, und in letzter Zeit hatte er die hüllenähnliche, empfängnisverhütende Erfindung angeschafft, die in der Grafschaft Ladore aus seltsamen, aber altüberlieferten Gründen nur Friseurläden verkaufen durften. Dennoch fühlte er sich besorgt – und ärgerte sich über seine Besorgnis –, und Rattner, der in seinem Text halbherzig jegliche konkrete Existenz eines Geschwisterplaneten leugnete, sie aber dann in undurchsichtigen Anmerkungen widerwillig akzeptierte (die er unbequem zwischen die Kapitel setzte), schien so langweilig wie der Regen zu sein, der sich in parallellaufenden Bleistiftstrichen schräg vor dem dunkleren Hintergrund einer Lärchenschonung abhob, welche, behauptete Ada, vom «Mansfield Park» ausgeliehen war.

Um zehn Minuten vor fünf trat leise Bout herein, mit einer brennenden Kerosin-Lampe und einer Einladung von Marina zu einer Plauderei in ihrem Zimmer. Als Bout am Globus vorbeikam, rührte er ihn an und betrachtete mißbilligend seinen beschmutzten Finger. «Die Welt ist staubig», sagte er. «Blanche sollte in ihr Heimatdorf zurückgeschickt werden. *Elle est folle et mauvaise, cette fille.*»

«Okay, okay», murmelte Van und vertiefte sich wieder in sein Buch. Bout verließ das Zimmer, immer noch den dummen kahlgeschorenen Kopf schüttelnd, und Van erlaubte Rattner gähnend, vom schwarzen Divan auf den schwarzen Teppich zu gleiten.

Als er wieder zur Uhr aufsah, sammelte sie gerade Kraft zum Schlagen. Er stand hastig auf, sich erinnernd, daß Blanche eben hereingekommen war mit der Bitte, er möge sich bei Marina beschweren, weil Mlle Ada sich wiederum geweigert habe, sie bis nach *«tour bière»*, wie hiesige Spaßvögel ihr armes Dorf nannten, mitzunehmen. Einige Augenblicke lang war der kurze, verschwommene Traum mit dem wirklichen Ereignis so eng verschmolzen, daß sogar, als er sich ins Gedächtnis zurückrief, wie Bout seinen Finger auf die rhomboide Halbinsel legte, auf der die Alliierten gerade gelandet waren (laut Bekanntgabe der Ladore-Zeitung, die auf dem Bibliothekstisch ausgebreitet war), er immer noch ganz deutlich Blanche vor Augen hatte, wie sie die Krim mit einem von Adas verlorengegangenen Taschentüchern sauberwischte. Er kletterte die Schnecke hoch zum Kinderzimmerklosett, hörte von fern die Gouvernante und ihre unselige Schülerin Sprüche aus der schrecklichen *Berenice* aufsagen (ein Kontraalt-Krächzen, das mit einer völlig ausdruckslosen kleinen Stimme abwechselte); und entschied sich, Blanche oder vielmehr Marina wünschten vielleicht zu erfahren, ob er es neulich ernst gemeint hatte mit seiner Auskunft, er wolle sich mit neunzehn, dem frühesten Alter für Freiwillige, anwerben lassen. Er verschwendete außerdem einen minutenlangen Gedanken auf die traurige Tatsache, daß (wie er ganz gut aus seinem Studium wußte) die Verwirrung zweier Wirklichkeiten, die eine mit einfachen, die andere mit doppelten Anführungszeichen, ein Symptom drohenden Irrsinns bedeutete.

Nacktgesichtig, stumpfhaarig, in ihren ältesten Kimono gewickelt (ihr Pedro war plötzlich nach Rio abgereist), ruhte Marina auf ihrem Mahagonibett unter einer goldgelben Steppdecke und trank Tee mit Stutenmilch, eine ihrer Marotten.

«Setz dich, trink ein Schlückchen Tee», sagte sie. «Die Kuh ist in der kleineren Kanne, *glaube* ich. Ja, tatsächlich.» Und als Van, nachdem er ihre braunfleckige Hand geküßt hatte, sich auf dem *ivanilitsch* (eine Art seufzender Lederpuff) niederließ: «Van, Schatz, ich möchte dir etwas sagen, denn ich weiß, ich brauche es nie zu wiederholen. Belle mit ihrem üblichen Gespür für die richtige Phrase erwähnte vor mir die *cousinage-dangereux-voisinage adage* – ich meine ‹adage›, immer verpatze ich dieses Wort – und beklagte sich, *qu'on s'embrassait dans tous les coins.* Ist das wahr?»

Es fuhr Van durch den Sinn, noch ehe er sprach. Dies war, Marina, eine phantastische Übertreibung. Die verrückte Gouvernante hatte ein einziges Mal beobachtet, wie er Ada über einen Bach trug und sie küßte, weil sie ihren Zeh verletzt hatte. Ich bin der wohlbekannte Bettler in der tristesten aller Geschichten.

«*Erunda* (Unsinn)», sagte Van. «Sie sah mich ein einziges Mal Ada über den Bach tragen und mißdeutete unsere versehentliche Umarmung.»

«Ich meine doch nicht Ada, Dummchen», sagte Marina, die sich mit leichtem Schnauben an der Teekanne zu schaffen machte. «Asov, ein russischer Humorist, leitete *erunda* von dem deutschen *hier und da* ab, was weder hier noch da ist. Ada ist ein großes Mädchen, und große Mädchen, leider, haben ihre eigenen Sorgen. Mlle Larivière meinte natürlich Lucette. Van, diese sanften Spiele müssen aufhören. Lucette ist zwölf und naiv, und ich weiß, es ist alles ein sauberes Spiel, indes, man kann sich nie zu *delikatno* in bezug auf eine knospende kleine Frau benehmen. *A propos de coins:* in Griboedovs *Gore ot uma,* ‹Verstand schafft Leiden›, ein Stück in Versen, geschrieben, glaube ich, zu Puschkins Zeit, erinnert der Held Sophie an ihre Kindheitsspiele und sagt:

> Wie oft wir beieinand' in einer Ecke saßen
> Und was für Unrecht liegt denn schon darin?

nur, im Russischen ist es ein bißchen zweideutig, noch ein Schlückchen, Van?» (Er schüttelte den Kopf, zugleich die Hand hebend wie sein Vater.) «Denn, verstehst du – ach nein, ist ja sowieso keiner mehr da –, die zweite Zeile, *i kaschetsja schto v etom,* kann auch so ausgelegt werden: ‹Und *da*rin, schwant mir›, wobei er mit dem Finger in eine Zimmerecke weist. Stell dir vor – als ich diese Szene mit Katschalov am ‹Seagull Theater› in Yukonsk probte, wollte Konstantin Sergejevitsch Stanislavskij tatsächlich, daß er diese zutrauliche kleine Geste machte.»

«Wie überaus amüsant», sagte Van.

Der Hund kam herein, drehte ein übervolles braunes Auge vanwärts, zuckelte zum Fenster, blickte auf den Regen wie ein kleiner Mensch und kehrte zurück zu seinem verdreckten Kissen im anderen Zimmer.

«Ich habe diese Rasse nie gemocht», bemerkte Van. «Dackelphobie.»

«Aber Mädchen – magst du Mädchen, Van, hast du viele Mädchen? Du bist doch nicht etwa ein Päderast wie dein armer Onkel? Wir haben ein paar gräßliche Perverse unter unseren Vorfahren, aber – Warum lachst du?»

«Nichts», sagte Van, «ich möchte bloß zu Protokoll geben, daß ich Mädchen vergöttere. Mein erstes hatte ich mit vierzehn. *Mais qui me rendra mon Hélène?* Sie hatte rabenschwarzes Haar und eine Haut wie entrahmte Milch. Ich hatte später etliche, die viel sahniger waren. *I kaschetsja schto v etom?*»

«Wie seltsam, wie traurig! Traurig, weil ich kaum etwas über dein Leben weiß, mein Liebling. Die Zemskijs waren schreckliche Wüstlinge, einer von ihnen liebte kleine Mädchen, und ein anderer *raffolait d'une de ses juments* und ließ sie auf besondere Weise festbinden – frag nicht wie» (Zwei-Hand-Bewegung entsetzter Ignoranz), «wenn er ein Stelldichein mit ihr im Stall hatte. Apropos, ich konnte nie begreifen, wie Erbmassen von Junggesellen vermittelt werden, es sei denn, Gene können hüpfen wie die Springer im Schach. Letztes Mal, als wir spielten, hatte ich dich beinahe geschlagen, wir müssen wieder spielen, aber nicht heute – heute bin ich zu traurig. Ich hätte so gern alles, *alles* über dich gewußt, aber nun ist es zu spät. Erinnerungen sind immer ein wenig ‹stilisiert›, wie dein Vater zu sagen pflegte, ein unwiderstehlicher und hassenswerter Mann, und jetzt, sogar wenn du mir deine alten Tagebücher zeigen würdest, könnte ich dafür überhaupt keine echten Gefühlsaufwallungen hervorpressen, obwohl alle Schauspielerinnen Tränen vergießen können, wie ich jetzt. Siehst du (unter dem Kopfkissen nach ihrem Taschentuch wühlend), solange die Kinder noch ganz klein sind, können wir uns nicht vorstellen, ohne sie auszukommen, nicht mal für ein, zwei Tage, und später tun wir's doch, und zwar für ein, zwei Wochen, und noch später für ein paar Monate, ein paar graue Jahre, ein paar schwarze Jahrzehnte und dann die *opéra bouffe* der Ewigkeit der Christen. Sogar die kürzeste Trennung, glaube ich, ist eine Art Training für die Elysischen Spiele – wer hat das gesagt? Ich hab das gesagt. Und dein Anzug, obwohl er dir sehr gut steht, ist, in gewisser Weise, trauerfarben. Ich schwatze dummes Zeugs daher. Entschuldige die idiotischen Tränen . . . Sag mir, gibt es *irgendwas*, das ich für dich tun könnte? Denk dir was aus! Würdest du einen schönen, praktisch neuen peruanischen Schal mögen, den er hiergelassen hat, der verrückte Junge? Nein? Ist nicht dein Stil? Nun geh. Und vergiß nicht – kein Wort zur armen Mlle Larivière, die es gut meint!»

Ada kehrte kurz vor dem Abendessen zurück. Sorgen? Er begegnete ihr, als sie ziemlich erschöpft die Haupttreppe hinaufstieg, die Handtasche am Riemen auf den Stufen hinter sich her schleifend. Sorgen? Sie roch nach Tabak, entweder weil sie (wie sie sagte) eine Stunde in einem Raucherabteil verbracht oder weil sie selber (fügte sie hinzu) eine Zigarette oder zwei im Wartezimmer des Arztes geraucht hatte, oder aber, weil (und das sagte sie nicht) ihr unbekannter Liebhaber ein starker Raucher war, mit einem offenen roten Mund voll rollenden blauen Nebels.

«Nun? *Tout est bien?*» fragte Van nach einem flüchtigen Kuß. «Keine Sorgen?»

Sie starrte ihn an oder gab vor, ihn anzustarren.

«Van, du hättest Seitz nicht anrufen sollen! Er weiß nicht einmal meinen Namen! Du hattest es versprochen!»

Pause.

«Hab ich auch nicht», erwiderte Van ruhig.

«Tant mieux», sagte Ada mit derselben falschen Stimme, als er ihr im Flur aus dem Mantel half. «*Oui, tout est bien.* Willst du bitte aufhören, an mir herumzuschnüffeln, lieber Van? Tatsächlich ging der gesegnete Kram auf dem Nachhauseweg los. Laß mich bitte vorbei.»

Ihre eigenen Sorgen? Automatisches Produkt ihrer Mutter? Beiläufige Banalität? «Wir alle haben unseren Kummer»?

«Ada!» schrie er.

Sie sah sich um, bevor sie ihre (immer verschlossene) Tür aufschloß.

«Was?»

«*Tusenbach,* der nicht weiß, was er sagen soll. ‹Ich hab heute noch keinen Kaffee getrunken. Sag doch, daß man welchen kochen soll . . .› Schnell ab.»

«Sehr witzig!» sagte Ada und schloß sich in ihr Zimmer ein.

38

Mitte Juli brachte Onkel Dan Lucette nach Kaluga, wo sie mit Belle und French fünf Tage lang bleiben sollte. Das Lyaskanische Ballett und ein deutscher Zirkus waren in der Stadt, und kein Kind würde gern die Hockey- und Schwimmwettkämpfe der Schulmädchen versäumen, denen der alte Dan, ein Kind im Grunde seines Herzens, in dieser Jahreszeit gewissenhaft beiwohnte; außerdem hatte sie sich einer Reihe von «Tests» im Tarus-Hospital zu unterziehen, damit festgestellt werden konnte, was ihr Gewicht und ihre Temperatur so anomal schwanken ließ trotz ihres herzhaften Appetits und wohligen Befindens.

An dem Freitagnachmittag, als ihr Vater mit ihr zurückzukehren beabsichtigte, wollte er auch einen Anwalt aus Kaluga mit nach Ardis bringen, wohin Demon ebenfalls kommen sollte, ein ungewöhnliches Ereignis. Das fragliche Geschäft war der Verkauf von einem Stück «blauen» (Torfmoor-)Landes, das beiden Vettern gehörte und das beide, aus verschiedenen Gründen, unbedingt loswerden wollten. Wie üblich bei Dans höchst sorgfältig ausgearbeiteten Plänen ging etwas schief, der Anwalt konnte nicht versprechen, noch vor dem späten Abend zu kommen, und kurz vor Demons Ankunft bat sein Cousin Marina in einer Luftogramm-Botschaft, «Demon bewirten», ohne auf Dan und Miller zu warten.

Dieses *kontreitän* (Marinas humorvolle Bezeichnung für eine nicht unbedingt unangenehme Überraschung) freute Van sehr. Er hatte in jenem Jahr wenig von seinem Vater gesehen. Er liebte ihn mit heiterer Zuneigung, hatte ihn während seiner Kindheit angebetet und nun, während seiner duldsamen, doch besser unterrichteten Jugend, schätzte er ihn hoch. Noch später wurde der Liebe und der Wertschätzung eine Prise Widerwillen beigemischt (der gleiche Widerwille, den er in Hinblick auf seine eigene Unmoral empfand); aber andererseits fühlte er, je älter er wurde, desto stärker, daß er für seinen Vater notfalls sein Leben lassen würde, von einem Augenblick zum anderen, mit Stolz und Freude, unter allen vorstellbaren Umständen. Als Marina Ende der achtzehnhundertneunziger Jahre während ihrer elenden Senilität mit peinlichen und abstoßenden Einzelheiten über die

«Verbrechen» vom toten Demon herzog, empfand er Mitleid mit ihm und ihr, aber seine Gleichgültigkeit gegenüber Marina und seine Verehrung für seinen Vater blieben unverändert – und bestanden jetzt noch gleichermaßen fort, in den chronologisch kaum glaublichen Neunzehnhundertsechzigern. Kein verdammter Verallgemeinerer mit einem platten Verstand und einem Herzen wie eine Trockenfeige wäre in der Lage (und dies ist meine süßeste Rache für alle Verunglimpfungen, auf die mein Lebenswerk gestoßen ist), die eigenwilligen Launen zu erklären, die sich aus diesen und ähnlichen Dingen entwickelten. Keine Kunst und kein Genie würden ohne solche Launen existieren, und dies ist eine endgültige Erklärung, die alle Clowns und Klötze zum Teufel wünscht.

Wann in den letzten Jahren hatte Demon Ardis besucht? Am 23. April 1884 (der Tag, an dem Vans erster Sommeraufenthalt dort vorgeschlagen, geplant, versprochen worden war). Zweimal im Sommer 1885 (während Van in den westlichen Staaten Berge bestieg und die Veen-Mädchen in Europa waren). Ein Essen im Juni oder Juli 1886 (wo war Van?). 1887 für ein paar Tage im Mai (Ada botanisierte mit einer Deutschen in Estotia oder California. Van hurte in Chose).

Larivières und Lucettes Abwesenheit nutzend, hatte Van lange mit Ada im bequemen Kinderzimmer herumgeschäkert und hing jetzt aus dem falschen Fenster ohne klaren Blick auf die Anfahrt, als er das satte Brummen des Automobils seines Vaters hörte. Er sauste nach unten – so schnell, daß er sich beim Hinunterlaufen am Treppengeländer die Handfläche versengte, was in fröhlicher Weise an ähnliche Begebenheiten aus seiner Knabenzeit erinnerte. Es war niemand in der Halle. Demon hatte das Haus durch einen Seitengang betreten und sich nun im sonnenbestäubten Musikzimmer niedergelassen, um mit einem besonderen *samschinka* («Sämisch-Läppchen») sein Monokel zu putzen, während er auf seinen «prebrandialen» Brandy (uralter Scherz) wartete. Sein Haar war rabenschwarz gefärbt, seine Zähne waren jagdhundweiß. Sein glattes glänzendes, braunes Gesicht mit dem adrett gestutzten schwarzen Schnurrbart und feuchten dunklen Augen leuchtete dem Sohn entgegen, jene strahlende Liebe ausdrückend, die von Van erwidert wurde und die beide vergeblich mit gewohnheitsmäßigen Scherzen zu tarnen suchten.

«Hallo, Paps.»
«Oh, hallo, Van.»
Très Américain. Schulhof. Da schlägt er die Wagentür zu, da kommt er durch den Schnee. Immer Handschuh, nie einen Mantel. Möchtest du zum «Badezimmer», Vater? *This is America, My land, sweet land.*
«Möchtest du zum ‹Badezimmer›?» fragte verschmitzt Van.
«Nein, danke, ich habe schon heut morgen gebadet.» (Schneller Seufzer, Eingeständnis der abgelaufenen Zeit: auch er entsann sich jedes Details jener Vater-und-Sohn-Mahlzeiten in Riverlane, der prompte, pflichtschuldige Hinweis auf das WC, die herzlichen Lehrer, das unausstehliche Essen, Rahm-Ragout, Gott segne Amerika, verlegene Söhne, vulgäre Väter, adliger Engländer und griechischer Grande, deren Yachten, Jags und Jagdfeste auf den Bahamudas einander entsprachen. Darf ich ganz unauffällig diese köstliche rosa-glasierte Synthese von meinem Teller auf deinen schieben, Sohn? «Du *magst* sie nicht, Paps!» (tut tief gekränkt). Gott segne ihre armen kleinen amerikanischen Geschmackswarzen.
«Dein neues Auto klingt fabelhaft», sagte Van.
«Nicht wahr? Ja.» (Frag Van nach jenem *gornischon* – franko-russischer Slang-Ausdruck der gemeinsten Stufe für eine niedliche *kameristotschka.*) «Und wie geht's denn so, mein lieber Junge? Zuletzt habe ich dich an dem Tag gesehen, als du aus Chose zurückkamst. Wir verschwenden das Leben mit Trennungen! Wir sind die Narren des Schicksals! Oh, laß uns vor dem Michaelis-Semester einen Monat zusammen in Paris oder London verbringen!»
Demon ließ sein Monokel fallen und wischte sich die Augen mit dem modischen, spitzenumsäumten Taschentuch, das in der Herztasche seines Jacketts zu Hause war. Seine Tränendrüsen gerieten leicht in Aktion, wenn kein wirklicher Schmerz ihn veranlaßte, sich zu beherrschen.
«Du siehst verteufelt fit aus, Paps. Besonders mit der frischen Nelke im Knopfloch. Ich nehme an, du warst in letzter Zeit nicht allzu oft in Manhattan – wo bist du so schön braun geworden?»
«Ich gönnte mir *en effet* eine Reise nach Akapulkovo», antwortete Demon, wobei er sich unnützerweise und ungewollt (mit jener besonderen Erschütterung sofort präsenter Detail-

liertheit, von der auch seine Kinder geplagt wurden) an einen violett-und-schwarz-gestreiften Fisch in einem Glas erinnerte, an eine ähnlich gestreifte Couch und daran, wie die subtropische Sonne die Äderungen eines auf dem Steinfußboden verirrten Aschbechers aus Onyx hervorbrachte, an einen Haufen alter, orangensaft-befleckter *Povesa(playboy)*-Magazine, an den mitgebrachten Schmuck und den Phonographen, aus dem eine verträumte Mädchenstimme *«Petit nègre, au champ qui fleuronne»* hervorsang, und an den bezaubernden Bauch einer sehr teuren, sehr untreuen und ganz und gar entzückenden jungen Kreolin.

«Fuhr Wie-hieß-sie-noch-gleich mit dir?»

«Nun ja, mein Junge, offen gesagt, die Nomenklatur gerät mit jedem Jahr mehr durcheinander. Laß uns von einfacheren Dingen sprechen. Wo bleiben die Drinks? Ein vorüberhuschender Engel versprach sie zu bringen.»

(Vorüberhuschender Engel?)

Van zog an einer grünen Klingelschnur, die eine melodische Mitteilung küchenwärts sandte und bewirkte, daß das altmodische, bronzegefaßte kleine Aquarium mit seinem einsamen Buntbarsch-Gefangenen in der einen Ecke des Musikzimmers antiphonisch gurgelte (eine unheimliche, vielleicht selbstbelüftende Reaktion, die einzig Kim Beauharnais, der Küchenjunge, verstand). Sollte er sie nach dem Essen anrufen? überlegte Demon. Wie spät wäre es dort jetzt? Hat keinen Zweck, schlecht fürs Herz.

«Ich weiß nicht, ob du weißt», sagte Van, während er den Hochsitz auf der dicken Armlehne des väterlichen Sessels wieder einnahm, «daß Onkel Dan mit dem Anwalt und Lucette erst nach dem Essen hier sein werden.»

«Ausgezeichnet», sagte Demon.

«Marina und Ada müßten in einer Minute unten sein – *ce sera un dîner à quatre.*»

«Ausgezeichnet», wiederholte er. «Du siehst prächtig aus, mein lieber, lieber Freund – und ich brauche meine Komplimente nicht zu übertreiben, wie's so manche tun hinsichtlich eines alternden Mannes mit blankgewichstem Haar. Dein Smoking ist sehr hübsch – oder, vielmehr ist es sehr hübsch, seinen alten Schneider an der Kleidung seines Sohnes wiederzuerkennen – wie man sich auch selbst dabei erwischt, einen ererbten Manierismus zu wiederholen – zum Beispiel diesen (den linken Zeigefinger in Schläfenhöhe hin und her drehend), womit meine Mutter beiläufig-friedlich etwas verwehrte; dieses Gen hat dich ausgelassen, aber ich hab's bei meinem Friseur im Spiegel gesehen, als ich es ablehnte, daß er Crêmlin auf meine kahle Stelle streicht; und weißt du, wer noch so machte – meine Tante Kitty, die, nachdem sie sich von dem gräßlichen alten Wüstling Ljovka Tolstoj, dem Schriftsteller, hatte scheiden lassen, den Bankier Bolenskij heiratete.»

Demon zog Walter Scott Dickens vor und hielt nicht viel von russischen Romanciers. Wie gewöhnlich fand Van es angebracht, eine korrigierende Bemerkung zu machen:

«Ein phantastisch künstlerischer Schriftsteller, Paps.»

«Du bist ein phantastisch bezaubernder Junge», sagte Demon und vergoß eine weitere Süßwasserträne. Er preßte Vans starke, schöngeformte Hand an seine Wange. Van küßte seines Vaters behaarte Faust, die bereits ein noch nicht sichtbares Schnapsglas hielt. Trotz des männlichen Einflusses ihrer irischen Art offenbarten alle Veens, die russisches Blut hatten, viel Zärtlichkeit in rituellen Ergüssen von Zuneigung, während sie irgendwie albern blieben, wenn es galt, ihr verbal Ausdruck zu geben.

«Sag mal», rief Demon aus, «was ist passiert – deine Handwurzel ist die eines Zimmermanns. Zeig mal die andere. Meine Güte» (murmelnd), «Venushügel verunstaltet, Lebenslinie narbig, aber ungeheuer lang . . .» (in einen Zigeuner-Singsang übergehend), «du wirst leben, bis du Terra erreichst und zurückkehren als weiserer, lustigerer Mann.» (Wieder mit normaler Stimme:) «Was mich als Chiromant stutzig macht, ist der seltsame Zustand der ‹Schwester deines Lebens›. Und die Roheit!»

«Mascodagama», flüsterte Van, die Brauen hebend.

«Ah, natürlich, wie plump (dumm) von mir. Nun erzähl mal – du magst Ardis Hall?»

«*Je l'adore*», sagte Van. «Für mich ist's das *château que baignait la Dore*. Ich würde herzlich gern mein ganzes narbiges und merkwürdiges Leben hier verbringen. Aber das ist ein hoffnungsloser Gedanke.»

«Hoffnungslos? Da bin ich nicht so sicher. Ich weiß, daß Dan es Lucile vermachen will, aber Dan ist gierig, und meine Geschäfte stehen so, daß ich die größte Gier befriedigen kann. Als ich so alt war wie du, glaubte ich, daß das süßeste Wort in englischer Sprache sich auf *billiard* reimt, und heute weiß ich, ich hatte recht. Wenn du wirklich darauf aus bist, mein Sohn, diesen Besitz zu haben, könnte ich ihn zu kaufen versuchen. Ich kann einen gewissen Druck auf meine Marina ausüben. Sie seufzt wie ein Lederpuff, wenn man auf ihr sitzt, sozusagen. Verdammt, die Diener hier sind keine Merkure. Zieh noch einmal an der Schnur, ja, vielleicht könnte man Dan veranlassen, zu verkaufen.»

«Das ist sehr *black* von dir, Paps», sagte der erfreute Van, eine Redensart gebrauchend, die er von seinem zarten jungen Kindermädchen Ruby gelernt hatte, Ruby, geboren in der Mississippi-Region, wo die meisten Beamten, öffentlichen Wohltäter, hohen Priester verschiedener sogenannter «Sekten» und andere ehrenwerte und großzügige Männer die schwarze oder schwärzliche Haut ihrer westafrikanischen Vorfahren hatten, jene ersten Seefahrer, denen es gelang, den Golf von Mexiko zu erreichen.

«Ich bin am Überlegen», sinnierte Demon. «Es würde kaum mehr als ein paar Millionen kosten minus dem, was Vetter Dan mir schuldet, und auch minus dem Ladore-Weideland, das äußerst verschlammt ist und deshalb nach und nach abgestoßen werden sollte, falls die lokalen Herren nicht diese neue Kerosin-Raffinerie auffliegen lassen, Schimpf und Schande unserer Grafschaft. Ich bin nicht *besonders* angetan von Ardis, aber ich habe auch nichts dawider, obwohl ich die Umgebung verabscheue. Ladore-Stadt ist ziemlich zwielichtig geworden, und das Spielen ist auch nicht mehr, was es mal war. Es gibt allerlei reichlich merkwürdige Nachbarn hier. Der arme Lord Erminin ist praktisch geisteskrank. Neulich beim Rennen sprach ich mit einer Frau, der ich vor Jahren einmal nachstellte, oh, lange bevor Moses de Vere ihrem Mann in meiner Abwesenheit Hörner aufsetzte und ihn in meiner Gegenwart tot schoß – ein Epigramm, das du zweifellos schon früher gehört hast von eben diesen Lippen –»

(Das Nächste wird der «väterliche Wiederholzwang» sein.)

«– aber ein guter Sohn sollte sich mit so einem kleinen väterlichen Wiederholzwang abfinden – Nun, sie erzählt mir, daß ihr Junge und Ada sich recht häufig sehen et cetera. Ist das wahr?»

«Nicht wirklich», sagte Van. «Sie treffen sich ab und zu – auf den üblichen Parties. Beide mögen Pferde und Rennen, aber das ist alles. Es gibt kein et cetera, das steht außer Frage.»

«Gut! Ah, der unheimliche Fußfall naht sich, wie ich höre. Prascovie de Prey hat den schlimmsten Fehler eines Snobs: Übertreibung. *Bonsoir*, Bouteillan. Du siehst so rosig aus wie euer Landwein – aber wir werden keineswegs jünger, wie die *Amerlocks* sagen, und meiner hübschen Botin muß wohl von einem jüngeren und glücklicheren Freier aufgelauert worden sein.»

«*Proschu, papotschka* (bitte, Paps)», murmelte Van, der immer fürchtete, daß die hintergründigen Scherze seines Vaters einen Diener beleidigen könnten – während er selber sündigte, indem er manchmal zu schroff war.

Aber – um eine eisgraue erzählerische Wendung zu benutzen – der alte Franzose kannte seinen früheren Herrn zu gut, um sich an feinem Humor zu stören. Seine Hand prickelte immer noch angenehm von dem Klaps auf Blanches festen jungen Hintern, dafür daß sie Mr. Veens einfache Bitte entstellt und eine Blumenvase zerbrochen hatte. Nachdem er sein Tablett auf einem niedrigen Tischchen abgesetzt hatte, trat er ein paar Schritte zurück, wobei seine Finger in Tablett-Trage-Haltung gekrümmt blieben, und erwiderte erst dann Demons Willkommensgruß mit einer herzlichen Verbeugung. Erfreute sich Monsieur noch immer einer guten Gesundheit? In der Tat, ja.

«Ich möchte gern», sagte Demon, «eine Flasche von eurem Château Latour d'Estoc zum Essen»; und als der Butler, nachdem er *en passant* ein zerknülltes kleines Taschentuch vom Flügeldeckel entfernt hatte, mit einer weiteren Verbeugung aus dem Zimmer gegangen war: «Wie kommst du mit Ada zurecht? Sie ist wie alt – fast sechzehn? Sehr musikalisch und romantisch?»

«Wir sind eng befreundet», sagte Van (der seine Antwort zu einer Frage, die er in dieser oder jener Form schon längst erwartete, sorgfältig vorbereitet hatte). «Wir haben wirklich mehr Dinge gemeinsam als zum Beispiel gewöhnliche Liebende oder Cousins oder Geschwister. Ich meine, wir sind wirklich unzertrennlich. Wir lesen eine Menge, sie ist geradezu aufregend autodidaktisch, dank der Bibliothek ihres Großvaters. Sie kennt die

Namen aller Pflanzen und Finken in der Nachbarschaft. Sie ist insgesamt ein sehr amüsantes Mädchen.»

«Van . . .» begann Demon, hielt jedoch inne – wie er etliche Male im Laufe der letzten Jahre begonnen und innegehalten hatte. Eines Tages würde es ausgesprochen werden müssen, aber dies war nicht der richtige Moment. Er klemmte sich sein Monokel ein und prüfte die Flaschen: «Übrigens, Sohn, hast du Appetit auf irgendeinen dieser Apéritifs? Mein Vater gestattete mir Lilletovka und den Illinois Brat – furchtbares Zeug, *entrejnu svadi*, würde Marina sagen. Ich vermute, dein Onkel hat ein Versteck hinter den Buchrücken in seinem Studierzimmer und hütet dort einen feineren Whisky als diesen *usque ad Russkum*. Nun, laß uns wie geplant Cognac nehmen, es sei denn, du bist ein *filius aquae*?»

(Wortspiel nicht beabsichtigt, aber man läßt sich hinreißen und vertut sich.)

«Oh, ich bevorzuge Rotwein. Ich werde mich nachher auf den Latour konzentrieren. Nein, ich bin sicherlich kein Abstinenzler, und außerdem ist das Leitungswasser von Ardis nicht zu empfehlen!»

«Ich muß Marina warnen», sagte Demon nach einem Mundspülen und langsamen Schluck, «damit ihr Mann aufhört, Fusel zu saufen, und sich an französische und kalifranzösische Weine hält – nach dem kleinen Schlaganfall neulich. Ich traf ihn vor kurzem in der Stadt, Nähe Mad Avenue, sah ihn ganz normal auf mich zugehen, aber dann, als er mich erblickt hatte, noch einen Häuserblock weg, fing das Uhrwerk an, immer langsamer zu werden, und schließlich stand er still – oh, hilflos! –, ehe er mich erreicht hatte. Das ist kaum normal. Okay. Laß unsere Freundinnen sich nie begegnen, wie wir oben in Chose zu sagen pflegten. Nur Yukonianer finden, daß Cognac schlecht für die Leber ist, denn sie haben nichts als Vodka. Nun, ich freue mich, daß du so gut mit Ada auskommst. Das ist schön. Vor einer Weile stieß ich in dem Seitengang auf ein bemerkenswert hübsches Frauenzimmer. Sie hob nicht ein einziges Mal ihre Lider und antwortete auf französisch, als ich – Bitte, mein Junge, schieb den Wandschirm ein bißchen weiter, so ist's gut, das Stechen eines Sonnenuntergangs, besonders unter einem Gewitterkopf hervor, ist nichts für meine armen Augen. Oder armen Hirnkammern.

Magst du den Typ, Van – den gesenkten kleinen Kopf, den bloßen Nacken, die hohen Absätze, den Gang, das Wackeln, das magst du doch, oder nicht?»

«Nun, Sir –»

(Ihm erzählen, ich sei das jüngste Mitglied im Venus Club? Gehört er auch dazu? Das Zeichen zeigen? Lieber nicht. Erfinden.)

«– Nun, ich ruh mich aus nach meiner stürmischen Affäre in London, die Tango-Partnerin, mit der du mich tanzen sahst, als du zur letzten Vorstellung herübergeflogen kamst – weißt du noch?»

«Ja, natürlich. Merkwürdig, daß du es so nennst.»

«Ich glaube, Sir, du hattest genug Brandy.»

«Schon gut», sagte Demon, mit einer heiklen Frage kämpfend, die nur die Unfähigkeit zu einer vergleichbaren Mutmaßung aus Marinas Kopf verdrängt hatte, einmal angenommen, sie hätte durch irgendeine Hintertür eingedrungen sein können; denn Unfähigkeit ist immer gleichbedeutend mit Menge, und nichts ist voller als ein leerer Kopf.

«Selbstverständlich», fuhr Demon fort, «gibt es allerhand Argumente für einen ruhigen Sommer auf dem Lande . . .»

«Das Leben an der frischen Luft und so», sagte Van.

«Es ist unglaublich, daß ein junger Bursche überwacht, wieviel sein Vater trinkt», bemerkte Demon und schenkte sich zum viertenmal ein. «Andererseits», sagte er weiter und liebkoste den dünnstieligen, goldrandigen Kelch, «kann das Leben an der frischen Luft ganz schön öde sein ohne eine Sommer-Romanze, und nicht allzu viele nette Mädchen suchen diese Gegend heim, zugegeben. Da gab es dieses bezaubernde Erminin-Mädchen, *une petite juive très aristocratique,* aber soviel ich weiß, ist sie verlobt. Übrigens hat mir die de Prey-Frau erzählt, daß sich ihr Sohn beim Militär gemeldet hat und demnächst an dem kläglichen Geschäft in Übersee teilnehmen wird, das unser Land besser außer acht gelassen hätte. Ich frage mich, ob er irgendwelche Rivalen zurückläßt?»

«Du meine Güte, nein», erwiderte der ehrliche Van. «Ada ist eine ernsthafte junge Dame. Sie hat keine Verehrer – außer mir, *ça va seins durs.* Nun aber, wer, wer, wer, Paps, sagte das an Stelle von *‹sans dire›?*»

«Oh! King Wing! Als ich wissen wollte, wie er seine französische Frau fand. Nun, das ist eine gute Nachricht über Ada. Sie mag Pferde, sagst du?»

«Sie mag», sagte Van, «was alle unsere Schönen mögen – Bälle, Orchideen und den *Kirschgarten.*»

Da kam Ada selbst ins Zimmer gelaufen. Ja-ja-ja-ja, jetzt komm ich. Strahlend!

Old Demon, die schimmernden Flügel gebuckelt, erhob sich halb, sank aber zurück, mit einem Arm Ada umhüllend, in der anderen Hand sein Glas haltend, und küßte das Mädchen am Hals, wobei er sich mit mehr als onkelhafter Inbrunst in ihrer Lieblichkeit vergrub. «Junge, Junge», rief sie aus (ein Ausbruch von Kindersprache, der Van mit noch mehr *umilenie, attendrissement,* schmelzendem Entzücken erfüllte, als sein Vater zu empfinden schien). «Wie zauberhaft, dich zu sehen! Deinen Weg durch die Wolken wetzend! Herniederschießend auf Tamaras Schloß!»

(Lowden frei nach Lermontov.)

«Das letzte Mal, daß ich das Vergnügen deiner Gegenwart hatte», sagte Demon, «war im April, als du einen Regenmantel mit einem weiß-schwarzen Schal trugst und nach irgendeinem arsenartigen Zeug förmlich stankst, nachdem du beim Zahnarzt gewesen warst. Dr. Pearlman hat, wie du sicher gern hörst, seine Assistentin geheiratet. Nun zur Sache, mein Schätzchen. Ich akzeptiere dein Kleid» (das ärmellose schwarze Futteral), «ich toleriere deine romantische Frisur, ich halte nicht viel von deinen Pumps an bloßen Füßen, deinem Beau Masque Parfum – *passe encore,* aber, mein Schatz, ich verabscheue und verwerfe deinen bläulichen Lippenstift. Im guten alten Ladore mag es die Mode sein. In Man oder London tut man es nicht.»

«*Ladno* (okay)», sagte Ada und rieb sich, ihre großen Zähne entblößend, heftig die Lippen mit einem winzigen Taschentuch, das sie aus ihrem Ausschnitt gezogen hatte.

«Auch das ist Provinz. Du solltest eine schwarze Seidentasche tragen. Und nun werde ich beweisen, was für ein Wahrsager ich bin: dein Traum ist, Konzertpianistin zu werden!»

«Absolut nicht», sagte Van ungehalten. «Völliger Blödsinn. Sie kann keine einzige Note spielen!»

«Nun, macht nichts», sagte Demon. «Beobachtung ist nicht

immer die Mutter der Deduktion. Jedenfalls ist nichts Ungebührliches an einem abgelegten Taschentüchlein auf einem Bechstein. Du brauchst, meine Liebe, nicht so warm zu erröten. Laß mich als komische Abwechslung zitieren:

Lorsque son fi-ancé fut parti pour la guerre
Irène de Grandfief, la pauvre et noble enfant
Ferma son pi-ano . . . vendit son éléphant.

Das gurgelnde *enfant* ist echt, aber der Elefant gehört mir.»

«Was du nicht sagst!» lachte Ada.

«Unser großer Coppée», sagte Van, «ist natürlich gräßlich, aber es gibt eine sehr hübsche kleine Sache von ihm, die Ada de Grandfief hier einige Male mehr oder minder erfolgreich ins Englische verdreht hat.»

«Oh, Van!» warf Ada mit ungewohnter Koketterie ein und griff sich eine Handvoll Salzmandeln.

«Laß hören, laß hören», rief Demon und lieh sich eine Nuß aus ihrer hohlen Hand.

Das treffende Zusammenspiel harmonischer Regungen, die offene Fröhlichkeit von Familientreffen, die nie durcheinander geratenden Marionettenfäden – all das läßt sich leichter beschreiben als vorstellen.

«Alte Kunstgriffe des Geschichtenerzählens», sagte Van, «dürfen nur von sehr großen und unmenschlichen Künstlern parodiert werden, aber nur engen Verwandten kann man vergeben, wenn sie berühmte Gedichte paraphrasieren. Laßt mich die Bemühung einer Cousine – irgend jemandes Cousine – um ein Bruchstück von Puschkin vorausschicken, der Klangfülle des Reimes wegen –»

«Der Schlangenhülle des Reimes wegen!» rief Ada. «Eine Paraphrase, sogar meine Paraphrase ist wie die Verballhornung von ‹Schlangenwurz› in ‹Schlackwurst› – und dergleichen bleibt dann übrig von einer feinen kleinen Osterluzei.»

«Was reichlich genug ist», sagte Demon, «für meine bescheidenen Bedürfnisse und die meiner bescheidenen Freundinnen.»

«Es geht los», fuhr Van fort (und ignorierte, was er als eine unanständige Anspielung empfand, da die unglückliche Pflanze von den Alteingesessenen der Ladore-Gegend nicht so sehr als Heilmittel gegen Schlangenbiß betrachtet wurde, sondern vielmehr als Zeichen für die leichte Entbindung einer sehr jungen Frau; aber egal). «Durch Zufall nur erhalten blieb uns das Gedicht. In der Tat, ich hab's. Hier ist's: *Leur chute est lente*, und man erkennt sie . . .»

«Oh, *ich* erkenn sie», unterbrach Demon:

> *«Leur chute est lente. On peut les suivre*
> *Du regard en reconnaissant*
> *Le chêne à sa feuille de cuivre*
> *L'érable à sa feuille de sang.*

Großartiges Zeug!»

«Ja, das war Coppée, und jetzt kommt die Cousine», sagte Van, und er zitierte:

> «Ihr Fall ist sanft. Der Herbstlaubhupfer,
> Der ihnen folgt, erkennt sie gut:
> Die Eiche an dem Blatt aus Kupfer,
> Den Ahorn an dem Blatt aus Blut.»

«Pah!» machte die Übersetzerin.

«Überhaupt nicht!» rief Demon. «Der ‹Herbstlaubhupfer› ist eine großartige Trouvaille, Mädchen.» Er zog das Mädchen an sich, so daß sie auf der Lehne seines Clubsessels landete, und klebte sich durch die vollen schwarzen Strähnen hindurch mit dicken, feuchten Lippen an ihr heißes rotes Ohr. Van erschauerte vor Entzücken.

Nun war, unter ausgezeichneten Chiaroscuro-Bedingungen, Marina mit ihrem Auftritt an der Reihe, angetan mit einem Flitter-Kleid, das Gesicht in jener Weichzeichnung, nach der reife Stars trachten, beide Arme ausgebreitet, mit Jones im Gefolge, der zwei Leuchter trug und ständig versuchte, die seltsamen kleinen Hau-ab-Tritte, die er rückwärts in Richtung auf ein braunes Knäuel im Dunkel austeilte, in den Grenzen des Anstands zu halten.

«Marina!» schrie Demon mit oberflächlichem Enthusiasmus und tätschelte ihre Hand, als er sich auf ein kleines Sofa zu ihr setzte.

Unter rhythmischen Schnaufern stellte Jones einen der schönen drachenumwundenen Leuchter auf die kleine Kommode mit den glitzernden Getränken und war im Begriff, dessen Pendant an die Stelle zu tragen, wo Demon und Marina gerade ihre leutseligen Präliminarien zum Abschluß brachten, aber er wurde von Marina eilig zu einem Gestell in der Nähe des gestreiften Fisches umdirigiert. Schnaufend zog er die Vorhänge zu, denn vom Tag waren nichts als malerische Ruinen übrig. Jones war neu, sehr tüchtig, feierlich und langsam, und man mußte sich ganz allmählich an seine Art und Atmung gewöhnen. Jahre später erwies er mir einen Dienst, den ich ihm nie vergessen werde.

«Sie ist eine *jeune fille fatale,* eine blasse, herzzerbrechende Schönheit», vertraute Demon seiner ehemaligen Geliebten an, ohne sich darum zu kümmern, ob der Gegenstand seines Lobes ihn vom anderen Ende des Zimmers her vielleicht hören konnte (sie konnte es), wo sie Van half, den Hund in die Ecke zu drängen – und dabei viel zuviel Bein zeigte. Unser alter Freund war, ganz so aufgeregt wie die übrige wiedervereinte Familie, hinter Marina hereingesaust mit einem alten eichhornpelzbesetzten Pantoffel in der fröhlichen Schnauze. Der Pantoffel gehörte Blanche, die Dack schnell in ihr Zimmer hatte tun sollen, die ihn aber, wie gewöhnlich, nicht richtig einsperrte. Beide Kinder fühlten mit Schaudern ein *déjà-vu* (tatsächlich ein doppeltes *déjà-vu,* betrachtete man's in künstlerischer Retrospektive).

«*Poschalsta bes glupostej* (bitte, keine Dummheiten), besonders *devant les gens*», sagte tief geschmeichelt Marina (das Schluß-«S» klingen lassend, wie ihre Großmütter es getan hatten); und als der bedächtige, fischmäulige Bedienstete gegangen war, den auf dem Rücken liegenden, hochbrüstigen Dack und sein armes Spielzeug unterm Arm, fügte sie hinzu: «Wirklich, verglichen mit den hiesigen Mädchen, Grace Erminin zum Beispiel oder Cordula de Prey, ist Ada eine Turgenevsche Jungfrau oder sogar ein Jane Austen-Fräulein.»

«Tatsächlich bin ich Fanny Price», kommentierte Ada.

«In der Treppen-Szene», setzte Van hinzu.

«Halten wir uns nicht über ihre privaten Scherze auf», sagte Marina zu Demon. «Ich verstehe ihre Spiele und kleinen Geheimnisse ohnehin nie. Mlle Larivière indes hat ein wundervolles Drehbuch über geheimnisvolle Kinder geschrieben, die in alten

Parks seltsame Dinge treiben – aber laß sie heute abend bloß nicht anfangen, über ihre literarischen Erfolge zu sprechen, das wär fatal.»

«Ich hoffe, dein Mann kommt nicht *zu* spät», sagte Demon. «Er ist nach acht Uhr abends, Sommerzeit, nicht gerade in bester Form, weißt du. Übrigens, wie geht's Lucette?»

In diesem Augenblick wurden beide Flügel der Tür von Bouteillan in großartiger Manier aufgestoßen, und Demon bot *kalatschikom* (in der Form eines russischen Mondsichel-Brotes) Marina seinen Arm. Van, der in Gegenwart seines Vaters dazu neigte, in eine ziemlich traurige Art von Verspieltheit zu geraten, bot an, Ada ebenso hineinzugeleiten, sie aber schlug sein Handgelenk mit einem schwesterlichen *sans-gêne* beiseite, dem Fanny Price womöglich nicht zugestimmt hätte.

Ein anderer Price, ein typischer, allzu typischer alter Gefolgsmann, den Marina (und, während ihrer kurzen Romanze, G. A. Vronskij) aus unbekannten Gründen mit «Grib» tituliert hatte, stellte einen Onyx-Aschenbecher an den Kopf des Tisches für Demon, der gern zwischen den Gängen rauchte – ein Hauch von russischer Abstammung. Ein Seitentisch trug, ebenfalls in russischer Manier, eine Auswahl von roten, schwarzen, grauen und bräunlichen Vorspeisen, wobei der Servietten-Kaviar (*salfetotschnaja ikra*) vom Topf Graybead (*ikra sveschaja*) durch die saftige Fülle eingemachter Steinpilze getrennt wurde, «weiß» und «beinahbirke», während das Rosa des Räucherlachses mit der Fleischfarbe Westfälischen Schinkens wetteiferte. Die verschieden gewürzten *vodotschki* funkelten auf einem Extra-Tablett. Die Französische Küche hatte ihre *chaudfroids* und *foie gras* beigetragen. Ein Fenster war geöffnet, und die Grillen zirpten mit unheilvoller Geschwindigkeit in dem schwarzen, reglosen Blattwerk.

Es war – um die Romanstruktur fortzuführen – ein langes, frohes, köstliches Essen, und obwohl das Gespräch vorwiegend aus Familien-Scherzen und gescheiten Gemeinplätzen bestand, sollte diese *réunion* doch als ein seltsam bedeutendes, nicht gänzlich angenehmes Erlebnis im Gedächtnis haftenbleiben. Man schätzte es in gleicher Weise, wie wenn man sich in ein Bild in einer Pinakothek verliebt oder an den Stil eines Traums erinnert, an das Traumdetail, den bedeutungsvollen Reichtum von Farbe und Umriß in einer ansonsten bedeutungslosen Vision. Es sollte bemerkt werden, daß niemand, nicht einmal der Leser, nicht einmal Bouteillan (der, leider, einen kostbaren Korken zerkrümelte) auf dieser speziellen Party in seiner oder ihrer besten Form war. Ein feiner Zug von Farce und Falschheit entstellte sie, verhinderte, daß ein Engel – falls Engel Ardis besuchen konnten – sich gänzlich wohl fühlte; und trotzdem war es eine wunderbare Schau, die kein Künstler hätte missen mögen.

Das Tischtuch und das Kerzenflackern zog furchtsame oder ungestüme Nachtfalter an, unter denen Ada, der sie von einem Geist vorgeführt wurden, unwillkürlich viele alte «Flatterfreunde» wiedererkannte. Bleiche Eindringlinge, nur darauf aus, ihre zarten Flügel über eine leuchtende Oberfläche zu breiten; Zimmerdecken-Anpraller in Gilden-Pelzen; stämmige Wüstlinge mit buschigen Fühlern; und party-brechende Schwärmer mit roten, schwarz-gegürteten Bäuchen, segelten oder schossen schweigsam oder summend in das Eßzimmer herein aus der schwarzen, heißen, feuchten Nacht.

Es war eine schwarze, heiße, feuchte Nacht Mitte Juli 1888 in Ardis, in der Grafschaft Ladore, laßt uns nicht – laßt uns niemals vergessen, da eine vierköpfige Familie an einem ovalen Eßtisch saß, strahlend vor Blumen und Kristall – nicht etwa eine Szene in einem Stück, wie es einem Zuschauer (mit einer Kamera oder einem Programm) aus dem samtenen Parkett des Gartens hätte scheinen mögen – nein, scheinen *müssen.* Sechzehn Jahre waren seit dem Ende von Marinas dreijährigem Verhältnis mit Demon vergangen. Pausen verschiedener Länge – eine Unterbrechung von zwei Monaten im Frühjahr 1870, eine andere von beinahe vier Mitte 1871 – hatten damals Zärtlichkeit und Folterqualen nur verstärkt. Ihre auffallend vergröberten Gesichtszüge, ihr Kostüm, dieses Pailletten-Kleid, das Glitzernetz über ihrem erdbeerblond gefärbten Haar, die rote, sonnenverbrannte Brust und ihr melodramatisches Make-up mit zuviel Ockergelb und Kastanienbraun riefen in dem Mann, der sie heftiger als irgendeine andere Frau seiner Flirts geliebt hatte, auch nicht das geringste Echo wach an den Glanz, den Zauber und die Lyrik von Marina Durmanovs Schönheit. Es kränkte ihn – dieser totale Zusammenbruch der Vergangenheit, die Zerstreuung ihres umherziehenden Hofes samt Musikanten, die logische Unmöglichkeit, die zweifelhafte Realität der Gegenwart mit der unbestreitbaren der Erinnerung in Zusammenhang zu bringen. Nicht einmal diese Vorspeisen auf dem *sakusotschnyj stol* von Ardis Manor und seinem ausgemalten Eßzimmer verbanden sich mit ihren *petits soupers*, obwohl, weiß Gott, die drei Grundgerichte, mit denen man begann, fast immer die gleichen waren – eingemachte junge Steinpilze mit ihren enganliegenden, glänzenden rehbraunen Helmen, die grauen Perlen frischen Kaviars, die Gänseleberpastete mit der Pik-As-Intarsie aus Perigord-Trüffeln.

Demon schob sich einen letzten Bissen Schwarzbrot mit biegsamem Lachs in den Mund, leerte ein letztes Gläschen Vodka und nahm seinen Platz am Tisch ein, an dessen anderem Ende, jenseits der großen Bronzeschale mit wie geschnitzt wirkenden Calville-Äpfeln und länglichen Persty-Trauben Marina ihm gegenübersaß. Der Alkohol, den sein unverwüstlicher Organismus bereits aufgenommen hatte, war, wie stets, dabei behilflich, wieder zu eröffnen, was er gallizistisch verbotene Türen nannte, und nun, als er unfreiwillig gähnte, wie alle Männer, wenn sie eine Serviette ausbreiten, betrachtete er Marinas prätentiöse *ciel-étoile*-Frisur und versuchte (in dem seltenen wahrsten Sinne des Wortes), zu *realisieren*, versuchte, sich die Wirklichkeit einer Tatsache *anzueignen*, indem er sie in sein sinnliches Sensorium hineinzwang, daß hier eine Frau saß, die er unerträglich geliebt hatte, die ihn hysterisch und unberechenbar geliebt hatte, die darauf bestand, einander auf Decken und Kissen, die auf den Fußboden gelegt waren, zu lieben («wie es wohlanständige Leute im Tigris-Euphrat-Tal auch tun»), die vierzehn Tage nach der Niederkunft auf einem Schlitten über pulvrige Hänge talwärts stob oder per Orient-Express mit fünf Schrankkoffern, Dacks Großvater und einer Zofe in Dr. Stella Ospenkos *ospedale* ankam, wo er von einer Schramme genas, die er sich bei einem Degenduell geholt hatte und die nach einer Spanne von fast siebzehn Jahren als weißer Striemen unterhalb seiner achten Rippe immer noch sichtbar war. Wie seltsam, daß, wenn man nach langer Trennung einem Kumpel oder einer dicken Tante wiederbegegnete, die man schon als Kind gern gemocht hatte, die unverminderte menschliche Wärme der Freundschaft sofort wieder entdeckt wurde, dies aber mit einer alten Geliebten nie geschah – der menschliche Teil der eigenen Zuneigung schien mit dem Staub der unmenschlichen Leidenschaft hinweggefegt zu sein – in einer Art Ausverkaufs-Aktion totaler Zerstörung. Er schaute sie an und lobte die Vorzüglichkeit der Suppe, aber sie, diese eher untersetzte Frau, gutherzig, ohne Zweifel, doch gequält und grämlich, Nase, Stirn und alles andere mit einer Art bräunlichem Öl glasiert, das sie für «verjüngender» hielt als Puder – sie war ihm fremder als Bouteillan, der sie einmal in einer vorgetäuschten Ohnmacht auf seinen Armen aus einer Ladore-Villa heraus- und in ein Taxi getragen hatte – nach einem endgültigen, ziemlich endgültigen Streit am Vorabend ihrer Hochzeit.

Marina, im wesentlichen eine Attrappe in menschlicher Bekleidung, empfand solche Bedürfnisse nicht, da ihr jenes *dritte Gesicht* (die individuelle, magisch ins einzelne gehende Phantasie) fehlte, das viele ansonsten gewöhnliche und konforme Leute zwar auch besitzen mögen, bei dessen Fehlen jedoch das Gedächtnis (sogar eines tiefgründigen «Denkers» oder genialen Technikers), seien wir ehrlich, eine Stereotype oder ein Handzettel ist. Wir wollen nicht zu streng mit Marina sein; immerhin pulsiert ihr Blut in unseren Handgelenken und Schläfen, und viele unserer Launen gehören ihr, nicht ihm. Aber die Stumpfheit ihrer Seele können wir ihr nicht nachsehen. Der Mann, der am Kopf des Tisches saß und ihr durch ein Paar fröhlicher Kinder verbunden war, dem «Jugendlichen» (in Filmsprache) zu ihrer Rechten, der «Naiven» zu ihrer Linken, unterschied sich in keiner Weise von demselben Demon in fast derselben schwarzen Jacke (diese vielleicht ohne die offensichtlich gestohlene Nelke aus einer Vase, die Blanche von der Galerie hatte bringen sollen), der bei Praslins letztem Weihnachten neben ihr gesessen hatte. Der schwindelnde Abgrund, den er bei jeder Begegnung mit ihr verspürte, jenes schreckliche «Wunder des Lebens» mit seinem ausschweifenden Wirrwarr geologischer Verwerfungen, war nicht durch das zu überbrücken, was *sie* als die gepunktete Linie fader Begegnungen akzeptierte: der «arme alte» Demon (all ihre Bettgefährten wurden unter diesem Titel entlassen) erschien vor ihr wie ein harmloser Geist, in den Foyers der Theater «zwischen Spiegel und Fächer», oder in den Salons gemeinsamer Freunde, oder einmal im Lincoln-Park, als er mit seinem Spazierstock auf einen indigo-bäckigen Affen wies und sie nicht grüßte, entsprechend den Regeln der *beau monde*, da er mit einer Kurtisane ging. Irgendwo, weiter zurück, viel weiter zurück, von ihrem leinwand-verdorbenen Verstand mit Sicherheit in ein schales Melodram verwandelt, lag ihre Drei-Jahres-Spanne hektisch einberaumter Zusammenkünfte mit Demon, *A Torrid Affair* (der Titel ihres einzigen Kino-Hits), Passion in *Palästen*, die Palmen und die Lärchen, seine Äußerste Hingabe, sein unmögliches Temperament, Trennungen, Versöhnungen, Blue Trains, Tränen, Treuebruch, Terror, die Drohungen einer geisteskranken Schwester – hilflose, kein Zweifel, aber ihre Tigerspuren auf dem Taft der Träume zurücklassend, besonders, wenn Feuchtigkeit und Finsternis einen mit Fieber befallen. Und der Schatten der Vergeltung auf der Rückwand (mit lächerlichen rechtlichen Anspielungen). All dies war bloße Kulisse, leichthin verpackt, beschriftet mit «Hölle» und dann verfrachtet; und nur sehr unregelmäßig kam irgendein Wink – sagen wir, in der Tricktisch-Großaufnahme von zwei linken Händen verschiedenen Geschlechts – die was taten? Marina konnte sich nicht mehr entsinnen (obwohl erst *vier* Jahre dazwischen lagen!) – spielten sie *à quatre mains*? – nein, keiner von beiden nahm Klavierunterricht – warfen sie Schattenspiel-Häschen auf eine Wand? – näher, wärmer, aber immer noch falsch; maßen sie irgend etwas ab? Aber was? Erklommen sie einen Baum? Den polierten Stamm eines Baumes? Aber wo, wann? Eines Tages, grübelte sie, mußte man seine Vergangenheit in Ordnung bringen. Nochmals retuschieren, nochmals aufnehmen. Gewisse «Schnitte» und «Einfügungen» werden in diesem Streifen vorzunehmen sein; gewisse verräterische Abschürfungen auf der Emulsion wird man verbessern – «Verblendungen» in einer Sequenz diskret mit dem Herausschneiden unerwünschter, peinlicher «Überlängen» verbinden und endgültige Garantien erlangen müssen, ja, eines Tages – bevor der Tod mit seiner Klappe die Szene beendet.

Heute abend gab sie sich mit der automatischen Zeremonie zufrieden, ihm das zu servieren, was sie beim Zusammenstellen des Menüs mehr oder weniger zutreffend als seine Lieblingsspeisen im Gedächtnis hatte – *seljonye schtschi*, eine samtene grüne Ampfer-und-Spinat-Suppe, die hartgekochte, schlüpfrige Eier enthielt und mit glühend heißen, unwiderstehlich weichen, fleisch- oder wurzel- oder kohlgefüllten *piroschki* serviert wurde

– *peer-rush-KEY*, derart ausgesprochen, derart hier gefeiert, für immer und ewig. Danach, so hatte sie entschieden, gäbe es panierten Zander (*sudak*) mit gekochten Kartoffeln, Haselhuhn (*rjabtschiki*) und jenem besonderen Spargel (*besuchanka*), der Prousts aromatische Nachwirkungen nicht hervorruft, wie Kochbücher behaupten.

«Marina», murmelte Demon am Schluß des ersten Ganges. «Marina», wiederholte er lauter. «Weit entfernt davon» (eine bevorzugte Umschreibung von ihm), «Dans Geschmack in bezug auf Weißweine oder das Benehmen *de vos domestiques* zu kritiseren. Du kennst mich, ich bin über derlei Unsinn erhaben, ich bin . . .» (Handbewegung); «aber, meine Liebe», fuhr er fort, ins Russische überwechselnd, «der *tschelovek*, der mir die *piroschki* reichte – der Neue, dieser Plumpe mit den Augen (*s glasami*) –»

«Jedermann hat Augen», bemerkte Marina trocken.

«Nun, seine blicken, als würden sie sogleich wie ein Polyp die Speisen umschlingen, die er serviert. Aber darum geht es nicht. Er schnauft, Marina! Er leidet an irgendeiner Art *odischka* (Atemnot). Er sollte Dr. Krolik aufsuchen. Es ist deprimierend. Es ist ein rhythmisch pumpendes Geschnauf. Auf meiner Suppe sind kleine Wellen entstanden.»

«Schau, Paps», sagte Van, «Dr. Krolik kann nicht mehr viel machen, weil er, wie du wohl weißt, tot ist, und Marina kann ihren Dienern nicht das Atmen verbieten, weil sie, wie du auch weißt, am Leben sind.»

«Der Veensche Witz, der Veensche Witz», murmelte Demon.

«Genau», sagte Marina. «Ich weigere mich einfach, etwas dagegen zu unternehmen. Außerdem ist der arme Jones keineswegs asthmatisch, sondern nur reizbar beflissen, es recht zu machen. Er ist gesund wie ein Bulle und hat mich diesen Sommer schon viele Male von Ardisville nach Ladore und zurück gerudert und es genossen. Du bist grausam, Demon. Ich kann ihm nicht befehlen, genauso wenig, wie ich Kim, dem Küchenjungen, befehlen kann, keine Photos aus dem Hinterhalt zu schießen – er ist ein regelrechter Schnappschuß-Fanatiker, dieser Kim, obwohl andererseits ein liebenswerter, freundlicher, ehrlicher Junge; noch kann ich meiner kleinen französischen Zofe verbieten, was sie irgendwie immer hinkriegt, nämlich Einladungen zu den exklusivsten *bals masqués* in Ladore zu erhalten.»

«Das ist ja interessant», bemerkte Demon.

«Er ist ein schlimmer alter Mann!» rief Van vergnügt.

«Van!» sagte Ada.

«Ich bin ein schlimmer *junger* Mann», seufzte Demon.

«Sagen Sie, Bouteillan», fragte Marina, «was für einen guten Weißwein haben wir noch – was können Sie empfehlen?» Der Butler lächelte und flüsterte einen fabelhaften Namen.

«Ja, o ja», sagte Demon. «Ach, meine Liebe, du solltest deine Dinners nicht immer ganz allein aushecken. Nun zum Rudern – du kamst aufs Rudern zu sprechen. Weißt du, daß *moi, qui vous parle,* 1858 in der Ersten Rudermannschaft der Universität war? Van zieht Fußball vor, aber er ist nur in der Ersten Collegemannschaft, nicht wahr, Van? Ich bin auch besser als er im Tennis – nicht im Rasen-Tennis, natürlich, das ist ein Spiel für Pfaffen, sondern im Court-Tennis, wie es in Manhattan heißt. Was noch, Van?»

«Du schlägst mich immer noch beim Fechten, aber ich bin der bessere Schütze. Das ist kein echter *sudak, papa,* obwohl er Klasse ist, ich schwör's dir.»

(Da es Marina nicht gelungen war, das europäische Erzeugnis rechtzeitig für dieses Mahl zu bekommen, hatte sie die Sorte gewählt, die am nächsten kam, amerikanischen Zander mit Tartar-Sauce und gekochten neuen Kartoffeln.)

«Ah!» sagte Demon, den weißen Lord Byron-Rheinwein kostend. «Dies entschädigt für Unserer Lieben Frauen Tränen.»

«Ich erzählte Van vorhin», fuhr er mit erhobener Stimme fort (er hatte mit der Wahnidee zu schaffen, Marina sei ziemlich taub geworden), «von deinem Mann. Meine Liebe, er übertreibt mit dem Wacholderschnaps-Zeug, in der Tat, er wird ein bißchen wirr und seltsam. Neulich ging ich zufällig durch die Pat Lane auf der Fourth Avenue-Seite, und da kam er mit einem ziemlichen Tempo in seinem fürchterlichen Stadtwagen, dem urweltlichen Benzin-Zweisitzer, den er besitzt, mit dem Steuerruder. Nun, er sah mich aus ziemlicher Entfernung und winkte, und der ganze Apparat fing an zusammenzusacken und kam schließlich einen halben Block entfernt zum Halten, und da saß er nun und versuchte und versuchte, das Ding mit kleinen Hüftstößen von der Stelle zu bewegen, weißt du, wie ein Kind, das sein Dreirad nicht vom Fleck kriegt, und als ich zu ihm hinging, hatte ich den definitiven Eindruck, daß *sein* Mechanismus ausgesetzt hatte, nicht der von seiner alten Kiste.» Aber was Demon in der Güte seines falschen Herzens Marina verschwieg, war, daß der Schwachkopf, was er aber seinem Kunstberater, Mr. Aix, verheimlichte, von einem von Demons Spielerfreunden und mit Demons Segen für einige tausend Dollar ein paar gefälschte Corregios erworben hatte – nur um sie durch einen unverzeihlichen Glücksfall an einen gleichermaßen schwachköpfigen Sammler weiterzuverkaufen für eine halbe Million, die Demon von nun an als Darlehen betrachtete, das sein Vetter ihm gewiß zurückzuzahlen hätte, sofern geistige Gesundheit noch etwas wert war auf diesem Zwillings-Planeten. Und umgekehrt unterließ es Marina, Demon von der jungen Krankenschwester zu erzählen, mit der Dan seit seiner letzten Krankheit herumtändelte (es handelte sich übrigens um sie, die übereifrige Bess, die von Dan aus denkwürdigem Anlaß gebeten worden war, ihm zu helfen, «etwas Hübsches für ein halbrussisches Kind mit Interesse für Biologie» auszusuchen).

«Vous me comblez», sagte Demon in bezug auf den Burgunder, «obwohl, *pravda*, mein Großvater mütterlicherseits eher vom Tisch aufgestanden wäre, als mich roten Wein statt Champagner zur *gelinotte* trinken zu sehen. Ausgezeichnet, meine Liebe (einen Kuß durch die Allee aus Flammen und Silber blasend).»

Das gebratene Haselhuhn (oder vielmehr sein Vertreter in der Neuen Welt, hier «Berghuhn» genannt) wurde mit eingemachten Preiselbeeren (hier «Bergmoosbeeren» genannt) serviert. Ein besonders saftiges Stück eines dieser braunen kleinen Vögel gab ein Schrotkügelchen zwischen Demons roter Zunge und starkem Eckzahn von sich: *«La fève de Diane»*, bemerkte er und legte es vorsichtig an den Rand seines Tellers. «Wie steht's mit dem Auto, Van?»

«Ungewiß. Ich hab einen Roseley wie deinen bestellt, aber er wird nicht vor Weihnachten geliefert. Ich habe versucht, eine Silentium mit Beiwagen zu finden, fand aber keine wegen des Krieges, obwohl es mir ein Rätsel bleibt, welche Verbindung zwischen Kriegen und Motorrädern besteht. Aber wir schaffen's, Ada und ich, wir kriegen es hin, wir reiten, wir radeln, wir jikkern sogar.»

«Ich frage mich», sagte der durchtriebene Demon, «warum ich mich so unvermittelt an die reizenden Zeilen unseres großartigen Kanadiers über die errötende Irène erinnert fühle:

Le feu si délicat de la virginité
Qui irgendwas *sur son front* . . .

Also gut. Du kannst meinen Roseley nach England verschiffen lassen, vorausgesetzt –»

«Übrigens, Demon», unterbrach Marina, «wo und wie kann ich diese Sorte von alter, geräumiger Limousine mit einem alten, professionellen Chauffeur bekommen, die Praskovia, zum Beispiel, viele Jahre gehabt hat?»

«Ausgeschlossen, meine Liebe, sie sind alle im Himmel oder auf Terra. Aber was würde Ada mögen, was würde meine stille Liebe zum Geburtstag haben mögen? Er ist am nächsten Samstag, meiner Berechnung nach, nicht wahr? *Une rivière de diamants?*»

«Protestuju!» rief Marina. «Ja, ich spreche *serjosno*. Ich erhebe Einspruch dagegen, daß du ihr *quoi que ce soit* schenkst. Dan und ich werden uns um all das kümmern.»

«Außerdem wirst du's vergessen», sagte Ada lachend und zeigte Van, der auf ihre bedingte Reaktion auf «Diamanten» Obacht gegeben hatte, sehr flink ihre Zungenspitze.

Van fragte: «Vorausgesetzt was?»

«Vorausgesetzt, da wartet nicht schon einer auf dich in Georges Garage, Ranta Road.»

«Ada, du wirst nun bald allein herumjikkern», fuhr er fort, «ich will, daß Mascodagama seine Ferien in Paris beschließt. *Qui* irgendwas *sur son front, en accuse la beauté!*»

So lief das belanglose Geplapper. Wer beherbergt nicht im dunkelsten Fjord seines Verstandes derlei leuchtendhelle Erinnerungen? Wer hat sich nicht gekrümmt und sein Gesicht mit den Händen bedeckt, wenn die blendende Vergangenheit tückisch nach ihm schielte? Wer, unter der Einsamkeit und dem Schrecken einer langen Nacht –

«Was war das?» schrie Marina, der kleretische Stürme noch mehr Furcht einjagten als den Anti-Amberianern der Ladore-Grafschaft.

«Wetterleuchten», schlug Van vor.

«Wenn ihr mich fragt», sagte Demon und drehte sich auf seinem Stuhl, um die wogenden Vorhänge zu betrachten, «würde ich meinen, es war das Blitzlicht eines Photographen. Immerhin haben wir hier eine berühmte Schauspielerin und einen sensationellen Akrobaten.»

Ada lief ans Fenster. Unter den begierigen Magnolien stand ein weißgesichtiger Junge, flankiert von zwei gaffenden Dienstmädchen, und hielt eine Kamera auf die harmlose, heitere Familiengruppe gerichtet. Aber es war nur eine nächtliche Mirage, nichts Ungewöhnliches im Juli. Niemand photographierte außer Perun, der unnennbare Donnergott. In Erwartung des Grollens begann Marina mit angehaltenem Atem zu zählen, als ob sie betete oder den Puls eines sehr kranken Menschen fühlte. Ein Herzschlag sollte eine Meile schwarzer Nacht zwischen dem lebendigen Herzen und einem verdammten Hirten, der irgendwo – oh, sehr weit fort – auf dem Gipfel eines Berges niedergeschmettert wurde, überbrücken. Das Grollen kam – klang aber ziemlich gedämpft. Ein zweiter Blitz enthüllte die Gliederung des französischen Fensters.

Ada kehrte an ihren Platz zurück. Van hob ihre Serviette unter ihrem Stuhl auf, und während seines kurzen Untertauchens und Wiederhochkommens streifte er mit seiner Schläfe die Seite ihres Knies.

«Könnte ich noch eine Portion von Petersons Berghuhn haben, *Tetrastes bonasia windriverensis*?» fragte Ada hochtrabend.

Marina ließ eine verkleinerte Kuhglocke aus Bronze ertönen. Demon legte seine Handfläche auf Adas Handrücken und bat sie, ihm den merkwürdig evokativen Gegenstand herüberzureichen. Sie tat es in einem Staccato-Bogen. Demon setzte sein Monokel ein und untersuchte, die Zunge der Erinnerung dämpfend, die Glocke; aber es war nicht dieselbe, die einst auf dem Nachtschrank in einem dämmrigen Raum von Dr. Lapiners Chalet gestanden hatte; war nicht einmal von Schweizer Machart; war nur eine dieser süßklingenden Übersetzungen, die die grobe Fälschung eines Paraphrasten enthüllen, sobald man im Original nachschaut.

Aber ach! der Vogel hatte «die Ehre, die man ihm erwiesen

hatte», nicht überlebt, und nach kurzer Beratung mit Bouteillan ergänzte eine Portion zwar etwas unpassender, aber höchst schmackhafter *saucissons d'Arles* den Anteil der jungen Dame an den *asperges en branches*, die sich jetzt alle schmecken ließen. Es war fast schmerzlich, mitanzusehen, mit welchem Genuß sie und Demon ihre glanzlippigen Münder in genau der gleichen Weise verzogen, um herab aus himmlischer Höhe die wollüstige Verwandte des spröden Maiglöckchens oral einzuführen, wobei sie den Schaft mit übereinstimmend gebündelten Fingern hielten, nicht unähnlich der Fingerhaltung beim reformierten Sich-Bekreuzigen, um derentwillen so viele Russen, weil sie dagegen protestierten (ein lächerlich kleines Schisma, das von Daumen bis Zeigefinger etwa einen Zoll maß), von anderen Russen nur zwei Jahrhunderte zuvor an den Ufern des Großen Sklaven-Sees verbrannt worden waren. Van erinnerte sich, daß der großartige Freund seines Lehrers, der gelehrte, aber prüde Semjon Afanasjevitsch Vengerov, damals noch ein junger, außerordentlicher Professor, aber bereits ein gefeierter Puschkinist (1855–1954), zu sagen pflegte, die einzige vulgäre Stelle im Werk seines Autors sei die kannibalische Freude junger Feinschmecker, wie sie in einem unvollendeten Gesang des *Eugen Onegin* «pralle, lebendige» Austern aus ihren «Klöstern» herausrissen. Aber wiederum, «jeder hat seinen eigenen Geschmack», wie der britische Schriftsteller Richard Leonard Churchill eine abgedroschene französische Redewendung (*chacun à son goût*) zweimal im Verlauf seines Romans über einen gewissen, bei Reportern und Politikern einst beliebten Krim-Chan, «Ein Großer Guter Mann», fehlübersetzt – laut Aussage der gehässigen und mit Vorurteilen erfüllten Guillaume Monparnasse natürlich, über deren frischen Ruhm Ada, während sie die umgekehrte Blumenkrone einer Hand in eine Schüssel tunkte, nun Demon berichtete, der den gleichen Ritus in der gleichen anmutigen Weise vollführte.

Marina nahm sich eine Albany aus einem Kristalldöschen mit türkischen Zigaretten, die ein rosenrotes Mundstück hatten, und reichte das Behältnis weiter an Demon. Ada zündete sich mit einer gewissen Befangenheit auch eine an.

«Du weißt ganz gut», sagte Marina, «daß dein Vater dein Rauchen am Tisch mißbilligt.»

«Oh, ist schon gut», brummte Demon.

«Ich hatte Dan gemeint», erklärte Marina schwerfällig. «Er ist in der Beziehung sehr etepetete.»

«Na schön, und ich bin's nicht», antwortete Demon.

Ada und Van mußten einfach lachen. All das war Spaß – nicht von hohem Rang, aber doch Spaß.

Einen Augenblick später jedoch bemerkte Van:

«Ich glaube, ich nehme mir auch ein Alibi – ich mein, eine Albany –»

«Jedermann beachte bitte», sagte Ada, «wie *voulu* der Versprecher war! Ich rauch ganz gern einmal, wenn ich Pilze sammeln gehe, aber kaum bin ich wieder hier, behauptet dieser gräßliche Spötter, daß ich nach irgendeinem romantischen Türken oder Albanier rieche, dem ich im Wald begegnet bin.»

«Nun», sagte Demon, «Van hat ganz recht, daß er sich um deine Moral kümmert.»

Die richtige *profitrolj* (sehr weiches «l») der Russen, wie sie zuerst von ihren Köchen in Gavana vor 1700 gemacht wurde, besteht aus größeren Windbeuteln, überzogen mit geschmeidigerer Schokolade, als die dunklen und kümmerlichen «Profitrollen», die in europäischen Restaurants serviert werden. Unsere Freunde hatten jenes üppige, von *chocolat-au-lait*-Sauce überschwemmte Zuckerwerk verspeist und waren schon auf etwas Obst aus, da boten Bout und hinter ihm sein Vater und der stolpernde Jones einen eindrucksvollen Auftritt.

Alle Toiletten und Wasserrohre im Haus seien plötzlich von darmkollerartigen Krämpfen befallen worden. Das bedeutete und kündigte immer ein Ferngespräch an. Marina, die schon seit etlichen Tagen eine bestimmte Botschaft aus Kalifornien als Antwort auf einen stürmischen Brief erwartete, konnte ihre leidenschaftliche Ungeduld jetzt kaum noch zügeln und war drauf und dran, beim ersten glucksenden Krampf ans Dorophon in der Halle zu laufen, als der junge Bout hereingeeilt kam, die lange grüne Strippe (die sichtbar unter einer Serie von Schwellungen und Kontraktionen zuckte, etwa wie eine Schlange, die eine Feldmaus verschlingt) mit dem reichverzierten messing-und-perlmutternen Hörer hinter sich her ziehend, den Marina mit einem heftigen *«A l'eau!»* an ihr Ohr preßte. Indes, es war nur der pedantische alte Dan, der sie anrief, um allen mitzuteilen, daß Miller es an dem Abend nicht mehr schaffen – und ihn deshalb am nächsten Morgen früh und munter nach Ardis begleiten würde.

«Früh, aber munter wohl kaum», bemerkte Demon, der nun mit Familienfreuden übersättigt und leicht verärgert war, die erste Hälfte eines Casino-Abends in Ladore nur wegen dieses wohlgemeinten, aber nicht *ganz* erstklassigen Essens verpaßt zu haben.

«Wir werden den Kaffee im gelben Salon einnehmen», sagte Marina so traurig, als würde sie einen Ort trostloser Abgeschiedenheit heraufbeschwören. «Jones, *bitte,* treten Sie nicht immer auf die Fernsprechschnur. Du hast keine Ahnung, Demon, wie sehr ich mich davor fürchte, nach all den Jahren diesen unsympathischen Norbert von Miller wiederzutreffen, der vielleicht sogar noch arroganter und serviler geworden ist und der überdies mit Sicherheit nicht weiß, daß Dans Frau ich bin. Er ist ein baltischer Russe» (sich an Van wendend), «aber in Wahrheit *echt deutsch,* obwohl seine Mutter eine geborene Ivanov oder Romanov oder so ähnlich gewesen ist und eine Kattunfabrik in Finnland oder Dänemark besessen hat. Ich kann mir nicht vorstellen, wie er zu seinem Baronstitel kam; als ich ihn vor zwanzig Jahren kennenlernte, war er schlicht Mr. Miller.»

«Er ist es noch», sagte Demon trocken, «denn du verwechselst zwei Millers miteinander. Der Anwalt, der für Dan arbeitet, ist mein alter Freund Norman Miller des Anwaltsbüros Fainley, Fehler und Miller, und rein äußerlich hat er eine enorme Ähnlichkeit mit Wilfried Laurier. Norbert hingegen, so erinnere ich mich, hat einen Kopf wie eine *Kegelkugel,* lebt in der Schweiz, weiß ganz genau, wen du geheiratet hast und ist ein nicht erwähnenswerter Lump.»

Nach einer schnellen Tasse Kaffee und einem Tropfen Kirschlikör stand Demon auf.

«*Partir c'est mourir un peu, et mourir c'est partir un peu trop.* Bitte sag Dan und Norman, daß ich sie morgen jederzeit zu Tee und Gebäck im Bryant empfangen kann. Übrigens, wie geht's Lucette?»

Marina runzelte die Stirn und schüttelte den Kopf und spielte die liebevolle, besorgte Mutter, obwohl sie in Wahrheit ihren Töchtern noch weniger Zuneigung schenkte als dem putzigen Dack und dem bedauernswerten Dan.

«Oh, wir haben einen mächtigen Schreck bekommen», antwortete sie schließlich, «einen mächtig unangenehmen Schreck. Aber inzwischen geht es, offensichtlich –»

«Van», sagte sein Vater, «sei ein guter Junge. Einen Hut hatte ich nicht, aber Handschuhe ja. Bitte Bouteillan, in der Galerie nachzusehen, kann sein, daß ich sie dort verloren habe. Nein. Bleib! Es ist in Ordnung. Ich habe sie im Wagen gelassen, denn ich erinnere mich an die Kälte dieser Blume, die ich beim Vorübergehen aus einer Vase nahm . . .»

Er warf sie jetzt fort und mit ihr den Schatten seines flüchtigen Verlangens, beide Hände auf einen weichen Busen zu legen.

«Ich hatte gehofft, du würdest hier schlafen», sagte Marina (die sich so oder so nichts daraus machte). «Welche Zimmernummer hast du im Hotel – nicht etwa zufällig 222?»

Sie liebte romantische Zufälle. Demon untersuchte den Anhänger seines Schlüssels: 221 – was, prophetisch und anekdotisch gesprochen, gut genug war. Die unartige Ada warf natürlich einen verstohlenen Blick auf Van, der grimassierend die Nasenflügel spannte und so die Schräge der schmalen, schönen Nasenlöcher Pedros nachahmte.

«Sie machen sich lustig über eine alte Frau», sagte Marina nicht ohne Koketterie und küßte nach russischer Sitte ihrem Gast auf die gesenkte Stirn, da er ihre Hand an seine Lippen hob: «Du wirst verzeihen», setzte sie hinzu, «daß ich nicht auf die Terrasse gehe. Ich bin allergisch gegen Feuchtigkeit und Finsternis geworden; sicher ist meine Temperatur bereits auf siebenunddreißig Komma sieben gestiegen, mindestens.»

Demon klopfte auf das Barometer neben der Tür. Es war zu oft beklopft worden, als daß es noch in irgendeiner Weise verständlich reagierte, und blieb weiterhin auf Viertel nach drei stehen.

Van und Ada begleiteten ihn hinaus. Die Nacht war recht warm, und es tröpfelte, was die Ladore-Bauern einen grünen Regen nannten. Demons schwarzer Zweisitzer schimmerte elegant zwischen lackierten Lorbeerblättern im nachtfalterumwölkten Licht der Vorhalle. Er küßte die Kinder zärtlich, das Mädchen auf die eine Wange, den Knaben auf die andere, dann noch einmal Ada – in die Beuge des weißen Arms, der seinen Hals umschlang. Keiner achtete besonders auf Marina, die aus einem clementinenfarbenen Erkerfenster mit einem gepunkteten Schal winkte, obwohl alles, was sie sehen konnte, der Abglanz des Autoverdecks war und der Regen, der schräg durchs Scheinwerferlicht fiel.

Demon zog seine Handschuhe über und schoß unter kreischendem Knirschen der feuchten Kiesel davon.

«Der letzte Kuß ging ein bißchen zu weit», bemerkte Van lachend.

«Nun ja – seine Lippen rutschten aus, sozusagen», lachte Ada, und lachend umarmten sie sich in der Dunkelheit, während sie um den Seitenflügel herumgingen.

Sie verhielten einen Augenblick unter dem Schutz eines nachsichtigen Baumes, wo schon manch ein zigarre-rauchender Gast nach dem Essen verweilt hatte. Ruhig, unschuldig Seite an Seite, in den ihnen jeweils auferlegten Stellungen, fügten sie dem professionellen Rauschen des Nachtregens ein Tröpfeln und einen Guß hinzu und verhielten dann Hand in Hand in einer Ecke des belaubten Bogenganges, wartend, daß die Lichter in den Fenstern erloschen.

«Was war diese leichte Verstimmung, *ne tak*, an dem ganzen Abend?» fragte Van leise. «Hast du's bemerkt?»

«Ja, natürlich. Und doch, ich vergöttere ihn. Ich glaube, er ist völlig verrückt, ohne Platz und Berufung im Leben und bei weitem nicht glücklich, und philosophisch verantwortungslos – und es gibt absolut niemanden wie ihn.»

«Aber was lief falsch heut abend? Du warst mundfaul und alles, was wir sagten, war *faljschivo*. Ich frage mich, ob eine Art innerer Nase von ihm dich in mir und mich in dir roch. Er versuchte, mir Fragen zu stellen . . . Oh, dies war kein nettes Familientreffen. Was genau ging bei dem Essen daneben?»

«Mein Lieber, mein Lieber, als ob du das nicht wüßtest! Wir werden's vielleicht schaffen, unsere Masken immer zu tragen, bis daß das große T uns scheidet, aber wir werden niemals fähig sein zu heiraten – solange die beiden am Leben sind. Wir können's einfach nicht hinschaukeln, weil er auf seine Art konventioneller ist als selbst das Gesetz und die lausige Gesellschaft. Man kann nicht die eigenen Eltern bestechen, und vierzig, fünfzig Jahre darauf zu warten, daß sie sterben, ist eine zu schreckliche Vorstellung – ich meine, der bloße Gedanke, daß *irgend jemand* auf so etwas wartet, liegt nicht in unserer Natur, ist gemein und monströs!»

Er küßte ihre halbgeschlossenen Lippen, sanft und «sittsam», wie sie Momente der Tiefe umschrieben, um sie von der Verzweiflung der Leidenschaft zu unterscheiden.

«Jedenfalls», sagte er, «bringt es Spaß, zwei Geheimagenten in einem fremden Land zu sein. Marina ist nach oben gegangen. Dein Haar ist feucht.»

«Spione von Terra? Du glaubst, du glaubst an die Existenz von Terra? Oh, das tust du! Du hast sie akzeptiert. Ich kenne dich!»

«Ich akzeptiere sie als geistigen Zustand. Das ist nicht ganz dasselbe.»

«Ja, aber du möchtest beweisen, daß es dasselbe ist.»

Er streifte ihre Lippen mit einem zweiten frommen Kuß. Dessen Rand, indes, begann Feuer zu fangen.

«Irgendwann», sagte er, «werde ich dich um eine Wiederholungs-Vorstellung bitten. Du wirst wie vor vier Jahren an dem gleichen Tisch, in dem gleichen Licht sitzen und die gleiche Blume zeichnen, und ich werde die gleiche Szene durchlaufen mit solcher Freude, solchem Stolz, solcher – ich weiß nicht – Dankbarkeit. Schau, alle Fenster sind jetzt dunkel. Wenn ich muß, kann ich auch übersetzen. Hör zu:

Die Zimmerlichter gingen aus.
Oh, dufteten die *rosy*
Im Schatten saßen wir beisamm'
Der lauschigen *berjosy*.»

«Ja, die ‹Birken› ließen den Übersetzer nicht recht ‹wirken›, nicht wahr? Das ist ein schreckliches kleines Gedicht von Konstantin Romanov, stimmt's? Gerade zum Präsidenten der ‹Ljaskanischen Akademie für Dichtung› gewählt, stimmt's? Dürftiger Dichter und glücklicher Gatte. Glücklicher Gatte!»

«Weißt du», sagte Van, «ich finde, du solltest wenigstens *etwas* unterziehen, bei formellen Anlässen.»

«Deine Hände sind kalt. Was heißt formell? Du hast selbst gesagt, es sei ein Familientreffen.»

«Trotzdem. Du warst in Gefahr, sobald du dich bücktest oder rekeltest.»

«Ich *rekele* mich nie!»

«Ich bin ganz sicher, es ist nicht hygienisch, oder vielleicht ist es eine Art Eifersucht meinerseits. Memoiren eines Glücklichen Stuhls. Oh, mein Liebling.»

«Immerhin», flüsterte Ada, «zahlt es sich jetzt aus, nicht wahr? Krocket-Raum? *Ou comme ça?*»

«*Comme ça*, ausnahmsweise», sagte Van.

39

Obwohl 1888 die Mode in Ladore ziemlich eklektisch war, war sie doch nicht ganz so frei, wie man in Ardis annahm.

Zu dem großen Picknick an ihrem Geburtstag trug die sechzehnjährige Ada eine schlichte Leinenbluse, maisgelbe Hosen und abgenutzte Mokassins. Van hatte gewünscht, daß sie das Haar offen ließ; sie erhob Einwände, sagte, es sei zu lang, um hier auf dem Lande bequem zu sein, schloß aber endlich einen Kompromiß, indem sie es hinten auf halber Höhe mit einer zerknitterten schwarzen Seidenschleife zusammenband. Vans einziger Tribut an sommerliche Eleganz bestand aus einem blauen Polohemd, grauen Bermuda-Shorts aus Flanell und Turnschuhen.

Während das ländliche Festmahl zubereitet und zwischen den Sonnenflecken auf der traditionellen Kiefernlichtung ausgeteilt wurde, entschlüpften das wilde Mädchen und ihr Liebhaber für einige Augenblicke heißhungriger Inbrunst in eine farnbewachsene Schlucht, wo zwischen hohen Feuerbeerbüschen ein Bächlein von Riff zu Riff plätscherte. Der Tag war heiß und atemlos. Die kleinste Kiefer hatte ihre Zikade.

Sie sagte: «Als Heldin in einem alten Roman sprechend, scheint es mir so, so lange her zu sein, *davnym davno*, daß ich hier mit Grace und zwei anderen entzückenden Mädchen englische Wortspiele gespielt habe. *Insect, incest, nicest.*»

Als Botanikerin und Irre sprechend, sagte sie, sei das außergewöhnlichste Wort im Englischen *husked* – verschalt, geschält –, weil es für zwei gegensätzliche Dinge gelte, bedeckt und unbedeckt, eng umhüllt, doch leicht zu enthüllen, will sagen, man kann sie leicht abziehen, du brauchst nicht den Hosenbund zu zerreißen, du Rohling. «Sorgsam verschalter Rohling», sagte Van zärtlich. Die verstreichende Zeit konnte seine Zärtlichkeit für das Wesen, das er umklammerte, nur steigern, dies angebetete Wesen, dessen Bewegung jetzt noch geschmeidiger, dessen Lenden leierförmiger waren, dessen Haarschleife er gelöst hatte.

Während sie sich am Rand eines der kristallenen Schelfe des Bachs niederduckten, dort, wo er vor dem nächsten Fall noch einmal innehält, um sein Bild aufnehmen zu lassen und selbst Bilder aufzunehmen, sah Van beim letzten Zucken, wie das Spiegelbild von Adas starrem Blick im Wasser eine Warnung blinkte. Dergleichen war früher schon einmal passiert: Er hatte nicht mehr die Zeit, jene Erinnerung zu identifizieren, die ihn nichtsdestoweniger dazu führte, sofort das Geräusch des Stolperns hinter sich zu identifizieren.

Zwischen zerklüfteten Felsen fanden und trösteten sie die arme kleine Lucette, deren Fuß in einem Gestrüpp auf einer Granitplatte ausgerutscht war. Glühendrot und erregt rieb das Kind in höchst übertriebenem Schmerz seinen Schenkel. Fröhlich griffen Van und Ada jeder eine kleine Hand und rannten mit Lucette zurück zur Lichtung, wo sie lachte, wo sie hinplumpste, wo sie sich auf ihre Lieblingstörtchen stürzte, die auf einem der aufgestellten Tischchen ihrer harrten. Da schälte sie sich aus ihrem Baumwollhemd, zog die grünen Shorts hoch und nahm, auf dem rostbraunen Boden hockend, die Speisen in Angriff, die sie sich zusammengeholt hatte.

Ada hatte es abgelehnt, irgend jemanden außer den Erminin-Zwillingen zu ihrem Picknick zu bitten; aber sie hatte nicht die Absicht gehabt, den Bruder ohne die Schwester einzuladen. Letztere konnte, wie sich herausstellte, nicht kommen, da sie nach New Cranton gefahren war, um einen jungen Trommler, ihren ersten Freund, mit seinem Regiment in den Sonnenaufgang davonsegeln zu sehen. Aber Greg mußte trotzdem dazugebeten werden: Am Tag vorher hatte er ihr einen Besuch abgestattet und einen «Talisman» von seinem sehr kranken Vater gebracht, der sich wünschte, daß Ada, wie einst seine Großmutter, ein kleines Kamel aus gelbem Elfenbein, geschnitzt in Kiew vor fünf Jahrhunderten zur Zeit von Timur und Nabok, bewahrte und hütete.

Van irrte sich nicht, wenn er glaubte, daß Ada von Gregs Ergebenheit unbeeindruckt blieb. Er sah ihn mit Freude wieder – jener Art von Freude, die, amoralisch gerade in ihrer Reinheit, den freundlichen Gefühlen eines erfolgreichen Rivalen gegenüber einem durchaus anständigen Burschen den frostigen Ton verleiht.

Greg, der sein prächtiges neues schwarzes Silentium-Motorrad auf dem Waldweg hatte stehenlassen, stellte fest:

«Wir haben Gesellschaft.»

«Tatsächlich, ja», stimmte Van zu. «Wer sind sie? Hast du eine Ahnung?»

Niemand hatte. Im Regenmantel, ungeschminkt, verdrießlich, kam Marina herüber und spähte durch die Bäume in die von Van gewiesene Richtung.

Ein Dutzend älterer Männer aus der Stadt in dunkler Kleidung, schäbig und ungeschlacht, gingen, nachdem sie die Silentium gebührend bewundert hatten, in den Wald auf der anderen Seite der Straße und ließen sich dort nieder zu einer bescheidenen *colazione* aus Käse, Brötchen, Salami, Sardinen und Chianti. Sie waren von unseren Picknick-Freunden genügend weit entfernt, um sie in keiner Weise zu stören. Sie hatten auch keine mechanischen Musikkästen bei sich. Ihre Stimmen klangen gedämpft, ihre Bewegungen hätten nicht zurückhaltener sein können. Die vorherrschende Geste schien sich ritualisch darauf zu beschränken, daß diese oder jene Faust braunes Papier oder grobes Zeitungspapier oder Bäckerpapier (von der ganz leichten und unnützen Sorte) zusammenknüllte und das Zerknüllte auf stille, abstrakte Weise beiseite tat, während andere traurige apostolische Hände Eßwaren auswickelten oder aus diesem oder jenem Grunde wieder einwickelten, im erhabenen Schatten der Kiefern, im dürftigen Schatten der falschen Akazien.

«Wie befremdlich», sagte Marina, ihre sonnenbeschienene kahle Stelle kratzend.

Sie schickte einen Diener, die Lage zu untersuchen und jenen Zigeuner-Politikern oder kalabrischen Arbeitern mitzuteilen, daß Gutsherr Veen *wütend* würde, wenn er entdeckte, daß Spaziergänger in seinen Wäldern campierten.

Der Diener kehrte kopfschüttelnd zurück. Sie sprachen kein Englisch. Van ging hinüber:

«Bitte, gehen Sie, dies ist Privatbesitz», sagte Van auf Vulgärlatein, Französisch, kanadischem Französisch, Russisch, yukonischem Russisch und wiederum in ganz niederem Latein: *proprieta privata.*

Er stand da und sah sie an, kaum von ihnen beachtet, kaum vom Schatten des Laubwerks berührt. Es waren schlecht-rasierte, blauwangige Männer in alten Sonntagsanzügen. Ein oder zwei trugen keinen Kragen, hatten aber den Kragenknopf am Hemd behalten. Einer hatte einen Bart und einen feuchten Blick. Lackstiefel mit Staub in den Rissen oder orange-braune Schuhe, entweder quadratisch oder sehr spitz zugeschnitten, waren ausgezogen und unters Klettengesträuch gestoßen oder auf die alten Baumstümpfe der ziemlich öden Lichtung gestellt worden. Wie befremdlich, in der Tat! Als Van seine Aufforderung wiederholte, begannen die Eindringlinge in einem völlig unverständlichen Jargon miteinander zu munkeln und machten kleine, klatschende Bewegungen in seine Richtung, als scheuchten sie halbherzig eine Mücke fort.

Er fragte Marina, ob sie wünschte, daß er Gewalt anwende, aber die süße, liebe Marina sagte, ihr Haar andrückend, die andere Hand auf der Hüfte, nein, wir wollen sie ignorieren – besonders, da sie sich jetzt ein wenig tiefer zwischen die Bäume zurückzogen – seht doch, seht –, einige zerrten *à reculons* die verschiedenen Bestandteile ihrer Mahlzeit auf so etwas wie einer alten Bettdecke, die wie ein über kieseligen Sand geschleiftes Fischerboot verschwand, während andere höflich das zusammengeknüllte Butterbrotpapier entsprechend der allgemeinen Verlagerung an andere, weiter entfernte Verstecke brachten: ein höchst melancholisches und bedeutsames Bild – aber was, was bedeutete es?

Allmählich löste sich ihre Gegenwart aus Vans Bewußtsein. Ein jeder genoß jetzt das Fest. Marina warf ihren bleichen Regenmantel oder besser «Staubmantel» ab, den sie für das Picknick angezogen hatte (im Grunde und genaugenommen war ihr graues Hauskleid mit dem rosa Tüchlein eigentlich fröhlich genug, erklärte sie, für eine alte Dame), und ein leeres Glas erhebend, sang sie mit Schwung und sehr musikalisch Josef Grüns

Arie: «Auf schlürfet, auf schlürfet in durstigen Zügen / Den Kelch, den die Schönheit kredenzet!» Mit Schmerz und Mitleid kehrte Vans Blick immer wieder auf jene arme, kahle Stelle ohne Schönheit auf Traverdiatas armem altem Kopf zurück, auf die Kopfhaut, die durch ihr Haarfärbemittel viel glänzender als ihr totes Haar in einem schrecklichen Kiefern-Rost-Ton poliert war. Er gab sich, wie schon so oft, Mühe, ein wenig Zärtlichkeit für sie aus sich herauszuquetschen, aber wie gewöhnlich mißlang es ihm, und wie gewöhnlich sagte er sich, daß Ada ihre Mutter auch nicht liebte, ein verschwommener und feiger Trost.

In der rührend einfältigen Annahme, Ada werde es bemerken und schätzen, überschüttete Greg Mlle Larivière mit tausend kleinen Aufmerksamkeiten – er half ihr aus der lila Jacke, goß für sie aus einer Thermosflasche die Milch in Lucettes Becher, reichte die Butterbrote herum, füllte auf, auf schlürfet, das Weinglas von Mlle Larivière und lauschte mit verzücktem Grinsen ihren Schmähreden gegen die Engländer, die sie, sagte sie, sogar noch weniger leiden konnte als die Tataren oder die, nun ja, die Assyrer.

«England!» rief sie. «England! Das Land, wo es auf jeden Dichter neunundneunzig *sales petits bourgeois* gibt, manche von verdächtiger Herkunft! England wagt, Frankreich nachzuäffen! Ich habe in dem Korb da einen englischen Roman von hohem Ansehen, in dem eine Dame ein Parfum geschenkt bekommt – ein teures Parfum! – mit dem Namen ‹*Ombre Chevalier*›, was nichts weiter ist als ein Fisch – ein köstlicher Fisch, gewiß, aber kaum geeignet, sich das Taschentuch damit zu besprenkeln. Gleich auf der nächsten Seite erwähnt ein angeblicher Philosoph ‹*une acte gratuite*›, als ob alle Akte weibliche wären, und ein angeblicher Pariser Hotelier in der Geschichte sagt ‹*je me regrette*› anstatt ‹*je regrette*›!»

«*D'accord*», warf Van ein, «aber was ist mit so wüsten Blüten in französischen Übersetzungen aus dem Englischen wie zum Beispiel –»

Unglücklicherweise oder vielleicht glücklicherweise tat Ada gerade in diesem Moment einen russischen Ausruf höchster Verärgerung, als ein stahlgraues Kabriolett auf die Lichtung glitt. Kaum hatte es angehalten, als es von derselben Gruppe Städter umringt war, die sich jetzt, als seltsame Folge davon, daß sie

Mäntel und Westen abgelegt hatten, vervielfältigt zu haben schienen. Mit deutlichem Zeichen von Ingrimm und Verachtung sich einen Weg durch ihren Kreis bahnend, schritt der junge Percy de Prey, in Rüschenhemd und weißer Hose, auf Marinas Liegestuhl zu. Er wurde eingeladen, an der Party teilzunehmen, Adas Versuchen zum Trotz, ihre törichte Mutter mit einem warnenden Blick und einem heimlichen Kopfschütteln zu bremsen.

«Ich wagte nicht zu hoffen ... Oh, ich nehme mit dem größten Vergnügen an», erwiderte Percy, woraufhin – nur allzu sehr woraufhin – der scheinbar vergeßliche, aber in Wahrheit berechnende glatte Ganove zu seinem Wagen zurückmarschierte (bei dem ein letzter staunender Verehrer herumstand), um einen Strauß langstieliger Rosen aus dem Kofferraum zu holen.

«Was für ein Jammer, daß ich Rosen nicht ausstehen kann», sagte Ada und nahm sie übertrieben behutsam entgegen.

Der Muskat wurde entkorkt, auf Adas und Idas Gesundheit getrunken. «Die Unterhaltung wurde allgemein», wie Monparnasse gern schrieb.

Graf Percy de Prey wandte sich an Ivan Demianovitsch Veen: «Wie ich höre, mögen Sie anomale Stellungen?»

Die Halb-Frage war halb-spöttisch gestellt. Van schaute durch sein erhobenes Glas Lunelle auf die honigfarbene Sonne.

«Wie soll ich das verstehen?» forschte er.

«Nun – der Auf-den-Händen-Geh-Trick. Eines der Dienstmädchen Ihrer Tante ist die Schwester von einem unserer Dienstmädchen, und zwei hübsche Schwätzerinnen bilden ein gefährliches Team» (lachend). «Die Sage geht um, daß Sie es den ganzen Tag lang treiben, in jeder Ecke, meine Glückwünsche!» (sich verbeugend).

Van erwiderte: «Die Sage macht zuviel Aufhebens um meine Spezialität. In Wahrheit übe ich nur jeden zweiten Abend ein paar Minuten, nicht wahr, Ada?» (sich nach ihr umsehend). «Darf ich Ihnen, Graf, noch etwas von dem Maus-Katz geben – ein armseliges Wortspiel, aber von mir.»

«Van Lieber», sagte Marina, die mit Entzücken dem lebhaften und sorglosen Geplauder der ansehnlichen jungen Leute zuhörte, «erzähl ihm von deinem Erfolg in London. Bitte!»

«Ja», sagte Van, «also, es fing alles an als purer Unfug, wissen Sie, da oben in Chose, aber dann –»

«Van!» rief Ada schrill. «Ich möchte dir etwas sagen, Van, komm her.»

Dorn (in einer Zeitschrift blätternd, zu Trigorin): «Vor zwei Monaten war hier ein Artikel abgedruckt ... ein ‹Brief aus Amerika›, und da wollte ich Sie unter anderem fragen» (faßt Trigorin um die Taille und führt ihn an die Rampe), «da ich mich für diese Frage sehr interessiere ...»

Ada stand mit dem Rücken gegen einen Baumstamm gelehnt wie eine schöne Spionin, die gerade die schwarze Augenbinde zurückgewiesen hat.

«Ich wollte dich fragen, ganz nebenbei, Van» (mit Flüsterstimme fortfahrend, ärgerlich zuckendes Handgelenk) – «hör auf, den perfekten Gastgeber-Idioten zu spielen; er war schon bei seiner Ankunft voll bis zum Rand, siehst du das denn nicht?»

Die Hinrichtung wurde durch Onkel Dans Ankunft unterbrochen. Er hatte einen bemerkenswert sorglosen Fahrstil, wie ihn, weiß der Himmel warum, viele mürrische, langweilige Männer so oft an sich haben. Nachdem er eiligst durch die Kiefern gewedelt war, brachte er den kleinen roten Sportwagen direkt vor Ada abrupt zum Stehen und überreichte ihr das ideale Geschenk, eine große Schachtel Pfefferminzbonbons, weiße, rosa, und, Junge, Junge, grüne! Er hatte auch ein Luftogramm für sie, sagte er, augenzwinkernd.

Ada riß es auf – und sah, es war nicht, wie sie befürchtet hatte, für sie aus dem trostlosen Kalugano, sondern für ihre Mutter aus Los Angeles, einem viel fröhlicheren Ort. Marinas Gesicht nahm, während sie die Nachricht überflog, mehr und mehr den Ausdruck ziemlich anstößiger jugendlicher Glückseligkeit an. Triumphierend zeigte sie das Luftogramm Larivière-Monparnasse, die es zweimal las und den Kopf mit einem Lächeln nachsichtiger Mißbilligung neigte. Vor Freude geradezu mit den Füßen stampfend: «Pedro kommt wieder», rief (gluckste, trällerte) Marina ihrer schweigsamen Tochter zu.

«Und wird, nehme ich an, bis zum Ende des Sommers bleiben», bemerkte Ada – und ließ sich nieder zu Greg und Lucette, um auf einer Reisedecke, die über die kleinen Ameisen und trokkenen Kiefernnadeln gebreitet war, Schnipp-Schnapp zu spielen.

«O nein, nur für vierzehn Tage» (Mädchen-Kichern). «Danach fahren wir nach Houssaie, *Gollivud-tosch*» (Marina war wirklich groß in Form) – «ja, wir alle fahren hin, die Autorin, und die Kinder, und Van – wenn er möchte.»

«Ich möchte schon, aber ich kann nicht», sagte Percy (Beispiel für *seine* Art Humor).

Inzwischen spazierte Onkel Dan, sehr adrett in kirschrot-gestreiftem Blazer und varieté-komischem Strohhut, da er sich durch die Anwesenheit der benachbarten Ausflügler beträchtlich irritiert fühlte, mit einem Glas Hero in der einen und einem Kaviar-Brötchen in der anderen Hand zu ihnen hinüber.

«Die Verwünschten Kinder», sagte Marina als Antwort auf etwas, das Percy wissen wollte.

Percy, du solltest bald schon sterben – und zwar nicht an jener Schrotkugel in deinem fetten Bein, auf dem Rasen einer Krim-Schlucht, sondern ein paar Minuten später, als du deine Augen öffnetest und dich erleichtert fühltest und sicher im Schutze der Macchia; du solltest bald schon sterben, Percy; aber an jenem Julitag auf dem Land in Ladore, unter den Kiefern rekelnd, königlich besoffen nach einem vorhergegangenen Gelage, mit Wollust im Herzen und einem klebrigen Glas in deiner starken, blond behaarten Hand, einer literarischen Langweilerin lauschend, mit einer alternden Schauspielerin plaudernd und mit ihrer eigensinnigen Tochter liebäugelnd, hast du dich an der pikanten Situation ergötzt, alter Genießer, chin-chin, kein Wunder. Stämmig, hübsch, lässig und grausam, eine Kanone im Rugby, ein Landmädchen-Knacker, verbandest du den Charme eines Athleten außer Dienst mit dem anziehenden Genöle eines modischen Esels. Ich glaube, was ich am meisten an deinem hübschen Mondgesicht gehaßt habe, war diese Babyhaut, die glatthäutigen Kinnladen des mühelosen Rasierers. *Ich* hatte angefangen, jedesmal zu bluten, und das sollte noch sieben Jahrzehnte lang so bleiben.

«In einem Vogelhaus, das dort an dem Kiefernstamm befestigt war», sagte Marina zu ihrem jungen Bewunderer, «gab es einmal ein ‹Telephon›. Wie sehr würde ich dessen Vorhandensein gerade jetzt begrüßen! Ah, da kommt er *enfin*!»

Ihr Gatte kam ohne das Glas und das Brötchen zurückgeschlendert und brachte wunderbare Neuigkeiten mit. Es handelte sich um eine «außerordentlich höfliche Gruppe». Er hatte mindestens ein Dutzend italienischer Worte erkannt. Es war, so hatte er verstanden, eine Zusammenkunft von Hirten. Sie glaubten, glaubte er, er sei ebenfalls ein Hirte. Ein Ölgemälde aus der Sammlung des Kardinals Carlo di Medici, Künstler unbekannt, mag jener Kopie zugrunde gelegen haben. Aufgeregt, allzu aufgeregt sagte der kleine Mann, er bestünde darauf, daß die Diener seinen auserwählten neuen Freunden Viktualien und Wein brächten; er selbst wurde tätig und griff sich eine leere Flasche und einen Korb, der Strickzeug, einen englischen Roman von Quigley und eine Rolle Toilettenpapier enthielt. Marina jedoch erklärte, berufliche Pflichten machten es erforderlich, daß sie unverzüglich Kalifornien anrief; und sogleich, sein Vorhaben vergessend, stimmte er bereitwillig zu, sie nach Hause zu fahren.

Nebel haben seither längst die Schlingen und Schleifen aufeinanderfolgender Ereignisse versteckt – aber ungefähr zur Zeit dieses Aufbruchs oder kurz darauf sah Van sich am Ufer des Baches stehen (der früher am Nachmittag zwei Paar übereinandergelagerter Augen widergespiegelt hatte) und mit Percy und Greg Kieselsteine auf die Reste eines alten, rostigen, unleserlichen Warnschildes auf der anderen Seite schleudern.

«*Okh, nado passati!* (Oh, ich muß)» rief Percy in dem slawischen Slang, zu dem er neigte, blies die Backen auf und fummelte wild an seinem Schlitz herum. In seinem ganzen Leben, sagte der gleichmütige Greg zu Van, habe er noch nie so einen häßlichen Apparat gesehen, chirurgisch beschnitten, erschreckend übergroß und farbig, mit solch einem phänomenalen *cœur de bœuf;* auch war keiner der beiden faszinierten, peniblen Jungen je Zeuge eines vergleichbar anhaltenden, weit gespannten, praktisch ewigen Strahls gewesen. «Puh!» äußerte der junge Mann erleichtert und packte wieder ein.

Wie kam die Rauferei in Gang? Überquerten alle drei den Bach, indem sie auf glitschige Steine traten? Hatte Percy Greg geschubst? Hatte Van Percy geknufft? War da etwas – ein Stock? Einer Faust entwunden? Ein Handgelenk umklammert und befreit?

«Oho», sagte Percy, «du willst es wissen, mein Freundchen!»

Greg, dem ein Bein seiner sackigen Golfhose völlig durchnäßt war, beobachtete sie hilflos – er mochte sie beide –, als sie am Ufer des Baches rangelten.

Percy war drei Jahre älter als Van und etliche Kilogramm schwerer, aber jener war schon mit viel kernigeren Kerlen sehr leicht fertig geworden. Fast augenblicklich steckte das platzende Gesicht des Grafen in der Falle von Vans Armbeuge. Der grunzende Graf wankte gekrümmt auf dem Gras umher. Er bekam ein feuerrotes Ohr frei, wurde erneut eingefangen, zum Straucheln gebracht und brach unter Van zusammen, der ihn sogleich «auf die Schulterblätter» legte, *na lopatki,* wie Kind Wing es in seinem Matten-Jargon auszudrücken pflegte. Percy lag keuchend wie ein sterbender Gladiator, die Schultern zu Boden gepreßt von seinem Peiniger, dessen Daumen jetzt begannen, den pumpenden Brustkorb fürchterlich zu bearbeiten. Percy deutete mit einem plötzlichen Schmerzgebrüll an, daß er genug hatte. Van forderte einen deutlicher artikulierten Ausdruck der Kapitulation und erhielt ihn. Greg, fürchtend, daß Van die gestammelte Bitte um Gnade nicht mitgekriegt hatte, wiederholte sie in der dritten Person. Van ließ den unglücklichen Grafen frei, woraufhin dieser sich aufsetzte, ausspie, seine Kehle befühlte, das zerknitterte Hemd auf seinem stämmigen Körper zurechtzog und Greg mit heiserer Stimme bat, einen verlorengegangenen Manschettenknopf zu suchen.

Van wusch sich in einem tiefer gelegenen Schelf-Teich des Baches die Hände und erkannte mit belustigter Verlegenheit das transparente, schlauchartige Ding, das sich, einer Seegurke nicht unähnlich, auf seinem Weg stromabwärts in einem Büschel Vergißmeinnicht – auch ein guter Name – verfangen hatte.

Gerade wollte er sich anschicken, zur Picknicklichtung zurückzugehen, da fiel von hinten ein Berg auf ihn herab. Mit einem gewaltigen Schwung wirbelte er den Angreifer über seinen Kopf. Percy knallte hin und lag für ein, zwei Augenblicke flach auf dem Rücken. Mit angespannten Gliedern betrachtete ihn Van und hoffte dabei auf einen Vorwand, einen bestimmten, ganz speziellen Kunstgriff exotischer Folter anbringen zu können, den in einem echten Kampf zu gebrauchen er noch keine Gelegenheit gehabt hatte.

«Du hast mir die Schulter gebrochen», grollte Percy, indem er sich halb erhob und seinen dicken Arm rieb. «Ein bißchen mehr Selbstkontrolle, junger Teufel.»

«Steh auf!» sagte Van. «Los, los, steh auf! Willst du noch mehr, oder sollen wir uns den Damen anschließen? Zu den Damen? In Ordnung. Geh aber, bitte schön, jetzt vor mir.»

Als er und sein Gefangener sich der Lichtung näherten, fluchte Van über sich selbst, weil diese unerwartete zusätzliche Runde ihn durcheinandergebracht hatte; er war insgeheim außer Atem, jeder einzelne Nerv in ihm dröhnte, er erwischte sich dabei, zu humpeln und das Humpeln auszugleichen – wogegen Percy de Prey in seiner magisch makellosen weißen Hose und dem nur leicht zerknitterten Hemd, lebhaft Arme und Schultern trainierend, dahinmarschierte und ganz heiter, ja, sogar richtig fröhlich zu sein schien.

Schon überholte sie Greg und brachte den Manschettenknopf – ein kleiner Triumph peinlichster Nachforschung; und mit einem abgedroschenen «Klasse!» schloß Percy seine Seidenmanschette und vervollständigte somit seine anmaßende Wiederherstellung.

Ihr eifriger Kamerad, immer noch im Laufschritt, gelangte als erster an den Ort des beendeten Festes; er sah Ada ihm entgegenblicken, zwei rote Röhrenpilze mit getüpfelten Stielen in der einen und drei in der anderen Hand; und da er ihr Erstaunen beim Klang seiner trampelnden Hufe als Besorgnis mißdeutete, beeilte sich der gute Sir Greg, schon von weitem auszurufen: «Er ist okay, er ist okay, Miss Veen» – wobei blindes Mitleid den jungen Knappen daran hinderte, sich darüber klarzuwerden, daß sie keinesfalls schon wissen konnte, was für ein Zusammenprall zwischen Beau und Biest stattgefunden hatte.

«Jaja, das bin ich», sagte letzterer, während er ihr ein paar von den Giftpilzen, des Mädchens Lieblings-Delikatesse, abnahm und ihre glatten Hauben streichelte. «Und warum auch nicht? Ihr Cousin hat Greg und Ihrem ergebenen Diener eine höchst erfrischende Darbietung von dem Orientalischen Skrotomoff oder wie es sonst heißt, zum besten gegeben.»

Er verlangte nach Wein – aber die übriggebliebenen Flaschen hatte man den mysteriösen Hirten gegeben, jedoch hatte die angrenzende Lichtung ihre Kundschaft bereits verloren: Vielleicht hatten sie einen ihrer Kameraden beseitigt und begraben, falls der steife Kragen und Schlangenlederschlips, die an einem Robinienzweig hängen geblieben waren, ihm gehörten. Ebenfalls verschwunden war der Rosenstrauß, auf Adas Anordnung hin wieder in den Kofferraum des Autos vom Grafen gelegt – statt die Rosen an sie zu verschwenden, sollte er sie lieber, sagte sie, Blanches reizender Schwester schenken.

Und nun klatschte Mlle Larivière in die Hände, um Kim, den Fahrer ihres Gig, und Trofim, den blondbärtigen Kutscher der Kinder, von ihrem Mittagsschläfchen hochzuscheuchen. Ada griff sich wieder ihre Pilze, und alles, was Percy für seinen *Handkuß* finden konnte, war eine kalte Faust.

«Richtig nett, Sie mal wieder getroffen zu haben, mein Lieber», sagte er und klopfte Van leicht auf die Schulter, eine unerlaubte Geste in ihren Kreisen. «Hoffe, bald mal wieder mit Ihnen zu spielen. Ich wüßte zu gern», fügte er mit gesenkter Stimme hinzu, «ob Sie auch so genau schießen, wie Sie ringen.»

Van folgte ihm ans Kabriolett.

«Van, Van, komm her, Greg möchte sich verabschieden», rief Ada, aber er wandte sich nicht um.

«Ist das eine Herausforderung, *me faites-vous un duel?*» erkundigte sich Van.

Percy am Steuer lächelte, verengte seine Augen, beugte sich zum Armaturenbrett vor, lächelte noch mal, sagte aber nichts. Tick-tick machte der Motor, brach dann in ein Getöse aus, und Percy zog sich die Handschuhe über.

«Quand tu voudras, mon gars», sagte, auf den Kotflügel schlagend, Van, indem er die schreckliche zweite Person Singular der Duellisten im alten Frankreich gebrauchte.

Das Auto machte einen Satz nach vorn und verschwand.

Van kehrte mit einem dummen Herzklopfen an den Picknickplatz zurück; im Vorübergehen winkte er Greg zu, der ein wenig abseits von der Straße mit Ada sprach.

«Wirklich, Sie können mir glauben», sagte Greg zu ihr, «Ihr Cousin hat keine Schuld. Percy hat angefangen – und wurde in einer sauberen Runde Korotom-Ringen besiegt, wie es in Teristan und Sorokat gebräuchlich ist – mein Vater könnte Ihnen sicherlich alles darüber erzählen.»

«Sie sind ein Schatz», antwortete Ada, «aber ich finde nicht, daß Ihr Gehirn allzu gut funktioniert.»

«Das tut es nie in Ihrer Gegenwart», bemerkte Greg und bestieg sein stummes schwarzes Stahlroß und haßte es, sich selber und auch die beiden Raufbolde.

Er rückte seine Schutzbrille zurecht und glitt davon. Mlle Larivière ihrerseits kletterte in ihr Gig und wurde durch den gesprenkelten Durchblick des Waldweges hinweggetragen.

Lucette lief zu Van und umschlang, fast auf Knien, zärtlich die Hüften ihres großen Cousins und hielt ihn so einen Augenblick lang umklammert. «Komm mit», sagte Van und zog sie hoch, «vergiß deinen Pulli nicht, du kannst nicht nackt herumlaufen.»

Ada schlenderte heran. «Mein Held», sagte sie, kaum nach ihm sehend, mit der ihr eigenen unergründlichen Miene, die einen im Ungewissen ließ, ob sie Sarkasmus oder Begeisterung oder eine Parodie des einen oder des anderen ausdrückte.

Lucette, ihren Pilzkorb schwingend, sang:

«Er schraubt' ihm ab den Nippel,
Verließ ihn dann als Krüppel . . .»

«Lucy Veen, laß das!» schrie Ada das Teufelchen an; und Van schüttelte das kleine Handgelenk, das er hielt, mit dem Anschein großer Entrüstung, während er Ada auf der anderen Seite lustig zulächelte.

Dergestalt, als sorglos wirkendes junges Trio, näherten sie sich der wartenden Viktoria. Sich vor Bestürzung auf die Schenkel klatschend, stand der Kutscher da und schimpfte mit einem zerzausten jungen Diener, der unter einem Busch hervorgekrochen war. Dorthin hatte er sich verzogen, um ungestört ein zerknittertes Exemplar der *Tattersalia* mit Bildern von fabelhaft in die Länge gezogenen Rennpferden genießen zu können, und war dabei von dem Zweispänner zurückgelassen worden, der das schmutzige Geschirr und die schlaftrunkenen Lakaien davongetragen hatte.

Er kletterte auf den Kutschbock neben Trofim, der ein vibrierendes «Bbrrrr» auf die zurücksetzenden Gäule richtete, während Lucette mit dunkler werdenden grünen Augen der Besetzung ihres gewohnten Hochsitzes zusah.

«Du wirst sie auf dein halb-brüderliches Knie nehmen müssen», sprach Ada in einem neutralen Aparte.

«Aber wird *La maudite rivière* nicht etwas dagegen haben», sagte er abwesend, denn er versuchte, den Eindruck dieser Schicksals-Reprise für sich festzuhalten.

«Larivière kann sich mal» (und Adas süße, blasse Lippen wiederholten Gavronskijs krude Bemerkung) . . . «Das gilt auch für Lucette», setzte sie noch hinzu.

«Vos ‹wyragences› sont assez lestes», bemerkte Van. «Bist du sehr wütend auf mich?»

«O Van, natürlich nicht! Ich bin froh, daß du gewonnen hast. Aber ich bin heute sechzehn geworden. Sechzehn! Älter als Großmutter zur Zeit ihrer ersten Scheidung. Es war mein letztes Picknick, glaube ich. Die Kindheit ist nun futsch. Ich liebe dich. Du liebst mich. Greg liebt mich. Jeder liebt mich. Ich bin von Liebe überschwemmt. Beeil dich, oder sie zieht den Gockel da oben runter – Lucette, laß ihn sofort los.»

Endlich setzte sich der Wagen zu seiner vergnüglichen Heimfahrt in Bewegung.

«Au!» grunzte Van, als er seine rundliche Last entgegennahm – und erklärte mit verzerrtem Gesicht, er hätte seine rechte Kniescheibe an einem Felsen gestoßen.

«Natürlich, wenn man Unfug treiben muß . . .» murmelte Ada – und öffnete an dem smaragdgrünen Seidenbändchen das kleine braune Buch in Goldprägung (mit den vorüberhuschenden Sonnenflecken ein ästhetischer Genuß), in dem sie schon auf der Hinfahrt gelesen hatte.

«Ich treib ganz gern mal ein bißchen Unfug», sagte Van. «Es hat mir ein ganz schönes Prickeln zurückgelassen, aus mehr als einem Grund.»

«Ich hab euch zugeguckt – beim Unfugtreiben», sagte Lucette und wandte den Kopf.

«Sch-scht», zischelte Van.

«Ich meine dir und ihm.»

«Deine Eindrücke interessieren uns nicht, Mädchen. Und sieh dich nicht dauernd um. Du weißt, du wirst see-krank, wenn die Straße –»

«Koinzidenz: *‹Jean qui tâchait de lui tourner la tête . . .›*» tauchte Ada kurz aus ihrem Buch auf.

«– wenn die Straße ‹aus dir herausläuft›, wie deine Schwester einmal sagte, als sie in deinem Alter war.»

«Wahr», überlegte Lucette melodisch.

Sie hatte sich überreden lassen, ihren honigbraunen Körper zu bekleiden. Ihr weißer Pulli hatte von seinem vorherigen Untergrund eine Menge zusammenstibitzt – Kiefernnadeln, ein bißchen Moos, Kuchenkrümel, eine Baby-Raupe. Ihre bemerkenswert wohlgefüllten grünen Shorts hatten violette Feuerbeerflekken. Ihr bernsteinhelles Haar flog ihm ins Gesicht und roch nach einem vergangenen Sommer. Familiengeruch, ja, Koinzidenz: eine Reihe von leicht verschobenen Koinzidenzen; die Artistik von Asymmetrie. Sie saß auf seinem Schoß, schwer, verträumt, voll mit *foie gras* und Pfirsich-Punsch, wobei ihre bloßen, schimmernden braunen Arme beinahe sein Gesicht berührten – es berührten, als er rechts und links nach unten blickte, um zu prüfen, ob die Pilze mitgenommen worden waren. Ja, sie waren's. Der Dienerknabe las und bohrte in der Nase – den Bewegungen seines Ellbogens nach zu urteilen. Lucettes rundes Hinterteil und kühle Schenkel schienen tiefer und tiefer in den Treibsand traum-gleicher, traum-formulierter, sagen-entstellter Vergangenheit zu sinken. Ada, die neben ihm saß und ihre kleineren Seiten schneller umblätterte als der Junge auf dem Kutschbock, war natürlich bezaubernd, berückend, ewig und lieblicher, noch dunkler glühend als vier Sommer zuvor – aber es war jenes andere Picknick, das er von neuem durchlebte, und es waren Adas weiche Hüften, die er jetzt umfing, als wäre sie in doppelter Ausführung, in zwei verschiedenen Farbdrucken vorhanden.

Durch kupferne Seidensträhnen blickte er seitlich hindurch zu Ada, die als Zeichen eines übermittelten Kusses die Lippen für ihn spitzte (und ihm endlich seine Rolle bei dem Gezänk verzieh!) und sogleich zu ihrem pergament-gebundenen Bändchen zurückkehrte, *Ombres et couleurs*, eine 1820er Ausgabe von Chateaubriands Kurzgeschichten mit handgemalten Vignetten und der platten Mumie einer gepreßten Anemone. Schimmer und Schatten des Waldes glitten über ihr Buch, ihr Gesicht und Lucettes rechten Arm, und er konnte nicht umhin, einen Mükkenstich darauf zu küssen – als reinen Tribut an die Doppelung. Die arme Lucette warf ihm einen schmachtenden Blick zu und sah wieder weg – auf den roten Hals des Kutschers – jenes anderen Kutschers, der etliche Monate ihre Träume heimgesucht hatte.

Wir haben nicht die Absicht, den Gedanken zu folgen, die Ada beunruhigten, deren Aufmerksamkeit für ihr Buch weitaus seichter war, als es den Anschein hatte; wir wollen ihnen, vielmehr können ihnen nicht mit irgendeinem Gewinn folgen, denn an Gedanken erinnert man sich sehr viel schwächer als an Schatten oder Farben oder die Zuckungen junger Wollust, oder an eine grüne Schlange in einem dunklen Paradies. Darum fühlen wir uns viel wohler, wenn wir in Vans Innern sitzen, während seine Ada im Innern Lucettes sitzt und beide in Vans sitzen (und alle drei in mir, fügt Ada hinzu).

Mit heftiger Freude erinnerte er sich an den nachgiebigen Rock, den Ada damals trug, traumhaft luftig, wie die jungen Dinger in Chose sagten, und er bedauerte (lächelnd), daß Lucette heute diese keuschen Shorts anhatte und Ada die maisgelbe Hose. Im tödlichen Verlauf schmerzvollster Leiden gibt es manchmal (ernst mit dem Kopf nickend), manchmal gibt es da süße Morgen vollkommener Ruhe – und dies nicht dank irgendeiner gesegneten Tablette oder eines Trankes (das Wirrwarr am Bett andeutend), oder, zumindest, ohne unser Wissen, daß die liebende Hand der Verzweiflung uns die Droge eingegeben hat.

Van schloß die Augen, um sich besser auf die goldene Flut schwellender Freude konzentrieren zu können. Viele, oh, viele, viele Jahre später erinnerte er sich mit Verwunderung (wie konnte man solches Entzücken bloß ertragen haben?) an jenen Augenblick völligen Glücks, das gänzliche Schwinden des stechenden und jagenden Schmerzes, die Logik der Vergiftung, den kreisrunden Beweis zu dem Ergebnis, daß auch das ausgefallenste Mädchen nicht anders kann als treu sein, wenn sie einen liebt, wie man sie liebt. Er beobachtete, wie Adas Armband im Rhythmus der schwingenden Kutsche aufblitzte und wie ihre vollen Lippen, leicht geöffnet im Profil, in der Sonne den roten Blütenstaub eines Schminkrestes zeigten, der in den schräglaufenden Daumennagel-Linien seines Gewebes festtrocknete. Er öffnete die Augen: Das Armband blitzte tatsächlich, aber ihre Lippen hatten jegliche Spur von Rouge verloren, und die Gewißheit, daß er in einem anderen Augenblick ihr heißes, blasses Fleisch berühren würde, drohte eine private Krise unter dem erhabenen Gewicht eines anderen Kindes auszulösen. Aber der schweißglänzende Hals der kleinen Stellvertreterin war rührend, ihre vertrauensvolle Unbeweglichkeit ernüchternd, und überdies konnte auch heimliche Reibung nicht mit dem wetteifern, was ihn in Adas Laube erwartete. Ein Stechen in seiner Kniescheibe kam ihm ebenfalls zu Hilfe, und der aufrichtige Van schalt sich, daß er versucht hatte, eine kleine Bettlerin zu gebrauchen statt der Prinzessin im Märchen – «deren kostbares Fleisch nicht unter der Wirkung einer züchtigenden Hand zu erröten braucht», sagt Pierrot in Petersons Bearbeitung.

Mit dem Verglimmen jener flüchtigen Flamme änderte sich seine Stimmung. Etwas sollte gesagt, ein Kommando sollte gegeben werden, die Angelegenheit war ernst oder konnte doch ernst werden. Gerade fuhren sie nun in Gamlet ein, dem kleinen russischen Dorf, von wo aus eine birkenumsäumte Straße rasch nach Ardis führte. Ein kleiner Zug von Bauernnymphen mit Kopftüchern, ungewaschen, kein Zweifel, aber bewundernswert hübsch mit ihren nackten glänzenden Schultern und hochgeteilten üppigen Brüsten, aufgetulpt durch die Mieder, wanderte vorüber durch einen kleinen Hain, wobei sie in ihrem rührenden Englisch ein altes Liedchen sangen:

«Thorns and nettles
For silly girls:
Ah, torn the petals
Ah, spilled the pearls!»

«Du hast einen kleinen Bleistift in deiner hinteren Hosentasche», sagte Van zu Lucette. «Darf ich mir den leihen, ich möchte dieses Lied gern aufschreiben.»

«Wenn du mich da nicht kitzelst», sagte das Kind.

Van griff nach Adas Buch und schrieb auf das Vorsatzblatt, während sie ihn mit eigentümlich wachsamen Augen beobachtete:

Ich wünsche ihn nicht wiederzusehen.
Es ist mir ernst.
Sag M., ihn nicht mehr zu empfangen, oder ich reise ab.
Antwort nicht erforderlich.

Sie las es und radierte die Zeilen langsam und stumm mit dem oberen Ende des Bleistifts aus, den sie Van zurückreichte, der ihn wieder dorthin steckte, wo er gewesen war.

«Du bist furchtbar zappelig», meinte Lucette, ohne sich umzudrehen. «Das nächste Mal», fügte sie hinzu, «werd ich es nicht zulassen, daß er mir meinen Platz wegnimmt.»

Sie rauschten nun hinauf vor das Portal, und Trofim mußte den winzigen blaubejackten Leser knuffen, damit er sein Buch beiseite legte und hinuntersprang, um Ada aus der Kutsche zu helfen.

40

Van lag in seinem geknüpften Nest unter den Tulpenbäumen und las Antiterrenus über Rattner. Sein Knie hatte ihn die ganze Nacht gequält; jetzt, nach dem Lunch, schien es ein bißchen besser. Ada war zu Pferd nach Ladore, und dort würde sie vergessen, hoffte er, das schmierige Terpentinöl zu kaufen, das sie ihm auf Marinas Wunsch mitbringen sollte.

Sein Kammerdiener kam über den Rasen auf ihn zu, hinter ihm ein Bote, ein schlanker Jüngling, der von Kopf bis Fuß in schwarzes Leder gekleidet war und dessen Kastanienlocken unter der Schirmmütze hervorquollen. Das seltsame Kind blickte mit der übertriebenen Pose eines Laienspielers um sich und überreichte dann Van einen als «vertraulich» gekennzeichneten Brief.

Lieber Veen,

In ein paar Tagen muß ich fort wegen einer Militärdienstzeit in Übersee. Falls es Sie verlangt, mich zu sehen, bevor ich abreise, würde ich mich freuen, Sie (und jeden anderen Gentleman, den Sie mitzubringen wünschen) morgen bei Tagesanbruch dort zu empfangen, wo die Maidenhair Road die Tourbière Lane kreuzt. Falls nicht, bitte ich Sie, mir in einer kurzen Mitteilung zu bestätigen, daß Sie mir nicht grollen, wie auch Ihnen gegenüber kein Groll gehegt wird, Sir, von Ihrem gehorsamen Diener

Percy de Prey

Nein, Van spürte kein Verlangen, den Grafen zu sehen. Er sagte das dem hübschen Boten, der, eine Hand auf der Hüfte, ein Knie ausgestellt, dastand wie ein Komparse in Erwartung des Zeichens, um in die Luftsprünge in einem Ländler nach der Arie des Calabro einzufallen.

«Un moment», sagte Van noch. «Es würde mich interessieren, zu erfahren – und das könnte im Nu hinter jenem Baum festgestellt werden –, was du bist, Stalljunge oder *kennelgirl*?»

Der Bote gab keine Antwort und wurde von dem schmunzelnden Bout fortgeführt. Ein kleines Quieken, das einen unanständigen Kniff nahelegte, ertönte hinter den Lorbeerbüschen, die ihren Abgang verdeckten.

Schwer zu sagen, ob das plumpe und snobistische Sendschreiben von der Furcht diktiert worden war, daß einem die Abreise in den Kampf fürs Vaterland als Weglaufen vor mehr privaten Verpflichtungen ausgelegt werden könnte, oder aber, ob sein versöhnlicher Kern Percy von irgend jemandem abverlangt worden war – einer Frau vielleicht (zum Beispiel seiner Mutter, geborene Praskovia Lanskoy); jedenfalls blieb Vans Ehre unangetastet. Er humpelte zum nächsten Mülleimer und entließ, nachdem er den Brief mit seinem geprägten blauen Umschlag verbrannt hatte, den Vorfall aus seinen Gedanken und merkte sich bloß, daß von nun an wenigstens Ada nicht mehr von den Aufmerksamkeiten dieses Burschen belästigt werden würde.

Sie kehrte am Spätnachmittag zurück – ohne das Einreibemittel, Gott sei Dank. Er rekelte sich noch immer in seiner tiefgehängten Hängematte und sah ziemlich verlassen und trübe aus, aber sie, nachdem sie sich umgesehen hatte (mit natürlicherer Anmut, als der braunlockige Bote zustande brachte), hob ihren Schleier, kniete bei ihm nieder und erleichterte ihn.

Als zwei Tage später der Blitz einschlug (ein altes Bild, das eine Rückblende auf eine alte Scheune zu verstehen geben soll), wurde Van gewahr, daß er in bläulich-fahler Gegenüberstellung zwei heimliche Zeugen zusammenbrachte; sie hatten seit dem ersten Tag seiner schicksalsschweren Rückkehr nach Ardis hinten in seinem Bewußtsein gehangen: Der eine hatte mit abgewandtem Blick gemurmelt, Percy de Prey sei und bleibe auch immer nur ein Tanzpartner, ein frivoler Verfolger; der andere hatte ihm fortwährend mit gespenstischer Beharrlichkeit eingeflüstert, ein namenloser Kummer bedrohe den Geisteszustand von Vans blasser, treuloser Geliebten.

Am Morgen des Tages, der dem elendsten seines Lebens vorausging, merkte er, daß er ohne zusammenzuzucken sein Bein beugen konnte, doch er machte den Fehler, Ada und Lucette bei einem improvisierten Lunch auf dem lang vernachlässigten Krocket-Rasen Gesellschaft zu leisten, und hatte Mühe beim Nach-Hause-Gehen. Eine Runde im Pool und ein Bad in der Sonne aber halfen, und der Schmerz war praktisch vorüber, als in der reifen Hitze des langen Nachmittags Ada von einer ihrer langen «Pflexkursionen» heimkehrte, wie sie ihre pflanzenkundlichen Exkursionen nannte, bündig und etwas traurig, denn die *Florula* hatte aufgehört, mehr als nur die altvertrauten Lieblinge hervorzubringen. Vor einem großen, ovalen, aufgestellten Spiegel saß Marina in einem luxuriösen Morgenrock an einem weißen Toilettisch, der auf den Rasen hinausgetragen worden war, wo ihr von dem senilen, aber immer noch wunderwirkenden Monsieur Violette von Lyon und Ladore das Haar frisiert wurde, eine ungewöhnliche Freiluft-Veranstaltung, die sie mit der Tatsache erklärte und entschuldigte, daß ihre Großmutter es gleichfalls genossen hatte, *qu'on la coiffe au grand air,* wie um die Zephyre vorwegzunehmen (so wie ein Duellant seine Hand festigt, indem er mit einem Eisenpoker herumspaziert).

«Das ist unser bester Künstler», sagte sie, Violette auf Van hinweisend, der ihn für Pedro hielt und sich mit *un air entendu* vorbeugte.

Van hatte sich auf einen kleinen Erholungsspaziergang mit Ada gefreut, bevor man sich zum Abendessen anzog, aber sie sagte, indem sie sich auf einen Gartenstuhl fallen ließ, sie sei zu erschöpft und schmutzig und müsse sich Gesicht und Füße waschen und auf das Schrecknis vorbereiten, ihrer Mutter bei der Unterhaltung von Filmleuten zu helfen, die man später am Abend erwartete.

«Ich habe ihn in *Sexico* gesehen», sagte Monsieur Violette undeutlich zu Marina, deren Ohren er mit beiden Händen zuhielt, als er den Reflex ihres Kopfes im Spiegel hierhin und dorthin bewegte.

«Nein, es wird schon spät», brummte Ada, «und außerdem habe ich Lucette versprochen –»

Er insistierte mit heftigem Flüstern – obwohl er genau wußte, wie unnütz jeder Versuch war, sie von ihrer Entscheidung abzubringen, besonders in Liebesangelegenheiten; aber unerklärlich und wunderbar schmolz ihr wirrer Ausdruck in den sanften Triumphes, wie in jäher Wahrnehmung einer neu entdeckten Erlösung. So mag ein Kind ins All blicken, dem es lächelnd dämmert, daß der böse Traum vorüber ist oder eine Tür unverschlossen blieb und daß man straflos im aufgetauten Himmel herumpaddeln darf. Ada befreite ihre Schulter von der Sammeltasche, und unter Violettes wohlwollendem Blick, der ihnen über Marinas gespiegelten Kopf nachging, schlenderten sie von hinnen und suchten die vergleichsweise Abgeschiedenheit der Parkallee auf, wo sie ihm einst ihre Sonnen- und Schattenspiele vorgeführt hatte. Er hielt sie und küßte sie und küßte sie wieder, als sei sie von einer langen und gefährlichen Reise zurückgekehrt. Die Süße ihres Lächelns war etwas ganz Unerwartetes und Besonderes. Es war nicht das durchtriebene Demon-Lächeln erinnerten oder versprochenen Feuers, sondern das vollkommene menschliche Glühen der Freude und Hilflosigkeit. All ihre leidenschaftlichen freude-pumpenden Bemühungen, von der Brennenden Scheune bis zum Feuerbeer-Bach, waren nichts im Vergleich zu diesem Sonnenblick des lächelnden Geistes. Ihr schwarzer Cardigan und schwarzer Rock mit Schürzentaschen verloren die «Trauer-um-eine-verlorene-Blume»-Bedeutung, die Marina phantasievoll ihrem Kleid angehängt hatte. («Zieh dich sofort um!» hatte sie in den grün-schimmernden Spiegel gekläfft); statt dessen hatte es den Reiz einer altmodischen Lyaskanischen Schulmädchen-Uniform angenommen. Sie standen Braue an Braue, Braun an Weiß, Schwarz an Schwarz, wobei er ihre Ellbogen stützte und sie ihre biegsamen leichten Finger über sein Schlüsselbein spielen ließ, und wie «ladorierte» er, sagte er, das dunkle Aroma ihrer Haare, das ein Gemisch war aus zerdrückten Lilienstengeln, türkischen Zigaretten und jener Schlaffheit, die von «Schlaf» stammt. «Nein,

nein, nicht», sagte sie, ich muß mich waschen, schnell-schnell, Ada muß sich waschen; aber noch einen weiteren unvergänglichen Augenblick standen sie umschlungen in der verstummten Allee und genossen wie niemals zuvor das «Glücklich-für-immer»-Gefühl am Ende nie-endender Märchen.

Das ist ein schöner Abschnitt, Van. Ich werde die ganze Nacht über weinen (späte Einschiebung).

Als ein später Sonnenstrahl Ada traf, glänzten ihr Mund und Kinn naß von seinen armen, vergeblichen Küssen. Sie schüttelte den Kopf und sagte, daß sie sich wirklich trennen müßten, und sie küßte seine Hände, wie sie es nur in Momenten höchster Zärtlichkeit tat, und wandte sich dann schnell ab, und sie trennten sich wirklich.

Eine gewöhnliche Orchidee, ein Frauenschuh, war alles, was in der Tasche verwelkte, die sie auf einem Gartentisch hatte liegen lassen und nun mit nach oben schleifte. Marina und der Spiegel waren verschwunden. Er zog sich die Trainingssachen vom Körper und tauchte ein letztes Mal in das Schwimmbad, an dem der Butler stand und, die Hände auf dem Rücken, gedankenverloren ins künstlich-blaue Wasser starrte.

«Ich frage mich», sagte er, «ob ich nicht eben eine Kaulquappe gesehen habe.»

Das Romanthema handschriftlicher Botschaften ist nun richtig in Schwung gekommen. Als Van hinauf in sein Zimmer ging, entdeckte er mit einem Schreck böser Vorahnung ein Stück Papier, das aus der Brusttasche seiner Smoking-Jacke ragte. In großen Bleistift-Lettern geschrieben, wobei die Umrisse jedes Buchstabens absichtlich verweht und krakelig waren, lautete der anonyme Richtspruch: «Man darf Sie nicht bernieren.» Nur eine französisch sprechende Person würde diesen Ausdruck für «düpieren» gebrauchen. Unter den Dienern waren mindestens fünfzehn französischer Abstammung – Nachkömmlinge von Emigranten, die sich in Amerika niedergelassen hatten, nachdem England ihr schönes und unglückliches Land 1815 annektiert hatte. Sie alle auszufragen – die Männer foltern, die Frauen vergewaltigen – wäre natürlich absurd und erniedrigend. Mit einem kindischen Ruck zerfetzte er seinen besten schwarzen Seidenschmetterling auf dem Rad seiner Erbitterung. Der Schmerz des Schlangenbisses erreichte nun sein Herz. Er fand eine andere

Schleife, kleidete sich vollends an und ging auf die Suche nach Ada.

Er traf beide Mädchen und ihre Gouvernante in einem der «Kindersalons», einem entzückenden Wohnzimmer mit Balkon, auf dem Mlle Larivière, an einem hübsch verzierten Klapptisch sitzend, mit gemischten Gefühlen und wüsten Anmerkungen das dritte Drehbuch von *Les Enfants Maudits* las. An einem größeren runden Tisch in der Mitte des Innenraums suchte Lucette unter Adas Anleitung das Zeichnen von Blumen zu erlernen; mehrere botanische Atlanten, große und kleine, lagen herum. Alles erschien so, wie es immer gewesen war, die kleinen Nymphchen und Böcklein auf der gemalten Zimmerdecke, das weiche Licht des zum Abend reifenden Tages, das ferne, träumerische Wiegen von Blanches «wäsche-faltender» Stimme, «Malbrough» summend (. . . *ne sait quand reviendra, ne sait quand reviendra*), und die beiden wonnigen Köpfe, bronze-schwarz und kupfer-rot, über den Tisch gebeugt. Van wurde klar, daß er sich abregen mußte, bevor er Ada zu Rate zog – oder, in der Tat, bevor er ihr sagte, daß er wünschte, sie zu Rate zu ziehen. Sie sah gelöst und elegant aus; sie trug seine Brillanten zum erstenmal; sie hatte ein neues Abendkleid mit Jett-Besatz angelegt und – ebenfalls zum erstenmal – durchsichtige Seidenstrümpfe.

Er setzte sich auf ein kleines Sofa, nahm sich willkürlich einen der offenen Bände und blickte voller Abscheu auf eine Ansammlung hervorragend gemalter obszöner Orchideen, deren Vorliebe bei den Bienenvölkern, sagte der Text, «von verschiedenen anziehenden Gerüchen, die vom Gestank toter Arbeiterinnen bis zum Moschus reichen», abhänge. Tote Soldaten könnten womöglich noch besser stinken.

Inzwischen bestand die halsstarrige Lucette beharrlich darauf, daß die leichteste Art, eine Blume zu zeichnen, die war, einen Bogen Transparentpapier auf das Bild zu legen (in diesem Fall eine rotbärtige Pogonia, mit unanständigen Struktur-Details, eine für die Ladoga-Sümpfe typische Pflanze) und den Umriß des Dings mit farbigen Tinten nachzuziehen. Die geduldige Ada wollte, daß sie nicht mechanisch kopiere, sondern «vom Auge zur Hand und von der Hand zum Auge», und daß sie als Vorlage ein lebendiges Exemplar einer anderen Orchideensorte benutze, das einen braunen, faltigen Beutel und violette Kelchblätter hatte; aber nach einer Weile gab sie fröhlich nach und stellte die kleine Kristallvase mit dem Frauenschuh, den sie gepflückt hatte, beiseite. Beiläufig-leicht fuhr sie fort, zu erklären, wie Orchideen-Organe funktionieren – aber alles, was Lucette in ihrer schrulligen Weise wissen wollte, war: konnte ein Bienenjunge ein Blumenmädchen *durch* etwas schwängern, durch seine Gamaschen oder Wollsachen oder was immer er anhatte?

«Weißt du», sagte Ada mit komisch näselnder Stimme, sich nach Van umdrehend, «weißt du, dieses Kind hat die schmutzigste Phantasie, die man sich vorstellen kann, und jetzt wird sie auch noch böse auf mich sein dafür, daß ich das gesagt habe, und wird am Larivière-Busen schluchzen und sich beklagen, sie wäre bestäubt worden, indem sie auf deinem Knie saß.»

«Aber ich kann doch nicht mit der Belle über schmutzige Sachen reden», sagte Lucette ganz sanft und vernünftig.

«Was ist los mit dir, Van?» forschte die scharfäugige Ada.

«Warum fragst du?» forschte Van seinerseits.

«Deine Ohren wackeln, und du räusperst dich.»

«Bist du fertig mit diesen gräßlichen Blumen?»

«Ja, ich geh jetzt meine Hände waschen. Wir treffen uns unten. Deine Schleife sitzt ganz schief.»

«Schon gut, schon gut», sagte Van.

«Mon page, mon beau page,
– Mironton-mironton-mirontaine –
Mon page, mon beau page . . .»

Unten in der Halle nahm Jones bereits den Dinner-Gong vom Haken.

«Nun, was ist?» fragte sie, als sie sich eine Minute später auf der Terrasse des Salons trafen.

«Dies hab ich in meiner Smokingtasche gefunden», sagte Van.

Ada las die Notiz und las sie noch mal, wobei sie ihre großen Vorderzähne mit einem nervösen Zeigefinger rieb.

«Woher weißt du, daß es auf dich gemünzt ist?» fragte sie und gab ihm das Stückchen Schreibheftpapier zurück.

«Nun, wenn ich's dir doch sage!» schrie er.

«Still!» sagte Ada.

«Wenn ich's dir doch sage, ich fand es *hier*» (auf sein Herz zeigend).

«Vernichten und vergessen», sagte Ada.

«Dein gehorsamer Diener», erwiderte Van.

41

Pedro war noch nicht aus Kalifornien zurückgekehrt. Heuschnupfen und Sonnenbrille verbesserten G. A. Vronskijs Erscheinung kaum. Adorno, der Star aus *Haß*, brachte seine neue Frau mit, von der sich herausstellte, daß sie eine der ehemaligen (und höchstgeliebten) Frauen eines anderen Gastes gewesen war, eines beträchtlich bedeutenderen Schauspielers, der nach dem Abendessen Bouteillan bestach, das Eintreffen einer Nachricht vorzutäuschen, die den sofortigen Aufbruch des ersteren erforderlich machte. Grigorij Akimovitsch fuhr mit ihm (da er mit ihm im selben Mietwagen gekommen war) und ließ Marina, Ada, Adorno und seine ironisch schniefende Marianne an einem Spieltisch zurück. Sie spielten *birjutsch*, eine Abart von Whist, bis ein Taxi aus Ladore verfügbar wurde, weit nach ein Uhr nachts.

Inzwischen zog sich Van wieder seine Shorts an, hüllte sich in die Schottendecke und retirierte in seinen Hain, wo die bergamaskischen Lampen gar nicht erst entzündet worden waren an jenem Abend, der sich als nicht so festlich erwies, wie Marina erwartet hatte. Er stieg in seine Hängematte und begann schläfrig, all jene französisch sprechenden Diener unter die Lupe zu nehmen, die ihm jene verdächtige, aber laut Ada bedeutungslose Notiz zugesteckt haben könnten. Die erste auf der Hand liegende Möglichkeit war die hysterische und spinnige Blanche – wäre da nicht ihre Schüchternheit gewesen, ihre Furcht, «gefeuert» zu werden (er erinnerte sich an eine fürchterliche Szene, als sie um Gnade flehend auf dem Boden vor Larivières Füßen kroch, die sie beschuldigte, irgendeinen Tand «gestohlen» zu haben, der später in einem von Larivières eigenen Schuhen wieder auftauchte). Das rote Gesicht von Bouteillan und das Grinsen seines Sohnes erschienen als nächstes im Fokus von Vans Phantasie; aber schon schlief er ein und sah sich auf einem Berg, erstickt in Schnee, mit Menschen, Bäumen und einer Kuh, die von einer Lawine zu Tal gerissen waren.

Irgend etwas holte ihn aus diesem Zustand böser Betäubung heraus. Zuerst dachte er, es sei die Kälte der sterbenden Nacht, dann erkannte er das leise Knarren (das in seinem wirren Alptraum ein Schrei gewesen war), und den Kopf hebend, sah er ein schwaches Licht zwischen den Büschen, wo die Tür des Werkzeugraums von innen halb aufgestoßen wurde. Ada war nicht ein einziges Mal dort hingekommen, ohne daß sie nicht im voraus jeden Schritt ihrer unregelmäßigen nächtlichen Zusammenkünfte umsichtig geplant hatten. Er kletterte aus seiner Hängematte und tappte auf den erleuchteten Eingang zu. Vor ihm stand die fahle, schwankende Figur von Blanche. Sie bot einen merkwürdigen Anblick: bloßarmig in ihrem Unterröckchen, ein Strumpf festgemacht, der andere unten auf dem Knöchel; keine Pantoffeln; die Armhöhlen vor Schweiß glitzernd; in einem elenden Abklatsch von Verführung löste sie ihr Haar.

«C'est ma dernière nuit au château», sagte sie sanft und wiederholte es in ihrem wunderlichen Englisch, elegisch und gespreizt, wie es sonst nur in veralteten Romanen gesprochen wird. «'s ist meine letzte Nacht mit Euch.»

«Deine letzte Nacht? Mit mir? Was willst du damit sagen?» Er betrachtete sie mit dem unheimlichen Unbehagen, das man beim Anhören der Äußerungen von Delirium oder Rausch empfindet.

Aber trotz ihres irren Aussehens war Blanche vollkommen klar. Sie hatte sich vor zwei Tagen entschlossen, Ardis Hall zu verlassen. Sie hatte gerade ihre Kündigung mit einer Fußnote über das Betragen der jungen Dame unter die Tür von Madame geschoben. Sie würde in ein paar Stunden gehen. Sie liebte ihn, er war für sie «*folie* und Fieber», sie wünschte sich, ein paar verschwiegene Augenblicke mit ihm zu verbringen.

Er betrat den Werkzeugraum und schloß langsam die Tür. Die Langsamkeit hatte ihren unangenehmen Grund. Sie hatte ihre Laterne auf eine Leitersprosse gestellt und raffte und hob bereits ihr dürftiges Röckchen. Mitleid, Höflichkeit und ein wenig Beistand ihrerseits hätten ihm vielleicht geholfen, den Trieb aufzustacheln, den sie als selbstverständlich annahm und dessen völliges Ausbleiben er sorgfältig unter seinem Schottenumhang verbarg; aber ganz abgesehen von der Furcht vor Infektionen (Bout hatte einige Probleme des armen Mädchens angedeutet) nahm ihn eine ernstere Angelegenheit ganz in Anspruch. Er lenkte ihre kühne Hand ab und setzte sich neben sie auf die Bank.

War sie es, die jenes Briefchen in seine Smokingtasche gesteckt hatte?

Sie war's. Es war ihr unmöglich gewesen, der Abreise entgegenzusehen, wenn er genarrt, getäuscht, betrogen bleiben sollte. In naiven Klammern fügte sie hinzu, sie sei sicher gewesen, er begehrte sie schon immer, reden könnten sie nachher. *Je suis à toi, c'est bientôt l'aube*, dein Traum ist Wirklichkeit geworden.

«Parlez pour vous», antwortete Van. «Ich bin nicht in der Stimmung zu lieben. Und ich will dich erwürgen, das sage ich dir, wenn du mir nicht auf der Stelle die ganze Geschichte in allen Einzelheiten erzählst.»

Sie nickte, Furcht und Anbetung in den verschleierten Augen. Wann und wie hatte es angefangen? Im vergangenen August, sagte sie. *Votre demoiselle* pflückte Blumen, er begleitete sie durchs hohe Gras, eine Flöte in der Hand. Wer er? Welche Flöte? *Mais le musicien allemand, Monsieur Rack.* Die eifrige Informantin hatte ihren eigenen Liebhaber auf sich liegen, jenseits der Hecke. Wie irgend jemand es mit *l'immonde Monsieur Rack* tun konnte, der einmal seine Weste auf einem Heuschober vergessen hatte, ging über den Verstand der Informantin. Vielleicht, weil er Lieder für sie schrieb, ein sehr hübsches wurde einmal bei einem öffentlichen Ball im Ladore Casino gespielt, es ging so . . . Egal, wie es ging, erzähl weiter. In einer sternklaren Nacht wurde Monsieur Rack von der Informantin und zwei Verehrern aus den Weidenbüschen belauscht, wie er in einem Boot auf dem Fluß die melancholische Geschichte seiner Kindheit erzählte, seiner Jahre des Hungers und der Musik und der Einsamkeit, und seine Liebste weinte und warf den Kopf zurück, und er fraß von ihrer nackten Kehle, *il la mangeait de baisers dégoûtants.* Er konnte sie nicht mehr als ein dutzendmal gehabt haben, er war nicht so stark wie ein anderer Herr – oh, laß das, sagte Van –, und im Winter erfuhr die junge Dame, daß er verheiratet war, und haßte seine grausame Frau, und im April, als er anfing, Lucette Klavierunterricht zu erteilen, wurde die Beziehung wieder aufgenommen, aber dann –

«Es reicht mir!» schrie er und schlug sich mit der Faust an die Stirn und stolperte hinaus ins Sonnenlicht.

Es war Viertel vor sechs auf der Armbanduhr, die am Netz der Hängematte hing. Seine Füße waren eiskalt. Er angelte nach seinen Mokassins und ging einige Zeit ziellos zwischen den Bäumen des Wäldchens umher, wo Drosseln so voll sangen, mit solch tönender Kraft, solch weicher Koloratur, daß man den Todesschmerz des Bewußtseins nicht ertragen konnte, den Abschaum des Lebens, den Verlust, Verlust, Verlust. Doch allmählich gewann er durch die magische Methode, dem Bild Adas nicht zu gestatten, der Bewußtheit seiner selbst irgendwo nahezukommen, eine Art Selbstkontrolle zurück. Das schuf ein Vakuum, wohinein eine Vielzahl nichtiger Überlegungen stürzte. Eine Pantomime rationalen Denkens.

Er nahm eine lauwarme Dusche in der Kabine beim Schwimmbecken und tat alles mit komischer Absichtlichkeit, ganz langsam und vorsichtig, damit er den neuen, unbekannten, zerbrechlichen Van, der vor einem Augenblick geboren worden war, nicht entzweibrach. Er beobachtete, wie seine Gedanken sich ein bißchen drehten, tanzten, stolzierten, herumtollten. Er fand es köstlich, sich zum Beispiel vorzustellen, daß ein Stück Seife reiner Nektar für die darüber herfallenden Ameisen sein mußte, und was für ein Schock, mitten in dieser Orgie ertränkt zu werden. Der Ehrenkodex, überlegte er, erlaubte es nicht, jemanden zu fordern, der nicht zur Gesellschaft gehörte, aber Ausnahmen dürften bei Artisten, Pianisten, Flötisten gemacht werden, und falls ein Feigling sich weigerte, könnte man mit wiederholten Schlägen sein Zahnfleisch zum Bluten bringen, oder noch besser, ihn mit einem starken Spazierstock verprügeln – darf nicht vergessen, einen auszuwählen aus dem Schrank in der Halle, vor der Abreise für immer, für immer. Lustig lustig! Als etwas ganz Besonderes genoß er die Art von einbeiniger Gigue, die ein nackter Bursche ausführt beim Sich-Konzentrieren auf die Shorts, in die er hineinzuschlüpfen versucht. Er schlenderte durch einen Seitengang. Er stieg die Haupttreppe empor. Das Haus war leer und kühl und roch nach Nelken. Guten Morgen und leb wohl, kleines Schlafzimmer. Van rasierte sich, Van schnitt sich die Fußnägel, Van kleidete sich mit außergewöhnlicher Sorgfalt an: graue Socken, Seidenhemd, graue Krawatte, frisch gebügelter dunkelgrauer Anzug – Schuhe, ach ja, Schuhe darf ich nicht vergessen, die Schuhe, und ohne sich die Mühe zu machen, seine übrigen Sachen herauszusuchen, füllte er zwei Dutzend Zwanzig-Dollar-Goldmünzen in eine sämisch-lederne Brieftasche, verteilte Taschentuch, Scheckbuch, Paß, was noch? sonst nichts, über seine strenge Person und steckte eine Notiz an seinem Kopfkissen fest mit der Bitte, seine Sachen packen und an die Adresse seines Vaters befördern zu lassen. Sohn durch Lawine getötet, Hut nicht gefunden, Verhütungsmittel dem Heim Alter Bergführer gespendet. Nachdem ungefähr acht Jahrzehnte vergangen sind, klingt dies alles sehr amüsant und dumm – aber zu jener Zeit war er ein toter Mann, der die Bewegungen eines imaginären Träumers vollführte. Grunzend und sein Knie verfluchend, beugte er sich nieder, um seine Skier festzumachen, im Schneetreiben, am Rande des Steilhangs, aber die Skier waren verschwunden, die Bindungen waren Schnürsenkel und der Steilhang eine Treppe.

Er ging hinunter in den Stall und sagte einem jungen Pferdeknecht, der fast so benommen war wie er, daß er in wenigen Minuten zum Bahnhof zu fahren wünschte. Der Pferdeknecht sah verdutzt aus, und Van verfluchte ihn.

Armbanduhr! Er ging zur Hängematte zurück, wo sie ans Netzwerk geschnallt war. Auf dem Weg zurück zum Stall, um das Haus herum, blickte er zufällig auf und sah ein schwarzhaariges Mädchen, so um die sechzehn, in gelben Hosen und einem schwarzen Bolero, das im dritten Stock auf dem Balkon stand und ihm Zeichen machte. Sie signalisierte telegraphisch, mit überschwenglichen linearen Gesten auf den wolkenlosen Himmel zeigend (was für ein wolkenloser Himmel!), den Jakarandabaum in voller Blüte (blau! Blüte!), und hob ihren bloßen Fuß hoch auf die Brüstung (muß nur noch meine Sandalen anziehen!). Entsetzt und beschämt sah Van Van darauf warten, daß sie herunterkam.

Über den in allen Regenbogenfarben glitzernden Rasen kam

sie rasch auf ihn zu. «Van», sagte sie, «ich muß dir einen Traum erzählen, bevor ich ihn vergesse. Du und ich waren hoch oben in den Alpen – warum zum Teufel trägst du Stadtkleidung?»

«Nun, ich werd's dir sagen», sprach gedehnt der traumbefangene Van. «Ich werd dir sagen, warum. Von einer dürftigen, aber vertrauenswürdigen Qualle, ich meine Quelle, entschuldige meinen Akzent, habe ich gerade erfahren, *qu'on vous culbute* hinter jeder Hecke. Wo kann ich deinen Bespringer finden?»

«Nirgendwo», erwiderte sie ganz ruhig, seine Grobheit übersehend oder nicht einmal bemerkend, weil sie schon immer gewußt hatte, daß die Katastrophe heute oder morgen käme, eine Frage der Zeit oder vielmehr des Timings von seiten des Schicksals.

«Aber er lebt, er lebt», sagte Van leise und sah auf das Regenbogennetz über dem Gras.

«Ich glaube schon», sagte das hochmütige Kind, «er reiste jedoch gestern ab nach einem griechischen oder türkischen Hafen. Im übrigen wollte er alles tun, um umzukommen, falls diese Information weiterhilft. Nun hör zu, hör zu! Diese Spaziergänge im Wald bedeuteten gar nichts. Warte, Van! Ich wurde nur zweimal schwach, als du ihm so häßlich weh getan hattest, oder vielleicht dreimal im ganzen. Bitte! Ich kann's nicht in einem Zug erklären, aber eines Tages wirst du es verstehen. Nicht jeder ist so glücklich wie wir. Er ist ein armer, verlorener, ungeschickter Junge. Wir alle sind verdammt, aber einige sind verdammter als andere. Er bedeutet mir nichts. Ich werde ihn nicht wiedersehen. Es ist nichts, ich schwör's dir. Er verehrt mich bis zum Wahnsinn.»

«Ich glaube», sagte Van, «wir haben den falschen Liebhaber am Wickel. Ich fragte nach Herrn Rack, der so köstliches Zahnfleisch hat und dich auch bis zum Wahnsinn verehrt.»

Er machte, wie man sagt, auf dem Absatz kehrt und ging zum Haus.

Er konnte schwören, daß er sich nicht umsah, daß er sie nicht – aus irgendeinem optischen Zufall oder durch irgendein Prisma – leibhaftig gesehen haben konnte; und doch behielt er für immer mit grausamer Deutlichkeit ein zusammengesetztes Bild von ihr, wie sie da stand, wo er sie verlassen hatte, in seinem Gedächtnis. Das Bild – das ihn durchdrang, durch ein Auge in seinem Hinterkopf, durch seinen gläsernen Wirbelkanal, und das niemals überlebt werden konnte, niemals – bestand aus einer Auswahl und Mischung solcher willkürlichen Bilder und Ausdrucksweisen von ihr, die ihn bei verschiedenen Gelegenheiten in der Vergangenheit mit der plötzlichen Qual unerträglicher Reue ergriffen hatten. Mißstimmigkeiten zwischen ihnen waren sehr selten, sehr kurz gewesen, aber es hatte genug gegeben für ein dauerhaftes Mosaik. Da war das eine Mal, als sie mit dem Rücken an einen Baum gelehnt stand und der Verdammnis eines Verräters entgegensah; das Mal, wo er sich geweigert hatte, ihr ein paar dumme Chose-Schnappschüsse von Flußboot-Mädchen zu zeigen und die Photos im Zorn zerrissen hatte, und sie hatte weggeschaut mit zusammengezogenen Brauen und verengten Augen, die auf etwas Unsichtbares durchs Fenster starrten. Oder das Mal, als sie gezögert hatte, blinzelte, ein klangloses Wort formte, den Verdacht hegte, er wolle unvermittelt gegen ihre verrückte Sprach-Prüderie aufbegehren, als er sie schroff aufforderte, einen Reim auf «Patio» zu finden, und sie nicht sicher war, ob er dabei an ein gewisses zotiges Wort dachte, und wenn ja, wie die richtige Aussprache lautete. Und vielleicht, am schlimmsten, das eine Mal, als sie da stand, einen Strauß wilder Blumen wedelnd, mit einem sanften Halblächeln, das ganz unbeteiligt hinten in ihren Augen hing, die Lippen gespitzt, der Kopf unklare kleine Bewegungen machend, als ob er mit eigengesteuertem Nicken geheime Beschlüsse und stumme Klauseln interpunktierte in einer Art Vertrag mit sich selbst, mit ihm, mit unbekannten Partnern, nachstehend als Trostlos, Unnütz, Ungerecht bezeichnet – während er sich in einen brutalen Ausbruch hineinsteigerte, ausgelöst durch ihren ganz süßen und beiläufigen Vorschlag (wie sie hätte vorschlagen können, einen kleinen Weg am Rande eines Moores entlangzugehen, um zu sehen, ob eine gewisse Orchidee schon heraus war) – auf einem Friedhof, an dem sie gerade vorübergingen, das Grab des verstorbenen Krolik aufzusuchen – und plötzlich hatte er angefangen zu brüllen («Du weißt, ich verabscheue Friedhöfe, ich verachte, ich verleugne den Tod, tote Körper sind burlesk, ich weigere mich, auf einen Stein zu starren, unter dem ein mollig-runder oller Pole verrottet, er soll seine Maden in Frieden füttern, die Entomologien des Todes lassen mich kalt, ich hasse, ich verachte –»); er tobte in dieser Art noch ein paar

Minuten weiter und fiel ihr dann buchstäblich zu Füßen, küßte ihr die Füße, flehte um Vergebung, und noch ein bißchen länger starrte sie ihn nachdenklich an.

Das waren die Fragmente des Mosaiks, es gab noch andere, noch banalere sogar; aber indem sie zusammenkamen, bildeten die harmlosen Teile ein tödliches Ganzes, und das Mädchen in gelber Hose und schwarzer Jacke, das, die Hände hinter dem Rücken, dastand, leicht die Schultern wiegend, den Rücken bald dichter, bald weniger dicht an den Baumstamm gelehnt, und ihr Haar zurückwarf – ein endgültiges Bild, von dem er wußte, er hatte es nie in Wirklichkeit gesehen –, blieb wirklicher in ihm haften als jede tatsächliche Erinnerung.

Marina, in Kimono und Lockenwicklern, stand umringt von Dienern vor dem Eingang und stellte Fragen, auf die niemand zu antworten schien.

Van sagte: «Ich brenne nicht mit deiner Zofe durch, Marina. Das ist eine optische Täuschung. Ihre Gründe, dich zu verlassen, betreffen nicht mich. Es gibt da eine Angelegenheit, die ich bisher wie ein Narr vor mir her geschoben habe, aber der ich mich jetzt widmen muß, ehe ich nach Paris reise.»

«Ada macht mir viel Kummer», sagte Marina mit niedergeschlagenem Stirnrunzeln und russischem Wangenschlottern. «Bitte komm zurück, sobald du kannst. Du hast so einen guten Einfluß auf sie. *Au revoir.* Ich bin mit jedem sehr böse.»

Ihre Robe raffend, stieg sie die Eingangstreppe hinauf. Der zahme Silberdrachen auf ihrem Rücken hatte, laut ihrer ältesten Tochter, einer Wissenschaftlerin, die Zunge eines Ameisenfressers. Was wußte die arme Mutter über P's und R's? So gut wie nichts.

Van schüttelte dem betrübten alten Butler die Hand, dankte Bout für einen Spazierstock mit Silberknauf und ein Paar Handschuhe, nickte den anderen Bediensteten zu und ging zum Zweispänner. Blanche, die in einem langen grauen Rock und Strohhut danebenstand, sah mit ihrem billigen Koffer, der mahagonirot gestrichen und mit einem kreuzweis geschlungenen Strick gesichert war, genau wie eine junge Dame aus, die sich aufmacht, Schulunterricht in einem Wildwest-Film zu erteilen. Sie erbot sich, auf dem Bock neben dem russischen Kutscher zu sitzen, aber er geleitete sie in die *calèche.*

Sie fuhren an welligen Weizenfeldern vorüber, die mit dem Konfetti von Mohn und Kornblumen gesprenkelt waren. Den ganzen Weg sprach sie über die junge Schloßherrin und ihre zwei kürzlich beobachteten Liebhaber, in melodiösen dunklen Tönen wie in Trance, wie *en rapport* mit dem Geist eines toten Minnesängers. Erst neulich hatten sie und ihre Schwester Madelon dort hinter jener Reihe dichter Tannen, schauen Sie dort, zu Ihrer Rechten (aber er schaute nicht – saß stumm, beide Hände auf dem Knauf seines Stocks), mit einer Flasche Wein zwischen sich beobachtet, wie Monsieur le Comte die junge Dame auf dem Moos umbuhlte, sie wie ein grunzender Bär quetschte, so wie er auch – viele Male! – Madelon gequetscht hatte, die sagte, daß sie, Blanche, ihn, Van, warnen sollte, denn sie war ein kleines bißchen eifersüchtig, aber sie sagte auch – denn sie hatte ein gutes Herz –, verschieb es lieber, bis «Malbrook» *s'en va t'en guerre*, sonst würden sie miteinander kämpfen; den ganzen Morgen hatte er mit einer Pistole auf eine Vogelscheuche geschossen, und deswegen hatte sie so lange gewartet, und es lag in Madelons Hand, nicht in ihrer. Sie schwätzte fort und fort, bis sie Tourbière erreichten; zwei Reihen von Strohdachhäuschen und eine kleine schwarze Kirche mit bleigefaßten Fenstern. Van ließ sie hinaus. Die jüngste der drei Schwestern, ein schönes kastanien-lockiges Mädchen mit lüsternen Augen und hüpfenden Brüsten (wo hatte er sie schon mal gesehen? – vor kurzem, aber wo?), trug Blanches Koffer und Vogelkäfig in eine armselige Behausung, die in Kletterrosen erstickte, aber im übrigen unsagbar elend war. Er küßte Cendrillons scheue Hand und nahm seinen Sitz in der Kutsche wieder ein, sich räuspernd und an der Hose zupfend, bevor er die Beine übereinanderschlug. Pfau Van Veen.

«Der Express hält nicht in Torfjanka, nicht wahr, Trofim?»

«Ich werde Sie fünf Werst übers Moor fahren», sagte Trofim, «der nächste Halt ist Volosjanka.»

Sein vulgärer russischer Ausdruck für Maidenhair; eine Zwischenstation; Zug wahrscheinlich überfüllt.

Maidenhair. Idiot! Percyjunge könnte längst begraben sein! Maidenhair. So genannt wegen des riesigen, ausladenden chinesischen Baumes am Ende des Bahnsteigs. Einst vage verwechselt mit dem Venushaar-Farn. Sie schritt ans Ende des Bahnsteigs in Tolstojs Roman. Erster Exponent des inneren Monologs, später ausgebeutet von den Franzosen und den Iren. *N'est vert, n'est vert, n'est vert. L'arbre aux quarante écus d'or,* jedenfalls im Herbst. Niemals, niemals werde ich wieder ihre «botanische» Stimme bei *biloba* sich senken hören, «verzeih, mein Latein scheint durch». *Ginkgo,* gingko, ink, inkog. Auch als Salisburys Adiantofolia bekannt. Adas Infolio, arme *Salisburia*: nun verdrängt; armer Bewußtseins-Strom, *marée noire* inzwischen. Wer will noch Ardis Hall!

«Barin, a barin», sagte Trofim, das blondbärtige Gesicht seinem Passagier zugewandt.

«Da?»

«Dasche skvosj, koschanyj fartuk ne stal-by ja trogatj etu franzuskuju devku.»

Bárin: Herr. *Dásche skvosj kóschanyj fártuk:* sogar durch ein ledernes Fahrtuch. *Ne stal-by ja trógatj:* dächte ich nicht daran zu berühren. *Étu:* diese (jene). *Franzúskuju:* französische (Adj., Akkus.). *Dévku:* Dirne. *Úschas, otschájane:* Entsetzen, Verzweiflung. *Schálostj:* Mitleid. *Kóntscheno, sagáscheno, rastérsano:* zu Ende, besudelt, zerfetzt.

42

Aqua pflegte zu sagen, daß nur ein sehr grausamer oder sehr dummer Mensch oder unschuldige Kinder auf Demonia, unserem prächtigen Planeten, glücklich sein konnten. Van spürte: wollte er auf dieser schrecklichen Antiterra überleben, in dieser bunten und bösen Welt, in die er hineingeboren war, so mußte er zwei Männer vernichten oder zumindest zu lebenslangen Krüppeln machen. Er mußte sie unverzüglich finden; schon Verzögerung konnte seine Überlebenskraft schwächen. Das Entzücken über ihre Vernichtung würde sein Herz nicht heilen, wohl aber sein Hirn reinigen. Die zwei Männer hielten sich an verschiedenen Orten auf, und keiner der beiden Orte hatte eine genaue Lage, eine bestimmte Straßennummer, ein auffindbares

Quartier. Er hoffte, sie auf ehrenvolle Weise zu strafen, falls das Fatum half. Er war auf den komisch übertriebenen Eifer nicht vorbereitet, den das Fatum zur Schau stellte, indem es ihn weiterführte, um sich dann rücksichtslos einzudrängen und zu einer übereifrigen Triebkraft zu werden.

Als erstes beschloß er nach Kalugano zu fahren, um mit Herrn Rack abzurechnen. Vor lauter Verzweiflung schlief er in dem Bruch-Express, der mit hundert Meilen pro Stunde nordwärts raste, in der Ecke eines Abteils voller fremder Beine und Stimmen ein. Er döste bis Mittag und stieg in Ladoga aus, wo er nach unvorhersehbar langem Warten einen anderen, noch stärker rukkenden, noch volleren Zug nahm. Als er sich mit den Ellbogen seinen schwankenden Weg durch einen Gang nach dem anderen bahnte, verhalten über die Fenstergucker fluchend, die ihre Körperteile nicht einzogen, um ihn vorbeizulassen, und ohne Hoffnung nach einer bequemen Ecke in einem der Erste-Klasse-Waggons mit viereckigen Coupés Ausschau hielt, sah er auf der Fensterseite Cordula und ihre Mutter einander gegenübersitzen. Die beiden anderen Plätze waren besetzt von einem gedrungenen älteren Herrn unter einer altmodischen braunen Perücke mit Mittelscheitel und von einem bebrillten Jungen im Matrosenanzug, der, neben Cordula sitzend, gerade die eine Hälfte einer Schokoladenrippe angeboten bekam. Van trat ein, angeregt von einem plötzlichen, aber guten Gedanken, doch Cordulas Mutter erkannte ihn nicht sogleich, und die Nervosität des Sich-wieder-Vorstellens zusammen mit einem Ruck des Zuges verursachten, daß Van auf die Stoffstiefeletten des älteren Fahrgastes trat, so daß dieser einen schrillen Schrei ausstieß und undeutlich, aber nicht unhöflich sagte: «Schonen Sie meine Gicht (oder «Vorsicht doch» oder «passen Sie auf»), junger Mann!»

«Ich hab's nicht gern, als ‹junger Mann› angesprochen zu werden», belehrte Van den Invaliden in einem völlig ungerechtfertigten, brutalen Ausbruch.

«Hat er dir weh getan, Opa?» erkundigte sich der kleine Junge.

«Das hat er», sagte Opa, «aber ich wollte mit meinem Schmerzensschrei niemanden beleidigen.»

«Sogar Schmerz sollte höflich sein», fuhr Van fort (während

der bessere Van in ihm vor Bestürzung und Scham an seinem Ärmel zupfte).

«Cordula», sagte die alte Schauspielerin (ebenso schlagfertig wie damals, als sie die Katze des Feuerwehrmannes aufhob und streichelte, die in *Echte Farben* mitten in ihren besten Monolog hineingelaufen war), «warum gehst du nicht mit diesem zornigen jungen Dämon in den Tee-Wagen? Ich glaube, ich werde jetzt mein Nickerchen machen.»

«Ist was schiefgegangen?» fragte Cordula, als sie in dem sehr geräumigen und rokokohaften «Backwagen» Platz nahmen, wie die Kalugano-College-Studenten in den Achtzigern und Neunzigern zu sagen pflegten.

«Alles», antwortete Van, «warum fragst du?»

«Nun, wir kennen Dr. Platonov oberflächlich, und es gab absolut keinen Grund für dich, dem netten alten Herrn gegenüber so ungeheuerlich grob zu werden.»

«Ich bitte um Verzeihung», sagte Van. «Laß uns den traditionellen Tee bestellen.»

«Eine andere Merkwürdigkeit ist», sagte Cordula, «daß du mich heute tatsächlich bemerkt hast. Vor zwei Monaten zeigtest du mir die kalte Schulter.»

«Du hast dich verändert. Du bist schön und schmachtend geworden. Du bist sogar noch schöner jetzt. Cordula ist keine Jungfrau mehr! Sag mal – hast du zufällig die Adresse von Percy de Prey? Ich meine, wir alle wissen, daß er in die Tatarei einfällt – aber wo könnte ein Brief ihn erreichen? Mir wäre es nicht lieb, deine neugierige Tante zu bitten, irgend etwas weiterzuleiten.»

«Ich nehme an, die Frasers haben sie, ich werd das feststellen. Aber wohin fährt *Van*? Wo werde ich Van finden?»

«Zu Hause – Park Lane Nr. 5, in ein, zwei Tagen. Im Moment fahre ich nach Kalugano.»

«Ein scheußlicher Ort. Mädchen?»

«Mann. Kennst du Kalugano? Zahnarzt? Das beste Hotel? Musikhalle? Den Musiklehrer meiner Cousine?»

Sie schüttelte ihre kurzen Locken. Nein – sie fuhr nur äußerst selten dorthin. Zweimal zu einem Konzert in einem Kiefernforst. Sie wußte gar nicht, daß Ada Musikunterricht nahm. Wie ging es Ada?

«Lucette», sagte er, «Lucette nimmt oder nahm Klavierstunden. Okay. Lassen wir Kalugano beiseite. Diese Teekuchen sind sehr armselige Verwandte von denen aus Chose. Du hast recht, *j'ai des ennuis*. Aber du kannst sie mich vergessen machen. Erzähl mir was zur Ablenkung, obwohl du mich an sich ablenkst, nicht wahr, *un petit topinambour*, wie der Germane in der Geschichte sagte. Erzähl mir über deine Herzensangelegenheiten.»

Sie war kein kluges kleines Mädchen. Aber sie war ein redseliges und wirklich ganz aufregendes kleines Mädchen. Er begann, sie unter dem Tisch zu streicheln, aber sie schob seine Hand sanft beiseite, «Fraustruation» flüsternd, so seltsam, wie ein anderes Mädchen es in irgendeinem anderen Traum getan hatte. Er räusperte sich laut und bestellte eine halbe Flasche Cognac, und er ließ den Kellner die Flasche in seiner Gegenwart öffnen, wie Demon es ihm geraten hatte. Sie redete und redete, und er verlor den Faden ihrer Erzählung oder vielmehr, der Faden verstrickte sich in der eilenden Landschaft, die sein Blick über ihre Schulter hinweg verfolgte, mit einer plötzlichen Schlucht, die zu Protokoll nahm, was Jack sagte, als seine Frau anrief, oder einem einsamen Baum in einem Kleefeld, den verlassenen John darstellend, oder einem romantischen Strom, der eine Felswand herabstürzte, und ihre kurze, köstliche Affäre mit dem Marquis Quizz Quisana widerspiegelte.

Ein Kiefernwald tröpfelte aus und wurde von Fabrikschornsteinen ersetzt. Der Zug ratterte an einem Lokomotivschuppen vorüber und begann stöhnend zu bremsen. Ein gräßlicher Bahnhof verdunkelte den Tag.

«Guter Gott», rief Van, «hier muß ich raus.»

Er legte Geld auf den Tisch, küßte Cordulas willige Lippen und eilte zum Ausgang. Als er die Plattform erreichte, schaute er sich noch mal nach ihr um, winkte mit dem Handschuh, den er hielt – und krachte mit jemandem zusammen, der sich gebückt hatte, um eine Reisetasche aufzunehmen: *«On n'est pas goujat à ce point»*, bemerkte letzterer: ein strammer Soldat mit einem rötlichen Schnurrbart und den Insignien eines Stabsoffiziers.

Van rauschte an ihm vorbei, und als sie beide auf dem Bahnsteig gelandet waren, schlug er ihm elegant mit dem Handschuh übers Gesicht.

Der Hauptmann hob seine Mütze auf und stürzte sich auf den

weißgesichtigen, schwarzhaarigen jungen Gecken. Gleichzeitig fühlte Van, wie ihn jemand von hinten in wohlgemeinter, aber unfairer Einengung umarmte. Ohne erst den Kopf zu wenden, schaffte er sich den unsichtbaren Einmischling mit einem leichten «Kolbenschlag» vom Halse, ausgeteilt vom linken Ellbogen, während er den Hauptmann mit einem Hieb der rechten Hand in sein Gepäck zurücktorkeln ließ. Inzwischen hatten sich einige Liebhaber kostenlosen Schauspiels um sie versammelt; deshalb nahm Van seinen Mann am Arm, ihren Kreis durchbrechend, und begleitete ihn in den Wartesaal. Ein komisch trübsinniger Träger mit heftig blutender Nase folgte ihnen nach, die drei Offiziers-Taschen tragend, eine davon unter dem Arm. Kubistische Aufkleber aus fernen und fabelhaften Orten befarbkleckerten das neuere der Gepäckstücke. Visitenkarten wurden ausgetauscht. «Demons Sohn?» knurrte Hauptmann Tapper, Wild Violet Lodge, Kalugano. «Richtig», sagte Van. «Ich werde, glaub ich, meine Zelte im Majestic aufschlagen; wenn nicht, wird Ihrem oder Ihren Sekundanten ein Zettel hinterlassen. Sie werden mir auch einen besorgen müssen, ich kann nicht gut den Pförtner darum bitten.»

Während er noch so sprach, wählte Van ein Zwanzig-Dollar-Stück aus einer Hand voll Geld und reichte es mit einem Grinsen dem lädierten alten Träger. «Gelbe Watte», sagte Van noch, «in jedes Nasenloch. Tut mir leid, Alter.»

Die Hände in den Hosentaschen querte er den Platz zum Hotel und brachte ein Auto dazu, kreischend auf dem feuchten Asphalt auszuweichen. Er ließ es als Querbalken zu seiner vorbestimmten Fahrtrichtung stehen, rotierte durch die Drehtür des Hotels und fühlte sich, wenn auch nicht gerade glücklicher, so doch zumindest heiterer als während der vergangenen zwölf Stunden.

Das Majestic, ein riesiger alter Kasten, draußen ganz Ruß, drinnen ganz Leder, verschlang ihn. Er fragte nach einem Zimmer mit Bad, erfuhr, alles sei ausgebucht wegen einer Straßenbau-Unternehmertagung, bestach den Portier in der unbesiegbaren Veenschen Weise und bekam eine leidliche Suite von drei Zimmern mit einer mahagoni-verkleideten Badewanne, einem alten Schaukelstuhl, einem mechanischen Klavier und einem lila Himmel über einem Doppelbett. Nach dem Händewaschen ging er sogleich hinunter, um sich nach Racks Aufenthalt zu erkundigen. Die Racks hatten kein Telephon; sie hatten vielleicht ein Zimmer in den Vororten gemietet; der Portier schaute zur Uhr und rief eine Art Adreß-Büro oder Vermißtenstelle an. Es war bereits bis zum nächsten Morgen geschlossen. Er schlug Van vor, doch in einer Musikalienhandlung in der Hauptstraße nachzufragen.

Auf dem Wege dorthin erwarb er sich seinen zweiten Spazierstock: Den mit Silberknauf aus Ardis Hall hatte er im Bahnhofscafé von Maidenhair stehenlassen. Dies hier war ein grober, stämmiger Gegenstand mit einem handlichen Griff und einer alpenstock-ähnlichen Spitze, mit der man durchscheinende, hervorquellende Augen ausstechen konnte. In einem angrenzenden Laden kaufte er einen Koffer und im nächsten Hemden, Hosen, Shorts, Socken, Schlafanzüge, Taschentücher, einen Morgenmantel, einen Pullover und ein Paar Pantoffeln aus Saffianleder, fetal in einer ledernen Hülle zusammengefaltet. Seine Erwerbungen wurden in den Koffer gepackt und unverzüglich ins Hotel geschickt. Er wollte gerade den Musikladen betreten, als ihm mit Schrecken einfiel, daß er für Tappers Sekundanten keinerlei Nachricht hinterlassen hatte, also ging er zurück.

Er fand sie in der Halle sitzen und ersuchte sie, die Angelegenheit rasch zu erledigen – er hatte wichtigere Geschäfte als dies. *«Ne grubitj sekundantam»* (sei niemals grob zu Sekundanten), sagte Demons Stimme im Geiste zu ihm. Arwin Birdfoot, ein Gardeleutnant, war blond und schlaff, mit feuchten rosa Lippen und einer dreißig Zentimeter langen Zigarettenspitze. Johnny Rafin, Esq., war klein, brünett und adrett und trug blaue Wildlederschuhe zu einem schrecklichen gelbbraunen Anzug. Birdfoot verschwand bald und ließ Van die Einzelheiten mit Johnny festlegen, der, obwohl er redlich erpicht darauf war, Van zu assistieren, es nicht verhehlen konnte, daß sein Herz Vans Gegner gehörte.

Der Hauptmann sei ein erstklassiger Schütze, sagte Johnny, und Mitglied des Do-Re-La-Landclubs. Blutrünstige Brutalität stehe nicht im Einklang mit seinem Britentum, aber sein militärischer und akademischer Rang erforderten es, daß er seine Ehre verteidigte. Er sei ein Experte für Landkarten, Pferde, Gartenbau. Er sei ein wohlhabender Grundbesitzer. Die leiseste Andeutung einer Entschuldigung von seiten Baron Veens würde die Angelegenheit als ein Zeichen liebenswürdiger Finalität regeln.

«Falls», sagte Van, «der gute Hauptmann *das* erwartet, kann er sich mal eine Pistole in seine liebenswürdige Analität schieben.»

«Das ist keine hübsche Art zu sprechen», sagte Johnny zusammenzuckend. «Mein Freund könnte das nicht billigen. Wir müssen nicht vergessen, daß er ein sehr vornehmer Mensch ist.»

War Johnny Vans Sekundant oder der des Hauptmanns?

«Ich bin der Ihre», sagte Johnny mit einem schmachtenden Blick.

Kannten er oder der vornehme Hauptmann einen deutschbürtigen Pianisten, Philip Rack, verheiratet, drei Babies (vielleicht)?

«Ich fürchte», sagte Johnny mit einem Hauch von Verachtung, «daß ich nicht viele Leute mit Babies in Kalugano kenne.»

Gab es ein gutes Bordell in der Nachbarschaft?

Mit wachsender Verachtung antwortete Johnny, er sei ein eingefleischter Junggeselle.

«Nun, schon gut», sagte Van. «Ich muß noch einmal los, bevor die Läden schließen. Soll ich ein Paar Duell-Pistolen beschaffen, oder wird der Hauptmann mir eine Armee-Bruger borgen?»

«Wir können die Waffen bereitstellen», sagte Johnny.

Als Van vor der Musikalienhandlung ankam, war sie geschlossen. Er starrte einen Moment lang auf die Harfen und Gitarren und Blumen in Silbervasen auf Konsolen, die in das Halbdunkel von Spiegeln zurückwichen, und erinnerte sich an das Schulmädchen, nach dem er sich vor einem halben Dutzend von Jahren so heiß gesehnt hatte – Rose? Roza? Hieß sie so? Wäre er mit ihr glücklicher gewesen als mit seiner blassen, verhängnisvollen Schwester?

Er ging für eine Weile die Hauptstraße entlang – eine von Millionen Hauptstraßen – und betrat dann mit einem Aufbranden gesunden Hungers ein annehmbar einladendes Restaurant. Er bestellte Beefsteak mit Röstkartoffeln, Apfelstrudel und Rotwein. Am anderen Ende des Raums, auf einem der roten Hocker der brennenden Bar, sog eine anmutige Dirne in Schwarz – hautenges Mieder, weiter Rock, lange schwarze Handschuhe, schwarzsamtener, breitkrempiger Hut – ein goldenes Getränk durch einen Strohhalm. Im Spiegel hinter der Bar, inmitten funkelnder Farbtupfer, sah er flüchtig und verschwommen ihre rötlich-blonde Schönheit; er dachte, er könne sie später probieren, aber als er wieder hinschaute, war sie gegangen.

Er aß, trank, machte Pläne.

Er sah dem Duell mit lebhafter Heiterkeit entgegen. Man hätte sich nichts Belebenderes vorstellen können. Die Sache mit diesem zufälligen Clown auszuschießen, bereitete unverhoffte Erleichterung, besonders da Rack zweifellos schlichte Prügel an Stelle eines Zweikampfes akzeptieren würde. Das Entwerfen und Neu-Entwerfen verschiedener Unwägbarkeiten, dies kleine Duell betreffend, könnte mit jenen hilfreichen Steckenpferden verglichen werden, die Polio-Patienten, Geisteskranke und Sträflinge von großzügigen Institutionen beigebracht bekommen, von aufgeklärten Verwaltern, von genialen Psychiatern – wie zum Beispiel Buchbinden oder blaue Perlen in die Augenhöhlen von Puppen fügen, die von anderen Kriminellen, Krüppeln und Kretins gemacht wurden.

Zuerst spielte er mit dem Gedanken, seinen Gegner zu töten: quantitativ würde es ihm das größte Gefühl der Befreiung verschaffen; qualitativ hingegen beschwor es allerlei moralische und rechtliche Schwierigkeiten herauf. Das Zufügen einer Wunde erschien als unzulängliche Halbheit. Er entschied sich für etwas Artistisches, Trickreiches, etwa, dem Knaben die Pistole aus der Hand zu schießen oder ihm sein dichtes, borstiges Haar in der Mitte zu scheiteln.

Auf seinem Rückweg ins düstere Majestic kaufte er verschiedene Kleinigkeiten: drei runde Stückchen Seife in einer länglichen Schachtel, Rasiercreme in ihrer kalten, elastischen Tube, zehn Sicherheits-Rasierklingen, einen großen Schwamm, einen kleineren Seifschwamm aus Gummi, Haarwasser, einen Kamm, Skinners Balsam, eine Zahnbürste in einem Plastikbehälter, Zahnpasta, Schere, einen Füllhalter, ein Taschen-Merkbuch – was noch? –, ja, einen kleinen Wecker, dessen beruhigende Gegenwart ihn jedoch nicht daran hinderte, dem Pförtner zu sagen, man solle ihn um fünf Uhr morgens wecken.

Es war erst neun Uhr abends im Spätsommer; er wäre nicht

überrascht gewesen, wenn man ihm erzählt hätte, es sei Mitternacht im Oktober. Er hatte einen unglaublich langen Tag gehabt. Der Verstand konnte kaum die Tatsache begreifen, daß an diesem selben Morgen, in der Dämmerung, eine entrückte Person aus irgendeinem Dormilona-Roman für Dienstmädchen, halbnackt und fröstelnd im Werkzeug-Raum von Ardis Hall zu ihm gesprochen hatte. Er fragte sich, ob das andere Mädchen immer noch pfeilgerade, vergöttert und verabscheut, herzlos und gebrochenen Herzens, gegen den Stamm eines wispernden Baumes gelehnt stand. Er fragte sich, ob er nicht angesichts der morgigen *partie de plaisir* ein Wenn-du-dies-erhältst-Billett, frech, grausam, scharf wie ein Eiszapfen, vorbereiten sollte. Nein. Lieber an Demon schreiben.

Lieber Papa,

infolge eines nichtigen Zwistes mit einem Hauptmann Tapper, Wild Violet Lodge, den ich zufällig im Gang eines Zuges anrempelte, hatte ich heute morgen im Wald bei Kalugano ein Pistolenduell und bin nun nicht mehr. Obwohl die Manier meines Endens als eine Art leichten Selbstmords betrachtet werden kann, sind das Duell und der unbeschreibliche Hauptmann keineswegs mit den Leiden des jungen Veen verbunden. 1884 verführte ich während meines ersten Sommers in Ardis Deine Tochter, die damals zwölf war. Unser inbrünstiges Verhältnis währte bis zu meiner Rückkehr nach Riverlane; es wurde im letzten Juni, vier Jahre danach, wieder aufgenommen. Dieses Glück war das größte Ereignis in meinem Leben, und ich verspüre keinerlei Reue. Gestern jedoch entdeckte ich, daß sie mir untreu gewesen war, so trennten wir uns. Tapper, glaub ich, könnte der Knabe sein, der aus einem Deiner Spiel-Clubs rausgeworfen wurde wegen versuchten oralen Verkehrs mit dem Toilettenmann, einem zahnlosen alten Krüppel, Veteran des ersten Krim-Krieges. Viele Blumen, bitte!

Dein Dich liebender Sohn Van.

Er las den Brief noch einmal sorgfältig durch – und zerriß ihn sorgfältig. Die Mitteilung, die er schließlich in seine Manteltasche steckte, war viel kürzer.

Papa,

ich hatte einen nichtigen Streit mit einem Fremden, dem ich ins Gesicht schlug und der mich in einem Duell bei Kalugano tötete. Tut mir leid!

Van.

Van wurde vom Nachtportier hochgescheucht, der eine Tasse Kaffee mit einer einheimischen «Eiersemmel» auf seinen Nachttisch stellte und geschickt das erwartete Goldstück in der Hand verschwinden ließ. Irgendwie glich er Bouteillan, wie jener vor zehn Jahren gewesen und ihm in einem Traum erschienen war, den Van nun so weit rückstrukturierte, wie es irgend ging: Darin wurde ihm von Demons früherem Kammerdiener erklärt, daß das «dor» im Namen eines adorierten Flusses der Verballhornung von «Hydro» in «Dorophon» gliche. Van hatte oft Wortträume.

Er rasierte sich, beseitigte zwei blutbefleckte Sicherheitsklingen, indem er sie in einen massiven Bronze-Aschbecher tat, hatte einen strukturell einwandfreien Stuhlgang, nahm ein rasches Bad, kleidete sich behende an, ließ seinen Koffer beim Pförtner, bezahlte die Rechnung und quetschte sich pünktlich um sechs neben den blaukinnigen, übelduftenden Johnny in dessen Paradox, ein billiger «Quasi-Renner». Für zwei oder drei Meilen fuhren sie an dem trostlosen See-Ufer entlang – Kohlenhalden, Hütten, Bootshäuser, ein langer Streif schwarzen, kiesligen Morastes und in der Ferne, über dem geschwungenen Rand des herbstlich dunstigen Wassers, die lohfarbenen Schwaden gewaltiger Fabriken.

«Wo sind wir jetzt, Johnny-Schatz?» fragte Van, als sie aus dem Umkreis des Sees abbogen und eine Vorortstraße mit Schindelhäuschen unter wäsche-verbundenen Kiefern entlangfuhren.

«Dorofeyroad», rief der Fahrer über das Getöse des Motors hinweg. «Sie stößt genau auf den Wald.»

Sie stieß. Van fühlte ein leises Stechen in seinem Knie dort, wo er gegen einen Stein geschlagen war, als man ihn vor einer Woche in einem anderen Wald hinterrücks angegriffen hatte. In dem Augenblick, da sein Fuß den kiefernnadelübersäten Waldweg berührte, schwebte ein durchsichtiger weißer Schmetterling vorüber, und mit äußerster Gewißheit wußte Van, daß er nur noch wenige Minuten zu leben hatte.

Er wandte sich an seinen Sekundanten und sagte:

«Dieser frankierte Brief in diesem hübschen Majestic-Hotel-Kuvert ist, wie Sie sehen, an meinen Vater adressiert. Ich tue ihn jetzt in meine Gesäßtasche. Bitte, bringen Sie ihn sofort zur Post, falls der Hauptmann, der, wie ich sehe, in einer Art Leichenwagen-Limousine angekommen ist, mich aus Versehen schlachtet.»

Sie fanden eine passende Lichtung, und die Duellanten, Pistole in der Hand, standen einander in einer Entfernung von ungefähr dreißig Schritt gegenüber, in der Art jenes Zweikampfes, wie er von den meisten russischen Romanschriftstellern und von praktisch allen russischen Romanschriftstellern adliger Abkunft beschrieben wird. Als Arwin in die Hände klatschte und somit sehr informell die Erlaubnis kundgab, nach Belieben zu feuern, bemerkte Van eine buntscheckige Bewegung zu seiner Rechten: zwei kleine Zuschauer – ein dickes Mädchen und ein bebrillter Junge in einem Matrosenanzug, zwischen denen ein Pilzkorb stand. Es war nicht der Schokoladen-Kauer aus Cordulas Abteil, aber doch ein ganz ähnlicher Junge, und als Van dies durch den Kopf fuhr, spürte er, wie der Stoß der Kugel die ganze linke Seite seines Oberkörpers abriß, so fühlte es sich jedenfalls an. Er schwankte, gewann aber sein Gleichgewicht zurück und entlud mit hübscher Würde seine Pistole in die sonnendunstige Luft.

Sein Herz schlug gleichmäßig, sein Speichel war rein, seine Lungen unversehrt, aber ein Feuer von Schmerz wütete irgendwo in seiner linken Achselhöhle. Blut sickerte durch seine Kleider und rieselte an seinem Hosenbein herunter. Er setzte sich nieder, langsam, vorsichtig, und lehnte sich auf seinen rechten Arm. Er fürchtete, das Bewußtsein zu verlieren, fiel auch vielleicht ganz kurz in Ohnmacht, denn im nächsten Augenblick wurde er gewahr, daß Johnny ihm den Brief abgenommen hatte und gerade dabei war, ihn sich in die Tasche zu stecken.

«Zerreiß ihn, du Idiot», sagte Van unter unfreiwilligem Stöhnen.

Der Hauptmann schlenderte heran und knurrte ziemlich mißmutig: «Ich wette, Sie sind gar nicht in der Lage, weiterzumachen, oder?»

«Ich wette, Sie können nicht abwarten –» begann Van: Er wollte sagen «Sie können nicht abwarten, daß ich Ihnen noch einmal ins Gesicht schlage», lachte aber zufällig bei «abwarten», und die Muskeln des Frohsinns reagierten so qualvoll, daß er mitten im Satz abbrach und die schweißbedeckte Stirn senkte.

Inzwischen hatte Arwin die Limousine schon in eine Ambulanz verwandelt. Zur Schonung der Polster waren Zeitungen auseinandergebreitet worden, und der pingelige Hauptmann tat noch etwas hinzu, das wie ein Kartoffelsack aussah oder wie etwas in einem Mannschaftsschrank Dahinrottendes, und dann, nachdem er wieder im Kofferraum herumgewühlt und über die blutige Schweinerei (eine recht wörtlich zu nehmende Bemerkung) geknurrt hatte, entschloß er sich, den alten und schmutzigen Regenmantel zu opfern, auf dem einst ein altersschwacher lieber Hund auf dem Weg zum Tierarzt gestorben war.

Eine halbe Minute lang war Van sicher, immer noch im Auto zu liegen, während er sich tatsächlich auf der Allgemein-Station des Lakeview-(Lakeview!)Krankenhauses befand, zwischen zwei Zeilen verschiedenartig bandagierter, schnarchender, delirierender und stöhnender Männer. Als er das begriff, war seine erste Reaktion, indigniert zu verlangen, daß er in die beste private *palata* dieses Hauses gebracht und daß sein Koffer und sein Alpenstock vom Majestic geholt würden. Seine nächste Bitte war, daß man ihm mitteilte, wie schwer er verletzt war und wie lange er bettlägerig sein würde. Seine dritte Handlung bestand darin, das weiterzuführen, was den einzigen Grund darstellte, Kalugano aufzusuchen (Kalugano aufsuchen!). Sein neues Quartier, wo Könige auf der Durchfahrt mit gebrochenen Herzen sich hin- und hergeworfen hatten, erwies sich als eine Nachbildung in Weiß von seinen Hotelzimmern – weiße Möbel, weißer Teppich, weißer Betthimmel. Inbegriffen, sozusagen, war Tatjana, eine bemerkenswert hübsche und hochnäsige junge Schwester mit schwarzem Haar und durchscheinender Haut (einige ihrer Haltungen und Gesten und jene Harmonie zwischen Hals und Augen, die das besondere, bisher kaum untersuchte Geheimnis weiblicher Anmut ist, erinnerten ihn in phantastischer und qualvoller Weise an Ada, und er suchte dem Bild zu entfliehen mittels einer mächtigen Reaktion auf die Reize Tatjanas, eines geborenen Folterengels. Erzwungene Unbeweglichkeit verbat Jagd und

Kniff der üblichen Witzblattzeichnungen. Er flehte sie an, seine Beine zu massieren, sie aber prüfte ihn mit einem Blick ihrer ernsten dunklen Augen – und übertrug die Aufgabe Dorofey, einem fleischhändigen männlichen Pfleger, der stark genug war, ihn in voller Größe aus dem Bett zu heben, wobei das kranke Kind den kräftigen Nacken umschlang. Als Van es einmal schaffte, an ihren Brüsten zu spielen, drohte sie sich zu beschweren, falls er je wiederholte, was sie treffender, als sie dachte, als «jene weiche Tändelei» bezeichnete. Ein Vorzeigen seines Zustands mit der bescheidenen Bitte um ein heilendes Streicheln hatte ihre trockene Bemerkung zur Folge, daß vornehme Herren in öffentlichen Parks ganz schön lange Gefängnisstrafen für dergleichen bekämen. Indessen, viel später schrieb sie ihm einen reizenden und melancholischen Brief in roter Tinte auf rosa Papier; aber andere Gefühle und Geschehnisse waren dazwischengetreten, und er sah sie nie wieder). Sein Koffer aus dem Hotel kam prompt; der Stock jedoch war nicht zu finden (er muß wohl heutzutage Wellington Mountain besteigen oder vielleicht einer Dame beim «Pflexkursieren» in Oregon behilflich sein); so stellte ihm das Krankenhaus den Dritten Stock zur Verfügung, ein ziemlich hübsches, knotiges, kirschdunkles Ding, mit einer Krücke und einem festen schwarzen Gummi-Pfropf. Dr. Fitzbishop gratulierte ihm, daß er mit einer Muskelschramme davongekommen war, die Kugel hatte den größeren *Serratus* leicht geritzt. Doc Fitz kam auf Vans wunderbare Genesung zu sprechen, die sich schon jetzt nachweisen ließ, und versprach, ihn in zehn Tagen oder so aus den Desinfektionsmitteln und Bandagen herauszuholen, wenn er die ersten drei so reglos liegenbliebe wie ein gefällter Baumstamm. Mochte Van Musik? Normalerweise mochten Jäger Musik, nicht wahr? Wollte er gern eine Sonorola an sein Bett haben? Nein, er hatte Musik nicht gern, aber wußte vielleicht der Doktor, Konzertgänger, der er war, wo man einen Musiker namens Rack auffinden konnte? «Station Fünf», antwortete der Arzt prompt. Van hielt dies irrtümlich für einen Musiktitel und wiederholte seine Frage. Würde er Racks Anschrift in Harpers Musikalienhandlung herausfinden? Nun, sie hatten früher ein Häuschen weit unten in der Dorofeyroad gemietet, nahe beim Wald, aber jetzt waren dort andere Leute eingezogen. Auf Station Fünf lagen die hoffnungslosen Fälle. Der arme Kerl hatte schon immer eine schlechte Leber und ein sehr mittelmäßiges Herz gehabt, doch dazu war noch ein Gift in seinen Kreislauf eingedrungen; das hiesige «Labor» konnte es nicht identifizieren, und sie warteten nun auf einen Bericht von den Luga-Leuten über jene seltsamen frosch-grünen Exkremente. Sollte Rack es sich eigenhändig eingeflößt haben, so bewahrte er Stillschweigen; es war aber wohl eher das Werk seiner Frau, die sich nebenbei mit Hindu-Anden-Voodoo-Zeugs beschäftigte und gerade eine komplizierte Fehlgeburt auf der Entbindungsstation hatte. Ja, Drillinge – wie kam er darauf? Na, falls Van so erpicht darauf war, seinen alten Freund zu besuchen, würde es passieren müssen, sobald er von Dorofey in einem Rollstuhl zur Station Fünf gefahren werden konnte, darum sollte er lieber ein bißchen Voodoo, haha, auf sein eigen Fleisch und Blut anwenden.

Jener Tag kam früh genug. Nach einer langen Reise die Korridore hinunter, wo hübsche kleine Dinger thermometerschüttelnd vorbeitrippelten, und zuerst einem Aufstieg und dann einem Abstieg in zwei verschiedenen Fahrstühlen, von denen der zweite, worin ein schwarzer Deckel mit Metallgriffen gegen die Wand lehnte und Reste von Stechpalmen und Lorbeerbüschen hier und dort auf dem nach grüner Seife riechenden Fußboden lagen, sehr geräumig war, sagte Dorofey, wie Onegins Kutscher, *priechali* («Wir sind da») und rollte Van behutsam an zwei abgeschirmten Betten vorbei zu einem dritten beim Fenster. Dort ließ er Van stehen, während er selber sich an einen kleinen Tisch in der Türnische setzte und seelenruhig die russischsprachige Zeitung *Golos* (*Logos*) aufschlug.

«Ich bin Van Veen – für den Fall, daß Sie nicht mehr klar genug sind, jemanden wiederzuerkennen, den Sie nur zweimal gesehen haben. Die Krankenberichte geben Ihr Alter mit dreißig an; ich dachte, Sie wären jünger, aber selbst das ist ein sehr frühes Alter zum Sterben für jeden – was auch immer er sei, *tvoju matj* – halbgares Genie oder vollflügger Gauner oder beides. Wie Sie an der schlichten, aber sorgfältigen Ausstattung dieses ruhigen Raumes erraten können, sind Sie ein unheilbarer Fall in der einen Fachsprache, eine rottende Ratte in der anderen. Kein Sauerstoffgerät kann Ihnen helfen, die ‹Agonie der Agonie› auszulassen – Professor Lamorts trefflicher Pleonasmus. Die körperlichen Qualen, die Sie durchmachen werden oder in der Tat schon erleiden, müssen ungeheuerlich sein, sind aber gar nichts im Vergleich zu denen eines möglichen Nachher. Der Verstand des Menschen, von Natur aus monistisch, kann nicht *zwei* Nichtse akzeptieren; er weiß, es hat *ein* Nichts gegeben, seine biologische Nichtexistenz in der unendlichen Vergangenheit, denn sein Gedächtnis ist völlig leer, und jenes Nichtsein, das sozusagen Vergangenheit ist, läßt sich einigermaßen ertragen. Aber ein zweites Nichtsein – vielleicht ebenfalls nicht einmal so unerträglich – ist vom Verstand her unannehmbar. Wenn wir vom Raum sprechen, können wir uns einen Lebenspunkt in der grenzenlosen Einheit des Raums vorstellen; aber es gibt bei einem solchen Konzept für unser kurzes Leben keine Analogie in der Zeit, denn wie kurz auch immer (eine Spanne von dreißig Jahren ist wirklich obszön kurz!), unsere Bewußtheit vom Sein ist nicht ein Punkt in der Ewigkeit, sondern ein Schlitz, ein Schnitt, ein Spalt, der an der ganzen Breite metaphysischer Zeit entlangläuft und sie zweiteilt und – ganz gleich, wie schmal – zwischen Vor- und Hinterfeld aufscheint. Darum, Herr Rack, können wir von vergangener Zeit und in einem ungenaueren, aber vertrauten Sinne von zukünftiger Zeit sprechen, aber wir können einfach kein *zweites* Nichts erwarten, keine zweite Leere, kein zweites Blanko. Vergessenheit ist ein einmaliges Gastspiel; wir sind einmal da gewesen, es gibt keine Wiederholung. Wir müssen deshalb der Möglichkeit einer verlängerten Form von ungeordnetem Bewußtsein ins Auge blicken, und das bringt mich auf mein Hauptthema, Herr Rack. Ewige Folter, unendliche ‹Rackerei› ist vielleicht nicht viel, aber eines ist sicher: Das einzige Bewußtsein, das ins Nachher fortbesteht, ist das Bewußtsein von Schmerz. Der kleine Folter-Rack von heute ist der unendliche Qualen-Rack von morgen – *ich bin ein unverbesserlicher Witzbold.* Wir können – ich glaube, wir sollten – uns winzige Klumpen aus Partikeln vorstellen, die immer noch Racks Persönlichkeit enthalten, die sich nach wie vor im Vor-und-Nachher sammeln, sich aneinanderklammern, irgendwie, irgendwo, ein Netz von Racks Zahnschmerzen hier, ein Bündel von Racks Alpträumen da – etwa wie kleine Grüppchen obskurer Flüchtlinge aus einem vernichteten Land, die sich wegen ein bißchen miefiger Wärme zusammenkuscheln, wegen schäbiger Almosen oder geteilter Erinnerungen an namenlose Qualen in Tataren-Lagern. Für einen alten Mann muß es eine besondere kleine Qual sein, in einer langen, langen Schlange vor einem entfernten Pissoir zu warten. Nun, Herr Rack, ich beantrage, daß die überlebenden Zellen der alternden Rackerei solche Schlangen der Qual bilden und nie, nie das begehrte Schmutzloch in der Panik und Pein unendlicher Nacht erreichen. Sie können natürlich, falls Sie in zeitgenössischer Prosa versiert und der Sprache englischer Autoren zugeneigt sind, antworten, daß ein Klavierstimmer der ‹Unteren-Mittelschicht›, der sich in ein leichtlebiges Mädchen der ‹Ober-Schicht› verliebt und dadurch seine eigene Familie zerstört, kein Verbrechen begeht, das die Züchtigung verdient, mit der ein zufälliger Eindringling –»

Mit einer nicht unvertrauten Geste zerriß Van seine vorbereitete Rede und sagte: «Mr. Rack, öffnen Sie die Augen. Ich bin Van Veen. Ein Besucher.»

Das hohlwangige, langkiefrige Gesicht, wachsbleich, mit einer dicklichen Nase und einem kleinen, runden Kinn, blieb einen Augenblick lang ausdruckslos; aber die schönen, bernsteinfarbenen, klaren, beredten Augen mit ergreifend langen Wimpern hatten sich geöffnet. Dann huschte ein schwaches Lächeln um seine Mundpartie, und er streckte eine Hand aus, ohne den Kopf von dem wachstuch-bedeckten Kissen (wieso Wachstuch?) zu heben.

Van streckte vom Rollstuhl her seinen Spazierstock aus, den die schwache Hand ergriff und, in dem Glauben, es sei ein wohlgemeintes Hilfs-Angebot, höflich betastete. «Nein, es ist mir noch nicht möglich, ein paar Schritte zu gehen», sagte Rack ganz deutlich, mit dem deutschen Akzent, der vielleicht seine dauerhafteste Gruppe von Geisteszellen bilden würde.

Van zog seine unnütze Waffe zurück. Sich beherrschend ließ er sie gegen das Fußbrett seines Stuhles bumsen. Dorofey blickte von seiner Zeitung herüber, dann wandte er sich wieder dem Artikel zu, der ihn voll in Anspruch nahm – «Ein kluges Schweinchen (aus den Erinnerungen eines Dresseurs)» oder auch «Der Krim-Krieg: Tatarische Guerillas helfen chinesischen Truppen». Gleichzeitig trat eine winzige Krankenschwester hinter dem weiter weg aufgestellten Wandschirm hervor und verschwand wieder.

Wird er mich bitten, eine Nachricht zu überbringen? Soll ich ablehnen? Soll ich zustimmen – und sie nicht weiterleiten?

«Sind schon alle nach Hollywood abgereist? Bitte, erzählen Sie mir, Baron von Wien.»

«Ich weiß es nicht», antwortete Van, «vielleicht sind sie's. Wirklich, ich –»

«Weil ich nämlich meine letzte Flötenmelodie und einen Brief an die *ganze* Familie abgesandt und keine Antwort erhalten habe. Ich muß mich jetzt erbrechen. Ich klingle selbst!»

Die winzige Krankenschwester auf irrsinnig hohen weißen Absätzen zog den Wandschirm vor Racks Bett und trennte ihn damit von dem melancholischen, leicht verwundeten, wieder zusammengenähten, sauber rasierten jungen Dandy, der vom tüchtigen Dorofey hinaus- und davongerollt wurde.

Gleich nach der Rückkehr in sein kühles weißes Zimmer, wo Regen und Sonne sich im halboffenen Fenster mischten, ging Van auf ziemlich ephemeren Füßen zum Spiegel, lächelte sich ein Willkommen zu und ging ohne Dorofeys Hilfe wieder zu Bett. Die hübsche Tatjana glitt herein und fragte, ob er etwas Tee wolle.

«Mein Liebling», sagte er, «ich will *dich*. Sieh dir diesen Turm von Kraft an!»

«Wenn Sie wüßten», sagte sie über ihre Schulter hinweg, «wie viele geile Patienten mich beleidigt haben – auf genau die gleiche Weise.»

Er schrieb Cordula einen kurzen Brief, in dem er sagte, er habe einen kleinen Unfall gehabt, er sei in der Suite für gefallene Prinzen im Lakeview-Krankenhaus, Kalugano, und werde ihr am Dienstag zu Füßen liegen. Er schrieb auch einen – allerdings noch kürzeren – Brief an Marina, auf französisch, und dankte ihr für einen herrlichen Sommer. Nach genauerer Überlegung beschloß er, diesen von Manhattan aus an das Pisang Palace Hotel in Los Angeles zu senden. Einen dritten Brief adressierte er an Bernard Rattner, seinen engsten Freund in Chose, des großen Rattners Neffen. «Dein Onkel hat den höchsten Anspruch», schrieb er auszugsweise, «aber bald werde ich ihn vernichten.»

Am Montag gegen Mittag durfte er in einem Liegestuhl auf dem Rasen sitzen, den er schon seit etlichen Tagen gierig von seinem Fenster aus betrachtet hatte. Dr. Fitzbishop hatte händereibend gesagt, das Luga-Laboratorium sei der Ansicht, man habe es mit der nicht immer tödlichen *«arethusoides»* zu tun, aber das war jetzt praktisch nicht mehr von Belang, denn es wurde nicht angenommen, daß der unglückliche Musiklehrer und Komponist noch eine weitere Nacht auf Demonia verbrachte, und er würde gerade rechtzeitig zum Verspergesang, haha, auf Terra sein. Doc Fitz war, was Russen einen *poschljak* («prätentiöser Flachkopf») nennen, und auf unbestimmte Gegen-Weise fühlte Van sich erleichtert, daß er nicht in der Lage war, sich am Martyrium des unseligen Rack zu weiden.

Eine große Kiefer warf ihren Schatten auf ihn und sein Buch. Er hatte es sich aus einem Regal geliehen, das einen Mischmasch medizinischer Handbücher, zerfledderter Kriminalromane und die *Rivière de Diamants*-Sammlung von Monparnasse-Geschichten enthielt, sowie diesen zufälligen Band des *Journal of Modern Science* und einen komplizierten Essay von Ripley, «Die Struktur des Raums». Seit Tagen hatte er schon mit den hochstapelnden Formeln und Diagrammen gerungen und sah nun ein, daß er es nicht schaffen würde, ihn sich noch vor seiner Entlassung aus dem Lakeview-Krankenhaus am folgenden Tag völlig anzueignen.

Ein heißer Sonnenfleck erreichte ihn, er warf den roten Band beiseite und erhob sich aus dem Stuhl. Mit der Rückkehr der Gesundheit stieg auch das Bild von Ada in ihm hoch wie eine bittere, schimmernde Woge, die ihn verschlingen wollte. Seine Verbände waren abgenommen worden; nichts außer einer speziellen westenähnlichen Sache aus Flanell umhüllte seinen Torso, und obwohl sie eng und dick war, schützte sie ihn nicht länger vor der vergifteten Spitze von Ardis. Pfeilspitzen-Palais. *Arrowhead Manor. Le Château de la Flèche. Flesh Hall.*

Er schlenderte über den schatten-streifigen Rasen und fühlte sich viel zu warm in seinem schwarzen Pyjama und dunkelroten Morgenrock. Eine Ziegelmauer trennte seinen Teil des Gartens von der Straße, und ein bißchen weiter weg erlaubte ein offenes Tor einer Asphalt-Anfahrt, auf den Haupteingang des langgestreckten Krankenhauses zuzukurven. Er wollte gerade zu seinem Liegestuhl zurückkehren, als eine elegante, blaßgraue viertürige Limousine hereingeglitten kam und vor ihm anhielt. Die Tür flog auf, ehe der Chauffeur, ein älterer Mann in Uniformjacke und Reithose, Zeit hatte, Cordula herauszuhelfen, die jetzt wie eine Ballerina auf Van zulief. Er drückte sie in einem begeisterten Willkommens-Wirbel an sich und küßte ihr rosiges, heißes Gesicht und knetete ihren weichen, katzengleichen Körper durch ihr schwarzes Seidenkleid: was für eine köstliche Überraschung!

Sie war eigens von Manhattan heraufgekommen, mit hundert Kilometer die Stunde, fürchtend, er könnte bereits abgereist sein, obwohl er geschrieben hatte, er führe erst morgen.

«Die Idee!» rief er. «Nimm mich mit, auf der Stelle. Ja, so, wie ich bin!»

«Okay», sagte sie, «komm und wohne bei mir, ich habe ein schönes Gästezimmer für dich.»

Sie war ein guter Kerl – die kleine Cordula de Prey. Im nächsten Augenblick saß er neben ihr im Auto, das torwärts zurücksetzte. Zwei Krankenschwestern kamen herbeigelaufen und fuchtelten mit den Händen, und der Chauffeur fragte auf französisch, ob die Gräfin wünschte, daß er hielte.

«Non, non, non!» rief Van schelmisch, und sie sausten davon.

Noch keuchend sagte Cordula:

«Meine Mutter rief mich von Malorukino an (ihrem Landsitz in Malbrook, Mayne). Die Lokalblätter berichteten, du habest ein Duell ausgetragen. Du bist ein Turm an Gesundheit, ich bin ja so froh. Ich habe gewußt, irgendwas Scheußliches muß passiert sein, denn der kleine Russel, Dr. Platonovs Enkel – weißt du noch? – sah von seinem Platz im Zug aus, wie du auf dem Bahnsteig einen Offizier schlugst. Aber zuallererst, Van, *net, poschalujsta, on nas vidit* (nein, bitte, er sieht uns), habe ich ein paar sehr schlimme Nachrichten für dich. Der junge Fraser, der gerade von Jalta zurückgeflogen worden ist, hat mitangesehen, wie Percy am zweiten Tag der Invasion zu Tode kam, weniger als eine Woche nach dem Abflug vom Goodson-Flughafen. Er wird dir die ganze Geschichte selbst erzählen, es sammeln sich bei jedem neuen Bericht mehr und mehr schreckliche Einzelheiten an, Fraser scheint in dem Durcheinander nicht gerade geglänzt zu haben, darum, nehm ich an, versucht er immer noch Dinge klarzustellen.»

(Bill Fraser, Sohn des Richters Fraser aus Wellington, wurde von einem gesegneten, mit Kornelkirschen und Mispeln überwachsenen Graben aus Zeuge vom Ende des Leutnants de Prey, konnte aber natürlich nichts tun, um dem Anführer seines Pelotons zu helfen, und das aus einer Reihe von Gründen, die er in seinem Bericht gewissenhaft aufführte, aber es wäre viel zu langweilig und peinlich, sie hier zu nennen. Percy war bei einem Scharmützel mit Chacar-Guerillas in den Schenkel geschossen worden, in einer Schlucht bei Chew-Foot-Calais, wie die amerikanischen Truppen «Chufutkale», den Namen eines befestigten Felsen, aussprachen. Er vergewisserte sich sofort mit der seltsamen Erleichterung des Verdammten, daß er mit einer Fleischwunde davongekommen war. Der Blutverlust machte ihn bewußtlos, wie auch wir bewußtlos wurden, kaum daß er den Versuch machte, unter den Schutz des Eichgestrüpps und der Dornenbüsche zu kriechen, vielmehr zu robben, wo sich schon ein anderer Verwundeter bequem ausruhte. Als Percy – immer noch Graf Percy de Prey – ein paar Minuten später das Bewußtsein wiedererlangte, war er nicht mehr allein auf seinem rauhen Bett aus Kies und Gras. Ein lächelnder alter Tatar, unpassend, aber irgendwie beruhigend amerikanische blue-jeans zu seinem *beschmet* tragend, kauerte an seiner Seite. *«Bednyj, bednyj»* (du armer, armer Junge), jammerte der gute Mann und schüttelte seinen kahlrasierten Kopf und gluckste: «*Boljno* (tut es weh)?» Percy antwortete in seinem gleichermaßen primitiven Russisch, daß er sich nicht allzu schlimm verwundet fühle: «*Karascho, karascho ne boljno* (gut gut)», sagte der freundliche alte Mann und hob die Maschinenpistole auf, die Percy hatte fallen lassen, untersuchte sie mit kindlichem Vergnügen und schoß ihm dann in die Schläfe. (Man fragt sich, man fragt sich jedesmal, wie die kurze, rasche Folge von Eindrücken des Exekutierten ausgesehen hatte, festgehalten irgendwo, irgendwie in irgendeiner weitläufigen Mikrofilm-Bibliothek letzter Gedanken zwischen zwei Augenblicken: im vorliegenden Fall zunächst die Wahrnehmung unseres Freundes von jenen netten quasi-Indianer-Fältchen, die ihn aus heiterem Himmel, nicht unähnlich dem Ladore-Himmel, anstrahlten, und dann das Gefühl, wie die Mündung aus Stahl heftig durch zarte Haut und explodierenden Knochen stößt. Man stellt sich eine Art Suite für Flöte vor, etwa eine Folge von «Takten» wie beispielsweise: ich lebe – wer ist das? – Ziviler – Sympathie – durstig – Tochter mit Krug – das ist meine verdammte Knarre – faß sie nicht . . . *et cetera* oder vielmehr kein *cetera* . . . während Armbruch-Bill in rasender Angst zu seiner Römischen

Gottheit betete, der Tatar möge zu Ende kommen und gehen. Aber ein unwägbares Detail in jenem Gedankenstreifen wäre natürlich – vielleicht gleich nach der Wasserkrug-Huri – ein Blitz, ein Schatten, ein Stich von Ardis gewesen.)

«Wie seltsam, wie seltsam», murmelte Van, als Cordula ihre weitaus knappere Version jenes Berichts beendet hatte, den Van später von Bill Fraser erhielt.

Welch eine seltsame Koinzidenz! Entweder waren Adas tödliche Pfeile am Werk, oder er, Van, hatte es irgendwie geschafft, ihre beiden jämmerlichen Liebhaber in einem Duell mit einer Kleiderpuppe zu beseitigen.

Ebenso seltsam, daß er nichts Besonderes, außer vielleicht einer Art neutralen Staunens, empfand, während er der kleinen Cordula zuhörte. Als ein in Sachen zarter Leidenschaft einspuriger Mann war der seltsame Van, des seltsamen Demons Sohn, in diesem Augenblick viel begieriger darauf, Cordula so bald wie menschlich und menschenmöglich, so bald wie höllen- und wegemäßig durchführbar, zu genießen, als weiterhin das Schicksal eines Burschen, den er kaum kannte, zu bejammern; und obwohl Cordulas blaue Augen ein- oder zweimal vor Tränen glitzerten, wußte er ganz genau, daß sie ihren zweiten Vetter kaum je gesehen und ihn in Wirklichkeit genaugenommen nicht gemocht hatte.

Cordula sagte zu Edmond: «*Arrêtez près de* wie-heißt-es-noch, ja, Albion, *le* Laden *pour messieurs,* in Luga»; und als der beleidigte Van Einwände erhob, sagte sie bestimmt: «Du kannst nicht im Pyjama in die Zivilisation zurückkehren. Ich werde dir ein paar Sachen kaufen, während Edmond einen Becher Kaffee trinken geht.»

Sie kaufte ihm eine Hose und einen Regenmantel. Er hatte ungeduldig im geparkten Wagen gewartet, und nun, unter dem Vorwand, in seine neuen Kleidungsstücke überwechseln zu müssen, bat er sie, ihn an irgendeinen abgelegenen Ort zu fahren, während Edmond, wo immer er war, einen zweiten Becher Kaffee trank.

Sobald sie in eine angemessene Umgebung gelangt waren, beförderte er Cordula auf seinen Schoß und nahm sie sehr bequem und mit solchem Lustgeheul, daß sie sich gerührt und geschmeichelt fühlte.

«Leichtsinnige Cordula», bemerkte die leichtsinnige Cordula fröhlich, «dies bedeutet vielleicht eine weitere Abtreibung – *encore un petit enfantôme*, wie die Zofe meiner armen Tante jedesmal, wenn es ihr passierte, zu jammern pflegte. Hab ich etwas Falsches gesagt?»

«Nichts Falsches», sagte Van, sie zärtlich küssend; und sie fuhren zurück zu dem Kaffeetrinker.

43

Van verbrachte einen heilsamen Monat in Cordulas Manhattan-Appartement in der Alexis Avenue. Sie besuchte pflichtgetreu zwei- oder dreimal ihre Mutter in ihrem Malbrook-Schloß und wurde von Van weder dorthin begleitet noch zu den zahlreichen gesellschaftlichen «Treffs» in der Stadt, an denen sie als leichtfertiges, kurzweiliges kleines Ding teilnahm; doch einige Parties sagte sie ab und vermied es resolut, ihren letzten Liebhaber zu sehen (den modischen Psychotechniker Dr. F. S. Fraser, ein Vetter von des verstorbenen P. de P.s glücklichem Kriegskameraden). Van sprach einige Male am Dorophon mit seinem Vater (der eine ausgedehnte Studienreise durch mexikanische Kur- und Hurorte machte) und erledigte für ihn einige Geschäfte in der Stadt. Er führte Cordula häufig in französische Restaurants, englische Filme und Waränger-Tragödien, was alles höchst befriedigend war, denn sie genoß jeden Bissen, jeden Schluck, jeden Scherz, jedes Schluchzen, und er fand das samtige Rosenrot ihrer Wangen entzückend, wie auch die azurklare Iris ihrer festlich geschminkten Augen, denen indigoschwarze Wimpern, die am äußeren Lidwinkel länger wurden und sich hochbogen, den von der Mode sogenannten «Harlekin-Schrägblick» hinzufügten.

Eines Sonntags, während Cordula sich noch in ihrem parfümierten Bad aalte (ein wonniger, eigentümlich ungewohnter Anblick, an dem er sich täglich zweimal ergötzte), versuchte Van, «in voller Blöße» (wie seine neue Liebste in drolliger Weise den Ausdruck «nackt» verfeinerte), zum erstenmal nach einmonatiger Pause auf den Händen zu gehen. Er fühlte sich stark und gut in Form und schlug munter über in die «erste Position» mitten auf der sonnendurchtränkten Terrasse. Im nächsten Augenblick zappelte er auf dem Rücken. Er versuchte es nochmals und verlor sofort das Gleichgewicht. Er hatte das furchterregende, gleichwohl eingebildete Gefühl, daß sein linker Arm jetzt kürzer als der rechte sei, und Van fragte sich scheel, ob er je wieder fähig wäre, auf den Händen zu tanzen. King Wing hatte ihn gewarnt, daß zwei oder drei Monate ohne Übung in den unwiederbringlichen Verlust dieser raren Kunst münden könnten. Am selben Tag (die zwei häßlichen kleinen Vorfälle blieben in seinem Gedächtnis auf diese Weise immer miteinander verkettet) beantwortete Van zufällig einen Anruf – eine tiefe, hohle Stimme, die er für eine männliche hielt, verlangte nach Cordula, aber der Anrufer entpuppte sich als eine alte Schulfreundin, und Cordula täuschte helles Entzücken vor, während sie Van über den Apparat hinweg große Augen machte, und erfand eine Anzahl fadenscheiniger Verabredungen.

«Ein gräßliches Mädchen!» rief sie nach den melodiösen Adieus. «Sie heißt Vanda Broom, und erst kürzlich erfuhr ich, was ich in der Schule niemals vermutet hatte – sie ist eine richtige *tribadka* – die arme Grace Erminin erzählt mir, Vanda pflegte ihr und – einem anderen Mädchen gegenüber ständig Avancen zu machen. Hier ist ein Bild von ihr», fuhr Cordula mit raschem Wechsel im Tonfall fort und brachte ein zierlich gebundenes und hübsch gedrucktes Matur-Album vom Frühjahr 1887, das Van in Ardis gesehen hatte, wo ihm aber das finstere, unglückliche Käferbrauen-Gesicht jenes bestimmten Mädchens nicht aufgefallen war, und nun machte es ja nichts mehr, und Cordula ließ das Buch schnell wieder in eine Schublade verschwinden; er aber hatte sehr gut im Gedächtnis, daß es unter den verschiedenen, mehr oder weniger keuschen Beiträgen eine geschickte Pastiche von Ada Veen enthielt, in der sie Tolstojs Abschnitt-Rhythmus und Kapitel-Schlüsse imitiert; er hatte deutlich ihr sprödes Photo vor Augen, unter das sie eine ihrer charakteristischen Klingeleien gesetzt hatte:

In the old manor, I've parodied
Every veranda and room
And jacarandas at Arrowhead
In supernatural bloom.

Es machte nichts, machte nichts. Vernichten und vergessen! Aber ein Schmetterling im Manhattan Park, eine Orchidee im Schaufenster ließ alles mit einem verwirrenden inneren Schock der Verzweiflung wiederaufleben.

Sein größter Fleiß galt der Forschung in der großen, mit Granitsäulen geschmückten Öffentlichen Bücherhalle, jenem bewundernswerten und großartigen Palast in ein paar Häuserblocks Entfernung von Cordulas gemütlichem Heim. Man ist unwiderstehlich versucht, die seltsamen Gelüste und ekelerregenden Anfälle, die in die komplizierten Ekstasen beim Machen des ersten Buchs eines jungen Autors hineinspielen, mit dem Gebären zu vergleichen. Van hatte erst das bräutliche Stadium erreicht; danach, um die Metapher weiterzuentwickeln, pflegte der Schlafwagen schmutziger Entjungferung zu kommen, dann der erste Balkon der Flitterwochen-Frühstücke, mit der ersten Wespe. In keiner Weise konnte man Cordula mit einer Dichter-Muse vergleichen, aber der Abendspaziergang zurück in ihre Wohnung war angenehm durchdrungen vom Nachglühen und Nach-Denken der jeweils erfüllten Aufgabe und von der Erwartung ihrer Liebkosungen; er freute sich besonders auf jene Abende, an denen sie sich ein ausgeklügeltes Mahl vom Monaco heraufschicken ließen, einem guten Restaurant im Zwischenstock des hohen Gebäudes, das von ihrem Penthaus und seiner geräumigen Terrasse gekrönt war. Die süße Banalität ihres kleinen Haushalts stützte ihn besser, als es die Gesellschaft seines ständig erregten und feurigen Vaters bei ihren seltenen Zusammenkünften in der Stadt vermochte oder es während der zwei Wochen in Paris vor dem nächsten Semester in Chose bewerkstelligen sollte. Bis auf das Geschwätz – Altweibersommergeschwätz – pflegte Cordula keine Konversation, und auch das war hilfreich. Sehr bald hatte sie instinktiv gemerkt, daß sie niemals Ada oder Ardis erwähnen durfte. Er, seinerseits, akzeptierte die offensichtliche Tatsache, daß sie ihn nicht wirklich liebte. Ihren kleinen, klaren, weichen, gutgepolsterten und rundlichen Körper zu streicheln war köstlich, und ihr freimütiges Staunen über die Vielfalt und Vehemenz seiner Liebesakte war Balsam für das, was vom rohen, männlichen Stolz des armen Van noch übriggeblieben war. Sie schlief einfach zwischen zwei Küssen ein. Wenn er nicht schlafen konnte, wie jetzt oft, zog er sich ins Wohnzimmer zurück und saß und machte Anmerkungen zu seinen Autoren, oder aber er ging die offene Terrasse auf und nieder, unter dem Nebel von Sternen, in streng begrenzter Meditation, bis die erste Straßenbahn durch die dämmernde Schlucht der Stadt kreischte und schrillte.

Als Van Veen Anfang September von Manhattan nach Lute abreiste, war er schwanger.

Zweiter Teil

1

Auf dem Goodson-Flughafen sah Van flüchtig in einem der goldgerahmten Spiegel des altmodischen Warteraums den Seidenhut seines Vaters, der ihn erwartend in einem Sessel aus imitiertem Ebenholz saß, hinter einer Zeitung, deren Schlagzeile in auf dem Kopf stehenden Buchstaben meldete: «Krim kapituliert.» Im selben Augenblick sprach ein Mann im Regenmantel mit einem angenehmen, etwas schweinchenhaften rosa Gesicht Van an. Er vertrat eine berühmte internationale Agentur, bekannt als SPB, die Sehr Private Briefe beförderte. Nach anfänglichem kurzem Staunen machte Van sich klar, daß Ada Veen, eine verflossene Geliebte von ihm, keinen geschickteren (in jedem Sinne des Wortes) Weg hätte wählen können, um ihm eine Nachricht zukommen zu lassen, deren fabelhaft hoch gepriesene und höchstpreisige Art der Übermittlung jene Absolutheit der Geheimhaltung gewährleistete, die weder Foltern noch Mesmerismus in den schlimmen Tagen von 1859 hatten brechen können. Es ging das Gerücht, daß sogar Gamaliel bei seinen (leider nicht mehr so häufigen) Reisen nach Paris und König Victor während seiner immer noch ziemlich regelmäßigen Besuche auf Kuba oder Hekuba und, natürlich, der robuste Lord Goal, Vizekönig von Frankreich, wenn er genießerisch über ganz Canady schweifte, die phänomenal diskrete, ja, geradezu gruslige Unfehlbarkeit der SPB-Organisation den offiziellen Einrichtungen vorzogen, wie sie sexuell ausgehungerten Potentaten zum Betrügen ihrer Ehefrauen zur Verfügung stehen. Der Bote nannte sich diesmal James Jones, eine Formel, deren völliger Mangel an Nebenbedeutung ein ideales Pseudonym ergab, wenngleich es zufällig sein richtiger Name war. Im Spiegel hatte ein Schlenkern und Scharren begonnen, aber Van lehnte es ab, hastig zu handeln. Um Zeit zu gewinnen (denn als man ihm Adas Monogramm auf einer Extra-Karte zeigte, spürte er, daß er sich entscheiden mußte, ob er ihren Brief annahm oder nicht), untersuchte er sorgfältig das Abzeichen, das einem Herz-As glich und das J. J. mit verzeihlichem Stolz vorwies. Er bat Van, den Brief zu öffnen, sich seiner Authentizität zu vergewissern und die Karte zu unterschreiben, die daraufhin in irgendeine verborgene Höhle oder Falte in des jungen Detektivs Anzug oder Anatomie zurückwanderte. Ausrufe des Willkommens und der Ungeduld von Vans Vater (der für den Flug nach Frankreich ein scharlachseidengesäumtes schwarzes Cape trug) veranlaßten Van schließlich, sein Colloquium mit James zu unterbrechen und den Brief einzustecken (den er Minuten später im Waschraum las, bevor er das Flugzeug bestieg).

«Die Aktien», sagte Demon, «sind am Steigen. Unsere territorialen Triumphe et cetera. Ein amerikanischer Gouverneur, mein Freund Bessborodko wird in Bessarabien eingesetzt, und ein britischer Armborough wird Armenien regieren. Ich sah dich beim Parkplatz, umschlungen von deiner kleinen Gräfin. Wenn du sie heiratest, werd ich dich enterben. Sie sind eine kräftige Stufe unter unserer Sippschaft.»

«In ein paar Jahren», sagte Van, «werde ich in meine eigenen kleinen Millionen schlüpfen» (damit meinte er das Vermögen, das Aqua ihm hinterlassen hatte). «Aber Sie brauchen sich keine Sorgen zu machen, Sir, wir haben unser Verhältnis fürs erste unterbrochen – bis ich das nächste Mal komme, um in ihrer *girlinière* zu wohnen» (Canady-Slang).

Demon, stolz auf seine Spürnase, wünschte zu erfahren, ob Van oder seine *poule* in Schwierigkeiten mit der Polizei geraten war (in Richtung Jim oder John nickend, der, da er noch anderweitig etwas zu überbringen hatte, herumsaß und *Kriminelle kopulieren in Bessarmenien* durchblätterte).

«Poule», erwiderte Van mit der ausweichenden Schweigsamkeit des römischen Rabbi, der den Barabbas schützt.

«Warum grau?» fragte Demon in Anspielung auf Vans Mantel. «Wozu der militärische Schnitt? Es ist längst zu spät, sich anwerben zu lassen.»

«Ich könnte gar nicht – die Musterungskommission hätte mich sowieso abgelehnt.»

«Was macht die Wunde?»

«*Komsi – komsa.* Jetzt stellt sich heraus, daß der Chirurg in Kalugano gepfuscht hat. Die Rißnarbe ist rot und roh geworden, ohne jeden Grund, und unterhalb meiner Achselhöhle sitzt ein Klumpen. Ich habe ein neues Pröbchen Chirurgie in Aussicht – diesmal in London, wo die Schlachter so viel besser schnippeln.

Wo ist hier das *mestetschko*? Oh, ich seh schon. Niedlich (Männertreu auf die eine Tür gemalt, Frauenschuh auf die andere: muß zum Herbarium).»

Er beantwortete ihren Brief nicht, und vierzehn Tage später bekam Van von John James, der diesmal als deutscher Tourist herausgeputzt war, ganz in Pseudo-Tweed-Karo, eine zweite Botschaft überreicht, im Louvre, direkt vor Boschs *Bâteau Ivre*, und zwar dem, wo ein Spaßvogel in der Takelage säuft (der arme alte Dan glaubte, es hätte irgend etwas mit Brants satirischem Gedicht zu tun!). Es würde keine Antwort geben – obwohl Antworten mitsamt der Rückfahrkarte im Preis inbegriffen waren, wie der ehrliche Bote betonte.

Es schneite, doch James stand in einem Anfall verwegener Nonchalance vor der Haustür von Vans *cottage orné* am Ranta-Fluß in der Nähe von Chose, sich mit einem dritten Brief zufächelnd, und Van bat ihn, das Botschaftenbringen zu unterlassen.

Im Laufe der nächsten zwei Jahre wurden ihm noch zwei weitere Briefe ausgehändigt, beide in London und beide in der Halle des Albania Palace Hotel, doch von einem anderen SPB-Vertreter, einem älteren Herrn mit Melone, dessen nüchterne, beerdigungsunternehmerhafte Erscheinung Mr. Van Veen vielleicht weniger reizen würde, dachte der bescheidene und sensible Jim, als die eines romanesken Privatdetektivs. Ein sechster kam auf natürliche Weise in die Park Lane. Der ganze Packen (bis auf den letzten, der ausschließlich von Adas Bühnen- & Film-Abenteuern handelte) wird im folgenden wiedergegeben. Ada ließ Datierungen außer acht, aber sie können annähernd festgestellt werden.

[Los Angeles, Anfang September 1888]

Du mußt mir verzeihen, daß ich einen derart feschen Weg gewählt habe, um einen Brief bei Dir ankommen zu lassen, aber es ist mir nicht möglich, irgendeinen sichereren Service zu finden.

Als ich sagte, ich könnte nicht sprechen und würde schreiben, meinte ich, daß ich nicht auf Anhieb die richtigen Worte herausbrächte.

Ich flehe Dich an. Ich fühlte, daß ich sie nicht hervorbringen, sie mündlich nicht in der notwendigen Reihenfolge ordnen könnte. Ich flehe Dich an. Ich fühlte, daß ein falsches oder unangebrachtes Wort fatal wäre, Du würdest Dich einfach abwenden, wie Du es tatest, und davongehen, wieder, und wieder, und wieder. Ich flehe Dich an um ein Atom [sic! Hrsg.] Verständnis. Aber jetzt glaube ich, daß ich das Risiko des Sprechens, des Stammelns hätte eingehen sollen, denn ich merke jetzt, daß es genauso fürchterlich schwer ist, mein Herz und meine Ehre in Schrift zu fassen – um so mehr, als man beim Sprechen ein Stottern als Schott benutzen oder als zufälliges Verwischen von Worten geltend machen kann, wie ein blutender Hase, dem die eine Seite des Muffels abgeschossen wurde, oder man spult zurück und verbessert sich; aber gegen einen Hintergrund von Schnee, sogar den blauen Schnee dieses Briefpapiers, sind die Schnitzer rot und endgültig. Ich flehe Dich an.

Eins sollte aber festgehalten werden, ein für allemal, unwiderruflich. Ich liebte, liebe und werde nur Dich lieben. Ich flehe Dich an und liebe Dich mit immerwährender Pein und Leidenschaft, mein Liebling. *Ty tut stojal* (Du warst hier) in dieser *karavansaraj*, Du in der Mitte von allem, immer, seit ich sieben oder acht gewesen sein muß, nicht wahr?

[Los Angeles, Mitte September 1888]

Dies ist ein zweiter Heuler *iz ada* (aus dem Hades). Seltsamerweise erfuhr ich an einem Tag aus drei verschiedenen Quellen von Deinem Duell in K.; von P.s Tod; und von Deiner Genesung bei seiner Cousine (Gratulation, wie sie und ich zu sagen pflegten). Ich rief sie an, aber sie sagte, Du seist nach Paris abgereist, und auch R. sei gestorben – nicht durch Deine Einmischung, wie ich einen Moment lang dachte, sondern durch die seiner Frau. Weder er noch P. waren genaugenommen meine Liebhaber, aber beide sind jetzt auf Terra, also ist es belanglos.

[Los Angeles, 1889]

Wir sind immer noch in dem bonbonrosa und pisanggrünen Hotel, wo Du Dich mal mit Deinem Vater aufhieltest. Er ist übrigens furchtbar nett zu mir. Ich geh sehr gern mit ihm aus. Er und ich haben in Nevada gespielt, meiner Reim-Namens-Stadt, aber Du steckst auch darin, genau wie der legendäre Fluß von

Old Rus. *Da.* Oh, schreib mir eine winzige Nachricht nur, ich versuche so sehr, es Dir recht zu machen! Möchtest Du noch mehr (verzweifelte) kleine Geschichten? Marinas neuer Direktor des künstlerischen Gewissens definiert «Unendlichkeit» als den von der Kamera entferntesten Punkt von hinreichender Schärfe. Sie ist als die taube Nonne Varvara besetzt worden (die, in mancherlei Beziehung, die interessanteste von Tschechovs Vier Schwestern ist). Sie hält sich an Stans Prinzip, Folklore und Rolle ins tägliche Leben überströmen zu lassen, besteht darauf, dies auch im Hotelrestaurant aufrechtzuerhalten, trinkt Tee *v prikusku* («kaut Zucker zwischen den Schlucken») und gibt vor, jede Frage in derselben wunderlichen Weise mißzuverstehen, in der Varvara Einfältigkeit vorgibt – eine doppelte Verwicklung, die Fremde verärgert, aber durch die ich mich sehr viel deutlicher als ihre Tochter empfinde als in der Ardis-Ära. Alles in allem ist sie ein großer Schlager hier. Man stellte ihr (nicht ganz gratis, fürchte ich) in Universal City einen eigenen Bungalow zur Verfügung mit dem Schildchen Marina Durmanova. Was mich betrifft, so bin ich nur eine zufällige Kellnerin in einem viertklassigen Western, hüftschwingend zwischen Besoffenen, die auf den Tisch schlagen, aber mir gefällt die *Houssaie*-Atmosphäre, die pflichtgetreue Kunst, die sich windenden Bergpfade, die Rekonstruktion von Straßen, der obligatorische Marktplatz und ein hellviolettes Ladenschild auf einer reich verzierten hölzernen Fassade und um die Mittagszeit all die Statisten in historischen Klamotten vor einer gläsernen Zelle schlangestehend, aber ich habe niemanden zum Anrufen.

Apropos Rufen, neulich abend sah ich mit Demon einen wirklich großartigen ornithologischen Film. Ich war mir nie der Tatsache bewußt, daß die paleotropischen Honigsauger (schlag nach!) «Mimotypen» der Kolibris der Neuen Welt sind, und all meine Gedanken, oh, mein Liebling, sind Mimotypen von Dir. Ich weiß, ich weiß! Ich weiß sogar, daß Du bei «bewußt» aufgehört hast, dies zu lesen – wie in den alten Tagen.

[Kalifornien? 1890]

Ich liebe nur Dich, ich bin nur in Träumen von Dir glücklich, Du bist meine Freude und meine Welt, dies ist so gewiß und wirklich wie das Bewußtsein davon, daß man lebendig ist, aber . . . oh, ich klage Dich nicht an: – aber Van, Du *bist* verantwortlich (oder das Fatum ist durch Dich verantwortlich, *ce qui revient au même*) dafür, etwas Wahnsinniges in mir losgelassen zu haben, als wir noch Kinder waren, ein physisches Verlangen, einen unstillbaren Juckreiz. Das Feuer, das Du anriebst, hinterließ sein Brandmal auf der empfindlichsten, lasterhaftesten und zartesten Stelle meines Körpers. Nun muß ich dafür zahlen, daß Du die rote Reizung zu stark raspeltest, zu früh, so wie verkohltes Holz fürs Brennen zahlen muß. Wenn ich ohne Deine Liebkosungen bleibe, verliere ich völlig die Kontrolle über meine Nerven, nichts existiert mehr als die Ekstase der Reibung, die anhaltende Wirkung Deines Stichs, Deines köstlichen Gifts. Ich klage Dich nicht an, aber dies ist der Grund, warum ich Verlangen habe und dem Ansturm fremden Fleisches nicht widerstehen kann; das ist es, warum unsere gemeinsame Vergangenheit Wellen grenzenlosen Betrugs ausstrahlt. Es steht Dir frei, dies alles als einen Fall fortgeschrittener Erotomanie zu diagnostizieren, aber es ist doch noch mehr daran, denn es gibt eine einfache Heilung für alle meine Achs und Wehs, und das ist ein Extrakt des scharlachroten Arillus, das Wenn-Fleisch, nur das Van-Fleisch. *Je réalise,* wie Deine süße Cinderella de Torf (jetzt Madame Trofim Fartukov) immer sagte, daß ich schüchtern und schlüpfrig sei. Aber dies alles führt zu einem wichtigen, wichtigen Hinweis! Van, *je suis sur la verge* (wiederum Blanche) eines abstoßenden amourösen Abenteuers. Ich könnte augenblicklich von Dir gerettet werden. Nimm die schnellste Flug-Maschine, die Du mieten kannst, direkt nach El Paso, Deine Ada wird dort auf Dich warten, wie verrückt winkend, und wir werden mit dem Neue-Welt-Express weiterfahren, in einer Suite, die ich bestelle, bis zur brennenden Spitze Patagoniens, Kapitän Grants Horn, eine Villa in Verna, mein Juwel, mein Todesschmerz. Schick mir ein Luftogramm mit einem russischen Wort – dem Ende meines Namens und meiner Weisheit.

[Arizona, Sommer 1890]

Bloßes Mitleid, *schalostj,* eines russischen Mädchens zog mich zu R. (den Musikkritiker jetzt «entdeckt» haben). Er wußte, er würde jung sterben, er war immer, in der Tat, vorwiegend Leiche und zeigte sich, das schwör ich, nicht ein einziges Mal der Gelegenheit gewachsen, selbst dann nicht, als ich meine mitfühlende Widerstandslosigkeit offen zur Schau stellte, weil ich, leider, randvoll mit Van-loser Vitalität war und sogar schon daran gedacht hatte, die Dienste irgendeines groben, je gröber, desto besser, jungen Muschiks zu kaufen. Was P. anlangt, so konnte ich die Tatsache, daß ich mich seinen Küssen unterwarf (die anfangs zart und schlicht waren, später leidenschaftlich erfahren, und schließlich nach mir schmeckten, wenn er zu meinem Mund zurückkehrte – ein Teufelskreis, der sich im frühen Thargelion 1888 zu drehen begann), damit erklären, daß er das Verhältnis mit meinem Cousin meiner Mutter enthüllt hätte, sobald ich mich nicht mehr mit ihm getroffen hätte. Er sagte sogar, er könnte Zeugen beibringen, wie zum Beispiel die Schwester Deiner Blanche und einen Stalljungen, der, so vermute ich, von der jüngsten der drei Demoiselles de Tourbe dargestellt wurde, Hexen alle drei – aber genug. Van, ich könnte viel aus jenen Drohungen machen, um Dir mein Verhalten zu erklären. Weder würde ich erwähnen, natürlich, daß sie in einem meckernden Ton geschahen, der kaum zu einem echten Erpresser passen will. Noch würde ich erwähnen, daß, selbst wenn er dazu übergegangen wäre, anonyme Boten und Informanten anzuwerben, dies in der Zerstörung seines eigenen Rufs hätte enden können, sobald seine Motive und Handlungen ans Licht getreten wären, wozu sie doch im Verkauf [sic! «Verlauf», eine Laufmasche ihrer blaustrümpfigen Ausdrucksweise. Hrsg.] verdammt waren. Ich würde, mit einem Wort, verschweigen, daß ich mir klar war, der grobe Scherz war nur dazu da, Deine arme, zerbrechliche Ada aufzubohren – denn trotz seiner Grobheit hatte er einen ausgeprägten Ehrbegriff, wie seltsam es Dir und mir erscheinen mag. Nein. Ich würde mich ausschließlich mit der Wirkung der Drohung auf jemanden konzentrieren, der bereit ist, sich lieber jeglicher Schande auszuliefern, als dem Schatten der Enthüllung entgegenzutreten, denn (und dies konnten natürlich weder er noch seine Informanten wissen) so schockierend ein Verhältnis zwischen Cousins ersten Grades in einer gesetzestreuen Familie erscheinen mag, ich weigerte mich doch, mir vorzustellen (wie Du und ich es immer gehalten haben), wie Marina und Demon in «unserem» Fall reagiert hätten. Am Holpern und Schleudern meiner Syntax wirst Du erkennen, daß ich mein Benehmen nicht logisch erklären kann. Ich leugne nicht, daß ich während der gefährlichen Stelldicheins, die ich ihm gewährte, eine seltsame Schwäche verspürte, als ob sein brutales Verlangen nicht nur immer wieder meine neugierigen Sinne faszinierte, sondern auch meinen widerstrebenden Verstand. Ich kann trotzdem schwören, die feierliche Ada kann schwören, daß im Verlauf unserer «waldigen Zusammenkünfte» ich mit Erfolg, wenn auch nicht der Pollution, aber doch der Possession auswich, vor und nach Deiner Rückkehr nach Ardis – bis auf eine schmierige Gelegenheit, als er mich mit Gewalt quasi nahm – der übergierige tote Mann.

Ich schreibe von der Marina Ranch – nicht sehr weit weg von der kleinen Schlucht, in der Aqua starb und in die ich selbst eines Tages wohl kriechen werde. Vorerst kehre ich für eine Weile ins Pisang Hotel zurück.

Salut, guter Zuhörer.

Als Van 1940 dieses dünne Häuflein von fünf Briefen – jeder steckte in seinem rosa SPB-Seidenpapier-Umschlag – wieder aus dem Safe seiner Schweizer Bank herausholte, wo sie genau ein halbes Jahrhundert lang hinterlegt gewesen waren, verwirrte ihn ihre geringe Anzahl. Die Erweiterung der Vergangenheit, das üppige Wachstum der Erinnerung hatte jene Zahl auf mindestens fünfzig erhöht. Er erinnerte sich, auch den Schreibtisch in seiner Park Lane-Wohnung als Versteck benutzt zu haben, aber er wußte, er hatte dort nur den unschuldigen sechsten Brief (Dramen-Träume) von 1891 aufbewahrt, der zusammen mit ihren verschlüsselten Mitteilungen (von 1884–88) vernichtet wurde, als der unersetzliche kleine Palazzo 1919 niederbrannte. Das Gericht schrieb die glänzende Tat den Stadtvätern zu (drei bärtige ältere und ein blauäugiger junger Bürgermeister mit einer blendenden Menge von Vorderzähnen), die ihre Gier nach dem Platz, den der standhafte Zwerg zwischen zwei alabasternen Kolossen besetzte, nicht länger zügeln konnten; aber anstatt ihnen das geschwärzte Gebiet wie erwartet zu verkaufen, errichtete Van dort fröhlich seine berühmte Villa Lucinda, ein Miniaturmuseum von nur zwei Stockwerken Höhe mit einer immer noch wachsenden Sammlung von mikrophotographierten Gemälden aus allen öffentlichen und privaten Galerien der Welt (die Tatarei nicht ausgeschlossen) in dem einen Stockwerk und einem Wabennetz von Projektions-Zellen in dem anderen: eine höchst appetitanregende kleine Gedenkstätte aus parischem Marmor, von einem beachtlichen Personal-Stab verwaltet, bewacht von drei schwerbewaffneten Kerlen und für die Öffentlichkeit nur montags zugänglich zum symbolischen Eintrittspreis von einem Golddollar, ungeachtet seines Alters oder Zustands.

Zweifellos konnte die ungewöhnliche Multiplikation jener Briefe im Rückblick dadurch erklärt werden, daß jeder von ihnen einen qualvollen Schatten, ähnlich dem eines Mondkraters, über etliche Monate seines Lebens warf und erst dann auf eine Spitze zulief, wenn die nicht weniger stechende Vorahnung der nächsten Botschaft heraufzudämmern begann. Aber viele Jahre später, als Van an seiner *Textur der Zeit* arbeitete, fand er in jenem Phänomen einen zusätzlichen Beweis dafür, daß wirkliche Zeit mit den Intervallen zwischen Ereignissen verbunden war, nicht mit deren «Verlauf», nicht mit deren Verblenden, nicht mit deren Schatten über jene Kluft, in der die reine und undurchdringliche Textur der Zeit sich ereignet.

Er ermahnte sich, fest zu bleiben und in der Stille zu leiden. Der Selbstachtung war Genüge getan: der sterbende Duellant stirbt als glücklicherer Mensch, als sein lebendiger Feind es je sein wird. Wir dürfen Van jedoch nicht tadeln, wenn es ihm mißlang, seinen Entschluß durchzuhalten, denn es ist unschwer zu begreifen, warum ein siebenter Brief (der ihm 1892 von Adas und seiner Halbschwester nach Kingston übermittelt wurde) ihn zum Erliegen bringen konnte, weil er wußte, es war der letzte der Reihe. Weil er aus den blutroten *érable*-Bäumen von Ardis gekommen war. Weil die sakrale Vierjahres-Frist der ihrer ersten Trennung glich. Weil Lucette sich gegen alle Vernunft und allen Willen als sündlose Paranympha herausstellte.

2

Adas Briefe atmeten, bebten, lebten; Vans *Briefe von Terra*, «ein philosophischer Roman», zeigten nicht die Spur von Leben.

(Das finde ich nicht, es ist ein hübsches, hübsches kleines Buch! Adas Anmerkung.)

Er hatte es unfreiwillig geschrieben, sozusagen, ohne sich die Bohne um literarischen Ruhm zu kümmern. Auch kitzelte ihn, umgekehrt, nicht die Pseudonymität wie damals, als er auf den Händen tanzte. Obwohl «Van Veens Vanitas» oft unvermittelt im Salongeplausch zwischen Fächer-wedelnden Damen auftauchte, blieben diesmal seine langen blauen Pfauenfedern zusammengefaltet. Was aber veranlaßte ihn dann, eine Romanze um ein Thema zu spinnen, das schon von allen möglichen «Raum-Ratten» und «Astro-Assen» zu Tode geritten worden war? Wir – wer immer «wir» sind – könnten den Zwang dazu als den angenehmen Antrieb definieren, ein Kompendium gewisser unerklärlich zusammenwirkender Phantastereien, die er seit seinem ersten Jahr in Chose hin und wieder bei Geisteskranken beobachtet hatte, durch verbale Abbildung auszudrücken. Van hatte eine Leidenschaft für Geisteskranke, wie andere sie für Arachniden oder Orchideen haben.

Es gab gute Gründe, beim Aufzeichnen der Inter-Kommunikation zwischen Terra, der Reinen, und unserer schrecklichen Antiterra den technologischen Einzelheiten keine Beachtung zu schenken. Seine Kenntnis von Physik, Mechanik und derlei Zeug war auf das Gekritzel an einer Grundschultafel beschränkt geblieben. Er tröstete sich mit dem Gedanken, daß kein Zensor in Amerika oder Großbritannien auch nur den geringsten Hinweis auf «magnetische» Kinkerlitzchen durchgehen lassen würde. Stillschweigend entlehnte er, was sich seine größten Vorläufer (Counterstein zum Beispiel) im Hinblick auf die Antriebsweise bemannter Raumkapseln vorgestellt hatten, einschließlich der klugen Idee einer Anfangsgeschwindigkeit von ein paar wenigen tausend Meilen pro Stunde, die dann, unter dem Einfluß eines Kontrasteinschen Typus von Mittler-Feld zwischen Geschwister-Galaxien, auf mehrere Trillionen von Lichtjahren pro Sekunde anwuchs, bevor sie sich harmlos bis auf das lässige Niederschweben eines Fallschirms verringerte. All jene *Cyraniana* und «Physik-Fiction» in irrationalen Hervorbringungen von neuem herauszuarbeiten, wäre nicht nur langweilig, sondern auch absurd gewesen, denn niemand wußte, wie fern Terra oder ungezählte andere Planeten mit Katen und Kühen im äußeren oder inneren Raum gelegen sein konnten: im «inneren» insofern, als man ihre mikrokosmische Gegenwart doch ruhig in den goldenen Kügelchen annehmen kann, die schnell-schnell in diesem Kelch Moët-Champagner emporsteigen oder in den Korpuskeln meines, Van Veens –

(oder meines, Ada Veens)

– Blutstroms, oder im Eiter der reifen Furunkel eines Mr. Nekto, die gerade in Nektor oder Neckton mit einer Lanzette geöffnet wurde. Überdies gab es, obwohl auf den Bibliotheksregalen Sekundärliteratur in Hülle und Fülle zur Verfügung stand, keinen direkten Zugang zu den verbannten oder verbrannten Büchern der drei Kosmologen Xertigny, Yates und Zotov (Pseudonyme), die vor einem halben Jahrhundert unbekümmert die ganze Sache in Gang gebracht und Panik, Schwachsinn und abscheuliche *romantschiks* verursacht und gebilligt hatten. Alle drei Wissenschaftler waren nunmehr verschwunden: X hatte Selbstmord verübt; Y war von einem Wäschereifahrer gekidnappt und in die Tatarei verschleppt worden; und Z, ein rotgesichtiger alter Kumpel mit weißem Backenbart, machte seine Yakima-Gefängniswärter verrückt mittels unbegreiflichen Knisterns, unaufhörlicher Erfindung unsichtbarer Tinten, Chamäleonysierungen, Nervensignalen, Spiralen abgehenden Lichts und Bravourstücken von Bauchredekunst, Pistolenschüsse und Sirenen nachahmend.

Armer Van! In seiner Anstrengung, die Schreiberei der «Briefe von Terra» streng von Adas Bild getrennt zu halten, färbte er Theresa so gold und so rot, bis sie zu einem Ausbund von Banalität geworden war. Diese Theresa machte mit ihren Botschaften einen Wissenschaftler verrückt auf unserem leicht verrückt zu machenden Planeten; seinen nach Anagramm aussehenden Namen, Sig Leymanski, hatte Van zum Teil aus dem Namen von Aquas letztem Arzt abgeleitet. Als Leymanskis Besessenheit sich in Liebe verwandelte und der Leser seine Zuneigung auf die bezaubernde, melancholische, betrogene Ehefrau (geborene Antilia

Glems) richtete, sah sich unser Autor der gräßlichen Aufgabe konfrontiert, bei Antilia, einer Brünetten von Geburt, alle Spuren von Ada auszurotten und so eine weitere Figur zu einer Puppe mit gebleichtem Haar zu erniedrigen.

Nachdem Theresa ein Dutzend Mitteilungen von ihrem Planeten an Sig gefunkt hat, fliegt sie zu ihm hinüber, und er, in seinem Laboratorium, muß sie auf ein Glasplättchen unter ein mächtiges Mikroskop legen, um die winzige, im übrigen aber vollkommene Form seiner niedlichen Freundin auszumachen, ein anmutiger Mikro-Organismus, der seinem riesigen feuchten Auge transparente Anhängsel entgegenstreckte. Aber ach! der Testibulus (Versuchs-Röhrchen – keinesfalls zu verwechseln mit *testiculus*, Orchidee), in dem Theresa wie eine Mikro-Meerjungfer schwimmt, wird «aus Versehen» fortgeworfen, nämlich von Professor Leymans (er hatte seinen Namen inzwischen gestutzt) Assistentin Flora, anfänglich eine elfenbeinblasse, dunkelhaarige, unheilvolle Schönheit, die der Autor gerade noch rechtzeitig in eine dritte abgedroschene Attrappe mit kaninchengrauem Knoten verwandelte.

(Antilia gewann später ihren Ehemann zurück, und Flora wurde ausgejätet. Adas Addendum.)

Auf Terra war Theresa eine rasende Reporterin für eine amerikanische Zeitschrift gewesen und gab Van somit Gelegenheit, den politischen Aspekt des Geschwister-Planeten zu beschreiben. Dieser Aspekt bereitete ihm die geringste Schwierigkeit, da er ja ein Mosaik gewissenhaft verglichener Notizen aus seinen eigenen Berichten über das «transzendentale Delirium» seiner Patienten darstellte. Dessen Akustik war schlecht, Eigennamen kamen häufig entstellt heraus, ein chaotischer Kalender brachte die Reihenfolge von Ereignissen durcheinander, aber insgesamt bildeten die bunten Punkte so etwas wie ein geomantisches Bild. Wie frühere Experimentatoren bereits vermutet hatten, blieben unsere Annalen auf den Brücken der Zeit ungefähr ein halbes Jahrhundert hinter denen von Terra zurück, überholten aber einige ihrer Unterwasser-Strömungen. Zum Zeitpunkt unserer bedauernswerten Geschichte herrschte der König von Terras England, ein weiterer George (es hatte vor ihm offensichtlich mindestens ein halbes Dutzend gegeben, die diesen Namen trugen), über ein Reich, oder er hatte gerade aufgehört, darüber zu herrschen, das (mit fremden weißen Stellen und Flecken zwischen den britischen Inseln und Südafrika) irgendwie noch uneinheitlicher war als das fest zusammengeballte auf unserer Antiterra. West-Europa bot ein besonders krasses Loch: seit dem achtzehnten Jahrhundert, als eine eigentlich unblutige Revolution die Kapetinger entthront und alle Eindringlinge zurückgeschlagen hatte, blühte Terras Frankreich unter ein paar Kaisern und einer Reihe von bürgerlichen Präsidenten, von denen der gegenwärtige, Doumercy, bedeutend liebenswürdiger erschien als Milord Goal, Gouverneur von Lute! Ostwärts gab es ein Super-Rußland, das die Wolga-Gegend und ähnliche Stromgebiete beherrschte und, an Stelle von Khan Sosso und seinem rücksichtslosen Sovietnamur Khanat, von einer Souveränen Sozietät Seelengütiger Republiken (etwa so kam es heraus) regiert wurde, die die Zaren, Eroberer der Tatarei und Trst, abgesetzt hatten. Und nicht zuletzt war Athaulf der Künftige, ein blondhaariger Riese in schmucker Uniform, der geheime Schwarm vieler britischer Adeliger, Ehrenhauptmann der französischen Polizei und wohltätiger Verbündeter von Ruß und Rom, gerade im Begriff, so hieß es, ein Lebkuchen-Deutschland in ein großartiges Land der Autobahnen und makellosen Soldaten, der Blasorchester und modernisierten Baracken für Artfremde und ihre Kleinen zu verwandeln.

Ohne Zweifel kam diese von unseren Terrapisten (wie Vans Kollegen benannt wurden) mühsam gesammelte Information oftmals in verstümmelter Form an; aber der durchgehende Zug süßen Glücks konnte immer als ein alles durchdringendes Merkmal unterschieden werden. Nun war es die Absicht des Romans, nahezulegen, daß Terra mogelte, daß nicht alles dort paradiesisch war, daß vielleicht in mancher Beziehung menschliche Geister und menschliches Fleisch auf jenem Geschwisterplaneten schlimmeren Qualen ausgesetzt waren als auf unserer verleumdeten Demonia. In ihren ersten Briefen, vor dem Verlassen von Terra, hatte Theresa nichts als Lob für ihre Herrscher – besonders die russischen und die deutschen. In ihren späteren Botschaften aus dem All gestand sie, daß sie die Wonne übertrieben hatte; ja, daß sie das Instrument «kosmischer Propaganda» gewesen sei – das zuzugeben war kühn, denn auf Terra hätten Agenten sie zurückreißen oder sie während des Fluges vernichten können, wäre es ihnen gelungen, ihre unverschlüsselten Wellen abzufangen, die nun vorwiegend in eine Richtung gingen, unsere Richtung, frag Van lieber nicht nach welcher Methode oder welchem Prinzip. Unglücklicherweise konnte man weder von der Mechanik noch von der Moral behaupten, daß sie zu Vans Glanzstücken gehörten, und das, was wir hier in wenigen Nebenbei-Sätzen wiedergegeben haben, brauchte zu seiner Entwicklung und Ausschmückung zweihundert Seiten bei ihm. Wir müssen aber daran denken, daß er erst zwanzig war; daß seine junge, stolze Seele in einem Zustand schmerzlicher Verwirrung war; daß er zuviel gelesen und zuwenig erfunden hatte; und daß die brillanten Luftspiegelungen, die vor ihm aufgestiegen waren, als er das erste Stechen der Buchgeburt auf Cordulas Terrasse verspürte, nun unter der Einwirkung von Vernunft wieder verblaßten, genau wie jene Wunder, die vor dem venezianischen Priester oder dem flämischen Philister zu enthüllen mittelalterliche Entdecker sich fürchteten, wenn sie aus Kitai zurückgekehrt waren.

Er brachte ein paar Monate in Chose damit zu, sein Vogelscheuchen-Gekritzel in Reinschrift zu bringen und das Resultat wiederum heftig zu korrigieren, und so sah die endgültige Abschrift wie ein erster Entwurf aus, als er sie zu einer zwielichtigen Agentur in Bedford brachte, um dort heimlich ein Triplikat abtippen zu lassen. Dies entstellte er abermals während seiner Rückreise nach Amerika an Bord der *Queen Guinevere*. Und in Manhattan mußten die Fahnenabzüge zweimal neu gesetzt werden, was nicht nur auf die zahlreichen neuen Änderungen, sondern auch auf die Absonderlichkeit von Vans Korrektur-Zeichen zurückzuführen war.

Die *Briefe von Terra* von Voltemand erschienen 1891 zu Vans einundzwanzigstem Geburtstag unter dem Impressum zweier erdichteter Verlage «Abencerage» in Manhattan und «Zegris» in London.

(Wäre ich zufällig auf ein Exemplar gestoßen, würde ich Chateaubriands und somit deine kleine Pfote *sofort* erkannt haben.)

Sein neuer Anwalt, Mr. Gromwell, dessen wirklich schöner Blumenname (Lithospermum) irgendwie zu seinen unschuldigen Augen und seinem blonden Bart paßte, war ein Neffe des berühmten Grombschevskij, der für die letzten dreißig Jahre oder so einige von Demons Geschäften mit großer Sorgfalt und mit Scharfsinn geführt hatte. Gromwell umhegte Vans persönliches Vermögen nicht weniger zärtlich; aber er hatte wenig Erfahrungen mit den Kniffligkeiten bei der Veröffentlichung von Büchern, und Van war auf diesem Gebiet ein absoluter Dummkopf, der zum Beispiel nicht wußte, daß «Rezensionsexemplare» an die Herausgeber verschiedener Zeitschriften zu gehen hatten oder daß Anzeigen gekauft werden mußten und man nicht erwarten konnte, daß sie durch spontane Zeugung plötzlich in ganzseitiger Ausgewachsenheit zwischen ähnlichen Waschzetteln auftauchen würden, die *Die Besessenen* von Miss Love und *Der Beller* von Mr. Dukes anleierten.

Für ein fettes kleines Honorar wurde Gwen, eine der Angestellten von Mr. Gromwell, dazu abgeordnet, nicht nur Van zu unterhalten, sondern auch die Buchhandlungen von Manhattan mit der einen Hälfte der gedruckten Exemplare zu versorgen, während in England einer ihrer Verflossenen verpflichtet wurde, den Rest in den Buchläden Londons unterzubringen. Der Gedanke, daß niemand, der die Freundlichkeit besaß, sein Buch zu verkaufen, die zehn Dollar oder so, die die Herstellung eines jeden Exemplars gekostet hatte, behalten durfte, erschien Van unfair und unlogisch. Darum tat es ihm leid um all die Mühe, die unterbezahlte, müde, bloßarmige, brünett-blasse Ladenmädchen sich zweifellos bei dem Versuch gaben, mürrische Homosexuelle mit seinem Zeug zu verlocken («Hier ist ein ziemlich ausgefallener Roman über ein Mädchen namens Terra»), als er durch sorgfältiges Studium des Verkaufsberichts, den seine Strohmänner ihm im Februar 1892 zuschickten, erfuhr, daß innerhalb von zwölf Monaten nur sechs Exemplare verkauft worden waren – zwei in England und vier in Amerika. Statistisch gesprochen konnten keine Rezensionen erwartet werden, geht man von den unorthodoxen Umständen aus, unter denen die Korrespondenz der armen Terra gehandhabt worden war. Seltsamerweise erschienen doch zwei, immerhin. Eine, vom Ersten Clown in der *Elsinore*, einer vornehmen Londoner Wochenzeitung, tauchte in einer Übersicht auf, die mit der Vorliebe des britischen Journalisten für derlei faule Wortspiele mit «*Terre-à-Terre*, 1891» betitelt war und von den «Raum-Romanen» des Jahres handelte, die zu der Zeit schon im Schwinden begriffen waren.

Er witterte Voltemands Beitrag als den auserlesensten der Gruppe und nannte ihn (leider mit untrüglicher Spürnase) «eine prächtig aufgeputzte, banale, langweilige und undurchsichtige Fabel, in der einige wenige absolut meisterhafte Metaphern die ansonsten totale Albernheit der Story zunichte machen».

Das einzige andere Kompliment wurde dem armen Voltemand in einem kleinen Manhattaner Magazin (*The Village Eyebrow*) gemacht, nämlich von dem Dichter Max Mispel (wieder ein botanischer Name), Mitglied der Abteilung Germanistik an der Goluba-Universität. Herr Mispel, der es liebte, seine Autoren zur Schau zu stellen, nahm in den *Briefen von Terra* sowohl den Einfluß von *Osberg* wahr (spanischer Verfasser hochgestochener Märchen und mystisch-allegorischer Anekdoten, hochgeschätzt von zeitknappen Thesenschreibern) als auch den eines obszönen antiken Arabers, Deuters anagrammatischer Träume, Ben Sirine, dergestalt transliteriert von Captain de Roux, und zwar laut Burton in seiner Adaption von Nefzawis Abhandlung über die beste Methode, sich mit fettleibigen oder buckligen Weibern zu paaren (*The Perfumed Garden*, Panthers edition, S. 187, ein Exemplar, das der dreiundneunzigjährige Baron Van Veen von seinem zotigen Arzt Professor Lagosse erhielt). Seine Kritik schloß wie folgt: «Falls Mr. Voltemand (oder Voltimand oder Mandalatov) ein Psychiater ist, was ich mir vorstellen könnte, bedaure ich seine Patienten und bewundere seine Begabung.»

Gwen, ein fettes kleines *fille de joie* (aus Neigung, wenn schon nicht von Berufs wegen), verpfiff, als sie in die Enge getrieben wurde, einen ihrer neuen Verehrer und gab zu, daß sie ihn gebeten hatte, den Artikel zu schreiben, weil sie Vans «schiefes kleines Lächeln» beim Anblick seines so hübsch gebundenen und trotz seiner eleganten Kassette so übel vernachlässigten Buches nicht ertragen konnte. Zudem schwor sie, daß Max nicht nur nicht wußte, wer Voltemand wirklich war, sondern auch Vans Roman gar nicht gelesen hatte. Van spielte mit dem Gedanken, Mr. Medlar zum Duell zu fordern (der, hoffte er, Degen wählen würde), im Morgengrauen, an einer abgelegenen Ecke des Parks, dessen zentrales Grün er von der Terrasse seiner Dachwohnung aus sehen konnte, wo er zweimal pro Woche mit einem französischen Trainer focht, die einzige Leibesübung, außer Reiten, die er sich noch erlaubte; doch zu seiner Überraschung – und Erleichterung (denn er schämte sich ein bißchen, sein «Romänchen» zu verteidigen, und wünschte sich nur, es zu vergessen, genau wie ein anderer, nicht verwandter Veen seinen pubertären Traum von idealen Bordellen vielleicht widerrufen hätte – wäre ihm ein längeres Leben beschieden gewesen) beantwortete Max *Muschmula* (russisch für «Mispel») Vans zaghafte schriftliche Herausforderung mit dem warmherzigen Versprechen, ihm seinen nächsten Aufsatz «Das Unkraut hemmt die Blume» (Melville & Marvell) zuzusenden.

Ein Gefühl von nutzloser Leere war alles, was Van aus jenen Kontakten mit der Literatur gewann. Schon beim Schreiben seines Buches wurde ihm schmerzlich bewußt, wie wenig er den eigenen Planeten kannte, während er doch versuchte, aus den Bröckchen, die er von gestörten Hirnen stibitzte, einen zweiten zusammenzustückeln. Er beschloß, nach Beendigung seiner medizinischen Studien in Kingston (das er geeigneter fand als das gute alte Chose) lange Reisen durch Südamerika, Afrika und Indien zu unternehmen. Als fünfzehnjähriger Junge (Eric Veens Blütezeit) hatte er mit der Leidenschaft eines Dichters die Fahrpläne der drei großen amerikanischen transkontinentalen Züge studiert, mit denen er eines Tages reisen würde – nicht allein (nun allein). Von Manhattan via Mephisto, El Paso, Meksikansk und den Panama-Chunnel erreichte der dunkelrote Neue-Welt-Express Brasilien und Witch (oder Viedma, gegründet von einem russischen Admiral). Dort teilte er sich in zwei, der östliche fuhr weiter nach Grant's Horn und der westliche kehrte durch Valparaiso und Bogota nordwärts zurück. Einen Tag um den anderen begann die sagenhafte Reise in Yukonsk, wobei ein Doppelgleis an die Atlantikküste führte, während ein anderes über Kalifornien und Mittelamerika nach Uruguay hineindonnerte. Der dunkelblaue Afrika-Express fuhr in London ab und gelangte auf drei verschiedenen Routen zum Kap, durch Nigero, Rodosia oder Ephiopia. Schließlich verband der braune Orient-Express London mit Ceylon und Sydney, via Türkei und mehrere Chunnels. Wenn man einschläft, wundert man sich, warum alle Kontinente außer Europa mit einem A anfangen.

Diese drei bewundernswerten Züge führten mindestens zwei Waggons mit sich, in denen ein anspruchsvoller Reisender ein

Schlafzimmer mit Bad und Toilette sowie einen Salon mit Harfe oder Klavier mieten konnte. Die Länge der Reise variierte je nach Vans Vor-Schlaf-Stimmung, als er sich in Erics Alter die Landschaften vorstellte, die sich entlang eines bequemen, allzu bequemen Fauteuils entfalteten. Durch Regenwälder und Bergschluchten und andere faszinierende Gebiete (oh, nenne sie! Kann nicht – schlafe ein) bewegte sich das Zimmer mit nur fünfzehn Meilen die Stunde, aber durch Wüsten oder Landwirtschafts-Ödnisse erreichte es siebzig, neunundsiebzig, neunundachtzig, einhund-er-t-rank.

3

Im Frühjahr 1869 entkam David van Veen, ein wohlhabender Architekt flämischer Herkunft (und in keiner Weise verwandt mit den Veens unserer ausschweifenden Erzählung), unverletzt einem Unfall, als dem Wagen, den er von Cannes nach Calais steuerte, auf vereister Straße ein Vorderreifen platzte und er in einen geparkten Möbelwagen hineinraste; seine Tochter, die neben ihm saß, wurde auf der Stelle getötet von einem Koffer, der ihr, von hinten rübersegelnd, das Genick brach. Ihr Ehemann, ein unausgeglichener, erfolgloser Maler (zehn Jahre älter als sein Schwiegervater, den er beneidete und verabscheute), erschoß sich in seinem Londoner Atelier, als ihm diese Nachricht aus einem Dorf in der Normandie, das gräßlicherweise Deuil hieß, per Kabelgramm übermittelt wurde.

Die Wucht des Unglücks büßte nichts an Geschwindigkeit ein, denn auch Eric, ein Junge von fünfzehn Jahren, entging trotz all der Fürsorge und Liebe, mit der sein Großvater ihn umgab, einem grotesken Schicksal nicht: ein Schicksal, das dem seiner Mutter seltsam ähnelte.

Nachdem man ihn von Note weg in ein kleines Internat im Kanton Vaud eingewiesen und er dann einen schwindsüchtigen Sommer in den See-Alpen verbracht hatte, wurde er nach Exen-Valois geschickt, dessen kristallklare Luft zu der Zeit angeblich junge Lungen stärkte; statt dessen schleuderte ein schlimmer Wirbelwind einen Dachziegel auf ihn und zerschmetterte seinen Schädel. Zwischen den Habseligkeiten des Jungen fand David van Veen eine Reihe von Gedichten und den Entwurf eines Essays mit dem Titel «Villa Venus: ein organisierter Traum».

Um es grob zu sagen – der Junge hatte versucht, seine ersten sexuellen Qualen zu lindern, indem er sich ein Projekt vorstellte und ausmalte (was auf die Lektüre von zu vielen erotischen Werken zurückzuführen war, die in einem möblierten Haus aufgefunden wurden, welches sein Großvater in der Nähe von Vence von dem Grafen Tolstoj, einem Russen oder Polen, gekauft hatte): nämlich eine Kette von Luxuspuffs, die über «beide Hemisphären unseres kallipygischen Globus» zu errichten seine Erbschaft ihm gestatten würde. Der kleine Kerl sah die Sache als eine Art mondänen Club mit Filialen, oder, in seiner dichterischen Benennung, mit «Floramors», in der Nachbarschaft von Städten und Badeorten. Die Mitgliedschaft sollte auf Adlige beschränkt bleiben, «gutaussehend und gesund», Altersgrenze fünfzig (was man als sehr großzügig seitens des armen Kindes loben muß), die einen Jahresbeitrag von 3650 Guineen bezahlen mußten, wobei die Kosten für Blumen, Schmuck und andere galante Geschenke nicht einbezogen waren. Im Hause wohnende Ärztinnen, hübsch und jung (Typ amerikanische Sekretärin oder Zahnarzthilfe), würden zur Stelle sein, um den intimen physischen Zustand sowohl «der Liebkosenden und der Liebkosten» (eine weitere treffende Formel) als auch ihrer selbst zu überprüfen, falls sich «das Bedürfnis erhob». Eine Klausel in den Clubregeln schien anzudeuten, daß Eric, der an sich wahnsinnig heterosexuell war, einige zärtliche *Ersatz*-Fummeleien mit Schulkameraden in Note (eine notorische Vorschule in dieser Hinsicht) genossen hatte: wenigstens zwei aus der Höchstzahl von fünfzig Bewohnerinnen der Haupt-Floramors durften hübsche Knaben sein, Stirnbänder und kurze Kittel tragend, und nicht älter als vierzehn, wenn blond, und zwölf, wenn dunkelhaarig. Um jedoch einen regelrechten Zustrom «eingefleischter Päderasten» auszuschließen, konnte die Knabenliebe von dem erschöpften Gast nur beiläufig zwischen zwei Folgen von je drei im Verlauf derselben Woche besessenen Mädchen eingeschoben werden – eine etwas komische, aber nicht ungewitzte Festlegung.

Die Kandidaten für jedes Floramor mußten von einem Komitee aus Clubmitgliedern ausgewählt werden, die die jährliche Anhäufung von Eindrücken und Wünschen, wie sie von den Gästen in einem besonderen Muschel-Rosa-Buch festgehalten worden waren, in Betracht zogen. «Schönheit und Zärtlichkeit, Anmut und Gelehrigkeit» bildeten die Haupteigenschaften, die man von den Mädchen verlangte, deren Alter zwischen fünfzehn und fünfundzwanzig im Falle «schlanker nordischer Puppen» lag und zwischen zehn und zwanzig bei «rundlichen südländischen Schönen». Sie würden in «Boudoirs und Wintergärten» herumhüpfen und sich rekeln, stets nackt und zur Liebe bereit; nicht jedoch ihre Dienerinnen, attraktiv gekleidete Zofen von mehr oder weniger exotischer Herkunft, «unerreichbar für die Neigung der Mitglieder außer durch Sonder-Erlaubnis der Verwaltung». Meine Lieblingsklausel (denn ich besitze eine Photokopie von dem Schönschriftstück des armen Jungen) ist, daß jedes Mädchen während ihrer Periode per Akklamation Chefin ihres Floramors sein konnte. (Das klappte natürlich nicht, und das Komitee schloß einen Kompromiß, indem es einen gutaussehenden weiblichen Homosexuellen an die Spitze des Stabes stellte und noch einen Rausschmeißer hinzufügte, an den Eric nicht gedacht hatte.)

Exzentrizität ist des größten Kummers größtes Heilmittel. Der Großvater machte sich sofort daran, Erics Phantasiegebilde in Ziegel und Stein, Beton und Marmor, Fleisch und Freude umzusetzen. Er beschloß, bei der ersten Huri, die er für sein letztes Haus anheuerte, die erste Stichprobe zu machen und bis dahin in arbeitsamer Abstinenz zu leben.

Das muß ein rührender und prächtiger Anblick gewesen sein – der des alten, aber immer noch kräftigen Holländers mit seinem zerfurchten Reptil-Gesicht und dem weißen Haar, wie er mit Hilfe Linker Dekorateure tausendundein Floramors entwarf, die er überall in der Welt zu errichten beschlossen hatte – vielleicht sogar in der brutalen Tatarei, die seiner Meinung nach von «amerikanisierten Juden» regiert wurde, doch wiederum «wog Kunst die Politik auf» – höchst originelle Meinungen, die wir einem liebenswerten alten Kauz verzeihen müssen. Er fing beim bäuerlichen England und der amerikanischen Küste an und war gerade mit einer Robert-Adam-ähnlichen Komposition beschäftigt (die von einheimischen Spaßvögeln grausam als *Madame-I'm-Adam*-Haus bezeichnet wurde), nicht weit weg von Newport, Rodos Island, errichtet in einem etwas senilen Stil, mit Marmorsäulen, die aus antiken Meeren gefischt und immer noch von etruskischen Austernschalen überkrustet waren, da erlag er, während er half, ein Propylon abzustützen, einem Herzschlag. Es war erst sein hundertstes Haus!

Sein Neffe und Erbe, ein ehrlicher, aber erstaunlich muffiger Tuchhändler aus Ruinen (irgendwo bei Zwolle, hörte ich) mit einer großen Familie und einem kleinen Geschäft, wurde nicht um die Millionen von Gulden betrogen, über deren scheinbare Verschwendung er während der letzten zehn Jahre oder so Nervenspezialisten konsultiert hatte. Alle hundert Floramors eröffneten gleichzeitig am 20. September 1875 (und durch einen köstlichen Zufall ließ auch das alte russische Wort für September, *ryuej*, das seinen «Ruin» hätte bedeuten können, den Namen der Heimatstadt des ekstatischen Hohlländers widerhallen). Mit Beginn des neuen Jahrhunderts flossen die Venus-Einkünfte nur so herein (ihr letzter Erguß, das ist allerdings wahr). Ein geschwätziges Boulevardblatt berichtete um 1890, daß «Velour» Veen aus Dankbarkeit und Neugier einmal – und nur dies eine Mal – mit seiner ganzen Familie ins nächstgelegene Floramor reiste – und es wird ebenfalls behauptet, daß Guillaume de Monparnasse empört ein Angebot aus Hollywood zurückwies, ein Drehbuch über jenen würdigen und urkomischen Ausflug zu schreiben. Reine Gerüchte, zweifellos.

Erics Großvaters Reichweite war ausgedehnt von Dodo bis Dada, von Niedergotik bis Hochmodern. Bei seinen Paradies-Parodien erlaubte er sich sogar – nur wenige Male –, das gradlinige Chaos des Kubismus auszudrücken («abstrakte» Form in «konkretem» Beton), indem er – was so gut in Vulners Taschenbuch *Geschichte der englischen Architektur* beschrieben steht, das mir der gute Dr. Lagosse gab – solche Ultra-Utilitätskästen aus Backstein nachahmte wie die *maisons closes* von El Freud in Lubetkin, Österreich, oder die Großen-Bedürfnis-Häuser von Dudok in Friesland.

Aber im ganzen wurde das Idyllische und das Romantische

von ihm bevorzugt. Englische Herren von Geschlecht fanden reichlich Vergnügung in Letchworth Lodge, einem ehrlichen Landhaus, das bis hinauf zu seinen Butzenfenstern mörtelverputzt war, oder Itchenor Chat mit seinen zerbeulten Kamingirlanden (Bilderlexikon!) und Walmgiebeln. Niemand konnte umhin, David van Veens Kunstgriff zu bewundern, wie er einem funkelnagelneuen Regency-Haus das Aussehen eines renovierten Bauernhauses verlieh oder wie er auf einer Küsten-Insel ein Konvertiertes Konvikt von solch wunderbarer Wirkung schuf, daß man die Arabeske nicht von einem Arbutus unterscheiden konnte, nicht die Brunst von der Kunst, nicht *la rose et le sore.* Wir werden immer an Little Lemantry bei Rantchester denken oder an die Pseudotherme in der hübschen Sackgasse seitlich des Viadukts vom fabelhaften Palermontovia. Wir schätzten es hoch, wie er einheimisch Alltägliches (dieses *château* umringt von Kastanien, jenes *castello* bewacht von Zypressen) im Innern mit Ornamenten verblendete, damit all die Orgien anstachelnd, wie sie von den Deckenspiegeln aus Klein Erics Erogenetik reflektiert wurden. Höchst wirkungsvoll in funktioneller Hinsicht war der Schutz, den der Architekt aus der Anlage seiner Häuser, sozusagen, gewann. Ob in abgelegene Waldtäler gekuschelt oder von vielen Hektar Park umgeben oder über Terrassen von Gehölzen und Gärten gelegen, immer begann der Zugang zu Venus mit einer Privatstraße und setzte sich fort durch ein Labyrinth von Hecken und Mauern mit unauffälligen Türen, zu denen nur Gäste und Wachen Schlüssel hatten. Geschickt verteilte Scheinwerfer folgten der Wanderung maskierter und verhüllter Granden durch dunkle Irrgärten und Laubengänge; denn eine der Bedingungen, die Eric sich ausgedacht hatte, lautete, daß «jedes Etablissement erst bei Einbruch der Dunkelheit öffnen und bei Sonnenaufgang schließen sollte». Ein Glockensystem, von Eric vielleicht ganz ohne Hilfe ersonnen (in Wahrheit war es so alt wie die *bautta* und die *vyschibala*), bewahrte Besucher davor, sich an Ort und Stelle in die Arme zu laufen, so daß, gleichgültig, wie viele Adlige in irgendeinem Teil des Floramors auch harrten oder hurten, sich jeder einzelne wie der Hahn im Korb fühlte, denn der Rausschmeißer, ein stiller und höflicher Mensch, eher wie ein Etagen-Chef in Manhattan, zählte natürlich nicht: Man sah ihn manchmal, wenn jemandes Beglaubigungsschreiben oder

Glaubwürdigkeit einen Haken hatte, aber er war nur selten gezwungen, brutale Gewalt anzuwenden oder Hilfe herbeizuholen.

Laut Erics Plan waren adlige Ältesten-Räte für die Musterung der Mädchen verantwortlich. Sorgfältig gepflegte Finger- und Zehenglieder, gute Zähne, eine makellose Haut, ungefärbtes Haar, tadellose Popos und Brüste und die aufrichtige Kraft für gierigen Geschlechtsgenuß waren die absoluten Voraussetzungen, die von den Ältesten wie auch zuvor von Eric gefordert wurden. Intactas wurden nur bei sehr zarter Jugend geduldet. Andererseits konnte keine Frau, die je (selbst wenn es in ihrer eigenen Kindheit gewesen war) ein Kind geboren hatte, angenommen werden, ganz gleich, wie frei sie von Mamillen-Makeln war.

Eine Spezifikation ihres gesellschaftlichen Ranges gab es nicht, aber die Komitees neigten dazu, anfänglich und theoretisch, Mädchen mehr oder minder adliger Herkunft anzuwerben. Töchter von Künstlern wurden im allgemeinen denen von Kunsthandwerkern vorgezogen. Unerwartet viele Mädchen erwiesen sich als Kinder grämlicher Grafen in schlotternden Schlössern oder bankrotter Baronessen in schofligen Hotels. Auf einer Liste von ungefähr zweitausend Frauen, die am 1. Januar 1890 (das hervorragendste Jahr in den Annalen von Villa Venus) in sämtlichen Floramors arbeiteten, zählte ich genau zweiundzwanzig, die direkt von den königlichen Familien Europas abstammten, aber mindestens ein Viertel aller Mädchen gehörte plebejischen Schichten an. Dank einem hübschen Geschüttel im genetischen Kaleidoskop oder schlichtem Poker-Glück oder aus gar keinem Grunde waren die Töchter von Heimarbeitern, Hausierern und Handwerkern nicht selten stilvoller als ihre Mittlere-Mittel-Klasse- oder Obere-Ober-Klasse-Schwestern, ein bemerkenswerter Punkt, der meine nicht-adligen Leser nicht weniger erfreuen wird als die Tatsache, daß die Dienst-Mädchen «unter» den Orientalischen Schönen (die bei verschiedenen Ritualen mit Silberschalen, bestickten Handtüchern und blindem Lächeln dem Kunden und seinen Klemmen assistierten) nicht selten aus heraldisch fürstlichen Höhen herabgestiegen waren.

Demons Vater (und sehr bald auch Demon selber) und Lord Erminin und ein Mr. Ritcov und Graf Peter de Prey und Mire de Mire, Esq., und Baron Azzuroscudo waren alle Mitglieder des ersten Venus-Clubrats; aber es waren die Besuche des schüchternen, beleibten Mr. Ritcov mit der großen Nase, wodurch die Mädchen wirklich erregt und die Nachbarschaft bewegt wurden mit pflichteifrigen Detektiven, welche Heckenstutzer, Stallknechte, Pferde, große Milchmädchen, neue Statuen, alte Trinker und dergleichen mehr verkörperten, während Seine Majestät in einem Sessel, der speziell für seinen Leib und seine Launen gebaut war, mit diesem oder jenem süßen Untertan des Königreiches herumschäkerte, weiß, schwarz oder braun.

Weil gerade dasjenige Floramor, dem mein erster Besuch galt, als ich (kurz vor meinem zweiten Sommer mit Ada in den Bäumen von Ardis) Mitglied des Villa Venus-Clubs wurde, heute nach vielem Auf und Ab das bezaubernde Landhaus eines von mir hochverehrten Edelmanns aus Chose und seiner bezaubernden Familie ist (eine bezaubernde Frau und bezaubernde zwölfjährige Drillingsschwestern, Ala, Lolà und Lalage – besonders Lalage), kann ich es nicht namentlich nennen – obwohl meine liebste Leserin darauf besteht, daß ich es irgendwann vorher bereits erwähnt *habe*.

Ich habe seit meinem sechzehnten Lebensjahr Bordelle frequentiert, aber obwohl einige der besseren, besonders in Frankreich und Irland, mit einem dreifachen roten Stern in Nuggs Reiseführer ausgezeichnet waren, signalisierte nichts an ihnen Luxus und *molesse* meiner ersten Villa Venus. Es war der Unterschied zwischen Bude und Boudoir.

Drei ägyptische Squaws, stets pflichtbewußt das Profil zeigend (längliche Ebenholz-Augen, wonnige Stupsnase, geflochtene schwarze Haarpracht, honighelles Pharaonengewand, schlanke bernsteinbraune Arme, afrikanische Schmuckreifen, schmalzkringelgroßer Ohrring aus Gold, von einer Mähnen-Strähne zweigeteilt, indianisches Stirnband, gemusterter Schürzenlatz), die Eric Veen liebevoll einer in Deutschland gedruckten Reproduktion (*Künstlerpostkarte* Nr. 6034, sagt der zynische Dr. Lagosse) eines thebanischen Freskos entlehnt hatte (für 1420 v. Chr. zweifellos recht alltäglich), bereiteten mit Mitteln, die der verblichene Eric als «exquisite Manipulationen gewisser Nerven, deren Lage und Macht nur sehr wenigen antiken Sexologen bekannt waren», umschrieb, begleitet von dem nicht weniger exquisiten

Auftragen gewisser Salben, derer die Pornosaga von Erics Orientalia nur undeutlich Erwähnung tat, mich darauf vor, eine ängstliche kleine Jungfrau zu empfangen, Nachfahrin eines irischen Königs, wie Eric in seinem letzten Traum in Ex, Schweiz, von einem Meister eher der Bestattungs- denn der Begattungs-Zeremonien erfuhr.

Diese Vorbereitungen gingen in solch ununterbrochenen, unerträglich köstlichen Rhythmen vonstatten, daß der im Schlafe sterbende Eric und der voller unanständigen Lebens auf einer Rokoko-Couch (drei Meilen südlich von Bedford) bebende Van sich nicht vorstellen konnten, wie diese drei jungen Damen, jetzt plötzlich aller Kleider ledig (ein wohlbekannter oneirotischer Trick), es vermochten, ein Vorspiel derart in die Länge zu ziehen, daß es einen so lange genau am Rand der Erlösung hielt. Ich lag auf dem Rücken und fühlte mich doppelt so groß wie je sonst (seniler Unsinn, weiß die Wissenschaft!), als endlich sechs sanfte Hände versuchten, es *la gosse*, der zitternden Adada, auf dem wüsten Werkzeug bequem zu machen. Dummes Mitleid – ein Gefühl, das ich selten verspüre – brachte meine Begierde zum Erschlaffen, und ich ließ das Mädchen zu einer Schleckerei mit Pfirsichtörtchen und Schlagsahne fortbringen. Die Ägyptianerinnen blickten bestürzt, warfen sich aber sehr bald wieder in die Brust. Ich zitierte alle zwanzig Holden des Hauses (auch den Liebling mit den süßen Lippen und dem glänzenden Kinn) vor meine wiederauferstandene Gegenwart. Nach beträchtlicher Prüfung, nach vielem Geschmeichel über Hüften und Hälse wählte ich ein goldenes Gretchen, eine blasse Andalusierin und eine schwarze Schöne aus New Orleans. Die Dienerinnen stürzten sich wie Pardelkatzen auf sie, und nachdem sie sie nicht ohne lesbische Lust gesalbt hatten, überließen sie mir die drei ziemlich melancholischen Grazien. Das Handtuch zum Abreiben des Schweißes, der mein Gesicht bedeckte und mir in die Augen stach, hätte reiner sein können. Ich erhob meine Stimme, ich ließ das widerspenstige, verfluchte Fenster weit aufreißen. Ein Lastwagen war im Morast einer verbotenen und unvollendeten Straße steckengeblieben, und sein Ächzen und Rackern zerstreuten den bizarren Trübsinn. Nur eines der Mädchen traf mir mitten ins Herz, ich aber ging sie alle drei durch, grimmig und mit Muße, «das Reittier in Strommitte wechselnd» (Erics Ratschlag), bevor ich jedesmal im Griff der feurigen Ardillusianerin endete, die zum Abschied nach einer letzten Zuckung sagte (obwohl nicht-erotisches Geplauder gegen die Regeln verstieß), daß ihr Vater das Schwimmbad auf dem Besitz von Demon Veens Vetter entworfen hätte.

Es war jetzt alles vorbei. Der Laster war fort oder versackt, und Eric war ein Skelett in der teuersten Ecke des Ex-Friedhofs («Aber schließlich sind alle Friedhöfe ex», bemerkte ein heiterer, protestantischer Priester) zwischen einem anonymen Alpinisten und meinem totgeborenen Doppelgänger.

Cherry, der einzige Knabe in unserem nächsten (amerikanischen) Floramor, ein kleiner elf- oder zwölfjähriger Junge aus Shropshire, sah mit seinen Kupferlocken, verträumten Augen und elfenhaften Wangenknochen so vergnüglich aus, daß zwei außergewöhnlich lüsterne Kurtisanen, die Van unterhielten, ihn eines Abends dazu bewegten, doch den Jungen auszuprobieren. Indessen, ihre gemeinsamen Bemühungen, den hübschen Lustknaben zu erwecken, schlugen fehl, da jener wegen zu vieler Verpflichtungen in letzter Zeit erschöpft war. Seine mädchenhafte Kruppe erwies sich als traurig entstellt von buntschillernden Abdrücken bestialischen Einkrallens und Fleischkneifens; aber das allerschlimmste war, daß der kleine Kerl einen Zustand akuter Verdauungsstörung nicht verbergen konnte, gekennzeichnet durch unappetitliche dysenterische Symptome, die den Schaft seines Liebhabers mit Senf und Blut überzogen und zweifellos das Ergebnis vom Genuß zu vieler grüner Äpfel waren. Am Schluß mußte er wohl umgebracht oder fortgegeben werden.

Allgemein gesprochen mußte der Hereinnahme von Jungen ein Ende gesetzt werden. Ein famoses französisches Floramor war niemals mehr, was es gewesen war, als der Earl of Langburn entdeckte, wie sein entführter Sohn, ein grünäugiges, fragiles Faunlein, von einem Tierarzt untersucht wurde, den der Earl aus Versehen tot schoß.

1905 ereilte die Villa Venus ein flüchtiger Schicksalsschlag aus einer anderen Ecke. Die Persönlichkeit, die wir Ritcov oder Vrotic genannt haben, war von den Leiden des Alters veranlaßt worden, ihre Schirmherrschaft zurückzuziehen. Eines Abends jedoch tauchte er plötzlich auf, wieder so rosig aussehend wie die sprichwörtliche Geige; aber nachdem die ganze Besatzung seines

Lieblings-Floramors in der Nähe von Bath ihn vergeblich bearbeitet hatte, bis ein ironischer Hesperus in einem langweiligen Milchmanns-Himmel aufstieg, bat der unglückselige Herrscher über die eine Hälfte des Erdballs um das Rosa-Muschel-Buch, schrieb eine Zeile hinein, die Seneca einst erdacht:

subsidunt montes et juga celsa ruunt

– und zog weinend von hinnen. Etwa um die gleiche Zeit erdrosselte eine ehrbare Lesbierin, Leiterin einer Villa Venus in Souvenir, dem schönen Badeort in Missouri, mit ihren eigenen Händen (sie war russische Gewichtheberin gewesen) zwei ihrer schönsten und wertvollsten Schützlinge. Es war alles ziemlich traurig.

Der Verfall des Clubs ging mit erstaunlicher Geschwindigkeit über mehrere unverbundene Linien vor sich. Mädchen mit makellosem Stammbaum wurden plötzlich von der Polizei gesucht als die «Bräute» von Gangstern mit grotesken Kinnläden, oder sie waren gar selbst kriminell. Korrupte Ärzte ließen verblaßte Blondinen passieren, die ein halbes Dutzend Kinder hatten, von denen manche schon ihrerseits auf den Eintritt in entfernte Floramors vorbereitet wurden. Geniale Kosmetiker restaurierten vierzig Jahre alte Matronen so, daß sie wie Schulmädchen auf ihrem ersten Ball aussahen und rochen. Hochwohlgeborene Herren, Beamte von strahlender Integrität, sanft-sinnende Gelehrte erwiesen sich als so brutale Beischläfer, daß einige ihrer jüngeren Opfer stationär behandelt und dann in gewöhnliche Freudenhäuser gebracht werden mußten. Die anonymen Beschützer der Kurtisanen kauften ärztliche Aufseher, und der Radscha von Cachou (ein Hochstapler) steckte sich bei einer (genuinen) Groß-Großnichte der Kaiserin Joséphine mit einer Geschlechtskrankheit an. Gleichzeitig begannen wirtschaftliche Katastrophen (jenseits des finanziellen und philosophischen Horizonts vom unverwundbaren Van und Demon, jedoch viele Leute ihrer Schicht treffend) die ästhetischen Werte der Villa Venus einzuschränken. Widerliche Zuhälter mit unterwürfigem Grinsen, das die Lücken zwischen ihren braungelben Zähnen enthüllte, sprangen mit bebilderten Druckschriften hinter Rosenbüschen hervor, es gab Feuersbrünste und Erdbeben, und ganz plötzlich war von den ursprünglich hundert Palästen nur noch ein Dutzend übrig, und sogar diese sanken bald auf das Niveau stagnierender Stundenhäuser zurück, und mit dem Jahre 1910 mußten alle Toten des englischen Friedhofs von Ex in ein gemeinsames Grab umgebettet werden.

Van bereute niemals seinen letzten Besuch einer letzten Villa Venus. Eine blumenkohlige Kerze brannte schmierig auseinanderfließend in ihrer Blechdose auf dem Fenstersims neben dem gitarrenförmigen, in Papier gewickelten Strauß langstieliger Rosen, für die niemand eine Vase hatte finden können oder wollen. Auf einem Bett etwas abseits lag eine schwangere Frau, rauchend und dem Rauch nachblickend, dessen Spiralen sich mit den Schatten an der Decke vermischten, ihr eines Knie hochgezogen, die eine Hand verträumt in der braunen Leistengegend kratzend. Weit hinter ihr führte eine offenstehende Tür auf eine mondüberglänzte Galerie, wie es schien, in Wahrheit aber war es eine verlassene, halb zerstörte weite Empfangshalle mit einer zerborstenen Außenwand, mit Zickzack-Rissen im Fußboden und dem schwarzen Gespenst eines gähnenden Flügels, der wie von selbst mitten in der Nacht spukhafte Glissandos von sich gab. Durch einen großen Spalt in der marmorierten Mauer aus Stein und Stuck donnerte das nackte Meer eintönig heran, zog eintönig seine Platte mit Kieseln zurück, nicht sichtbar zwar, aber hörbar als atmender Raum, abgetrennt von der Zeit, und zusammen mit den bröckelnden Geräuschen drangen träge Böen warmen Windes in die wandlosen Räume und zerpflückten die Schattenspiralen über der Frau und eine Staubflocke, die auf ihren blassen Bauch herniedergeschwebt war, und sogar das Spiegelbild der Kerze in einer zerbrochenen Scheibe des bläulichen Fensters. Darunter, auf einer groben Couch, die im Kreuz kitzelte, ruhte Van, nachdenklich schmollend, nachdenklich den hübschen Kopf auf seiner Brust liebkosend, überflutet von dem schwarzen Haar einer sehr viel jüngeren Schwester oder Cousine der unglücklichen Florinda auf dem zerwühlten Bett. Die Augen des Kindes waren geschlossen, und wann immer er ihre feuchten, gewölbten Lider küßte, änderte sich die rhythmische Bewegung ihrer blinden Brüste oder hörte ganz auf und setzte dann wieder ein.

Er war durstig, doch der Champagner, den er mit den sanft raschelnden Rosen mitgebracht hatte, blieb verschlossen, und er hatte nicht das Herz, den seidigen lieben Kopf von seiner Brust beiseite zu schieben, um an der explosiven Flasche hantieren zu können. Er hatte sie in den letzten zehn Tagen viele Male gestreichelt und gestoßen, war sich aber nicht sicher, ob sie wirklich Adora hieß, wie jeder behauptete – sie und das andere Mädchen und ein drittes (eine Dienerin, Prinzessin Kachurin), die in dem ausgeblichenen Badeanzug zur Welt gekommen zu sein schien, den sie nie wechselte und worin sie zweifellos sterben würde, noch ehe sie die Volljährigkeit oder den ersten wirklich kalten Winter erreicht hätte auf ihrer Luftmatratze, auf der sie jetzt in ihrem Drogennebel stöhnte. Und wenn das Kind wirklich Adora hieß, was war sie dann? – nicht rumänisch, nicht dalmatinisch, nicht sizilianisch, nicht irisch, obwohl ein Echo irischer Aussprache in ihrem gebrochenen, aber nicht allzu fremden Englisch feststellbar war. War sie elf oder vierzehn, vielleicht fast fünfzehn? War dies wirklich ihr Geburtstag – dieser einundzwanzigste Juli neunzehnhundertvier oder -acht oder gar etliche Jahre später auf einer felsigen Mittelmeer-Halbinsel?

Eine ganz ferne Kirchturm-Uhr, die außer zur Nacht nie zu hören war, schlug zweimal und fügte ein Viertel hinzu.

«*Smorchiama la secandela*», murmelte die Bordellmutter auf dem Bett in dem einheimischen Dialekt, den Van besser als italienisch verstand. Das Kind in seinen Armen bewegte sich, und er legte seinen Frackmantel über sie. In der fettdünstenden Dunkelheit legte sich ein mattes Muster von Mondlicht auf den Steinfußboden, neben seine für immer abgezogene Halbmaske, die dort herumlag, und seinen Fuß im lackledernen Pumps. Es war nicht Ardis, es war nicht die Bibliothek, es war nicht einmal ein menschlicher Raum, sondern nur die verwahrloste Nische, in der der Rausschmeißer geschlafen hatte, bevor er zu seinem Rugby-Training an einer Public School irgendwo in England zurückkehrte. Der Flügel in der ansonsten kahlen Halle schien ganz von selbst zu spielen, aber in Wirklichkeit berutschten ihn Ratten auf der Jagd nach dem reichhaltigen Abfall, den die Magd dort ausgeschüttet hatte, weil sie gern ein bißchen Musik hörte, wenn ihr krebsverseuchter Bauch sie noch vor Morgengrauen mit seinem ersten vertrauten Stich hochholte. Die verfallene Villa hatte mit Erics «organisiertem Traum» keinerlei Ähnlichkeit mehr, doch das weiche kleine Wesen in Vans verzweifelter Umarmung war Ada.

4

Was sind Träume? Eine willkürliche Folge von Szenen, die trivial oder tragisch, reisend oder rastend, phantastisch oder vertraut mehr oder weniger glaubhafte Ereignisse darstellen, aus grotesken Details zusammengeflickt sind, und Tote auf neuen Schauplätzen von neuem agieren lassen.

Wenn ich die mehr oder weniger denkwürdigen Träume, die ich während der letzten neun Jahrzehnte hatte, noch einmal betrachte, kann ich sie ihrer Thematik nach in mehrere Kategorien einteilen, worunter zwei die anderen in typologischer Eigenart übertreffen. Es sind die beruflichen und es sind die erotischen Träume. In meinen Zwanzigern kamen die ersten so häufig wie die zweiten vor, und beide hatten ihre einleitenden Gegenstücke, Stunden der Schlaflosigkeit, bedingt entweder durch die Überschwemmung von zehn Stunden beruflicher Arbeit oder durch die Erinnerung an Ardis, die ein Stachel im Ablauf meines Tages bis zum Verrücktwerden wiedererweckt hatte. Nach der Arbeit kämpfte ich gegen die Macht des Gehirnapparats: der Strom des Ersinnens, die Stärke des Satzes, der danach verlangte, gebildet zu werden, waren nicht, für Stunden der Dunkelheit und des Unbehagens, zu drosseln, und selbst wenn ein Ergebnis erzielt worden war, so brauste hinter der Wand die Strömung immer noch und immer noch weiter, sogar dann, wenn ich mein Gehirn durch einen Akt der Selbsthypnose (purer Wille oder Pille halfen nicht länger) in ein anderes Bild, eine andere Meditation einschloß – aber nicht Ardis, nicht Ada, denn das hätte bedeutet, in einem Wasserfall noch schlimmeren Wachseins zu ertrinken, mit Rage und Reue, Verlangen und Verzweiflung, die mich in einen Abgrund schleuderten, wo die schiere körperliche Entkräftung mich endlich mit Schlaf betäubte.

Zum Beispiel konnte ich in den beruflichen Träumen, die mich besonders verfolgten, als ich an meinem ersten Roman arbeitete und unterwürfig eine sehr fragile Muse anflehte («kniend und die Hände ringend», wie der grauhosige Marmlad vor seiner Marmlady bei Dickens), zusehen, wie ich Fahnenabzüge korrigierte, daß aber irgendwie (das große «Irgendwie» der Träume!) das Buch bereits herausgekommen, buchstäblich herausgekommen war, indem es mir von einer menschlichen Hand aus dem Papierkorb heraus angeboten wurde, in einem perfekten und gräßlich im-perfekten Stadium – mit einem Druckfehler auf jeder Seite, wie beispielsweise das hinterhältige «Folter» statt «Falter» und das bedeutungslose «nuklear» statt «unklare». Oder ich eilte zu einer Vorlesung, die ich zu halten hatte – fühlte mich gereizt durch den Anblick des Verkehrs und der Leute, die mir den Weg versperrten, und stellte dann mit plötzlicher Erleichterung fest, daß ich bloß den Ausdruck «verstopfte Straßen» in meinem Manuskript durchzustreichen brauchte. Was ich als «himmeltürmende» (nicht «himmelstürmende», wie zwei Drittel der Kommilitonen sicherlich notieren werden) Träume kennzeichnen könnte, gehört zu einer Unterabteilung meiner beruflichen Visionen oder stellt vielleicht ein Vorwort für diese dar, denn es geschah am Anfang meiner Pubertät, daß kaum eine Nacht verstrich, ohne daß irgendein Eindruck aus altem oder neuem Wachsein eine weiche, tiefe Verbindung zu meinem noch sprachlosen Genie herstellte (denn wir sind «Van», was sich mit «one» reimt und es in der Tat bedeutet – in Marinas weh-loser, tiefvokaliger russischer Aussprache). Das Vorhandensein oder Versprechen von Kunst in jener Art von Traum pflegte im Bild eines bedeckten Himmels zu erscheinen – eines Himmels mit mannigfaltigem Wolkenfutter, ein regloses, doch hoffnungsvolles Weiß, ein hoffnungsloses, doch gleitendes Grau, das Anzeichen artistischer Klärung vorwies, und schon wuchs der Schimmer einer fahlen Sonne durch die schwächere Schicht, nur um von Wolkenfetzen wieder verhüllt zu werden, denn ich war noch nicht bereit.

Verbündet mit den professionellen und beruflichen Träumen sind «ver-dunkel-dammte» Visionen: unheilvolle Alpdrücke, Thalamus-Kalamitäten, bedrohliche Rätsel. Nicht selten ist die Drohung wohlverborgen, und es erweist sich, daß der harmlose Hergang, falls notiert und später nachgelesen, jene Art von vorausahnendem Vorgeschmack hatte, den Dunne mit der Wirkweise der «umgekehrten Erinnerung» erklärt hat; aber im Augenblick werde ich mich nicht weiter über das unheimliche Element auslassen, das den Träumen eignet – nicht über die Anmerkung hinaus, daß irgendein Gesetz der Logik die Anzahl von möglichen Zufällen auf einem abgesteckten Gebiet festsetzen sollte, wonach sie aufhören, Zufälle zu sein, und statt dessen den lebendigen Organismus einer neuen Wahrheit bilden («Sagt mir doch», fragt Osbergs kleine Zigeunerin die Mohren El Motela und Ramera, «was genau ist das Minimum an Haaren auf einem Körper, das einem erlaubt, ihn ‹behaart› zu nennen?»).

Zwischen das Ver-dunkel-dammte und das Beißend-Sinnliche würde ich das «Überblenden» erotischer Zärtlichkeit und herzzerreißenden Zaubers setzen, zufällige *frôlements* namenloser Mädchen auf nebelhaften Parties, Halb-Lächeln von Anziehung oder Unterwerfung – die Vorläufer oder Echos von tödlichen Träumen der Reue, wenn Reihen zurückweichender Adas mit stummem Vorwurf verblaßten; und Tränen, noch heißer als die im Wachsein vergossenen, schüttelten und verbrühten den armen Van und geisterten bei verqueren Anlässen noch Tage und Wochen durch seine Erinnerung.

Es ist peinlich, Vans sexuelle Träume in einer Familienchronik zu beschreiben, die die ganz Jungen vielleicht nach dem Tode eines ganz alten Mannes lesen werden. Zwei Beispiele, mehr oder weniger beschönigend geschildert, sollten genügen. In einem verzwickten Arrangement aus thematischen Erinnerungen und automatischen Phantasmen erscheint Aqua, Marina verkörpernd, oder Marina, als Aqua zurechtgeschminkt, um Van die freudige Mitteilung zu machen, daß Ada gerade von einem Mädchen entbunden hatte, das von Van auf harter Gartenbank alsbald körperlich erkannt wird, während sein Vater oder seine befrackte Mutter unter einer nahebei stehenden Kiefer transatlantisch nach einem Krankenwagen zu telephonieren versucht, der sofort aus Vence kommen soll. Ein anderer Traum, der in seiner nicht erwähnenswerten Grundform seit 1888 bis weit in dieses Jahrhundert herein immer wieder auftauchte, enthielt eine im wesentlichen dreifache und in gewisser Weise tribadische Idee. Die arge Ada und die lüsterne Lucette hatten einen reifen, sehr reifen Maiskolben gefunden. Ada hielt ihn mit beiden Händen, als wäre er eine Querflöte, und nun *war* er eine Flöte, und sie fuhr mit geöffneten Lippen darüber hin, den Schaft lackierend, und während sie ihn trillern und stöhnen ließ, sog Lucettes Mund seine Spitze ein. Die lebhaften, lieblichen jungen Gesichter der beiden Schwestern waren nun nahe beieinander, schmerzlich und schmachtend bei ihrem langsamen, fast trägen Spiel, wobei ihre

Zungen funkensprühend zusammenstießen und wieder zurückringelten, ihre zerzausten Haare, bronze-rot und bronzeschwarz, sich entzückend vermengten, und steil reckten sich ihre glatten Hinterbacken empor, als sie ihren Durst an der Lache seines Blutes löschten.

Ich habe hier ein paar Notizen zum allgemeinen Charakter von Träumen. Ein verwirrendes Kennzeichen ist die Vielzahl von völlig Fremden mit klaren Gesichtszügen, die, ohne daß ich sie je wiedergesehen habe, mich begleiten, treffen, willkommenheißen, mich mit langen, nüchternen Geschichten über andere Fremde anöden – all das an mir vertrauten Plätzen und inmitten von Menschen, toten oder lebenden, die ich gut kenne; oder die seltsamen Tricks eines Agenten von Chronos – ein über-genaues Uhrzeit-Bewußtsein mit all den Ängsten (möglicherweise die Ängste einer vollen Blase, in Verkleidung), irgendwo nicht mehr rechtzeitig anzukommen, und dann dieser Uhrzeiger vor mir, numerisch bedeutungsvoll, mechanisch plausibel, aber insgesamt – und das ist das Seltsame – ein äußerst verschwommenes, kaum vorhandenes Zeit-Verstreich-Gefühl (dieses Thema möchte ich ebenfalls für ein späteres Kapitel reservieren). Alle Träume sind sowohl von den Erfahrungen und Eindrücken der Gegenwart als auch von Erinnerungen aus der Kindheit beeinflußt; alle reflektieren sie in Bildern oder Empfindungen einen Luftzug, ein Licht, ein schweres Essen oder eine ernste innere Unordnung. Vielleicht sollte die typischste Eigenart so gut wie aller Träume, ob unwichtig oder unheilvoll – und dies trotz des strich- oder fleckweisen Vorhandenseins von einigermaßen logischem (innerhalb bestimmter Grenzen) Nachdenken und (häufig absurden) Bewußtsein von Ereignissen aus der Traumvergangenheit – von meinen Studenten als ein betrübliches Nachlassen der intellektuellen Fähigkeiten des Träumers begriffen werden, da er nicht wirklich schockiert ist, wenn er einem längst verstorbenen Freund in die Arme läuft. In seiner Bestform trägt der Träumer eine halbdunkle Schutzbrille; in seiner schlechtesten ist er ein Schwachkopf. Das Auditorium (1891, 1892, 1893, 1894 et cetera) möge sich sorgfältig notieren (Rascheln von Kollegheften), daß Träume auf Grund ihrer ureigensten Beschaffenheit, auf Grund jenes geistigen Mittelmaßes und Kleinbeamtentums auch nicht den Anschein von Moral oder Symbol oder Allegorie oder griechischem Mythos zu bieten vermögen, es sei denn, natürlich, der Träumer *ist* Grieche oder Mythologe. Metamorphosen in Träumen sind so verbreitet wie Metaphern in der Dichtung. Ein Schreiber, der, sagen wir mal, die Tatsache, daß die Phantasie weniger rasch als das Gedächtnis abnimmt, mit dem Blei eines Stiftes vergleicht, das sich langsamer abnutzt als das Radiergummi am Stiftende, vergleicht zwei wirklich konkrete, existierende Dinge. Soll ich das für Sie wiederholen? (Rufe «Ja! Ja!») Also, der Bleistift, den ich hier halte, ist immer noch annehmbar lang, obwohl er nun schon reichlich zu Diensten war, aber seine Gummikappe ist praktisch abradiert durch die Aktion schlechthin, die sie zu viele Male durchgeführt hat. Meine Phantasie ist immer noch stark und dienstbar, doch mein Gedächtnis wird kürzer und kürzer. Ich vergleiche jene wirkliche Erfahrung mit dem Zustand dieses wirklichen gewöhnlichen Gegenstandes. Keins von beiden ist ein Symbol des anderen. Gleichermaßen verwandelt ein Kaffeehaus-Komiker, wenn er sagt, daß ein kleiner konischer Schleckerbissen mit einer komischen Kirsche obenauf diesem oder jenem ähnele (Gekicher im Auditorium), verwandelt er ein rosa Küchlein in ein rosa Brüstchen (tosendes Gelächter) in einer Besatz-Krause oder einem krausen Satz (Stille). Beide Gegenstände sind wirklich, sie sind nicht austauschbar, nicht Zeichen für irgend etwas anderes, etwa für Walter Raleighs enthaupteten Rumpf, noch immer überragt vom Bildnis seiner Amme (ein einsames Lachen). Der Fehler nun – der lüsterne, lächerliche und vulgäre Fehler der Signy-Mondieu-Analytiker besteht darin, daß sie ein wirkliches Objekt, ein Pompon etwa oder einen Pumpen-Schwengel (den der Patient wirklich in einem Traum gesehen hat) als eine bedeutsame Abstraktion des wirklichen Objekts betrachten, als eines Schwulen Bengels Bonbon oder die eine Hälfte der Büste, wenn Sie verstehen, was ich damit meine (verstreutes Gekicher). Es kann kein Sinnbild, keine Parabel in den Halluzinationen des Dorftrottels geben oder im Traum der letzten Nacht eines jeden von uns hier in diesem Saal. Bei solchen Zufallsvisionen kann nichts – unterstreichen Sie «nichts» (kratzendes Geräusch waagerechter Striche) – so ausgelegt werden, als ob es erlaube, daß ein Medizinmann es aus sich selber entschlüsselt und daraufhin vermag, einen Geisteskranken zu heilen oder einem Killer Trost zu gewähren, indem er die Schuld auf einen zu zärtlichen, zu teuflischen oder zu gleichgültigen Elternteil schiebt – geheime Geschwüre, die der pflegliche Kurpfuscher durch kostspieliges Couch-Geschwafel zu lindern vorgibt (Lachen und Beifall).

5

Van verbrachte das Herbst-Semester 1892 an der Kingston-Universität, Mayne, wo es sowohl ein erstklassiges Irrenhaus als auch eine berühmte Terrapeutische Abteilung gab und wo er nun zu einem seiner alten Projekte zurückkehrte, das sich um die «Idee von Dimension & Demenz» drehte («Sie werden noch mit einer Alliteration auf den Lippen ‹störben›, Van», scherzte der alte Rattner, ortsansässiger genialer Pessimist, für den das Leben nur eine «Störung» in der rattnerterologischen Ordnung der Dinge war – von *nertoros,* nicht *terra*).

Van Veen (wie auch, auf seine bescheidene Weise, der Herausgeber von *Ada*) wechselte gern am Ende eines Abschnitts oder Kapitels oder gar eines Absatzes seinen Wohnsitz, er war fast fertig mit einem schwierigen Stück, das sich mit der Scheidung zwischen Zeit und dem Inhalt von Zeit beschäftigte (wie etwa die Einwirkung auf Materie, im Raum, und die Beschaffenheit des Raums an sich), und trug sich mit dem Gedanken, nach Manhattan zu ziehen (wobei diese Art von Wechsel eher eine Widerspiegelung geistiger Rotstriche als ein Zugeständnis an irgendeinen lächerlichen «Einfluß der Umgebung» war, bekräftigt von Marx *père,* dem populären Verfasser «historischer» Stücke), als ihn ein unerwarteter Dorophon-Ruf erreichte, der einen Moment lang stark auf seinen gesamten großen und kleinen Blutkreislauf einwirkte.

Niemand, nicht einmal sein Vater, wußte, daß Van kürzlich Cordulas Penthouse-Appartement zwischen Manhattans Bibliothek und dem Park gekauft hatte. Nicht nur war es der ideale Platz zum Arbeiten, mit jener Terrasse gelehrter Abgeschiedenheit, in himmlischer Leere hängend, und jener geräuschvollen, aber angenehmen Stadt, unten gegen den Fuß des unangreifbaren Felsens seines Geistes plätschernd, es war auch, modisch gesprochen, eine «Junggesellen-Kaprice», wo er sich heimlich jedes oder jedwede Mädchen ganz nach Laune halten konnte. (Eine von ihnen nannte die Wohnung «deinen Flügel *à terre*».) Aber er wohnte noch in seinen ziemlich trüben Chose-ähnlichen Zimmern in Kingston, als er einwilligte, daß Lucette ihn an jenem strahlenden Novembernachmittag besuchte.

Er hatte sie seit 1888 nicht mehr gesehen. Im Herbst 1891 hatte sie ihm aus Kalifornien in einem zehnseitigen Brief eine ausschweifende, unanständige, verrückte, beinahe wilde Liebeserklärung gesandt, die in diesen Memoiren nicht weiter erörtert werden soll [siehe jedoch ein wenig weiter hinten. Hrsg.]. Augenblicklich studierte sie Kunstgeschichte («die letzte Zuflucht der Zweitklassigen», sagte sie) im nahe gelegenen Queenstown College für Glanzvolle und *Glupovatych* («blöde») Mädchen. Als sie ihn anrief und um ein Gespräch bat (in einer neuen, dunkleren Stimme, die Adas Tonfall schmerzlich nahekam), deutete sie an, daß sie ihm eine wichtige Botschaft zu überbringen hatte. Er argwöhnte, es handele sich um eine weitere Rate ihrer unerwiderten Leidenschaft, aber er spürte zugleich, daß ihr Besuch höllische Flammen entfachen würde.

Während er, sie erwartend, die ganze Länge der braun ausgelegten Suite abschritt und wieder zurück, jetzt die prächtig geschmückten Bäume, die der Jahreszeit trotzten, durch das Nordost-Fenster am Ende des Flurs betrachtete, jetzt ins Wohnzimmer zurückging, das den Blick auf den sonnengesäumten Greencloth Court freigab, kämpfte er ständig mit Ardis und seinen Obst-Gärten und Orchideen, wappnete sich für diese Feuerprobe, fragte sich, ob er ihren Besuch nicht absagen oder seinen Diener beauftragen sollte, sein Bedauern über die Plötzlichkeit einer unvermeidlichen Abreise zu übermitteln, wußte aber die ganze Zeit, daß er es durchstehen mußte. Mit Lucette selber hatte er nur mittelbar zu schaffen: Sie bewohnte diesen oder jenen Tupfer treibenden Sonnenlichts, konnte aber nicht gänzlich mit dem übrigen sonnengesprenkelten Ardis aus den Gedanken verbannt werden. Er erinnerte sich en passant an die Süße in seinem Schoß, an ihren runden kleinen Popo, an ihre lauchgrünen

Augen, als sie sich nach ihm und der zurückweichenden Straße umsah. Beiläufig fragte er sich, ob sie dick und sommersprossig geworden oder der anmutigen Zemskij-Nymphen-Gruppe beigetreten war. Er hatte die Dielentür, die auf den Treppenabsatz führte, leicht angelehnt gelassen, aber irgendwie entging ihm der Klang ihrer hohen Absätze auf den Stufen (oder unterschied sich nicht von seinem Herzklopfen), als er mitten in seinem zwanzigsten Trott war. *«C'est l'Art, où s'abritent nos marbres: C'est Eros, la rose et le sore.»* Künste, die sich in Marmor träumen: Eros, Rose und Dorn. Bei diesen Nummern bin ich schlecht, aber selbst das Reimen ist leichter als «die Vergangenheit in stummer Prosa zu widerlegen». Wer hat das geschrieben? Voltimand oder Voltemand? Oder *Burning Swine*? Pest auf sein Anapäst! «Unsre Lieben: zur Eh' oder tot.» Unsre Leiden: noch rein oder Hur'.

Eine schwarze Bärin mit leuchtend roten Löckchen (die Sonne hatte das erste Dielenfenster erreicht) stand da und erwartete ihn. Ja, das Z-Gen hatte gewonnen. Sie war schlank und fremd. Ihre grünen Augen waren größer geworden. Mit sechzehn sah sie beträchtlich zügelloser aus, als ihre Schwester in jenem fatalen Alter erschienen war. Sie trug schwarzen Pelz und keinen Hut.

«Meine Freude!» sagte Lucette – einfach so; er hatte mehr Förmlichkeit erwartet: Alles in allem hatte er sie vorher kaum gekannt – außer als fuchsroten Embryo.

Mit schwimmenden Augen und korallenrot geblähten Nasenflügeln, während der rote Mund Zunge und Zähne in vorfühlender halboffener Schräge gefährlich freigab (zahmes Tier, das mit jener Schräge den Anschein eines sanften Bisses vermittelt), kam sie im Nebel einer einsetzenden Trance, einer sich entfaltenden Liebkosung näher – die Morgenröte, wer weiß (*sie* wußte) eines neuen Lebens für beide.

«Wangenknochen», warnte Van das junge Fräulein.

«Du ziehst *skeletiki* (kleine Skelette) vor», murmelte sie, als Van leichte Lippen (die plötzlich noch trockener als sonst geworden waren) auf den harten, heißen Backenknochen seiner Halbschwester brachte. Er konnte nicht umhin, kurz ihr Degrasse einzuatmen, ein elegantes, doch entschieden «paphisches» Parfum, und durch den Duft hindurch die Flamme ihres kleinen Larousse, wie er und die andere sagten, als sie beschlossen, sie im Badewasser gefangen zu halten. Ja, sehr nervös und duftig. Altweibersommer, viel zu schwül für Pelze. Das Kreuz des bestgepflegten Rotkopfs. Seine vier brennenden Enden. Weil man nicht (wie er's jetzt tat) das obere Kupfer streicheln kann, ohne sich sogleich das untere Füchslein und die Doppelglut vorzustellen.

«Hier wohnt er also», sagte sie, sich umsehend, sich umdrehend, während er ihr mit Staunen und Bedauern aus dem weichen, tiefen dunklen Mantel half und nebenbei dachte (er liebte Pelze): Seal (*kotik*)? Nein, Bisam (*vychucholj*). Der hilfreiche Van bewunderte ihre elegante Schlankheit, das graue Schneiderkostüm, den rauchfarbenen Chiffonschal und, als dieser fortschwebte, ihren langen weißen Hals. Leg deine Jacke ab, sagte er oder meinte er gesagt zu haben (mit ausgestreckten Händen dastehend in seinem holzkohlenschwarzen Anzug, spontane Zündung, in seiner öden Diele, in dem öden Haus, anglophil als Voltemand Hall bezeichnet, Kingston University, Herbstsemester 1892, etwa vier Uhr nachmittags).

«Ich denke, ich lege meine Jacke ab», sagte sie mit dem üblichen raschen Stirnrunzeln weiblichen Getues, das dem «Gedanken» entspricht. «Ihr habt Zentralheizung, wir Mädchen haben winzige Kamine.»

Sie warf sie ab und enthüllte eine ärmellose Rüschenbluse. Sie hob die Arme, um sich mit den Fingern durch ihre leuchtenden Locken zu fahren, und er sah die erwarteten leuchtenden Höhlen.

Van sagte: «Alle drei Fenster sind *pourtant* offen und können sich noch weiter öffnen, aber sie können's nur nach Westen, und der grüne Rasen dort unten ist der Gebetsteppich der Abendsonne, die macht diesen Raum nur noch wärmer. Schrecklich für so ein Fenster, nicht in der Lage zu sein, seine gelähmte Leibung zu wenden und zu sehen, was auf der anderen Seite des Hauses ist.»

Einmal ein Veen, immer ein Veen. Sie klickte ihre schwarzseidene Handtasche auf, fischte ein Taschentuch heraus und ging, die gähnende Tasche auf der Kante der Kommode liegen lassend, zu dem entferntesten Fenster und stand dort, und ihre zerbrechlichen Schultern bebten unerträglich.

Van sah einen langen blauen, violett-versiegelten Umschlag aus der Tasche hervorlugen.

«Lucette, nicht weinen. Das ist zu einfach.»

Sie kam zurück, ihre Nase betupfend, das kindisch feuchte Schnüffeln bändigend, immer noch auf die entscheidende Umarmung hoffend.

«Hier ist ein Schluck Cognac», sagte er. «Setz dich. Wo ist die übrige Familie?»

Sie tat das zerknüllte Taschentuch vieler alter Romanzen in ihre Tasche zurück, die jedoch unverschlossen blieb. Auch Chow-Chows haben blaue Zungen.

«Mamma weilt in ihrer privaten Samsara. Dad hat einen weiteren Schlaganfall. *Sis* besucht wieder Ardis.»

«*Sis! Cesse,* Lucette! Wir wollen keine Schlangenkinder um uns.»

«Dieses Schlangenkind weiß nicht genau, welchen Ton es bei Dr. V. V. Sekteur anschlagen soll. Du hast dich nicht ein bißchen verändert, mein blasser Liebling, außer daß du wie ein Gespenst aussiehst, das eine Rasur nötig hat – ohne deinen ‹Sommer-Glanz›.»

Und ohne ‹Sommer-Mädchen›. Er bemerkte, daß der Brief in seinem langen blauen Umschlag nun auf der Mahagoni-Kommode lag. Er stand in der Mitte des Salons und rieb sich die Stirn und traute und traute sich nicht, weil es Adas Briefpapier war.

«Möchtest du Tee?»

Sie schüttelte den Kopf. «Ich kann nicht lange bleiben. Außerdem sagtest du am Dorophon etwas über einen arbeitsreichen Tag. Man kann nicht anders, als entsetzlich beschäftigt zu sein nach vier völlig leeren Jahren.» (Wenn sie nicht aufhörte, würde er auch an zu schluchzen fangen.)

«Ja. Ich weiß nicht. Ich habe eine Verabredung um sechs herum.»

Zwei Gedanken waren in einem langsamen Tanz eingeschlossen, in einem mechanischen Menuett mit Verbeugungen und Knicksen: Der eine war «Wir-haben-uns-so-viel-zu-sagen»; der andere «Wir haben uns überhaupt nichts zu sagen». Aber dergleichen kann sich innerhalb eines Augenblicks ändern.

«Ja, ich muß um halb sieben mit Rattner sprechen», murmelte Van, indem er einen Kalender konsultierte, den er nicht sah.

«Rattner über Terra!» platzte Lucette heraus. «Van liest Rattner über Terra. Liebchen darf ihn und mich nie und nimmer stören, wenn wir Rattner lesen!»

«Ich bitte dich, meine Liebe, keine Personifizierungen. Laß uns ein vergnügliches Wiedersehen nicht in wechselseitige Folter verwandeln.»

Was machte sie in Queenston? Sie hatte es ihm schon erzählt. Ach ja. Schwaches Jahr? Nein. Fein. Von Zeit zu Zeit warfen beide schräge Blicke auf den Brief, ob er sich auch anständig benahm – nicht mit den Beinen schlenkerte, nicht in der Nase bohrte. – Ihn versiegelt zurückgeben?

«Sag Rattner», meinte sie und kippte ihren dritten Cognac einfach wie Wasser in Technicolor, «sag ihm (der Alkohol löste ihre hübsche Vipernzunge) –»

(Viper? Lucette? Mein lebloser, lieber Liebling?)

– «Sag ihm, daß, als in früheren Tagen du und Ada –»

Der Name gähnte wie ein schwarzer Torweg, dann schlug das Tor zu.

«– mich seinetwegen verließet und dann zurückkamt, ich jedesmal wußte, ihr hattet alles getan (eure Lust gelindert, euer Feuer gelöscht).»

«Man erinnert sich viel zu deutlich an solche Kleinigkeiten, Lucette. Hör, bitte, auf.»

«Man erinnert sich, Van, an diese kleinen Dinge viel deutlicher als an die großen, verhängnisvollen. Wie zum Beispiel an die Sachen, die du in irgendeinem geschenkten Augenblick trugst, in einem großzügig geschenkten Augenblick, mit der Sonne auf Stühlen und Fußboden. Ich war natürlich so gut wie nackt, als neutrales, reines, kleines Kind. Aber sie trug ein Knabenhemd und einen kurzen Rock, und alles, was du anhattest, waren jene zerknitterten, durch die Knitterfalten noch kürzeren schmutzigen Shorts, und sie rochen, wie immer, wenn du mit Ada auf Terra gewesen warst, mit Rattner auf Ada, und Ada auf Antiterra im Wald von Ardis – oh, sie stanken wahrhaftig, weißt du, deine kleinen Shorts, nach der lavendelierten Ada und ihrem Katzenfutter und nach deinem gepappten Johannisbrot!»

Mußte der Brief, er lag jetzt neben dem Cognac, all diesem lauschen? War er überhaupt von Ada (er trug keine Adresse)? Denn es war Lucettes irrer, schockierender Liebesbrief, der sprach.

«Van, du wirst darüber lächeln» [so im Mskr. Hrsg.].

«Van», sagte Lucette, «du wirst darüber lächeln» (er tat es

nicht: diese Vorhersage wird selten eingelöst), «aber wenn du die berühmte Van-Frage stelltest, ich würde im Affirmativ antworten.»

Die er der kleinen Cordula gestellt hatte. In jenem Buchladen hinter dem drehbaren Taschenbuch-Ständer, *The Gitanilla, Our Laddies, Clichy-Clichés, Six Pricks, The Bible Unabridged, Mertvago Forever, The Gitanilla* . . . Er war in der *beau monde* bekannt dafür, diese Frage gleich bei der allerersten Zusammenkunft mit einer jungen Dame zu stellen.

«Oh, du kannst sicher sein, es war nicht leicht! In geparkten Autos und auf rabaukigen Parties, da mußten Verstöße pariert, Avancen abgewehrt werden! Und erst im letzten Winter, an der italienischen Riviera, gab es einen Jüngling von vierzehn oder fünfzehn, ein furchtbar frühreifer, aber schrecklich schüchterner und neurotischer junger Geiger, der Marina an ihren Bruder erinnerte . . . Nun, fast drei Monate lang ließ ich ihn an jedem gesegneten Nachmittag mich berühren, und ich revanchierte mich, und danach konnte ich endlich ohne Pillen schlafen, aber sonst habe ich während meines ganzen Liebens – ich meine, Lebens, nicht ein einziges Mal männliches Epithel geküßt. Bitte, ich kann schwören, daß ich's nie tat, bei – bei William Shakespeare» (dramatisch eine Hand zu einem Bord mit einer Reihe dicker roter Bücher erhebend).

«Halt!» rief Van. «Das sind die *Gesammelten Werke von Falknermann*, deponiert von meinem Vorgänger.»

«Pah!« machte Lucette.

«Und bitte, gebrauch dieses Füllwort nicht.»

«Verzeih mir – oh, ich weiß ja, ich soll's nicht.»

«Natürlich weißt du's. Trotzdem bist du sehr süß. Ich freu' mich, daß du gekommen bist.»

«Ich freue mich auch», sagte sie. «Aber Van! Glaube ja nicht, ich hätte dich ‹wieder aufgespießt›, um zu wiederholen, daß ich wahnsinnig und elendig in dich verliebt bin und daß du mit mir machen kannst, was du willst. Wenn ich nicht einfach auf den Knopf gedrückt und jenen Brief in den brennenden Schlitz geschoben habe und wieder davongestürzt bin, so deshalb, weil ich dich sehen *mußte*, weil es noch etwas gibt, was du wissen mußt, auch wenn es dich Ada und mich verabscheuen und verachten läßt. Es ist scheußlich schwer zu erklären, besonders für eine

Jungfrau – strenggenommen eine Jungfrau, eine *kokottische* Jungfrau, halb *poule*, halb *puella*. Ich bin mir klar über die Privatheit des Themas, mysteriöse Angelegenheiten, die man nicht einmal mit seinem Vaginal-Bruder besprechen sollte – mysteriös nicht nur in moralischer und mystischer Hinsicht –»

Uterin – aber nah genug. Stammte sicher von Lucettes Schwester. Er kannte jene Farbe, jene Form. «Die Farbe blau, die Gestalt einer Frau» (kitschiges Lied auf der Sonorola). Blau im Gesicht wegen der Bitte u. A. w. g.

«– sondern auch in einem direkten körperlichen Sinne. Denn, liebster Van, in jenem direkten körperlichen Sinn weiß ich soviel über Ada wie du.»

«Schieß los», sagte Van matt.

«Hat sie dir nie darüber geschrieben?»

Verneinender Gurgel-Laut.

«Etwas, das wir ‹Federdrücken› nannten?»

«Wir?»

«Sie und ich.»

V. G.-L.

«Erinnerst du dich an Großmutters *scrutoir* zwischen dem Globus und dem *gueridon*? In der Bibliothek?»

«Ich weiß nicht einmal, was ein *scrutoir* ist; und von dem *gueridon* kann ich mir auch kein Bild machen.»

«Aber du erinnerst dich an den Globus?»

Die staubige Tatarei, auf der Cinderellas Finger die Stelle rieb, wo der Eindringling fallen würde.

«Ja doch; und an eine Art Nipptisch, auf dem überall goldene Drachen gemalt waren.»

«Das meinte ich mit *gueridon*. In Wahrheit war es ein chinesisches Tischchen, japanisch, rot lackiert, und das *scrutoir* stand dazwischen.»

«China oder Japan? Entscheide dich. Und ich weiß immer noch nicht, wie dein *inscrutable* aussieht. Ich meine, aussah im Jahre 1884 oder 1888.»

Scrutoir. Fast so schlimm wie die andere mit ihren Blemolopias und Molospermas.

«Van, Vanitschka, wir kommen von der Hauptsache ab. Die Sache ist, daß das Schreibpult, oder, wenn du willst, der Sekretär –»

«Ich hasse beides, aber er stand am anderen Ende des schwarzen Divans.»

Dies war die erste Erwähnung – obwohl beide ihn stillschweigend als Wegweiser gebraucht hatten oder als aufgemalte rechte Hand auf einem transparenten Aushängeschild, das ein höhlenloses Philosophen-Auge – ein geschältes hartgekochtes Ei, das zwar frei schwebt, aber durchaus fühlt, welche seiner Spitzen proximal zu einer imaginären Nase liegt – im unendlichen Raum hängen sieht; daraufhin segelt das freischwebende Auge mit germanischer Grazie um das gläserne Schild herum und sieht eine linke Hand durchschimmern – *das* ist die Lösung! (Bernard sagte sechs Uhr dreißig, aber ich darf ein bißchen zu spät kommen.) Das Geistige in Van faßte immer das Sinnliche ein: unvergeßlicher, etwas rauher, zotiger Villaviciosa-Velours.

«Van, du lenkst absichtlich vom Angelpunkt ab –»

«Das läßt ein Angelpunkt gar nicht mit sich machen.»

«– denn am anderen Ende, am *Fuß*ende des Vaniada-Divans – erinnerst du dich? – war nur der Wandschrank, in dem ihr beiden mich mindestens zehnmal eingeschlossen habt.»

«Übertreibung. Einmal – und dann *nimmer*mehr. Er hatte ein schlüsselloses Loch, so groß wie das Auge Kants. Kant war berühmt für seine gurkengrüne Iris.»

«Nun, jener Sekretär», fuhr Lucette fort, ihren linken Schuh betrachtend, ihren sehr schicken lackledernen Glass-Schuh, während sie ihre bezaubernden Beine überschlug, «jener Sekretär enthielt einen zusammengeklappten Kartentisch und eine höchst geheime Schublade. Und du dachtest, glaube ich, daß sie vollgestopft war mit den Liebesbriefen unserer Großmutter, die sie mit zwölf oder dreizehn geschrieben hatte. Und unsere Ada wußte, oh, sie wußte, daß es die Schublade gab, aber sie hatte vergessen, wie man den Orgasmus auslöst oder wie auch immer man das nennt bei Kartentischen und Schreibpulten.»

Wie auch immer man das nennt.

«Sie und ich forderten dich heraus, das geheime Sensorium zu finden und es in Gang zu bringen. Es war der Sommer, in dem Belle sich ihre Kehrseite verstaucht hatte und wir unseren eigenen Vorlieben überlassen waren, die in deinem und Adas Fall längst ihr Präfix verloren hatten, aber in meinem Fall rührend rein waren. Du fingertest herum und fühltest und faßtest nach dem kleinen Organ, das sich als ein kleines, nachgiebiges Scheibchen erwies, im Rosenholz unter dem Filz, den du filztest – ich meine, unter dem Filz, den du fühltest: es war eine filzverdeckte Daumenfeder, und Ada lachte, als die Schublade herausschoß.»

«Und sie war leer», sagte Van.

«Nicht ganz. Sie enthielt einen winzigkleinen roten Schach-Bauern in der Größe» (seine Gerstenkorn-Größe mit ihrem Finger angebend – worüber? Über Vans Handgelenk). «Ich hob ihn als Talisman auf; ich muß ihn immer noch irgendwo haben. Jedenfalls prä-emblematisierte der ganze Vorfall, um meinen Ornamentik-Professor zu zitieren, die Entsittlichung eurer armen vierzehnjährigen Lucette in Arizona. Belle war nach Canady zurückgekehrt, weil Vronskij *Die Verfluchten Kinder* entstellt hatte; ihre Nachfolgerin war mit Demon durchgebrannt; *Papa* war im Osten, *Maman* kam kaum je vor Morgengrauen zurück, die Zofen trafen ihre Liebhaber bei Sternenaufgang, und ich haßte es, allein in dem mir verordneten Eckzimmer zu schlafen, selbst dann, wenn ich die rosa Nachtlampe aus Porzellan mit dem Transparent eines verlorenen Lamms nicht löschte, weil ich Angst vor Pumas und Schlangen hatte» [möglicherweise ist dies nicht erinnerte Rede, sondern ein Auszug aus ihrem Brief oder Briefen. Hrsg.], «deren Schreie und Klappern Ada bewundernswert und, wie ich glaube, absichtlich in der Wüsten-Dunkelheit unter meinem Fenster im ersten Stock nachahmte. Nun (hier, scheint es, wird die Tonband-Rede wieder-aufgenommen), um es lang zu machen –»

Der alten Gräfin de Preys preisende Phrase für eine lahme Stute in ihren Pferdeställen, 1884, dortselbst an ihren Sohn weitergegeben, der sie an seine Freundin weitergab, die sie an ihre Halbschwester weitergab. In dieser Abfolge auf der Stelle rekonstruiert von Van, der mit zeltgleich aneinandergelegten Händen in einem roten Plüschsessel saß.

«– ich nahm mein Kopfkissen mit in Adas Schlafzimmer, wo ein ähnliches Transparent-Lampen-Ding einen blondbärtigen Schwärmer in Baderobe wiedergab, der das gefundene Lämmlein umarmte. Die Nacht war ein Backofen, und wir waren splitternackt bis auf ein Stück klebrigen Pflasters, wo ein Arzt meinen Arm gestrichen und gestochen hatte, und sie war ein Traum von weiß-schwarzer Schönheit, *pour coigner une fraise*, mit erdbeerroten Tupfern an vier Stellen, eine symmetrische Herzkönigin.»

Im nächsten Augenblick rangen sie miteinander und empfanden solch köstliches Vergnügen, daß sie wußten, sie würden es immer zusammen tun, aus hygienischen Gründen, wenn kochend und knabenlos.

«Sie lehrte mich Übungen, die ich mir niemals vorgestellt hatte», gestand Lucette mit erneutem Erstaunen. «Wir verwikkelten uns wie Schlangen und wimmerten wie Pumas. Wir waren mongolische Akrobaten, Monogramme, Anagramme, Adalucindas. Sie küßte meine Knospe, mein *krestik*, während ich ihre küßte, unsere Köpfe waren in derart merkwürdigen Kombinationen eingeklemmt, daß Brigitte, ein kleines Zimmermädchen, das mit seiner Kerze hereingestolpert kam, einen Augenblick dachte, so unartig sie selber war, wir würden zur selben Zeit Mädchen gebären, deine Ada *une rousse* und niemandes Lucette *une brune*. Stell dir das vor.»

«Zum Totlachen», sagte Van.

«Oh, so ging das praktisch jede Nacht auf Marina Ranch und oft auch während der Mittagsruhe; im übrigen waren wir zwischen diesen *vanouissements* (ihre Bezeichnung) oder wenn sie und ich den Monatsfluß hatten, den, ob du es glaubst oder nicht –»

«Ich glaube alles», sagte Van.

«– wir an übereinstimmenden Tagen hatten – waren wir ganz gewöhnliche Schwestern, tauschten Routine-Nichtigkeiten aus, hatten wenig gemeinsam, sie sammelte Kakteen oder überflog ihre Verse für das nächste Vorsprechen in Sterva, und ich las viel oder kopierte schöne erotische Bilder aus einem Album verbotener Meisterwerke, das wir, *a propos*, in einem Kasten mit Korsetts und Chrestomatien entdeckten, den Belle zurückgelassen hatte, und ich kann dir versichern, sie waren weitaus realistischer als das Schriftrollenbild des Mong Mong, dessen aktive Phase um 888 lag, ein Jahrtausend bevor Ada, als ich es zufällig in der Ecke eines meiner Hinterhalte fand, sagte, es stelle orientalische Gymnastik dar. So verging der Tag, und dann stieg der Stern empor, und gewaltige Motten spazierten auf allen sechsen die Fensterscheiben hinauf, und wir verstrickten uns ineinander, bis wir einschliefen. Und dabei erfuhr ich dann auch –» schloß Lucette, die Augen schließend und Van zum Zappeln bringend, indem sie mit teuflischer Genauigkeit Adas bescheidenes kleines Wimmern äußersten Entzückens reproduzierte.

An diesem Punkt summte, wie in einem gut gebauten Stück, das mit komischen Unterbrechungen gespickt ist, das Messing-Campophon, und nicht nur begannen die Heizungen zu glucksen, sondern es sprudelte auch vor Mitempfinden das geöffnete Sodawasser.

Van (unfreundlich): «Ich versteh das erste Wort nicht. Was ist das? *L'adorée?* Einen Moment, bitte» (an Lucette). «Bitte, bleib, wo du bist.» (Lucette flüstert ein französisches Babywort mit zwei «p»s.) «Okay» (zum Korridor zeigend). «Entschuldige, Polly. Also, ist es *l'adorée*? Nein? Nenn mir den Zusammenhang. Ah – *la durée. La durée* ist nicht ... Sie monieren was? Synonym mit Dauer. Aha. Entschuldige nochmals, ich muß diese orgiastische Sodaflasche zustöpseln. Bleib am Apparat.» (Ruft über den ‹Kory dor›, wie sie den langen Gang im zweiten Stock in Ardis nannten.) «Lucette, *laß* es überlaufen, wen stört's!»

Er goß sich ein Glas Cognac nach und konnte sich einen lächerlichen Augenblick lang nicht mehr erinnern, was zum Teufel er gerade – ach ja, das Polliphon.

Es war tot, klingelte aber, kaum daß er den Hörer zurück auf die Gabel gelegt hatte, und Lucette klopfte diskret im gleichen Moment.

«*La durée* ... Du liebe Güte, komm rein, ohne anzuklopfen ... Nein, Polly, das Anklopfen galt nicht Ihnen – es ist meine kleine Cousine. Also gut. *La durée* ist nicht synonym mit Dauer, die saturiert ist – ja, wie in Saturn – mit dem Denken jenes bestimmten Philosophen. Wo fehlt's denn jetzt? Sie wissen nicht, ob es *dorée* oder *durée* ist? D, U, R. Ich denke, Sie können Französisch. Oh, verstehe. Bis bald.

Meine Stenotypistin, eine banale, aber immer verfügbare Blondine, konnte nicht *durée* aus meiner ganz leserlichen Schrift herauslesen, sie sagt, sie kann Französisch, aber kein wissenschaftliches Französisch.»

«Eigentlich», bemerkte Lucette, den langen Briefumschlag abwischend, auf den ein Tropfen Sodawasser gefallen war, «ist Bergson nur etwas für sehr junge Leute oder sehr unglückliche Leute, wie etwa diese verfügbare *rousse*.»

«Bergson zu beflecken», sagte der Assistenz-Pofasser, «bringt eine 2 – minus *dans ton petit cas*, kaum mehr. Oder soll ich dich mit einem Kuß auf dein *krestik* – was immer das ist – belohnen?»

Grimassierend und seine Beine neu ordnend, verfluchte unser junger Vandemonianer heimlich die Kondition, in die ihn das Bild von vier schwelenden Feuern am Kreuz einer Füchsin nun kompakt versetzt hatte. Eines der Synonyme von «Kondition» ist «Zustand», und das Adjektiv «human» kann als «männlich» gedeutet werden (denn L'Humanité heißt im Englischen «Mankind»!) und genauso, meine Lieben, hat Lowden kürzlich den Titel des billigen Romans *La Condition Humaine* von dem *malheureux* Pompier übersetzt, worin, nebenbei, der Begriff «Vandemonianer» lustig als *«Koulak tasmanien d'origine hollandaise»* ausgelegt wird. Wirf sie raus, bevor es zu spät ist.

«Wenn du es ehrlich meinst», sagte Lucette, indem sie sich mit der Zunge über die Lippen fuhr und ihre dunkler werdenden Augen sich verengten, «dann kannst du es, mein Liebling, auf der Stelle tun. Aber wenn du dich über mich lustig machst, dann bist du ein scheußlich grausamer Vandemonianer.»

«Komm komm, Lucette, *krestik* heißt ‹kleines Kreuz› auf russisch, das ist alles, oder? Ist es irgendein Amulett? Du hast gerade eben einen kleinen roten Bolzen oder Bauern erwähnt. Ist es etwas, das du an einem Kettchen um den Hals trägst oder zu tragen pflegtest? Eine kleine Eichel vielleicht aus Koralle, die *glandulella* der Vestalinnen im alten Rom? Was ist los, meine Liebe?»

Ihn immer noch aus verkniffenen Lidern beobachtend, sagte sie: «Ich lasse es darauf ankommen. Ich erkläre es dir, obwohl es bloß eines von den ‹Turtel-Türmchen›-Wörtern unserer Schwester ist und ich meinte, ihr Vokabular sei dir geläufig.»

«Oh, ich weiß», rief Van (zitternd vor bösem Sarkasmus, kochend vor geheimnisvollem Zorn, seine Wut auslassend an dem rothaarigen Sündenzicklein, der naiven Lucette, deren einziges Verbrechen darin bestand, von den Phantasmagorien unzähliger Lippen der anderen überschwemmt zu sein). «Natürlich erinnere ich mich jetzt. Ein übler Fleck im Singular kann ein heiliges Zeichen im Plural sein . . . Du meinst natürlich die Stigmata zwischen den Augenbrauen von reinen, kränklich jungen Nonnen, denen Priester dort und anderswo kreuzartige Striche mit dem myrrherabolischen Pinsel übergeschmiert hatten.»

«Nein, es ist viel einfacher», sagte die geduldige Lucette. «Laß uns in die Bibliothek zurückkehren, wo du jenes kleine Ding noch immer aufrecht in seiner Schublade vorfandest –»

«Z für Zemskij. Genau wie ich hoffte, gleichst du Dolly in ihrem hübschen Höschen, die immer noch eine flämische Nelke hält, auf dem Bibliotheks-Porträt *au dessus de son inscrutable.*»

«Nein, nein», sagte Lucette, «jenes mittelmäßige Ölgemälde präsidierte über deine Studien und Balgereien, am anderen Ende, nahe dem Wandschrank, über einem verglasten Bücherbord.»

Wann endet diese Folter? Ich kann den Brief nicht gut vor ihren Augen öffnen und ihn zum Ergötzen der Zuhörerschaft laut vorlesen. Ich besitze die Kunst nicht, meine Seufzer zu messen.

«Eines Tages in der Bibliothek, als ich auf einem gelben Kissen kniete, das auf einem Chippendale-Stuhl vor einem ovalen Tisch mit Löwenklauen lag –»

[Der beiwörterreiche Tonfall deutet stark darauf hin, daß diese wörtliche Rede eine briefliche Quelle besitzt. Hrsg.]

«– blieb ich in der letzten Runde eines Flavita-Spiels mit sechs *Buchstaben* hängen. Bedenke, daß ich acht Jahre alt war und noch keine Anatomie studiert hatte, aber doch mein armes kleines Bestes tat, um mit zwei *Wunderkindern* mitzuhalten. Du prüftest und befingertest meine Versteckrille und verteiltest von neuem die zufällige Folge, die, sagen wir mal, LIKROT oder ROTIKL ergab, und Ada, über unsere Köpfe schauend, überflutete uns beide mit rabenschwarzer Seide, und als du die Neuordnung beendet hattest, kamst du und kam sie gleichzeitig, *si je puis le mettre comme ça* (Canady-Französisch), kamt ihr auf dem schwarzen Teppich in einem Ausbruch unverständlicher Fröhlichkeit zu Fall; so bildete ich schließlich stillschweigend ROTIK (‹kleiner Mund›) und blieb mit meinem eigenen billigen Anfangsbuchstaben übrig. Ich hoffe, ich habe dich gründlich durcheinandergebracht, Van, denn *la plus laide fille du monde peut donner beaucoup plus qu'elle n'a*, und nun laß uns Lebwohl sagen, für immer dein.»

«Solange die Maschine ihm zugehört», murmelte Van.

«Hamlet», sagte der begabteste Student des Assistenz-Professors.

«Okay, okay», erwiderte ihr und sein Peiniger, «aber weißt du, ein medizinisch gebildeter *englischer* Scrabble-Spieler, der es mit zwei zusätzlichen Buchstaben aufnehmen muß, könnte zum Beispiel *STIRCOIL* bilden, ein wohlbekanntes Stimulans für Schweißdrüsen, oder *CITROILS*, was Stallknechte benutzen, um weibliche Füllen abzureiben.»

«Bitte hör auf, Vandemonianer», stöhnte sie. «Lies ihren Brief und bring mir meinen Mantel.»

Aber er sprach weiter, während es in seinem Gesicht arbeitete:

«Ich bin erstaunt! Ich hätte nie gedacht, daß ein handgezogener Sproß skandinavischer Könige, russischer Großfürsten und irischer Barone die Sprache der sprichwörtlichen Gosse gebrauchen könnte. Ja, du hast recht, du benimmst dich wie eine Kokotte, Lucette.»

In trauriger Nachdenklichkeit sagte Lucette: «Wie eine abgewiesene Kokotte, Van.»

«*O moja duschenka* (O mein lieber Liebling)», rief Van, betroffen von seiner eigenen Grobheit und Grausamkeit. «Bitte, verzeih mir! Ich bin ein kranker Mann. Ich habe während dieser letzten vier Jahre an *Consanguineocanceroformia* gelitten – eine rätselhafte, von Coniglietto beschriebene Krankheit. Leg nicht deine kleine kalte Hand auf meine Tatze – das könnte nur dein Ende beschleunigen und meins. Weiter mit deiner Geschichte.»

«Nun, nachdem sie mir einfache Übungen für eine Hand beigebracht hatte, die ich allein ausführen konnte, verließ mich die grausame Ada. Sicher, wir haben nie wirklich aufgehört, es zusammen zu tun, hin und wieder – im *ranchito* von irgendwelchen Bekannten nach einer Party, in einer weißen Limousine, die sie mich fahren lehrte, im Schlafwagen, der über die Prärie raste, im sehr, sehr traurigen Ardis, wo ich eine Nacht mit ihr verbrachte, bevor ich nach Queenston kam. Oh, ich liebe ihre Hände, Van, weil sie die gleiche *rodinka* (kleines Muttermal) haben, weil die Finger so lang sind, weil sie wirklich Vans in einem Verkleinerungs-Spiegel sind, in zärtlichem Diminutiv, *v laskatelnoj forme.*» (Die Rede – wie es in gefühlvollen Momenten im Veen-Zemskij-Zweig dieser seltsamen Familie, der edelsten in Estotiland, der grandiosesten auf Antiterra, so häufig geschah – war mit Russisch durchsetzt, ein in diesem Kapitel nicht allzu konsequent reproduzierter Effekt – die Leser sind heute abend unruhig.)

«Sie verließ mich», fuhr Lucette fort, an einer Mundseite die

Zunge schnalzend und mit zerstreuter Hand ihren hautbleichen Strumpf glättend. «Ja, sie fing ein ziemlich trauriges kleines Verhältnis mit Johnny an, einem jungen Star aus Fuerteventura, *c'est dans la famille*, ihr genauer *odnoletok* (Altersgenosse), im Aussehen praktisch ihr Zwilling, dasselbe Jahr geboren, am selben Tag, im selben Augenblick –»

Das war ein Fehler seitens der dummen Lucette.

«Ah, das kann nicht sein», unterbrach der mürrische Van, und nachdem er mit geballten Fäusten und gefurchter Stirn erst diese Seite und dann jene erwogen hatte (wie gern würde man einen mit kochendem Wasser getränkten *Wattebausch*, wie der arme Rack ihr schlaffes Arpeggieren zu nennen pflegte, auf jene reife Pustel an seiner rechten Schläfe pressen), «das kann einfach nicht sein. Kein verdammter Zwilling bringt so was zustande. Nicht einmal die, die Brigitte gesehen hat, eine niedliche kleine Nummer, stell ich mir vor, wo die Kerzen-Flamme mit ihren bloßen Brustwarzen flirtet. Der übliche Altersunterschied bei Zwillingen» – mit der Stimme eines Irren, so gut beherrscht, daß sie überpedantisch klang, sprach er weiter – «ist selten geringer als eine Viertelstunde, die Zeit, die eine arbeitende Gebärmutter braucht, um auszuruhen und bei einer Frauenzeitschrift zu entspannen, bevor sie ihre ziemlich unappetitlichen Kontraktionen wieder aufnimmt. In ganz seltenen Fällen, wenn die Matrix einfach unverdrossen automatisch weitermacht, kann der Arzt das ausnutzen und den zweiten Balg herausholen, der dann als, na, drei Minuten jünger betrachtet werden kann, was bei dynastischen glücklichen Ereignissen – doppelt glücklichen Ereignissen, ganz Ägypten harrt erpicht darauf – sogar noch wichtiger als bei einem Marathon-Finish sein kann und gewesen ist. Aber die Kreaturen, nie zahlreich, kommen nie *à la queue-leu-leu* raus. ‹Gleichzeitige Zwillinge› ist ein begrifflicher Widerspruch.»

«*Nu usch ne znaju* (nun, ich weiß nicht)», brummelte Lucette (treues Echo der traurigen Intonation ihrer Mutter in diesem Satz, der scheinbar ein Eingeständnis von Irrtum und Unkenntnis enthielt, aber irgendwie – auf Grund eines kaum wahrnehmbaren, eher herablassenden als zustimmenden Kopfnickens – dazu neigte, die Wahrheit der korrigierenden Entgegnung ihres Gesprächspartners abzustumpfen und zu verwässern).

«Ich meinte nur», fuhr sie fort, «daß er ein gutaussehender hispanisch-irischer Junge war, dunkel und blaß, und die Leute hielten sie fälschlich für Zwillinge. Ich habe nicht gesagt, daß sie wirklich Zwillinge waren. Oder ‹driblets.›»

Driblets? Driplets? Drillinge? Wer sprach das so aus? Wer? Wer? Ein tröpfelnder Schafs-Tropf in einem Traum? Hatten die Waisen überlebt? Doch wir müssen Lucette zuhören.

«Nach einem Jahr oder so fand sie heraus, daß ein alter Päderast ihn aushielt, und sie entließ ihn, und er erschoß sich bei Hochwasser am Strand, aber Wellenreiter und Chirurgen retteten ihn, und nun ist sein Gehirn verletzt; er wird nie wieder sprechen können.»

«Auf Stumme kann man jederzeit zurückgreifen», sagte Van düster. «Er könnte den sprachlosen Eunuchen in ‹Stambul, mein Bulbul› spielen oder den Stalljungen, der als *kennelgirl* verkleidet einen Brief überbringt.»

«Van, ich langweile dich?»

«Ach, Unsinn, es ist eine ergreifende und Herzklopfen erregende kleine Krankengeschichte.»

Denn das war wirklich nicht schlecht: drei in genauso vielen Jahren runterzubringen – und nebenher einen vierten flügellahm zu schießen. Ganz guter Schütze – Adiana! Mal sehen, wen sie als nächsten umlegt.

«Du mußt mich nicht zu hartnäckig nach den Einzelheiten fragen, was unsere gemeinsamen feurigen und greulichen Nächte vor und zwischen jenem armen Kerl und dem nächsten Eindringling betrifft. Wären meine Haut eine Leinwand und ihre Lippen ein Pinsel, es gäbe nicht eine unbemalte Stelle an mir und umgekehrt. Bist du entsetzt, Van? Verabscheust du uns?»

«Im Gegenteil», erwiderte Van, der eine annehmbare Nachahmung obszöner Fröhlichkeit zustande brachte. «Wäre ich nicht schon ein heterosexueller Mann gewesen, dann sicher eine Lesbierin.»

Seine platte Reaktion auf ihr Bravour-Stück, auf ihre verzweifelte List veranlaßte Lucette, aufzugeben, steckenzubleiben, sozusagen, vor einem schwarzen Parkett, wo hier und dort in dem unsichtbaren und ewigen Publikum ein paar Leute unheilvoll husteten. Er schielte das hundertste Mal auf den blauen Umschlag, dessen greifbar nahe Längskante nicht ganz parallel zu der des glänzenden Mahagonis lag und dessen linke obere Ecke hinter dem Tablett mit Brandy und Soda halb verborgen war, während die rechte untere Ecke auf Vans Lieblingsroman *Das Wechsellicht* wies, der auf dem Sidebord lag.

«Ich möchte dich bald wiedersehen», sagte Van, sich auf den Daumen beißend, vor sich hin brütend, die Pause verfluchend, sich nach dem Inhalt des blauen Umschlags verzehrend. «Du mußt zu mir in eine Wohnung kommen, die ich jetzt in der Alex Avenue habe. Das Gästezimmer habe ich mit *bergères* und *torchères* und Schaukelstühlen ausstaffiert; es sieht aus wie das Boudoir deiner Mutter.»

Lucette knickste mit den Winkeln ihres traurigen Mundes, *à l'Américaine*.

«Kommst du für ein paar Tage? Ich versprech auch, mich ordentlich zu benehmen. Abgemacht?»

«Meine Vorstellung von Ordentlichkeit dürfte nicht die gleiche sein wie deine. Und Cordula de Prey? Macht ihr das nichts aus?»

«Die Wohnung gehört mir», sagte Van, «und außerdem ist Cordula *jetzt* Mrs. Ivan G. Tobak. Sie flittern in Florenz. Hier, ihre letzte Postkarte. Porträt von Vladimir Christian von Dänemark, der, behauptet sie, das tote Pendant ihres Ivan Giovanovitsch ist. Schau mal.»

«Was geht mich Sustermann an», bemerkte Lucette, ein wenig nach Art des Springer-Zugs blendender Antwort ihrer uterinen Schwester oder des Fallrückziehers eines lateinamerikanischen Fußballers. Nein, 's ist eine Ulme. Ein halbes Jahrtausend her.

«Sein Vorfahre», faselte Van weiter, «war der berühmte oder *fameux* russische Admiral, der ein *épée*-Duell mit Jean Nicot hatte und nach dem die Tobago-Inseln benannt wurden, oder die Tobakoff-Inseln, weiß nicht mehr, welche, ist so lange her, ein halbes Jahrtausend.»

«Ich habe sie nur erwähnt, weil eine frühere Flamme leicht zu verärgern ist durch falsche Schlußfolgerungen, auf die sie springt wie eine Katze, die den Zaun nicht ganz schafft und dann davonläuft, ohne es nochmals zu versuchen und ohne sich umzublikken.»

«Wer hat dir über das lüsterne Cordeludiam – ich meine, Interludium, erzählt?»

«Dein Vater, *mon cher* – wir haben ihn im Westen oft bei uns gehabt. Zuerst nahm Ada an, daß Tapper ein erfundener Name war – daß du dein Duell mit jemand anderem ausgetragen hattest – aber das war, bevor überhaupt jemand von dem Tod des anderen in Kalugano gehört hatte. Demon meinte, du hättest ihn einfach verprügeln sollen.»

«Das konnte ich nicht», sagte Van, «die Ratte verrottete in einem Krankenhausbett.»

«Ich meinte den wahren Tapper», rief Lucette (deren Besuch völlig daneben geriet), «nicht meinen armen, betrogenen, vergifteten, unschuldigen Musiklehrer, den nicht einmal Ada, es sei denn, sie schwindelt, von seiner Impotenz heilen konnte.»

«Driblets», sagte Van.

«Nicht unbedingt *seine*», sagte Lucette. «Der Liebhaber seiner Frau spielte die Triple-Viol. Hör zu, ich leih mir ein Buch aus» (das nächste Bücherbord überfliegend: *The Gitanilla*, *Clichy-Clichés*, *Mertvago Forever*, *The Ugly New Englander*), «und verkriech mich für ein paar Minuten ins angrenzende Zimmer, *komondi*, während du – oh, ich liebe *Das Wechsellicht*.»

«Es hat keine Eile», sagte Van.

Pause (noch etwa fünfzehn Minuten bis zum Ende des Aktes).

«Im Alter von zehn», sagte Lucette, um etwas zu sagen, «war ich an der Vieux-Rose Stopchine-Bühne, aber unsere (und an jenem Tag, in jenem Jahr, benutzte sie den unerwarteten, imperialen, autorialen, scherzhaften, genaugenommen lockeren, verbotenen, possessiven Plural, während sie ihm von ihr erzählte) Schwester hatte in jenem Alter in drei Sprachen weit mehr Bücher gelesen als ich mit zwölf. Nun ja! Nach einer entsetzlichen Krankheit in Kalifornien erholte ich mich: Die Pioniere besiegten die Pyogene. Ich will nicht angeben, aber kennst du eigentlich jenen großen, von mir so verehrten Herodas?»

«Sicher», antwortete Van gleichgültig. «Ein zotiger Zeitgenosse von Justinus, dem römischen Gelehrten. Ja, großartiges Zeug. Blendender Verschnitt von Subtilität und glänzender Genauigkeit. Du hast es, Liebes, in der wörtlichen französischen Übersetzung mit der griechischen Fassung *en regard* gelesen, nicht wahr? – aber ein hiesiger Freund von mir zeigte mir einen Ausschnitt von einem neuentdeckten Text, den du einfach noch nicht gesehen haben kannst, über zwei Kinder, Bruder und

Schwester, die es so oft taten, daß sie schließlich einer in den Gliedern des anderen starben und nicht getrennt werden konnten – es streckte und streckte sich bloß und schnellte, sobald die verblüfften Eltern losließen, jedesmal an seinen Platz zurück. Es ist alles sehr verworfen und sehr tragisch und schrecklich komisch.»

«Nein, diese Stelle kenne ich nicht», sagte Lucette. «Aber, Van, warum bist du –»

«Heuschnupfen, Heuschnupfen!» rief Van und suchte in fünf Taschen zugleich nach einem Taschentuch. Ihr mitleidiger Blick und die fruchtlose Suche verursachten ein solches Anschwellen des Kummers, daß er es vorzog, aus dem Zimmer zu stampfen, wobei er sich den Brief schnappte, ihn fallen ließ, ihn wieder aufhob und sich in den verstecktesten Winkel der Wohnung zurückzog (der nach ihrem Degrasse duftete), um ihn in einem Zug zu lesen.

«O dear Van, *dies ist der letzte Versuch, den ich mache. Du magst es ein Dokument des Wahnsinns nennen oder das Kraut der Reue, aber ich möchte kommen und mit Dir leben, wo immer Du auch bist, für immer und ewig. Falls Du das Mädchen an Deinem Fenster verschmähst, werde ich die sofortige Annahme eines Heiratsantrags luftographieren, der Deiner armen Ada vor einem Monat im Staate Valentina gemacht wurde. Er ist ein arizonischer Russe, zurückhaltend und sanft, nicht übermäßig klug und nicht schick. Das einzige, was wir gemeinsam haben, ist ein reges Interesse an vielen militärisch aussehenden Wüsten-Pflanzen, besonders an verschiedenen Agaven-Arten, den Wirten der Larvae der vornehmsten Tiere Amerikas, der Riesen-Dickkopffalter (Du siehst, Krolik wühlt wieder). Er besitzt Pferde und kubistische Bilder und ‹Ölquellen› (was immer das sind – unser Vater in Hölle, der auch einige hat, sagt es mir nicht und entzieht sich mit schlüpfrigen Anspielungen, wie es seine Art ist). Ich habe meinem geduldigen Valentinianer gesagt, daß ich ihm eine endgültige Antwort geben werde, sobald ich den einzigen Mann, den ich je geliebt habe oder lieben werde, befragt habe. Versuch, mich heute abend anzurufen. Irgend etwas läuft falsch in der Ladore-Leitung, aber man versichert mir, daß das Übel angepackt und noch vor der Flußflut beseitigt werden soll.* Tvoja, tvoja, tvoja *(Deine). A.*»

Van nahm ein sauberes Taschentuch von einem ordentlichen Stapel in einer Schublade, eine Handlung, die er sogleich analogisierte, indem er ein Blatt von einem Schreibblock riß. Es ist wunderbar, wie hilfreich solche sich wiederholenden Rhythmen seitens übereinstimmender (weißer, rechteckiger) Gegenstände in solch chaotischen Augenblicken sein können. Er schrieb ein kurzes Luftogramm und kehrte in den Salon zurück. Dort traf er auf Lucette, die sich ihren Pelzmantel anzog, und auf fünf linkische Gelehrte, eingelassen von seinem idiotischen Kammerdiener, wie sie in einem stummen Kreis das schmeichelnde, anmutige Modellstehen der kommenden Wintermode umstanden. Bernard Rattner, ein dick bebrillter, schwarzhaariger, rotbackiger, untersetzter junger Mann, begrüßte Van mit leutseliger Erleichterung.

«Großer Pott!» rief Van aus. «Ich hatte angenommen, wir sollten uns bei Ihrem Onkel treffen.»

Mit einer schnellen Handbewegung schleuderte er sie auf Wartezimmer-Stühle, und trotz der Proteste seiner hübschen Cousine («Es ist ein Spaziergang von zwanzig Minuten, begleite mich nicht») campophonierte er nach seinem Wagen. Dann polterte er in Lucettes Kielwasser den Katarakt des engen Treppenhauses hinunter, *katrakatra (quatre à quatre).* Bitte, Kinder, nicht *katrakatra* (Marina).

«Ich weiß auch», sagte Lucette, als ob sie ihren Wortwechsel von vorhin fortführte, «wer *er* ist.»

Sie wies auf die Inschrift «Voltemond Hall» an der Stirnseite des Gebäudes, aus dem sie jetzt herauskamen.

Van warf ihr einen raschen Blick zu – aber sie meinte bloß den Höfling in *Hamlet.*

Sie gingen durch einen dunklen Torbogen, und als sie in die farbige Luft eines zarten Sonnenuntergangs traten, hielt er sie an und gab ihr die Mitteilung, die er geschrieben hatte. Darin stand, daß Ada ein Flugzeug chartern und morgen früh, egal wann, in seinem Manhattan-Appartement sein sollte. Er würde Kingston um Mitternacht mit dem Wagen verlassen. Er hoffte, das Ladore-Dorophon würde noch vor seiner Abreise wieder funktionieren. *Le château que baignait le Dorophone.* Auf jeden Fall nahm er an, daß das Luftogramm sie in ein paar Stunden erreichen würde. Lucette schüttelte den Kopf, es würde zuerst nach

Mont-Dore – 'schuldigung, Ladore – fliegen und, falls als «dringend» gekennzeichnet, bei Sonnenaufgang ankommen mittels benommenem Boten, der auf des Postmeisters sommersprossigem Pony gen Osten galoppiert, denn an Sonntagen durfte man keine Motorräder benutzen, altes einheimisches Gesetz, *l'ivresse de la vitesse, conceptions dominicales;* aber auch so würde sie noch reichlich Zeit zum Packen haben und auch zum Auffinden der Schachtel mit holländischen Farbstiften, die Lucette von ihr mitgebracht haben wollte, *falls* sie käme, und rechtzeitig zum Frühstück in Cordulas ehemaligem Schlafzimmer sein. Keines der beiden Halbgeschwister hatte damals ihren oder seinen besten Tag.

«Übrigens», sagte er, «laß uns den Termin deines Besuchs festsetzen. Ihr Brief ändert meinen Zeitplan. Laß uns zusammen am nächsten Wochenende im Ursus zu Abend essen. Ich melde mich bei dir.»

«Ich wußte, es war hoffnungslos», sagte sie und blickte weg. «Ich hab mein Bestes getan. Ich hab all ihre Kunststückchen nachgeahmt. Ich bin eine bessere Schauspielerin als sie, aber das reicht nicht, ich weiß. Kehr jetzt um, sie betrinken sich gerade sinnlos an deinem Cognac.»

Er schob seine Hände in die warmen Vulvae ihrer maulwurfweichen Ärmel und hielt sie einen Augenblick lang an ihren dünnen bloßen Ellbogen und blickte mit nachdenklichem Verlangen auf ihre geschminkten Lippen herab.

«Un baiser, un seul!» flehte sie.

«Du versprichst, nicht deinen Mund zu öffnen? nicht zu schmelzen? nicht zu zittern und zu züngeln?»

«Ich tu's nicht, ich schwör's!»

Er zögerte. «Nein», sagte Van, «es ist eine irre Versuchung, aber ich darf ihr nicht erliegen. Ich könnte nicht noch eine Katastrophe durchmachen, noch eine Schwester, nicht einmal die Hälfte einer Schwester.»

«*Takoe otschajane* (solche Verzweiflung)!» stöhnte Lucette und hüllte sich eng in den Mantel, den sie instinktiv geöffnet hatte, um ihn zu empfangen.

«Würde es dich trösten, zu wissen, daß ich nur Qualen erwarte von ihrer Rückkehr? Daß ich dich als einen Paradiesvogel betrachte?»

Sie schüttelte den Kopf.

«Daß mein Bewundern für dich schmerzlich stark ist?»

«Ich will Van», schrie sie, «und kein unfühlbares Bewundern –»

«Unfühlbar? Du Gans. Du darfst es abmessen, du darfst es einmal ganz leicht streicheln mit den Knöcheln deiner behandschuhten Hand. Ich sagte Knöchel. Ich sagte einmal. Das genügt. Ich kann dich nicht küssen. Auch nicht dein glühendes Gesicht. Leb wohl, Liebchen. Sag Edmond, er soll ein Schläfchen halten, wenn er zurückkommt. Ich werde ihn um zwei Uhr morgens brauchen.»

6

Der Gegenstand jener wichtigen Diskussion war ein Gedankenaustausch über ein Problem, dessen Lösung Van viele Jahre später auf andere Weise versuchen sollte. Mehrere Fälle von Akrophobie waren an der Kingston-Klinik eingehend untersucht worden, um herauszufinden, ob sie mit irgendwelchen Spuren oder Anzeichen von Zeit-Terror zusammenhingen. Tests hatten völlig negative Ergebnisse geliefert, aber besonders seltsam erschien es, daß der einzige verfügbare Fall akuter Chronophobie sich schon von der Anlage her – metaphysischer Einschlag, psychologischer Stempel und so fort – von dem der Raum-Angst unterschied. Sicher, ein einziger Patient, der durch Kontakt mit dem Zeitgefüge wahnsinnig geworden war, stellte ein zu geringes Sample dar, um mit einer großen Gruppe geschwätziger Akrophoben konkurrieren zu können, und Leser, die Van Tollkühnheit und Tollheit (mit den höflichen Begriffen des jungen Rattner) vorgeworfen haben, werden eine höhere Meinung von ihm hegen, wenn sie erfahren, daß unser junger Forscher sein Bestes tat, damit Mr. Z. T. (der Chronophobe) nicht zu hastig von seiner raren und wichtigen Krankheit geheilt wurde. Van hatte sich selbst überzeugt, daß es nichts mit Uhren oder Kalendern oder sonstigen Messungen oder Inhalten von Zeit zu tun hatte, während er argwöhnte und hoffte (wie nur ein Entdecker, rein und leidenschaftlich und zutiefst unmenschlich, hoffen kann), seine Kollegen würden herausfinden, daß das Grauen vor Höhen hauptsächlich auf der Fehleinschätzung von Abständen beruhte und daß man Mr. Arshin, ihren besten Akrophoben, der nicht einmal von einem Schemel steigen konnte, dazu brächte, von der Spitze eines Turmes hinab in den Raum zu steigen, sofern man ihn nur mittels eines optischen Tricks überredete, daß das Sprungtuch fünfzig Meter tiefer eine Matte nur einen Zoll unter ihm war.

Van hatte kalte Platten und eine Gallone «Gallows Ale» für sie heraufbringen lassen – aber seine Gedanken waren anderswo, und er glänzte nicht in der Diskussion, die für immer als eine Grisaille ergebnisloser Weitschweifigkeit in seinem Gedächtnis haftenblieb.

Sie gingen gegen Mitternacht; ihr Klappern und Plappern erscholl noch auf der Treppe, als er Ardis Hall anzurufen begann – vergebens, vergebens. Er versuchte es mit Unterbrechungen bis zum Tagesanbruch, gab auf, hatte einen strukturell einwandfreien Stuhlgang (dessen kreuzförmige Symmetrie ihn an den Morgen vor seinem Duell erinnerte), und ohne sich damit aufzuhalten, einen Schlips umzubinden (all seine Lieblings-Krawatten erwarteten ihn in seiner neuen Wohnung), fuhr er nach Manhattan und übernahm das Steuer, als er merkte, daß Edmond fünfundvierzig Minuten statt einer halben Stunde brauchte, um ein Viertel des Weges zurückzulegen.

Alles, was er Ada über das dumme Dorophon hatte sagen wollen, lief auf drei Worte im Englischen, zusammenziehbar auf zwei im Russischen, auf anderthalb im Italienischen hinaus; aber Ada behauptete später, daß seine wilden Versuche, sie in Ardis zu erreichen, nur einen derart heftigen Schwall von «Springflut» zur Folge gehabt hätten, daß der Keller-Boiler schließlich aufgab und kein warmes Wasser mehr da war – vielmehr überhaupt kein Wasser mehr –, als sie aus dem Bett stieg; deshalb zog sie ihren wärmsten Mantel an und ließ Bouteillan (den heimlich frohlokkenden alten Bouteillan!) ihre Koffer hinuntertragen und sie zum Flughafen fahren.

Inzwischen war Van in der Alexis Avenue angekommen, hatte

eine Stunde lang im Bett gelegen, sich dann rasiert und geduscht und mit der Brutalität seines Hinausstürzens beinah den Griff der Tür zur Terrasse abgerissen, als dort der Klang eines himmlischen Motors nahte.

Trotz athletischer Willensstärke, Bespöttelung ausschweifender Gefühle und Verachtung für weinerliche Schwächlinge war Van sich bewußt, daß er einen Hang zu unbezähmbaren Weinkrämpfen hatte (die gelegentlich einen Epilepsie-ähnlichen Grad erreichten, mit plötzlichen Heultönen, die seinen Körper schüttelten, und unerschöpflichen Flüssigkeitsmengen, die seine Nase verstopften), seit dem Zeitpunkt, da sein Bruch mit Ada zu Agonien geführt hatte, die sein Eigenstolz und seine Ich-Bezogenheit in seiner hedonistischen Vergangenheit nie vorausgesehen hatten. Ein kleines einmotoriges Flugzeug (gechartert, wenn man nach den perlmuttartigen Flügeln urteilte und nach den rechtswidrigen, doch fehlschlagenden Versuchen, sich auf dem zentralen grünen Oval des «Parks» niederzulassen, woraufhin es mit dem Morgennebel verschmolz, um anderswo nach einem Ast zu suchen) entrang Van, da er in seinem kurzen «Frottée» auf der Dach-Terrasse stand (geschmückt jetzt durch Büsche blauer Spiräe in unbesiegbarer Blüte), einen ersten Schluchzer. Er stand in der frostigen Sonne, bis er fühlte, wie seine Haut unter der Robe zu den Beckenplatten eines Gürteltiers wurde. Fluchend und beide Fäuste in Brusthöhe schüttelnd, kehrte er in die Wärme seiner Wohnung zurück und trank eine Flasche Champagner und klingelte dann nach Rose, der willigen Negerzofe, die er in mehr als einer Hinsicht mit dem berühmten, vor kurzem ausgezeichneten Geheimschriftler Mr. Dean teilte, einem vollkommenen Gentleman, der einen Stock tiefer wohnte. Mit verwirrten Gefühlen, mit unverzeihlicher Lust beobachtete Van, wie ihr hübscher Hintern beim Bettenmachen unter seiner Spitzenschleife rollte und spannte, während man durch die Heizungsrohre ihren unteren Liebhaber glücklich summen hören konnte (er hatte wieder ein Tataren-Dorogramm entschlüsselt, das den Chinesen mitteilte, wo wir die nächste Landung planten!). Rose hörte alsbald mit dem Saubermachen auf und schwirrte davon, und das Pansgesumm hatte kaum Zeit gehabt, von einem Crescendo internationaler Juchzer (ziemlich nachlässig für einen Mann von Deans Beruf) abgelöst zu werden, die ein Kind entziffern konnte, als die Treppenhaus-Glocke schrillte und im nächsten Augenblick die weißer-gesichtige, röter-mundige, vier-Jahre-ältere Ada vor einem erschütterten, bereits schluchzenden, ewigjugendlichen Van stand, und ihr fließendes Haar mischte sich mit dunklen Pelzen, die noch üppiger waren als die ihrer Schwester.

Er hatte einen jener Sätze vorbereitet, die in Träumen richtig, aber lahm im luziden Leben klingen: «Ich sah dich über mir auf Libelulla-Flügeln kreisen»; er brach bei «. . . ulla» zusammen und fiel ihr vor die Füße – vor ihren bloßen Spann im schimmernden schwarzen Glass-Schühchen – genau in der gleichen Haltung, das gleiche Häufchen hoffnungsloser Zärtlichkeit, Selbstopferung, Denunziation dämonischen Lebens, in die er im Rückblick im innersten Winkel seines Geistes jedesmal zu versinken pflegte, wenn er an ihr unmögliches Halblächeln dachte, da sie ihre Schulterblätter dem Stamm des endgültig letzten Baums anglich. Eine unsichtbare Bühnenhand schob ihr jetzt einen Sitz unter, und sie weinte und streichelte seine schwarzen Locken, als er seinen Anfall von Kummer, Dankbarkeit und Reue durchmachte. Dieser hätte viel länger währen können, hätte nicht eine andere, körperliche Erregung, die seit dem vorherigen Tag sein Blut aufwühlte, eine gesegnete Ablenkung geboten.

Als wäre sie gerade einem brennenden Palast und einem untergehenden Königreich entkommen, trug sie über ihrem zerknitterten Nachthemd einen tiefbraunen, grau-schimmernden Mantel aus Seeotter, dem berühmten *kamtschazkij bobr* alter estotischer Handelsleute, auch als «lutromarina» an der Ljaska-Küste bekannt: «mein natürliches Fell», wie Marina jedesmal vergnügt über ihr eigenes, von einer Zemskij-Großmutter geerbtes Cape sagte, wenn sich anläßlich der Zerstreuung eines Winterballs eine Dame, die Nerz oder *Coypu* oder einen bescheidenen *manteau de castor* (Biber, *nemezkij bobr*) trug, mit verzücktem Stöhnen über die *bobrovaja schuba* äußerte. «*Starenjkaja* (altes kleines Ding)», pflegte Marina in zärtlichem Widerspruch hinzuzufügen (das übliche Gegenstück zu dem koketten «Dankeschön» der Dame aus Boston in bauchrednerischer Erwiderung auf höfliches Lob für ihren alltäglichen *Mink* oder Nutria – was sie aber nicht daran hinderte, nachher öffentlich die «Protzerei» der «hochnäsigen» Schauspielerin zu rügen, die in Wahrheit die am wenigsten prahlerische Seele war). Adas *bobry* (majestätischer Plural von *bobr*) waren ein Geschenk von Demon, der, wie wir wissen, in letzter Zeit in den westlichen Staaten bedeutend mehr von ihr gesehen hatte als damals im östlichen Estotiland, als sie noch ein Kind war. Der wunderliche Enthusiast hatte für sie die gleiche *tendresse* entwickelt, die er immer für Van empfand. Die Art, in der sich diese Zärtlichkeit in bezug auf Ada nunmehr äußerte, war feurig genug, um aufmerksame Narren glauben zu machen, daß der alte Demon «mit seiner Nichte schlief» (in Wahrheit wurde er mehr und mehr von spanischen Mädchen in Anspruch genommen, die von Jahr zu Jahr jünger wurden, bis schließlich am Ende des Jahrhunderts, als er sechzig und sein Haar mitternachtsblau gefärbt, seine Flamme ein schwieriges Nymphchen von zehn Jahren geworden war). So wenig durchschaute die Welt den wahren Stand der Dinge, daß sogar Cordula Tobak, geborene de Prey, und Grace Wellington, geborene Erminin, von Demon Veen mit seinem modischen Spitzbart und der gerüschten Hemdbrust als von «Vans Nachfolger» sprachen.

Keines der beiden Geschwister konnte je rekonstruieren (und all dies, Seeotter inbegriffen, darf nicht als Ausflucht des Erzählers betrachtet werden – wir haben in unserer Zeit sehr viel schwierigere Taten vollbracht), was sie sagten, wie sie küßten, wie sie ihre Tränen meisterten, wie er sie couchwärts fegte mit dem Stolz des Galans, der seine unmittelbare Reaktion bekundet, weil sie (unter ihren heißen Pelzen) so spärlich gewandet war wie damals, als sie ihre Kerze durch jenes magische Panoramafenster trug.

Nachdem er sich ungestüm an ihrem Hals und ihren Brustwarzen gelabt hatte, wollte er schon zum nächsten Stadium wahnwitziger Ungeduld vordringen, aber sie bremste ihn mit dem Bemerken, zuallererst müsse sie ihr Morgenbad nehmen (dies, in der Tat, war eine neue Ada), und überdies erwartete sie, daß ihr Gepäck jetzt jeden Moment von den Tölpeln aus der Monaco-Hotelhalle heraufgebracht werde (sie hatte den falschen Eingang benutzt – indessen, Van hatte Cordulas ergebenen Portier bestochen, Ada die Treppen praktisch hinaufzutragen). «Schnell, schnell», sagte Ada, «*da, da,* Ada wird in zwei Seks wieder aus dem Schaum steigen!» Aber der irre, beharrliche Van warf seinen Frottéemantel ab und folgte ihr ins Bad, wo sie sich gerade über die niedrige Wanne reckte, um beide Hähne anzudrehen, und sich dann beugte, um den Stöpsel an der bronzenen Kette einzusetzen; er wurde jedoch von selbst eingesogen, während er ihre liebliche Lyra stützte und gleich darauf an der samtweichen Wurzel war, ergriffen war, tief zwischen den vertrauten, unvergleichlichen, mohnrot-gesäumten Lippen war. Sie griff nach den Zwillingshahn-Kreuzen und erhöhte dadurch unabsichtlich das verständnisvolle Volumen des Wasserplätscherns, und Van stieß ein langes Stöhnen der Erlösung hervor, und nun blickten ihre vier Augen wieder in den azurblauen Bach von Pinedale, und Lucette stieß mit einem flüchtigen Knöchelklopfen die Tür auf und hielt inne, mesmerisiert durch den Anblick von Vans haarigem Hinterteil und der gräßlichen Narbe quer über seine linke Seite.

Adas Hände stoppten das Wasser. In der ganzen Wohnung polterte Gepäck zu Boden.

«Ich gucke nicht», sagte Lucette idiotisch, «ich kam bloß wegen meiner Schachtel vorbei.»

«Bitte, gib ihnen Trinkgeld, Liebchen», rief Van, ein zwanghafter Trinkgeldgeber. «Und reich mir das Handtuch dort», fügte Ada hinzu, aber die Ancula hob Münzen auf, die sie in ihrer Hast hatte fallen lassen, und Ada erblickte nun ihrerseits Vans scharlachrote Leiter von Nähten – «o mein armer Liebling», rief sie und erlaubte ihm aus schierem Mitleid den Wiederholungs-Vollzug, den Lucettes Eintritt zu unterbrechen gedroht hatte.

«Ich bin nicht sicher, ob ich tatsächlich ihre verdammten Cranach-Kreiden mitgebracht habe», sagte Ada einen Augenblick später und machte ein erschrecktes Froschgesicht. Er beobachtete sie mit dem Gefühl vollkommener, tannennadelduftender Wonne, als sie Tropfen juwelenhafter Flüssigkeit aus einer Tube Pennsilvestris-Lotion in das Badewasser spritzte.

Lucette war gegangen (eine kurze Nachricht mit ihrer Zimmernummer im Winster-Hotel für Junge Damen hinterlassend), als sich unsere beiden Liebenden, nun schwach auf den Beinen und anständig bekleidet zu einem feinen Frühstück niederließen (Ardis knuspriger Speck! Ardis durchscheinender Honig!), das per Lift von Valerio heraufgebracht wurde, einem rotblonden älteren Römer, immer schlecht rasiert und mürrisch, aber sonst ein lieber alter Knabe (er war es, der, nachdem er im letzten Juni die reinliche Rose besorgt hatte, dafür bezahlt bekam, daß er sie ausschließlich für Van und Dean hielt).

Welch Lachen, welche Tränen, welch klebrige Küsse, was für ein Aufruhr von hunderttausend Plänen! Und was für eine Sicherheit, was für eine Freiheit der Liebe! Zwei nicht verwandte Zigeuner-Dirnen, ein wildes Mädchen in einer grellfarbenen Lolita, mohnmündig und schwarzdaunig, aufgelesen in einem Café zwischen Nizza und Grasse, und eine andere, ein Stunden-Modell (Sie haben sie schon gesehen, wie sie einen virilen Lippenstift auf Fellata-Werbungen liebkost), das von den Kunden eines Norfolk-Broads-Floramors zutreffend mit dem Spitznamen *swallowtails* belegt worden war, hatten beide unserem Helden genau denselben, in einer Familienchronik unaussprechbaren Grund gegeben, sich trotz seiner Meisterschaften als absolut steril zu betrachten. Von dieser hekatischen Diagnose belustigt, unterzog sich Van gewisser Untersuchungen, und obwohl alle Ärzte das Symptom als zufällig abtaten, stimmten sie doch darin überein, daß Van Veen zwar ein wackerer und dauerhafter Liebhaber sein, aber niemals auf Nachwuchs hoffen könnte. Wie fröhlich Klein Ada in die Hände klatschte!

Würde sie bis zum Frühjahrs-Semester in seiner Wohnung bleiben mögen (er dachte jetzt in Semester-Terminologie) und ihn alsdann nach Kingston begleiten, oder würde sie lieber für ein paar Monate nach Übersee reisen – irgendwohin, Patagonien, Angola, Gululu in den Bergen von Neuseeland? In dieser Wohnung bleiben? Sie mochte sie also? Bis auf ein paar Kleinigkeiten von Cordula, die rausgeschmissen werden müßten – wie, zum Beispiel, jener verdächtige Almanach der Brown Hill Alma Mater voller Alimeen, der beim Porträt der armen Vanda aufgeschlagen war. Sie war ausgerechnet in Ragusa von der Freundin einer Freundin in einer sternklaren Nacht erschossen worden. Das war, sagte Van, schade. Zweifellos hatte ihm Klein Lucette von einer späteren Eskapade berichtet? In ophelianischem Wahnsinn über die weibliche Eichel witzelnd? Von den Ergötzlichkeiten des Klitorismus schwärmend? *«N'exagérons pas, tu sais»*, sagte Ada, die Luft mit beiden Händen niederklopfend. «Lucette bestätigte», sagte er, «daß sie (Ada) Berglöwen nachahmte.»

Er war «omniscient». Oder besser «omni-incest».

«Stimmt», sagte das zweite totale Gedächtnis.

Und, übrigens, Grace – ja, Grace – war Vandas wirklicher Liebling, *pas petite moi* und mein kleiner Schopf. Sie (Ada) hatte, nicht wahr, eine Art, immer die Falten aus der Vergangenheit herauszubügeln – indem sie den Flötisten praktisch impotent machte (außer bei seiner Frau) und dem herrschaftlichen Farmer nur eine Umarmung gestattete mit einer vorzeitigen *ejakuljazija*, eins jener gräßlichen russischen Lehnwörter? Ja, war es nicht gräßlich, aber sie würde zu gern wieder Scrabble spielen, sobald sie sich endgültig niedergelassen hätten. Aber wo, wie? Würde es Mr. und Mrs. Ivan Veen nicht überall ganz gutgehen? Was war mit dem «ledig» in ihren Pässen? Sie würden ins nächste Konsulat gehen und es mit einem Aufschrei der Entrüstung und/oder einem sagenhaften Bestechungsgeld auf «verheiratet» umändern lassen, für immer und ewig.

«Ich bin ein gutes, gutes Kind. Hier sind ihre speziellen Stifte. Es war sehr rücksichtsvoll und rundherum bezaubernd von dir, sie zum nächsten Wochenende einzuladen. Ich glaube, sie ist noch wahnsinniger in dich verliebt als in mich, das arme Liebchen. Demon hat sie in Straßburg besorgt. Schließlich ist sie jetzt eine *demi-vierge*» («Ich hörte, du und Paps –» begann Van, aber die Einführung eines neuen Themas wurde fortgeschwemmt), «und wir werden keine Angst haben, wenn sie Zeugin unserer *ébats* wird» (mit triumphierender Spitzbübigkeit, für die auch meine Prosa gerühmt wird, den ersten Vokal absichtlich *à la Russe* aussprechend).

«Du machst den Puma nach», sagte er, «aber sie – bis zur Vollkommenheit! – meine liebste *viola sordina*. Sie ist eine wunderbare Imitatorin, nebenbei gesagt, und wenn du sogar besser bist –»

«Über meine Talente und Tricks sprechen wir ein andermal», sagte Ada. «Es ist ein schmerzliches Thema. Nun laß uns diese Schnappschüsse betrachten.»

7

Während ihres trostlosen Aufenthalts auf Ardis wünschte ein beträchtlich veränderter und vergrößerter Kim Beauharnais sie zu sprechen. Unter seinem Arm trug er ein in orangebraunes Leinen gebundenes Album, ein schmutziger Farbton, den sie ihr ganzes Leben gehaßt hatte. In den vergangenen zwei oder drei Jahren hatte sie ihn nicht gesehen; der leichtfüßige magere Bursche mit der fahlen Gesichtsfarbe war ein düsterer Koloß geworden, von Ferne einem Janitschar in einer exotischen Oper ähnelnd, der hereinstampft, um eine Invasion oder Exekution anzukündigen.

Onkel Dan, der eben von seiner hübschen und hochmütigen Pflegerin hinaus in den Garten gerollt wurde, wo kupferne und blutrote Blätter fielen, verlangte lauthals nach dem großen Buch, aber Kim sagte «Vielleicht später» und begab sich zu Ada in die Empfangsecke der Halle.

Er hatte ihr ein Geschenk mitgebracht, eine Sammlung von Photos, die er in den guten alten Tagen gemacht hatte. Er hatte gehofft, die guten alten Tage würden wieder ihren Lauf nehmen, aber da er gehört hatte, daß man von *mossio votre cossin* (er sprach ein dickes Kreolisch, da er meinte, daß dessen Anwendung bei feierlichen Anlässen angebrachter sei als sein Alltags-Ladore-Englisch) einen baldigen Besuch des Schlosses nicht erwartete – und er also auch nicht helfen könnte, das Album auf den neuesten Stand zu bringen –, wäre es wohl das beste Verfahren *pour tous les cernés* («eher die Beschatteten», die «Eingekreisten», als die «Betroffenen»), wenn sie das illustrierte Dokument jetzt in ihren hübschen Händen behalten würde (oder vernichten und vergessen, um niemandem weh zu tun). Ärgerlich über die *jolies* den Mund verziehend, öffnete Ada das Album bei einem seiner kastanienbraunen Zeichen, die hier und dort bedeutsam eingelegt worden waren, warf einen einzigen Blick, knipste das Schloß wieder zu, reichte dem grinsenden Erpresser eine Tausend-Dollar-Note, die sie zufällig in der Handtasche bei sich trug, rief Bouteillan und befahl ihm, Kim rauszuwerfen. Das schlammfarbene Album blieb auf einem Stuhl unter ihrem spanischen Schal. Mit einem schlürfenden Stoß beförderte der alte

Diener das Blatt einer Sumpftulpe nach draußen, das der Zugwind hereingefegt hatte, und schloß die Haustür wieder.

«Mademoiselle n'aurait jamais dû recevoir ce gredin», brummte er auf seinem Rückweg durch die Halle.

«Das ist genau das, was ich gerade bemerken wollte», sagte Van, als Ada mit ihrer Erzählung des üblen Vorfalls am Ende war. «Waren die Photos schön schmutzig?»

«Ach!» hauchte Ada.

«Das Geld hätte einem wertvolleren Zweck zugute kommen können – Heim für Blinde Füllen oder Alternde Aschenputtel.»

«Merkwürdig, daß du das sagst.»

«Wieso?»

«Nur so. Jedenfalls ist das gemeine Ding jetzt in Sicherheit. Ich *mußte* dafür bezahlen, sonst hätte er der armen Marina Bilder von Van gezeigt, wie er seine kleine Cousine Ada verführt – was schon schlimm genug gewesen wäre; womöglich hat er als genialer Halsabschneider sogar die ganze Wahrheit geahnt.»

«Du glaubst also wirklich, weil du für einen lumpigen Tausender sein Album gekauft hast, alle Beweise sind vernichtet und alles ist in Ordnung?»

«Gewiß doch. Hältst du die Summe für zu niedrig? Ich könnte ihm mehr schicken. Ich weiß, wo ich ihn erreichen kann. Er unterrichtet, bitte schön, die Kunst der Schnappschüsse des Lebens an der Schule für Photographie in Kalugano.»

«Guter Ort für Schnapp-Schüsse», sagte Van. «Du bist also ganz sicher, daß du das ‹gemeine Ding› in Besitz hast?»

«Ja, natürlich. Ich hab's bei mir, am Boden jenes Koffers; ich zeig's dir in einer Sekunde.»

«Sag mal, meine Liebe, wie hoch war dein sogenannter I. Q., als wir uns kennenlernten?»

«Zweihundert und etwas. Eine sensationelle Zahl.»

«Nun, inzwischen ist er ziemlich schlimm gesunken. Kim der Kucker hat alle Negative und haufenweise weitere Bilder behalten, die er später leimen oder liefern wird.»

«Meinst du, er ist auf Cordulas Stufe abgesunken?»

«Tiefer. Nun laß uns jene Schnappschüsse betrachten – bevor wir sein Monatsgehalt festsetzen.»

Das erste Stück der schlimmen Serie hielt einen von Vans ersten Eindrücken von Ardis Manor aus einem Winkel fest, der sich von dem seiner eigenen Erinnerung unterschied. Dessen Bereich lag zwischen dem Schatten einer Kutsche, der den Kies verdunkelte, und der weißen Stufe eines säulenflankierten Eingangs im Sonnenlicht. Marina, den einen Arm noch im Ärmel des Staubmantels, den ein Bediensteter (Price) ablegen half, stand und schwenkte ihren freien Arm in einer theatralischen Geste des Willkommens (völlig im Gegensatz zu der Grimasse hilfloser Glückseligkeit, die ihr Gesicht verzog), während Ada in einem schwarzen Hockey-Blazer – der in Wahrheit Vanda gehörte – ihr Haar über die bloßen Knie vergoß, indem sie sie krümmte und Dack mit ihren Blumen klapste, um sein nervöses Bellen zu bändigen.

Dann kamen mehrere vorbereitende Ansichten der unmittelbaren Umgebung: der Kreis der *Colutea*, eine Allee, das schwarze O der Grotte, und der Hügel, und die dicke Kette um den Stamm der seltenen Eiche *Quercus ruslan* Chat., und eine Anzahl von anderen Stellen, die von dem Kompilator des illustrierten Pamphlets für malerisch gehalten wurden, aber wegen Unerfahrenheit des Photographen ein wenig kümmerlich aussahen.

Allmählich wurde es besser.

Ein anderes Mädchen (Blanche!), das genau wie Ada (und in der Tat mit nicht unähnlichen Gesichtszügen) sich über Vans Koffer beugte und hockte, der auf dem Fußboden geöffnet war, und das die Silhouette von Ivory Revery auf einer Parfum-Werbung «mit den Augen verschlang». Dann das Kreuz und der Schatten von Zweigen über dem Grab von Marinas geliebter Haushälterin, Anna Pimenovna Nepraslinov (1797–1883).

Die Naturaufnahmen laß uns überschlagen – von skunkähnlichen Eichhörnchen, von einem gestreiften Fisch in einem Blasenbehälter, von einem Kanarienvogel in seinem kostbaren Käfig.

Das Photo eines ovalen Gemäldes, beträchtlich verkleinert, porträtierte Prinzessin Sofia Zemskij, wie sie mit zwanzig war, 1775, mit ihren beiden Kindern (Marinas Großvater, geboren 1772, und Demons Großmutter, geboren 1773).

«Ich erinnere mich offenbar nicht daran», sagte Van, «wo hing es denn?»

«In Marinas Boudoir. Und weißt du, wer dieser Schnorrer im Gehrock ist?»

«Sieht eher wie ein schlechter Druck aus, der aus einer Zeitschrift herausgeschnitten wurde. Wer ist das?»

«Sumeretschnikov! Er machte vor Jahren Sumerographien von Onkel Vanja.»

«Das ‹Zwielicht› vor den Lumières. He, und da ist Alonso, der Schwimmbad-Experte. Ich lernte seine süße, traurige Tochter auf einer ausschweifenden Party kennen – sie fühlte sich an und roch und schmolz dahin wie du. Der starke Reiz von Koinzidenz.»

«Interessiert mich nicht. Nun kommt ein kleiner Junge.»

«*Sdraste,* Ivan Dementevitsch», sagte Van, sein vierzehnjähriges Selbst grüßend, hemdlos, in Shorts, mit einem konischen Geschoß auf das Marmor-Modell eines Krim-Mädchens zielend, das dazu verdammt war, einem sterbenden Seesoldaten einen ewig dauernden Zug Marmorwasser aus seinem angeschossenen Krug anzubieten.

Überspring Lucette, übers Tau springend.

Ah, der famose erste Fink.

«Nein, das ist eine *kitajskaja punotschka* (Chinesische Mauerammer). Sie hat sich auf der Schwelle einer Kellertür niedergelassen. Die Tür steht angelehnt. Drinnen sind Gartengeräte und Krocketschläger. Du erinnerst dich, wie viele exotische Tiere, alpine und polare, sich mit den in unserer Gegend heimischen vermischten.»

Mittagszeit. Ada tief über den tropfenden, nicht sachgemäß geschälten Pfirsich gebeugt, den sie verschlingt (Schnappschuß durchs Flügelfenster, vom Garten aus).

Drama und Komödie. Blanche kämpft mit zwei amourösen *zygans* in der Baguenaudier-Laube. Onkel Dan liest seelenruhig eine Zeitung in seinem kleinen roten Auto, das hoffnungslos im schwarzen Morast der Ladore-Straße steckengeblieben ist.

Zwei riesige Gemeine Pfauennachtfalter, noch miteinander verbunden. Stallknechte und Gärtner brachten Ada diese Sorte jedes gesegnete Jahr; was uns, in gewisser Weise, an dich, süßer Marco d'Andrea, erinnert, oder an dich, rothaariger Domenico Benci, oder an dich, dunkler und brüterischer Giovanni del Brina (der sie für Fledermäuse hielt), oder an den einen, den ich nicht zu erwähnen wage, weil es Lucettes gelehrter Beitrag ist – so leichtfertig verpfuscht nach dem Tod des Gelehrten, der gleichfalls am Fuß einer Gartenmauer, die nicht mit noch nicht importierten Glyzinien (Zusatz ihrer Halbschwester) überhangen war, an einem Maimorgen 1542 in der Nähe von Florenz, ein Paar des Birnenpfaus *in copula* aufgelesen haben könnte, das Männchen mit den Kamm-Fühlern, das Weibchen mit den schlichten Faden-Fühlern, um sie (zwischen elenden, unanschaulichen Insekten) an einer Seite einer Fensternische im sogenannten Saal der Elemente des Palazzo Vecchio getreulich abzubilden.

Sonnenaufgang in Ardis. Gratuliere: der nackte Van, noch verpuppt in seiner Hängematte, unter den «lidderons», wie sie die Liriodendron in Ladore nannten, nicht gerade ein *lit d'édredon*, doch immerhin ein morgenrotes Wortspiel wert und gewiß dem körperlichen Ausdruck der Vorstellungswelt eines jungen Träumers förderlich, unverhüllt durch das Netzwerk.

«Gratulation», wiederholte Van in männlicher Sprache. «Die erste unanständige Postkarte. Bewhorny hat zweifellos eine Vergrößerung in seiner Privatsammlung.»

Ada untersuchte das Muster der Hängematte durch ein Vergrößerungsglas (das Van sonst benutzte, um gewisse Einzelheiten der Zeichnungen seiner Irren zu entziffern).

«Ich fürchte, davon kommt noch mehr», bemerkte sie mit einem Stocken in der Stimme; und den Vorteil nutzend, daß sie das Album im Bett betrachteten (was wir heute für geschmacklos halten), gebrauchte die verrückte Ada die Leselupe am lebendigen Van, etwas, das sie als wissenschaftlich neugieriges und künstlerisch verworfenes Kind viele Male in jenem hier abgebildeten Jahr der Gnade getan hatte.

«Ich werde eine *mouche* (Schönheitspflästerchen) finden, um es zu verbergen», sagte sie, sich wieder dem lüsternen Geschwulst in dem rückhaltlosen Netzwerk zuwendend. «Übrigens hast du eine ganze Sammlung schwarzer Masken in deiner Kommode.»

«Für maskierte Bälle (*bals-masqués*)», murmelte Van.

Ein Vergleichsstück: Adas zur Schau gestellte weiße Schenkel (ihr Geburtstagsrock hatte sich in Zweigen und Blättern verfangen), wie sie einen schwarzen Ast des Baums von Eden umklammerten. Danach: mehrere Schnappschüsse vom Picknick 1884, etwa, wie Ada und Grace eine ljaskanische Polka tanzen und wie der umgekehrte Van an Kiefern-Funkelsternen (mutmaßliche Identifizierung) knabbert.

«Damit ist es aus», sagte Van, «eine kostbare linksseitige Sehne hat aufgehört zu funktionieren. Ich kann immer noch fechten und einen guten Boxhieb austeilen, aber das Auf-den-Händen-Spazieren ist vorbei. Du sollst nicht schluchzen, Ada. Ada wird jetzt nicht schluchzen und jammern. King Wing sagt, daß in dem Alter, in dem ich jetzt bin, der große Vektschelo sich in einen gewöhnlichen *tschelovek* zurückverwandelte, es ist also alles ganz normal. Ah, der betrunkene Ben Wright versucht Blanche in der Scheune zu vergewaltigen – sie spielt eine ziemlich große Rolle in diesem Mischmasch.»

«Er tut nichts dergleichen. Du siehst ganz gut, daß sie tanzen. Es ist wie mit *la Bête* und *la Belle* auf dem Ball, wo Cinderella ihr Strumpfband verliert und der Prinz seinen schönen, gläsernen Hosenlatz. Du kannst auch Mr. Ward und Mrs. French bei einem brueghelïgen *kimbo* (Bauerntanz) am hinteren Ende der Diele erkennen. All diese ländlichen Vergewaltigungen in unserer Gegend sind schrecklich übertrieben worden. *D'ailleurs,* es war Mr. Ben Wrights letzte Petarde auf Ardis.»

Ada auf dem Balkon (von unserem akrobatischen *voyeur* von der Dachkante aus photographiert), wie sie eine ihrer Lieblingsblumen zeichnet, eine Ladore-Orchidee, seidenhaarig, fleischig, aufrecht. Van glaubte, sich jenes besonders sonnigen Abends zu entsinnen, der Erregung, der Weichheit und einiger beiläufiger Wörter, die sie gemurmelt hatte (in bezug auf einen albernen botanischen Kommentar von ihm): «Meine Blume geht erst in der Abenddämmerung auf.» Jene, die sie feucht violett färbte.

Ein offizielles Photo auf einer Extra-Seite: Adotschka, hübsch und unrein in ihrem Kleidchen, und Vanitschka, im grauen Flanell-Anzug mit schräggestreiftem Schulschlips, Seite an Seite aufmerksam in die *chimera* (Chimära, Kamera) blickend, er mit dem Schatten eines gezwungenen Grinsens, sie ausdruckslos. Beide erinnerten sich an den Zeitpunkt (zwischen dem ersten winzigen Kreuz und einem ganzen Friedhof von Küssen) und den Anlaß: Es war von Marina bestellt worden, die es rahmen und in ihrem Schlafzimmer aufstellen ließ neben einem Bild ihres Bruders, als er zwölf oder vierzehn und mit einem Byron-Hemd bekleidet war und ein Meerschweinchen in seinen hohlen Händen hielt; die drei sahen wie Geschwister aus, wobei der tote Junge ein vivisektorisches Alibi lieferte.

Ein anderes Photo war unter denselben Umständen aufgenommen, jedoch aus irgendwelchen Gründen von der launenhaften Marina abgelehnt worden: An einem dreibeinigen Tisch saß Ada und las, wobei ihre halbgeballte Hand den unteren Teil der Seite bedeckte. Ein sehr rares, strahlendes, scheinbar unangebrachtes Lächeln glänzte auf ihren fast maurischen Lippen. Ihr Haar floß teils über ihr Schlüsselbein, teils ihren Rücken herab. Van stand mit über sie geneigtem Kopf und schaute, nicht hinsehend, auf das geöffnete Buch. Im Augenblick des verhüllten ‹Klick› bündelte er mit vollem, überlegtem Bewußtsein die jüngste Vergangenheit mit der unmittelbaren Zukunft und dachte bei sich, daß dies eine objektive Wahrnehmung der wirklichen Gegenwart bleiben und er sich an das Aroma, den Blitz und das Fleisch der Gegenwart erinnern müßte (wie er sich in der Tat ein halbes Dutzend Jahre später – und jetzt, in der zweiten Hälfte des nächsten Jahrhunderts – daran erinnerte).

Aber warum das rare Strahlen auf jenen geliebten Lippen? Heller Hohn kann leicht über eine Stufe der Schadenfreude in den Ausdruck der Verzückung hinüberwechseln:

«Weißt du, Van, *was* für ein Buch dort lag – neben Marinas Handspiegel und Pinzette? Ich werd's dir sagen. Einer der billigsten und höchst *réjouissants* Romane, der je die Titelseite der Manhattan *Times*-Literaturbeilage ‹geschafft› hat. Ich bin sicher, deine Cordula hatte ihn noch in ihrer Schmus-Ecke, wo du Schläfe an Schläfe mit ihr hocktest, nachdem du mich sitzengelassen hattest.»

«Katze», sagte Van.

«Oh, viel schlimmer. Des alten Becksteins *Tabby* war ein Meisterstück im Vergleich zu diesem – diese *Liebe unter den Linden* von Ulmmann, ins Englische transportiert von Thomas Gladstone, der der Firma Packer & Porter zuzugehören scheint, denn auf der Seite, die Adotschka, *adova dotschka* (Höllen-Tochter) hier gerade genießt, wird ‹Automobil› als ‹Waggon› übersetzt. Und sich vorzustellen, sich vorzustellen, daß Klein Lucette Ulmmann und drei schreckliche Toms in ihrem Literaturseminar in Los studieren mußte!»

«Du erinnerst dich an diesen Schund, aber ich erinnere mich an unseren Nonstop-Drei-Stunden-Kuß Unter den Lärchen unmittelbar danach.»

«Siehe nächste Illustration», sagte Ada grimmig.

«Der Schurke!» schrie Van. «Er muß uns mit seinem gesamten Apparat auf dem Bauch nachgekrochen sein. Ich muß ihn vernichten.»

«Keine Vernichtung mehr, Van. Nur Liebe.»

«Aber schau, Mädchen, hier schluck ich deine Zunge über, und hier klebe ich an deiner Kehle, und –»

«Pause», bettelte Ada, «schnell-schnell.»

«Ich gehorche gern, bis ich neunzig bin», sagte Van (die Vulgarität des Gucklochkastens war ansteckend), «neunzigmal im Monat, grob gesagt.»

«Mach's noch gröber, oh, noch viel mehr, sagen wir, hundertundfünfzig, das würde heißen, das hieße –»

Aber in dem plötzlichen Sturm gingen alle Rechnungen zum Hundsteufel.

«Gut», sagte Van, als der Geist wieder die Überhand gewann, «laß uns in unsere verunstaltete Kindheit zurückkehren. Mir liegt daran (das Album vom Bettvorleger aufhebend), diese Last loszuwerden. Ah, eine neue Figur, die Inschrift lautet: Dr. Krolik.»

«Warte einen Moment. Es mag der beste Tagcreme-Van sein, aber es ist trotz allem schrecklich schmuddelig. Okay. Ja, das ist mein armer Natur-Lehrer.» In Knickerbockerhosen und Panamahut nach seiner *babotschka* (Russisch für «Schmetterling») gelüstend. Eine Leidenschaft, eine Krankheit. Was konnte Diana über *jene* Jagd wissen?

«Seltsam – in dem Zustand, wie Kim ihn hier ‹ausgespannt› hat, sieht er viel weniger pelzig und fett aus, als ich dachte. Vielmehr, Liebling, ist er ein großer, starker, gutaussehender alter Märzhase! Erklär das!»

«Da gibt's nichts zu erklären. Ich bat Kim eines Tages, mir ein paar Kisten dorthin und zurück tragen zu helfen, und hier ist der sichtbare Beweis. Außerdem ist das nicht *mein* Krolik, sondern sein Bruder, Karol oder Karapars Krolik. Ein Doktor der Philosophie, geboren in der Türkei.»

«Ich liebe die Art, wie du beim Lügen die Augen schlitzt. Die Ferne Fata Morgana in Ef-fendi-Moll.»

«Ich lüge nicht!» – (mit bezaubernder Würde): «Er *ist* ein Doktor der Philosophie.»

«Van *ist auch one*», murmelte Van, das letzte Wort wie «wann» klingen lassend.

«Unser liebster Traum», fuhr sie fort, «Kroliks und mein liebster Traum war es, die frühen Stadien, vom Ei bis zur Puppe, aller bekannten Perlmutterfalter, größere und kleinere, angefangen mit denen der Neuen Welt, zu beschreiben und abzubilden. Meine Aufgabe wäre es gewesen, ein Argynninarium zu bauen (ein pestsicheres Bruthaus mit Temperatur-Regelung und anderen Raffinessen – wie etwa nächtliche Hintergrunds-Gerüche und Nachttier-Rufe zur Schaffung einer natürlichen Atmosphäre in gewissen schwierigen Fällen) – eine Raupe braucht ausgezeichnete Pflege! Es gibt Hunderte Arten und gute Unterarten in beiden Hemisphären, aber, noch einmal, wir wollten mit Amerika anfangen. Lebendige eierlegende Weibchen und lebendige Nährpflanzen, wie zum Beispiel zahlreiche Sorten Veilchen, von überall per Luftpost zugeschickt, angefangen, spaßeshalber, mit arktischen Lebensräumen – Ljaska, Le Bras d'Or, Victor Island. Das Magnanerium würde auch ein Violarium voller faszinierend blühender Pflanzen sein, von der *endiconensis*-Rasse des Nördlichen Sumpfveilchens bis hin zur winzigen, aber prächtigen *Viola kroliki*, wie sie kürzlich Professor Hall von der Goodson Bay-Universität beschrieben hat. Ich würde farbige Bilder all der Erscheinungsphasen und Strichätzungen der Genitalien und anderer Strukturen des Imago beitragen. Es wäre ein herrliches Werk.»

«Ein Werk der Liebe», sagte Van und blätterte um.

«Unglücklicherweise starb mein lieber Mitarbeiter ohne Testament, und all seine Sammlungen einschließlich meines kleinen Beitrags wurden von einem regelrechten Kaninchenstall kollateraler Kroliks an Agenten in Deutschland und Händler in der Tatarei übergeben. Schmachvoll, ungerecht und so traurig!»

«Wir werden einen anderen wissenschaftlichen Ratgeber für dich finden. Nun, was haben wir hier?»

Drei Diener, Price, Norris und Ward, als groteske Feuerwehrleute verkleidet. Der junge Bout, wie er unterwürfig den geäderten Spann eines hübschen Fußes küßt, der erhoben und auf eine Balustrade gestellt war. Nächtlicher Schnappschuß von draußen auf zwei kleine weiße Geister, die ihre Nasen innen an das Bibliotheksfenster pressen.

Künstlerisch auf einer Seite aufgefächert waren alle sieben *fototschki* (verkleinerte Standphotos), die innerhalb ebenso vieler Minuten von einem ziemlich weit entfernten Schlupfwinkel vor einem Hintergrund aus hohem Gras, wilden Blumen und überhängendem Blattwerk aufgenommen wurden. Dessen Schatten und die Lasterhaftigkeit von Blumenstengeln tarnten feinfühlig die wesentlichen Einzelheiten, die kaum mehr als eine Balgerei zwischen zwei unvollständig bekleideten Kindern vermuten ließen.

Auf der mittleren Miniatur war Adas einzig sichtbarer Körperteil ihr dünner Arm, der in einem erstarrten Zugriff ihr abgelegtes Kleid wie ein Banner übers margeritenbesternte Gras hielt. Die Lupe (die jetzt wieder unter dem Bettuch hervorgeholt wurde) zeigte deutlich, die Margeriten in einem der oberen Bilder überragend, jene Art von straff-bemütztem Pilz, der im schottischen Recht (seit dem Verbot der Hexerei) als «Lord of Erection» bezeichnet wird. Eine andere interessante Pflanze, Marvels Melone, das Hinterteil eines beschäftigten Burschen nachahmend, konnte auf dem blumigen Horizont eines dritten Photos ausgemacht werden. Auf den nächsten drei Photos hatte *la force des choses* («das Fieber des Verkehrs») das üppige Laubwerk hinreichend zerstört und gestattete so, die Einzelheiten einer verstrickten Komposition zu unterscheiden, die aus unbeholfenen Zigeuner-Scheren und unerlaubten Nelsons bestand. Schließlich, auf dem letzten Bild, dem unteren in der fächerförmigen Folge, war Ada durch ihre beiden Hände wiedergegeben, die ihr Haar wieder in Ordnung brachten, während ihr Adam über ihr stand, wobei ein Farnwedel oder eine Blüte seine Lende mit der absichtsvollen Nachlässigkeit eines altmeisterlichen Kniffs, den Garten Eden keusch zu erhalten, verhüllte.

In ähnlich nachlässigem Tonfall sagte Van: «Liebling, du rauchst zuviel, mein Bauch ist mit deiner Asche bedeckt. Ich nehme an, Bouteillon kennt Professor Beauharnais' genaue Anschrift im Athen der Graphischen Künste.»

«Du sollst ihn nicht abschlachten», sagte Ada. «Er ist schwachsinnig, er ist vielleicht erpresserisch, aber in seiner Schmutzigkeit liegt eine *istoschnyj ston* («viszerale Klage») verkrüppelter Kunst. Und laß uns nicht vergessen, daß ein achtjähriger Kupferkopf ebenfalls im Gebüsch auf der Lauer lag.»

«Kunst, *mon cul!* Dies ist der Sarg von *ars*, eine Toiletten-Rolle der *Carte du Tendre*! Schade, daß du's mir gezeigt hast. Dieser Affe hat unsere eigenen Ein-Bildungen gemein gemacht. Entweder werde ich seine Augen mit einer Reitgerte ausschlagen oder unsere Kindheit wiedergutmachen, indem ich ein Buch darüber schreibe: Ardis, Aus den Annalen einer Familie.»

«Oh, tu das!» sagte Ada (und überschlug einen anderen abscheulichen Einblick – offenbar durch ein Loch im Dachboden). «Sieh mal, hier ist unsere kleine Kalifeninsel!»

«Ich will nichts mehr sehen. Ich habe den Verdacht, du findest diesen Schmutz kitzlig. Manche, die manoli sind, haben ihren Spaß an Motor-Bikini-Comics.»

«Bitte, Van, sieh doch mal her! Dies sind unsere Weiden, weißt du noch?»

«‹Das Schloß, gebadet vom Adour:
Der Baedeker empfiehlt die Tour.›»

«Das ist zufällig das einzige in Farbe. Die Weiden sehen etwas grünlich aus, weil die Zweige grünlich sind, in Wirklichkeit aber sind sie hier ohne Blätter, es ist früher Frühling, und du kannst unser rotes Boot *Souvenance* durch die Binsen sehen. Und hier ist das letzte: Kims Apotheose von Ardis.»

Der gesamte Mitarbeiterstab stand in mehreren Reihen auf den Stufen des säulengefaßten Portals hinter dem Bankpräsidenten Baronin Veen und dem Vizepräsidenten Ida Larivière. Jene beiden wurden von den zwei schönsten Sekretärinnen flankiert, Blanche de la Tourberie (ätherisch, tränenbefleckt, ganz und gar entzückend), und einem schwarzen Mädchen, das ein paar Tage vor Vans Abreise angestellt worden war, um French zu helfen, welche ziemlich düster über ihr in der zweiten Reihe aufragte, und hier war der Mittelpunkt Bouteillan, immer noch das *costume sport* tragend, das er anhatte, als er mit Van davonfuhr (*das* Bild war verpfuscht oder ausgelassen worden). Zur Rechten des Butlers standen drei Bedienstete; zu seiner Linken Bout (der Van bedient hatte), der dicke, mehlbleiche Koch (Blanches Vater) und gleich neben French ein Herr, schwer in Tweed, mit Besichtigungs-Riemen schräg über einer Schulter: tatsächlich (laut Ada) ein Tourist, der, nachdem er ganz von England gekommen war, um Bryant's Castle zu sehen, die falsche Straße hinaufgeradelt war und, auf dem Bild, unter dem Eindruck stand, versehentlich mit einer Gruppe von Mittouristen zusammengetroffen zu sein, die einen anderen, auch recht sehenswürdigen alten Landsitz besuchten. Die hinteren Reihen bestanden aus weniger distinguierten Knechten und Küchenjungen sowie aus Gärtnern, Stallburschen, Kutschern, Säulenschatten, Gehilfinnen von Gehilfinnen, Hilfen, Wäscherinnen, Rinnen und Innen – die sich immer weniger abheben – wie auf jenen Bank-Annoncen, wo beschränkte kleine Angestellte, von glücklicheren Schultern undeutlich halbiert, aber sich immer noch behauptend, im Prozeß bescheidener Auflösung noch immer lächeln.

«Ist das nicht der schnaufende Jones in der zweiten Reihe? Ich mochte den alten Knaben immer gern.»

«Nein», antwortete Ada, «das ist Price. Jones kam vier Jahre später. Er ist jetzt ein prominenter Polizist in Nieder-Ladore. Tja, das ist alles.»

Mit gespielter Lässigkeit blätterte Van zu den Weiden zurück und sagte:

«Jeder Schuß des Albums wurde 1884 geschnappt, bis auf diesen einen. Ich habe dich niemals im frühen Frühjahr den Ladore-Fluß hinabgerudert. Nett, daß du deine wundervolle Fähigkeit, zu erröten, nicht verloren hast.»

«Sein Fehler. Er muß eine *fototschka* dazwischen gemischt haben, die später aufgenommen wurde, vielleicht 1888. Wir können es herausreißen, wenn du möchtest.»

«Meine Süße», sagte Van, «1888 ist insgesamt herausgerissen worden. Man braucht kein Detektiv aus einem Kriminalroman zu sein, um zu sehen, daß mindestens ebenso viele Seiten entfernt wie stehengelassen wurden. *Mir* ist es gleich – ich meine, *ich* habe kein Verlangen, die *Knabenkräuter* und andere Gehänge deiner Freunde zu sehen, die mit dir botanisierten; aber 1888 ist zurückbehalten worden, und er wird damit aufkreuzen, sobald der erste Tausender verbraucht ist.»

«Ich habe 1888 selbst zerstört», gab die stolze Ada zu; «aber ich schwöre, ich schwöre feierlich, daß der Mann hinter Blanche auf dem *perron*-Bild ein völlig Fremder war und immer geblieben ist.»

«Gut für ihn», sagte Van. «Es hat wirklich keine Bedeutung.

Unsere gesamte Vergangenheit ist verspottet und verdammt worden. Wenn ich so darüber nachdenke, will ich die Familien-Annalen doch nicht schreiben. Übrigens, wo ist meine arme kleine Blanche jetzt?»

«Oh, ihr geht's gut. Sie ist immer noch da. Du weißt, sie kam zurück – nachdem du sie entführt hattest. Sie heiratete unseren russischen Kutscher, den, der Bengalen-Ben ersetzte, wie die Diener ihn nannten.»

«Oh, tatsächlich? Das ist köstlich. Madame Trofim Fartukov. Das hätte ich nie gedacht.»

«Sie haben ein blindes Kind», sagte Ada.

«Liebe ist blind», sagte Van.

«Sie erzählt mir, du seist ihr gleich am ersten Morgen deiner ersten Ankunft zu nahe getreten.»

«Nicht von Kim dokumentiert», sagte Van. «Wird ihr Kind blind *bleiben*? Ich meine, hast du ihnen einen wirklich erstklassigen Arzt besorgt?»

«O ja, hoffnungslos blind. Aber da wir von der Liebe und ihren Mythen sprechen, ist dir klar – denn mir war es nie klar, ehe ich vor ein paar Jahren mit ihr sprach –, daß die Leute rings um unser Verhältnis tatsächlich sehr gute Augen hatten? Vergiß Kim, er ist nur der notwendige Clown – aber ist dir klar, daß eine wahre Legende um dich und mich rankte, während wir Liebe spielten und uns liebten?»

Sie war sich nie im klaren darüber gewesen, sagte sie wieder und wieder (als ob sie beabsichtigte, die Vergangenheit von der Trivialität der Tatsachen des Albums zurückzufordern), daß ihr erster Sommer in den Obst- und Orchideengärten von Ardis quer durchs Land ein geheiligtes Geheimnis und Glaubensbekenntnis geworden war. Romantisch veranlagte Dienstmädchen, deren Lektüre aus *Gwen de Vere* und *Klara Mertvago* bestand, adorierten Van, adorierten Ada, adorierten Ardensis Aboreta. Ihre Schäfer, die auf ihren siebensaitigen russischen Leiern unter den Blüten der wilden Racemosa-Kirschbäume oder in alten Rosengärten Balladen zupften (während die Fenster in dem Schloß eines nach dem andern ausgingen), fügten frisch komponierte Zeilen – naiv, lakai-maßliebchenhaft, aber vom Herzen kommend – an Volkslieder-Zyklen. Exzentrische Polizeioffiziere verliebten sich in den Glanz des Inzests. Gärtner paraphrasierten schillernde persische Gedichte über Bewässerung und die Vier Pfeile der Liebe. Nachtwächter bekämpften Schlaflosigkeit und das Feuer des Trippers mit den Waffen aus *Vaniadas Abenteuer*. Hirten, die auf fernen Hügeln vom Blitz verschont blieben, benutzten ihre riesigen «Klagehörner» als Ohrmuscheln, um die Liedchen von Ladore zu erhaschen. Jungfräuliche Burgfräuleins in marmorflurigen Herrenhäusern liebkosten ihre einsamen Flammen, die von Vans Romanze entfacht worden waren. Und ein weiteres Jahrhundert würde vergehen und das gemalte Wort von dem noch reicheren Pinsel der Zeit retouchiert werden.

«Welches alles», sagte Van, «nur heißt, daß unsere Lage verzweifelt ist.»

8

Da Van wußte, wie sehr seine Schwestern russische Kost und russisches Kabarett liebten, führte er sie am Samstagabend ins «Ursus», das beste franco-estotische Restaurant in Groß-Manhattan. Beide jungen Damen trugen die sehr kurzen und offenen Abendkleider, die Vass in jener Saison «vorspiegelte» – in der Redensart jener Saison: Ada ein gazeartiges Schwarz, Lucette ein leuchtendes Kantharid-Grün. Beider Münder «echoten» im Ton (doch nicht in der Tönung) ihrer Lippenstifte; ihre Augen waren im «überraschten Paradiesvogel»-Stil geschminkt, der in Los so modisch wie in Lute war. Misch-Metaphern und Zweideutigkeiten standen allen drei Veens, den Kindern der Venus, gut.

Die *ucha*, der Schaschlik, das *Ai* waren leichte und vertraute Erfolge; aber die alten Lieder hatten eine besondere Schärfe auf Grund der Teilnahme eines Ljaskanischen Kontra-Alts und eines Baß aus Banff, renommierte Künstler für russische «Romanze» mit einem Hauch von herzquetschender *zyganschtschina*, die durch Grigorev und Glinka vibrierte. Und dann war da Flora, eine schlanke, kaum mannbare, halbnackte Varieté-Tänzerin ungewisser Herkunft (rumänisch, romanisch, ramseyisch?), deren hinreißender Dienste sich Van mehrere Male im Herbst jenes Jahres bedient hatte. Als ein «Mann von Welt» betrachtete Van mit höflicher (vielleicht zu höflicher) Teilnahmslosigkeit ihre begabten Reize, aber sicherlich addierten sie einen Bonus zu dem Zustand erotischer Erregung, die von dem Augenblick an, da seine zwei Schönen entpelzt und in den Farbwirbel des Festes vor ihm placiert waren, in ihm kribbelte; und diese Spannung wurde irgendwie noch gesteigert dadurch, daß er sich (sorgfältig erspäht und durchsichtig übersehen) des verstohlenen, eifersüchtigen, intuitiven Argwohns bewußt war, mit dem Ada *und* Lucette ohne ein Lächeln die Reaktionen seines Gesichts auf den zurückhaltenden Blick professionellen Erkennens von seiten des vorüberschwebenden und wieder herschwebenden *bljaduschka* (niedlichen Hürchens) überwachten, wie unsere jungen Damen die (*sehr* teure und insgesamt entzückende) Flora mit schlecht gespielter Gleichgültigkeit apostrophierten. Schon begannen die langen Schluchzer der Geigen auf Van und Ada zu wirken und sie fast zu ersticken: eine jugendliche Abhängigkeit von romantischen Appellen, die von einem Augenblick zum andern die tränenreiche Ada zwang, fortzugehen und «ihre Nase zu pudern», während Van mit einem krampfhaften Schluchzer aufstand, den er zwar verfluchte, aber nicht kontrollieren konnte. Er kehrte zu seinem Essen zurück, was immer es sein mochte, und streichelte grausam den Aprikosenflaum auf Lucettes Unterarm, und sie sagte auf russisch: «Ich bin betrunken und alles, aber mehr als das Leben bete (*oboschaju*) ich dich, dich (*tebja, tebja*) an, ich bete, bete, bete dich an, ich sehne mich unerträglich nach dir, und bitte, gib mir keinen Champagner mehr zu saufen, nicht nur, weil ich in den Goodson River springen werde, wenn ich nicht darauf hoffen kann, dich zu haben, und nicht nur wegen des körperlichen roten Dings – dein Herz ist dir fast herausgerissen worden, mein armer ‹Liebling›, mehr als ‹Liebling›, es schien mir mindestens acht Zoll lang –»

«Siebeneinhalb», brummte der bescheidene Van, dessen Gehör von der Musik beeinträchtigt wurde.

«– sondern weil du Van bist, Van, Van und nichts als Van, Haut und Narbe, die einzige Wahrheit unseres einzigen Lebens, *meines* verfluchten Lebens, Van, Van, Van.»

Hier erhob Van sich wieder, als Ada, den schwarzen Fächer

in eleganter Bewegung, verfolgt von tausend Augen zurückkam, während die einleitenden Takte einer *romance* (über Fets berühmtes *Sijala notschj*) über die Tasten zu laufen begannen (und der Baß hustete *à la russe* in seine Faust, bevor er einsetzte).

Leuchtende Nacht, monderfüllter Garten. Strahlen
Lagen uns zu Füßen. Der Salon ohne Licht;
Weit offen der Flügel; und unsere Herzen
Schlugen dein Lied, wie in ihm die Saiten schlugen . . .

Dann stürzte Banoffsky sich auf Glinkas großartige Amphibrachys (Michail Ivanovitsch war ein Sommergast auf Ardis gewesen, als ihr Onkel noch lebte – es gab eine grüne Bank an einer Stelle, von der es hieß, der Dichter habe dort unter den Robinien besonders häufig gesessen und die hohe Stirn gewischt:

Laß nach, o du Unrast der Gluten!

Dann kamen andere Sänger mit immer traurigeren Balladen – «Die zarten Küsse sind vergessen» und «Es war im frühen Frühjahr, ja, das Gras war kaum gesprossen» und «Viel Gesang hörte ich in der Heimat mein: Manchen aus Gram und manchen aus Freude», und das unecht volkstümliche

Eine Klippe im Roß, überwachsen mit Moos
Überall, von ganz unten bis oben . . .

und eine Reihe von Reiseklagen wie das anspruchslosere anapästische:

Eintönig hell klingt das Glöcklein
Und die Straße ward staubig ein Stück . . .

Und jenes kurze, seltsam korrumpierte, einzigartig geniale Soldatenlied

Nadescha, ich bin bald zurück,
Der Nahtrupp barscher Boys sich reihet . . .

und Turgenevs einziges denkwürdiges lyrisches Gedicht, das anfängt

Morgen so trübe und Morgen grau dämmernd,
Reifende Felder so trist unter Schneelast

und natürlich das gefeierte Pseudo-Zigeuner-Gitarrenstück von Apollon Grigorev (einem anderen Freund von Onkel Ivan)

O du, zumindest, sprich zu mir,
Mein siebensait'ger Begleiter
Solch' sehnend Schmerz befällt mein Herz,
Solch Mondlicht führt mich weiter!

«Ich erkläre, wir sind mit Mondlicht und Erdbeer-Soufflé gesättigt – letzteres, fürchte ich, hat sich nicht ganz auf die Höhe des Ereignisses ‹erhoben›», bemerkte Ada auf ihre listige, Austen-mädchenhafte Weise. «Laßt uns alle zu Bett gehen. Du hast unser riesiges Bett gesehen, Liebchen? Schau, unser Kavalier gähnt, ‹bereit, seinen Stampfer zu lockern›» (vulgärer Ladore-Jargon).

«Wie (Erklimmung der Gähn-Spitze) wahr», brachte Van hervor und hörte auf, die samtene Backe seines Amor-Pfirsichs zu betasten, den er eingedrückt, aber nicht gekostet hatte.

Der Maître d'hôtel, der Weinkellner, der Schaschlikmann und eine Mannschaft von weiteren Kellnern waren äußerst entzückt gewesen über die Menge von frischem Kaviar und Ai-Sekt, die die ätherisch aussehenden Veens konsumiert hatten, und hielten nun ein vielzähliges Auge auf das Tablett, das mit einer Ladung Wechselgeld aus Goldstücken und Banknoten zurück zu Van geflogen war.

«Warum», fragte Lucette, Adas Wange küssend, als sie beide sich erhoben (und hinter ihren Rücken Schwimmbewegungen machten auf der Suche nach den Pelzen, die im Safe oder sonstwo eingeschlossen waren), «warum haben dich das erste Lied, *Usch gasli v komnatach ogni* und die ‹duftenden Rosen› mehr verwirrt als dein Lieblingslied von Fet und das andere über den spitzen Ellbogen des Hornisten?»

«Auch Van war verwirrt», erwiderte Ada rätselhaft und

streifte mit frisch geschminkten Lippen die frechste Sommersprosse der beschwipsten Lucette.

Losgelöst, lediglich per Berührung, so als hätte Van jene zwei langsam sich vortastenden hüftschwingenden Grazien erst an diesem Abend kennengelernt, legte er, sie durch einen Torweg steuernd (um mit den Sündchilla-Mantillas zusammenzutreffen, die ihnen von zahllosen neuen, gierigen, unanständig und unerklärlich mittellosen Menschen entgegengedrängt wurden), eine Hand, die linke, auf Adas langen, bloßen Rücken und die andere auf Lucettes Wirbelsäule, die ebenso nackt und lang war (hatte sie Hahn oder Naht gemeint? Lapsus lispelnder Lippen?). Losgelöst erforschte und schmeckte er erst diese Empfindung, dann jene. Seines Mädchen *ensellure* war heiß und elfenbeinern; Lucettes war flaumig und feucht. Auch er hatte geradeso «den letzten Strohhalm» Champagner genossen, nämlich von einem halben Dutzend Flaschen vier minus einem Tröpfchen (wie wir es im alten Chose nannten), und jetzt, da er ihren bläulichen Pelzen folgte, schnupperte er wie ein Narr an seiner rechten Hand, bevor er sie in den Handschuh steckte.

«Mann, Veen», wieherte leise eine Stimme hinter ihm (eine Menge Wollüstlinge hingen hier herum), «du brauchst doch nicht gleich zwei, oder?»

Van wirbelte herum, bereit, den unfeinen Sprecher zu ohrfeigen – aber es war nur Flora, ein schrecklicher Quälgeist und eine bewundernswerte Imitatorin. Er wollte ihr eine Banknote geben, aber sie floh, wozu Armbänder und Bruststerne ein liebliches Lebwohl blitzten.

Kaum hatte Edmund (nicht Edmond, der aus Sicherheitsgründen – er kannte Ada – nach Kingston zurückgeschickt worden war) sie nach Hause gebracht, blies Ada die Backen auf, machte große Augen und stürzte sich in Vans Badezimmer. Ihres war dem schwankenden Gast überlassen worden. Van stand an einem geographischen Ort, der dem älteren Mädchen um einen Deut näher lag, und nutzte in einem anhaltenden Strahl die Annehmlichkeiten eines kleinen *vessie* (Canady-Form von WC) neben seinem Ankleidezimmer. Er legte Smoking-Jacke und Schleife ab, öffnete den Kragen seines Seidenhemds und verharrte in männlichem Zögern: Ada ließ auf der anderen Seite von Schlafzimmer und Salon das Badewasser einlaufen; seinem Rauschen paßte sich ein vor kurzem gehörter Gitarren-Rhythmus aquatisch an (die seltenen Augenblicke, da er sich an sie und ihre ganz vernünftige Rede in ihrem letzten Sanatorium in Agavia erinnerte).

Er leckte sich die Lippen, räusperte sich und ging, entschlossen, zwei Finken mit einem Tannenzapfen zu töten, zur anderen, südlichen Spitze der Wohnung durch ein *boudery* und *manger hall* (wir neigen immer dazu, Canady-Sprache zu benutzen, wenn wir *pleins* sind). Im Gästezimmer stand Lucette mit dem Rücken zu ihm und war gerade dabei, ihr blaßgrünes Nachthemd über den Kopf zu ziehen. Ihre schmalen Hüften waren bloß, und unser elender Wüstling konnte nicht umhin, von der idealen Symmetrie der köstlichen Zwillings-Grübchen bewegt zu sein, die nur sehr vollkommene junge Körper im geheiligten Gürtel der Schönheit über den *fesses* vorweisen. Oh, sie waren noch vollkommener als Adas! Zum Glück drehte sie sich um, wobei sie ihre durcheinandergebrachten roten Locken glattstrich, und ihr Saum fiel bis zum Knie herab.

«Meine Liebe», sagte Van, «hilf mir bitte. Sie erzählte mir von ihrem arizonischen *estanciero*, aber nun ist mir der Name entfallen, und ich möchte sie nicht damit belästigen.»

«Nur hat sie dir nie davon erzählt», sagte die loyale Lucette, «deshalb konnte dir nichts entfallen. Nein. Ich kann das deinem und meinem Liebchen nicht antun, denn wir wissen, daß du dies Schlüsselloch mit einer Pistole treffen könntest.»

«Bitte, kleine Füchsin! Ich werde dich mit einem ganz besonderen Kuß belohnen.»

«Oh, Van», hauchte sie über einen tiefen Seufzer hinweg. «Du versprichst, daß du ihr nicht erzählst, daß ich es dir erzählte?»

«Ich verspreche es. Nein, nein, nein», fuhr er fort, in russischen Akzent verfallend, da sie mit der Hingabe unbedachter Liebe gerade ihren Unterleib an den seinen pressen wollte. «*Nikak-s net:* keine Lippen, kein Philtrum, kein Nasenreiben, kein schwimmendes Auge. Die Achselhöhle der kleinen Füchsin, nur die – es sei denn» – (sich mit scheinbarer Ungewißheit zurückziehend) – «du *rasierst* dich dort?»

«Ich rieche noch schlimmer, wenn ich's tue», gestand die einfältige Lucette und entblößte gehorsam eine Schulter.

«Arm hoch! Aufs Paradies gezielt! Terra! Venus!» kommandierte Van und paßte für ein paar synchronisierte Herzschläge seinen arbeitenden Mund in die heiße, feuchte, gefährliche Höhlung.

Sie ließ sich auf einen Stuhl fallen und preßte eine Hand gegen die Stirn.

«Schalte das Rampenlicht aus», sagte Van. «Ich will den Namen jenes Burschen.»

«Vinelander», antwortete sie.

Er hörte Ada Vinelanders Stimme nach ihren Glass-Hausschuhen rufen (die, wie auch zu Cordulenkas Prinzessinnentum, für ihn schwer von Tanzschuhen zu unterscheiden waren), und eine Minute später, ohne die geringste Unterbrechung der aufgebauten Spannung, sah Van sich, in einem trunkenen Traum, Rose – nein, Ada, aber in der rosigen Manier, auf einer Art niedriger Kommode aufs heftigste lieben. Sie beschwerte sich, er habe ihr wie ein «Tiger-Türke» zugesetzt. Er ging zu Bett und war im Begriff, endgültig einzuschlummern, als sie seine Seite verließ. Wohin sie ginge? Liebchen wollte das Album sehen.

«Ich bin glitsch wieder da», sagte sie (lesbischer Schulmädchen-Slang), «bleib also wach. Übrigens, von jetzt an wird *Chère-amie-fait-morata* herrschen» – (Spiel mit den allgemeinen und besonderen Namen der berühmten Fliege) – «bis auf weiteres.»

«Aber keine sapphischen Vorspeisen», brummelte Van in sein Kopfkissen.

«Oh, Van», sagte sie, kopfschüttelnd sich umwendend, eine Hand auf dem Türgriff aus Opal am Ende eines endlosen Raums. «Wir haben das so oft durchgesprochen! Du gibst selber zu, ich bin nur *a pale white girl with gipsy hair* in einer todlosen Ballade, in einem Nulliversum, in Rattners ‹buntgefleckter Welt›, deren einziges Prinzip blinde Variation ist. Du kannst nicht», fuhr sie fort – irgendwo zwischen den Wangen seines Kopfkissens (denn Ada war mit ihrem blutbraunen Buch längst verschwunden) –, «du kannst nicht Schamhaftigkeit von einem Delphinchen verlangen. Du weißt, daß ich nur Männer liebe und, leider, nur einen einzigen Mann.»

Es war immer etwas farbenprächtig Impressionistisches, aber auch Infantiles um Adas Anspielungen auf ihre fleischlichen Beziehungen, das einen an Tarnfarben-Malerei erinnerte oder an kleine Glas-Labyrinthe mit zwei Erbsen, oder die Ardis-Wurfmaschine – weißt du noch? –, die Tontauben und Kiefernzapfen zum Abschießen emporwarf, oder an *cockamaroo,* das mit einem Mini-Billardstock auf dem grünen Filz eines länglichen Bretts mit Löchern und Ösen, Glöckchen und Nadeln gespielt wurde, zwischen denen der ping-pong-große elfenbeinerne Ball mit Bix-Pix-Abprallern im Zickzack hindurchlief.

Tropen sind die Träume der Sprache. Durch die Buchsbaum-Labyrinthe und Bagatelle-Bögen von Ardis glitt Van in den Schlaf. Als er seine Augen wieder aufschlug, war es neun Uhr morgens. Sie lag von ihm weggekrümmt, mit nichts außer der geöffneten Parenthese, ihr Inhalt war noch nicht bereit, eingeklammert zu werden, und das geliebte, schöne, verräterische, blauschwarz-bronzene Haar duftete nach Ardis, aber auch nach Lucettes «Oh-de-grâce».

Hatte sie ihm ein Kabel übermittelt? Abgesagt oder verschoben? Mrs. Viner – nein, Vingolfer, nein, Vinelander – erster Russkij, der die Labruska-Traube kosten würde.

«Mne snitsa saPERnik SCHTSCHASTLIVOJ!» (Michail Ivanovitsch, auf seiner Bank unter cremefarbenen Blütentrauben hockend, mit seinem Spazierstock Bögen in den Sand ziehend.)

«Ich träum von dem glücklichen Gegner!»

Inzwischen ist's Dr. Kater für mich und seine stärkste Koffeina-Pille.

Weil Ada mit zwanzig bis weit in den Morgen schlief, hatte er vom Beginn ihres neuen gemeinsamen Lebens es sich zur Gewohnheit gemacht, vor ihrem Aufwachen zu duschen und während der Rasur vom Badezimmer aus nach dem Frühstück zu läuten, das Valerio hereinbrachte, indem er den gedeckten Tisch aus dem Fahrstuhl ins Wohnzimmer neben dem Schlafraum rollte. Aber da Van an diesem speziellen Sonntag nicht wußte, was Lucette wohl gern hätte (er erinnerte sich an ihre Vorliebe für Kakao), und da er begierig war, sich mit Ada zu vereinigen, bevor der Tag begann, auch wenn es bedeutete, in ihren warmen Schlaf einzudringen, beeilte er sich mit seinen Waschungen, trocknete sich kräftig ab, puderte seine Leistengegend und betrat, ohne sich die Mühe zu machen, etwas überzuziehen, in glanzvoller Männlichkeit das Schlafzimmer, wo er eine zerzauste und verdrießliche Lucette vorfand, die immer noch ihr weidengrünes

Nachthemdchen trug und auf dem entfernten Ende des Konkubinenbetts saß, während Ada mit den dicken Brustwarzen, aus rituellen und prophetischen Gründen bereits sein *rivière de diamants* um den Hals, ihre erste Zigarette des Tages inhalierte und versuchte, Lucette eine Entscheidung zu entlocken, ob sie die Pfannkuchen des Monaco-Hotels mit Potomac-Sirup probieren wollte oder lieber ihren unvergleichlichen Bernstein-und-Rubin-Schinkenspeck. Als Lucette Van sah, der in imposanter Positur ohne mit der Wimper zu zucken ein Anrecht heischendes Knie auf die nahe Kante des riesigen Bettes placierte (Mississippi-Rose hatte einmal, zum Zwecke progressiver visueller Bildung, ihre beiden kleinen karamel-braunen Schwestern samt einer Puppe von fast gleicher Größe, aber weiß, mit dorthin gebracht), hob sie die Schultern und tat, als wollte sie gehen, aber Adas gierige Hand hielt sie zurück.

«Platz herein, Liebchen (es fing alles damit an, daß die Kleine winzige Winde bei Tisch losließ, *circa* 1882). Und du, Garten-Gott, ruf die Bedienung an – drei Kaffees, ein halbes Dutzend weichgekochter Eier, eine Menge Buttertoast und massenhaft von –»

«O nein!» unterbrach Van. «Zwei Kaffees, vier Eier, *et cetera.* Ich weigere mich, die Dienerschaft wissen zu lassen, daß ich zwei Mädchen im Bette habe, eine (*teste* Flora) ist genug für meine kleinen Bedürfnisse.»

«*Kleine* Bedürfnisse!» schnaubte Lucette. «Laß mich los, Ada. *Ich* brauche ein Bad, und *er* braucht dich.»

«Liebchen bleibt hier», rief die dreiste Ada und riß ihrer Schwester mit anmutigem Schwung das Nachthemd vom Leibe. Ungewollt beugte Lucette den Kopf und den zerbrechlichen Nacken; dann ließ sie sich auf die äußere Hälfte von Adas Kopfkissen zurücksinken, in der schamhaften Ohnmacht eines Märtyrers, und ihre Locken breiteten ihr orangenes Feuer gegen den schwarzen Samt des gepolsterten Kopfbretts.

«Nimm deine Arme auseinander, Dummchen», befahl Ada und stieß das Bettuch beiseite, das sechs Beine zum Teil bedeckte. Zugleich, ohne den Kopf zu wenden, verjagte sie den verstohlenen Van mit einem Klaps von ihrer Hinterseite und fuhr mit der anderen Hand magisch über die kleinen, aber sehr hübschen Brüste, die mit Perlen von Schweiß besetzt waren, und über den flachen, bebenden Bauch einer Seesand-Nymphe bis hinunter zu dem Feuervogel, den Van erst ein Mal erblickt hatte und der jetzt flügge und auf seine Weise genauso faszinierend war wie der blaue Rabe seines Lieblings. Zauberin! Acrasia!

Was wir jetzt haben, ist nicht so sehr eine casanovanische Situation (jener Doppel-Lüstling hatte einen ausgesprochen monochromen Stift – im Einklang mit den Memoiren seiner farblosen Zeit) als vielmehr ein viel früheres Gemälde der venezianischen (*sensu largo*) Schule, geschickt genug (in den «Verbotenen Meisterwerken») reproduziert, um der genauen Untersuchung eines Bordell-*vue d'oiseau* standzuhalten.

So von oben gesehen, als werde sie an dem Himmelsspiegel reflektiert, den Eric sich unbefangen in seinen zyprischen Träumen ausgedacht hatte (tatsächlich gibt es dort oben bloß Schatten, denn die Vorhänge sind noch nicht geöffnet und schließen den grauen Morgen aus), haben wir die große Insel des Bettes von unserer Linken (Lucettes Rechte) beleuchtet durch eine Lampe, die mit summendem Glühen auf dem westlichen Nachttisch brannte. Bettuch und Decke liegen zerknüllt am Fußbrettlosen Süden der Insel, von wo das frisch gelandete Auge seinen Weg gen Norden einschlägt, die Spähangel-Beine der jüngeren Miss Veen aufwärts. Ein Tautropfen auf rostrotem Moos findet schließlich eine stilistische Erwiderung in der Aquamarin-Träne auf ihrem flammenden Wangenknochen. Ein neuer Ausflug vom Hafen ins Hinterland entdeckt den langen weißen linken Oberschenkel des zentralen Mädchens; wir besuchen Souvenir-Stände: Adas rotlackierte Krallen, die das leidlich widerspenstige, verzeihlich nachgiebige Handgelenk eines Mannes aus dem dämmerigen Osten in den leuchtend rostroten Westen lenken, und das Glitzern ihres Diamanten-Halsbands, das, für dies eine Mal, nicht sehr viel wertvoller ist als die Aquamarine auf der anderen (West-)Seite der Nouveauté-Roman-Gasse. Der narbige männliche Akt an der Ostküste der Insel ist zur Hälfte beschattet und im ganzen weniger interessant, wiewohl beträchtlich erweckter, als ihm oder einem bestimmten Touristentyp guttut. Die kürzlich neu tapezierte Wand unmittelbar westlich der jetzt lauter summenden (*et pour cause*) dorozenischen Lampe ist zu Ehren des zentralen Mädchens mit peruanischem «Geißblatt» gemustert, das (nicht nur wegen seines Nektars, fürchte ich, sondern wegen der mikroskopisch kleinen Tiere, die darin stecken) von prächtigen Loddigesia-Kolibris aufgesucht wird, während der Nachttisch an jener Seite eine ordinäre Schachtel Streichhölzer vorweist, einen *karavantschik* von Zigaretten, einen Aschbecher aus dem Monaco, ein Exemplar von Voltemands drittklassigem Reißer und eine protzige Oncidium-Orchidee in einem Väschen aus violettem Glas. Auf dem Gegenstück auf Vans Seite eine ähnliche überstarke, aber nicht eingeschaltete Lampe, ein Dorophon, eine Packung Wipex, eine Leselupe, das zurückgebrachte Ardis-Album und ein Sonderdruck «Leise Musik als Ursache für Gehirntumor» von Dr. Anbury (des jungen Rattners neckisches Pseudonym). Klänge haben Farben, Farben haben Gerüche. Das Feuer von Lucettes Bernstein läuft durch die Nacht von Adas Duft und Glut und verharrt an der Schwelle von Vans Lavendel-Bock. Zehn eifrig böse, liebend lange Finger von zwei verschiedenen jungen Dämonen liebkosen ihr hilfloses Bettliebchen. Adas offenes schwarzes Haar kitzelt aus Versehen das lokale Kuriosum, das sie in ihrer linken Faust hält, großzügig ihre Erwerbung vorzeigend. Unsigniert und ungerahmt.

Das war's in etwa (denn die magische Nippsache verflüssigte sich sehr plötzlich, und Lucette floh, ihr Nachthemd erhaschend, in ihr Zimmer). Es war eben so eine Art Laden, wo die Fingerspitzen des Juweliers die zärtliche Fertigkeit besitzen, die Kostbarkeit eines Geschmeides noch zu steigern, eng verwandt mit dem Reiben der Hinterflügel bei einem ruhenden Lycaeniden oder dem Daumenrobbeln eines Zauberers, der eine Münze verschwinden läßt; aber just in einem solchen Laden findet der stöbernde Künstler das anonyme Bild, das, je nach Laune oder Absicht, Grillo oder Obieto zugeschrieben wird.

«Sie ist schrecklich nervös, das arme Kind», bemerkte Ada, während sie sich über Van hinweg nach den Wipex streckte. «Du kannst dieses Frühstück jetzt bestellen – es sei denn . . . Oh, was für ein schöner Anblick! Orchideen. Ich hab noch nie einen Mann sich so schnell erholen sehen.»

«Hunderte von Huren und Dutzende Puppen mit mehr Erfahrung als die künftige Mrs. Vinelander haben mir das schon gesagt.»

«Kann sein, daß ich nicht mehr so intelligent bin wie früher», sagte Ada traurig, «aber ich kenne jemanden, *who is not simply a cat, but a polecat,* und das ist Cordula Tobacco alias Madame Perwitsky. Ich las in der Morgenzeitung, daß in Frankreich neunzig Prozent der Katzen an Krebs sterben. Ich weiß nicht, wie die Lage in Polen ist.»

Nach einer Weile adorierte er (*sic!* Hrsg.) die Pfannkuchen. Jedoch keine Lucette tauchte auf, und als Ada, die immer noch ihre Diamanten trug (zum Zeichen für mindestens noch einen *caro* Van plus eine Camel vor dem Morgenbad), in das Gästezimmer schaute, entdeckte sie, daß der weiße Koffer und die blauen Pelze verschwunden waren. Eine Mitteilung, in «Arlen»-Lidgrün gekritzelt, war ans Kopfkissen geheftet.

Würde wahnsinnig wenn ich noch eine Nacht bliebe werde in Verma skilaufen mit anderen armen wolligen Würmern für drei Wochen oder so unglücklich

arme Elle

Van trat an ein klösterliches Lesepult, das er zur Niederschrift vertebraler Gedanken in vertikaler Haltung erworben hatte, und schrieb wie folgt:

Arme L.

Es tut uns leid, daß Du so früh abgereist bist. Es tut uns noch mehr leid, daß wir unsere Esmeralda und Meerjungfrau zu einem schlimmen Streich verführt haben. Jene Art von Spiel wird nie wieder mit Dir gespielt, liebster Feuervogel. Wir entschuldigen uns. Erinnertes, inerte Schönheit und interne Feuer lassen Künstler und Kretins alle Selbstbeherrschung verlieren. Man weiß von Piloten gewaltiger Luftschiffe und sogar von Frauen, riechenden Kutschern, daß sie von einem Paar grüner Augen und einer Kupferlocke zum Wahnsinn getrieben wurden. Wir wollten Dich bewundern und belustigen, PV (Paradiesvogel). Wir gingen zu weit. Ich, Van, ging zu weit. Wir bereuen jene beschämende, wenn auch im Grunde unschuldige Szene. Wir gehen durch Zeiten emotionalen Stresses und der Erneuerung. Vernichten und vergessen.

In Zärtlichkeit Deine A & V.
(in alphabetischer Reihenfolge).

«Ich nenne dies einen pompösen und puritanischen Kohl», sagte Ada, als sie Vans Brief überflog. «Warum *sollten* wir uns dafür entschuldigen, daß sie ein köstliches *spasmotschka*-Erlebnis (Spaßmachen) hatte. Ich liebe sie und würde es nie dulden, daß du ihr weh tust. Es ist komisch – weißt du, irgend etwas im Ton deines Briefs macht mich zum ersten Male in meinem Lieben [so im Manuskript, an Stelle von ‹Leben›. Hrsg.] wirklich eifersüchtig. Van, Van, irgendwo, irgendwann, nach einem Sonnenbad oder Tanz, wirst du mit ihr schlafen, Van!»

«Es sei denn, dir gehen die Liebestränke aus. Gestattest du, daß ich ihr diese Zeilen schicke?»

«Ja, aber ich möchte ein paar Worte hinzufügen.»

Ihr PS lautete:

Die obenstehende Erklärung ist Vans Werk, das ich nur widerwillig unterschreibe. Sie ist pompös und puritanisch. Ich bete Dich an, mon petit, *und würde ihm nie erlauben, Dir weh zu tun, ganz gleich, wie sanft oder wahnsinnig. Wenn Du Queen satt hast, warum fliegst Du nicht einfach rüber nach Holland oder Italien?*

A.

«Nun laß uns rausgehen und frische Luft schnappen», schlug Van vor. «Ich werde Pardus und Peg satteln lassen.»

«Gestern abend haben mich zwei Männer erkannt», sagte sie. «Zwei getrennt auftretende Kalifornier, aber sie wagten nicht, mich zu begrüßen – da mein smokingseidener Raufbold umherblitzte. Der eine war Anskar, der Produzent, und der andere, mit einer Kokotte, Paul Whinnier, einer der Londoner Freunde deines Vaters. Ich hatte ein bißchen gehofft, wir würden wieder ins Bett gehen.»

«Wir werden jetzt einen Ritt durch den Park machen», sagte Van entschieden und läutete zuallererst nach einem Sonntagsboten, der den Brief in Lucettes Hotel bringen sollte – oder nach Verma, falls sie schon abgereist war.

«Ich nehme an, du weißt, was du tust?» bemerkte Ada.

«Ja», antwortete er.

«Du brichst ihr das Herz», sagte Ada.

«Ada-Adorata», rief Van, «ich bin ein strahlendes Nichts. Ich bin dabei, mich nach einer langen, schrecklichen Krankheit zu erholen. Du weintest über meine unpassende Narbe, nun aber wird das Leben nichts als Lieben und Lachen sein und Karamelbonbons. Ich kann nicht über gebrochene Herzen brüten, mein eigenes ist erst seit kurzem geflickt. Du wirst einen blauen Schleier tragen und ich den falschen Schnurrbart, der mich wie Pierre Legrand, meinen Fechtlehrer, aussehen läßt.»

«Au fond», sagte Ada, «haben Vettern und Cousinen ersten Grades absolut das Recht, miteinander zu reiten. Und sogar zu tanzen und Schlittschuh zu laufen, wenn sie wollen. Immerhin sind Vettern und Cousinen ersten Grades beinahe Bruder und Schwester. Es ist ein blauer, eisiger, atemloser Tag.»

Sie war bald fertig, und sie küßten sich zärtlich im Entree, zwischen Fahrstuhl und Treppe, bevor sie sich für ein paar Minuten trennten.

«Turm», flüsterte sie als Antwort auf seinen fragenden Blick, genau wie sie es an all den honigsüßen Morgen der Vergangenheit hat, wenn sie das Glück nachprüfte: «Und du?»

«Geradezu ein Ziggurat.»

9

Nach einigen Erkundungen spürten sie eine Reprise von *Jung und verdammt* (1890) in einem winzigen Kino auf, das auf Gemalte Western spezialisiert war (wie man jene Wüsten der Nichtkunst damals nannte). Dahin war es mit Mlle Larivières *Enfants Maudits* (1887) schließlich gekommen! Sie hatte zwei Jugendliche in einem französischen Schloß ihre verwitwete Mutter vergiften lassen, die einen jungen Nachbarn, den Liebhaber eines ihrer Zwillinge, verführt hatte. Die Autorin hatte der Freiheit der Zeiten und der verdorbenen Phantasie der Drehbuchschreiber viele Konzessionen gemacht; aber sowohl sie als auch die Hauptdarstellerin verwarfen das Endergebnis zahlreicher Pfuschereien an der Fabel, die jetzt die Geschichte eines Mordes in Arizona geworden war. Das Opfer war ein Witwer, der eine trunksüchtige Prostituierte heiraten wollte, die darzustellen Marina sich vernünftigerweise weigerte. Aber die arme kleine Ada hatte sich an ihre winzige Rolle geklammert, eine Zwei-Minuten-Szene in einem *traktir* (Gasthaus). Während der Proben meinte sie, als schlangenhaftes Barmädchen gar nicht mal so übel zu sein – bis der Regisseur sie anpfiff, sie bewege sich wie ein ekkiger Backfisch. Sie hatte sich nicht dazu herbeigelassen, das Endprodukt anzusehen, und war nun nicht übermäßig darauf erpicht, daß Van es jetzt sah, aber er erinnerte sie daran, daß derselbe Regisseur, G. A. Vronskij, ihr gesagt hatte, sie wäre immer hübsch genug, um eines Tages als Double für Lenore Colline zu gehen, die mit zwanzig genauso anziehend linkisch wie sie gewesen sei und beim Durchqueren eines Zimmers ihre Schultern in der gleichen Weise gehoben und vorgeschoben habe. Nachdem sie einen G. W.-Kurzfilm-Vorspann durchsessen hatten, kamen sie schließlich zu *Jung und verdammt*, nur um festzustellen, daß die Barmädchen-Szene aus dem Kneipen-Teil herausgeschnitten worden war – bis auf einen vollkommen deutlichen Schatten von Adas Ellbogen, wie Van freundlich behauptete.

Am nächsten Tag, in ihrem kleinen Salon mit dem schwarzen Divan, den gelben Kissen und dem zuggeschützten Erker, dessen neues Fenster die langsam-gleichmäßigen, senkrecht fallenden Schneeflocken zu vergrößern schien (wie sie per Zufall auf dem Umschlag der letzten Ausgabe von *Der Dandy & der Falter*, die auf der Fensterbank lag, nachgebildet waren), brachte Ada ihre «dramatische Karriere» ins Gespräch. Die ganze Sache ekelte Van insgeheim (so daß im Vergleich dazu ihre Leidenschaft für Naturgeschichte einen nostalgischen Glanz gewann). Für ihn bestand das geschriebene Wort nur in seiner abstrakten Reinheit, in seinem unwiederholbaren Reiz auf einen gleichermaßen vollkommenen Geist. Es gehörte einzig seinem Schöpfer und konnte nicht von einem Mimen (wie Ada behauptete) gesprochen oder dargestellt werden, ohne dadurch den Künstler mit dem tödlichen Stoß eines anderen Geistes auf dem Lager seiner Kunst zu vernichten. Ein geschriebenes Spiel war seiner besten Darstellung im Eigentlichen überlegen, selbst wenn der Autor Regie führte. Im übrigen stimmte Van mit Ada überein, daß die sprechende Leinwand dem lebenden Theater sicherlich vorzuziehen war aus dem einfachen Grunde, daß mit der ersteren ein Regisseur seine eigenen Maßstäbe der Vollkommenheit erreichen und über eine unbegrenzte Zahl von Vorführungen hinweg aufrecht erhalten konnte.

Keiner von beiden mochte sich die Trennungen vorstellen, die ihre berufliche Existenz bei «Außenaufnahmen» notwendig machen könnte, und keiner von beiden mochte sich ihr gemeinsames Reisen zu argusäugigen Zielen vorstellen und ihr Zusammenleben in Hollywood, USA, oder Ivydell, England, oder im zukkerweißen Cohnritz-Hotel in Kairo. Um die Wahrheit zu sagen, stellten sie sich überhaupt kein anderes Leben jenseits des gegenwärtigen *tableau vivant* in dem herrlichen taubenblauen Himmel von Manhattan vor.

Mit vierzehn hatte Ada fest daran geglaubt, sie würde zu Starruhm emporschießen und dort mit einem gewaltigen Knall in regenbogenfarbige Tränen des Triumphs ausbrechen. Sie studierte an Spezial-Schulen. Erfolglose, aber begabte Schauspielerinnen wie auch Stan Slavskij (kein Verwandter und auch kein Künstlername) gaben ihr Privatstunden über Drama, Verzweiflung, Hoffnung. Ihr Debüt war eine stille kleine Katastrophe; ihre nachfolgenden Auftritte wurden nur von engen Freunden aufrichtig beklatscht.

«Man hat seine erste Liebe», erzählte sie Van, «bei seiner ersten stehenden Ovation, und *das* bringt die großen Künstler hervor – haben mir Stan und seine Freundin, die das Fräulein Dritterflitter in *Fliegende Ringe* spielte, versichert. Wirkliche Anerkennung mag vielleicht erst mit dem letzten Kranz kommen.»

«*Bosh* (Quatsch)!» sagte Van.

«Genau – auch er wurde im viel älteren Amsterdam von Kritikerlümmeln ausgepfiffen, und schau, wie dreihundert Jahre später jeder Poppy-Gruppen-Zwerg ihn kopiert! Ich glaube immer noch, ich habe Talent, aber es kann auch sein, daß ich nur die richtige Methode mit Talent verwechsle, das sich nicht die Bohne um Regeln kümmert, die von vergangener Kunst abgeleitet werden.»

«Nun, wenigstens weißt du das», sagte Van; «und darüber hast du dich ja auch ausführlich in einem deiner Briefe ausgelassen.»

«Ich scheine zum Beispiel immer empfunden zu haben, daß Schauspielen nicht auf ‹Charaktere›, nicht auf ‹Typen› dieser oder jener Art fokussiert werden sollte, nicht auf den *Fokus-Pokus* eines sozialen Themas, sondern ausschließlich auf die subjektive und einzigartige Poesie des Autors, denn Dramatiker, wie der größte unter ihnen gezeigt hat, stehen den Poeten näher als den Schriftstellern. Im ‹wirklichen Leben› sind wir Zufalls-Geschöpfe in einer absoluten Leere – es sei denn, wir sind selber Schöpfer, natürlich; aber in einem guten Stück fühle ich mich geschaffen, fühle mich von der Zensur-Kammer genehmigt, ich fühle mich sicher, nur mit atmender Schwärze vor mir (statt unserer Vier-Wände-Zeit), ich fühle mich eingeschmiegt in die Umarmung des perplexen Will oder in die des sehr viel normaleren Anton Pavlovitsch, der langes dunkles Haar leidenschaftlich liebte.»

«Das hast du mir auch schon mal geschrieben.»

Der Anfang von Adas Rampenleben 1891 fiel zufällig mit dem Ende der fünfundzwanzigjährigen Karriere ihrer Mutter zusammen. Was noch wichtiger ist: Beide traten sie in Tschechovs *Vier Schwestern* auf. Ada spielte Irina auf der bescheidenen Bühne der Yakima-Theater-Akademie in einer etwas gekürzten Version, die zum Beispiel auf Schwester Varvara (das geschwätzige exzentrische Wesen, wie Marscha sie nennt) nur anspielte, ihre tatsächlichen Szenen jedoch strich, so daß der Titel des Stücks *Die drei Schwestern* hätte sein können, wie er in der Tat in den geistreicheren der Lokalberichte zitiert wurde. Es war die (etwas erweiterte) Rolle der Nonne, die Marina in einer kunstvollen Filmversion des Stücks darstellte; und der Film und sie erhielten eine beachtliche Menge unverdienten Lobes.

«Seit ich beschloß zur Bühne zu gehen», sagte Ada (wir benutzen ihre Notizen), «wurde ich von Marinas Mittelmäßigkeit verfolgt, *au dire de la critique*, die sie entweder ignorierte oder mit anderen angemessenen Nebenrollenkräften ins Massengrab warf; oder aber, die Skala reichte bei hinreichender Rollengröße von ‹hölzern› bis ‹empfindsam› (das höchste Kompliment, das ihren Leistungen je gezollt wurde). Und hier nun, im kritischsten Moment *meiner* Karriere, vervielfältigte und verschickte sie an Freunde und Feinde so ärgerliche Kommentare wie ‹Hervorragend die Durmanova als neurotische Nonne, indem sie eine im wesentlichen statische und episodische Rolle transferierte in ein *et cetera, et cetera, et cetera.*›

«Natürlich hat das Kino keine Sprach-Probleme», fuhr Ada fort (während Van ein Gähnen eher verschluckte als unterdrückte). «Marina und drei der Männer brauchten die ausgezeichnete Synchronisation nicht, womit die anderen Mitglieder des Ensembles, denen der Dialekt fehlte, bedacht wurden; aber unsere elende Yakima-Produktion konnte sich nur auf zwei Russen stützen, auf Stans Schützling Altshuler in der Rolle des Baron Nikolaj Lvovitsch Tusenbach-Krone-Altschauer und auf mich als Irina, *la pauvre et noble enfant,* die in einem Akt Telegraphistin, im anderen eine Stadtrats-Angestellte und am Schluß eine Lehrerin ist. Alle übrigen hatten einen Salat von Akzenten – Englisch, Französisch, Italienisch –, übrigens, wie heißt ‹Fenster› auf italienisch?»

«Finestra, sestra», sagte Van, einen wütenden Souffleur nachahmend.

«Irina (schluchzend): ‹Wo, wo ist alles geblieben? O je, o je! Alles ist vergessen, vergessen, in meinem Kopf durcheinander. – Ich weiß nicht mehr das italienische Wort für ‚Decke' oder, sagen wir mal, ‚Fenster'.›»

«Nein, ‹Fenster› kommt an der Stelle zuerst», sagte Van, «denn sie schaut herum und dann hoch; in der natürlichen Bewegung des Denkens.»

«Ja, natürlich: sich immer noch mit dem ‹Fenster› abmühend, schaut sie hoch und sieht sich der gleichermaßen rätselhaften Decke gegenüber. Wirklich, ich bin sicher, es in deiner psychologischen Auffassung gespielt zu haben – aber was macht das schon, was machte das schon? –, die Aufführung war absolut abscheulich, mein Baron verpfuschte jede zweite Zeile, aber Marina, Marina war *fabelhaft* in ihrer Schatten-Welt! ‹Zehn Jahre und eins sind ver- und übergangen, seit ich Moskau verließ›» – (Ada, jetzt als Varvara, ahmte den «ergebenen Singsang-Ton» der Nonne nach, wie von Tschechov vorgeschrieben und von Marina so verwirrend gut gebracht.) «‹Heute heißt die Alte Basmannaja-Straße, wo du (sich an Irina wendend) vor einer Reihe von Jährchen geboren wurdest, Busman Road und ist beiderseits gesäumt mit Werkstätten und Garagen (Irina versucht ihre Tränen zurückzuhalten). Warum also solltest du zurückgehen wollen, Arinuschka? (Irina schluchzt als Antwort).› Wie jeder gute Schauspieler improvisierte natürlich auch Mutter eine ganze Menge, du liebe Güte, ja. Und überdies wurde mit ihrer Stimme – in jungem, klangvollem Russisch! – Lenores schmalziger Tonfall ersetzt.»

Van hatte den Film gesehen und gemocht. Ein irisches Mädchen, die unendlich anmutige und melancholische Lenore Colline –

Oh! qui me rendra ma colline
Et le grand chêne and my colleen!

– hatte eine quälende Ähnlichkeit mit Ada Ardis, wie sie mit ihrer Mutter in *Belladonna* abgebildet war, einer Filmzeitschrift, die Greg Erminin ihm geschickt hatte in der Meinung, daß es Van entzücken würde, kurz vor der Uraufführung des Films seine Tante und Cousine zusammen auf einer kalifornischen Terrasse zu sehen. Varvara, älteste Tochter des verstorbenen Generals Sergej Prosorov, kommt im Ersten Akt von ihrem entfernt gelegenen Kloster, dem Tsitsikar-Konvent, nach Perm (auch Sperm genannt) in der Öde der Akimsk-Bay, Nord-Canady, um mit Olga, Marscha und Irina am Namenstag der letzteren Tee zu trinken. Zum Entsetzen der Nonne träumen ihre drei Schwestern nur das eine – nämlich das kühle, feuchte, moskitoverseuchte, ansonsten aber hübsche und friedliche «Permanent», wie Irina es spöttisch nennt, für ein ausschweifendes Leben im entfernten und sündigen Moscow, Idaho, der früheren Hauptstadt von Estotiland, zu verlassen. In der Erstausgabe seines Stücks, dem es nie so ganz gelingt, den sanften Seufzer eines Meisterwerks hervorzubringen, zwängte Tchechoff (wie er seinen Namen buchstabierte, als er jenes Jahr in der scheußlichen Pension Russe, 9, rue Gounod, Nizza, wohnte) auf die zwei Seiten einer lächerlichen Exposition alle Einzelheiten, die er loswerden wollte, große Klumpen Erinnerungen und Kalenderdaten – eine unmögliche Last für die zerbrechlichen Schultern dreier unglücklicher Estotifrauen. Später verteilte er jene Einzelheiten noch einmal über eine beträchtliche längere Szene, in der die Ankunft der Nonne Varvara all die Reden liefert, die nötig sind, um die rastlose Neugier des Publikums zu befriedigen. Das war ein sauberer Einfall des Bühnenhandwerks, aber unglücklicherweise (wie so häufig, wenn man Personen zu unaufrichtigen Zwecken einführt) blieb die Nonne auch weiterhin auf der Bühne, und erst beim dritten, vorletzten Akt sah sich der Autor in der Lage, sie zurück in ihren Konvent zu scheuchen.

«Ich nehme an», sagte Van (der sein Mädchen kannte), «daß du von Marina keinerlei Hinweis für deine Irina wolltest?»

«Das wäre nur auf einen Krach hinausgelaufen. Ich habe ihre Ratschläge immer verabscheut, weil sie auf spöttische, beleidigende Weise gegeben wurden. Ich habe gehört, daß Vogelmütter neurotische Anfälle von Wut und Sarkasmus bekommen, wenn ihre armen kleinen Schwanzlosen sich beim Fliegenlernen so ungeschickt anstellen. Davon hatte ich genug. Übrigens, hier ist das Programm von *meinem* Fiasko.»

Van überflog die Liste der Schauspieler und *dram. pers.* und bemerkte zwei amüsante Details: Die Rolle des Fedotik, des Artillerie-Offiziers (dessen Komödien-Organ aus einer konstant klickenden Kamera besteht), war einem «Kim (Kurzform für Jakim) Eskimossoff» übertragen worden, und jemand namens «John Starling» war als *Skvorzov* besetzt (ein *Sekundant* in einem ziemlich amateurhaften Duell des letzten Akts), dessen Name von *skvorez*, Star, herrührt. Als er Ada diese Beobachtung übermittelte, errötete sie nach Alter-Welt-Gewohnheit.

«Ja», sagte sie, «er war ein hübscher Bursche, und ich hatte eine Art Flirt mit ihm, aber die Beanspruchung und die Spaltung waren zuviel für ihn – seit seiner Pubertät war er der Lustknabe eines fetten Ballettmeisters, Dangleleaf, gewesen, und am Ende beging er Selbstmord. Du siehst (‹die Röte nun durch matte Blässe ersetzt›), ich verberge nicht einen Fleck von dem, was sich auf Perm reimt.»

«Ich sah's. Und Jakim –»

«Oh, er bedeutete mir nichts.»

«Nein, ich meine, Jakim machte wenigstens nicht wie sein Reim-Vetter ein Photo von deinem Bruder, wie er sein Mädchen umarmt. Von Aurora de Laire dargestellt.»

«Ich bin mir nicht sicher. Mir scheint, ich erinnere, daß unser Regisseur gegen etwas komische Akzente nichts einzuwenden hatte.»

«*L'Aurora en robe rose et verte,* am Ende vom Ersten Akt.»

«Ich glaube, es gab ein Klicken in der Kulisse und ein bißchen gesunde Heiterkeit im Haus. Alles, was der arme Star in dem Stück zu tun hatte, war, hinter der Bühne aus einem Ruderboot auf dem Kama-Fluß laut zu rufen, um so das Signal zu geben, damit mein Verlobter zum Duell-Platz kommen sollte.»

Aber laß uns zur didaktischen Metaphorik von Tschechovs Freund, Graf Tolstoj, überwechseln.

Wir alle kennen jene alten Kleiderschränke in alten Hotels in der subalpinen Zone der Alten Welt. Zuerst öffnet man sie mit äußerster Sorgfalt, ganz langsam, in der vergeblichen Hoffnung, das quälende Kreischen, das anwachsende Ächzen zu beschwichtigen, das die Tür auf halbem Wege von sich gibt. Jedoch schon bald entdeckt man, daß das höllische Scharnier, wenn es schnell, mit einem entschiedenen Schwung geöffnet oder geschlossen wird, durch Überraschung zu überrumpeln und triumphales Schweigen zu erlangen ist. Van und Ada wußten trotz all der köstlichen und mächtigen Wonne, die sie erfüllte und verschlang (und wir meinen hier nicht nur die Rosen-Wunde von Eros allein), daß gewisse Erinnerungen verschlossen bleiben mußten, damit sie mit ihrem ungeheuren Stöhnen nicht an jedem Nerv der Seele zerrten. Aber wenn der Eingriff rasch vorgenommen – wenn unauslöschliches Unheil zwischen zwei schnellen Scherzen erwähnt wird, besteht die Möglichkeit, daß das Narkotikum des Lebens selbst den unvergeßlichen Todesschmerz beim Schwingen seiner Tür vielleicht lindert.

Hier und da machte sie sich über seine kleinen sexuellen Läßlichkeiten lustig, obwohl sie im allgemeinen dazu neigte, sie zu übersehen, als forderte sie stillschweigend eine ähnliche Nachsicht in bezug auf ihre eigene Schwäche. Er war wißbegieriger als sie, schaffte es aber kaum, von ihren Lippen mehr als aus ihren Briefen zu erfahren. Ihren verblichenen Verehrern schrieb Ada alle Eigenschaften und Fehler zu, über die wir schon unterrichtet sind: Leistungsschwäche, Geistlosigkeit und Nichtigkeit, ihrem eigenen Ich aber nichts als leichthin gespendetes weibliches Mitgefühl und gewisse Bedenken hinsichtlich Hygiene und Gesundheit, die Van mehr verletzten, als es ein trotziges Eingeständnis von leidenschaftlichem Betrug getan hätte. Ada war entschlossen, seine und ihre sinnlichen Sünden zu transzendieren: da das Adjektiv gleichermaßen ein Synonym von «sinnlos» und «seelenlos» war; deshalb auch nicht vertreten in dem unaussprechlichen Nachher, an das unsere beiden jungen Leute stumm und scheu glaubten. Van bemühte sich, der gleichen Linie der Logik zu folgen, konnte jedoch die Scham und den Schmerz nicht verwinden, nicht einmal, als er Gipfel des Glücks erreichte, die er in seiner Vergangenheit selbst in der strahlendsten Stunde, vor der finstersten, nicht gekannt hatte.

10

Sie trafen eine Unzahl Vorsichtsmaßregeln – alle völlig nutzlos, denn nichts kann das Ende des vorliegenden Kapitels (niedergeschrieben und abgeheftet) ändern. Nur Lucette und die Agentur, die die Briefe an Van und an Ada übermittelte, kannten Vans Anschrift. Über eine liebenswürdige Vertrauensperson in Demons Bank vergewisserte sich Van, daß sein Vater nicht vor dem 30. März in Manhattan aufkreuzen würde. Sie kamen niemals zusammen aus der Tür oder gingen gemeinsam hinein, sondern verabredeten einen Treffpunkt in der Bibliothek oder in einem Warenhaus, von dem aus dann der Tagesausflug gestartet wurde – und wie es so geht, das einzige Mal, da sie diese Regel durchbrachen (Ada war einige panische Augenblicke lang im Fahrstuhl steckengeblieben, Van war munter von ihrem gemeinsamen Gipfel die Treppen hinabgestiegen), traten sie genau in das Gesichtsfeld der alten Mrs. Havier hinaus, die zufällig mit ihrem winzigen beige-grau-langseidigen Yorkshire-Terrier an ihrer Haustür vorbeiging. Die wechselseitige Assoziation vollzog sich auf der Stelle und vollständig: Sie kannte beide Familien seit Jahren und war nun begierig, von der plappernden (eher denn plaudernden) Ada zu erfahren, daß Van zufällig gerade in der Stadt war, als sie, Ada, zufällig aus dem Westen zurückkehrte; daß es Marina gutging; daß Demon in Mexico oder Oxmice war; und daß Lenore Colline einen ähnlich liebenswerten Liebling besaß mit einem ähnlich liebenswerten Mittelscheitel über dem Rükken. Noch am selben Tag (3. Februar 1893) bestach Van den bereits vollgestopften Pförtner erneut, damit er auf alle Fragen, die irgendwelche Besucher und besonders die Witwe eines Zahnarztes mit einem raupenähnlichen Hund über irgendwelche Veens stellen konnten, mit einer knappen Bekundung äußerster Unkenntnis antwortete. Die einzige Persönlichkeit, mit der sie nicht gerechnet hatten, war der alte Bandit, der gemeinhin als Skelett oder als Engel dargestellt wird.

Vans Vater hatte gerade das eine Santiago verlassen, um sich in einem anderen die Folgen eines Erdbebens anzusehen, als ihm das Ladore-Krankenhaus kabelte, Dan liege im Sterben. Er brach sofort nach Manhattan auf, mit blitzenden Augen und flirrenden Flügeln. Es gab in seinem Leben nicht viel Ablenkung.

Am Flughafen der mondbeschienenen weißen Stadt in Nord-Florida, von uns Tent genannt und von Tobakoffs Matrosen, die sie erbaut hatten, Palatka, wo Demon wegen eines Maschinenschadens umsteigen mußte, führte er ein Ferngespräch und erhielt einen vollständigen Bericht über Dans Tod von dem überaus umständlichen Dr. Nikulin (Enkel des großen Rodientologen Kunikulinov – wir werden das Kaninchengrün nicht los). Daniel Veens Leben war eine Mischung aus Klischee und Groteske gewesen; doch sein Tod hatte eine künstlerische Ader aufgezeigt, weil er (wie sein Vetter, nicht sein Arzt, augenblicks erkannte) die jüngst erworbene Leidenschaft des Mannes für Gemälde und gefälschte Gemälde, die mit dem Namen Hieronymus Bosch zusammenhingen, widerspiegelte.

Am nächsten Tag, dem 5. Februar, gegen neun Uhr abends Manhattan-(Winter-)Zeit, gewahrte Demon auf dem Wege zu Dans Anwalt, gerade als er die Alexis Avenue überqueren wollte, eine uralte, aber unbedeutende Bekannte, Mrs. Havier, wie sie ihm mit ihrem Spielzeugterrier auf seiner Straßenseite entgegenkam. Ohne Zögern trat er vom Kantstein, und da er keinen Hut zum Lüpfen hatte (man trug keine Hüte zu Regenmänteln, und außerdem hatte er gerade eine sehr exotische und starke Pille eingenommen, um der Prüfung dieses Tages nach einer schlaflosen Reise gewachsen zu sein), begnügte er sich – ganz manierlich – mit einem Winken seines schlanken Schirms; erinnerte sich mit einem Farbtupfer der Freude an eines der Mundwasser-Mädchen ihres verstorbenen Ehemannes; und ging vor einem langsamrumpelnden pferde-gezogenen Gemüsekarren Mrs. H4 geschickt aus dem Wege. Aber genau für solch einen Zufall hatte Fatum eine Alternative parat. Als Demon am Monaco, wo er oft zu Mittag gespeist hatte, vorübereilte (oder, pillenmäßig gesprochen, vorüberschlenderte), fiel ihm ein, daß sein Sohn (mit dem in «Kontakt» zu treten ihm nicht möglich gewesen war) immer noch bei der dummen kleinen Cordula de Prey im Dachgarten-Appartement dieses schönen Gebäudes wohnen mochte. Er war noch nie dort oben gewesen – oder doch? Wegen einer Geschäftsbesprechung mit Van? Auf einer durchsonnten Terrasse? Und einem wolkigen Getränk? (Es stimmte, er war einmal dort gewesen, aber Cordula war nicht dumm und gar nicht dabei gewesen.)

Mit dem einfachen und, kombinatorisch gesprochen, eleganten Gedanken, daß es doch bloß einen Himmel gab (weiß, mit winzigen bunten, optischen Funken), trat Demon eilig in die Halle und flitzte zum Fahrstuhl, den gerade ein rotblonder Kellner betreten hatte, mit einem Frühstück für zwei auf einem wakkelrädrigen Tisch und der Manhattan *Times* zwischen den schimmernden, leicht verschrammten Silberdomen der Deckel. Wohnte sein Sohn immer noch da oben, fragte Demon automatisch, wobei er ein Stück edleren Metalls zwischen die Dome legte. *Si*, gab der grinsende Schwachkopf zu, er hat dort den ganzen Winter mit seiner Dame zugebracht.

«Dann sind wir Reisegefährten», sagte Demon und sog nicht ohne feinschmeckerische Teilnahme den Duft des Kaffees vom Monaco ein, noch gesteigert vom Schatten tropischer Gräser, die sich in der Brise seines Hirnes wiegten.

An jenem denkwürdigen Morgen war Van nach Bestellung des Frühstücks aus seinem Bad gestiegen und hatte sich gerade einen erdbeerroten Frotté-Mantel übergezogen, als er Valerios Stimme aus dem angrenzenden Salon zu hören meinte. Dorthin schlurfte er, vor sich hin summend, und freute sich auf einen weiteren Tag wachsenden Glücks (mit einer weiteren unbequemen kleinen Kante, die weggeglättet – einem weiteren rohen Krampf der Vergangenheit, der so umgestaltet worden war, daß er in das neue Strahlenmuster paßte).

Demon, ganz in Schwarz gekleidet, schwarze Gamaschen, schwarzer Schal, sein Monokel an einem breiteren schwarzen

Band als sonst, saß am Frühstückstisch, eine Tasse Kaffee in der einen Hand und einen praktisch gefalteten Börsenteil der *Times* in der anderen. – Er schreckte zusammen und setzte seine Tasse ziemlich ruckartig nieder bei der Feststellung, wie die Farbe mit einem nachhaltigen Detail in der kolorierten linken unteren Ecke eines gewissen Bildes übereinstimmte, das in dem reich bebilderten Katalog seiner augenblicklichen Gedankenwelt wiedergegeben war.

Alles, was Van zu sagen einfiel, war: «Ich bin nicht allein» (*je ne suis pas seul*), aber Demon war zu sehr erfüllt von den schlechten Nachrichten, die er mitgebracht hatte, um den Hinweis des Narren zu beachten, der doch einfach ins nächste Zimmer hätte gehen und gleich darauf hätte zurückkommen können (die Tür hinter sich abschließend – Jahre und Jahre verlorenen Lebens aussperrend); statt dessen blieb er neben dem Stuhl seines Vaters stehen.

Laut Bess (der Name bedeutet «Satan» auf russisch), der drallen, aber ansonsten abstoßenden Krankenschwester von Dan, die er allen übrigen vorzog und mit nach Ardis genommen hatte, weil sie es schaffte, einige wenige Tropfen «playzero» (wie die alte Hure das Wort *plaisir* aussprach) oral aus seinem armen Körper zu extrahieren, hatte er seit einiger Zeit sogar schon vor Adas plötzlicher Abreise darüber geklagt, daß ein Teufel mit den kombinierten Eigenschaften eines Frosches und eines Nagetiers ihn zu besteigen und zur Folterkammer der Ewigkeit zu reiten begehrte. Seinem Dr. Nikulin beschrieb Dan den Reiter als schwarz, fahl-bäuchig, mit schwarzem Rückenschild, der wie bei einem Mistkäfer glänzte, und einem Messer in seiner erhobenen Hand. An einem sehr kalten Morgen Ende Januar war Dan durch ein Keller-Labyrinth und eine Werkzeugkammer irgendwie in das braune Gebüsch von Ardis entkommen; er war nackt bis auf ein rotes Badetuch, das wie eine Art Schabracke von seinem Rumpf schleifte, und war trotz des rauhen Geläufs wie ein verkrüppelter Klepper unter einem unsichtbaren Reiter auf allen vieren bis tief in die bewaldete Landschaft gekrochen. Hätte er andererseits versucht, sie zu warnen, würde sie vielleicht ihr großes Ada-Gähnen von sich gegeben und etwas unwiderruflich Gemütliches in dem Augenblick gesagt haben, da er die dicke, schützende Tür öffnete.

«Ich bitte Sie, Sir», sagte Van, «bitte, geh runter, und ich werde dir Gesellschaft leisten, sobald ich angezogen bin. Ich befinde mich in einer delikaten Lage.»

«Komm, komm», erwiderte Demon, sein Monokel fallen lassend und wieder einsetzend. «Cordula wird schon nichts dagegen haben.»

«Es ist ein anderes, sehr viel eindrucksvolleres Mädchen» – (noch ein schrecklicher Patzer!). «Zum Kuckuck mit Cordula! Cordula ist jetzt Mrs. Tobak.»

«Oh, natürlich!» rief Demon. «Wie dumm von mir! Ich erinnere mich, daß Adas Verlobter mir davon erzählte – er und der junge Tobak arbeiteten eine Zeitlang in derselben Bank in Phoenix. *Natürlich*. Prächtiger, breitschultriger, blauäugiger, blonder Bursche. Altbostoner Tobakovitsch!»

«Es ist mir egal», sagte Van verkniffen, «und wenn er wie eine gekreuzigte, verkrüppelte Albino-Kröte aussieht. Bitte, Paps, ich muß wirklich –»

«Komisch, daß du das sagst. Ich bin bloß hereingekommen, um dir mitzuteilen, daß der arme Vetter Dan eines merkwürdigen boschartigen Todes gestorben ist. Er glaubte, ein phantastisches Nagetier ritte ihn gleichsam aus dem Haus. Sie fanden ihn zu spät, er hauchte in Nikulins Klinik sein Leben aus, wobei er über jenes Detail des Bildes phantasierte. Ich hab's teuflisch schwer, die Familie zusammenzukriegen. Das Bild hängt jetzt in der Akademie der Bildenden Künste in Wien.»

«Vater, es tut mir leid – aber ich versuche dauernd, dir zu sagen –»

«Wenn ich Schriftsteller wäre», überlegte Demon vor sich hin, «würde ich mit zweifellos zu vielen Worten beschreiben, wie leidenschaftlich, wie glühend, wie blutschänderisch – *c'est le mot* – Kunst und Wissenschaft in einem Insekt, in einer Drossel, in einer Distel jenes herzöglichen Gehölzes sich begegnen. Ada heiratet einen Freiluft-Mann, aber ihre Gedankenwelt ist ein geschlossenes Museum, und sie und die liebe Lucette zogen einmal durch einen schaurigen Zufall meine Aufmerksamkeit auf gewisse Einzelheiten jenes anderen Triptychons, jenes ungeheuerlichen Gartens tückischer Lüste, ungefähr 1500, und besonders auf die Schmetterlinge darinnen – ein Ochsenauge, Weibchen, im Zentrum des rechten Flügels, und ein kleiner Fuchs im mittleren

Teil, dorthin gesetzt, als ob er sich auf einer Blume niedergelassen hätte – beachte das ‹als ob›, hier haben wir ein Beispiel exakten Wissens auf seiten dieser zwei bewundernswerten kleinen Mädchen, denn sie sagen, daß in Wahrheit die *falsche* Seite des Insekts gezeigt wird, es hätte die Unterseite sein müssen, wenn es wie hier im Profil betrachtet wird, aber offensichtlich fand Bosch einen oder zwei Flügel in dem Eck-Spinngewebe seines Fensters und zeigte die hübschere Oberfläche beim Malen seines falsch gefalteten Falters. Ich meine, ich gebe keinen Pfifferling für die esoterische Bedeutung, für den Mythos jenseits der Motte, für die Meisterwerk-These, die Bosch irgendeinen Blödsinn seiner Zeit ausdrücken läßt, ich bin allergisch gegen Allegorien und bin ganz sicher, daß er es einfach nur genoß, zufällige Ideen zu kreuzen, aus Vergnügen an Form und Farbe, und was wir lernen müssen, ist, wie ich schon deinen Cousinen klarmachte, die Freude des Auges, Fühlen und Schmecken einer frauengroßen Erdbeere, die du *mit* ihm liebkost, oder die exquisite Überraschung einer ungewöhnlichen Öffnung – aber du folgst mir nicht, du willst, daß ich gehe, damit du ihren Schönheitsschlaf unterbrechen kannst, du Unhold! *A propos*, es war mir nicht möglich, Lucette zu benachrichtigen, die irgendwo in Italien ist, aber ich habe es geschafft, Marina in Tsitsikar aufzuspüren – wo sie mit dem Bischof von Belokonsk flirtet –, sie wird am späten Nachmittag ankommen und trägt zweifellos Pleureusen, was ihr sehr gut steht, und wir werden dann *à trois* nach Ladore reisen, denn ich glaube nicht –»

Stand er vielleicht unter dem Einfluß irgendeiner scharfen chilenischen Droge? Dieser Wasserfall war einfach nicht zu bremsen, ein verrückt gewordenes Spektrum, eine sprechende Palette –

«– nein, wirklich, ich glaube nicht, daß wir Ada in ihrem Agavia stören sollten. Er ist – ich meine, Vinelander ist – der Sproß eines jener großen Waräger, die die Kupfer-Tataren oder Roten Mongolen – oder was sie sonst gewesen sind – besiegt hatten, die wiederum irgendwelche früheren Bronze-Reiter besiegt hatten – bevor *wir* in einem glücklichen Augenblick in der Geschichte der Westlichen Casinos unser Russisches Roulette und Irisches Lu-Spiel einführten.»

«Es tut mir äußerst, es tut mir gräßlich leid», sagte Van, «was

Onkel Dans Tod und Ihre aufgeregte Verfassung betrifft, Sir, aber der Kaffee meiner Freundin wird kalt, und ich kann wohl kaum mit all diesem höllischen Drum und Dran in unser Schlafzimmer stolpern.»

«Ich geh ja schon, ich geh ja schon. Immerhin haben wir uns – seit wann, August? – nicht mehr gesehen. Jedenfalls, ich hoffe, sie ist hübscher als diese Cordula, die du vorher hier hattest, volatiler Junge!»

Volatina, vielleicht? Oder Dragonara? Er roch entschieden nach Äther. Bitte, bitte, bitte geh.

«Meine Handschuhe! Mantel! Danke. Kann ich dein WC benutzen? Nicht? Na schön. Ich werde woanders eines finden. Komm herüber, sobald du kannst, und wir werden Marina gegen vier am Flughafen treffen und dann zum Leichenschmaus sausen und –»

Und hier trat Ada ein. Nicht nackt – o nein; in einem rosa Morgenrock, um Valerio nicht zu schockieren – genüßlich ihr Haar kämmend, süß und schläfrig. Sie machte den Fehler, «Mein Gott!» auszurufen und zurück in die Dämmerung des Schlafzimmers zu stürzen. Alles war verloren in diesem Bruchteil einer Sekunde.

«Oder noch besser – kommt sofort, alle beide, denn ich werde meine Verabredung absagen und sofort nach Hause gehen.» Er sprach, oder glaubte, er tat's, mit jener Selbstbeherrschung und Klarheit des Vortrags, die Stümper, Prahler, einen redegewandten Makler, einen schuldbewußten Schuljungen so erschreckten und hypnotisierten. Besonders jetzt – als alles dem Höllenfluch erlegen war, von Jeroen Anthniszoon van Äken und den *molti aspetti affascinati* seiner *enigmatica arte,* wie Dan es mit einem letzten Seufzer dem Dr. Nikulin und Schwester Bellabestia («Bess») erklärte, der er einen Koffer voll Museumskataloge und seinen zweitbesten Katheter hinterließ.

11

Der Effekt der Drachendroge hatte sich erschöpft: Ihre Nachwirkungen sind nicht angenehm, da zu körperlicher Schlaffheit eine gewisse Gedankenleere hinzukommt, als ob dem Gehirn alle Farbe entzogen sei. Nunmehr mit einem grauen Schlafrock bekleidet, lag Demon auf einer grauen Couch in seinem Arbeitszimmer im dritten Stock. Sein Sohn stand am Fenster, den Rükken der Stille zugekehrt. In einem Damast-gepolsterten Zimmer im zweiten Stock, unmittelbar unter dem Studio, wartete Ada, die zusammen mit Van vor ein paar Minuten angekommen war. In dem Wolkenkratzer auf der anderen Seite der engen Straße stand genau gegenüber dem Studio ein Fenster offen, ein Mann mit Schürze stand dort, stellte eine Staffelei auf und legte den Kopf schräg auf der Suche nach dem richtigen Winkel.

Das erste, was Demon sagte, war: – «Ich bestehe darauf, daß du mich ansiehst, wenn ich mit dir spreche.»

Van begriff, daß die schicksalhafte Unterredung bereits im Hirn seines Vaters angefangen haben mußte, denn die Ermahnung hatte den Unterton einer Selbst-Unterbrechung, und mit einer leichten Verbeugung nahm er Platz.

«Jedoch bevor ich dich von jenen beiden Tatsachen in Kenntnis setze, möchte ich gern wissen, wie lange dies – wie lange dies schon so . . .» (‹läuft›, vermutet man, oder etwas gleichermaßen Banales, aber schließlich ist jedes Ende banal – Erhängungen, der Stich der Nürnberger Eisernen Jungfer, sich erschießen, letzte Worte im funkelnagelneuen Ladore-Hospital, den Sturz aus zehntausend Metern irrtümlich für den Waschraum des Flugzeugs halten, von seiner Frau vergiftet werden, ein bißchen Krimscher Gastfreundschaft entgegensehen, Mr. und Mrs. Vinelander gratulieren –)

«Es werden bald neun Jahre sein», erwiderte Van. «Ich verführte sie im Sommer achtzehnhundertvierundachtzig. Bis auf eine einzige Gelegenheit liebten wir uns vor dem Sommer achtzehnhundertachtundachtzig nicht wieder. Nach langer Trennung verbrachten wir einen Winter zusammen. Alles in allem habe ich sie, glaube ich, ungefähr tausendmal gehabt. Sie ist mein ganzes Leben.»

Eine recht lange Pause, dem Steckenbleiben eines Bühnenpartners nicht unähnlich, kam als Antwort auf seine gut geprobte Rede.

Schließlich Demon: «Die zweite Tatsache mag dir noch mehr Entsetzen bereiten als die erste. Ich weiß, sie machte mir viel größere Sorge – moralisch, natürlich, nicht monetär – als Adas Fall – über den ihre Mutter Vetter Dan irgendwann einmal unterrichtete, so daß in gewisser Hinsicht –»

Pause, mit einem untergründigen Fortsickern.

«Ein anderes Mal werde ich dir von Black Miller erzählen; nicht jetzt; zu trivial.»

(Dr. Lapiners Frau, geborene Gräfin Alp, verließ ihn nicht nur 1871, um mit Norbert von Miller zu leben, dem Amateur-Dichter, russischen Übersetzer am Italienischen Konsulat in Genf und Berufsschmuggler von Neonegrin – das nur im Wallis vorkommt –, sondern sie hatte ihrem Liebhaber auch die melodramatischen Einzelheiten jener Ausflucht mitgeteilt, die der warmherzige Arzt als Gnade für die eine Dame und als Segen für die andere erachtete. Der vielseitige Norbert sprach Englisch mit einem extravaganten Akzent, war ein übergroßer Bewunderer wohlhabender Leute und bezeichnete, wenn er Eindruck schinden wollte, solche Menschen als «enooorm reich», wobei er sich mit ehrfürchtig-verliebtem Gusto in seinen Sessel zurückwarf und die ausgebreiteten Arme bog, wie um ein unsichtbares Vermögen zu umschließen. Er hatte einen runden Kopf, so kahl wie ein Knie, die Knopfnase eines Leichnams und sehr weiße, sehr schlaffe, sehr feuchte Hände, die mit rötlich schimmernden Edelsteinen geschmückt waren. Seine Mätresse verließ ihn bald. Dr. Lapiner starb 1872. Um die gleiche Zeit heiratete der Baron die unschuldige Tochter eines Gastwirts und fing an, Demon Veen zu erpressen; das zog sich fast zwanzig Jahre hin, bis der alternde Miller auf einem kaum bekannten Grenzpfad, der jedes Jahr steiler und schlüpfriger zu werden schien, von einem italienischen Polizisten erschossen wurde. Aus purer Freundlichkeit oder Gewohnheit befahl Demon seinem Anwalt, der Witwe Millers – die es aus lauter Einfalt irrtümlich für Versicherungsgeld hielt – weiterhin den viermonatlichen Betrag zu überweisen, der mit jeder Schwangerschaft der robusten Schweizerin angeschwollen war. Demon pflegte zu sagen, er werde eines Tages

«Black Millers» Vierzeiler veröffentlichen, der seine Briefe mit dem Klingeln von Kalenderblattversen schmückte:

Mein Weib ist dicker, ich bin dünner.
Wieder kommt eins: noch mehr Kinder.
Du mußt stolz sein, ich bin stolz.
Ihr Herd ist groß und braucht mehr Holz.

Um diese nützliche Klammer zu vervollständigen, dürfen wir noch hinzufügen, daß Anfang Februar 1893, nicht lange nach des Dichters Tod, zwei andere, minder erfolgreiche Erpresser hinter den Kulissen warteten: Kim, der Ada erneut belästigt hätte, wäre er nicht aus seinem Häuschen herausgetragen worden, das eine Auge an einem roten Faden hängend, das andere ersoffen in seinem Blut; und der Sohn eines früheren Angestellten der berühmten Agentur für heimliche Botschaften, nachdem sie 1928 von der US-Regierung geschlossen worden war und die Vergangenheit aufgehört hatte zu zählen, so daß nichts als das Stroh einer Gefängniszelle den Optimismus von Schurken der zweiten Generation belohnen konnte.)

Nachdem die längste etlicher Pausen ihren finsteren Lauf genommen hatte, tauchte Demons Stimme empor, um mit einer vorher nicht vorhandenen Heftigkeit zu sagen:

«Van, du nimmst die Neuigkeiten, die ich hier an dich weitergebe, mit unbegreiflicher Ruhe auf. Ich entsinne mich keines einzigen Falls im faktischen oder fiktiven Leben, wo ein Vater seinem Sohn solche Sachen unter solchen Umständen vorhalten muß. Du aber spielst mit einem Bleistift und scheinst so ungerührt, als würden wir deine Spielschulden diskutieren oder die Forderungen einer Dirne, die in einem Graben angebufft wurde.»

Ihm von dem Herbarium auf dem Dachboden erzählen? Von den Indiskretionen (anonymer) Dienstboten? Von einem gefälschten Hochzeitsdatum? Von alldem, was zwei kluge Kinder so vergnügt nachgelesen hatten? Ich tu's. Er tat es.

«Sie war zwölf», fügte Van hinzu, «und ich war ein männlicher Primat von vierzehneinhalb, und es kümmerte uns eben nicht. Und es ist zu spät, sich jetzt darum zu kümmern.»

«Zu spät?» schrie sein Vater, von der Couch auffahrend.

«Bitte, Paps, verlier nicht die Ruhe», sagte Van. «Die Natur, wie ich dir einmal mitteilte, war freundlich zu mir. Wir können es uns leisten, in jedem Sinne des Wortes sorglos zu sein.»

«Ich sorge mich nicht um Semantik – oder Insemination. Eines, und nur dies eine, zählt hier. Es ist *nicht* zu spät, dieses schändliche Verhältnis zu beenden –»

«Kein Schreien und keine philisterhaften Epitheta, bitte», unterbrach Van.

«Gut», sagte Demon. «Ich nehme also das Adjektiv zurück, und ich frage dich statt dessen: Ist es zu spät, zu verhindern, daß dein Verhältnis mit deiner Schwester ihr Leben ruiniert?»

Van wußte, daß das kommen würde. Er wußte, sagte er, daß das kommen würde. «Schändlich» war erledigt; würde sein Ankläger «ruinieren» definieren?

Die Unterhaltung nahm jetzt eine Wendung ins Neutrale – weitaus schrecklicher als das einleitende Geständnis von Fehlern, die unsere jungen Liebenden ihren Eltern längst verziehen hatten. Wie, stellte Van sich vor, sollte seine Schwester eine Bühnenkarriere einschlagen? Müßte er nicht zugeben, daß sie ruiniert wäre, falls sie auf ihrem Verhältnis beständen? Dachte er an ein Leben der Abgeschiedenheit in einem luxuriösen Exil? War er bereit, sie normaler Interessen und einer normalen Ehe zu berauben? Kindern? Normaler Vergnügungen?

«Vergiß ‹normalen Ehebruch› nicht», bemerkte Van.

«Wieviel besser der wäre!» sagte der düstere Demon, auf der Couchkante sitzend, beide Ellbogen auf die Knie gestützt und den Kopf in den Händen wiegend: «Das Schreckliche der Lage ist ein Abgrund, der immer tiefer wird, je länger ich daran denke. Du zwingst mich, die banalsten Begriffe hervorzuholen wie ‹Familie›, ‹Ehre›, ‹Stand›, ‹Gesetz› . . . Zugegeben, ich habe viele Beamte in meinem wilden Leben bestochen, aber weder du noch ich können eine ganze Kultur, ein ganzes Land bestechen. Und die gefühlsmäßige Belastung, wenn man erfährt, daß seit fast zehn Jahren du und jenes bezaubernde Kind ihre Eltern betrogen haben –»

Hier erwartete Van, daß sein Vater das «Hätte-deine-Mutter-umgebracht»-Argument gebrauchen würde, aber Demon war klug genug, dies zu umgehen. Nichts konnte Marina «umbringen». Wenn ihr irgendwelche Inzest-Gerüchte über den Weg liefen, hülfe ihr immer die Rücksicht auf ihren «inneren Frieden», sie unbeachtet zu lassen – oder durch Romantisierung aus dem Bereich der Realität zu rücken. Beide Männer wußten dies alles. Ihr Bild erschien für einen Augenblick und schaffte ein leichtes Ausblenden.

Demon sprach weiter: «Ich kann dich nicht enterben: Aqua hinterließ dir genügend ‹Kies› und Grundbesitz, um die konventionelle Strafe zu annullieren. Und ich kann dich nicht den Behörden ausliefern, ohne meine Tochter mit hineinzuziehen, die ich um jeden Preis beschützen möchte. Aber ich kann das Nächstliegende tun, ich kann dich verfluchen, ich kann dies jetzt unser letztes, unser letztes –»

Van, dessen Finger unablässig die stumme, aber besänftigend glatte Kante des Mahagoni-Schreibtischs auf und ab geglitten waren, vernahm nun mit Entsetzen das Schluchzen, das Demons gesamte Gestalt erschütterte, und sah dann eine Flut von Tränen über diese hohlen, sonnengegerbten Wangen stürzen. Vor fünfzehn Jahren, auf Vans Geburtstagsfeier, hatte sein Vater sich in einer Amateur-Parodie als Boris Godunov zurechtgemacht und seltsame, furchterregende, jettschwarze Tränen vergossen, bevor er, in der völligen Hingabe des Todes an die Schwerkraft, die Stufen eines burlesken Throns herunterrollte. Kamen jene dunklen Spuren in der jetzigen Darbietung davon, daß er seine Augenhöhlen, Augenwimpern, Augenlider, Augenbrauen schwärzte? Der unheilvolle Spieler . . . das blasse, schicksalhafte Mädchen in einem anderen wohlbekannten Melodram . . . In diesem. Van reichte ihm ein sauberes Taschentuch als Ersatz für den verschmutzten Lappen. Seine eigene marmorne Ruhe überraschte Van nicht. Die Lächerlichkeit eines Ausweinens beim Vater blockierte die üblichen Gefühlsgänge hinlänglich.

Demon gewann seine Fassung (wenn auch nicht sein junges Aussehen) wieder und sagte:

«Ich glaube an dich und deinen gesunden Menschenverstand. Du darfst einem alten Verführer nicht gestatten, den einzigen Sohn zu verleugnen. Wenn du sie liebst, so wünschst du, daß sie glücklich ist, und sie wird nicht so glücklich sein, wie sie könnte, wenn du sie erst einmal aufgegeben hast. Du darfst gehen. Sag ihr auf dem Weg nach unten, sie soll herkommen.»

Nach unten. Mein erstes ist ein mathematisches Zeichen, das

zweite legt man um die Schultern, und das Ganze macht ein Loch.

Als er den Treppenabsatz im zweiten Stock überquerte, sah er durch den Bogengang zweier Räume Ada in ihrem schwarzen Kleid mit dem Rücken zu ihm an dem ovalen Fenster im Salon stehen. Er beauftragte einen Diener, ihr die Botschaft ihres Vaters zu überbringen, und durchquerte beinah im Laufschritt die vertrauten Echos der steingepflasterten Eingangshalle.

Die untere rechte Schublade meines praktisch unbenutzten neuen Schreibtischs – der genauso groß ist wie der von Papa, mit Grüßen von Sig.

Er schätzte, daß es ihn zu dieser Tagesstunde ebenso viel Zeit kosten würde, ein Taxi zu finden, wie mit seinem normalen raschen Schritt die zehn Blocks bis zur Alex Avenue zu Fuß zu gehen. Er war ohne Jacke, ohne Schlips, ohne Hut; ein starker, scharfer Wind trübte seinen Blick mit salzigem Eis und brachte medusenhafte Verheerung über seine schwarzen Locken. Nachdem er sich zum letztenmal in seine idiotisch freundliche Wohnung eingelassen hatte, setzte er sich unverzüglich an jenen wirklich prächtigen Schreibtisch und schrieb folgende Zeilen:

> Tu, was er Dir sagt. Seine Logik klingt absurd und setzt eine unbestimmte Art ‹Viktorianischer› Epoche voraus, wie sie sie angeblich auf Terra haben, aber in einem Paroxismus von [unleserlich] wurde mir plötzlich klar, er hatte recht. Ja, recht, hier und dort, nicht weder hier noch dort, wie sonst meist. Du siehst, Mädchen, wie es ist und sein muß. An unserm letzten gemeinsamen Fenster sahen wir beide, wie ein Mann [uns?] malte, aber Dein Blickfeld vom zweiten Stock aus hinderte Dich vielleicht daran, zu erkennen, daß er etwas trug, das wie eine arg verschmierte Schlächterschürze aussah. Leb wohl, Mädchen.

Van versiegelte den Brief, fand seine Thunderbolt-Pistole an der Stelle, die er vorausgesehen hatte, füllte eine Patrone ins Magazin und ließ sie in den Lauf wandern. Dann, vor einem Schrankspiegel stehend, hielt er die Automatik gegen seinen Kopf, an den Pterions-Punkt, und drückte auf den bequem gebogenen Abzug. Nichts geschah – oder vielleicht geschah alles, und sein Schicksal gabelte sich einfach in jenem Augenblick, wie es wahrscheinlich nachts manchmal vorkommt, besonders in einem fremden Bett, im Zustand großen Glücks oder großer Verzweiflung, wenn wir im Schlaf sterben, aber unser normales Dasein, ohne wahrnehmbaren Bruch in der gefälschten Serie, am folgenden sauber vorbereiteten Morgen fortsetzen, mit einer Schein-Vergangenheit, die verborgen, aber fest hinten angeheftet ist. Jedenfalls war, was er in der rechten Hand hielt, keine Pistole mehr, sondern ein Taschenkamm, mit dem er durch sein Schläfenhaar fuhr. Es fing an grau zu werden, als Ada, selber in den Dreißigern, bei einem Gespräch über ihre freiwillige Trennung sagte:

«Ich würde mich auch umgebracht haben, hätte ich Rose über deinem Leichnam jammernd vorgefunden. ‹*Secondes pensées sont les bonnes*›, wie deine andere, weiße, *bonne*, in ihrer hübschen Mundart zu sagen pflegte. Was die Schürze anbetrifft, hast du ganz recht. Und was *du* nicht ausmachtest, war, daß der Künstler ein großes Bild deines bescheidenen kleinen Palazzo, zwischen seinen beiden riesigen Wächtern stehend, fast fertig gemalt hatte. Vielleicht für das Titelblatt der Zeitschrift ‹Der Dandy und der Falter›, die das Bild ablehnte. Aber weißt du, es gibt etwas, das ich bedaure», fügte sie hinzu: «Den Gebrauch eines Bergstocks, um die Wut eines Untiers loszulassen – nicht deine, nicht die meines Van. Ich hätte dir nie von dem Ladore-Polizisten erzählen sollen. Du hättest ihn nie ins Vertrauen ziehen – niemals mit ihm im geheimen Einverständnis stehen sollen, jene Akten zu verbrennen – und ein Großteil von Kaluganos Kiefernwald. Es ist erniedrigend.»

«Es ist Schadenersatz geleistet worden», erwiderte der dicke Van mit dem Lachen eines dicken Mannes. «Ich halte Kim bequem und sicher in einem hübschen Heim für körperbehinderte Photographen, wo er von mir Berge von hübsch in Braille gestanzten Büchern über Neuentwicklungen in der Farbphotographie bekommt.»

Es gibt andere mögliche Gabelungen und Fortsetzungen, die dem Traumdenken einfallen, aber diese genügen wohl.

Dritter Teil

1

Er reiste, studierte, lehrte.

Er betrachtete die Pyramiden von Ladorah (die er hauptsächlich wegen des Namens besuchte) bei einem Vollmond, der die mit spitz zulaufenden schwarzen Schatten intarsierte Sandwüste versilberte. Er ging mit dem Britischen Gouverneur von Armenien und dessen Nichte am Van-See auf Jagd. Von einem Hotelbalkon in Sidra wurde seine Aufmerksamkeit vom Direktor auf die Spiegelung eines orangeroten Sonnenuntergangs gelenkt, der die Wellen eines lavendelfarbenen Meeres in Goldfisch-Schuppen verwandelte und ihn die bizarren kleinen, gestreiften Zimmer ertragen ließ, die er mit seiner Sekretärin, der jungen Lady Scramble, teilte. Auf einer anderen Terrasse, von der aus man eine andere legendäre Bucht überblickte, verschüttete Eberthella Brown, die Lieblingstänzerin des lokalen Schahs (ein naives kleines Ding, das meinte, «Begierde-Taufe» bedeute etwas Sexuelles), ihren Morgenkaffee, als sie eine sechszöllige Raupe mit fuchspelzigen Segmenten bemerkte, die an der Brüstung entlangkroch und sich in einer Ohnmacht zusammenkrümmte, als Van sie aufhob – der noch stundenlang, nachdem er das schöne Tier auf einen Busch gesetzt hatte, mit der Pinzette des Mädchens verdrießlich juckende leuchtende Haare aus seinen Fingerspitzen zupfte.

Er lernte den besonderen kleinen Kitzel schätzen, in fremden Städten dunklen Seitenstraßen zu folgen, obwohl er wußte, daß er nichts entdecken würde außer Schmutz und Langeweile und fortgeworfenen «merry-cans» mit «Billy»-Etiketts und den Dschungel-Klängen von exportiertem Jazz aus syphilitischen Cafés. Er spürte oft, daß die berühmten Städte, Museen, antiken Folterhäuser und Hängenden Gärten nichts als Flecken auf der Landkarte seines eigenen Wahnsinns waren.

Er schrieb seine Werke (*Unleserliche Unterschriften*, 1895; *Clairvoyeurismus*, 1903; *Möblierter Raum*, 1913; *Die Textur der Zeit*, begonnen 1922) gern in Berghütten und in den Salons großer Express-Züge und auf den Sonnendecks weißer Schiffe und auf den Steintischen römischer öffentlicher Parks. Er entrollte sich beispielsweise aus einer unendlich langen Trance und stellte mit Verwunderung fest, daß das Schiff in die andere Richtung fuhr oder daß die Reihenfolge der Finger seiner linken Hand umgekehrt war und jetzt, im Uhrzeigersinn, mit dem Daumen begann wie an seiner rechten, oder daß der marmorne Merkur, der ihm über die Schulter geblickt hatte, in einen aufmerksamen Lebensbaum verwandelt worden war. Ganz plötzlich bemerkte er dann, daß drei, sieben, dreizehn Jahre in einem Zyklus der Trennung und dann vier, acht, sechzehn in einem weiteren verflossen waren, seit er Ada zuletzt umarmt, gehalten, beweint hatte. Zahlen und Reihen und Serien – Alptraum und Fluch als Marter reinen Denkens und reiner Zeit – schienen darauf gerichtet, seinen Geist zu mechanisieren. Drei Elemente – Feuer, Wasser und Luft – vernichteten in eben dieser Reihenfolge Marina, Lucette und Demon. Terra harrte.

Sieben Jahre lang hatte Vans Mutter, nachdem sie das Leben mit ihrem Mann, einem erfolgreich vollendeten Leichnam, als belanglos hatte fallenlassen zugunsten eines Rückzugs in ihre immer noch blendende, wie im Märchen von Bedienten versorgte Côte d'Azur-Villa (jenes vormalige Geschenk Demons), an verschiedenen «obskuren» Krankheiten gelitten, von denen jedermann glaubte, sie erfände oder simulierte sie geschickt, und von denen sie behauptete, sie wären durch Willenskraft zu heilen, was zum Teil zutraf. Van besuchte sie weniger häufig als die pflichtbewußte Lucette, die er dort bei zwei oder drei Gelegenheiten flüchtig sah; und einmal, 1899, als er den Arbutus- und Lorbeer-Garten der Villa Armina betrat, sah er einen bärtigen alten griechisch-orthodoxen Priester, in neutrales Schwarz gekleidet, auf einem Motorrad in Richtung seiner bei den Tennisplätzen gelegenen Nizza-Gemeinde starten. Marina sprach mit Van über Religion und Terra und das Theater, aber niemals über Ada, und genauso wenig, wie er ahnte, daß sie alles über das Entsetzen und die Ardeurs von Ardis wußte, ahnte irgend jemand, *welchen* Schmerz in ihren blutenden Eingeweiden sie durch Beschwörungen und durch «Selbst-Konzentration» oder deren gegenteiligem Kunstgriff, «Selbst-Auflösung», zu lindern suchte. Sie gestand mit einem rätselhaften und ziemlich selbstgefälligen Lächeln, daß, so sehr sie auch die rhythmischen blauen Weihrauchwölkchen liebte und das volltönende Grollen des Diakons auf dem Ambo und die ölig-braune Ikone, eingewölbt in beschützendes Filigran, um den Kuß des Anbetenden zu empfangen, ihre Seele doch unwiderruflich, trotz Dasha Vinelander, der allerletzten Weisheit des Hinduismus geweiht blieb.

Anfang 1900, wenige Tage bevor Van in der Klinik von Nizza Marina zum letztenmal sah (wo er zum *ersten*mal den Namen ihrer Krankheit erfuhr), hatte er einen «verbalen» Alptraum, hervorgerufen vielleicht vom Moschus-Geruch in der Villa Venus von Miramas (Bouches Rouges-du-Rhône). Zwei formlose, fette, durchsichtige Kreaturen waren in irgendeine Diskussion verwickelt, wobei die eine wiederholte «Ich kann nicht!» (i.e., «kann nicht krepieren» – ein schwieriges Vorhaben, wenn man es freiwillig durchführen will, ohne die Hilfe von Dolch, Kugel oder Kelch), und die andere Stimme versicherte «Krebs, Sir!» Sie starb vierzehn Tage später, und ihren Anweisungen entsprechend wurde ihr Körper verbrannt.

Van, eine luzide Seele, hielt sich weniger für moralisch als für physisch tapfer. Stets sollte er sich (i.e., bis weit in die sechziger Jahre hinein) mit Widerwillen, als wünsche er eine kleinliche, feige und dumme Handlung in seinen Gedanken zu unterdrükken (denn wirklich, wer weiß, das spätere Geweih hätte genau damals aufgesetzt werden können, als grüne Lampen grüne Gewächse vor dem Hotel, in dem die Vinelanders wohnten, zum Grünen brachten), zurückerinnern, wie er von Kingston aus auf Lucettes Telegramm aus Nizza («Mutter starb heute morgen Beerdigung Strich Feuerbestattung Strich findet übermorgen bei Sonnenuntergang statt») mit der Bitte reagierte, ihn zu unterrichten («bitte unterrichten»), wer sonst noch komme, und als er ihre prompte Antwort erhielt, daß Demon bereits mit Andrey und Ada angekommen sei, zurückkabelte: *«Désolé de ne pouvoir être avec vous.»*

Er war im Cascadilla Park von Kingston herumflaniert, in der lebendigen, wonnig-durchschwirrten Frühlingsdämmerung, die um so vieles seraphischer war als jener Schauer von Telegrammen. Das letzte Mal, als er die mumien-welke Marina gesehen und ihr erzählt hatte, er müßte nach Amerika zurückkehren (obwohl in Wirklichkeit keine Eile war – nur der Geruch in ihrem Krankenhauszimmer, den kein Luftzug vertreiben konnte), hatte sie mit ihrem neuen, zarten, myopischen, da nach innen gekehrten Ausdruck gefragt: «Kannst du nicht warten, bis ich dahin bin?»; und seine Antwort war gewesen: «Ich werde am fünfundzwanzigsten zurück sein. Ich muß einen Vortrag über die ‹Psychologie des Selbstmords› halten»; und sie sagte, nun, da ihre Koffer gewissermaßen schon gepackt waren, die genaue Verwandtschaft betonend: «Erzähl ihnen von deiner dummen Tante Aqua», worauf er mit einem Schmunzeln genickt hatte, statt zu antworten: «Ja, Mutter.» Zusammengekauert in einem letzten Streifen tiefstehender Sonne, auf einer Bank, wo er kürzlich eine von ihm favorisierte, schlaksige, linkische schwarze Studentin gestreichelt und gestoßen hatte, quälte sich Van mit Gedanken über ungenügende Sohnesliebe – eine lange Geschichte aus Gleichgültigkeit, belustigter Geringschätzung, körperlichem Widerwillen und gewohnheitsmäßigem Abtun. Er blickte um sich, verzweifelte Abbitte leistend, ihrem Geist gebietend, er möge ihm ein unmißverständliches und in der Tat all-entscheidendes Zeichen fortgesetzten Seins hinter dem Gewebe von Zeit, jenseits des Fleisches von Raum, geben. Aber keine Antwort kam, nicht ein Blütenblatt fiel auf seine Bank, nicht eine Mücke rührte an seine Hand. Er überlegte, was ihn wirklich auf der schrecklichen Antiterra am Leben hielt, wenn Terra ein Mythos und die ganze Kunst ein Spiel waren, wenn nichts mehr galt seit dem Tag, als er Valerios warme, stoppelige Wange ohrfeigte; und woher, aus welchem tiefen Brunnen der Hoffnung, schöpfte er denn immer noch einen zitternden Stern, da alles einen Rand von Agonie und Verzweiflung hatte, da ein anderer Mann in jedem Schlafzimmer mit Ada war.

2

An einem tristen Morgen in Paris zwischen Frühling und Sommer des Jahres 1901, als Van, mit schwarzem Hut, die eine Hand mit den warmen losen Münzen in seiner Manteltasche spielend, die andere, rehbraun-behandschuhte, einen eingerollten englischen Schirm schwingend, an einem besonders reizlosen Straßen-Café zwischen den vielen, die die Avenue Guillaume Pitt säumten, vorüberging, erhob sich ein dicklicher Kahlkopf in einem zerknitterten braunen Anzug, die Weste mit einer Uhrkette geschmückt, und rief ihn an.

Van betrachtete einen Augenblick jene roten, runden Wangen, jenen schwarzen Kinnbart.

«*Ne usnajosch* (Erkennst du mich nicht)?»

«Greg! Grigorij Akimovitsch!» rief Van und zog den Handschuh aus.

«Vergangenen Sommer habe ich mir einen richtigen Vollbart wachsen lassen. Da hättest du mich bestimmt nicht erkannt. Bier? Frage mich, was du tust, um so jungenhaft auszusehen, Van.»

«Champagner-Diät, nicht Bier», sagte Professor Veen, setzte seine Brille auf und gab dem Ober mit der Krücke seines Schirms ein Zeichen. «Verhindert zwar kaum, daß man zunimmt, hält aber den Hoden knusprig.»

«Ich bin auch ziemlich dick, nicht?»

«Wie geht's Grace, ich kann mir nicht vorstellen, daß *sie* dick wird?»

«Einmal Zwillinge, immer Zwillinge. Meine Frau ist auch ganz stattlich.»

«*Tak ty schenat* (so doch verheiratet)? Mir war's nicht klar. Wie lang?»

«Zwei Jahre fast.»

«Zu wessen Ruhm?»

«Maude Sweens.»

«Wohl nicht des Dichters Tochter gar?»

«Nein, nein. Die Mutter ist doch eine Brougham.»

Hätte antworten können «Ada Veen», wäre Mr. Vinelander nicht ein schnellerer Freier gewesen. Ich glaube, ich bin schon mal irgendwo einem Broom begegnet. Thema fallenlassen. Wahrscheinlich eine triste Verbindung: kräftige, anmaßende Frau, er langweiliger denn je.

«Das letzte Mal sah ich dich vor dreizehn Jahren, als du auf einem schwarzen Pony rittest – nein, auf einer schwarzen Silentium. *Bosche moj!*»

«Ja – *Bosche moj*, das kannst du wohl sagen. Diese herrlichen,

herrlichen Agonien im herrlichen Ardis! Oh, ich war *absoljutno besumno* (wahnsinnig) in deine Cousine verliebt!»

«Du meinst Miss Veen? Das wußte ich gar nicht. Wie lange –»

«Sie auch nicht. Ich war schrecklich –»

«Wie lange bleibst du noch –»

«– schrecklich schüchtern, natürlich, weil ich ja sowieso wußte, ich konnte es mit ihren zahlreichen Freunden nicht aufnehmen.»

Zahlreiche? Zwei? Drei? Ist es möglich, daß er über den wichtigsten nie etwas gehört hat? Alle Rosenhecken wußten es, alle Dienstmädchen wußten es, in allen drei Landhäusern. Die edle Verschwiegenheit unserer Bettmacherinnen.

«Wie lange bleibst du noch in Lute? Nein, Greg, *ich* habe den bestellt. Du zahlst die nächste Flasche. Sag mal –»

«Verrückt, sich daran zu erinnern! Es war Tollheit, es war Rausch, es war Wirklichkeit in der Potenz. Ich glaube, ich hätte mich von einem Tataren köpfen lassen, wenn ich dafür den Rist ihres Fußes hätte küssen dürfen. Du warst ihr Vetter, fast ein Bruder, du kannst diese Besessenheit nicht verstehen. Ah, diese Picknicks! Und Percy de Prey, der vor mir mit ihr prahlte und mich verrückt machte vor Neid und vor Mitleid mit ihr, und Dr. Krolik, der sie, hieß es, ebenfalls liebte, und Phil Rack, ein genialer Komponist – tot, tot, alle tot!»

«Ich verstehe wirklich sehr wenig von Musik, aber es war mir ein großes Vergnügen, deinen Kumpel zum Heulen zu bringen. Leider habe ich in ein paar Minuten eine Verabredung. *Sa tvojo sdorove, Grigorij Akimovitsch.*»

«Arkadijevitsch», sagte Greg, der es einmal hatte durchgehen lassen, jetzt aber Van mechanisch verbesserte.

«Ach ja! Dummer Lapsus der schlampigen Zunge. Wie *geht* es Arkadij Grigorjevitsch?»

«Er ist gestorben. Er starb genau vor deiner Tante. Ich fand, die Zeitungen erwiesen ihrer Kunst bemerkenswerte Hochachtung. Und wo ist Adelaida Danilovna? Hat sie Christopher Vinelander geheiratet oder seinen Bruder?»

«In Kalifornien oder Arizona. Andrej heißt er, glaube ich. Vielleicht irre ich mich auch. Tatsächlich, ich habe meine Cousine nie sehr gut gekannt: Ich habe Ardis ja nur zweimal besucht, beide Male bloß für ein paar Wochen, vor Jahren.»

«Irgend jemand erzählte mir, sie sei Filmschauspielerin geworden.»

«Ich hab keine Ahnung, ich hab sie nie auf der Leinwand gesehen.»

«Oh, das wär schrecklich, möchte ich sagen – den Dorotele einzuschalten und sie plötzlich zu sehen. Wie ein Ertrinkender, der seine ganze Vergangenheit sieht und die Bäume und die Blumen und den bekränzten Dachshund. Der schreckliche Tod ihrer Mutter muß sie schrecklich mitgenommen haben.»

Liebt das Wort «schrecklich», möchte ich sagen. Eine schreckliche Aufmachung, ein schrecklicher Tumor. Warum muß ich das ertragen? Abstoßend – und doch auf seltsame Weise anziehend: mein plappernder Schatten, mein possenhaftes Double.

Van wollte gerade gehen, als ein schmuck uniformierter Chauffeur hereintrat, um *«my lord»* zu informieren, daß die Lady an der Ecke der Rue Saigon geparkt sei und ihn zu sich beordere.

«Aha», sagte Van. «Ich sehe, du benutzt deinen britischen Titel. Dein Vater gab sich lieber als Tschechovscher Oberst.»

«Maude ist angloschottisch und, nun ja, möchte es gern so haben. Glaubt, mit einem Titel wird man in Übersee besser bedient. Übrigens, jemand erzählte mir – ja, Tobak! –, daß Lucette sich im Alphonse Four aufhält. Ich habe dich gar nicht nach deinem Vater gefragt. Ist er bei guter Gesundheit?» (Van verbeugte sich.) «Und wie geht es der *guvjernantka belletristka*?»

«Ihr letzter Roman heißt *L'Ami Luc*. Sie erhielt gerade den Lebon-Akademie-Preis für ihren weitschweifigen Quatsch.»

Sie gingen lachend auseinander.

Einen Augenblick später, wie es so oft in Farcen und fremden Städten geschieht, stieß Van auf eine andere Bekanntschaft. In einer Aufwallung von Entzücken sah er Cordula in einem engen scharlachroten Rock sich mit Babyworten der Beruhigung über zwei unglückliche Pudelchen beugen, die an dem Wartepflock eines Wurstladens festgebunden waren. Van streichelte sie mit den Fingerspitzen, und als sie sich empört aufrichtete und umdrehte (Empörung augenblicklich durch fröhliches Wiedererkennen ersetzt), zitierte er die abgenutzten, aber zutreffenden Zeilen, die er seit den Tagen kannte, da seine Schulkameraden ihn damit ärgerten:

Die Veens sprachen nur mit den Tobaks,
Doch Tobaks nur mit dem Hund.

Der Lauf der Jahre hatte ihre Hübschheit nur noch unterstrichen, und wenn auch seit 1889 viele Moden gekommen und gegangen waren, er traf sie zu einer Jahreszeit, als Frisuren und Rocklinien kurz zu dem Stil von einem Dutzend Jahren vorher (eine andere, viel elegantere Dame war ihr bereits voraus) zurückkehrten und so die Unterbrechung erinnerter Zustimmung und Freude auslöschten. Sie tauchte in einen Wasserfall höflicher Fragen – er aber hatte auf der Stelle Wichtigeres zu klären – solange die Flamme noch flackerte.

«Laß uns», sagte er, «die Schwellung wiedergewonnener Zeit nicht auf den Erguß von *small talk* anwenden. Ich berste vor Energie, wenn's das ist, was du wissen möchtest. Schau: Es mag dumm und unverschämt klingen, aber ich habe eine dringende Bitte. Willst du mit mir beim Hörnen deines Gatten kooperieren? Es muß sein!»

«Also wirklich, Van!» rief die entrüstete Cordula. «Du gehst ein bißchen weit. Ich bin glücklich verheiratet. Mein Tobakchen betet mich an. Wir hätten inzwischen zehn Kinder, wenn ich nicht bei ihm und anderen aufgepaßt hätte.»

«Du wirst mit Befriedigung vernehmen, daß dieser andere sich als völlig steril herausgestellt hat.»

«Nun, ich bin alles andere. Ich glaube, ich könnte ein Maultier zum Fohlen bringen, nur durch Hingucken. Außerdem esse ich heute mit den Goals zu Mittag.»

«*C'est bizarre*, ein aufregendes kleines Mädchen wie du kann so zärtlich zu Pudeln sein und weist trotzdem einen armen, korpulenten, steifen alten Veen ab.»

«Die Veens sind viel zu freche Hunde.»

«Da du Metaphern sammelst», beharrte Van, «laß mich ein arabisches zitieren. Das Paradies liegt nur ein Assbaa südlich der Schärpe eines hübschen Mädchens. *Eh bien*?»

«Du bist unmöglich. Wo und wann?»

«Wo? In dem schäbigen kleinen Hotel drüben auf der anderen Straßenseite. Wann? Gleich jetzt. Ich habe dich noch nie auf einem Steckenpferd gesehen, denn das ist's, was *tout confort* verspricht – und nicht viel mehr.»

«Ich darf nicht später als halb zwölf zu Hause sein, es ist jetzt beinah elf.»

«Es dauert fünf Minuten. Bitte!»

Rittlings ähnelte sie einem Kind, das zum erstenmal Karussell fährt. Sie zog eine eckige *moue*, als sie die ordinäre Vorrichtung benutzte. Traurige, mürrische Huren tun es mit ausdruckslosem Gesicht und zusammengepreßten Lippen. Sie ritt es zweimal. Ihre rasche Nummer mit Wiederholung dauerte insgesamt fünfzehn Minuten, nicht fünf. Sehr zufrieden mit sich ging Van ein Stück Weges mit ihr durch den braunen und grünen Bois de Belleau in die Richtung ihres kleinen Stadthauses.

«Das bringt mich darauf», sagte er, «daß ich unsere Alexis-Wohnung nicht mehr brauche. Ich hatte während der letzten sieben oder acht Jahre irgendwelche armen Leute dort wohnen – die Familie eines Polizisten, der vorher Diener auf Onkel Dans Landsitz gewesen war. Mein Polizist ist nun tot, und seine Witwe und drei Söhne sind nach Ladore zurückgegangen. Ich möchte die Wohnung aufgeben. Würdest du sie als verspätetes Hochzeitsgeschenk von einem Verehrer annehmen? Gut. Wir werden es irgendwann wieder tun. Morgen muß ich in London sein, und am dritten wird mich mein Lieblings-Liner, *Admiral Tobakoff*, nach Manhattan bringen. *Au revoir.* Sag ihm, er soll sich bei niedrigen Türrahmen bücken. Geweihe sind sehr empfindlich, wenn sie neu sind. Greg Erminin erzählt, daß Lucette im Alphonse IV. ist?»

«Das stimmt. Und wo ist die andere?»

«Ich glaube, hier trennen wir uns. Es ist zwanzig vor zwölf. Besser, du trollst dich.»

«*Au revoir.* Du bist ein ganz Schlimmer, und ich bin eine ganz Schlimme. Aber's hat Spaß gemacht – obwohl du mit mir nicht wie mit einer befreundeten Dame sprachst, sondern so, wie du's wahrscheinlich mit kleinen Nutten tust. Warte. Hier ist eine streng geheime Adresse, wo du mich immer» – (in ihrem Täschchen wühlend) – «erreichen kannst» – (eine Karte mit den Insignien ihres Mannes findend und eine postalische Geheimadresse kritzelnd) – «in Malbrook, Mayne, wo ich jeden August verbringe.»

Sie blickte sich um, hob sich wie eine Ballerina auf die Zehenspitzen und küßte ihn auf den Mund. Süße Cordula!

3

Der Portier mit dem Bourbonen-Kinn, den dunklen, glatten Haaren und ohne Alter, in strahlenderen Tagen von Van als «Alphonse V» betitelt, glaubte, er hätte Mlle Veen gerade im Récamier-Raum gesehen, wo Vivian Vales goldene Schleier ausgestellt waren. Mit einem Schlagen des Rockschoßes und einem Klicken der Schwingtür stürzte Alphonse aus seiner Loge und ging nachschauen. Vans Auge über der Schirmkrücke spazierte um einen Drehständer mit *Sapsucker*-Paperbacks (mit dem winzigen gestreiften Specht auf jedem Buchrücken): *The Gitanilla, Salzman, Salzman, Salzman, Invitation to a Climax, Squirt, The Go-go Gang, The Threshold of Pain, The Chimes of Chose, The Gitanilla* – da gingen ein sehr «aristokratischer» Kollege Demons von der Wall Street, der alte Kithar K. L. Sween, der Verse schrieb, und der noch ältere Grundstücksmakler Milton Eliot vorbei, ohne den hierfür dankbaren Van zu erkennen, obwohl mehrere Spiegel ihn verrieten.

Der Portier kam kopfschüttelnd zurück. Aus reiner Herzensgüte gab Van ihm eine Goal-Guinee und sagte, er käme um halb zwei wieder vorbei. Er ging durch die Halle (wo der Autor der *Agonic Lines* und Mr. Eliot mit sich hoch über ihren Schultern bauschenden Jacketts, *affalés dans des fauteuils,* Zigarren verglichen), verließ das Hotel durch einen Seitenausgang und überquerte die Rue des Jeunes Martyres, um bei Ovenman's einen Drink zu nehmen.

Beim Eintreten hielt er einen Moment inne, um seinen Mantel abzulegen; aber er behielt seinen schwarzen Filz und stockschlanken Regenschirm, wie er es seinen Vater in jener Art unzüchtigen, jedoch eleganten Lokal hatte tun sehen, das von anständigen Damen nicht frequentiert wurde – zumindest nicht ohne Begleitung. Er steuerte auf die Bar zu, und während er noch die Gläser seiner schwarzumrandeten Brille putzte, erkannte er durch den optischen Nebel (neuerliche Rache des Raums!) die junge Dame, deren Silhouette er in der Erinnerung seit seiner Knabenzeit (sehr viel deutlicher!) gesehen hatte, allein vorbeigehend, allein trinkend, immer allein, wie Bloks *Incognita.* Es war ein eigenartiges Gefühl – so als sei eine Schallplatte versehentlich zum zweitenmal aufgelegt worden, so als sei der Teil eines Satzes in der Korrektur-Fahne an die falsche Stelle gerückt, als sei eine Filmszene zu früh gelaufen, ein wiederkehrender Makel, eine falsche Wendung der Zeit. Er beeilte sich, seine Ohren wieder mit den dicken schwarzen Bügeln der Brille zu versehen, und trat schweigend an sie heran. Eine Minute lang stand er hinter ihr, im Profil für die Erinnerung und den Leser (wie auch sie, in Hinblick auf uns und die Bar), die Krücke des seidenumhüllten Stocks fast bis an den Mund erhoben. Da war sie, vor dem goldschimmernden Hintergrund eines Sakarama-Wandschirms neben der Bar, auf die sie zuglitt, noch aufrecht, dabei, sich zu setzen, die eine weißbehandschuhte Hand bereits auf der Theke. Sie trug ein hochgeschlossenes, langärmeliges romantisches schwarzes Kleid mit einem weiten Rock, straffem Mieder und Kräusel-Kragen, aus dessen schwarzer, weicher Blumenkrone ihr langer Hals anmutig emporstrebte. Mit dem morosen Blick eines Lebemannes folgen wir der reinen, stolzen Linie jener Kehle, jenes geneigten Kinns. Die schimmernden roten Lippen sind geöffnet, gierig und entrückt und erlauben der oberen kräftigen Zahnreihe ein seitliches Blitzen. Wir kennen, wir lieben diesen hohen Wangenknochen (mit einer Faser von der Puderquaste noch auf der heißen rosigen Haut klebend), den Aufschwung schwarzer Wimpern und das bemalte, katzenhafte Auge – all dies im Profil, wiederholen wir leise. Unter der welligen, breiten Krempe ihres weichen Huts aus schwarzer Ripsseide, den eine große schwarze Schleife überragt, fällt eine Spirale absichtlich unordentlichen, meisterhaft geringelten Kupfers an ihrer glühenden Wange herab, und das Licht der «Buntbirnen» an der Bar spielt auf ihrem *bouffant* Stirnhaar, das, von der Seite betrachtet, sich unter dem extravaganten Rand des Hutes bis zu ihrer langen, dünnen Augenbraue hinabwölbt. Ihr irisches Profil, von einem Hauch russischer Weichheit versüßt, der ihrer Schönheit das Aussehen geheimnisvoller Erwartung und wehmütiger Überraschung hinzufügt, muß, so hoffe ich, von den Freunden und Bewunderern meiner Memoiren als ein natürliches Meisterwerk gesehen werden, das unvergleichlich feiner und jünger ist als das Porträt der ähnlich posierenden miesen Dirne mit ihrem Pariser *gueule de guenon* auf dem widerwärtigen Plakat, wie es jenes Wrack von einem Künstler für Ovenman gemalt hat.

«Hallo, Ed», sagte Van zum Barkeeper, und beim Klang seiner geliebten, rauchigen Stimme drehte sie sich um.

«Ich habe nicht erwartet, daß du eine Brille trägst. Fast hättest du die Abfuhr bekommen, die ich gerade dem Mann zugedacht hatte, der da anscheinend meinen Hut ‹anglotzte›. Liebster Van! *Duschka moj!*»

«Dein Hut», sagte er, «ist absolut *lautréamontesque* – ich meine *lautrecaquesque* – nein, ich bringe das Adjektiv nicht zustande.»

Ed Burton servierte Lucette, was sie eine Chambéryzette nannte.

«Gin und Bitter für mich.»

«Ich bin so glücklich und traurig», flüsterte sie auf russisch. «Wie lange bleibst du im alten Lute?»

Van erwiderte, er würde am nächsten Tag nach England abreisen und dann am 3. Juni (dies war der 31. Mai) die *Admiral Tobakoff* zurück zu den Staaten nehmen. Sie würde mit ihm reisen, rief sie, eine herrliche Idee, es war ihr wirklich gleich, ob sie gen Westen, Osten, Toulouse, Los Teques trieb. Er wies darauf hin, daß es bei weitem zu spät war, eine Kabine zu erhalten (auf diesem Schiff, das nicht ganz so schick und so viel kleiner war als die *Queen Guinevere*), und wechselte das Thema.

«Das letzte Mal sah ich dich», sagte Van, «vor zwei Jahren auf einem Bahnhof. Du hattest gerade die Villa Armina verlassen, und ich war gerade angekommen. Du trugst ein geblümtes Kleid, dessen Muster sich mit den Blumen mischte, die du hieltest, weil du dich so schnell bewegtest – du sprangst heraus aus einer grünen Kutsche und hinein in den Ausonien-Express, der mich nach Nizza gebracht hatte.»

«*Très expressioniste.* Ich habe dich nicht gesehen, sonst hätte ich dir rasch noch erzählt, was ich gerade erfahren hatte. Stell dir vor, Mutter wußte alles – dein geschwätziger Papa erzählte ihr alles über Ada und dich!» – «Aber nicht über dich und sie.»

Lucette bat ihn, nicht dieses krank und wahnsinnig machende Mädchen zu erwähnen. Sie war wütend über Ada und stellvertretend eifersüchtig. Ihr Andrey, oder vielmehr seine Schwester, denn selbst dazu war er zu dumm, sammelte progressive philisterhafte «Kunst», stiefelschwarze Kleckse und exkrementhaftes Geschmier auf Leinwand, Nachahmungen der Kritzeleien von

Schwachsinnigen, primitive Götzenbilder, eingeborene Masken, *objets trouvés* oder besser *troués*, der polierte Holzklotz mit seinem polierten Loch à la Heinrich Heideland. Seine Braut fand den Hof der Ranch geschmückt mit einer Skulptur, falls das das richtige Wort ist, vom alten Heinrich persönlich und seinen vier kräftigen Gesellen, ein gewaltiger, häßlicher Haufen aus spießigem Mahagoni, zehn Fuß hoch, betitelt «Mutterschaft», Mutter (nach rückwärts) all der Gips-Gnome und Gußeisen-Giftpilze, die frühere Vinelanders vor ihre Datschas in Lyaska gepflanzt hatten.

Der Barkeeper stand da und wischte in nicht enden wollender Zeitlupe ein Glas aus, während er mit dem schlaffen Lächeln äußersten Entzückens Lucettes Verleumdungen lauschte.

«Und doch», sagte Van auf russisch, «hast du 1896 deinen Aufenthalt dort sehr genossen, erzählte mir Marina.»

«Habe ich nicht! Ich verließ Agavia minus Gepäck mitten in der Nacht, zusammen mit der schluchzenden Brigitte. Noch nie habe ich solch einen Haushalt gesehen. Ada hatte sich in eine blöde Brünette verwandelt. Das Tischgespräch war auf die drei K's beschränkt – Kakteen, Kühe und Kochen, wobei Dorothy noch ihre Kommentare über kubistischen Mystizismus beisteuerte. Er ist einer jener Russen, die barfuß zur Toilette schlurfen, sich in Unterzeug rasieren, Strumpfbänder tragen, es unanständig finden, wenn man sich die Hose hochzieht, jedoch beim Münzen-Rausfischen ihre rechte Hosentasche mit der linken Hand festhalten oder umgekehrt, was nicht nur unanständig, sondern vulgär ist. Demon ist vielleicht enttäuscht, daß sie keine Kinder haben, aber in Wirklichkeit konnte er den Mann nach der ersten Aufwallung eines schwiegerväterlichen Gefühls nicht ausstehen. Dorothy ist ein gouvernantenhaftes, gottergebenes Ungeheuer, bleibt monatelang, ordnet Mahlzeiten an und hat eine Privatsammlung von Schlüsseln zu den Dienstboten-Zimmern – was unsere blöde Brünette hätte wissen sollen – und andere kleine Schlüssel, um die Menschenherzen zu öffnen –, übrigens hat sie versucht, einen praktizierenden Orthodoxen nicht nur aus jedem amerikanischen Neger zu machen, den sie zu fassen kriegt, sondern auch aus unserer hinlänglich *pravoslavnaja* Mutter – wenn sie auch nur erreichte, daß die Trimurti-Aktien stiegen. In einer schönen, nostalgischen Nacht –»

«Po-russki», sagte Van, als er bemerkte, daß ein englisches Paar sich Getränke bestellt und zu stillem Zuhören niedergelassen hatte.

«Eines Nachts, als Andrej fort war, um sich die Mandeln entfernen zu lassen oder sonstwas, ging die liebe, achtsame Dorotschka einem verdächtigen Geräusch im Zimmer meiner Zofe nach und fand die arme Brigitte auf einem Schaukelstuhl eingeschlafen und Ada und mich, alte Zeiten aufrüttelnd, auf dem Bett. Da sagte ich zu Dora, ich würde ihre Attitüde nicht länger ertragen, und brach sofort nach Monarch Bay auf.»

«Manche Leute sind ganz schön seltsam», sagte Van. «Wenn du mit deinem klebrigen Zeug fertig bist, laß uns zurück in dein Hotel gehen und etwas zu Mittag essen.»

Sie wollte Fisch, er hielt sich an Aufschnitt und Salat.

«Weißt du, wem ich heut morgen über den Weg lief? Dem guten alten Greg Erminin. Er war es, der mir erzählte, du seist hier. Seine Frau *est un peu snob*, was?»

«Jeder ist *un peu snob*», sagte Lucette. «Deine Cordula, die auch in der Gegend ist, kann es Schura Tobak, dem Geiger, nicht verzeihen, daß er im Telephonbuch Nachbar ihres Gatten ist. Gleich nach dem Lunch werden wir auf mein Zimmer gehen, Nummer 25, mein Alter. Ich habe einen märchenhaften japanischen Divan und eine Menge gerade von einem Verehrer angelieferter Orchideen. Ach, *Bosche moj* – da fällt mir ein –, ich muß noch mal nachsehen – vielleicht sind sie für Brigitte gedacht, die übermorgen um halb vier einen Oberkellner im Alphonse III in Auteuil heiratet. Jedenfalls sind sie grünlich mit orange und violetten Flecken, irgendeine zierliche Oncidium, ‹Zypressen-Schnüre›, einer dieser albernen Handelsnamen. Ich werde mich wie eine Märtyrerin auf dem Divan ausstrecken, weißt du noch?»

«Bist du immer noch eine Halb-Märtyrerin – ich meine, Halb-Jungfrau?» erkundigte sich Van.

«Eine Viertel», antwortete Lucette. «Oh, probier mich, Van! Mein Divan ist schwarz mit gelben Kissen.»

«Du kannst für eine Minute auf meinem Schoß sitzen.»

«Nein – es sei denn, wir ziehen uns aus, und du pfählst mich.»

«Meine Liebe, wie ich dich schon häufig erinnern mußte, gehörst du zu einer fürstlichen Familie, aber du sprichst wie die loseste Lucinda, die man sich vorstellen kann. Ist das eine Masche deiner Clique, Lucette?»

«Ich habe keine Clique, ich bin Einzelgänger. Hin und wieder gehe ich mit zwei Diplomaten aus, einem Griechen und einem Engländer, die mich betatzen und miteinander spielen dürfen. Ein kitschiger Gesellschafts-Maler arbeitet an einem Porträt von mir, und er und seine Frau liebkosen mich, wenn mir danach ist. Dein Freund Dick Cheshire schickt mir Geschenke und Renn-Tips. Es ist ein ödes Leben, Van.

Ich genieße – oh, viele Dinge», fuhr sie mit melancholischer und nachdenklicher Stimme fort, während sie mit einer Gabel in ihrer Forelle blau herumstocherte, die, nach ihrer gekrümmten Form und den hervortretenden Augen zu urteilen, lebendig gekocht worden war, verzerrt von fürchterlichen Todesschmerzen. «Ich liebe flämische und niederländische Malerei, Blumen, Essen, Flaubert, Shakespeare, Shopping, Skilaufen, Schwimmen, die Küsse von *les belles et les bêtes* – aber irgendwie bildet all das, alle Reichtümer Hollands einschließlich der Sauce, nur eine Art von dünner Schicht, unter der absolut nichts ist, außer natürlich dein Bild, und das fügt der Leere nur Tiefe und die Todesschmerzen einer Forelle hinzu. Ich bin wie Dolores – wenn sie sagt, sie ist ‹nur ein Bild auf Luft gemalt›.»

«Hab diesen Roman nie durchgekriegt – viel zu prätentiös.»

«Prätentiös, aber wahr. Er entspricht genau meinem Daseinsgefühl – ein Fragment, ein Pinselstrich. Komm und reise mit mir an irgendeinen fernen Ort, wo es Fresken und Fontänen gibt, warum können wir nicht an irgendeinen fernen Ort mit antiken Fontänen reisen? Per Schiff? Per Schlafwagen?»

«Es ist sicherer und schneller mit dem Flugzeug», sagte Van. «Und um Pottes willen, sprich Russisch.»

Mr. Sween, mit einem jungen Burschen speisend, der mit Stierkämpfer-Koteletten und anderen Reizen protzte, verbeugte sich gemessen in Richtung ihres Tischs; dann schritt ein Marineoffizier in der azurblauen Uniform der Golfstrom-Garde im Kielwasser einer dunklen, elfenbein-bleichen Dame an ihnen vorüber und sagte: «Hallo, Lucette, hallo, Van.»

«Hallo, Alph», sagte Van, wogegen Lucette den Gruß mit einem abwesenden Lächeln quittierte: Über ihre aufgestützten, verschränkten Hände hinweg folgte sie mit spöttischen Blicken der sich entfernenden Dame. Van räusperte sich, finster seine Halbschwester betrachtend.

«Muß mindestens fünfunddreißig sein», flüsterte Lucette, «hofft aber immer noch, seine Königin zu werden.»

(Sein Vater, Alphonse I. von Portugal, ein von Onkel Victor manipulierter Marionetten-Machthaber, hatte kürzlich, auf Gamaliels Wink hin, zugunsten eines republikanischen Regimes abgedankt, aber Lucette sprach von zerbrechlicher Schönheit, nicht von schwankender Politik.)

«Das war Lenore Colline. Was ist los, Van?»

«Katzen ist es zwar erlaubt, Könige anzustarren, aber nicht Filmstars. Die Ähnlichkeit ist viel geringer als damals – obwohl ich natürlich mit den Veränderungen des Gegenstücks nicht auf dem laufenden bin. *A propos,* wie hat sich die Karriere entwikkelt?»

«Falls du Adas Karriere meinst, die ist hoffentlich auch ein Mißerfolg, genau wie ihre Ehe. So ist schließlich alles, was Demon erreicht, daß ich dich kriege. Ich gehe nicht oft ins Kino, und als wir uns bei der Beerdigung trafen, weigerte ich mich, mit Dora und ihr zu sprechen, habe also nicht die entfernteste Ahnung, woraus ihre Bühnen- oder Leinwandausbeute in letzter Zeit bestanden haben könnte.»

«Hat dieses Weib etwa ihrem Bruder von euren unschuldigen Freuden berichtet?»

«Natürlich nicht! Sie zittert um sein Glück. Aber ich bin sicher, sie war es, die Ada zwang, mir zu schreiben, daß ich ‹nie wieder den Versuch wagen darf, eine erfolgreiche Ehe zu ruinieren› – und dies vergebe ich Daryuschka, einer geborenen Erpresserin, nicht aber Adotschka. Dein Cabochon läßt mich kalt. Ich meine, er sieht gut aus an deiner lieben, behaarten Hand, aber Papa trug genauso einen an seiner verhaßten rosa Pfote. Er gehörte zum Typ des stillen Entdeckers. Einmal nahm er mich mit zu einem Mädchen-Hockeyspiel, und ich mußte ihn warnen, ich würde um Hilfe rufen, wenn er seine Entdeckungsausflüge nicht auf der Stelle aufgäbe.»

«Das auch noch», seufzte Van und versenkte den schweren dunklen Saphirring in seiner Tasche. Er hätte ihn in den Aschbecher gelegt, wäre es nicht Marinas letztes Geschenk gewesen.

«Schau, Van», sagte sie (ihr viertes Glas Champagner leerend). «Warum es nicht riskieren? Es ist alles ganz einfach. Du heiratest mich. Du bekommst mein Ardis. Wir leben dort, du schreibst dort. Ich bleibe im Hintergrund, störe dich nie. Wir laden Ada – allein natürlich – für eine Weile auf *ihr* Gut ein, denn ich hatte immer erwartet, Mutter würde Ardis ihr überlassen. Während sie da ist, reise ich nach Aspen oder Gstaad oder Schittau, und du lebst mit ihr in einer Kristallkugel, in der gleichsam ewig ringsum der Schnee fällt, *pendant que* ich Ski in Aspenis laufe. Dann komme ich wie aus der Pistole geschossen wieder, aber sie kann bleiben, sie ist willkommen, ich bin in der Nähe für den Fall, daß ihr zwei mich braucht. Und dann kehrt sie für ein paar trostlose Monate zurück zu ihrem Mann, verstehst du?»

«Ja, hervorragender Plan», sagte Van. «Die einzige Schwierigkeit ist: Sie wird nie kommen. Jetzt ist es drei Uhr, ich muß noch einen Mann aufsuchen, der die Villa Armina renovieren soll, die *ich* geerbt habe und die einen meiner Harems beherbergen soll. Solche Schläge auf jemandes Handgelenk sind nicht deine hübscheste Manieriertheit irischer Provenienz. Ich werde dich nun zu deiner Wohnung begleiten. Du brauchst einfach etwas Ruhe.»

«Ich muß noch ein ganz ganz wichtiges Telephongespräch führen, aber ich möchte nicht, daß du zuhörst», sagte Lucette, während sie in ihrer kleinen schwarzen Handtasche nach dem Schlüssel suchte.

Sie betraten den Flur ihrer Suite. Dort nahm er, fest entschlossen, sofort zu gehen, seine Brille ab und preßte seinen Mund auf ihren Mund, und sie schmeckte genau wie Ada auf Ardis, am frühen Nachmittag, süßer Speichel, salziges Epithel, Kirschen, Kaffee. Hätte er sich nicht erst vor so kurzer Zeit so gut getummelt, er hätte der Versuchung, der unverzeihlichen Spannung vielleicht nicht widerstanden. Sie zupfte an seinem Ärmel, als er rückwärts aus dem Entree zu gehen begann.

«Noch einmal küssen, noch einmal küssen!» wiederholte Lucette in einem fort, kindisch, lispelnd, kaum die geöffneten Lippen bewegend, in einer zusammenhanglosen Benommenheit, und tat ihr Bestes, ihn daran zu hindern, überhaupt zum Nachdenken zu kommen, nein zu sagen.

Er sagte, das reichte.

«Oh, aber warum? O bitte!»

Er fegte ihre kalten, zitternden Finger weg.

«Warum, Van? Warum, warum, warum?»

«Du weißt ganz genau, warum. Ich liebe sie, nicht dich, und ich weigere mich einfach, alles noch komplizierter zu machen, indem ich ein weiteres inzestuöses Verhältnis eingehe.»

«Das ist stark», sagte Lucette, «du bist mit mir bei mehreren Gelegenheiten weit genug gegangen, sogar als ich noch ein Kind war; deine Weigerung, weiter zu gehen, ist eine bloße Spitzfindigkeit von dir; und außerdem, außerdem warst du ihr mit tausend Mädchen untreu, du schmutziger Betrüger!»

«Du sollst mit mir nicht in solchem Ton reden», sagte Van, ihre armen Worte unfair verdrehend, um einen Vorwand zum Rückzug zu haben.

«Verzeih mir, ich liebe dich», flüsterte sie außer sich, in dem Versuch, ihm mit einem *Flüstern* nachzu*schreien*, denn der Korridor war ganz Tür und Ohr, aber er ging weiter und winkte mit beiden Armen in der Luft, ohne sich umzublicken, indes ganz versöhnlich, und war fort.

4

Ein kitzliges Problem erforderte Dr. Veens Anwesenheit in England.

Der alte *Paar of Chose* hatte ihm geschrieben, daß die «Klinik» ihn gern einen einzigartigen Fall von Chromästhesie studieren lassen würde, daß aber angesichts bestimmter Aspekte des Falls (wie etwa die leise Möglichkeit von Täuschung) Van kommen und selber entscheiden sollte, ob er es der Mühen für wert erachtete, den Patienten zur weiteren Beobachtung nach Kingston zu fliegen. Ein gewisser Spencer Muldoon, blind geboren, vierzigjährig, ledig, ohne Freunde und die dritte blinde Figur in diesen Annalen, war bekannt dafür gewesen, in Anfällen von heftiger Paranoia zu halluzinieren, wobei er die Namen solcher

Umrisse und Substanzen ausrief, wie er sie durch Berührung zu identifizieren gelernt hatte oder durch die Schrecklichkeit der Geschichten über sie (fallende Bäume, ausgestorbene Saurier) wiederzuerkennen meinte und die ihn nun von allen Seiten bedrängten, abwechselnd mit Perioden von Stupor, auf die jedesmal eine Rückkehr zu seinem normalen Selbst erfolgte, wo er dann für eine oder zwei Wochen seine Blindenbücher befingerte oder in rotlidriger Seligkeit Schallplatten mit Musik, Vogelstimmen und irischer Dichtung hörte.

Seine Fähigkeit, Raum tapetenmusterartig in Spalten und Zeilen «starker» und «schwacher» Dinge zu zerlegen, blieb ein Geheimnis bis zu einem Abend, als ein Recherchierender Student (R. S. – er wünschte es nicht anders), der die Absicht hatte, gewisse Diagramme zu erforschen, die etwas mit den Veränderungen eines anderen Patienten zu tun hatten, zufällig in Muldoons Reichweite einen jener länglichen Kästen mit neuen, ungespitzten Buntstiften liegenließ, deren bloße Beschwörung (Dixon Pink Anadel!) das Gedächtnis in der Sprache von Regenbögen sprechen läßt, da die Farbtöne der bemalten und polierten Hölzer in ihrem hübschen Blechbehälter spektrisch abgestuft waren. Des armen Muldoons Kindheit konnte keinerlei derartiges irisierendes Entsinnen in ihm wachrufen, aber als seine tastenden Finger die Schachtel öffneten und die Buntstifte befühlten, erschien auf seinem pergament-bleichen Gesicht ein gewisser Ausdruck sinnlichen Vergnügens. Als R. S. beobachtete, daß die Augenbrauen des blinden Mannes sich bei Rot leicht hoben, ein wenig höher bei Orange, noch höher beim schrillen Schrei von Gelb, und dann durch den Rest des prismatischen Spektrums wieder herunterstiegen, erzählte er ihm beiläufig, daß die Hölzer verschieden gefärbt waren – «rot», «orange», «gelb» und so fort, und ebenso beiläufig entgegnete Muldoon, daß sie sich auch verschieden anfühlten.

Im Verlauf mehrerer Tests, die von R. S. und seinen Kollegen durchgeführt wurden, erklärte Muldoon, daß er beim Streicheln der Stifte der Reihe nach eine Skala von «prickelnden Reizen» spürte, bestimmte, irgendwie den prickelnden Nachwirkungen einer Berührung mit Brennesseln verwandte Empfindungen (er war irgendwo zwischen Ormagh und Armagh auf dem Lande aufgewachsen und in seiner abenteuerlichen Kindheit, der arme, schwer-gestiefelte Kerl, oft in Gräben und sogar Schluchten gestolpert), und sprach mysteriös von dem «starken» grünen Prikkeln eines Stück Löschpapiers oder dem schwachen feuchten rosa Prickeln der schwitzenden Nase von Schwester Langford, wobei er diese Farben von sich aus mit jenen verglich, mit denen die Forscher die ursprünglichen Buntstifte versehen hatten. Den Tests zufolge war man gezwungen, anzunehmen, daß die Fingerspitzen des Mannes seinem Hirn «eine taktile Transkription des prismatischen Spektrals» übermitteln konnten, wie Paar es in seinem detaillierten Bericht an Van ausdrückte.

Als letzterer ankam, war Muldoon noch nicht wieder ganz aus einem Stadium des Stupors heraus, das langwieriger war als jedes vorhergegangene. In der Hoffnung, ihn am folgenden Tag untersuchen zu können, verbrachte Van einen angenehmen Tag, indem er mit einem Haufen eifriger Psychologen Besprechungen führte, und er ließ es sich angelegen sein, zwischen den Krankenschwestern das vertraute Schielen von Elsie Langford ausfindig zu machen, eines hageren Wesens mit einer fiebrigen Röte und vorstehenden Zähnen, das dunkel in eine *«Poltergeist»*-Affäre an einem anderen medizinischen Institut verwickelt gewesen war. Er speiste mit dem alten Paar in dessen Räumen in Chose und sagte ihm, er hätte den armen Kerl gern nach Kingston verlegt, *mit* Miss Langford, sobald er wieder in der Lage wäre zu reisen. Der arme Kerl starb jene Nacht im Schlaf und ließ den ganzen Vorfall in einem Nimbus von heiterer Belanglosigkeit in der Schwebe.

Van, in dem die rosa-blühenden Kastanien von Chose immer eine amouröse Stimmung auslösten, entschloß sich, das plötzliche Zeitgeschenk vor seiner Reise nach Amerika an eine vierundzwanzigstündige Kur in der elegantesten und leistungsfähigsten aller Venus-Villen in Europa zu verschwenden; aber während der längeren Fahrt in der alten, plüschigen, leicht parfümierten (Moschus? Türkischer Tabak?) Limousine, die er gewöhnlich vom Albania, seinem Londoner Hotel, für Reisen in England gestellt bekam, gesellten sich andere ruhelose Gefühle zu seiner mürrischen Lust, ohne sie zu zerstreuen. Sanft dahinschaukelnd, den Pumps-beschuhten Fuß auf einer Fußstütze, den Arm in einer Armschlaufe, rief er sich seine erste Eisenbahnreise nach Ardis ins Gedächtnis und versuchte – was er manchmal einem Patienten als Training für die «Muskeln des Bewußtseins» zu tun empfahl – nämlich sich zurückzuversetzen nicht bloß in die Gemütsverfassung, die einer radikalen Änderung des Lebens vorausgegangen war, sondern auch in einen Zustand vollkommener Unkenntnis hinsichtlich dieser Änderung. Er wußte, es war nicht zu machen, nicht die Ausführung, sondern der hartnäckige Versuch war möglich, denn er würde sich nicht an das Vorwort zu Ada erinnert haben, hätte nicht das Leben die nächste Seite umgeblättert und damit verursacht, daß nun der strahlende Text durch alle Zeiten des Gedächtnisses blitzte. Er überlegte, ob er sich an den gegenwärtigen banalen Ausflug erinnern würde. Ein englischer Spätfrühling mit literarischen Assoziationen hing in der Abendluft. Das eingebaute «Canoreo» (ein altmodischer Musik-Apparat, den eine gemeinsame Anglo-amerikanische Kommission erst kürzlich wieder als staatlich zugelassen erklärt hatte) übertrug ein herzzerreißendes italienisches Lied. Was war er? Wer war er? Warum war er? Er dachte an seine Mattigkeit, Schwerfälligkeit, Vernachlässigung des Geistes. Er dachte an seine Einsamkeit und ihre Leidenschaften und Gefahren. Er sah durch die gläserne Trennwand die fetten, gesunden, verläßlichen Nackenfalten seines Fahrers. Müßige Bilder defilierten vorbei – Edmund, Edmond, die schlichte Cordula, die phantastisch komplizierte Lucette und, durch weitere mechanische Assoziation, ein verdorbenes kleines Mädchen namens Lisette in Cannes mit Brüsten wie reizende Geschwüre, deren zerbrechliche Gunstbezeigungen von einem stinkigen großen Bruder in einem alten Badekarren ausgehandelt wurden.

Er stellte das *Canoreo* ab und nahm sich von dem Brandy, der hinter einem Schiebebrettchen aufbewahrt wurde, trank aber aus der Flasche, weil alle drei Gläser schmutzig waren. Er fühlte sich umstellt von niederkrachenden großen Bäumen und den ungeheuerlichen Bestien unerreichter, vielleicht unerreichbarer Ziele. Ein solches Ziel war Ada, die er, das wußte er, niemals aufgäbe; ihr würde er die Reste seines Selbst beim ersten Trompetenstoß des Schicksals überantworten. Ein anderes war seine philosophische Arbeit, so seltsam behindert durch ihre eigene Tugend – durch jene Originalität literarischen Stils, die die einzige wirkliche Ehrlichkeit eines Autors darstellt. Er mußte es auf eigene Weise schaffen, aber der Cognac war erschreckend, und die Geistesgeschichte starrte von Klischees, und es war diese Geschichte, die er überwinden mußte.

Er wußte, daß er nicht in vollem Sinne ein Gelehrter war, aber durchaus ein Künstler. Paradoxer- und unnötigerweise kam es von seiner «akademischen Karriere», seinen nachlässigen und hochmütigen Vorlesungen, seiner Leitung von Seminaren, seinen Veröffentlichungen über kranke Gemüter, daß er, von Anbeginn ein Wunderkind, bereits im Alter von einunddreißig «Ehren» und eine «Position» gewonnen hatte, die viele unglaublich tätige Männer mit fünfzig nicht erreichen. In seinen traurigeren Momenten, wie jetzt, schrieb er zumindest einen Teil seines «Erfolgs» seinem Stand zu, seinem Reichtum, den zahlreichen Schenkungen, die er (in einer Art Ausweitung seiner übertriebenen Trinkgelder an die armen Teufel, die Zimmer säuberten, Fahrstühle bedienten, auf Hotelfluren lächelten) ständig über förderungswürdige Institutionen und Studenten ausschüttete. Vielleicht ging Van Veen nicht allzu fehl in dieser verschrobenen Annahme; denn auf unserer Antiterra (und ebenso auf Terra, seinen eigenen Schriften zufolge) zieht eine mächtig dahinschwitzende Verwaltung, es sei denn, sie wird aufgerüttelt durch die plötzliche Errichtung eines neuen Gebäudes oder den Donner wolkenbruchartiger Fonds, die heile Ödheit einer akademischen Mediokrität dem verdächtigen Funkeln eines V. V. vor.

Nachtigallen sangen, als er an seinem sagenhaften und schändlichen Bestimmungsort anlangte. Wie gewöhnlich verspürte er eine Woge brutaler Hochstimmung, als der Wagen in die Eichenallee zwischen zwei Reihen phallischer Statuen, die das Gewehr präsentierten, hineinrollte. Als ein seit fünfzehn Jahren bewährter und willkommener Stammgast hatte er sich nicht die Mühe gemacht zu «telephonieren» (der neue amtliche Ausdruck). Ein Scheinwerfer geißelte ihn: Ach, er war leider an einem «Gala»-Abend gekommen!

Normalerweise ließen Mitglieder ihre Chauffeure in einer besonderen Einhegung in der Nähe des Wächterhauses parken, wo es eine gemütliche Kantine für die Bedienten gab mit nichtalkoholischen Getränken und ein paar billigen und hausbackenen Nutten. Aber an jenem Abend hatten mehrere riesige Polizei-Autos die Garagenboxen besetzt und quollen auch in einem angrenzenden Laubengarten über. Mit der Order für Kingsley, einen Augenblick unter den Eichen zu warten, legte Van seine venezianische Maske an und ging der Sache nach. Sein ummauerter Lieblingsweg brachte ihn bald zu einer der weitläufigen Rasenflächen, die den Zugang zur Villa samten überzogen. Die Anlagen waren blaß beleuchtet und so bevölkert wie die Park Avenue – eine Assoziation, die sehr prompt kam, denn die Verkleidungen der schlauen Detektive gehörten zu einer Sorte, die Van an sein Heimatland erinnerte. Einige dieser Männer kannte er sogar von Ansehen – sie durchstreiften den Club seines Vaters in Manhattan jedesmal, wenn der gute Gamaliel (der nach seiner vierten Amtsperiode nicht wiedergewählt worden war) in seiner inoffiziellen Senilität zufällig dort speiste. Sie mimten, was sie zu mimen gewohnt waren – Pampelmusen-Händler, schwarze Verkäufer von Bananen und Banjos, obsolete oder zumindest anachronistische Kopisten, die in immerwährenden Kreisen zu fiktiven Büros eilten, und peripatetische russische Zeitungsleser, die ihren Schritt bis zu einem trance-ähnlichen Halt verlangsamten und dann erneut hinter ihren weit auseinandergefalteten *Estotskije Vesti* herschlenderten. Van erinnerte sich, daß Mr. Alexander Screepatch, der neue Präsident der Vereinigten Amerikas, ein vollblütiger Russe, zu einem Besuch bei König Victor herübergeflogen war; und er folgerte richtig, daß beide nun in Dirnendaunen versunken waren. Die komische Seite der detektivischen Schaustellung (die vielleicht ihren altväterlichen Vorstellungen von einem amerikanischen Bürgersteig entsprach, aber kaum zu einem sonderbar beleuchteten Labyrinth englischer Hecken paßte) milderte seine Enttäuschung, da er empfindlich bei dem Gedanken erschauerte, die Freuden historischer Persönlichkeiten zu teilen oder sich mit den brav-gesichtigen Mägdelein zufriedenzugeben, die sie zu gebrauchen begonnen und zurückgewiesen hatten.

Hier versuchte eine bettuchverhüllte Statue, Van von ihrem Marmorpodest aus anzugreifen, rutschte jedoch ab und landete rücklings im Farn. Des zappelnden Gottes nicht achtend kehrte Van zu dem noch blubbernden Jolls-Joyce zurück. Der lilawangige Kingsley, ein erprobter alter Freund, erbot sich, ihn zu einem anderen Haus neunzig Meilen weiter nördlich zu fahren; aber Van lehnte ab, aus Prinzip, und wurde ins Albania zurückgebracht.

5

Um fünf Uhr nachmittags, am 3. Juni, war sein Schiff von Le Havre-de-Grâce ausgelaufen; am Abend des gleichen Tages schiffte Van sich in Old Hantsport ein. Er hatte den größten Teil des Nachmittags damit verbracht, mit Delaurier, dem berühmten Negertrainer, Hoftennis zu spielen, und fühlte sich sehr matt und schläfrig, während er beobachtete, wie die Glut der tiefen Sonne sich ein paar See-Schlangen-Yards nach Steuerbord an der entfernteren Schräge der Bugwelle in grün-goldene Augenflekken brach. Sogleich beschloß er schlafen zu gehen, stieg hinunter zum A-Deck, verschlang etwas von dem Stilleben-Obst, das man ihm in seinem Salon arrangiert hatte, versuchte, im Bett die Fahnenabzüge eines Essays zu lesen, den er zu einer Festschrift aus Anlaß des achtzigsten Geburtstags von Professor Counterstein beitrug, gab auf und schlief ein. Ein Sturm brach um Mitternacht in Konvulsionen aus, doch trotz des Stoßens und Kreischens (die *Tobakoff* war ein verbitterter alter Kahn) schaffte es Van, tief zu schlafen, und die einzige Reaktion von seiten seines rastenden Geistes war das Traumbild eines Wasserpfaus, wie er nahe dem Ufer eines Sees seines Namens in dem alten Königreich von Arrowroot langsam versank, bevor er sich wie ein Seetaucher überschlug. Als er sich jenen deutlichen Traum wieder vergegenwärtigte, führte er dessen Herkunft auf seinen kürzlichen Besuch in Armenien zurück, wo er mit Armborough und der äußerst willfährigen und wohlbewanderten Nichte jenes Gentleman auf Vogeljagd gegangen war. Er wollte sich eine Notiz darüber machen – und stellte belustigt fest, daß alle drei Bleistifte nicht nur seinen Nachtschrank verlassen hatten, sondern säuberlich der Länge nach an der Unterkante der Außentür von dem angrenzenden Raum aufgereiht waren, nachdem sie im Laufe ihrer gebremsten Flucht ein ganzes Stück blauen Teppichbodens zurückgelegt hatten.

Der Steward brachte ein «kontinentales» Frühstück, die Schiffszeitung und die Liste der Erste-Klasse-Passagiere. Unter «Tourismus in Italien» informierte ihn die kleine Zeitung, daß ein Bauer von Domodossola Knochen und Paradegeschirr eines der Elefanten von Hannibal ausgegraben hatte und daß zwei amerikanische Psychiater (Namen nicht genannt) eines seltsamen Todes in den Bocaletto-Bergen gestorben waren: der ältere Knabe durch Herzversagen und sein Freund durch Selbstmord.

Nachdem er über das morbide Interesse des Admirals an italienischen Gebirgen gegrübelt hatte, schnitt Van den Artikel aus und nahm sich die Passagier-Liste vor (sie war liebenswerterweise mit demselben Wappen geschmückt, das auch Cordulas Briefpapier krönte), um zu sehen, ob jemand dabei war, dem er während der nächsten Tage aus dem Wege gehen mußte. Die Liste bot das Ehepaar Robinson, Robert und Rachel, alte Langweiler aus der Familie (Bob war in den Ruhestand getreten, nachdem er viele Jahre lang eines von Onkel Dans Büros geleitet hatte). Sein weiterwandernder Blick stolperte über Dr. Ivan Veen und blieb beim nächsten Namen haften. Was zog sein Herz zusammen? Warum fuhr er sich mit der Zunge über die dicken Lippen? Leere Formeln, passend für die erhabenen Schreiber früherer Zeiten, die alles erklären zu können glaubten.

Der Spiegel seines Badewassers schwankte und schaukelte und ahmte das langsame Aufundniederwiegen der hellblauen, weißgefleckten See im Bullauge seiner Schlafkabine nach. Er rief Miss Lucinda Veen an, deren Suite auf dem Hauptdeck mittschiffs genau über seiner lag, aber sie war nicht da. Mit weißem Rollkragenpullover und dunkler Brille machte er sich auf die Suche. Sie war nicht auf dem Spieldeck, von wo aus er auf einen anderen Rotschopf in einem Liegestuhl auf dem Sonnendeck herunterschaute: Das Mädchen saß und schrieb mit leidenschaftlicher Geschwindigkeit einen Brief, und er dachte, wenn er je von gewichtiger Sachlichkeit auf leichte Dichtung umschaltete, würde er einen eifersüchtigen Ehemann ein Fernglas benutzen lassen, um von dort, wo er gerade stand, jenen Erguß unerlaubter Zuneigung zu entziffern.

Sie war nicht auf dem Promenaden-Deck, wo wolldeckenumhüllte alte Leute den Bestseller Nummer eins, *Salzman*, lasen und mit borborygmischem Vorbrodeln die Elf-Uhr-Bouillon erwarteten. Er begab sich zum Grill und reservierte einen Tisch für zwei. Er ging zur Bar hinüber und begrüßte herzlich den kahlen, fetten Toby, der auf der *Queen Guinevere* 1889 und 1890 und auch 1891 gedient hatte, als Ada noch unverheiratet und er ein grollender Narr gewesen war. Sie hätten nach Lopadusa durchbrennen können als Mr. und Mrs. Dairs oder Sardi!

Er erspähte ihrer beider Halbschwester auf dem Vorderdeck; sie sah gefährlich hübsch aus in einem tiefausgeschnittenen, leuchtend geblümten, windumspielten Kleid, als sie mit den sonnengebräunten, aber stark gealterten Robinsons sprach. Sie wandte sich ihm zu, die fliegenden Haare mit einem Ausdruck von Triumph und Verlegenheit aus dem Gesicht streichend, und schon verließen sie Rachel und Robert, die ihnen nachstrahlten und beide mit erhobenen Händen ihr zuwinkten, ihm, dem Leben, dem Tod, den glücklichen alten Zeiten, als Demon alle Spielschulden ihres Sohns bezahlte, kurz bevor er bei einem Frontalzusammenstoß getötet wurde.

Sie verschlang das Pojarskij-Kotelett mit Dankbarkeit: Er schalt sie nicht aus, weil sie als eine Art transzendentaler (eher denn transatlantischer) blinder Passagier aufgetaucht war; und in ihrer Begierde, ihn zu sehen, hatte sie ihr Frühstück verpaßt, nachdem sie vorher auch das Abendessen überschlagen hatte. Sie, die die Höhlungen und Hügel der See liebte, wenn sie Wassersport trieb, oder die Aufs und Achs beim Fliegen, war an Bord dieses ihres ersten Liners schmählich krank gewesen; aber die Robinsons hatten ihr ein wunderbares Medikament gegeben, sie hatte zehn Stunden geschlafen, die ganze Zeit in Vans Armen, und hoffte nun, daß sie beide, er und sie, annehmbar wach waren bis auf den verschwommenen Rand, den die Droge hinterlassen hatte.

Ganz freundlich fragte er sie: «Wo glaubst du eigentlich, daß du hinreist?»

Nach Ardis, mit ihm – kam die prompte Antwort – für immer und ewig. Robinsons Großvater war in Arabien im Alter von einhunderteinunddreißig Jahren gestorben, also hatte Van noch ein ganzes Jahrhundert vor sich, sie würde ihm im Park mehrere Pavillons für seine aufeinanderfolgenden Harems bauen, diese würden sich allmählich, einer nach dem andern, in Heime für betagte Damen verwandeln und dann in Mausoleen. Es hing, sagte sie, ein Bild vom Hindernisrennen – «Fahles Feuer mit Tom Cox aufsitzend» – über dem Bett der lieben Cordula und des lieben Tobak in ihrer Suite, die sie «in einer knappen Minute von ihnen ergaunert» hatte, und sie hätte gern gewußt, welchen Einfluß es auf das Liebesleben der Tobaks bei Seereisen ausübte. Van unterbrach Lucettes nervöses Geplapper, indem er sie fragte, ob die Hähne ihrer Badewanne die gleichen Aufschriften trugen wie seine: *Hot Domestic, Cold Salt.* Ja, rief sie, Altes Salz, Alter Salzman, Glühendes Zimmermädchen, komatöser Kapitän!

Sie sahen sich am Nachmittag wieder.

Den meisten Erste-Klasse-Passagieren der *Tobakoff* schien der Nachmittag des 4. Juni 1901 auf dem Atlantik, auf dem Längengrad von Island und dem Breitengrad von Ardis, für Freiluft-Freuden wenig verführerisch: Die Glut des kobaltblauen Himmels wurde ständig von glazialer Gischt zerschnitten, und der Wellenschlag eines altmodischen Schwimmbads überspülte rhythmisch die grünen Kacheln, aber Lucette war ein zähes Mädchen, an schneidenden Wind nicht weniger gewöhnt als an die abscheuliche Sonne. Frühling in Fialta und ein sengender Mai auf Minataor, der berühmten künstlichen Insel, hatten ihren Gliedern einen Nektarinenton verliehen, und bei Nässe sahen sie wie damit lackiert aus, entfalteten aber ihre natürliche Blüte wieder, sobald die Brise ihre Haut trocknete. Mit glühenden Wangenknochen und jenem Kupferglanz, der auf Nacken und Stirn unter ihrer engen Badekappe hervorlugte, evozierte sie den Behelmten Engel der Yukonsk-Ikone, deren zauberische Wirkung angeblich blutarme blonde Mädchen in sommersprossige rothaarige Knaben, Kinder des Sonnenpferdes, verwandelte.

Sie kehrte nach ein paar kurzen Schwimmzügen zu Van auf die Sonnenterrasse zurück und sagte: «Du kannst dir nicht vorstellen» – («ich kann mir alles vorstellen», beharrte er) –, «du *kannst* dir vorstellen, okay, welche Ozeane von Lotionen und Ströme von Creme ich zu benutzen gezwungen bin – in der Abgeschiedenheit meiner Balkone oder in verlassenen Meeresgrotten –, bevor ich mich den Elementen aussetzen darf. Ich schwanke immer auf der zarten Grenze zwischen Sonnenbrand und Sonnenbräune – oder zwischen Lobster und Obst, wie Herb, mein geliebter Maler, schreibt – ich lese gerade sein Tagebuch, das von seiner letzten Duchesa veröffentlicht wurde, es ist in drei vermischten Sprachen und köstlich, ich leihe es dir. Weißt du, Darling, ich würde mich für eine gescheckte Schwindlerin halten, wenn die kleinen Stellen, die ich vor der Öffentlichkeit verberge, icht von derselben Farbe wie die sichtbaren wären.»

«Du schienst mir überall sandig auszusehen, als du 1892 inspiziert wurdest», sagte Van.

«Ich bin jetzt ein funkelnagelneues Mädchen», flüsterte sie. «Ein glückliches neues Mädchen. Allein mit dir auf einem verlassenen Schiff mit mindestens zehn Tagen bis zu meiner nächsten Periode. Ich habe dir einen dummen Brief nach Kingston geschickt, bloß für den Fall, daß du nicht aufkreuztest.»

Sie ruhten nun einander gegenüber auf einer Matte am Rand des Schwimmbeckens, in symmetrischer Lage, er den Kopf auf die rechte Hand gelehnt, sie auf den linken Ellbogen gestützt. Der Träger ihres grünen Bikinis war über ihren schlanken Arm gerutscht und entblößte Tropfen und Streifen von Wasser unterhalb der einen Brustwarze. Ein Abgrund von wenigen Zoll trennte den Jersey, den er trug, von ihrer nackten Taille, die schwarze Wolle seiner Badehose von ihrer nassen grünen Schammaske. Die Sonne lasierte ihren Hüftknochen; eine schattige Senke führte auf die fünf Jahre alte Spur einer Blinddarmoperation. Ihr halbverschleierter Blick ruhte auf ihm mit schwerer opakener Gier, und sie hatte recht, sie waren tatsächlich ganz allein, er hatte Marion Armborough hinter dem Rücken ihres Onkels unter weitaus schwierigeren Umständen besessen, denn das Motorboot sprang damals wie ein fliegender Fisch, und sein Gastgeber hatte neben dem Steuerrad ein Gewehr zur Hand. Freudlos spürte er, wie die gedrungene Schlange der Begehrlichkeit sich gewichtig entrollte; grimmig bereute er, daß er den Satan nicht in der Villa Venus erschöpft hatte. Er billigte die Berührung ihrer blinden Hand, die sich seinen Schenkel aufwärts ihren Weg bahnte, und verfluchte die Natur, daß sie mitten in den Schoß des Mannes einen knorrigen Baum gepflanzt hatte, berstend vor ekligem Saft. Plötzlich wandte Lucette sich ab und stieß ein leises *«Merde»* hervor. Eden war voller Leute.

Zwei halbnackte Kinder kamen unter schriller Fröhlichkeit auf das Schwimmbecken zugelaufen. Ein schwarzes Kindermädchen schwenkte in wütender Verfolgung die winzigen Bikini-Oberteile der beiden. Aus dem Nichts geboren tauchte ein kahler Kopf aus dem Wasser empor und schnob. Der Schwimmeister erschien aus dem Umkleideraum. Gleichzeitig stolzierte ein großes Prachtexemplar mit hübschen Fesseln und abstoßend fleischigen Schenkeln an den Veens vorüber und trat beinah auf Lucettes smaragdbesetztes Zigaretten-Etui. Bis auf eine goldene Schleife und eine gebleichte Haarmähne war ihr langer, welliger, beigefarbener Rücken völlig bloß bis hinab auf die Anfänge ihrer langsam und lüstern rollenden Hinterbacken, die, in alternierender Bewegung, ihre tieferen Ausbuchtungen unter dem Lendentuch aus Lamé enthüllten. Kurz bevor sie hinter einer weißen Rundung verschwand, wandte die tizianische Titanin ihr braunes Gesicht halb um und grüßte Van mit einem lauten «Hallo!».

Lucette wollte wissen: *kto sija pava?* «Wer ist diese stattliche Dame?»

«Ich dachte, sie hätte *dich* gegrüßt», antwortete Van. «Ich habe ihr Gesicht nicht erkannt und erinnere mich auch nicht an diesen Hintern.»

«Sie schenkte dir ein großes Dschungel-Lächeln», sagte Lucette, rückte mit rührend anmutigen Bewegungen ihrer erhobenen Flügel ihren grünen Helm zurecht und ließ rührend das rostfarbene Gefieder ihrer Achselhöhlen aufflammen.

«Komm mit, hm?» schlug sie vor und stand von der Matte auf.

Er schüttelte den Kopf, zu ihr aufblickend: «Du steigst empor», sagte er, «wie Aurora.»

«Sein erstes Kompliment», meinte Lucette mit einem kleinen Kopfnicken, als spräche sie zu einer unsichtbaren Vertrauten.

Er setzte seine getönte Brille auf und sah sie auf dem Sprungbrett stehen, die Rippen die Höhlung ihres Einatmens rahmend, da sie sich anschickte, in den Bernstein hinabzuschnellen. Er fragte sich in einer geistigen Fußnote, die ihm eines Tages gut zupaß kommen mochte, ob Sonnenbrillen oder irgendwelche anderen Visionsvarianten, die unsere «Raum»-Vorstellung mit Sicherheit verdrehen, nicht auch unseren Sprachstil beeinflussen. Die beiden wohlgeformten Mägdlein, die Kinderschwester, der geile Meergott, der Schwimmeister, alle schauten mit Van zu.

«Zweites Kompliment in Bereitschaft», sagte er, als sie an seine Seite zurückkehrte. «Du bist eine göttliche Springerin. *Ich* fall mit einem kräftigen Plumps rein.»

«Aber du schwimmst schneller», klagte sie und streifte ihre Achselbänder ab und legte sich mit dem Gesicht nach unten;

«übrigens, ist es wahr, daß den Matrosen zu Tobakoffs Zeiten das Schwimmen nicht beigebracht wurde, damit sie nicht als nervöse Wracks starben, wenn das Schiff unterging?»

«Gewöhnliche Matrosen vielleicht», sagte Van. «Als Midshipman Tobakoff vor Gavaille selber Schiffbruch erlitt, schwamm er stundenlang gemütlich herum und scheuchte Haie mit Stellen alter Hymnen und ähnlichem weg, bis ein Fischerboot ihn rettete – eines jener Wunder, das ein Minimum an Zusammenarbeit aller Beteiligten erfordert, stell ich mir vor.»

Demon, sagte sie, hatte ihr letztes Jahr bei der Beerdigung erzählt, daß er dabei war, eine Insel in den Gavailles zu kaufen («Unverbesserlicher Träumer», knurrte Van). Er hatte in Nizza «wie ein Springbrunnen geweint», hatte aber noch hemmungsloser in Valentina geheult, bei einer früheren Zeremonie, an der die arme Marina gleichfalls nicht teilnahm. Die Hochzeit – im griechisch-orthodoxen Ritual, bitte schön – nahm sich aus wie die schlecht imitierte Episode aus einem alten Film, der Priester war gaga und der Diakon betrunken, und – vielleicht zum Glück – Adas dicker weißer Schleier war so lichtundurchlässig wie der Trauerflor einer Witwe. Van sagte, er wolle sich das nicht anhören.

«Oh, das mußt du», entgegnete sie, «und sei es auch nur, weil einer ihrer ‹Schaffner› (Junggesellen, die abwechselnd die Brautkrone über den Kopf der Braut halten) für einen Augenblick mit teilnahmslosem Profil und in impertinenter Haltung (er hielt die schwere Metallkrone zu hoch, zu athletisch hoch erhoben, als hielte er sie absichtlich so fern wie möglich von ihrem Kopf), genau wie du aussah, wie ein blasser, schlecht rasierter Zwilling, den du, von wo du auch gewesen warst, dorthin beordert hattest.»

An einem Ort mit dem hübschen Namen Agonie, in Terra del Fuego. Er spürte ein unheimliches Prickeln, als er sich ins Gedächtnis zurückrief, daß ihn dort, nachdem er die Einladung zur Hochzeit erhalten hatte (per Luftpost übersandt von der finsteren Schwester des Bräutigams), mehrere Nächte hintereinander Traum um Traum quälte, von Mal zu Mal schwächer werdend (ganz ähnlich wie ihr Film, den er in einem späteren Stadium seines Lebens von Flohkino zu Flohkino verfolgen sollte), wie er jene Krone über sie hielt.

«Dein Vater», fügte Lucette hinzu, «bezahlte einen Mitarbeiter von *Belladonna*, damit er Aufnahmen machte – aber natürlich beginnt der wahre Ruhm erst dann, wenn der Name im Kreuzworträtsel jener Filmzeitschrift auftaucht. Wir alle wissen, das wird niemals geschehen, niemals! Haßt du mich jetzt?»

«Nein», sagte er, mit der Hand über ihren sonnenwarmen Rücken streichend und ihr Steißbein reibend, um Muschi zum Schnurren zu bringen. «Leider nicht! Ich lieb dich wie ein Bruder liebt, vielleicht noch mit mehr Zärtlichkeit. Soll ich uns etwas zu trinken bestellen?»

«Du sollst immer so weitermachen», murmelte sie, die Nase ins Gummikissen vergraben.

«Da kommt grad dieser Kellner. Was wollen wir nehmen – Honoloolers?»

«Die wirst du mit Miss Condor trinken» (sie sprach die erste Namenssilbe nasal aus), «wenn ich mich umziehen gehe. Im Augenblick möchte ich nur Tee. Darf Drogen und Drinks nicht vermischen. Muß die berühmte Robinson-Pille irgendwann heut abend einnehmen. Irgendwann heut abend.»

«Zwei Tee, bitte.»

«Und massenhaft Sandwiches, George. Foie gras, Schinken, und so weiter.»

«Das ist sehr schlechtes Benehmen», bemerkte Van, «einen Namen für einen armen Kerl zu erfinden, der nicht antworten kann: ‹Ja, Mademoiselle Condor.› Bestes franko-englisches Wortspiel, übrigens, das ich je gehört habe.»

«Aber sein Name *ist* George. Er war schrecklich nett zu mir gestern, als ich mich mitten im Tee-Salon übergab.»

«Für die Süßen ist alles süß», murmelte Van.

«Und ebenso nett waren die alten Robinsons», plapperte sie weiter. «Es besteht doch wohl keine Gefahr, daß sie hier auftauchen, oder? Sie sind quasi hinter mir her getrottet, ziemlich rührend, von dem Augenblick an, da wir auf dem Zug zum Schiff zufällig am selben Tisch lunchten und mir klar wurde, wer sie waren, war aber sicher, sie würden das dicke kleine Mädchen, das sie achtzehnhundertfünf- oder -sechsundachtzig gesehen hatten, nicht wiedererkennen, aber sie sind geradezu hypnotisch gesprächig – zuerst dachten wir, Sie seien Französin, dieser Salm ist wirklich köstlich, wo leben Sie? –, und ich bin schwach und dumm, und eines führte zum andern. Junge Leute werden weniger vom Verstreichen der Zeit irregeführt als die etablierten Alten, die sich letzthin nicht sehr verändert haben und nicht daran gewöhnt sind, daß die Jungen, die sie lange nicht sahen, sich verändern.»

«Das ist sehr klug, Liebling», sagte Van, «– außer daß die Zeit selber bewegungslos und veränderungslos ist.»

«Ja, es ist immer *ich* auf deinem Schoß und die zurückweichende Straße. Straßen bewegen sich?»

«Straßen bewegen sich.»

Nach dem Tee entsann sich Lucette einer Verabredung beim Friseur und brach eilig auf. Van zog seinen Jersey aus und blieb noch einen Augenblick, grübelte, befingerte das kleine, mit grünen Edelsteinen besetzte Etui mit den fünf Rosenblatt-Zigaretten und versuchte die Hitze der Platinsonne in ihrer Aura aus «Film-Farbe» zu genießen, brachte aber nur zustande, mit jedem Beben und Heben des Schiffs das Feuer der bösen Versuchung weiter anzufachen.

Gleich darauf, als hätte sie sein Alleinsein erspäht, tauchte die Pfauin wieder auf – diesmal mit einer Entschuldigung.

Der höfliche Van, sich hochrappelnd und seine Brille auf die Stirn schiebend, fing seinerseits an, sich zu entschuldigen (weil er sie unschuldigerweise irregeführt habe), aber seine kleine Rede verlor sich in Verblüffung, als er ihr ins Gesicht sah und darin eine grobe und groteske Karikatur unvergeßlicher Züge erblickte. Jene Mulattenhaut, jenes silberblonde Haar, jene dicken lila Lippen, verkörperten in rohem Negativ *ihr* Elfenbein, *ihren* Raben, *ihren* blassen Schmollmund.

«Man sagte mir», erklärte sie, «daß ein großer Freund von mir, Vivian Vale, *der Kuhtürjäh – wusawäh entendue?* –, seinen Bart abgenommen hätte, so daß er Ihnen jetzt ziemlich ähnlich sähe, stimmt's?»

«Logisch betrachtet, nein, Madam», erwiderte Van.

Sie zögerte für das Flickern einer Sekunde, leckte sich die Lippen, nicht sicher, ob er brutal oder bereit war – und da kam Lucette zurück wegen ihrer Rosenblütenblätter.

«Seh Sie *apräh*», sagte Miss Condor.

Lucettes Blick geleitete die nachlässige Bewegung jener Gesäßlappen und -falten mit Erleichterung zum Ausgang.

«Du hast mich betrogen, Van. Sie ist, sie *ist* eines deiner gräßlichen Mädchen!»

«Ich schwöre», sagte Van, «daß sie mir völlig fremd ist. Ich würde dich nicht betrügen.»

«Du hast mich viele, viele Male betrogen, als ich noch ein kleines Mädchen war. Wenn du es jetzt wieder tust, *tu sais que j'en vais mourir.*»

«Du hast mir einen Harem versprochen», tadelte Van sie sanft.

«Nicht heut, nicht heute! Heute ist heilig.»

Die Wange, die er zu küssen beabsichtigte, wurde von ihrem raschen, irren Mund ersetzt.

«Komm und laß dir meine Kabine zeigen», flehte sie, als er sie mit der Sprungfeder, sozusagen, seiner animalischen Reaktion auf das Feuer ihrer Lippen und Zunge zurückstieß. «Ich muß dir einfach ihre Kissen und das Klavier vorführen. Cordulas Duft ist in allen Schubladen. Ich flehe dich an!»

«Geh jetzt», sagte Van, «du hast kein Recht, mich so aufzuregen. Ich werde Miss Condor anheuern, mich zu beschützen, wenn du dich nicht zusammennimmst. Wir essen um neunzehn Uhr fünfzehn.»

In seinem Schlafzimmer fand er eine etwas verspätete Einladung zum Essen am Kapitänstisch. Sie war an Dr. und Mrs. Ivan Veen gerichtet. Schon einmal war er auf dem Schiff gewesen, zwischen den *Queens*, und entsann sich des Kapitäns als eines Langweilers und Ignoramus.

Er rief den Steward und bat ihn, den Brief zurückzutragen, mit dem Bleistift-Kritzel: «kein solches Ehepaar». Er lag zwanzig Minuten lang in seiner Badewanne. Er versuchte, sich auf etwas anderes als den Körper einer hysterischen Jungfrau zu konzentrieren. Er entdeckte eine heimtückische Auslassung in seinen Fahnenabzügen, wo eine ganze Zeile fehlte, der verfälschte Abschnitt aber dennoch – für einen automatisch Lesenden – ganz plausibel aussah, da das verstümmelte Ende des einen Satzes und der kleingedruckte Anfang des anderen, jetzt unmittelbar folgenden Satzes so zusammenpaßten, daß sie einen syntaktisch korrekten Passus bildeten, dessen Abgeschmacktheit er in der gegenwärtigen Tollheit seines Fleisches vielleicht nie bemerkt haben würde, hätte er sich nicht daran erinnert (eine durchs Typoskript bestätigte Erinnerung), daß an dieser Stelle ein insgesamt ziemlich treffendes Zitat erscheinen sollte: *Insiste, anime meus, et adtende fortiter* (nur Mut, meine Seele, und dränge kräftig vorwärts).

«Du möchtest wirklich nicht lieber ins Restaurant?» fragte er, als Lucette, die im kurzen Abendkleid noch nackter aussah als in ihrem Bikini, an der Tür des Grills zu ihm trat. «Es ist lustig und voll dort unten, mit einer masturbierenden Jazzband. Nein?»

Sanft schüttelte sie ihren juwelengeschmückten Kopf.

Sie aßen riesige üppige «Grugru-Skrimps» (die gelben Larven eines Palmen-Rüsselkäfers) und Bärenbraten *à la Tobakoff*. Nur ein halbes Dutzend Tische war besetzt, und bis auf ein häßliches Vibrieren der Maschinen, das sie beim Lunch nicht bemerkt hatten, war alles gedämpft, weich und gemütlich. Er nutzte ihr seltsames, sprödes Schweigen, um ihr in aller Ausführlichkeit von dem verstorbenen bleistift-tastenden Mr. Muldoon zu berichten und auch über einen Fall von Glossolalia in Kingston, wo eine Frau aus Yukonsk mehrere slawisch-artige Dialekte sprach, die vielleicht auf Terra vorkamen, aber sicher nicht in Estotiland. Leider nahm ein anderer «Casus» subverbal seine Aufmerksamkeit in Anspruch.

Sie stellte Fragen mit hübschen Studentinnenblicken hirschkuhgleicher Hingabe, aber es erforderte nicht allzu viel wissenschaftliches Training seitens des Professors, zu bemerken, daß ihre reizende Verlegenheit und der dunkle, pelzige Ton ihrer Stimme genauso «gemacht» waren wie ihr Überschäumen am Nachmittag. In Wahrheit wurde sie vom heftigen Kampf einer Gefühlsverwirrung hin- und hergeworfen, die nur durch die heldenhafte Selbstbeherrschung eines amerikanischen Aristokraten gemeistert werden konnte. Schon vor langer Zeit war sie zu dem Schluß gekommen, daß, indem sie den Mann, den sie abwegig, aber unwiderruflich liebte, zum Beischlaf zwang, und sei's auch nur einmal, sie irgendwie, mit Hilfe irgendeines wunderbaren Naturgeschehens, ein kurzes taktiles Ereignis in eine ewige geistige Bindung umwandeln würde; aber sie wußte auch, falls es nicht in der ersten Nacht ihrer Reise geschähe, so würde ihr Verhältnis in das erschöpfende, hoffnungslose, hoffnungslos vertraute Muster von Scherz und Gegenscherz zurückgleiten, mit der als selbstverständlich hingenommenen erotischen Schärfe, die aber so rauh blieb wie je. Er begriff ihren Zustand oder glaubte zumindest verzweifelt, daß er ihn begriffen *hatte*, rückblickend, zu einer Zeit, da kein Heilmittel im Arzneischrank der Vergangenheit mit der schlagenden Tür und der wackelnden Zahnbürste zu finden war außer Dr. Henry James' Oel Atlantischer Prosa.

Während er finster ihre schmalen, bloßen Schultern ansah, die so beweglich und dehnbar waren, daß man sich fragte, ob sie sie nicht vor ihrer Brust übereinanderschlagen könnte wie stilisierte Engelsflügel, überlegte er ergeben, daß er fünf solcher Tage geilen Schmerzes zu ertragen hätte, wollte er seinem innersten Ehrenkodex genügen – nicht nur, weil sie bezaubernd und besonders war, sondern weil er nie länger als achtundvierzig Stunden ohne Mädchenfreuden existieren konnte. Er fürchtete genau das, von dem sie wünschte, daß es geschähe: daß, sobald er ihre Wunde und deren Griff gekostet hätte, sie ihn unersättlich wochenlang in Gefangenschaft hielte, vielleicht monatelang, vielleicht länger, daß aber eine grausame Trennung unvermeidlich kommen würde, bei der neue Hoffnung und alte Verzweiflung nie in der Lage wären, einen Saldo zu ziehen. Aber während er sich bewußt darüber war und beschämt, fühlte er – und das war das Schlimmste – in einer dunklen Verkehrung alter Empfindungen, wie seine Wollust sich an dieser Scham noch schärfte.

Sie tranken süßen dicken türkischen Kaffee, und verstohlen blickte er auf seine Armbanduhr, um zu prüfen – was? Wie lange die Folter der Selbstverleugnung noch zu ertragen war? Wie bald gewisse Ereignisse wie etwa ein Tanzwettbewerb eintraten? Ihr Alter? (Lucinda Veen war erst fünf Stunden alt, wenn man den Ablauf ihrer Zeit umkehrte.)

Sie war ein so bedauernswerter Liebling, daß, als sie sich aufmachten, den Grillraum zu verlassen, er nicht umhin konnte, da Lüsternheit die beste Brut-Brühe fatalen Irrtums ist, ihre schimmernde junge Schulter so zu liebkosen, daß für einen Augenblick, den glücklichsten in ihrem Leben, die vollkommene Wölbung sich fangbechergleich in die Höhlung seiner Hand einpaßte. Dann schritt sie vor ihm her, seines Blickes so bewußt, als würde sie einen Preis für «Haltung» gewinnen. Er konnte ihr Kleid nur als «straußartig» beschreiben (sofern es kupferlockige Strauße gab), weil es das Wiegen ihres Schrittes, die Länge ihrer Beine in den Ninon-Strümpfen noch betonte. Objektiv gesprochen war ihr «chic» gewagter als der ihrer «vaginalen» Schwester. Wenn sie Brücken überquerten, wo von russischen Matrosen (die das hübsche Paar, das ihre unvergleichliche Sprache sprach, mit Sympathie betrachteten) eilig Samttaue gespannt wurden, oder wenn sie über dieses oder jenes Deck spazierten, ließ Lucette ihn an ein akrobatisches Geschöpf denken, immun gegen die rauhe See. Er sah mit dem Mißfallen eines Kavaliers, daß ihr geneigtes Kinn und ihre schwarzen Flügel und ihr freies Ausschreiten nicht nur unschuldige Blau-Augen anzog, sondern auch das unverhohlene Starren lüsterner Mitreisender. Er rief laut aus, daß er den nächsten Laffen ohrfeigen würde, und trat mit lächerlich brutalen Gebärden unfreiwillig rückwärts in einen zusammengeklappten Liegestuhl (auch er drehte den Film der Zeit, auf unbedeutsamere Weise, zurück), woraufhin sie in ein japsendes Lachen ausbrach. Viel glücklicher jetzt, seine ritterliche Sektlaune genießend, lenkte sie Van von der Fata Morgana ihrer Bewunderer zurück zum Lift.

Sie betrachteten ohne viel Interesse die Gegenstände des Vergnügens in einem Schaufenster. Lucette rümpfte die Nase über einen golddurchwirkten Badeanzug. Das Vorhandensein einer Reitpeitsche und eines Eispickels verwunderten Van. Ein halbes Dutzend Exemplare *Salzman* in Glanz-Umschlägen waren eindrucksvoll zwischen ein Bild des gut aussehenden, nachdenklichen, jetzt völlig vergessenen Autors und eine Mingo-Bingo-Vase mit Strohblumen gehäuft.

Krampfhaft griff er nach einem roten Strick, und sie traten in die Halle.

«Wem sah sie ähnlich?» fragte Lucette. *«En laid et en lard?»*

«Ich weiß nicht», log er. «Wem?»

«Laß es», sagte sie. «Du gehörst mir heute nacht. Mir, mir, mir!»

Sie zitierte Kipling – denselben Satz, den Ada gebrauchte, um Dack anzusprechen. Er sah sich um nach einem Strohhalm prokrusteischen Aufschubs.

«Bitte», sagte Lucette, «ich bin es leid, herumzulaufen, ich bin fragil, ich fiebere, ich hasse Stürme, laß uns alle zu Bett gehen!»

«He, sieh mal!» rief er und zeigte auf ein Plakat. «Sie spielen etwas mit dem Titel *Don Juans letzter Streich.* Es ist eine Vor-Premiere und nur für Erwachsene. *Tobakoff* aktuell!»

«Das wird eine einzige Qual sein», sagte Lucy, aber er hatte bereits den Vorhang zum Eingang beiseite geschoben.

Sie kamen zu Anfang eines Vorfilms herein, der von einer Kreuzfahrt nach Grönland handelte, mit schwerer See in kitschigem Technicolor. Es war eine ziemlich irrelevante Reise, da ihre *Tobakoff* nicht beabsichtigte, Godhavn anzulaufen; überdies schwankte das Filmtheater im Gegenrhythmus zu der kobalt-und-smaragdgrünen Dünung auf der Leinwand. Kein Wunder, daß der Saal gähnend leer war, wie Lucette bemerkte, und dann sagte sie, die Robinsons hätten ihr das Leben gerettet, indem sie ihr am Abend vorher ein Röhrchen mit Quietus-Pillen gegeben hatten.

«Möchtest du eine? Eine pro Tag vertreibt jede Übelkeit. Du kannst sie kauen, sie ist süß.»

«Ganz hübscher Name. Nein, vielen Dank, meine Süße. Außerdem hast du bloß fünf übrig.»

«Mach dir keine Sorgen, ich habe alles geplant. Vielleicht werden es weniger als fünf Tage.»

«Eigentlich mehr, aber egal. Unsere Zeitmessungen sind belanglos; die genaueste Uhr ist ein Witz; eines Tages wirst du alles darüber lesen, wart's nur ab.»

«Vielleicht auch nicht. Ich meine, vielleicht habe ich nicht die Geduld. Ich meine, Leonardos Putzfrau konnte aus seiner Hand nicht zu Ende lesen. Ich könnte einschlafen, bevor ich dein nächstes Buch durchkriege.»

«Eine Legende über Kunst-Vorlesungen», sagte Van.

«Das ist der letzte Eisberg, ich merke es an der Musik. Laß uns gehen, Van! Oder willst du Hoole als ‹Huan› sehen?»

Im Dunkeln fuhr sie mit ihren Lippen über seine Wange, sie nahm seine Hand, sie küßte die Knöchel, und er dachte plötzlich: warum eigentlich nicht? Heut nacht? Heut nacht.

Er genoß ihre Ungeduld, der Narr erlaubte sich, davon animiert zu sein, der Irre flüsterte, das freie, neue, aprikosenfarbene Feuer der Erwartung verlängernd:

«Wenn du ein artiges Mädchen bist, werden wir um Mitternacht in meinem Salon etwas trinken.»

Der Hauptfilm hatte nun angefangen. Die drei führenden Rollen – der leichenhafte Don Juan, der dickwanstige Leporello auf seinem Esel und die nicht allzu unwiderstehliche, offensichtlich vierzigjährige Donna Anna – wurden von gediegenen Stars gespielt, deren Ebenbilder in «Halb-Standphotos» oder, wie manche sagen, «Durchlichtungen» in einem kurzen Vorspann vorüberliefen. Wider Erwarten erwies sich der Film als recht gut.

Auf dem Weg zum fernen Schloß, wo die schwierige Dame, durch sein Schwert zur Witwe gemacht, ihm schließlich eine lange Liebesnacht in ihrer keuschen und kalten Kammer versprochen hat, hätschelt der alternde Lüstling seine Potenz, indem er die Anträge einer Folge von robusten Schönen zurückweist. Eine *gitana* prophezeite dem finsteren Ritter, daß er noch vor dem Eintreffen im Schloß den Lockungen ihrer Schwester Dolores, einer Tänzerin, erliegen werde (ein Plagiat aus Osbergs Novelle, wie der spätere Prozeß erweisen sollte). Sie sagte auch Van etwas voraus, denn noch ehe Dolores aus dem Zirkuszelt trat, um Juans Pferd zu tränken, wußte Van, wer sie sein würde.

In den magischen Strahlen der Kamera, im beherrschten Delirium von Ballerinen-Anmut waren zehn Jahre ihres Lebens abgeglitten, und sie war wieder *that slip of a girl qui ne porte pas de slip* (wie er einmal gescherzt hatte, um ihre Gouvernante mit der falschen Übersetzung eines erfundenen Franzosen zu ärgern): eine erinnerte Banalität, die sich mit der beleidigenden Dummheit eines unschuldigen Fremden, der einen voll in Anspruch genommenen Voyeur um Hinweise in einem Labyrinth armseliger Gassen bittet, in den Schauder seines jetzigen Gefühls hineindrängte.

Lucette erkannte Ada drei oder vier Sekunden später, aber dann umklammerte sie sein Handgelenk:

«O wie furchtbar! Das mußte passieren. Das ist sie! Gehen wir, bitte, gehen wir. Du darfst nicht zusehen, wie sie sich *entwürdigt*. Sie ist schrecklich aufgemacht, jede Geste ist albern und falsch –»

«Nur noch eine Minute», sagte Van.

Schrecklich? Falsch? Sie war absolut vollkommen und fremd und erschütternd vertraut. Durch irgendeinen Kunstgriff, durch irgendeine Zufallszauberei bildeten die wenigen kurzen Szenen, die man ihr gegeben hatte, einen vollkommenen Abriß ihres Aussehens von 1884, 1888 und 1892.

Die *gitanilla* hält den Kopf über den lebendigen Tisch von Leporellos unterwürfigem Rücken gebeugt, um auf einem Pergamentschnipsel eine grobe Skizze des Wegs zum Schloß zu entwerfen. Ihr Hals schimmert weiß durch ihr langes schwarzes Haar, das durch die Bewegung ihrer Schulter geteilt wird. Es ist nicht mehr eines anderen Mannes Dolores, sondern ein kleines Mädchen, das einen Aquarell-Pinsel in der Farbe von Vans Blut dreht, und Donna Annas Schloß ist jetzt eine Sumpfblume.

Der Don reitet an drei Windmühlen vorüber, die sich schwarz gegen einen unheilvollen Sonnenuntergang drehen, und rettet sie vor dem Müller, der sie beschuldigt, eine Handvoll Mehl gestohlen zu haben, und benetzt ihr dünnes Kleid mit Tränen. Keuchend, aber immer noch gut aufgelegt trägt Juan sie über einen Bach (während ihr bloßer Zeh sein Gesicht akrobatisch kitzelt) und setzt sie aufrecht auf dem Gras eines Olivenhains ab. Nun stehen sie einander gegenüber. Sie fingert wollüstig an dem edelsteinbesetzten Knauf seines Schwerts, sie reibt ihren festen Mädchenbauch gegen sein besticktes Trikot, und ganz plötzlich verzerrt die Grimasse eines vorzeitigen Spasmus das ausdrucksvolle Gesicht des armen Don. Er befreit sich ärgerlich und wankt zurück zu seinem Roß.

Van jedoch verstand erst sehr viel später (als er den ganzen Film sah – sehen *mußte;* und dann wieder und wieder sehen mußte – einschließlich seines melancholischen und grotesken Endes in Donna Annas Schloß), daß die scheinbar zufällige Umarmung die Rache des Steinernen Hahnreis darstellte. Ja, da er über die Maßen verstört war, beschloß er, noch vor der Auflösung der Oliven-Hain-Szene zu gehen. Genau in dem Augenblick zeigten drei alte Damen mit steinernen Gesichtern ihr Mißfallen an dem Film, indem sie sich neben Lucette erhoben (die schlank genug war, um sitzen zu bleiben) und an Van (der aufstand) in ruckendem Schlurfen vorbeizwängten. Zugleich bemerkte er zwei Leute, die lang-vermißten Robinsons, die offenbar durch jene drei Frauen von Lucette getrennt gewesen waren und jetzt zu ihr hinrückten. Strahlend und in einem Lächeln der Güte und Zurückhaltung dahinschmelzend schoben sie sich heran und plumpsten neben Lucette nieder, die sich mit ihrer letzten, letzten, letzten freien Gabe entschiedener Höflichkeit, die stärker war als Versagen und Tod, ihnen zuwandte. Schon reckten sie sich über sie, mit strahlenden Falten und winkenden Fingern auf Van zu, da stürzte er sich auf ihre Aufdringlichkeit, um eine lustige Entschuldigung von einem, der leicht seekrank wird, zu flüstern und den Kinosaal seinem dunklen Schlingern zu überlassen.

In einem Nacheinander von sechzig Jahre alten Handlungen, die ich jetzt bis zur Auslöschung zermahlen kann, nur indem ich an einer Folge von Worten arbeite, bis der Rhythmus richtig ist, zog ich, Van, mich in mein Badezimmer zurück, schloß die Tür (sie flog sofort auf, ging dann aber von selbst wieder zu) und unter Anwendung eines Notbehelfs, der weniger weit hergeholt war als jener, auf den Vater Sergius verfiel (der das falsche Glied in Graf Tolstojs berühmter Anekdote abhackt) entledigte ich mich energisch der geilen Gier, wie er es das letzte Mal vor siebzehn Jahren getan hatte. Und wie traurig, wie bezeichnend, daß das Bild, das auf die Leinwand seines Paroxysmus projiziert wurde, während die unverschließbare Tür mit der Bewegung eines tauben Mannes, der die Hand ans Ohr hält, erneut aufflog, nicht das frische, einschlägige Bild Lucettes war, sondern die unauslöschliche Vision eines gebeugten bloßen Nackens und einer zerteilten Flut von schwarzem Haar und eines Pinsels mit violetter Spitze.

Dann wiederholte er um der Sicherheit willen den abstoßenden, doch notwendigen Akt.

Er sah die Situation jetzt leidenschaftslos und fühlte, daß er recht daran tat, zu Bett zu gehen und das «elektrische» Licht (ein Surrogat, das sich wieder in den internationalen Gebrauch einschlich) auszuschalten. Das blaue Gespenst des Zimmers stellte sich allmählich her in dem Maße, wie Augen sich an die Dunkelheit gewöhnten. Er war stolz auf seine Willenskraft. Er hieß den dumpfen Schmerz in seiner ausgetrockneten Wurzel willkommen. Er hieß den Gedanken willkommen, der plötzlich so absolut wahr und neu und so bläßlich-wirklich zu sein schien wie die langsam sich weitende Öffnung der Salontür, nämlich daß er morgen (was mindestens und bestenfalls siebzig Jahre später war) Lucette als Philosoph und Bruder eines anderen Mädchens klarmachen würde, daß er wüßte, wie schmerzlich und wie absurd es war, wenn man all sein seelisches Glück auf eine körperliche Torheit setzte, und daß seine Misere der ihren gliche, er es aber dennoch schaffte, zu leben, zu arbeiten und nicht vor Gram zu vergehen, weil er sich weigerte, ihr Leben durch ein kurzes Verhältnis zu ruinieren und weil Ada immer noch ein Kind war. An diesem Punkt wurde die Oberfläche der Logik von einer Kräuselung Schlaf überzogen, aber er sprang ins volle Bewußtsein zurück beim Schrillen des Telephons. Das Ding schien sich zu jedem neuen Klingelausbruch niederzukauern, und zuerst war er entschlossen, es sich ausklingeln zu lassen. Dann erlagen seine Nerven dem beharrlichen Signal, und er riß den Hörer hoch.

Zweifellos war er moralisch im Recht, den ersten besten Vorwand zu benutzen, sie von seinem Bett fernzuhalten; aber er wußte auch, als Kavalier und Künstler, daß der Wortklumpen, den er herausbrachte, platt und grausam war, und nur weil sie ihn weder als das eine noch das andere akzeptieren konnte, glaubte sie ihm:

«Kann ich jetzt kommen?» fragte Lucette.

«Ich bin nicht allein», antwortete Van.

Eine kleine Pause folgte; dann legte sie auf.

Nachdem er sich davongeschlichen hatte, war sie zwischen den redseligen Robinsons steckengeblieben (Rachel, eine große Handtasche schlenkernd, hatte sich sofort auf dem von Van freigemachten Platz niedergelassen, und Bob war noch einen Sitz aufgerückt). Aus einer Art *pudeur* verschwieg sie ihnen, daß die Schauspielerin (in der «aufwärts wandernden» Liste am Ende des Films undeutlich und vergänglich als «Theresa Zegris» vermerkt), der es gelungen war, die kleine, aber nicht unbedeutende Rolle der schicksalshaften Zigeunerin zu erhalten, niemand anders war als das bläßliche Schulmädchen, das sie vielleicht in Ladore gesehen hatten. Sie luden Lucette zu einer Coca-Cola – bekehrungseifrige Antialkoholiker – in ihrer Kabine ein, die klein und stickig und schlecht isoliert war, man konnte jedes Wort und jedes Wimmern zweier Kinder verstehen, die von einer schweigsamen, seekranken Kinderfrau zu Bett gebracht wurden, so spät, so spät – nein, keine Kinder, sondern vielleicht sehr junge, sehr enttäuschte Flitterwöchner.

«Wir verstehen», sagte Robert Robinson, der für eine neue

Füllung an seinen tragbaren Eisschrank trat, «wir verstehen vollkommen, daß Dr. Veen tief in seiner interessanten Arbeit versunken ist – persönlich bedaure ich es manchmal, mich zur Ruhe gesetzt zu haben –, aber glauben Sie, Lucy, *prosit!*, daß er vielleicht morgen mit Ihnen und uns und vielleicht einem anderen Paar, das er bestimmt gern kennenlernen wird, zu Abend speisen würde? Soll Mrs. Robinson ihm eine offizielle Einladung schikken? Würden Sie sie auch unterschreiben?»

«Ich weiß nicht, ich bin sehr müde», sagte sie, «und das Schlingern und Stampfen wird schlimmer. Ich glaube, ich werde in meinen Kasten kriechen und Ihre Quietus einnehmen. Ja, auf jeden Fall, lassen Sie uns zusammen essen, alle miteinander. Ich hatte dieses angenehm kalte Getränk wirklich nötig.»

Sie legte den perlmutternen Hörer auf die Gabel zurück und zog eine schwarze lange Hose und ein zitronengelbes Hemd an (für den folgenden Morgen zurechtgelegt); sie suchte vergebens nach einem schlichten Stück Briefpapier ohne Karavelle oder Krone; sie riß das Vorsatzblatt aus Herbs Buch heraus und bemühte sich, etwas Lustiges, Harmloses und Sprühendes für einen Selbstmordbrief zu erfinden. Aber sie hatte alles außer jenem Brief geplant, also riß sie ihr unbeschriebenes Leben entzwei und warf die Schnipsel ins WC; sie goß sich ein Glas totes Wasser aus einer vertäuten Karaffe ein, schluckte eine nach der andern vier grüne Tabletten und ging, während sie an der fünften lutschte, zum Fahrstuhl, der sie von ihrer Drei-Zimmer-Suite einen Klick hinauf bis direkt vor die rotausgelegte Bar des Promenadendecks brachte. Dort waren zwei schleimige Schnecken, zwei junge Männer gerade dabei, von ihren roten Giftpilzen zu glitschen, und der ältere sagte zum anderen, als sie sich zum Gehen wandten: «Du kannst vielleicht Seine Lordschaft zum Narren halten, mein Schatz, aber nicht mich, oh, nein.»

Sie trank ein «Kosaken-Pony» Klass-Wodka, scheußliches, gewöhnliches, aber wirksames Zeugs; trank noch einen; und war kaum in der Lage, einen dritten herunterzuschütten, weil in ihrem Kopf alles höllisch zu schwimmen begann. Höllisch zu schwimmen begann vor Haien, Tobakovitsch!

Sie trug keine Handtasche bei sich. Sie fiel fast von ihrem lächerlichen, gewölbten Sitz, als sie in ihrer Hemdentasche nach einer verirrten Banknote fischte.

«Schlafi-schlafi», sagte Toby der Barkeeper mit väterlichem Lächeln, das sie für einen lüsternen Blick hielt. «Schlafenszeit, Miss», wiederholte er und tätschelte ihre bloße Hand.

Lucette zuckte zurück und zwang sich, deutlich und arrogant zu erwidern:

«Mr. Veen, mein Vetter, wird Sie morgen bezahlen und Ihnen die falschen Zähne einschlagen.»

Sechs, sieben – nein, mehr als das, ungefähr zehn Stufen aufwärts. *Dix marches.* Arme und Beine. *Dimanche. Déjeuner sur l'herbe. Tout le monde pue. Ma belle-mère avale son râtelier. Sa petite chienne,* nach zuviel Bewegung, schluckt zweimal und erbricht still einen rosa Pudding aufs Picknick-*nappe. Après quoi* sie davonwackelt. Diese Stufen sind schon allerhand.

Beim Hochziehen mußte sie sich am Geländer festklammern. Ihr sich windender Fortschritt glich dem eines Krüppels. Angekommen auf dem offenen Deck, spürte sie den massiven Druck der schwarzen Nacht und die Beweglichkeit des zufälligen Zuhauses, das sie verlassen wollte.

Obwohl Lucette noch nie zuvor aus solcher Höhe gestorben – nein, gesprungen war, Violet – in solch ein Durcheinander von Schatten und schlängelnden Spiegelungen, tauchte sie fast ohne Spritzer durch die Welle, die einen Buckel machte, um sie zu empfangen. Das perfekte Ende wurde verdorben durch ihr instinktives Auftauchen in einem Schwung – anstatt unter Wasser ihrer betäubten Schlaffheit nachzugeben, wie sie in der letzten Nacht an Bord geplant hatte, falls es je hierzu kommen sollte. Das dumme Mädchen hatte die Technik des Selbstmords nicht geübt, wie zum Beispiel Fallschirmspringer, die es im freien Fall jeden Tag im Element eines anderen Kapitels tun. Wegen der aufgewühlten Dünung und der Unsicherheit, in welche Richtung sie durch den Gischt und die Dunkelheit und ihr eigenes tentaklebendes Haar – t, e, n, t, a, k, l, e, b – spähen sollte, konnte sie die Lichter des Dampfers nicht ausmachen, eine leicht vorstellbare vieläugige Masse, die sich mächtig in herzlosem Triumph entfernte. Jetzt habe ich meine nächste Notiz verloren.

Hab sie.

Der Himmel war gleichfalls herzlos und dunkel, und ihr Körper, ihr Kopf und besonders diese verdammten durstigen Hosen waren vollgesogen von Oceanus Nox, n, o, x. Bei jedem Schlag und Guß kalten, wilden Salzes keuchte sie vor anisgewürztem Brechreiz, und die Taubheit in ihrem Nacken und ihren Armen nahm zu. Als sie sich aus den Augen zu verlieren begann, hielt sie es für angemessen, eine Reihe zurückweichender Lucettes zu unterrichten – sie sollten es, bat sie, in Trick-Spiegel-Regression weiter- und weiterreichen –, worauf der Tod hinauslaufe, sei nur eine vollständigere Auswahl der unendlichen Bruchstücke der Einsamkeit.

Sie sah nicht ihr ganzes Leben vor sich aufblitzen, wie wir alle es befürchtet hatten; das rote Gummi einer Lieblingspuppe lag in sicherer Verwesung zwischen den Vergißmeinnicht eines nicht zu analysierenden Grabens; sondern sie sah einige Kleinigkeiten, während sie wie eine stümperhafte Tobakoff in einem Kreis kurzer Panik und gnädiger Erstarrung schwamm. Sie sah ein Paar neuer feefell-besetzter Hausschuhe, die Brigitte vergessen hatte einzupacken; sie sah, wie Van sich den Mund abwischte, bevor er antwortete, und dann, die Antwort immer noch zurückhaltend, seine Serviette auf den Tisch warf, als sie beide aufstanden, und sie sah ein Mädchen mit schwarzem langem Haar sich rasch im Vorübergehen hinabbeugen, um über einem Dackel mit einem halbzerrissenen Blumenkranz in die Hände zu klatschen.

Ein strahlend erleuchtetes Motorboot mit Van und dem Schwimmeister und dem ölzeug-bemützten Toby zwischen den Möchtegern-Rettern war von dem nicht allzu fernen Schiff zu Wasser gelassen worden; aber bis dahin war schon eine Menge See vorbeigerollt, und Lucette war zu müde zum Warten. Dann war die Nacht erfüllt vom Knattern eines alten, aber immer noch starken Hubschraubers. Sein emsiger Lichtstrahl konnte nur den dunklen Kopf von Van lokalisieren, der, nachdem er aus dem Boot herausgewirbelt worden war, als es vor seinem eigenen plötzlichen Schatten zurückschauderte, in einem fort den Namen des ertrunkenen Mädchens in die schwarzen, schaumgeäderten, aufgewühlten Fluten schlug und schrie.

6

Vater:

beigefügt ist ein Brief, der keiner besonderen Erklärung bedarf, den ich Dich zu lesen bitte und, wenn Du keine Einwände dagegen hast, an Mrs. Vinelander weiterleiten kannst, deren Anschrift ich nicht weiß. Zu Deiner Information – obwohl es in diesem Stadium kaum etwas bedeutet – Lucette war niemals meine Geliebte, wie ein obszöner Esel, den ich nicht aufspüren kann, im «Pressebericht» über die Tragödie andeutet.

Wie ich höre, kommst Du im nächsten Monat wieder nach Osten. Laß Deine derzeitige Sekretärin mich in Kingston anrufen, wenn Dir daran liegt, mich zu sehen.

Ada:

Ich möchte die Berichte über ihren Tod, die hier noch vor meiner Ankunft veröffentlicht wurden, korrigieren und ergänzen. Wir waren nicht *«zusammen auf Reisen». Wir schifften uns in zwei verschiedenen Häfen ein, und ich wußte nicht, daß sie an Bord war. Unsere Beziehung blieb, was sie immer gewesen war. Ich verbrachte den ganzen folgenden Tag (4. Juni) mit ihr, bis auf ein paar Stunden vor dem Abendessen. Wir wärmten uns in der Sonne. Sie genoß die frische Brise und das strahlende Salzwasser des Schwimmbads. Sie tat ihr Bestes, um sorglos zu erscheinen, aber ich sah, wie schlimm es um sie stand. Die romantische Anhänglichkeit, die sie entwickelt hatte, die Leidenschaft, die sie kultivierte, konnten nicht durch Logik aufgelöst werden. Hinzu kam, daß jemand, dem sie nicht gewachsen war, die Bildfläche betrat. Die Robinsons, Robert und Rachel, die meines Wissens vorhatten, Dir über meinen Vater zu schreiben, waren die vorletzten Leute, die an jenem Abend mit ihr sprachen. Der letzte war ein Barkeeper. Er war wegen ihres Benehmens besorgt, folgte ihr aufs offene Deck und wurde Zeuge ihres Sprungs, doch ohne ihn verhindern zu können.*

Ich nehme an, es ist unvermeidlich, daß man nach einem solchen Verlust jedes Detail aufbewahren sollte, jede Saite, die zersprang, jeden Saum, der ausfranste, unmittelbar vor dem Geschehen. Ich hatte mit ihr den größeren Teil eines Films durchgestanden, Schlösser in Spanien *(oder so ähnlich), und dem zügellosen Bösewicht wurde gerade der Weg zum letzten Schloß gezeigt, da entschloß ich mich, sie den Robinsons anzuvertrauen, die im Bordkino zu uns gestoßen waren. Ich ging zu Bett – und wurde gegen 1 Uhr morgens Seezeit angerufen, wenige Augenblicke, nachdem sie über Bord gesprungen war. Versuche, sie zu retten, wurden in vernünftigem Umfang unternommen, aber schließlich, nach einer Stunde der Verwirrung und Hoffnung, mußte der Kapitän die schreckliche Entscheidung treffen, die Fahrt fortzusetzen. Wäre er für Bestechung empfänglich gewesen, wir würden noch heute die Schicksalsstelle umkreisen.*

Als Psychologe kenne ich die Anfechtbarkeit der Spekulationen darüber, ob Ophelia sich nicht doch noch ertränkt haben würde, ohne die Hilfe eines falschen Zweiges, selbst wenn sie ihren Voltemand geheiratet hätte. Objektiv gesehen glaube ich, sie wäre wohl in ihrem Bett gestorben, grau und gelassen, hätte V. sie geliebt; aber da er die unselige kleine Jungfrau nicht wirklich liebte, und da kein Ausmaß fleischlicher Zärtlichkeit als wahre Liebe gelten konnte oder kann, und vor allem, da die schicksalhafte andalusische Dirne, die, ich wiederhole es, auf die Bildfläche trat, unvergeßlich war, bin ich gezwungen, liebe Ada und lieber Andrej, zu dem Schluß zu kommen, daß, was auch immer der elende Mann sich hätte ausdenken können, sie «sich selbst ein Ende bereitet hätte», trotz alledem. Auf anderen, moralischeren Welten als diesem Mistkügelchen existieren vielleicht Beschränkungen, Grundsätze, transzendentale Tröstungen und sogar ein gewisser Stolz darüber, jemanden glücklich zu machen, den man nicht liebt; aber auf diesem *Planeten sind Lucettes verdammt.*

Ein paar armselige kleine Sachen aus ihrem Besitz – ein Zigaretten-Etui, ein Abendkleid aus Tüll, ein Buch mit Eselsohren an der Stelle eines französischen Picknicks – mußten vernichtet werden, weil sie mich anstarrten. Ich bleibe Dein gehorsamer Diener.

Sohn:

Ich habe Deine Anweisungen bezüglich jenes Briefes auf den Buchstaben genau befolgt. Dein Briefstil ist so verworren, daß ich den Verdacht hegen müßte, es läge eine Verschlüsselung vor, wüßte ich nicht, daß Du als Schreiber zur Dekadenten Schule ge-

hörst, in der Gesellschaft des schlimmen alten Leo und des schwindsüchtigen Anton. Es kümmert mich einen Dreck, ob Du mit Lucette geschlafen hast oder nicht; aber ich weiß von Dorothy Vinelander, daß das Kind in Dich verliebt war. Der Film, den Du sahst, war zweifellos Don Juans letzter Streich, *in dem Ada in der Tat (sehr schön) ein spanisches Mädchen verkörpert. Die Karriere unseres armen Mädchens ist in eine Pechsträhne geraten. Howard Hool behauptete nach der Freigabe des Films, daß man ihn eine unmögliche Kreuzung zwischen zwei Dons hatte spielen lassen; daß Yuzlik (der Regisseur) anfänglich seine «Phantasie» auf Cervantes' roher Romanze zu gründen beabsichtigt hatte; daß einige Fetzen des ursprünglichen Drehbuchs wie schmutzige Wolle an der endgültigen Fassung klebten; und daß, wenn man den Ton genau verfolgte, man einen Mitzecher in der Kneipenszene Hool zweimal als «Quichöttchen» ansprechen hören konnte. Hool schaffte es, eine Anzahl von Kopien aufzukaufen und zu vernichten, während andere von dem Anwalt des Autors Osberg unter Schluß gehalten wurden, der behauptet, daß die* gitanilla-*Sequenz von einem seiner eigenen Machwerke geklaut worden war. Als Folge davon ist es unmöglich, eine Kopie des Films zu erstehen, der wie der sprichwörtliche Rauch vergehen wird, wenn er erst einmal auf Provinz-Leinwänden ausgelaufen ist. Komm am 10. Juli zu mir zum Abendessen. Smoking.*

Cher ami

Nous fûmes, mon mari et moi, profondément bouleversés par l'effroyable nouvelle. C'est à moi – et je m'en souviendrai toujours! – que presqu'à la veille de sa mort cette pauvre fille s'est adressée pour arranger les choses sur le *Tobakoff* qui est toujours bondé, et que désormais je ne prendrai plus, par un peu de superstition et beaucoup de sympathie pour la douce, la tendre Lucette. J'étais si heureuse de faire mon possible, car quelqu'un m'avait dit que vous aussi y seriez; d'ailleurs, elle m'en a parlé elle-même: elle semblait tellement joyeuse de passer quelques jours sur le ‹pont des gaillards› avec son cher cousin! La psychologie du suicide est un mystère que nul savant ne peut expliquer.

Je n'ai jamais versé tant de larmes, la plume m'en tombe des doigts. Nous revenons à Malbrook vers la mi-août. Bien à vous,

Cordula de Prey-Tobak

Van:

Andrej und ich waren tief bewegt von den zusätzlichen Angaben, die Du in Deinem teuren (d.h. ungenügend frankierten!) Brief machst. Wir hatten bereits durch Mr. Grombtschevskij einen Brief von den Robinsons erhalten, die sich nicht verzeihen können, die armen, wohlmeinenden Freunde, daß sie ihr jenes Medikament gegen Seekrankheit gegeben hatten, von dem eine Überdosis, und dann noch Alkohol obendrein, ihre Fähigkeit zu überleben beeinträchtigt haben muß – falls sie ihre Absicht in dem kalten dunklen Wasser geändert hat. Ich finde keine Worte, lieber Van, wie unglücklich ich bin, um so mehr, als wir in den Alleen von Ardis nie erfuhren, daß solches Unglück möglich wäre.

Meine einzige Liebe:

Dieser Brief wird nie abgesandt werden. Er wird in einer Stahlkassette unter einer Zypresse im Garten der Villa Armina begraben liegen, und wenn er durch Zufall ein halbes Jahrtausend von heut wieder auftaucht, wird niemand wissen, wer ihn schrieb und für wen er gedacht war. Er wäre überhaupt nicht geschrieben worden, wenn Deine letzte Zeile, Dein Aufschrei des Unglücks nicht mein *Aufschrei des Triumphs gewesen wäre. Die Last jener Aufregung muß . . .* [Der Rest des Satzes war inzwischen durch einen Rostfleck unkenntlich geworden, als die Kassette 1928 ausgegraben wurde. Der Brief geht wie folgt weiter:] *. . . zurück in die Staaten und begann mit einer einzigartigen Suche. In Manhattan, in Kingston, in Ladore, in Dutzenden von anderen Städten spürte ich dem Film nach, den ich auf dem Schiff nicht* [arg ausgeblichen] *hatte, von Kino zu Kino, und entdeckte jedesmal ein neues Detail herrlicher Qual, einen neuen Spasmus von Schönheit in Deiner Darstellung. Diese* [unleserlich] *ist eine vollständige Widerlegung der abscheulichen Standphotos des abscheulichen Kim. Artistisch und ardisiatisch gesehen ist der beste Moment einer der letzten – wo Du barfuß dem Don folgst, der durch einen Marmorkorridor seinem Verhängnis entgegengeht, dem Blutgerüst von Dona Annas schwarzverhängtem Bett, um das Du, mein Zegris-Schmetterling, herumflatterst, eine komisch schlapp machende Kerze aufrichtend, entzückende, aber wirkungslose Instruktionen in das Ohr der stirnrunzelnden Dame* *flüsternd, und dann, über den maurischen Wandschirm spähend, brichst Du plötzlich in ein so natürliches Lachen aus, hilflos und lieblich, daß man sich fragt, ob je* irgendeine *Kunst ohne jenes erotische Keuchen schulmädchenhafter Fröhlichkeit auskommen könnte. Und sich klarzumachen, Spanischer Aurora-Falter, daß Deine bezaubernden Luftsprünge alles in allem nicht länger als elf Minuten nach der Stopp-Uhr in Flicken von Zwei- oder Drei-Minuten-Szenen dauerten!*

Aber ach, es kam ein Abend, in einem düsteren Distrikt von Werkstätten und trüben Destillen, an dem es mir das allerletzte Mal und auch nur zur Hälfte, weil der Film bei der Verführungsszene schwarz flimmerte und schrumpfte, gelang [der gesamte Schluß des Briefes ist zerstört].

7

Er begrüßte den Anbruch eines friedlichen und fruchtbaren Jahrhunderts (von dem Ada und ich jetzt mehr als die Hälfte gesehen haben), indem er seine zweite philosophische Erzählung begann, eine «Denunziation des Raums» (sollte nie vollendet werden, bildete jedoch, im Rückblick, ein Vorwort zu seiner *Textur der Zeit*). Ein Teil jener Abhandlung, eine ziemlich manierierte Angelegenheit, doch boshaft und gründlich, erschien in der ersten Ausgabe (Januar 1904) einer inzwischen berühmten amerikanischen Monatsschrift, *The Artisan*, und ein Kommentar zu dem Auszug ist in einem der tragisch förmlichen Briefe (alle vernichtet bis auf diesen einen) bewahrt, die seine Schwester ihm dann und wann mit der Post schickte. Irgendwie war nach dem Austausch, der durch Lucettes Tod herbeigeführt wurde, ein derartiger offener Briefwechsel unter stillschweigender Billigung Demons eingerichtet worden:

Et, sombre, au dessus du Caucase
Le Démon vole lentement.

Sous luis le Glacier Bek *s'embrase*
Tel le biseau d'un diament.

Es würde in der Tat so scheinen, als müßte fortgesetzte Unkenntnis der gegenseitigen Existenz verdächtiger ausgesehen haben als die folgende Art Brief:

Agavia Ranch
5. Februar 1905
Ich habe gerade Reflexionen in Sidra *von Ivan Veen gelesen, und ich halte es für eine großartige Arbeit, lieber Professor. Die «verlorenen Pfeile des Schicksals» und andere poetische Züge erinnerten mich an die zwei oder drei Male, als Du vor ungefähr zwanzig Jahren zu Tee und Toast auf unserem Landsitz warst. Ich war, wie Du noch weißt (vermessene Phrase!),* une petite fille modèle, *das in der Nähe einer Vase und einer Brüstung Bogenschießen übte, und Du warst ein schüchterner Schuljunge (in den ich, wie meine Mutter meinte, ein kleines bißchen verliebt war!), der treulich die Pfeile aufsammelte, die ich im verlorenen Gebüsch des verlorenen Schlosses der Kindheit von der armen Lucette und der glücklichen, glücklichen Adette verlor; das Schloß ist jetzt ein «Heim für Blinde Schwarze» – sowohl meine Mutter als auch L., dessen bin ich sicher, hätten Dashas Vorschlag, es ihrer Sekte zu überlassen, unterstützt. Dasha, meine Schwägerin (Du mußt sie bald kennenlernen, ja, ja, ja, sie ist traumhaft und süß und viel intelligenter als ich), die mir Dein Werk zeigte, bittet mich, hinzuzufügen, daß sie hofft, die Bekanntschaft mit Dir zu «erneuern» – vielleicht in der Schweiz, im Bellevue in Mont Roux, im Oktober. Ich glaube, Du bist einmal der hübschen Miss «Kim» R. Presser begegnet, nun, das ist genau der Typ der lieben Dasha. Sie hat eine ausgesprochene Begabung, Originalität zu entdecken und alle möglichen Studienfächer zu verfolgen, die mir nicht einmal dem Namen nach geläufig sind! Sie machte Examen in Chose (wo sie Geschichte hörte – unsere Lucette pflegte es* ‹Sale Histoire› *zu nennen, so traurig und komisch!). Für sie bist Du* le beau ténébreux, *denn es war einmal, es war einmal auf Libellula-Flügeln, nicht lange vor meiner Heirat, da besuchte sie – ich meine, zu jener Zeit, ich bin an meinem «Drehstil» hängengeblieben – eine Deiner allgemeinen Vorlesungen über Träume,*

wonach sie zu Dir hinging mit ihrem letzten kleinen Alptraum, alles maschinenschriftlich und säuberlich zusammengeklammert, und Du blicktest finster und verweigertest die Annahme. Nun, sie hat Onkel Dementij bedrängt, daß er le beau ténébreux *daran erinnere, im Oktober zum Mont Roux-Bellevue Hotel zu kommen, um den siebzehnten herum, nehme ich an, und er lacht bloß und sagt, es liegt an Dashenka und mir, die Sache zu arrangieren. .*

Also nochmals: «Gratuliere», lieber Ivan! Du bist, so finden wir beide, ein wunderbarer, unnachahmlicher Künstler, der ebenfalls «bloß lachen» sollte, wenn kretinhafte Kritiker, besonders Untere-höhere-Mittelklasse-Engländer, seinen *«Drehstil» vorwerfen, «affektiert» und «kokett» zu sein, ganz ähnlich wie ein amerikanischer Farmer den Pfarrer «eigenartig» findet, weil jener griechisch kann.*

PS

Duschevno klanjajusj *(«Verbeugung von ganzer Seele», eine inkorrekte und gewöhnliche Konstruktion, die das Bild einer «sich verbeugenden Seele» evoziert)* naschemu saotschno dorogomu professoru *(«vor unserem ‹niemals gesehenen› lieben Professor»),* o kotorom mnogo slyschal *(über den ich viel gehört habe)* ot dobrogo Dementija Dedalovitscha i sestrizy *(vom guten Demon und meiner Schwester).*

S uvascheniem *(mit Hochachtung)*
Andrej Vajnlender

Der Möblierte Raum, *l'espace meublé* (den wir nur als möbliert und voll kennen, selbst wenn sein Inhalt «Absenz von Substanz» wäre – was dem Geist genauso gut einen Sitzplatz bietet), ist meistens wässerig, was diesen Globus betrifft. In jener Form hat er Lucette vernichtet. Eine andere Variante, mehr oder weniger atmosphärisch, aber nicht minder der Gravitation unterworfen und hassenswert, vernichtete Demon.

An einem Märzmorgen des Jahres 1905 auf der Terrasse der Villa Armina, müßig wie ein Sultan auf einem Teppich sitzend, umgeben von vier oder fünf trägen nackten Schönen, schlug Van eine amerikanische Tageszeitung auf, die in Nizza herauskam. Bei der vierten oder fünften schlimmsten Flugzeug-Katastrophe des jungen Jahrhunderts war fünfzehntausend Fuß über dem

Pazifik zwischen Lisiansky und den Laysanov-Inseln im Gavaille-Gebiet eine gigantische Flugmaschine auf unerklärliche Weise auseinandergefallen. Eine Liste von «führenden Persönlichkeiten», die bei der Explosion ums Leben kamen, enthielt den Werbe-Manager eines Kaufhauses, den stellvertretenden Werkmeister in der Blech-Abteilung einer Faksimile-A.G., den Geschäftsführer eine Schallplattenfirma, den Senior-Partner eines Anwalts-Büros, einen Architekten mit langjährigem Luftfahrt-Hintergrund (im Druck offenbar etwas ausgelassen, was man nicht mehr klarstellen kann), den Vize-Präsidenten einer Versicherungsgesellschaft, noch einen Vize-Präsidenten, diesmal eines «Ausgleichsamtes» (was immer das sein mochte).

«I am hongree», sagte eine schmollende libanesische Schönheit von fünfzehn schwülen Sommern.

«Anklingeln», sagte Van und fuhr fort, in einem Zustand seltsamer Faszination die Aufzählung etikettierter Existenzen durchzugehen:

– der Präsident einer Spirituosen-Großhandelsauslieferung, der Manager einer Gesellschaft für Turbinen-Zubehör, ein Bleistift-Fabrikant, zwei Philosophie-Professoren, zwei Zeitungsberichterstatter (für die es nichts mehr zu erstatten gab), der Assistenz-Kontrolleur einer Stoßhandels-Auslieferungs-Spirituosen-Bank (falsch gedruckt und vertauscht), der Assistenz-Kontrolleur einer Treuhand-Gesellschaft, ein Präsident, der Sekretär einer Druckerei-Agentur –

Sowohl die Namen jener Topleute, als auch die von etwa achtzig anderen Männern, Frauen und stillen Kindern, die in der Bläue vergingen, wurden zurückgehalten, bis man alle Verwandten erreicht hatte; aber die vorausgemeldete Liste von trivialen Abstraktionen war für zu eindrucksvoll erachtet worden, als daß sie nicht sogleich als Appetitanreger verabreicht werden mußte; und erst am folgenden Morgen erfuhr Van, daß ein Bankpräsident, verlorengegangen in den Verstümmelungen am Ende der Tabelle, sein Vater war.

«Die verlorenen Pfeile von jedermanns Schicksal bleiben um ihn herum verstreut», etc. (*Reflexionen in Sidra*).

Die letzte Gelegenheit, bei der Van seinen Vater gesehen hatte, war in ihrem Haus im Frühjahr 1904 gewesen. Es waren noch andere Leute zugegen: der alte Eliot, der Grundstücksmakler, zwei Rechtsanwälte (Grombtschevskij und Gromwell), Dr. Aix, der Kunstexperte, Rosalind Knight, Demons neue Sekretärin, und der feierliche Kithar Sween, ein Bankier, der mit fünfundsechzig ein *avant-garde*-Autor geworden war; im Laufe eines erstaunlichen Jahres hatte er *The Waistline* geschaffen, eine Satire in freien Versen über anglo-amerikanische Eß-Gewohnheiten, und *Kardinal Grischkin*, eine offenkundig subtile Abenteuergeschichte, Lobpreisung des römischen Glaubens. Das Gedicht war nur das Zwinkern eines Eulenauges; was den Roman anbetraf, so war er bereits von prominenten jungen Kritikern (Norman Girsh, Louis Deer, vielen anderen) als «zukunftsweisend» bezeichnet und mit ehrfürchtigen Stimmen gelobt worden, und zwar so hoch, daß ein gewöhnliches menschliches Ohr aus solch schriller Zungenfertigkeit nicht viel entnehmen konnte; es schien jedoch alles sehr aufregend, und nach einem riesigen Schwung von Nachruf-Schriften 1910 («Kithar Sween: der Mensch und der Schriftsteller», «Sween als Dichter und Mensch», «Kithar Kirman Lavehr Sween: Versuch einer Biographie») wurden sowohl die Satire als auch der Roman so gründlich vergessen wie jenes stellvertretenden Werkmeisters Kontrolle des Hintergrund-Ausgleichs oder Demons Verbot.

Das Tischgespräch drehte sich hauptsächlich um Geschäftliches. Demon hatte kürzlich eine kleine, vollkommen runde Pazifik-Insel gekauft, mit einem rosa Haus auf einer grünen Klippe und einem Sandstrand wie eine Halskrause (aus der Luft betrachtet), und wünschte nun, den kostbaren kleinen Palazzo in Ost-Manhattan zu verkaufen, den Van nicht haben wollte. Mr. Sween, ein habgieriger Fachmann mit blitzenden Ringen an fetten Fingern, sagte, er würde ihn kaufen, wenn einige der Bilder mit dabei heraussprängen. Der Handel kam nicht zustande.

Van trieb private Studien bis zu seiner Berufung (mit fünfunddreißig!) auf den Rattner-Lehrstuhl für Philosophie an der Universität von Kingston. Diese Wahl des Konzils war das Ergebnis von Mißgeschick und Verzweiflung gewesen; die beiden anderen Kandidaten, gediegene Gelehrte, viel älter und insgesamt besser als er und sogar in der Tatarei geschätzt, wohin sie oft reisten, verträumt, Hand in Hand, waren auf geheimnisvolle Weise verschwunden (vielleicht starben sie unter falschem Namen bei dem nie aufgeklärten Unglück über dem lächelnden Ozean) zu «elfter

Stunde», denn der Stuhl, bliebe er eine gesetzlich festgelegte Zeit vakant, sollte abgebaut werden, damit einem anderen, weniger begehrten, aber durchaus guten Sitz die Chance gegeben wäre, aus dem Hinterzimmer hereingetragen zu werden. Weder brauchte noch schätzte Van die Sache, nahm sie jedoch im Geiste gutwilliger Perversität oder perverser Dankbarkeit an oder einfach zum Andenken an seinen Vater, der irgendwie in die ganze Angelegenheit verwickelt war. Er nahm seine Aufgabe nicht zu ernst, indem er die Vorlesungen auf ein striktes Minimum, zehn oder so pro Jahr beschränkte und sie in einem näselnden Geleier vortrug, das hauptsächlich von einem neuen, schwer zu erlangenden «Stimmen-Recorder» erzeugt wurde, der zwischen Anti-Infektions-Venuspillen in seiner Westentasche verborgen war, während er die Lippen stumm bewegte und an die lampenbeschienene Seite seines wuchernden Manuskripts dachte, das er unvollendet in seinem Arbeitszimmer zurückgelassen hatte. Er verbrachte eine Reihe trüber Jahre (belebt durch Reisen nach Übersee) in Kingston, eine obskure Figur, um die sich keinerlei Legenden in Universität oder Stadt rankten. Ungeliebt von seinen strengen Kollegen, unbekannt in den lokalen Kneipen und ohne ein Bedauern der männlichen Studenten ließ er sich 1922 pensionieren und lebte hinfort in Europa.

8

ankomme mont roux bellevue sonntag
abend essen anbetung kummer regenbögen

Van erhielt dieses kühne Kabel zusammen mit seinem Frühstück am Samstag, den 10. Oktober 1905, im Manhattan Palace in Genf, und noch am selben Tag zog er um nach Mont Roux am anderen Ende des Sees. Dort stieg er in seinem gewohnten Hotel, *Les Trois Cygnes*, ab. Der kleine, zerbrechliche, aber geradezu mythisch alte Portier war während Vans Aufenthalt vier Jahre zuvor gestorben, und statt dem zurückhaltenden Lächeln mysteriöser Mitschuld des weise gewordenen Julien, das wie eine Lampe durch Pergament zu leuchten pflegte, grüßte das runde, rosige Gesicht eines ehemaligen Pagen, der nun einen Gehrock trug, den fetten alten Van.

«Lucien», sagte Dr. Veen, über den Rand seiner Brille blinzelnd, «es mag sein, daß ich – wie Ihr Vorgänger wußte – allerlei seltsamen Besuch bekomme, Zauberer, maskierte Damen, Maniake – *que sais-je?* –, und ich erwarte Wunder der Verschwiegenheit von allen drei stummen Schwänen. Hier ist ein Voraus-Bonus.»

«Merci infiniment», sagte der Portier, und wie stets fühlte Van sich unendlich gerührt durch die hyperbolische Höflichkeit, die keinen Mangel an philosophischen Gedanken provozierte.

Er belegte zwei geräumige Zimmer, 509 und 510: einen Salon im Stil der Alten Welt mit gold-grünen Möbeln und ein zauberhaftes Schlafzimmer, an das ein quadratisches Badezimmer anschloß, das offensichtlich aus einem gewöhnlichen Raum umgestaltet worden war (um 1875 herum, als das Hotel renoviert und prächtig ausstaffiert wurde). Mit erregendem Vorgefühl las er das achteckige Pappschild an seinem zierlichen roten Band: Bitte nicht stören. *Prière de ne pas déranger.* Hängen Sie diese Mitteilung an den äußeren Türgriff. Informieren Sie die Telephonzentrale. *Avisez en particulier la téléphoniste* (keine Betonung, kein hell-stimmiges Mädchen in der englischen Fassung).

Er bestellte eine Orgie von Orchideen aus dem *rez-de-chaussée*-Blumenladen und ein Schinken-Sandwich vom Zimmer-Dienst. Er überlebte eine lange Nacht (mit Alpendohlen, die eine wolkenlose Morgendämmerung quälten) in einem Bett, das kaum zwei Drittel so groß war wie das gewaltige Bett in ihrer unvergeßlichen Wohnung vor zwölf Jahren. Er frühstückte auf dem Balkon – eine kundschaftende Möwe außer acht lassend. Er gestattete sich eine reichliche Mittagsruhe nach einem späten Lunch, nahm, um Zeit zu ertränken, ein zweites Bad; und brachte mit Aufenthalten an jeder übernächsten Bank ein paar Stunden auf der Promenade zu, während er zum neuen, eine halbe Meile südöstlich gelegenen Bellevue Palace hinüberschlenderte.

Ein einziges rotes Boot entstellte den blauen Spiegel (in Casanovas Tagen wären es Hunderte gewesen!). Die Seetaucher waren schon da für den Winter, doch die Wasserhühner waren noch nicht zurückgekehrt.

Ardis, Manhattan, Mont Roux, unser kleiner Rotschopf ist tot. Vrubels wundervolles Bild von Vater, jene dementen Diamanten, die mich anstarren, die *in* mich hineingemalt sind.

Der Kupferberg, der bewaldete Hügel hinter der Stadt, belebte sich, seinem Namen und herbstlichen Ruf entsprechend, mit dem warmen Glühen lockiger Kastanienbäume; und auf der gegenüberliegenden Seite des Leman, Leman bedeutet Liebhaber, ragte der Kamm von Sex Noir, Schwarzer Fels empor.

Er fühlte sich heiß und unbequem in seidenem Hemd und grauem Flanell – einer seiner älteren Anzüge, den er gewählt hatte, weil er ihn zufällig schlanker aussehen ließ; aber die enge Weste hätte er fortlassen sollen. Nervös wie ein Junge bei seinem ersten Rendezvous! Er fragte sich, was zu erhoffen besser wäre – daß ihre Gegenwart sogleich durch die anderer Leute verdünnt würde oder daß sie es einrichten sollte, allein zu sein, zumindest für die ersten Minuten? Ließen ihn seine Brille und sein kurzes schwarzes Schnurrbärtchen wirklich jünger erscheinen, wie höfliche Huren versicherten?

Als er schließlich das weißgetünchte und mit blauen Sonnenblenden versehene Bellevue erreichte (das von reichen Estotiländern, Rheinländern und Vineländern bewohnt wurde, aber nicht zur gleichen Superklasse gehörte wie das alte lohfarbene und vergoldete, riesige, weitläufige, liebenswerte Trois Cygnes), sah Van mit Schrecken, daß seine Armbanduhr immer noch weit von 19 Uhr entfernt war, der frühesten Essenszeit in hiesigen Hotels. Also überquerte er von neuem die Zufahrt und trank in einer Kneipe einen doppelten Kirsch mit Zuckerwürfel. Ein toter und vertrockneter Taubenschwanz-Schwärmer lag im Waschraum auf der Fensterbank. Zum Glück existierten Symbole weder in Träumen noch im Leben dazwischen.

Er stieß durch die Drehtür des Bellevue, stolperte über einen prunkvollen Koffer und vollführte seinen Eintritt in einem lächerlichen Laufschritt. Der Portier schalt den unglücklichen grün-beschürzten *cameriere*, der den Koffer dort hatte stehen lassen. Ja, sie erwarteten ihn in der Halle. Ein deutscher Tourist holte ihn ein, um sich überschwenglich und nicht ohne Humor für den Anstoß erregenden Gegenstand, der, sagte er, ihm gehöre, zu entschuldigen.

«Wenn dem so ist», bemerkte Van, «sollten Sie Badeorten nicht gestatten, überall ihre Aufkleber auf Ihr privates Zubehör zu klatschen.»

Seine Antwort war unpassend, und der ganze Vorfall hatte einen leicht paramnesischen Beigeschmack – und gleich darauf wurde Van hinterrücks erschossen (solche Dinge passieren, manche Touristen sind sehr labil) und trat in die nächste Phase seiner Existenz.

Er verharrte auf der Schwelle zur Haupthalle, aber kaum hatte er begonnen, die Verteilung ihres verstreuten menschlichen Inhalts zu überprüfen, als ein plötzlicher Aufruhr in einer entfernten Gruppe entstand. Ada, die Anstandsregeln beiseite stoßend, eilte auf ihn zu. Ihr einsames und überstürztes Herbeieilen verzehrte im Rücklauf all die Jahre ihrer Trennung, da aus einer dunkel-glitzernden Fremden mit modischer Hochfrisur wieder das schwarzgekleidete Mädchen mit den blassen Armen wurde, das ihm immer gehört hatte. An jenem speziellen Angelpunkt der Zeit waren sie zufällig die einzigen deutlich aufrechten und aktiven Menschen in dem riesigen Raum, und Köpfe wandten sich und Augen spähten, als die beiden sich wie auf einer Bühne in der Mitte trafen; aber was, als Gipfel ihrer ungestümen Bewegung, der Ekstase in ihren Augen und den feurigen Juwelen, ein großer Ausbruch redseliger Liebe hätte sein sollen, war durch unvereinbares Schweigen gekennzeichnet; er hob ihre schwanengleiche Hand zum Kuß an seine sich nicht beugenden Lippen, und dann standen sie still und starrten einander an, er in seinen Hosentaschen unter der sich «buckelnden» Jacke mit Münzen spielend, sie ihre Halskette befingernd, jeder von beiden gewissermaßen das ungewisse Licht reflektierend, zu dem all die Ausstrahlung gegenseitigen Willkommens auf katastrophale Weise verebbt war. Sie war mehr Ada denn je, aber ein Schuß neuer Eleganz war ihrem scheuen, wilden Charme hinzugefügt. Ihr noch schwärzeres Haar war zurückgekämmt und zu einem glänzenden Knoten gefaßt worden, und die Lucette-Linie ihres entblößten Halses, schlank und gerade, war eine herzzerreißende Überraschung. Er versuchte gerade, einen knappen Satz zu bilden (um sie zu informieren, wie er sich die Sicherstellung eines

Rendezvous dachte), doch sie unterbrach sein Räuspern mit einem geflüsterten Befehl: der Schnurrbart muß weg, und machte kehrt, um ihn zu der fernen Ecke zu führen, von wo aus sie so viele Jahre gebraucht hatte bis zu ihm hin.

Die erste Person, der er vorgestellt wurde, an dieser Insel aus Sesseln und Androiden, die um einen niedrigen Tisch mit einem kupfernen Aschbecher als Mittelpunkt herumsaßen und jetzt aufstanden, war die versprochene *belle-sœur*, eine kurze, plumpe Dame in Gouvernantengrau mit einem sehr ovalen Gesicht, kurzgeschnittenem kastanienbraunem Haar, einer teigigen Gesichtsfarbe, rauchblauen, freudlosen Augen und einem fleischigen kleinen, einem reifen Maiskorn gleichenden Auswuchs an der Seite des einen Nasenflügels, dessen überkritischem Bogen von einem Nachgedanken der Natur hinzugefügt, wie es nicht selten geschieht, wenn ein russisches Gesicht in Massenproduktion geht. Die nächste ausgestreckte Hand gehörte einem gutaussehenden großen, bemerkenswert kräftigen und freundlichen Edelmann, der kein anderer als der Prinz Gremin des lächerlichen Librettos sein konnte und dessen starker, ehrlicher Handschlag in Van das Verlangen nach einem Desinfektionsmittel weckte, um die Berührung mit jeglichem öffentlichem Glied ihres Ehemannes fortzuwaschen. Doch indem Ada, wieder strahlend, mit einem unsichtbaren Zauberstab flatternde Vorstellungsgesten machte, verwandelte sich der Mann, den Van gröblicherweise für Andrej Vinelander gehalten hatte, in Yuzlik, den begabten Regisseur des unseligen Don Juan-Films. «Vasco da Gama, nehme ich an», murmelte Yuzlik. Neben ihm, von ihm unbeachtet, Ada nicht einmal dem Namen nach bekannt und heute längst an langwierigen anonymen Leiden verstorben, standen in serviler Haltung die beiden Agenten von Lemorio, dem glänzenden Komödianten (ein bärtiger Bauer von außerordentlichem und inzwischen ebenfalls vergessenem Genie, den Yuzlik leidenschaftlich gern für seinen nächsten Film gehabt hätte). Lemorio hatte ihn zweimal im Stich gelassen, in Rom und San Remo, und jedesmal wegen des «einleitenden Kontakts» jene zwei schäbigen, unfähigen, im Grunde geisteskranken Leute gesandt, mit denen Yuzlik inzwischen nichts mehr zu besprechen hatte, nachdem alles ausgeschöpft war, aktueller Klatsch, Lemorios Sex-Leben, Hooles Lümmelhaftigkeit wie auch die Steckenpferde seiner, Yuzliks, drei Söhne und die ihres, der Agenten, adoptierten Kindes, eines reizenden, eurasischen Knaben, der kürzlich bei einer Rauferei in einem Nachtclub erschlagen worden war – was auch *das* Thema beendete. Ada hatte Yuzliks unverhoffte Wirklichkeit in der Halle des Bellevue nicht nur als Gegengewicht zu Verlegenheit und Trug begrüßt, sondern auch, weil sie sich gern in *Was Daisy wußte* hineinschlängeln wollte, jedoch abgesehen davon, daß sie für geschäftliche Schmeicheleien bei dem Aufruhr ihres Geistes keine Zaubersprüche mehr übrig hatte, erkannte sie schnell, daß, sollte Lemorio schließlich engagiert werden, er ihre Rolle für eine seiner Geliebten beanspruchen würde.

Endlich kam Van zu Adas Gatten.

Van hatte den guten Andrej Andrejevitsch Vinelander so oft, so gründlich an all den dunklen Kreuzungen des Verstandes ermordet, daß der arme Kerl, der in einen häßlichen, beerdigungshaften, doppelreihigen Anzug gekleidet war, mit jenen ohnehin zusammengeschlagenen teigweichen Gesichtszügen und jenen hundetraurigen Beutel-Augen und den gepunkteten Linien von Schweiß auf der Stirn alle deprimierenden Merkmale einer unnützen Wiederauferstehung bot. Durch ein nicht allzu befremdliches Übersehen (oder vielmehr «Untersehen») unterließ es Ada, die beiden Männer einander vorzustellen. Ihr Gatte sprach seinen Namen, patronymisch, und Nachnamen mit der didaktischen Betonung des Sprechers eines russischen Lehrfilms aus. *«Onimemsja, dorogoj»* (Laß uns uns umarmen, alter Junge), fügte er mit bewegterer Stimme hinzu, doch blieb sein trauriger Gesichtsausdruck unverändert (und erinnerte in seltsamer Weise an den von Kosygin, Bürgermeister von Yukonsk, wenn er von einer Pfadfinderin einen Blumenstrauß empfängt oder den Schaden besichtigt, den ein Erdbeben angerichtet hat). Sein Atem trug einen Geruch, den Van mit Überraschung als den eines starken Beruhigungsmittels auf Neocodein-Basis identifizierte, wie es bei psychopathischer Pseudobronchitis verschrieben wird. Als Andrejs zerknittertes, elendes Gesicht näher kam, konnte man verschiedene Wärzchen und Knoten darauf erkennen, von denen jedoch keines in der einseitig-kecken Position des Nasenanhangs seiner kleinen Schwester placiert war. Er hielt sein falbes Haar mittels einer eigenen Haarschneidemaschine so kurz wie das eines Soldaten. Er hatte die *korrektnaja* und saubere Erscheinung des ein-Bad-pro-Woche estotianischen Landadels.

Wir strömten alle zum Speisesaal. Van streifte die Vergangenheit, als er einen Arm herausschießen ließ, um dem türaufhaltenden Kellner zuvorzukommen, und die Vergangenheit (immer noch *seine* Halskette befingernd) belohnte ihn mit einem verhohlenen «Dolores»-Blick.

Der Zufall kümmerte sich um die Sitzordnung.

Lemorios Agenten, ein ältliches Paar, das, wiewohl unverheiratet, als Mann und Mann eine hinreichende Zeitspanne zusammen gelebt hatte, um ein Film-Jubiläum zu rechtfertigen, blieben auch am Tisch unzertrennt zwischen Yuzlik, der nicht ein einziges Mal zu ihnen sprach, und Van, der von Dorothy gefoltert wurde. Was Andrej betraf (der ein fadenscheiniges «Kreuzzeichen» über seinem nicht «aufzuknöpfenden» Abdomen machte, bevor er sich die Serviette um den Hals tat), so sah er sich zwischen Schwester und Frau gesetzt. Er verlangte nach der «cart de van» (was dem wirklichen Van ein mildes Vergnügen bereitete), aber als ein Mann der harten Getränke warf er nur einen verdutzten Blick auf die «Schweizer Weißer»-Seite der Weinkarte, bevor er Ada «den schwarzen Peter» zuschob, die prompt Champagner bestellte. Er würde ihr früh am nächsten Morgen mitteilen, daß ihr Cousin einen bemerkenswert sympathischen Eindruck machte. Die verbalen Hilfsmittel des lieben Burschen bestanden fast ausschließlich aus bemerkenswert sympathischen russischen Allgemeinplätzen, aber da er nicht gern über sich sprach, sagte er wenig, um so mehr, als das sonore Selbstgespräch seiner Schwester (das an Vans Felsen plätscherte) ihn lähmte und auf kindische Weise in Anspruch nahm. Dorothy leitete ihren langaufgeschobenen Bericht über ihren Lieblings-Alptraum mit einer bescheidenen Beschwerde ein («Natürlich weiß ich, daß es für Ihre Patienten ein jiddisches Vorrecht ist, schlechte Träume zu haben»), aber die Aufmerksamkeit ihres widerwilligen Analytikers richtete sich jedesmal, wenn sie von seinem Teller zu ihr zurückkehrte, so beständig auf das griechische Kreuz von geradezu kirchlicher Größe auf ihrer ansonsten belanglosen Brust, daß sie es für angebracht hielt, ihre Erzählung zu unterbrechen (die vom Ausbruch eines Traum-Vulkans handelte), um zu sagen: «Ich entnehme Ihren Arbeiten, daß Sie ein schrecklicher Zyniker sind. Oh, ich bin ganz einer Meinung mit Simone Traser, daß ein Spritzer Zynismus den wahren Mann ziert; dennoch möchte ich Sie warnen, daß ich etwas gegen anti-orthodoxe Witze habe, falls Sie beabsichtigen, einen solchen zu machen.»

Inzwischen hatte Van mehr als genug von seiner meschuggenen, indes nicht interessant meschuggenen Tischgenossin. Er schaffte es soeben, sein Glas zu stabilisieren, das von einer Bewegung seiner Hand, mit der er Adas Aufmerksamkeit auf sich lenken wollte, beinah umgestoßen worden wäre, und sagte ohne weitere Umschweife in einem von Ada später als scharf, verhängnisvoll und insgesamt unstatthaft bezeichneten Ton:

«Morgen früh *je veux vous accaparer, ma chère.* Wie mein Anwalt, oder deiner oder beide, dich vielleicht informiert hat oder haben, sind Lucettes Konten auf mehreren Schweizer Banken –» und er tischte eine vorbereitete Version einer *in toto* erfundenen Sachlage auf. «Ich schlage vor», setzte er hinzu, «daß, falls du keine anderen Verpflichtungen hast» – (einen fragenden Blick schickend, der die Vinelanders ausließ, indem er über und um die drei Filmleute herumsprang, die alle in idiotischer Zustimmung mit dem Kopf nickten) – «du und ich den Maître Jorat oder Raton, der Name entschlüpft mir, meinen Berater, *enfin,* in Luzon besuchen, eine halbe Stunde Fahrt von hier – der mir bestimmte Papiere gegeben hat, die ich in meinem Hotel habe und die du mir unterseufzen – ich meine, unter Seufzern unterzeichnen mußt – die Angelegenheit ist ermüdend. Alles klar? Alles klar.»

«Aber Ada», posaunte Dora, «du vergißt, daß wir morgen früh das Institut d'Harmonie Florale im Château Piron besichtigen wollten!»

«Das werdet ihr übermorgen oder Dienstag oder Dienstag in einer Woche tun», sagte Van. «Ich würde euch alle drei herzlich gern zu jenem faszinierenden *lieu de méditation* hinfahren, aber mein schneller kleiner Unseretti bietet nur einem Fahrgast Platz, und was die herumirrenden Depositen angeht, so ist diese Sache äußerst dringend, glaube ich.»

Yuzlik brannte darauf, etwas zu sagen. Van ging auf den wohlmeinenden Automaten ein.

«Ich bin entzückt und geehrt, mit Vasco de Gama zu speisen», sagte Yuzlik, während er sein Glas vor seinem hübschen Gesichts-Apparat emporhielt.

Die gleiche Entstellung – und das bot Van einen Anhaltspunkt für Yuzliks Quelle dunkler Information – kam in *The Chimes of Chose* vor (einer Denkschrift von einem früheren Kameraden von Van, jetzt Lord Chose, die das Bestseller-Spalier hinaufgeklettert war und immer noch dranhing – hauptsächlich wegen mehrerer unanständiger, aber sehr komischer Bezüge auf die Villa Venus in Ranton Brooks). Während er auf dem Kern einer angemessenen Antwort kaute, mit einem Mundvoll *Scharlott* (nicht die Scharlatan – *«charlotte russe»*, wie sie in den meisten Restaurants serviert wird, sondern die heiße, knusprige Kruste der echten Schloßtorte mit Apfelfüllung, gebacken von Takomin, dem Chefkoch, der aus Kaliforniens Rose Bay stammte), wurde Van von zwei Verlangen gespalten: das eine, Yuzlik dafür zu beleidigen, daß er seine Hand auf Adas Hand gelegt hatte, als er sie vor zwei oder drei Gängen bat, ihm die Butter zu reichen (er war unvergleichlich viel eifersüchtiger auf diesen klaräugigen Mann als auf Andrej und entsann sich mit einem Schauer des Stolzes und Hasses, wie er am Silvesterabend 1893 gegen einen seiner Verwandten, den geckenhaften Van Zemskij, ausfallend geworden war, weil er sich eine ähnliche Liebkosung erlaubt hatte, als er an ihren Tisch gekommen war, und dem Van später unter diesem oder jenem Vorwand im Club der Jungen Prinzen den Kiefer gebrochen hatte); und das andere – Yuzlik zu sagen, wie sehr er *Don Juans letzten Streich* bewundert hatte. Van, aus einleuchtenden Gründen nicht in der Lage, Verlangen Nummer eins zu befriedigen, ließ Nummer zwei fallen, da es nach feiger Höflichkeit aussah, und begnügte sich, nachdem er seinen braundurchweichten Brei heruntergeschluckt hatte, zu antworten:

«Das Buch von Jack Chose ist sicherlich höchst unterhaltsam – besonders die Stelle über Äpfel und Durchfall und die Auszüge aus dem Venus-Muschel-Album» – (Yuzliks Augen schossen in scheinbarer Gedächtnisanstrengung zur Seite, worauf er sich mit überschwenglichem Kompliment vor dem gemeinsam Erinnerten verneigte) – «aber der Schelm hätte weder meinen Namen ausplaudern noch mein Thespionym verstümmeln sollen.»

Das ganze trübe Essen über (belebt nur durch die *Scharlott* und fünf Flaschen Moët, von denen Van mehr als drei leerte) vermied er es, jenen Teil von Ada anzuschauen, der «das Gesicht» genannt wird – ein lebendiger, göttlicher, geheimnisvoll erschreckender Teil, den man in jener wesentlichen Form unter Menschen (teigige und warzige Masken zählen nicht) sonst kaum findet. Ada andererseits konnte nicht umhin, ihm ihre dunklen Augen immer wieder zuzuwenden, als ob sie mit jedem Blick ihr Gleichgewicht zurückgewänne; aber als die Gesellschaft in die Halle zurückkehrte und dort ihren Kaffee zu Ende trank, gab es für Van, dessen *points de repère* katastrophal zusammenschrumpften, nach dem Weggang der drei Filmleute zunehmend Schwierigkeiten der Fokalisation.

ANDREJ: *Adotschka, duschka* (Liebling), *rasskaschi sche pro rantscho, pro skot* (erzählt von der Ranch, vom Vieh), *emu sche ljubopytno* (es wird ihn unbedingt interessieren).

ADA *wie aus einer Trance erwachend*: *O tschjom ty* (sagtest du etwas)?

ANDREJ: *Ja govorju, rasskaschi emu pro tvoju, schitijo bytijo* (ich sagte, erzähl ihm von deinem Alltag, deinem gewöhnlichen Dasein). *Avosj sagljanet k nam* (vielleicht sucht er uns einmal auf).

ADA: *Ostavj, schto tam interesnogo* (was ist daran so interessant)?

DASHA *sich an Ivan wendend*: Hör nicht auf sie. *Massa interesnogo* (Berge von interessanten Dingen). *Delo brata ogromnoje, volnujuschtscheje delo, trebujuschtscheje ne menjsche truda, tschem utschjonnaja dissertazija* (sein Geschäft ist eine große Sache, gerade so anspruchsvoll wie das eines Gelehrten). *Naschi seljskochosjajstvennyje maschiny i jich teni* (unsere landwirtschaftlichen Maschinen und ihre Schatten) – *eto zelaja kollekzija predmetov modernoj skuljptury i schivopisi* (sind eine wahre Sammlung moderner Kunst), die Sie, vermute ich, genau wie ich verehren.

IVAN *zu Andrej*: Ich versteh nichts von Landwirtschaft, aber trotzdem vielen Dank. – *Eine Pause.*

IVAN *nicht genau wissend, was er hinzufügen soll*: Ja, ich würde mir Ihre Maschinerie eines Tages gewiß gern ansehen. Solche Dinger erinnern mich immer an langhalsige prähistorische Ungeheuer, die mal hier, mal da so ein bißchen grasen, wissen Sie, oder bloß über das Leid des Aussterbens brüten – aber vielleicht denke ich an Bagger –

DOROTHY: Andrejs Maschinerie ist alles andere als prähistorisch!
Lacht freudlos.

ANDREJ: *Slovom, milosti prosim* (jedenfalls sind Sie herzlich willkommen). *Budete scharitj verchom s kusinoj* (Sie werden einen Riesenspaß haben, mit Ihrer Cousine zu reiten).
Pause.

IVAN *zu Ada*: Halb zehn morgen ist nicht zu früh für dich? Ich wohne im Trois Cygnes. Ich werde dich in meinem winzigen Auto abholen – nicht zu Pferde – *lächelt wie ein Leichnam zu Andrej hin.*

DASHA: *Dovoljno skutschno* (eigentlich schade), daß Adas Aufenthalt am bezaubernden Leman-See durch Sitzungen bei Anwälten und Bankiers verdorben wird. Ich bin sicher, Sie können die meisten jener Bedürfnisse befriedigen, indem Sie sie einige Male *chez vous* kommen lassen und nicht nach Luzon oder Genf.

Das Irrenhausgebabbel kehrte zu Lucettes Bankkonten zurück, Ivan Dementjevitsch erklärte, daß sie ein Scheckbuch nach dem anderen verlegt hatte, und niemand wußte genau, bei wie vielen verschiedenen Banken sie beträchtliche Mengen Geld abgeladen hatte. Alsbald grunzte Andrej, der jetzt aussah wie der bläuliche Yukonsksche Bürgermeister, nachdem er den Weidenkätzchen-Jahrmarkt eröffnet oder einen Waldbrand mit einer neuen Art von Löschapparat bekämpft hat, aus seinem Sessel heraus, entschuldigte sich, daß er so früh schlafen ging, und schüttelte Van die Hand, als ob sie sich für immer verabschiedeten (was sie allerdings auch taten). Van blieb mit den beiden Damen in der kalten und verlassenen Halle, in der unmerklich ein sparsamer Entzug von Faraday-Licht vor sich gegangen war.

«Wie gefiel Ihnen mein Bruder?» fragte Dorothy. «*On redtschajschij tschelovek* (er ist ein höchst ungewöhnlicher Mensch). Ich kann Ihnen nicht sagen, wie tief er von dem schrecklichen Tod Ihres Vaters betroffen war und, natürlich, von Lucettes bizarrem Ende. Sogar er, der freundlichste unter den Menschen, konnte nicht umhin, ihr Pariser *sans-gêne* zu mißbilligen, aber er bewunderte sehr ihr Aussehen – wie auch Sie, glaube ich – nein, nein, leugnen Sie nicht! – weil, wie ich immer gesagt habe, ihre Schönheit die von Ada zu vervollständigen schien, indem beide Hälften zusammen etwas formten wie vollkommene Schönheit, im platonischen Sinne» (wieder dieses freudlose Lächeln). «Ada ist sicherlich eine ‹vollkommene Schönheit›, eine wirkliche *muirninotschka* – sogar wenn sie zusammenzuckt wie eben –, aber sie ist nur schön in unseren kleinen menschlichen Begriffen, nach den Normen unserer gesellschaftlichen Ästhetik – nicht wahr, Professor? – in der Weise, in der ein Essen oder eine Ehe oder ein kleines französisches Flittchen vollkommen genannt werden können.»

«Verneige dich vor ihr», sagte Van düster zu Ada.

«Oh, meine Adotschka weiß, wie sehr ich ihr ergeben bin» – (ihre Handfläche im Kielwasser von Adas zurückweichender Hand öffnend). «Ich habe all ihre Sorgen geteilt. Wie viele engbehoste Cowboys mußten wir feuern, weil sie ihr Augen machten! Und wie viele Trauerfälle haben wir seit Beginn des neuen Jahrhunderts gemeinsam durchgemacht! Ihre Mutter und meine Mutter; der Erzbischof von Ivankover und Dr. Swissair aus Lumbago (wo Mutter und ich ihn 1888 ehrerbietig besuchten); drei distinguierte Onkels (die ich zum Glück kaum kannte); und Ihr Vater, der viel mehr einem russischen Aristokraten als einem irischen Baron ähnelte, hab ich immer behauptet. Übrigens war unsere prächtige Marina in ihrem Sterbebett-Delirium – du hast doch nichts dagegen, Ada, wenn ich ihm *ces potins de famille* enthülle? – von zwei Wahnvorstellungen besessen, die sich gegenseitig ausschlossen – daß Sie mit Ada verheiratet seien und daß Ihr beide Bruder und Schwester wäret, und der Widerspruch zwischen diesen beiden Vorstellungen verursachte ihr heftige Seelenpein. Wie erklärt Ihre Schule der Psychiatrie diese Art von Konflikt?»

«Ich geh nicht mehr zur Schule», sagte Van und unterdrückte ein Gähnen; «und überdies versuche ich in meinen Arbeiten gar nichts zu ‹erklären›, sondern ich beschreibe bloß.»

«Dennoch können Sie nicht leugnen, daß gewisse Einblicke –»

Derart ging es noch über eine Stunde, und Vans angespannte Kiefer begannen zu schmerzen. Schließlich stand Ada auf, und Dorothy folgte unmittelbar, sprach aber im Stehen weiter.

«Morgen wird die liebe Tante Beloskunski-Belokonski zum Essen kommen, eine entzückende alte Jungfer, die in einer Villa über Valvey wohnt. *Terriblement grande dame et tout ça. Elle aime taquiner* Andrjuscha *en disant qu'un simple cultivateur comme lui n'aurait pas dû épouser la fille d'une actrice et d'un marchand de tableaux.* Möchten Sie uns Gesellschaft leisten – Jean?»

Jean erwiderte: «Leider nein, liebe Daria Andrejevna: *Je dois ‹surveiller les kilos›.* Außerdem habe ich morgen ein Arbeitsessen.»

«Wenigstens» – (lächelnd) – «könnten Sie mich Dasha nennen.»

«Ich tue es für Andrej», erklärte Ada, «in Wahrheit ist die fragliche ‹Grand Dame› ein ordinäres altes Stinktier.»

«Ada!» seufzte Dasha mit einem Blick milden Tadels.

Bevor die beiden Damen zum Fahrstuhl schritten, warf Ada Van einen Blick zu – und er, in Liebes-Strategie erfahren, unterließ jeden Kommentar über ihre winzige schwarze, auf dem Polster ihres Stuhls «vergessene» Seidenhandtasche. Er begleitete sie nicht weiter als bis zu dem Gang, der zum Fahrstuhl führte, und erwartete, das Pfand in Händen, ihre geplante Rückkehr hinter einer Säule, Stil Hotelhallenmischung, wohl wissend, daß sie im nächsten Augenblick, während das Fahrstuhlauge unter einem schnellen Daumen errötete, zu ihrer verfluchten Begleiterin (die inzwischen zweifellos ihre Ansichten über den *beau ténébreux* revidierte) sagen würde: «Ich hab meine Tasche vergessen!» – und sogleich zurückhuschend, wie Veres Ninon, würde sie in seinen Armen sein.

Ihre offenen Münder trafen sich in zärtlicher Raserei; und dann fiel er über ihren neuen jungen, göttlichen japanischen Nacken her, den er wie ein wahrhafter Jupiter Olorinus den ganzen Abend hindurch begehrt hatte.

«Wir brausen direkt zu meiner Wohnung, sobald du aufwachst, nimm nicht erst ein Bad, schlüpfe in deine *Lenclos* –» und während der brennende Saft überschäumte, verschlang er sie von neuem, bis sie (Dorothy mußte den Himmel erreicht haben!) drei Finger auf seinen nassen Lippen tanzen ließ – und entfloh.

«Wisch dir den Nacken ab!» rief er ihr hastig flüsternd nach (wer hatte wo in dieser Erzählung, in diesem Leben ebenfalls einen *geflüsterten Schrei* versucht?).

Jene Nacht saß er in einem post-moëtischen Traum auf dem

Talk eines tropischen Strandes voller Sonnenbadender, und bald rieb er den roten, gereizten Schaft eines sich windenden Jungen, bald schaute er durch eine Sonnenbrille auf die symmetrische Schattierung auf jeder Seite einer glänzenden Wirbelsäule, mit schwächeren Abschattungen zwischen den Rippen von Lucette oder Ada, die in einiger Entfernung von ihm auf einem Handtuch saß. Schon drehte sie sich um und lag auf dem Bauch, und auch sie trug eine Sonnenbrille, und weder er noch sie konnten die genaue Blickrichtung des anderen durch den schwarzen Bernstein erkennen, doch sah er an dem Grübchen eines leichten Lächelns, daß sie sein (es war die ganze Zeit *seins* gewesen) rohes Scharlach betrachtete. Jemand sagte beim Vorbeirollen eines Tisches: «Es ist eine der Vane-Schwestern», und er wachte auf, mit professioneller Anerkennung das Traumwortspiel murmelnd, das seinen Vor- und Nachnamen kombinierte, und pflückte sich die Wachspfropfen heraus, und in einem wunderbaren Akt der Wiederherstellung und Verkettung klapperte vom Korridor her der Frühstückwagen über die Schwelle des angrenzenden Raums, und schon, kauend und Honigkrümel am Mund, trat Ada in sein Schlafzimmer. Es war erst Viertel vor acht!

«Kluges Mädchen!» sagte Van. «Aber zuallererst muß ich ins *petit endroit.*»

Jenes Zusammentreffen und die neun, die folgten, stellte den höchsten Grat ihrer einundzwanzig Jahre alten Liebe dar: ihr kompliziertes, gefährliches, unsagbar strahlendes Mündigwerden. Der etwas italienisierte Stil der Wohnung, die kunstvollen Wandlampen mit Ornamenten aus blassem Karamel-Glas, die weißen Knöpfe, die wahllos Licht oder Zimmermädchen herbeizauberten, die jalousie-verschlossenen, verschleierten, dicht verhängten Fenster, die es dem Morgen so schwer machten wie einer krinolinbewehrten Prüden, sich zu enthüllen, die gewölbten Schiebetüren des riesigen weißen, «Nürnberger Jungfrau»-ähnlichen Kleiderschranks in der Diele ihrer Suite, und sogar Randons getönter Kupferstich eines ziemlich starren Dreimasters auf den zick-zackgrünen Wellen des Hafens von Marseille – mit einem Wort – die Hotel-Atmosphäre jener neuen Zusammenkünfte fügte einen romanhaften Touch hinzu (Aleksej und Anna haben hier vielleicht Sternchen gemacht!), den Ada als einen Rahmen begrüßte, eine Form, etwas, das das Leben unterstützte und schützte, was sonst auf Desdemonia der Vorsehung entbehrte, wo Künstler die einzigen Götter sind. Wenn Van und Mrs. Vinelander nach drei oder vier Stunden wahnwitziger Liebe ihre kostbare Zuflucht wegen des blauen Dunstes eines außergewöhnlichen Oktobers, der für die ganze Dauer des Ehebruchs traumhaft und warm blieb, verließen, hatten sie das Gefühl, daß sie immer noch unter dem Schutz jener gemalten Priapi standen, die die Römer einst zwischen den Bäumen von Rufomonticulus aufzustellen pflegten.

«Ich werde dich nach Hause bringen – wir sind gerade von einer Konferenz mit den Bankiers aus Luzon zurückgekehrt, und ich bringe dich von meinem zu deinem Hotel» – dies war die *phrase consacrée*, die Van jedesmal von sich gab, um die Parzen über die Lage zu informieren. Eine kleine Vorsicht, die sie von vornherein walten ließen, war, zweideutige Bloßstellung auf ihrem seewärts gelegenen Balkon, der jedem gelben und lila Blütenköpfchen auf den Rabatten der Promenade sichtbar war, strikt zu vermeiden.

Beim Verlassen des Hotels benutzten sie einen Hinterausgang.

Ein von einer Buchsbaumhecke gesäumter Pfad, beherrscht von einer nostalgischen immergrünen Sequoie (den amerikanische Besucher fälschlich für eine «Libanesische Zeder» hielten – falls sie ihn überhaupt bemerkten), führte sie zu der absurd fehlbenannten Rue du Mûrier, wo eine fürstliche Paulovna («Maulbeerbaum!» schnaubte Ada), in Gala auf ihrer unpassenden Terrasse über einer Bedürfnisanstalt stehend, großzügig ihre herzförmigen dunkelgrünen Blätter verstreute, doch genügend Laubwerk zurückhielt, um Schattenarabesken auf die Südseite ihres Stammes werfen zu können. Ein Ginkgo-Baum (von viel stärker leuchtendem grünlichem Gold als sein Nachbar, eine schmuddelig gilbende heimische Birke) markierte die Ecke einer kopfsteingepflasterten Gasse, die zum Ufer hinunterführte. Sie folgten der berühmten Fillietaz Promenade nach Süden, die auf der Schweizer Seite des Sees von Valvey zum Château de Byron (oder *«She Yawns Castle»*) entlanglief. Die vornehme Saison war vorüber, und sowohl überwinternde Vögel als auch eine Anzahl knickerbockertragender Zentral-Europäer hatten gleichermaßen englische Familien wie russische Adlige von Nipissing und Nipigon ersetzt.

«Meine Oberlippe fühlt sich unanständig nackt an.» (Er hatte sich in ihrer Gegenwart unter Schmerzgeheul seinen Schnurrbart abrasiert.) «Und ich kann auch nicht die ganze Zeit meinen Bauch einziehen.»

«Oh, ich mag dich lieber mit dem netten Übergewicht – es gibt dann mehr von dir. Es ist ein mütterliches Gen, nehm ich an, denn Demon wurde immer magerer. Er sah wirklich quixotisch aus, als ich ihn bei Mutters Beerdigung wiedersah. Es war alles sehr seltsam. Er trug blaue Trauerkleidung. D'Onskys Sohn, ein Mensch mit nur einem Arm, warf seinen übriggebliebenen um Demon, und beide weinten *comme des fontaines.* Dann hielt ein Mensch im Talar, der wie ein Komparse in einer Technicolor-Inkarnation von Wischnu aussah, eine unverständliche Rede. Dann ging sie in Rauch auf. Schluchzend sagte er zu mir: ‹*Ich* werde die armen Würmer nicht betrügen!› In Wirklichkeit bekamen wir zwei Stunden nachdem er jenes Versprechen gebrochen hatte, plötzlichen Besuch auf der Ranch – ein unglaublich anmutiges Püppchen von acht, schwarz verschleiert, und eine Art Duenja, ebenfalls in Schwarz, mit zwei Leibwächtern. Die Hexe verlangte bestimmte phantastische Summen – die zu bezahlen, sagte sie, Demon nicht die Zeit gehabt hatte, fürs ‹Zerknallen des Hymen› – woraufhin ich einen unserer stärksten Cowboys die ganze Gesellschaft hinauswerfen ließ.»

«Erstaunlich», sagte Van, «sie wurden jünger und jünger – ich meine die Mädchen, nicht die starken, stillen Cowboys. Seine verflossene Rosalind hatte eine zehnjährige Nichte, ein versiertes Küken. Fast hätte er es noch aus dem Brutkasten geräubert.»

«Du hast deinen Vater nie geliebt», sagte Ada traurig.

«O doch, ich tat es und tu's – zärtlich, ehrerbietig, verstehend, denn trotz allem ist jene geringere Poesie des Fleisches mir nicht gänzlich fremd. Aber soweit es uns betrifft, ich meine dich und mich, so wurde er am gleichen Tag wie unser Onkel Dan begraben.»

«Ich weiß, ich weiß. Es ist ein Jammer! Und wem nutzte es? Vielleicht sollte ich's dir nicht erzählen, aber seine Besuche in Agavia wurden mit jedem Jahr seltener und kürzer. Ja, es war ein Jammer, ihn und Andrej sprechen zu hören. Ich meine, Andrej *n'a pas le verbe facile,* obwohl er Demons wilde Flut aus Phantasie und phantastischer Wirklichkeit – ohne sie ganz zu verstehen – hochschätzte und oft mit seinem russischen ‹tssk – tssk› und einem Kopfschütteln – schmeichelhaft und alles – ausrief: ‹Was für ein *balagur* (Spaßvogel) Sie sind!› Und dann, eines Tages, drohte mir Demon, daß er nicht mehr käme, wenn er noch mal des armen Andrej ärmlichen Witz hören müßte (*Nu i balagur-sche vy, Dementij Labirintovitsch*) oder was die unbezahlbare Dorothy (unbezahlbar wegen ihrer Unverschämtheit und Abgeschmacktheit) von meiner Zelterei in den Bergen hielt, nur mit Mayo, einem Cowboy, der mich vor den Löwen beschützen sollte.»

«Könnte man darüber mehr erfahren?» fragte Van.

«Nun, keiner erfuhr mehr. All das geschah zu einer Zeit, da ich weder mit meinem Mann noch mit meiner Schwägerin sprach und deshalb keine Kontrolle über die Lage hatte. Jedenfalls kam Demon nicht, nicht einmal, als er nur zweihundert Meilen entfernt war und statt dessen einfach aus einem Spielcasino deinen lieben, lieben Brief über Lucette und meinen Film schickte.»

«Man würde auch ganz gern ein paar Einzelheiten über das tatsächliche Verheiratetsein erfahren – Häufigkeit des Verkehrs, Kosenamen für versteckte Warzen, Lieblingsgerüche –»

«Schnell ein Taschentuch! Dein rechtes Nasenloch ist voller feuchter Jade», sagte Ada und zeigte dann auf ein rundes, rotumrahmtes Schild am Rasenrand, das besagte: *Chiens interdit* und eine unmögliche schwarze Promenadenmischung mit einer weißen Schleife um den Hals zeigte: Warum, fragte sie sich, sollten es die Schweizer Behörden einem wohl verbieten, Hochland-Terrier mit Pudeln zu kreuzen?

Die letzten Schmetterlinge von 1905, lässige Pfauenaugen und Rote Admirable, ein Kleiner Perlmutterfalter und ein Wandergelbling machten das Beste aus den bescheidenen Blüten. Eine Straßenbahn zu ihrer Linken fuhr hart an der Promenade vorbei, wo sie auf einer Bank Platz nahmen und sich vorsichtig küßten, als das Quietschen der Räder verklungen war. Die von der Sonne getroffenen Schienen nahmen einen schönen kobaltblauen Glanz an – Spiegelung des Mittags in der Sprache von leuchtendem Metall.

«Wollen wir nicht etwas Käse und Weißwein unter der Pergola dort zu uns nehmen», schlug Van vor. «Die Vinelanders essen heute mal *à deux* zu Mittag.»

Irgendeine Art von Musikapparat spielte Dschungelklänge; die offenen Rucksäcke eines Tiroler Paars waren in unangenehmer Nähe – und Van bestach den Kellner, ihren Tisch auf die Bretter eines unbenutzten Landestegs hinauszutragen. Ada bewunderte die Wasservogel-Bevölkerung: Hauben-Enten, schwarz mit abstechenden weißen Flanken, wodurch sie wie Einkaufende aussahen (diese und die anderen Vergleiche sind alle von Ada), die einen langen, flachen Karton (neue Krawatte? Handschuhe?) unter jedem Arm davontrugen, während die schwarze Haube Vans Kopf ins Gedächtnis zurückrief, als er vierzehn und naß war, weil er gerade einen Sprung in den Bach getan hatte. Wasserhühner (die also *doch* zurückgekommen waren), die mit einer eigenartigen pumpenden Halsbewegung schwammen, so wie Pferde Schritt gehen. Kleine und große Seetaucher mit Krönchen, die Köpfe hoch haltend, mit etwas Heraldischem in ihrem Benehmen. Sie hatten, sagte sie, wundervolle Hochzeitsbräuche, sich dicht einander gegenüberstehend – so (sie zeigte mit den Zeigefingern eine Klammer) etwa wie zwei Buchstützen und keine Bücher dazwischen und, indem sie abwechselnd die Köpfe schütteln, mit Kupferblitzen.

«Ich habe dich nach Andrejs Bräuchen gefragt.»

«Ach, Andrej findet es so aufregend, all diese europäischen Vögel zu sehen! Er ist ein Jäger vor dem Herrn und kennt unser Westliches Wild bemerkenswert gut. Wir haben im Westen der Staaten einen sehr niedlichen kleinen Seetaucher mit einem schwarzen Band um seinen dicken weißen Schnabel. Andrej nennt ihn *pestrokljuvaja tschomga.* Und jener große *tschomga* dort ist *chochluschka,* sagt er. Falls du noch mal so die Stirn runzelst, wenn ich etwas Unschuldiges und im ganzen ziemlich Unterhaltsames sage, werde ich dich vor allen Leuten auf die Nasenspitze küssen.»

Nur eine Winzigkeit künstlich, nicht in ihrem besten Veen-Stil. Aber sie erholte sich augenblicklich:

«Oh, schau mal, wie die Möwen angeben.»

Etliche Lachmöwen, von denen einige noch immer ihre engen schwarzen Sommerkappen trugen, hatten sich auf dem zinnoberroten Geländer entlang des Sees niedergelassen, die Schwänze zum Weg gerichtet, und beobachteten, welche von ihnen beim Nahen des nächsten Fußgängers unerschütterlich sitzen blieben. Die Mehrzahl schwang sich wasserwärts, als Ada und Van herankamen; eine zuckte mit den Schwanzfedern und machte eine Bewegung ähnlich einer «Kniebeuge», aber sie stand es durch und blieb auf dem Geländer.

«Ich glaube, wir haben diese Art nur einmal in Arizona gesehen – an einem Ort namens Saltsink, eine Art künstlicher See. Unsere gewöhnlichen Möwen haben ganz andere Flügelspitzen.»

Ein Hauben-Seetaucher, in einiger Entfernung dahintreibend, begann langsam, sehr langsam zu sinken, vollführte dann unversehens ein hüpfendes Nach-dem-Fisch-Tauchen, wobei er die schimmernde weiße Unterseite zeigte, und verschwand.

«Warum, um Himmels willen», fragte Van, «hast du sie nicht auf diese oder jene Weise wissen lassen, daß du ihr nicht böse warst? Dein heuchlerischer Brief machte sie zutiefst unglücklich!»

«Pah!» machte Ada. «Sie hat mich in eine höchst unangenehme Situation gebracht. Ich kann durchaus verstehen, daß sie wütend auf Dorothy war (die es gut meinte, das arme, dumme Ding – dumm genug, mich vor möglichen ‹Infektionen› wie etwa ‹labialer Lesbianitis› zu warnen. *Labiale Lesbianitis!*), aber das war kein Grund für Lucette, Andrej in der Stadt aufzusuchen und ihm zu erzählen, sie sei sehr gut mit dem Mann befreundet, den ich vor meiner Ehe geliebt hätte. Er wagte nicht, mich mit seiner wiederbelebten Neugier zu verärgern, aber er beklagte sich bei Dorothy über Lucettes ungerechtfertigte Grausamkeit.»

«Ada, Ada», stöhnte Van, «ich wünsche, daß du dich dieses deines Mannes *und* seiner Schwester entledigst, *sofort!*»

«Gib mir vierzehn Tage», sagte sie, «ich muß zurück auf die Ranch. Ich kann den Gedanken nicht ertragen, daß sie zwischen meinen Sachen herumstochert.»

Zuerst schien sich alles gemäß den Anweisungen irgendeines freundlichen Genius zu entwickeln.

Sehr zu Vans Belustigung (deren geschmacklose Zurschaustellung seine Geliebte weder verzieh noch verdammte) lag Andrej den größten Teil der Woche mit einer Erkältung darnieder. Dorothy, eine geborene Pflegerin, übertraf Ada beträchtlich (die, selber nie krank, den Anblick eines kränkelnden Fremden nicht ausstehen konnte) an Bereitschaft zur Krankenpflege, die etwa darin bestand, dem schwitzenden, unter Atemnot leidenden Patienten alte Ausgaben der russischen Zeitung von Arizona vorzulesen; aber am Freitag schaffte ihn der Hotelarzt fort zum nahe gelegenen amerikanischen Hospital, wo es nicht einmal seiner Schwester gestattet war, ihn zu besuchen; «wegen der Unvermeidlichkeit ständiger Routine-Untersuchungen» – oder vielmehr, weil der arme Kerl der Katastrophe in männlicher Einsamkeit entgegentreten wollte.

Während der nächsten Tage nutzte Dorothy ihre Freizeit, um hinter Ada herzuspionieren. Die Frau war sich dreier Dinge sicher: daß Ada einen Liebhaber in der Schweiz hatte; daß Van ihr Bruder war; und daß er für seine unwiderstehliche Schwester heimliche Zusammenkünfte mit der Person, die sie vor ihrer Ehe geliebt hatte, arrangierte. Das köstliche Phänomen, daß alle drei Annahmen zutrafen, aber, getrennt betrachtet, Unsinn ergaben, war für Van ein weiterer Quell des Vergnügens.

Die drei Schwäne hielten ihre Flügel über einer Bastion ausgebreitet. Jedem, der vorsprach oder anrief, wurde vom Portier oder seinen Gehilfen mitgeteilt, daß Van ausgegangen sei, daß Madame André Vinelander unbekannt sei und daß man allenfalls eine Nachricht entgegennehmen könne. Sein Wagen, geparkt unter einer abgeschiedenen Baumgruppe, verriet seine Anwesenheit nicht. Am Vormittag benutzte er regelmäßig den Personal-Lift, der direkt auf den Hinterhof führte. Lucien, eine Art Schlaukopf, lernte bald Dorothys Kontraalt erkennen: *«La voix cuivée a téléphoné»*, *«La trompette n'était pas contente ce matin»*, et cetera. Dann nahmen die freundlichen Parzen sich einen Tag frei.

Andrej hatte einen ersten heftigeren Blutsturz irgendwann auf einer Geschäftsreise nach Phoenix, Arizona, gehabt. Als ein eigensinniger, unabhängiger, nicht überkluger Optimist hatte er ihn einem Nasenbluten zugeschrieben, das zurückgeronnen war, und ihn vor jedermann verborgen, um «dummes Geschwätz» zu vermeiden. Er hatte jahrelang den saftigen Husten eines Zwei-Schachtel-Rauchers gehabt, aber als er wenige Tage nach jenem ersten «postnasalen Bluttröpfeln» einen scharlachroten Klumpen in sein Waschbecken spie, beschloß er, auf Zigaretten zu verzichten und sich auf Zigarillos zu beschränken. Die nächste *contretemps* passierte in Gegenwart Adas, genau vor ihrem Aufbruch nach Europa; er schaffte es, sich seines blutbefleckten Taschentuchs zu entledigen, bevor sie es sah, aber sie hörte ihn noch mit besorgter Stimme sagen *«Vot te na»* (nun, das ist komisch). Da er mit den meisten andern Estotianern den Glauben teilte, die besten Ärzte seien in Zentral-Europa zu finden, nahm er sich vor, einen Zürcher Spezialisten aufzusuchen, dessen Namen er von einem Mitglied seiner «Loge» (Treffpunkt brüderlicher Geldmacher) erhalten hatte, falls er wieder Blut hustete. Das amerikanische Hospital in Valvey, neben der russischen Kirche, die von Vladimir Chevalier, seinem Großonkel, erbaut worden war, erwies sich als kompetent genug, fortgeschrittene Tuberkulose des linken Lungenflügels zu diagnostizieren.

Am frühen Nachmittag des Mittwoch, 22. Oktober, hinterließ Dorothy, die wie «wahnsinnig» versuchte, Ada «aufzufinden» (die nach ihrem üblichen Besuch bei den Drei Schwänen ein paar nützliche Stunden in Paphias «Haar- und Schönheits»-Salon zubrachte), eine Botschaft für Van, der sie erst spät am Abend erhielt, als er von einer Fahrt nach Sorcière im Valais, ungefähr einhundert Meilen östlich, zurückkehrte, wo er eine Villa für sich *et ma cousine* kaufte und zu Abend gegessen hatte mit der früheren Besitzerin, der liebenswerten Mme Scarlet, eine Bankiers-Witwe, und ihrer blonden, pickeligen, aber hübschen Tochter Eveline, die beide von der Geschwindigkeit des Geschäftsabschlusses erotisch erregt zu sein schienen.

Er war immer noch ruhig und zuversichtlich; auch nachdem er Dorothys hysterischen Bericht sorgsam studiert hatte, glaubte er noch, daß nichts ihr Schicksal bedrohte; daß bestenfalls Andrej sofort sterben und Ada damit die Sorgen einer Scheidung ersparen würde; und daß schlimmstenfalls der Mann in das Gebirgs-Sanatorium eines Romans fortgeschafft würde, um dort einige wenige letzte Seiten epiloghaften Aufräumens hindurch zu verweilen, weit weg von der Wirklichkeit *ihres* vereinten Lebens. Freitagmorgen um neun Uhr – wie am Vorabend besprochen – fuhr er hinüber zum Bellevue mit dem angenehmen Plan, nach Sorcière zu kutschieren, um ihr das Haus zu zeigen.

In der Nacht hatte ein Gewitter gerade passend dem wundersamen Sommer den Rücken gebrochen. Sogar noch passender hatte der plötzliche Einsatz ihrer Menstruation die gestrigen Liebkosungen abgekürzt. Es regnete, als er die Tür seines Autos zuschlug, seine Kordhose hochzog und, über Pfützen steigend, zwischen einer Ambulanz und einem großen schwarzen Cad hindurchging, die hintereinander vor dem Hotel hielten. Alle Flügel des Cad waren weit geöffnet, zwei Pagen hatten begonnen, unter Aufsicht des Chauffeurs Gepäck zu verstauen, und verschiedene Teile der alten Mietsdroschke antworteten mit leisem Quietschen auf das Murren der Belader.

Er spürte plötzlich die reptilhafte Kälte des Regens auf seinem kahlwerdenden Kopf und wollte gerade durch die gläserne Drehtür gehen, als sie Ada hervorbrachte, etwa in der Art jener holzgeschnitzten Barometer, deren Türen entweder ein männliches oder ein weibliches Püppchen freigeben. Ihre Kleidung – der Regenmantel über einem hochgeschlossenen Kleid, das Tuch um ihr aufgestecktes Haar, die Krokodiltasche, über die Schulter geschlungen – ergab ein leicht altmodisches und sogar provinzielles Ensemble. «Es gab kein Gesicht an ihr», wie Russen sagen, wenn sie einen Ausdruck äußerster Niedergeschlagenheit beschreiben wollen.

Sie führte ihn um das Hotel herum zu einer häßlichen Rotunde, heraus aus dem elenden Sprühregen, und versuchte ihn dort zu umarmen, aber er wich ihren Lippen aus. Sie würde in wenigen Minuten aufbrechen. Der heroische, hilflose Andrej war in einem Krankenwagen ins Hotel zurückgebracht worden. Es war Dorothy gelungen, drei Plätze in dem Flugzeug Genf–Phoenix zu reservieren. Die beiden Autos sollten ihn, sie und die heroische Schwester direkt zu dem hilflosen Flughafen bringen.

Sie bat um ein Taschentuch, und er zog ein blaues aus seiner Windjackentasche, aber ihre Tränen flossen schon, und sie beschattete ihre Augen, während er mit ausgestreckter Hand vor ihr stand.

«Gehört das zur Vorstellung?» fragte er kalt.

Sie schüttelte den Kopf, nahm das Taschentuch mit einem kindischen *«Merci»*, putzte sich die Nase und keuchte und schluckte und redete, und im nächsten Augenblick war alles, alles verloren.

Sie könnte es ihrem Mann nicht sagen, solange er krank war. Van würde warten müssen, bis Andrej sich genügend erholt hätte, um die Nachricht zu ertragen, und das könnte noch etwas dauern. Natürlich würde sie alles tun müssen, damit er völlig geheilt würde, es gab da einen Wunderdoktor in Arizona –

«Also den Kerl erst zusammenflicken, bevor man ihn hängt», sagte Van.

«Und zu denken», rief Ada mit einer niederfahrenden Bewegung steifer Hände, als lasse sie ein Tablett fallen, «sich klarzumachen, daß er pflichtbewußt alles verborgen hielt! Oh, natürlich kann ich ihn jetzt nicht verlassen!»

«Ja, die alte Geschichte – der Flötenspieler, dessen Impotenz geheilt werden muß, der verwegene Leutnant zur See, der vielleicht nie aus einem fernen Krieg zurückkehrt!»

«Ne ricane pas!» rief Ada aus. «Der arme, arme kleine Mann! Wie kannst du es wagen, zu spotten?»

Wie es schon in den Tagen seiner Jugend für ihn charakteristisch war, neigte Van dazu, Ausbrüche von Ärger und Enttäuschung mittels bombastischer und verdeckter Äußerungen zu lindern, schmerzhaft wie ein eingerissener Fingernagel, der in Satin, dem Futterstoff der Hölle, hängengeblieben ist.

«Schloß Wahrhaftig, Schloß Erleuchtet!» schrie er jetzt. «Helena von Troja, Ada von Ardis! Du hast den ‹Baum› und den ‹Nachtfalter› verraten!»

«Perestagne (hör auf, *cesse*)!»

«Ardis der Erste, Ardis der Zweite, Manhattan, und jetzt Mount Russet –»

«Perestagne!» wiederholte Ada (wie ein Idiot, der sich mit einem Epileptiker abgibt).

«Oh! Qui me rendra mon Hélène –»

«Ach, *perestagne!*»

«– et le phalène.»

«Je t'emplie (*‹prie›* und *‹supplie›*), hör auf, Van. *Tu sais que j'en vais mourir.»*

«Aber, aber, aber» – (er schlug sich jedesmal an die Stirn) – «genau am Ufer zu stehen von, von, von – und dann macht dieser Idiot einen Keats!»

«Bosche moj, ich muß fort. Sag etwas zu mir, mein Liebling, mein einziger, etwas, das helfen könnte!»

Es gab eine schmale Kluft aus Stille, nur unterbrochen vom Regen, der auf die Dachrinne trommelte.

«Bleib bei mir, Mädchen», sagte Van, alles vergessend – Stolz, Zorn, die Konvention des Allerweltsmitleids.

Für einen Augenblick schien sie zu schwanken – oder zumindest ein Schwanken zu erwägen; aber eine volltönende Stimme drang von der Auffahrt zu ihnen herüber, und dort stand Dorothy, mit grauem Umhang und männischem Hut, energisch mit dem unaufgerollten Schirm fuchtelnd.

«Ich kann nicht, ich kann nicht, ich schreibe dir», murmelte meine arme Geliebte unter Tränen.

Van küßte ihre blatt-kalte Hand, ließ das Bellevue sich um seinen Wagen kümmern, ließ alle Schwäne um seine Habseligkeiten und Mme Scarlet um Evelines Hautsorgen sich kümmern und marschierte etwa zehn Kilometer auf durchweichten Straßen nach Rennaz und flog von dort nach Nizza, Biskra, zum Kap, nach Nairobi, zum Beaucase –

Et, sombre, au dessus du Beaucase –

Würde sie schreiben? Oh, das tat sie! Oh, jeder alte Kram erwies sich superfein! Die Phantasie jagte die Wirklichkeit in nieendendem Wettstreit und Mädchengekicher. Andrej lebte nur noch wenige Monate länger, an den Fingern abzählend ein, zwei, drei, vier – sagen wir fünf. Es ging Andrej mittlerweile gut im Frühjahr von neunzehnhundertsechs oder -sieben, mit einer bequem kollabierten Lunge und einem stroh-farbenen Bart (es gibt nichts Besseres als Gesichtsvegetation, um einen Patienten beschäftigt zu halten). Das Leben gabelte sich und gabelte sich von neuem. Ja, sie hatte es ihm gesagt. Er beleidigte Van auf der lila gestrichenen Terrasse eines Hotels in Douglas, wo Van seine Ada in einer endgültigen Fassung von *Les Enfants Maudits* erwartete. Monsieur de Tobak (ein früherer Hahnrei) und Lord Erminin (ein zweimaliger Sekundant) waren Zeugen des Duells, in Gesellschaft von ein paar langen Yuccas und kurzen Kakteen. Vinelander trug einen Cutaway (sah ihm ähnlich); Van einen weißen Anzug. Keiner von beiden Männern wünschte irgend etwas zu riskieren, und beide feuerten gleichzeitig. Beide fielen. Mr. Cutaways Kugel traf die Außensohle von Vans linkem Schuh (weiß, mit schwarzem Absatz), brachte ihn zu Fall und rief ein leichtes *fourmillement* (Ameisen-Aufregung) in seinem Fuß hervor – das war alles. Van knallte seinem Gegner in den Unterleib – eine ernste Wunde, von der er in angemessener Zeit genas, falls überhaupt (hier verschwimmt die Gabelung im Nebel). In Wirklichkeit war alles viel trüber.

Also schrieb sie wie versprochen? O ja, ja! In siebzehn Jahren bekam er von ihr an die hundert kurze Briefe, von denen jeder rund hundert Wörter enthielt, was rund dreißig Druckseiten unbedeutenden Zeugs ergibt – hauptsächlich über die Gesundheit ihres Mannes und die einheimische Fauna. Nachdem Dorothy Vinelander ihr mehrere bittere Jahre hindurch (sie mißgönnte Ada jede arme kleine, dem Sammeln, Bergsteigen und Züchten gewidmete Stunde!) geholfen hatte, Andrej auf der Agavia-Ranch zu pflegen, und es dann übelnahm, daß Ada die berühmte und hervorragende Grotonovitsch-Klinik (für die endlosen Behandlungszeiträume ihres Mannes) an Stelle des erlesenen Sanatoriums der Prinzessin Alaschin wählte, zog sie sich in eine subarktische Klosterstadt (Ilemna, jetzt Novostabia) zurück, wo sie schließlich einen Mr. Brad oder Bred, zärtlich und leidenschaftlich, dunkel und schön, heiratete; er reiste in Eucharistialen und anderen sakramentalen Artikeln durch sämtliche Severnyje Territorii und sollte späterhin, und ein halbes Jahrhundert danach vielleicht immer noch, archäologische Rekonstruktionen in Goreloe (dem «Ljaskanischen Herculaneum») leiten; was für Schätze er in der Ehe ausgrub, ist eine andere Frage.

Stetig, aber sehr langsam verschlechterte sich Andrejs Zustand. Während der letzten zwei oder drei Jahre seiner müßigen Existenz auf verschiedenen verstellbaren Couches, bei denen jede Ebene auf hunderterlei Weise verändert werden konnte, verlor er die Sprache, obwohl er immer noch in der Lage war, zu nicken oder den Kopf zu schütteln, die Stirn nachdenklich zu runzeln oder leise zu lächeln, wenn er Essensgeruch einatmete (in der Tat der Ursprung unserer ersten Seligkeiten). Er starb an einem Frühlingsabend, allein in einem Krankenhauszimmer, und im selben Sommer (1922) stiftete seine Witwe ihre Sammlungen einem Nationalpark-Museum und machte eine Flugreise in die Schweiz zu einem «Informations-Gespräch» mit dem zweiundfünfzigjährigen Van Veen.

Vierter Teil

Hier fragte ein Zwischenrufer mit der arroganten Miene eines, der den Führerschein eines Gentleman sehen möchte, wie denn der «Prof» seine Weigerung, der Zukunft den Status ‹Zeit› zuzubilligen, mit der Tatsache vereinbarte, daß sie, die Zukunft, kaum als nichtexistent betrachtet werden konnte, da «sie zumindest einen Aspekt besaß, der einen so wichtigen Gedanken einbegriff wie den der absoluten Notwendigkeit».

Rauswerfen, den Kerl. Wer hat gesagt, *ich* werde sterben?

Um die Darlegung des Deterministen etwas eleganter zu widerlegen: Die Unbewußtheit, weit davon entfernt, uns mit Falltür und Strick irgendwo weiter vorn aufzulauern, umhüllt sowohl die Vergangenheit als auch die Gegenwart von allen denkbaren Seiten, weil sie nicht ein Merkmal von Zeit selbst ist, sondern von organischem Verfall, der allen Dingen eignet, ob sie sich nun der Zeit bewußt sind oder nicht. Daß ich weiß, andere sterben, ist in diesem Fall irrelevant. Ich weiß auch, daß Sie und ich, wahrscheinlich, geboren wurden, aber das *beweist* nicht, daß wir die zeitliche Phase, die ‹Vergangenheit› heißt, durchlaufen haben: Meine ‹Gegenwart›, meine kurze Bewußtseinsspanne, sagt mir, daß ich es tat, nicht der schweigende Donner der endlosen Unbewußtheit, der meiner Geburt vor zweiundfünfzig Jahren und 195 Tagen eigentümlich war. Meine erste Erinnerung reicht zurück bis Mitte Juli 1870, das heißt, bis zu meinem siebten Lebensmonat (bei den meisten Menschen beginnt das speichernde Bewußtsein etwas später, im Alter von drei oder vier Jahren), als eines Morgens in unserer Villa an der Riviera ein Brocken grüner Gipsverzierung, der sich durch ein Erdbeben von der Decke gelöst hatte, in meine Wiege stürzte. Die 195 dem Ereignis vorhergehenden Tage dürfen, da von der endlosen Unbewußtheit nicht unterscheidbar, in die Wahrnehmungszeit nicht eingeschlossen werden, so daß ich, soweit es meinen Verstand und meinen Verstandesstolz betrifft, heute (Mitte Juli 1922) ganz genau zweiundfünfzig bin, *et trêve de mon style plafond peint.*

In dem gleichen Sinn von individueller Wahrnehmungszeit kann ich bei meiner ‹Vergangenheit› den Rückwärtsgang einlegen, kann diesen Augenblick der Erinnerung so sehr genießen wie damals das Füllhorn, dessen Stuck-Ananas meinen Kopf genau verfehlte, und postulieren, daß im nächsten Augenblick ein kosmischer oder körperlicher Kataklysmus mich – nicht gerade töten, jedoch in einen permanenten Stupor versenken könnte, einen, der für die Wissenschaft aufsehenerregend neu ist, und der somit die natürliche Auflösung jeglichem logischen oder zeitlichen Sinn entzieht. Überdies erledigt diese Beweisführung auch die weitaus weniger interessante (obwohl wichtige, wichtige) Universale Zeit («wir hatten eine Mordszeit, Köpfe einzuschlagen»), auch als Objektive Zeit bekannt (die in Wirklichkeit äußerst grob aus Privat-Zeiten zusammengewebt ist), die Geschichte, mit einem Wort, Humanität und Humor und dergleichen. Nichts hindert die Menschheit als solche daran, überhaupt keine Zukunft zu haben – falls unsere Gattung zum Beispiel in nicht wahrnehmbaren (dies ist die Rampe meines Arguments) Stufen eine Novo-sapiens-Art oder eine insgesamt andere Untergattung entwickelt, die sich anderer Möglichkeiten des Daseins und Träumens jenseits der Zeit-Vorstellung des Menschen erfreuen wird. Der Mensch in jenem Sinne wird niemals sterben, weil es wohl nie einen taxonomischen Punkt bei seinem evolutionären Fortschritt geben wird, der als das letzte Stadium des Menschen bezeichnet werden könnte in jener Progression, die ihn in den Neohomo oder aber in einen schrecklichen pulsierenden Schleim verwandelt. Ich denke, unser Zwischenrufer wird uns nicht weiter stören.

Meine Absicht bei der Niederschrift meiner *Textur der Zeit,* ein schwieriges, ergötzliches und gesegnetes Werk, ein Werk, das ich auf das schon heraufdämmernde Pult des noch abwesenden Lesers zu legen im Begriff bin, ist die, meine eigene Vorstellung von Zeit zu läutern. Ich möchte das Wesen der Zeit untersuchen, nicht ihr Vergehen, denn ich glaube nicht, daß sich ihr Wesen auf ihr Vergehen reduzieren läßt. Ich möchte die ‹Zeit› liebkosen.

Man kann ein Liebhaber des Raums und seiner Möglichkeiten sein: Nehmen wir, zum Beispiel, Geschwindigkeit, die Glätte und das Schwertschwirren von Geschwindigkeit; den Adler-Ruhm beherrschender Schnelligkeit; den Freudenschrei der

Kurve; und man kann ein Amateur der Zeit sein, ein Epikureer der Dauer. Ich erfreue mich sinnlich an Zeit, ihrem Stoff und ihrer Ausdehnung, ihrem Faltenwurf, an der Unfühlbarkeit ihrer graufarbenen Gaze, an der Kühle ihres Kontinuums. Ich möchte daraus etwas machen; mich einem Schein von Besitz hingeben. Ich bin mir bewußt, daß alle, die versucht haben, das verzauberte Schloß zu erreichen, sich in Dunkelheit verirrt haben oder in ‹Raum› steckengeblieben sind. Ich bin mir auch bewußt, daß ‹Zeit› ein flüssiges Medium ist, in dem man Metaphern kultiviert.

Warum ist es so schwierig – so erniedrigend schwierig –, die Vorstellung von Zeit in den geistigen Brennpunkt zu rücken und dort zur Untersuchung festzuhalten? Was für ein Aufwand, was für ein Gefummel, was für eine ärgerliche Strapaze! Es ist, als ob man mit einer Hand im Handschuhkasten nach der Straßenkarte wühlt – Montenegro herausfischt, die Dolomiten, Geldscheine, ein Telegramm – alles außer der Strecke chaotischer Landschaft zwischen Ardez und Etwasoprano, im Dunkeln, im Regen, während man versucht, ein rotes Licht in der Kohlrabenschwärze auszunutzen, wozu die Scheibenwischer metronomisch – chronometrisch arbeiten: Der blinde Finger des Raums stochert und reißt an der Textur der Zeit. Und auch Aurelius Augustinus, auch er, erfuhr bei seinen Raufereien mit dem gleichen Thema vor fünfzehnhundert Jahren diese seltsam körperliche Qual des verflachenden Geistes, die *schtschekotiki* (Kitzel) der Approximation, die Ausflüchte cerebraler Erschöpfung – aber er konnte sein Hirn wenigstens mit gottgespendeter Energie wieder auffüllen (muß hier später Fußnote machen, wie köstlich es ist, ihn zu beobachten, wie er vorwärts strebt und in sein Nachdenken zwischen Sand und Sterne heftige kleine Gebetsanfälle einschiebt).

Wieder verirrt. Wo war ich? Wo bin ich? Schlammstrecke. Habe das Auto angehalten. Zeit ist Rhythmus: der Insektenrhythmus einer warmen, feuchten Nacht, Gehirnwellen, Atmen, das Pochen in meiner Schläfe – dies sind unsere treuen Zeitmesser; und Vernunft korrigiert den fiebrigen Pulsschlag. Einer meiner Patienten konnte den Rhythmus von alle drei Tausendstelsekunde (0.003!) aufeinanderfolgenden Blitzen ausmachen. Weiter.

Was gab mir einen kleinen Anstoß, was ermutigte mich vor ein paar Minuten beim Halt eines Gedankens? Ja. Vielleicht ist das einzige, was auf einen Zeitsinn hinweist, Rhythmus; nicht die wiederkehrenden Schläge des Rhythmus, sondern die Lücke zwischen zwei schwarzen Schlägen, die graue Lücke zwischen zwei schwarzen Schlägen: das Zärtliche Intervall. Das regelmäßige Pochen an sich bringt bloß den elenden Gedanken vom Messen zurück, aber dazwischen, da lauert etwas wie die wahre ‹Zeit›. Wie kann ich sie aus ihrer weichen Höhlung herausziehen? Der Rhythmus sollte weder zu langsam noch zu schnell sein. Ein Schlag pro Minute geht schon weit über mein Gefühl für Abfolge hinaus, und fünf Oszillationen in der Sekunde machen ein hoffnungsloses Geschmier. Der gedehnte Rhythmus veranlaßt Zeit, sich zu verflüchtigen, der schnelle drängt sie hinaus. Gib mir, sagen wir, drei Sekunden, dann kann ich beides: den Rhythmus wahrnehmen und das Intervall sondieren. Eine Höhlung, sagte ich? Ein undeutliches Loch? Aber das ist nur ‹Raum›, der Komödien-Schurke, der mit dem Pendel, mit dem er hausieren geht, durch die Hintertür wieder hereinkommt, während ich hinter der Bedeutung von ‹Zeit› hertaste. Was ich zu greifen trachte, ist genau die ‹Zeit›, die der ‹Raum› mir zu messen hilft, und kein Wunder, daß es mir nicht gelingt, ‹Zeit› zu greifen, denn das Erlangen von Wissen selbst «braucht Zeit».

Wenn mein Auge mir etwas über Raum sagt, sagt mir mein Ohr etwas über Zeit. Aber während Raum betrachtet werden kann, naiv, vielleicht, doch direkt, kann ich der Zeit nur zwischen Anspannungen lauschen, für einen kurzen konkaven Moment, wachsam und wehmütig, mit der wachsenden Erkenntnis, daß ich nicht der Zeit selbst lausche, sondern dem Blutstrom, der durch mein Gehirn und von dort durch die Venen des Halses hin zum Herz läuft, zurück zum Sitz privater Agonien, die keine Beziehung zur ‹Zeit› haben.

Die Richtung von ‹Zeit›, der Pfeil der Zeit, einbahnige Zeit, hier ist etwas, das mir einen Augenblick lang nützlich zu sein scheint, aber schon im nächsten Moment auf die Ebene einer Illusion hinabsinkt, die undeutlich mit den Mysterien von Wachstum und Gravitation zu tun hat. Die Nichtumkehrbarkeit von Zeit (die zunächst einmal nirgendwohin zielt) ist eine sehr beschränkte Angelegenheit: Wären unsere Organe und Orgitrone nicht asymmetrisch, hätte unsere Ansicht von Zeit vielleicht amphitheatralisch und insgesamt großartig sein können wie eine gezackte Nacht und ausgezackte Berge rund um ein kleines, blinzelndes, zufriedenes Dörfchen. Wie es heißt, kann ein Lebewesen, wenn es seine Zähne verliert und zu einem Vogel wird, bei erneutem Bedarf von Zähnen höchstens einen gezackten Schnabel entwickeln, jedoch nie die wirkliche Bezahnung, die es einst besaß. Die Szene ist eozän, und die Schauspieler sind Fossilien. Es ist ein amüsantes Beispiel dafür, wie die Natur mogelt, aber es zeigt zur wesentlichen Zeit, ob nun gerade oder rund, ebenso wenig Beziehung wie die Tatsache, daß ich von links nach rechts schreibe, zum Verlauf meines Denkens.

Und da wir gerade von Evolution sprechen, können wir uns die Herkunft und die Sprungsteine und die zurückgewiesenen Mutationen von ‹Zeit› vorstellen? Hat es je eine «primitive» Form von ‹Zeit› gegeben, in der, sagen wir mal, ‹Vergangenheit› noch nicht klar von ‹Gegenwart› unterschieden war, so daß vergangene Schatten und Umrisse durch das noch weiche lange, larvale «Jetzt» schimmerten? Oder bezog sich jene Evolution nur aufs Zeitmessen, vom Sandglas bis zur Atomuhr und von dort zum portablen Pulsar? Und *welche* Zeit brauchte die Alte Zeit, um Newtons Zeit zu werden? Über-legt das Ei, wie der Französische Hahn zu seinen Hennen sagte.

Reine Zeit, Wahrnehmbare Zeit, Anfaßbare Zeit, Zeit frei von Inhalt, Zusammenhang und laufendem Kommentar – dies ist *meine* Zeit, mein Thema. Alles übrige ist numerisches Symbol oder irgendein Aspekt von Raum. Die Textur des Raums ist nicht die der Zeit, und die buntgescheckte vierdimensionale Abart, von Relativisten hochgezüchtet, ist ein Vierfüßer, bei dem ein Bein vom Phantom eines Beins ersetzt wurde. Meine Zeit ist auch Reglose Zeit (wir werden uns sogleich von «fließender» Zeit, Wasseruhr-Zeit, Wasserklosett-Zeit trennen).

Die ‹Zeit›, mit der ich mich beschäftige, ist nur die ‹Zeit›, die von mir gestoppt und genau von meinem zeit-bewußten Geist beachtet wird. Daher wäre es eitel und übel, «vergehende» Zeit hereinzuziehen. Natürlich rasiere ich mich länger, wenn mein Denken Worte «anprobiert»; natürlich bemerke ich die Verzögerung erst, wenn ich auf die Uhr sehe; natürlich scheint im Alter von fünfzig Jahren ein Jahr schneller zu vergehen, weil es ein kleinerer Bruchteil meines angewachsenen Daseins-Bestandes ist und weil ich mich weniger häufig langweile als während meiner Kindheit zwischen einem langweiligen Spiel und einem noch langweiligeren Buch. Aber diese «Beschleunigung» beruht genau darauf, daß man der Zeit gegenüber nicht aufmerksam ist.

Es ist ein sonderbares Unternehmen – dieser Versuch, das Wesen von etwas zu bestimmen, das aus phantomaren Phasen besteht. Dennoch vertraue ich darauf, daß mein Leser, der inzwischen über diese Zeilen die Stirn runzelt (aber wenigstens sein Frühstück außer acht läßt), mit mir darin übereinstimmt, daß es nichts Grandioseres gibt als einsames Nachdenken; und das einsame Nachdenken muß sich dahinschleppen oder – um eine weniger antike Analogie zu gebrauchen – fort-fahren, sagen wir mal, in einem empfindsamen griechischen Auto, mit hervorragender Straßenlage, das sein süßes Temperament und seine fahrbahnhaftende Sicherheit in jeder Kurve der alpinen Piste erweist.

Von zwei Trugschlüssen sollten wir uns trennen, bevor wir weitergehen. Der erste ist das Verwechseln von zeitlichen mit räumlichen Elementen. Raum, der Schwindler, ist in diesen Notizen (die jetzt, während einer halbtägigen Unterbrechung einer entscheidenden Reise, niedergeschrieben werden) bereits denunziert worden; sein Prozeß wird zu einem späteren Stadium unserer Untersuchung stattfinden. Die zweite Entlassung betrifft eine uralte Sprachgewohnheit. Wir betrachten ‹Zeit› als eine Art Strom, der zwar mit einem wirklichen Gebirgs-Sturzbach, weiß gegen schwarzen Fels abgehoben, oder mit einem trübfarbenen Fluß in einem zugigen Tal wenig zu tun hat, indes stets gleichbleibend durch unsere chronographischen Landschaften fließt. Wir sind an das mythische Schauspiel so gewöhnt, sind so darauf aus, jedes Zipfelchen Zeit zu verflüssigen, daß wir am Ende nicht mehr fähig sind, von ‹Zeit› anders als von physikalischer Bewegung zu sprechen. In Wirklichkeit rührt die Empfindung ihrer Bewegung allerdings von vielen natürlichen oder zumindest vertrauten Quellen her – des Körpers angeborenes Bewußtsein seines eigenen Blutstroms, das uralte Schwindelgefühl, hervorgerufen von aufsteigenden Sternen, und natürlich unsere Meßmethoden wie etwa die kriechende Schattenlinie eines Gnomonen, das Rieseln eines Stundenglases, der Trab eines Sekundenzeigers – und hier sind wir wieder im ‹Raum›. Man beachte die Rahmen, die Behälter. Die Idee, daß ‹Zeit› so natürlich «fließt», wie ein Apfel auf einen Gartentisch plumpst, impliziert, daß sie in und durch etwas anderes fließt, und wenn wir jenes «Etwas» als Raum annehmen, dann haben wir bloß eine Metapher, die an einem Maßstab entlangfließt.

Aber hüte dich, *anime meus*, vor à la Marcel ondulierter modischer Kunst; vermeide das Proustsche Bett und *la pointe assassine* eines Wortspiels (selbst ein Selbstmord – wie jene, die ihren Verlaine kennen, bemerken werden).

Wir sind jetzt bereit, ‹Raum› in Angriff zu nehmen. Wir verwerfen ohne Skrupel den künstlichen Begriff von raum-befleckter, raum-schmarotzter Zeit, die Raum-Zeit der Relativisten-Literatur. Jeder, dem es beliebt, mag behaupten, daß ‹Raum› das Äußere von ‹Zeit› sei oder der Körper von ‹Zeit›, oder daß ‹Raum› von ‹Zeit› durchflutet sei und umgekehrt, oder daß auf ganz eigentümliche Weise ‹Raum› bloß das Abfallprodukt von ‹Zeit› sei, gar ihr Leichnam, oder daß auf lange, unendlich lange Sicht ‹Zeit› ‹Raum› *ist;* diese Art von Geschwätz mag vergnüglich sein, zumal, wenn wir jung sind; aber niemand soll mich glauben machen, daß die Bewegung von Materie (sagen wir, eines Zeigers) über eine aufgeteilte Fläche ‹Raum› (sagen wir, ein Zifferblatt) von Natur aus identisch mit dem «Ablauf» von Zeit ist. Bewegung von Materie überbrückt bloß die Ausdehnung irgendeiner anderen greifbaren Materie, gegen die sie gemessen wird, sagt uns aber nichts über die tatsächliche Struktur ungreifbarer ‹Zeit›. Ähnlich ist ein Band mit Unterteilung, sogar eines von endloser Länge, nicht ‹Raum› selbst, noch kann der genaueste Kilometerzähler die Straße darstellen, die ich als schwarzen Regen-Spiegel unter rollenden Rädern sehe, als klebriges Rauschen höre, als feuchte Julinacht in den Alpen rieche und als glatten Untergrund fühle. Wir armen Räumler sind in unserem dreidimensionalen Lacrimaval besser der Ausdehnung als der Dauer angepaßt: Unser Körper ist größerer Dehnung fähig, als willensmäßige Erinnerung sich rühmen kann. Ich kann die Nummer meines neuen Wagens nicht auswendig lernen (obwohl ich erst gestern versucht habe, sie in mnemonische Elemente zu zerlegen), aber ich fühle den Asphalt unter meinen Vorderrädern, als ob sie Teile meines Körpers wären. Dennoch ist ‹Raum› an sich (wie ‹Zeit›) nichts, das ich begreifen kann: ein Ort, wo sich Bewegung ereignet. Ein Plasma, in dem Materie – Konzentrationen von Raum-Plasma – aufgebaut und eingeschlossen ist. Wir können die Materiekügelchen und die Abstände zwischen ihnen messen, jedoch Raum-Plasma selbst ist nicht zu errechnen.

Wir messen ‹Zeit› (ein Sekundenzeiger trabt oder ein Minutenzeiger hüpft von einer aufgemalten Markierung zur nächsten) vermittels Raum (ohne die Natur von beiden zu kennen), aber das Überbrücken von ‹Raum› erfordert nicht immer ‹Zeit› – oder erfordert zumindest nicht mehr Zeit als die «Jetzt»-Spitze der blendenden Gegenwart in ihrer Höhlung enthält. Der Wahrnehmungsbesitz einer Raumeinheit geschieht praktisch augenblicklich, wenn, zum Beispiel, das Auge eines erfahrenen Autofahrers ein Verkehrszeichen aufnimmt – der schwarze Mund und die saubere Bogeneinfassung in einem roten Dreieck (eine Mischung aus Farbe und Form, die bei richtigem Hinsehen «in Nullzeit» erkennen läßt, daß sie einen Straßentunnel bedeutet), oder etwas von weniger unmittelbarer Wichtigkeit wie etwa das entzükkende Venuszeichen ♀, das falsch verstanden werden könnte als Erlaubnis für Hürchen, per Daumen einsteigen zu dürfen, in Wahrheit jedoch dem Gläubigen oder dem Touristen mitteilt, daß sich in dem hiesigen Fluß eine Kirche widerspiegelt. Ich schlage vor, hier das Absatzende für diejenigen zu kennzeichnen, die am Lenkrad lesen: ⌉⎿

‹Raum› ist mit unseren Sinnesorganen des Sehens, Berührens und der muskulären Anstrengung verbunden; ‹Zeit› vage mit dem Hören verknüpft (trotzdem würde ein tauber Mann das «Vorübergehen» von Zeit unvergleichlich besser wahrnehmen, als ein blinder, gliederloser Mann die Idee des «Vorübergehens» begriffe). «Raum ist ein Schwärmen im Auge; Zeit ein Summen im Ohr», sagt John Shade, ein moderner Dichter, wie ein erfundener Philosoph («Martin Gardiner») in *Das doppelzüngige Universum*, Seite 165, zitiert. Raum flattert auf den Boden, Zeit aber bleibt zwischen Denker und Daumen, wenn Monsieur Bergson seine Schere ansetzt. Raum legt seine Eier in die Nester der Zeit: ein «vorher» hier, ein «nachher» dort – und eine gesprenkelte Brut von Minkowskis «Weltpunkten». Eine Strecke Raum ist, was die Organe betrifft, geistig leichter zu messen als eine «Strecke» Zeit. Die Vorstellung von Raum muß vor der von Zeit herausgebildet worden sein (Guyau in Whitrows Essaysammlung). Die ununterscheidbare Leere (Locke) des unendlichen Raums ist geistig unterscheidbar (und könnte in der Tat nicht anders gedacht werden) von der ovoidischen «Öde» der Zeit. Raum gedeiht auf Irrationalzahlen, Zeit ist nicht reduzierbar auf Wandtafel-Wurzeln und Vögelchen. Der gleiche Raumabschnitt mag einer Fliege weitläufiger erscheinen als dem Professor S. Alexander, aber ein Augenblick für ihn bedeutet *nicht* «Stunden für eine Fliege», denn wenn dem so wäre, würden Fliegen bestimmt nicht freiwillig die Klatsche abwarten. Ich kann mir Raum nicht ohne Zeit vorstellen, wohl aber Zeit ohne Raum. «Raum-Zeit» – diese häßliche Hybride, bei der sogar der Bindestrich gekünstelt aussieht. Man kann ein Verächter von Raum sein und ein Liebhaber von Zeit.

Es gibt Leute, die eine Straßenkarte falten können. Unser Autor nicht.

Hier muß ich wohl doch etwas über meine Einstellung zur «Relativität» sagen. Sie ist nicht wohlwollend. Was viele Kosmogonisten als objektive Wahrheit anzuerkennen geneigt sind, ist in Wirklichkeit der der Mathematik innewohnende Fehler, der als Wahrheit paradiert. Der Körper der erstaunten Person, die sich im Raum bewegt, wird in Richtung der Bewegung verkürzt und schrumpft katastrophal zusammen, sobald sich das Tempo jener Geschwindigkeit nähert, über die hinaus es kraft einer faulen Formel keine Geschwindigkeit mehr geben kann. Das ist sein Pech, nicht meines – aber die Sache mit dem Langsamerwerden seiner Uhr fege ich beiseite. Zeit, die die äußerste Bewußtseinsreinheit erfordert, um richtig erfaßt zu werden, ist das rationalste Lebenselement, und mein Verstand fühlt sich von diesen *Technology-Fiction*-Flügen beleidigt. Eine besonders groteske Schlußfolgerung aus der Relativitätstheorie (ich glaube, von Engelwein) – und, richtig gefolgert, sie damit zerstörend – ist die, daß der Galaktonaut und seine Haustiere nach einer Rundreise durch alle Renn-Raststätten des Raums jünger zurückkehren würden, als wenn sie die ganze Zeit zu Hause geblieben wären. Man stelle sich vor, wie sie nacheinander aus ihrer Aero-Arche heraussteigen – fast wie jene «Lions», durch Freizeitanzüge verjugendlicht, aus einem jener riesigen gecharterten Tagungs-Busse herausströmen, die schrecklich blinkend direkt vor jemandes ungeduldiger Limousine genau dort anhalten, wo die Autostraße sich verengt, um sich durch die Engpässe eines Bergdorfs zu quetschen.

Wahrgenommene Ereignisse können als gleichzeitig betrachtet werden, wenn sie zu der gleichen Aufmerksamkeitsspanne gehören; in gleicher Weise (heimtückisches Simile, unverrückbares Hindernis!), wie man eine Raumeinheit visuell besitzen kann – etwa einen roten Kreis mit der Vorderansicht eines Spielzeugautos in seinem weißen Zentrum, der die Durchfahrt verbietet, in die ich jedoch mit einem heftigen *coup de volant* einbog. Ich weiß, Relativisten, verstrickt in ihre «Lichtsignale» und «Reisewecker», versuchen, die Idee der Gleichzeitigkeit in einem kosmischen Maßstab zu zerstören, aber stellen wir uns eine Riesenhand vor mit dem Daumen auf einem Stern und dem kleinen Finger auf einem anderen – berührt sie nicht beide Sterne zur gleichen Zeit – oder sind taktile Gleichzeitigkeiten gar noch irreführender als visuelle? Ich glaube, ich sollte aus diesem Engpaß lieber rückwärts wieder rausfahren.

Während der ergiebigsten Monate im Bistum des Augustinus wurde Hippo von einer derartigen Dürre heimgesucht, daß Wasseruhren durch Sandgläser ersetzt werden mußten. Er definierte Vergangenheit als das, was nicht mehr ist, und Zukunft als das, was noch nicht ist (in Wirklichkeit ist die Zukunft ein Hirngespinst, einer anderen Kategorie des DENKENS zugehörig, die sich von derjenigen der Vergangenheit wesentlich unterscheidet, die wenigstens noch vor einem Augenblick hier war – wo habe ich es gelassen? Tasche? Aber die Suche an sich ist schon «vergangen»).

Die Vergangenheit ist unveränderlich, nicht greifbar und «niemals-wieder-zu-besuchen» – Begriffe, die zu diesem oder jenem Abschnitt von ‹Raum› nicht passen, den ich, zum Beispiel, als eine weiße Villa sehe und als ihre weißere (neuere) Garage mit sieben Zypressen von ungleicher Höhe, hoher Sonntag und niedriger Montag, über die Privatstraße wachend, die sich vorbei an Krüppeleichen und Dorngestrüpp hinunter zur Landstraße schlängelt, die Sorcière mit der Autostraße nach Mont Roux verbindet (sie sind immer noch hundert Meilen voneinander entfernt).

Ich werde nun in die Betrachtung der Vergangenheit als einer Anhäufung von Sinnen eintreten, nicht als Auflösung von Zeit, wie uralte Metaphern, die den Übergang darstellen, implizierten. Das «Verstreichen von Zeit» ist bloß eine Erfindung des Geistes ohne objektives Gegenstück, aber mit leicht herzustellenden räumlichen Analogien. Man sieht sie nur im Rückblick, Formen und Schatten, Arven und Lärchen, die stumm zur Seite purzeln: unaufhörliche Katastrophe zurückweichender Zeit, *éboulements*, Erdrutsche, Gebirgsstraßen, wo dauernd ‹Steine schlagen› und ‹Männer arbeiten›.

Wir bauen Modelle der Vergangenheit und gebrauchen sie dann spatiologisch, um ‹Zeit› zu vergegenständlichen und zu messen. Nehmen wir ein vertrautes Beispiel. Zembre, ein malerisches altes Städtchen am Minder-Fluß nahe Sorcière im Valais, ging nach und nach zwischen neuen Gebäuden verloren. Mit dem Anfang dieses Jahrhunderts hatte es ein definitiv modernes Aussehen angenommen, und die Denkmalspfleger entschlossen sich zum Handeln. Heute, nach Jahren geschickter Rekonstruktion, steht ein Abbild des alten Zembre mit seinem Schloß, seiner Kirche und seiner Mühle, auf das andere Ufer des Minder versetzt, gegenüber der modernisierten Stadt und ist von ihr durch eine Brückenlänge getrennt. Wenn wir nun die räumliche Ansicht (wie aus einem Hubschrauber gesehen) durch eine zeitliche (wie von einem Rückschauer gesehen) und das gegenständliche Modell des alten Zembre durch das geistige Modell davon, wie es in der Vergangenheit (etwa um 1822) war, ersetzen, dann stellt sich heraus, daß die moderne Stadt und das Modell der alten Stadt etwas anderes sind als zwei Punkte am gleichen Ort zu verschiedenen Zeiten (in räumlicher Perspektive *sind* sie gleichzeitig an verschiedenen Orten). Der Raum, in dem die moderne Stadt gerinnt, ist unmittelbar wirklich, während jene ihres retrospektiven Ebenbildes (wie man es gesondert von der materiellen Erneuerung sieht) in einem imaginären Raum schimmert, und wir können keinerlei Brücke benutzen, um von der einen Stadt in die andere zu gehen. Mit anderen Worten (so drückt man es aus, wenn am Ende sowohl der Autor als auch der Leser in hoffnungsloser Gedankenverwirrung umhertappen), alles, was wir tun, wenn wir im Geiste (und am Minder-Fluß) ein Modell der alten Stadt bauen, ist eine Verräumlichung derselben (oder vielmehr ein Herauszerren aus ihrem eigenen Element an die Küste des Raums). Daher stimmt der Ausdruck «ein Jahrhundert» in *keiner* Weise überein mit den hundert Fuß Stahlbrücke zwischen modernen und Modellstädten, und *das* ist es, was wir beweisen wollten und jetzt bewiesen haben.

Die Vergangenheit ist demnach eine konstante Anhäufung von Bildern. Sie kann leicht betrachtet und belauscht, aufs Geratewohl getestet und gekostet werden, so daß sie aufhört, jenen planmäßigen Wechsel miteinander verbundener Ereignisse zu bedeuten, wie sie es im weiten theoretischen Sinne tut. Sie ist jetzt ein üppiges Chaos, aus dem der Genius totaler Erinnerung, an diesem Sommermorgen des Jahres 1922 herbeizitiert, alles nach Herzenslust herauspicken kann: übers ganze Parkett verstreute Brillanten im Jahre 1888; eine rothaarige Schönheit mit schwarzem Hut in einer Pariser Bar 1901; eine feuchte rote Rose zwischen künstlichen 1883; das verträumte Halblächeln einer jungen englischen Gouvernante 1880, während sie säuberlich die Vorhaut ihres Zöglings nach der Gute-Nacht-Vergnügung wieder schließt; ein kleines Mädchen, 1884, das den Frühstückshonig von den arg zerkauten Nägeln ihrer gespreizten Finger leckt; die gleiche mit dreiunddreißig, erst ziemlich spät eingestehend, daß sie Blumen in Vasen nicht mag; der fürchterliche Schmerz, der ihm in die Seite stach, während zwei Kinder mit einem Korb voll Pilzen im lustig brennenden Kiefernwald zuschauten; und dem erschrockenen Quack eines belgischen Autos, das er gestern an einer unübersichtlichen Kurve der alpinen Straße überholt und passiert hatte. Solche Bilder sagen uns nichts über die Textur der Zeit, in die sie hineingewoben sind – außer vielleicht bei einem Aspekt, dem übrigens schwer beizukommen ist. Unterscheidet sich die Farbgebung eines erinnerten Gegenstands (oder irgend etwas anderes an seinem sichtbaren Eindruck) von Datum zu Datum? Könnte ich an seiner Färbung erkennen, ob er früher oder später, tiefer oder flacher in der Stratigraphie meiner Vergangenheit erscheint? Gibt es irgendein Uran des Geistes, dessen Traum-Delta-Zerfall dazu benutzt werden könnte, das Alter einer Erinnerung zu messen? Die Hauptschwierigkeit, möchte ich gleich erklären, besteht darin, daß der Experimentator nicht in der Lage ist, das*selbe* Objekt zu verschiedenen Zeiten zu gebrauchen (etwa den holländischen Ofen mit seinen kleinen blauen Segelbooten im Kinderzimmer vom Herrenhaus auf Ardis 1884 und 1888), weil die zwei oder mehreren Eindrücke voneinander ausborgen und im Geiste ein zusammengesetztes Bild ergeben; wenn aber verschiedene Objekte gewählt werden sollen (etwa die Gesichter zweier denkwürdiger Kutscher: Ben Wright, 1884, und Trofim Fartukov, 1888), ist es unmöglich, jedenfalls so weit meine eigene Forschung reicht, das Eindringen nicht nur verschiedener Eigentümlichkeiten, sondern auch verschiedener gefühlsmäßiger Umstände zu vermeiden, die es verbieten, beide Objekte als im wesentlichen gleich zu betrachten, noch ehe sie, sozusagen, dem Handeln der ‹Zeit› ausgesetzt wurden. Ich bin mir nicht sicher, ob solche Objekte nicht doch entdeckt werden können. Bei meiner beruflichen Arbeit in den Laboratorien der Psychologie habe ich mir so manchen raffinierten Test ausgedacht (von denen einer, nämlich die Methode, weibliche Jungfräulichkeit ohne körperliche Untersuchung festzustellen, heute meinen Namen trägt). Deshalb dürfen wir annehmen, daß das Experiment durchgeführt werden *kann* – und wie quälend dann die Entdeckung gewisser exakter Ebenen abnehmender Sattheit oder sich vertiefender Helligkeit – so exakt, daß das «irgendwas», das ich undeutlich an dem Bild eines erinnerten, aber nicht identifizierbaren Menschen wahrnehme und das es «irgendwie» eher meiner frühen Kindheit als meiner Jugend zuschreibt, wenn nicht mit einem Namen, so doch zumindest mit einem endgültigen Datum beschriftet werden kann, z. B. 1. Januar 1908 (heureka! das «z. B.» wirkte – *er* war der frühere Hauslehrer meines Vaters, der mir zu meinem achten Geburtstag *Alice in der Camera Obscura* schenkte).

Unsere Wahrnehmung der Vergangenheit ist nicht in so hohem Maße gekennzeichnet durch den Zusammenhang der Aufeinanderfolge wie die Wahrnehmung der Gegenwart und der Augenblicke unmittelbar vor ihrem Wirklichkeits-Punkt. Ich rasiere mich normalerweise jeden Morgen und wechsle für gewöhnlich die Klinge in meinem Rasierapparat nach jeder zweiten Rasur; hin und wieder überschlage ich aber versehentlich einen Tag, muß dann am nächsten Tag einen gewaltigen Wuchs geräuschvoller Borsten abschaben, deren hartnäckige Gegenwart von meinen Fingern wieder und wieder zwischen den Strichen ertastet wird, und in solchen Fällen benutze ich die Klinge nur einmal. Wenn ich mir nun eine erst kürzlich erfolgte Reihe von Rasuren vergegenwärtige, lasse ich das Element der Aufeinanderfolge außer acht: was ich wissen möchte, ist allein, ob die Klinge, die in meinem silbernen Pflug steckt, ihre Arbeit ein- oder zweimal getan hat; wenn es einmal war, hat die Reihenfolge in meinem Gedächtnis der zwei Tage, an denen die Stoppeln wachsen, keine Bedeutung – in der Tat neige ich dazu, den zweiten, kratzigeren Morgen zuerst zu hören und zu fühlen und *dann* erst den rasurlosen Tag dazuzutun, was zur Folge hat, daß mein Bart umgekehrt wächst, gewissermaßen.

Wenn wir nun, mit ein paar armseligen Fetzen herausgezupften Wissens in bezug auf den farbigen Inhalt dieser Vergangenheit, unseren Standpunkt wechseln und sie schlicht als eine zusammenhängende Rekonstruktion vergangener Ereignisse betrachten, von denen das normale Gedächtnis einige weniger klar behält, wenn überhaupt, als die anderen, können wir uns ein leichteres Spiel mit dem Licht und Schatten ihrer Prachtstraßen erlauben. Gedächtnis-Bilder enthalten Nach-Bilder von Klang, die vom Ohr, das sie einen Augenblick zuvor aufgenommen hat, während der Verstand damit beschäftigt war, das Überfahren von Schulkindern zu vermeiden, sozusagen wieder erbrochen werden, so daß wir tatsächlich die Botschaft der Kirchturmuhr noch mal abspielen können, nachdem wir Turtsen und seinen verstummten, aber noch nachklingenden Turm hinter uns gelassen haben. Jene letzten Schritte der unmittelbaren Vergangenheit nachzuvollziehen, beansprucht weniger physische Zeit, als für den Mechanismus der Uhr nötig war, um ihre Schläge zu erschöpfen, und dieses geheimnisvolle «Weniger» ist es, was die besondere Eigenart der noch frischen Vergangenheit ausmacht, in die die Gegenwart während jener momentlangen Untersuchung der Schattenklänge hineinschlüpfte. Das «Weniger» weist darauf hin, daß die Vergangenheit keinen Bedarf an Uhren hat und die Reihenfolge ihrer Ereignisse nicht Uhrzeit bedeutet, sondern etwas mehr im Einklang steht mit dem authentischen Rhythmus von Zeit. Wir haben bereits früher behauptet, daß die undeutlichen Intervalle zwischen den dunklen Schlägen sich wie die Textur der Zeit *anfühlen*. Das gleiche gilt, verschwommener, für die Eindrücke bei der Wahrnehmung von Lücken unerinnerter oder «neutraler» Zeit zwischen lebhaften Ereignissen. Ich erinnere mich zufällig in Begriffen von Farbe (graublau, violett, rötlichgrau) an meine drei Abschiedsvorlesungen – öffentliche

Vorlesungen – über Mr. Bergsons *La Durée* an einer großen Universität vor ein paar Monaten. Weniger deutlich erinnere ich mich an die sechstägigen Intervalle – zwischen blau und violett und zwischen violett und grau – und bin sogar in der Lage, sie in meinem Gedächtnis völlig zu unterdrücken. Aber ich sehe mit vollkommener Klarheit die Umstände vor mir, die die Vorlesungen selber begleiteten. Zu der ersten (die von der Vergangenheit handelte) kam ich ein bißchen zu spät und merkte mit einem nicht unangenehmen Erschauern, als ob ich bei meiner eigenen Beerdigung ankäme, die hell erleuchteten Fenster des Counterstein-Auditoriums und die kleine Gestalt eines japanischen Studenten, der, da auch er zu spät kam, mich mit wilder Hast überholte und im Eingang verschwand, längst bevor ich dessen halbrunde Stufen erreicht hatte. Bei der zweiten Vorlesung – über die Gegenwart – füllten während der fünf Sekunden Schweigen und «innere Aufmerksamkeit», die ich vom Publikum forderte, um damit eine Illustration zu der These zu bieten, die ich, oder vielmehr das sprechende Juwel in meiner Westentasche, in bezug auf die richtige Wahrnehmung der Zeit gerade aufstellen wollte, die herkulischen Schnarcher eines weißbärtigen Schläfers das Haus – das natürlich in Gelächter ausbrach. Bei der dritten und letzten Vorlesung über die Zukunft («Schein-Zeit») widerfuhr meiner heimlich aufgezeichneten Stimme, nachdem sie für ein paar Minuten hervorragend funktioniert hatte, eine undurchschaubare mechanische Katastrophe, und ich zog es vor, einen Herzanfall zu simulieren und für immer in die Nacht hinausgetragen zu werden (was die Vorlesungen betraf), statt zu versuchen, jenen Haufen zerknitterter Notizen in schwacher Bleistiftschrift zu entziffern und auszusortieren, von dem schlechte Redner in vertrauten Träumen besessen sind (von Dr. Froid aus Signy-Mondieu-Mondieu der Tatsache zugeschrieben, daß der Träumer in seiner Kindheit die Liebesbriefe seiner ehebrüchigen Eltern gelesen hat). Ich führe diese albernen, jedoch hervorragenden Details auf, um zu zeigen, daß die Ereignisse, die man für den Test auswählt, nicht nur grell und gestaffelt (drei Vorlesungen in drei Wochen), sondern durch ihr Hauptmerkmal (die Mißgeschicke eines Dozenten) miteinander verwandt sein sollten. Die beiden Intervalle von je fünf Tagen werden von mir als Zwillingsgrübchen betrachtet, beide überfließend von einer Art sanftem, graulichem Nebel und einer leichten Andeutung verschütteten Konfettis (das vielleicht in Farbe überspringen würde, falls ich irgendeiner beiläufigen Erinnerung erlaubte, innerhalb der diagnostischen Grenzen Gestalt anzunehmen). Auf Grund seiner Position zwischen toten Gegenständen kann man nach jenem dunklen Kontinuum nicht körperlich tasten, es nicht schmecken, nicht belauschen, wie das «Veensche Intervall» zwischen rhythmischen Schlägen; aber es hat ein bemerkenswertes Indiz mit ihm gemein: die Unbeweglichkeit wahrnehmbarer Zeit. Synästhesie, zu der ich übermäßig neige, erweist sich als große Hilfe bei dieser Art von Aufgabe – eine Aufgabe, die sich jetzt ihrer entscheidenden Phase nähert, dem Blühen der Gegenwart.

Jetzt bläst der Wind der Gegenwart gegen die Höhe der Vergangenheit – gegen die Höhe der Pässe, die in meinem Leben erreicht zu haben ich stolz gewesen bin, den Umbrail, den Fluela, den Furka meines klarsten Bewußtseins! Der Augenblick wechselt am Punkt der Wahrnehmung nur, weil ich mich selbst in einem gleichbleibenden Zustand banaler Metamorphose befinde. Um mir selbst Zeit zu geben, die Zeit von ‹Zeit› zu bestimmen, muß ich meinen Verstand in die entgegengesetzte Richtung meiner Fortbewegung lenken, wie man es tut, wenn man an einer langen Reihe von Pappeln vorbeifährt und eine davon herausnehmen und anhalten möchte, was die grüne Unschärfe dazu brächte, jedes einzelne Blatt zu offenbaren und darzubieten, ja, darzubieten. Idiot hinter mir.

Dieser Akt von Aufmerksamkeit ist, was ich im vergangenen Jahr «Vorsätzliche Gegenwart» nannte, um sie von ihrer allgemeineren Form, (von Clay 1882) «Trügerische Gegenwart» genannt, zu unterscheiden. Die bewußte Konstruktion der einen und der vertraute Strom der anderen geben uns drei oder vier Sekunden dessen, was als Jetztheit gespürt werden kann. Diese Jetztheit ist die einzige Wirklichkeit, die wir kennen; sie folgt dem bunten Nichts des Nicht-länger und geht dem absoluten Nichts der Zukunft voraus. Somit dürfen wir in einem ganz buchstäblichen Sinne behaupten, daß bewußtes menschliches Leben immer nur einen einzigen Augenblick andauert, denn in keinem einzigen Augenblick vorsätzlicher Aufmerksamkeit unserm eigenen Bewußtseinsstrom gegenüber können wir wissen, ob diesem Augenblick ein weiterer folgt. Wie ich später erläutern werde, glaube ich weder, daß «Antizipation» («sich auf eine Beförderung freuen oder einen gesellschaftlichen Schnitzer fürchten», wie ein unglückseliger Philosoph es ausdrückt) irgendeine bedeutsame Rolle in der Zusammensetzung der trügerischen Gegenwart spielt, noch glaube ich, daß die Zukunft auf eine dritte Zeit-Tafel transformiert wird, selbst wenn wir dieses oder jenes voraussehen – eine Biegung der vertrauten Straße oder den malerischen Anstieg zweier steiler Hügel, der eine mit einem Schloß, der andere mit einer Kirche, denn je klarer die Voraussicht, desto weniger prophetisch ist sie. Hätte jener Schurke hinter mir sich genau jetzt entschlossen, es zu riskieren, wäre er frontal mit dem Lastwagen zusammengestoßen, der hinter der Kurve hervorkam, und ich und die Aussicht hätten in dem vielfachen Aufprall ausgelöscht sein können.

Unsere bescheidene Gegenwart ist demnach die Zeitspanne, derer man sich direkt und tatsächlich bewußt ist, wobei die verweilende Frische der Vergangenheit noch als Teil der Jetztheit wahrgenommen wird. In Hinsicht auf das tägliche Leben und das gewohnte leibliche Wohl (einigermaßen gesund, einigermaßen stark, die grüne Brise einatmend, den Nachgeschmack der köstlichsten Speise der Welt – ein gekochtes Ei – genießend) macht es nichts, daß wir niemals die *wahre* Gegenwart zu genießen vermögen, einen Augenblick von der Dauer Null, dargestellt von einem dicken Klecks, wie auch der dimensionslose geometrische Ort von einem beträchtlichen Tupfer Druckerschwärze auf faßbarem Papier dargestellt wird. Der normale Autofahrer kann nach Ansicht von Psychologen und Polizisten eine Zeiteinheit von nur einer Zehntelsekunde Dauer visuell aufnehmen (ich hatte einen Patienten, einen ehemaligen Spieler, der eine Spielkarte in einem fünfmal schnelleren Aufblitzen identifizieren konnte!). Es wäre interessant, zu messen, wie lange wir brauchen, um einer enttäuschten oder erfüllten Erwartung inne zu werden. Gerüche können sehr unvermittelt sein, und bei den meisten Menschen arbeiten Ohr und Tastsinn schneller als das Auge. Diese beiden Anhalter stanken wahrhaftig – der männliche geradezu abstoßend.

Da die Gegenwart nichts ist als ein imaginärer Punkt ohne eine Bewußtheit der unmittelbaren Vergangenheit, ist es notwendig, jene Bewußtheit zu definieren. Nicht zum erstenmal wird

‹Raum› sich aufdrängen, wenn ich sage, daß das, was uns als «Gegenwart» bewußt ist, ein beständiges Aufbauen der Vergangenheit, ihres glatten und unablässig steigenden Pegels ist. Wie mager! Wie magisch!

Da sind sie, die zwei felsigen, ruinengekrönten Hügel, die ich siebzehn Jahre lang mit abziehbildirrer, romantischer Lebhaftigkeit im Gedächtnis behalten hatte – wenn auch nicht ganz genau, zugegeben; Erinnerung liebt die *otsebjatina* («was man selbst dazu beiträgt»); aber die leichte Abweichung ist jetzt berichtigt, und dieser Akt künstlerischer Korrektur steigert den Biß der Gegenwart. Das durchdringendste Gefühl von Jetztheit, mit visuellen Begriffen ausgedrückt, ist die vorsätzliche Besitzergreifung eines vom Auge aufgelesenen Raumabschnitts. Dies ist der einzige Kontakt von Zeit und Raum, aber er hat einen weitreichenden Nachhall. Um ewig zu sein, muß die Gegenwart vom bewußten Überbrücken einer endlosen Ausdehnung abhängen. Dann, und nur dann, ist die Gegenwart gleichzusetzen mit Zeitlosem Raum. Ich bin bei dem Duell mit einem Scharlatan verwundet worden.

Und nun fahre ich in Mont Roux ein, unter herzzerreißenden Willkommensgirlanden. Heute ist Montag, der 14. Juli 1922, nachmittags, dreizehn Minuten nach fünf auf meiner Armbanduhr, acht Minuten vor zwölf auf meiner Auto-Uhr, zehn nach vier auf allen Zeitmessern der Stadt. Der Autor befindet sich in einem wirren Zustand der Erheiterung, Erschöpfung, Erwartung und der Panik. Er ist mit zwei österreichischen Bergführern und einer vorübergehend adoptierten Tochter in den unvergleichlichen Bergen des Balkans herumgekraxelt. Er verbrachte fast den ganzen Mai in Dalmatien und den Juni in den Dolomiten, und an beiden Orten erhielt er Briefe von Ada, in denen sie ihm den Tod ihres Gatten mitteilt (23. April, in Arizona). Er arbeitete sich nach Westen durch in einem dunkelblauen Argus, der ihm mehr bedeutete als Saphire und Morphos, denn sie hatte zufällig einen ganz gleichen für sich in Genf bestellt. Er sammelte drei zusätzliche Villen, zwei an der Adria und eine in Ardez in Graubünden. Spät am Sonntag, dem 13. Juli, überreichte ihm der Portier des Alraun Palace im nahen Alvena ein Telegramm, das seiner seit Freitag geharrt hatte:

ANKOMME MONT ROUX TROIS CYGNES MONTAG ABEND-ESSENSZEIT ICH BITTE DICH MIR OFFEN ZU KABELN OB DAS DATUM UND DAS GANZE TRALALA UNGELEGEN SIND.

Er ließ mittels des neuen «Instantogramms» eine Botschaft zum Genfer Flughafen funken, die mit dem letzten Wort ihrer Depesche von 1905 endete; und startete trotz der Drohungen einer stürmischen Nacht mit dem Auto in den Kanton Waadt. Da er zu schnell und zu verwegen fuhr, verpaßte er irgendwie an der Sylvaplana-Gabelung (105 Kilometer südlich von Alvena) die Oberhalbsteinstraße; schlängelte sich über Chiavenna und Splügen zurück nach Norden und erreichte unter apokalyptischen Umständen die Bundesstraße 19 (ein unnötiger Umweg von 100 Kilometern); drehte aus Versehen östlich nach Chur ab; machte eine undruckbare U-Wende und legte in ein paar Stunden die 175-Kilometer-Strecke westwärts nach Brig zurück. Die fahle Röte der Morgendämmerung in seinem Rückspiegel war längst in heftig strahlendes Tageslicht übergegangen, als er sich auf der neuen Pfynwald-Straße südwärts nach Sorcière wand, wo er vor siebzehn Jahren ein Haus (jetzt ‹Villa Jolana›) gekauft hatte. Die drei oder vier Diener, die er dort hinterlassen hatte, damit sie nach dem Rechten sahen, hatten sein ausgedehntes Fernbleiben dazu benutzt, dahinzuschwinden; so mußte er mit der begeisterten Hilfe von zwei Anhaltern, die in der Nähe gestrandet waren – ein abstoßender Jüngling aus Hilden und seine langhaarige, schlampige, träge Hilda – in sein eigenes Haus einbrechen. Seine Komplicen hatten sich geirrt, falls sie erwarteten, dort Beute und Brandy vorzufinden. Nachdem er sie hinausgeworfen hatte, bemühte er sich auf einem lakenlosen Bett vergeblich um Schlaf und ging schließlich in den vogelverrückten Garten, wo seine beiden Freunde im leeren Schwimmbecken kopulierten und wiederum verscheucht werden mußten. Es war jetzt etwa Mittag. Er arbeitete ein paar Stunden an seiner *Textur der Zeit*, die er in den Dolomiten im Lammermoor begonnen hatte (nicht das beste seiner jüngsten Hotels).

Der utilitaristische Antrieb hinter der Aufgabe sollte Van davon abhalten, über die Qual des Glücks, das ihn 150 Kilometer westlich erwartete, nachzubrüten, verhinderte jedoch nicht, daß ein gesundes Verlangen nach einem heißen Frühstück sein Gekritzel unterbrach und ihn auf dem Weg nach Mont Roux einen Gasthof aufsuchen ließ.

Die Drei Schwäne, wo er die Zimmer 508–509–510 reserviert hatte, waren seit 1905 gewissen Veränderungen unterworfen. Ein stattlicher pflaumennasiger Lucien erkannte ihn nicht sogleich – und meinte dann, daß Monsieur gewiß nicht «dahinsiechte» –, obwohl Van in Wahrheit fast sein Gewicht von siebzehn Jahren vorher wiedererlangt hatte, nachdem er etliche Kilos vergossen hatte beim Bergsteigen im Balkan mit der verrückten kleinen Acrazia (die derzeit in einem schicken Internat bei Florenz ausgelagert war). Nein, Madame Vinn Landère hatte nicht angerufen. Ja, die Halle war renoviert worden. Der Deutsch-Schweizer Louis Wicht führte jetzt das Hotel an Stelle seines verstorbenen Schwiegervaters Luigi Fantini. In der Halle war, wie man durch den Eingang erkennen konnte, das riesige denkwürdige Ölgemälde – drei breithüftige Ledas, die See-Eindrücke austauschen – durch ein neoprimitives Meisterwerk ersetzt worden, das drei gelbe Eier und ein Paar Klempner-Handschuhe darstellte auf etwas, das wie nasse Badezimmerkacheln aussah. Van stieg mit einem schwarz-gekleideten Empfangschef im Gefolge in den «Lift», der Fahrstuhl nahm seinen Zutritt mit hohlem Geklirr zur Kenntnis und begann, kaum in Bewegung, fieberhaft mit einer bruchstückweisen Übertragung irgendeiner Wettfahrt – womöglich ein Dreirad-Rennen. Van konnte nicht umhin, zu bedauern, daß diese blinde Zweck-Kiste (die noch kleiner war als der Ascheimer-Fahrstuhl, den er früher an der Rückseite benutzt hatte) nunmehr die luxuriöse Angelegenheit von einst ersetzte – eine aufsteigende Spiegelhalle, deren berühmter Kondukteur (weißer Schnurrbart, acht Sprachen) zu einem Knopf geworden war.

In der Diele von 509 erkannte Van neben dem schwanger wirkenden weißen Kleiderschrank (unter dessen runden Schiebetüren immer die Ecke des jetzt verschwundenen Teppichs festklemmte) das *Bruslot à la sonde*-Gemälde wieder. Im Salon selbst waren ihm nur ein Damenschreibtisch und die Balkon-Aussicht vertraut. Alles andere – die halb-durchscheinenden Korngarben-Ornamente, die gläsernen Blumenköpfchen, die seidenüberzogenen Sessel – war von einer *hochmodernen* Ausstattung verdrängt worden.

Er duschte und kleidete sich um und leerte das Cognacfläschchen aus seinem Reisenecessaire und rief den Genfer Flughafen an und erfuhr, daß das letzte Flugzeug aus Amerika gerade angekommen war. Er machte einen Spaziergang – und sah, daß der berühmte *mûrier*, der seine großen Äste über eine bescheidene Bedürfnisanstalt auf einer erhöhten Terrasse am Ende einer Kopfsteinpflaster-Straße breitete, jetzt in üppiger lila-blauer Blüte stand. Er trank in dem Café gegenüber dem Bahnhof ein Bier und betrat dann automatisch den Blumenladen nebenan. Er mußte senil sein, daß ihm entfallen war, was sie das letzte Mal über ihre seltsame Antophobie (irgendwie auf die Orgie *à trois* vor dreißig Jahren zurückgehend) gesagt hatte. Rosen hatte sie ohnehin nie gemocht. Er starrte und wurde von den zurückstarrenden Blumen leicht aus der Fassung gebracht, kleine Carola-Rosen aus Belgien, langstielige ‹Pink Sensations›, zinnoberrote Superstars. Es gab auch Zinnien und Chrysanthemen und eingetopfte Aphelandras und zwei anmutige Schleierschwänze in einem dazwischengeschobenen Aquarium. Da er den höflichen alten Blumenhändler nicht enttäuschen mochte, kaufte er siebzehn duftlose Baccara-Rosen, bat um das Telephonbuch, öffnete es bei Ad-Au, Mont Roux, stieß auf «Addor, Yolande, Mlle secrét., rue des Délices, 6», und mit amerikanischer Geistesgegenwart ließ er seinen Strauß dorthin schicken.

Die Leute eilten schon von der Arbeit nach Hause. Mademoiselle Addor stieg in einem schweißfleckigen Kleid die Treppe hinauf. Die Straßen waren wesentlich ruhiger gewesen in der gedämpften Vergangenheit. Die alte Litfaß-Säule, auf der die jetzige Königin von Portugal einst als Schauspielerin figurierte, stand nicht mehr an der Ecke des Chemin de Mustrux (alte Entstellung des Stadtnamens). Müssen Trecker durch Must Rux trecken?

Das Zimmermädchen hatte die Vorhänge zugezogen. Er riß sie alle auf, als hätte er beschlossen, die Qual dieses Tages bis zur äußersten Grenze auszudehnen. Der schmiedeeiserne Balkon ragte weit genug hinaus, die schrägen Strahlen zu fangen. Er rief sich den letzten Blick auf den See wieder ins Gedächtnis, an jenem elenden Tag im Oktober 1905, nach der Trennung von Ada. Haubenenten fielen und stiegen in der regenpusteligen Dünung, konzentriert das verdoppelte Wasser genießend; am Uferweg entlang kringelten sich Schaumschnecken über den Kämmen der anrollenden grauen Wellen, und hin und wieder erhob sich das Gewoge hoch genug, um über die Brüstung zu platschen. Aber jetzt, an diesem strahlenden Sommerabend, schäumten keine Wogen, schwammen keine Vögel; nur wenige Möwen konnte man weiß über ihrem schwarzen Spiegelbild schweben sehen. Der weite liebliche See lag in versonnener Heiterkeit, grün gekräuselt, blau geriffelt, gefleckt mit Platten glänzender Glätte zwischen den Wasser-Äckern; und in der unteren rechten Ecke des Bildes, als habe der Künstler ein ganz besonderes Beispiel von Licht einfügen wollen, pulsierte das blendende Kielwasser der sinkenden Sonne durch eine Pyramidenpappel am Ufer, die zugleich verflüssigt und in Brand zu stehen schien.

Ein entfernter Irrer, der sich auf Wasserskiern hinter einem Motorboot zurücklehnte, begann, die Leinwand zu zerreißen; glücklicherweise stürzte er, bevor er viel anrichten konnte, und im selben Moment klingelte das Salon-Telephon.

Nun ergab es sich so, daß sie niemals – zumindest nicht während des Erwachsenseins – per Telephon mit ihm gesprochen hatte; folglich hatte das Telephon die eigentliche Essenz, das helle Vibrieren ihrer Stimmbänder bewahrt, den kleinen «Sprung» in ihrem Kehlkopf, das Lachen, das sich an die Kontur des Satzes klammerte, als fürchte es, vor lauter Jungmädchen-Freude von den raschen Wörtern zu rutschen, auf denen es ritt. Es war das Timbre ihrer beider Vergangenheit, als habe die Vergangenheit durch diesen Anruf eine wunderbare Verbindung hergestellt («Ardis, eins, acht, acht, sechs» – *comment? Non, non, pas huitante-huit – huitante-six*). Golden, jugendlich sprudelte es mit all den melodiösen Eigenheiten, die er kannte – oder besser gesagt, sogleich erinnerte, in der Reihenfolge ihres Auftretens: jenes *entrain*, jenes Überschütten mit gleichsam erotischem Vergnügen, jene Zuversicht und Lebhaftigkeit – und, was besonders entzückend war, die Tatsache, daß ihr die Modulationen, die ihn hinrissen, absolut und auf unschuldigste Weise unbewußt waren.

Es hatte Ärger mit ihrem Gepäck gegeben. Es gab immer noch Ärger. Ihre zwei Zofen, die einen Tag früher mit einer Laputa (Frachtflugzeug) mit den Koffern herüberfliegen sollten, waren irgendwo gestrandet. Alles, was sie hatte, war ein Handköfferchen. Der Pförtner war gerade dabei, ein paar Anrufe für sie zu erledigen. Ob Van wohl herunterkäme? Sie war unglaublich hungrig.

Indem jene Telephonstimme die Vergangenheit wiederauferstehen ließ und mit der Gegenwart verknüpfte, mit den dunkler-werdenden schieferblauen Bergen jenseits des Sees, mit den Flitterplättchen der Sonnenspur, die durch die Pappel tanzten, bildete sie das Kernstück in seiner tiefsten Wahrnehmung fühlbarer Zeit, das glitzernde «Jetzt», das die einzige Wirklichkeit in der Textur von ‹Zeit› war. Nach der Glorie des Gipfels kam der schwierige Abstieg.

Ada hatte ihn kürzlich in einem Brief gewarnt, sie habe sich «beträchtlich verändert, sowohl figürlich als auch farblich». Sie trug ein Korsett, was die unvertraute Stattlichkeit ihres Körpers noch betonte, der in ein schwarz-samtenes Gewand von fließendem Schnitt gehüllt war, zugleich exzentrisch und klösterlich, wie ihrer beider Mutter es bevorzugt hatte. Ihr Haar hatte sie zu einer Pagenkopf-Frisur stutzen und bronze-glänzend färben lassen. Hals und Hände waren so empfindlich blaß wie immer, zeigten jedoch fremde Fasern und geschwollene Adern. Sie machte reichlich Gebrauch von Kosmetika, um die Linien an den Außenwinkeln ihrer dicken, karmingefärbten Lippen und dunkel-beschatteten Augen zu verbergen, deren undurchdringliche Iris jetzt infolge eines nervösen Zuckens ihrer angemalten Wimpern eher myopisch denn mysteriös zu sein schienen. Er bemerkte, daß ihr Lächeln einen goldbemützten Prämolar entblößte; er hatte fast den gleichen auf der anderen Seite des Mundes. Der metallische Glanz ihres Ponys störte ihn weniger als jenes Samtkleid mit dem weiten Rock, den viereckigen Schultern, von Beinah-Knöchellänge, mit einer Hüftpolsterung, die sowohl die Taille herabsetzen als auch durch Ausweitung den Umriß des jetzt drallen Beckens verkleiden sollte. Nichts war übrig von ihrer linkischen Anmut, und die neue Gereiftheit und das Samtzeug hatten ein irritierend würdiges Aussehen von Hindernis und Abwehr. Er liebte sie viel zu zärtlich, viel zu unwiderruflich, um von sexuellen Befürchtungen ungebührlich niedergeschlagen zu sein, seine Sinne allerdings blieben reglos – so reglos in der Tat, daß er bei einer halbherzigen Umarmung gleich nach dem Essen (als sie und er die blitzenden Champagner-Gläser hoben, um das Ritual der gekrönten Seetaucher zu parodieren) nicht im mindesten darauf bedacht war, seinen männlichen Stolz ins Spiel zu bringen. Falls man das von ihm erwartete, war's schlimm genug; falls nicht, war's noch schlimmer. Bei ihren früheren Wiederbegegnungen pflegte die Befangenheit, die als dumpfer Schmerz nach den heftigen Todesqualen von Fatums Chirurgie fortdauerte, bald in sexueller Begierde ertränkt zu werden und es dem Leben zu überlassen, sich nach und nach wieder hochzurappeln. Jetzt waren sie auf sich selbst gestellt.

Die utilitaristischen Trivialitäten ihres Tischgesprächs – oder vielmehr seines trüben Monologs – kamen ihm ausgesprochen erniedrigend vor. Er erklärte des breiten – ihr aufmerksames Schweigen bekämpfend, über die Pfützen der Gesprächspausen hinwegpatschend, sich selbst verabscheuend –, daß er eine lange und schwere Reise hinter sich hatte; daß er schlecht schlief; daß er an einer Untersuchung über das Wesen der ‹Zeit› arbeitete, ein Thema, das den Kampf mit der Krake des eigenen Hirns bedeutete. Sie sah auf ihre Armbanduhr.

«Was ich dir gerade erzähle», sagte er barsch, «hat nichts mit Zeitmessern zu tun.» Der Kellner brachte ihnen den Kaffee. Sie lächelte, und er begriff, daß ihr Lächeln durch eine Unterhaltung am Nebentisch hervorgerufen wurde, wo ein Neuankömmling, ein untersetzter trauriger Engländer, mit dem Oberkellner eine Diskussion über die Speisekarte angefangen hatte.

«Ich werde», sagte der Engländer, «mit den *bananas* beginnen.»

«Das sind keine *bananas*, Sir. Das ist *ananas*, Ananas-Saft.»

«Ach so. Dann bringen Sie mir eine klare Brühe.»

Jung-Van lächelte zurück zu Jung-Ada. Seltsamerweise wirkte jenes kleine Hin und Her am Nebentisch als eine Art ergötzlicher Auslöser.

«Als ich noch ein Junge war», sagte Van, «und zum ersten Mal – oder vielmehr zum zweiten – in der Schweiz, da glaubte ich, ‹Verglas› auf den Straßenschildern sei der Name einer Zauberstadt, immer um die Ecke herum gelegen, am Fuße jedes Schneehangs, nie sichtbar, aber ihre Entdeckung abwartend. Ich erhielt dein Kabel im Engadin, wo es *wirkliche* Zauberorte gibt, wie etwa Alraun oder Alruna – was einen winzigen arabischen

Dämon im Spiegel eines deutschen Hexenmeisters meint. Übrigens haben wir oben das alte Appartement mit einem zusätzlichen Schlafzimmer, Nummer fünf-null-acht.»

«O je! Ich fürchte, du mußt das arme 508 abbestellen. Wenn ich über Nacht bliebe, würde 510 für uns beide reichen, aber ich hab schlechte Nachrichten für dich. Ich kann nicht bleiben. Ich muß gleich nach dem Abendessen zurück nach Genf und meine Sachen auslösen und die Zofen, die offenbar von den Behörden in ein Heim für Streunende Frauen gesteckt worden sind, weil sie die absolut mittelalterlichen neuen *droits de douane* nicht bezahlen konnten – liegt die Schweiz nicht irgendwie im Staate Washington, *après tout?* Schau, laß das Stirnrunzeln» – (seine braunfleckige Hand tätschelnd, auf der sich ihr gemeinsames Muttermal zwischen den Altersflecken verloren hatte wie ein kleines Kind im Herbstwald, *on peut le suivre, en reconnaissant* lediglich Mascodagamas entstellten Daumen und die schönen, mandelförmigen Nägel) – «ich verspreche dir, mich in ein oder zwei Tagen bei dir zu melden, und dann machen wir eine Kreuzfahrt nach Griechenland mit den Baynards – sie haben eine Yacht und drei reizende gebräunte Töchterchen, die noch paradiesisch schwimmen, okay?»

«Ich weiß nicht, was mich mehr abstößt», erwiderte er, «Yachten oder Baynards; aber kann ich dir in Genf behilflich sein?»

Er konnte nicht. Baynard hatte seine Cordula geheiratet, nach einer sensationellen Scheidung – schottische Tierärzte hatten ihrem Ehemann die Hörner absägen müssen (letzter Abruf für diesen Witz).

Adas ‹Argus› war noch nicht geliefert worden. Der düstere schwarze Glanz des Miet-Cad und die altmodisch-hohen Leder-Gamaschen des Fahrers erinnerten Van an ihre Abreise 1905.

Er brachte sie hinaus – und stieg empor wie ein kartesisches Glass-Teufelchen, wie strammstehende Gespenster-‹Zeit›, zurück in seinen desolaten fünften Stock. Hätten sie diese siebzehn elenden Jahre zusammen gelebt, wäre ihnen der Schock und die Erniedrigung erspart geblieben; ihr Altern wäre ein allmähliches Angleichen gewesen, so unmerklich wie ‹Zeit› selbst.

Sein Werk-im-Werden, ein Bündel mit seinem Schlafanzug verwickelter Notizen, kam zu Hilfe wie in Sorcière. Van schluckte eine Favodorm-Tablette und ließ sich, während er darauf wartete, daß die Pille ihn von sich selbst befreite, eine Angelegenheit von vierzig Minuten oder so, an einem Damensekretär nieder zu seiner «Lucubratiuncula».

Sagen Verheerung und Greuel des von Dichtern beklagten Alters dem ‹Zeit›-Wissenschaftler irgend etwas über das Wesen von ‹Zeit›? Sehr wenig. Nur die Phantasie eines Schriftstellers konnte von diesem schmalen ovalen Büchschen gefangenengenommen werden, das einst Duvet de Ninon enthielt (eine Puderdose, mit einem Leierschwanz auf dem Deckel), und das in einer nicht ganz geschlossenen Schublade im Triumphbogen des Sekretärs vergessen worden war – kein Triumph, indes, über ‹Zeit›. Das blau-grün-orangefarbene Ding sah aus, als sollte er zu der Annahme verführt werden, es hätte dort siebzehn Jahre auf die traum-schwere Hand des gedankenverlorenen, lächelnden Finders gewartet: ein schäbiger Trick vorgetäuschter Rückerstattung, eingeschmuggelter Zufall – und ein schlimmer Mißgriff, denn Lucette war es gewesen, jetzt eine Meerjungfrau in den Höhlen von Atlantis (und nicht Ada, jetzt eine Fremde in einer schwarzen Limousine irgendwo bei Morges), die diesen Puder bevorzugt hatte. Wirf es weg, damit es nicht einen schwächeren Philosophen irreführt; womit ich mich beschäftige, ist die delikate Textur der Zeit, bar aller eingestickten Ereignisse.

Rekapitulieren wir.

Physiologisch ist das ‹Zeit›-Gefühl ein Gefühl fortgesetzten Werdens, und wenn das «Werden» eine Stimme hätte, könnte diese nicht widernatürlich ein ständiges Vibrieren sein; aber verwechseln wir um Pottes Willen nicht ‹Zeit› mit Tinnitus und das Muschelrauschen der Dauer mit dem Pulsieren unseres Blutes. Andererseits ist ‹Zeit›, philosophisch betrachtet, nur Gedächtnis im Entstehen. In jedem individuellen Leben vollzieht sich von der Wiege bis zur Bahre die allmähliche Formung und Stärkung jenes *Bewußtseins-Rückgrats,* das die ‹Zeit› der Starken ist. «Sein» heißt wissen, man «ist gewesen». «Nicht sein» enthält die einzige «neue» Art von (Schein-) Zeit: die Zukunft. Ich lehne sie ab. Leben, Liebe, Libri haben keine Zukunft.

‹Zeit› ist alles andere als das beliebte Triptychon: eine nicht mehr existierende Vergangenheit, der dauerlose Punkt der Gegenwart und ein «Noch-nicht», das vielleicht nie kommt. Nein.

Es gibt nur zwei Tafeln. Die ‹Vergangenheit› (immer existent in meinem Verstand) und die ‹Gegenwart› (der mein Verstand Dauer und folglich Wirklichkeit verleiht). Richten wir eine dritte Abteilung ein der erfüllten Erwartung, des Vorhergesehenen, des Vorherbestimmten, der Fähigkeit zu Voraussicht, zu vollkommener Vorhersage, so wenden wir unseren Verstand immer noch auf die Gegenwart an.

Wenn die Vergangenheit als ein Lager von ‹Zeit› wahrgenommen wird und wenn die Gegenwart der Vorgang jener Wahrnehmung ist, stellt andererseits die Zukunft keinen Gegenstand von ‹Zeit› dar, hat mit ‹Zeit› und der grauen Gaze ihrer physikalischen Textur nichts zu tun. Die Zukunft ist bloß ein Quacksalber am Hofe von Chronos. Denker, Gesellschafts-Wissenschaftler empfinden, daß die Gegenwart über sich hinaus auf eine noch nicht verwirklichte «Zukunft» weist – aber das ist aktuelle Utopie, progressive Politik. Technologische Sophisten behaupten, daß durch Ausnutzung der Lichtgesetze, durch Anwendung neuer Teleskope, die auf einem anderen Planeten in kosmischer Entfernung durch die Augen unserer schmerzlich-sehnsüchtigen Agenten gewöhnliche Druckschrift sichtbar werden lassen, wir tatsächlich unsere eigene Vergangenheit sehen können (Goodson entdeckt den Goodson River und derlei Dinge), den dokumentarischen Beweis inbegriffen, daß wir nicht wußten, was für uns bereit lag (und daß wir es *jetzt* wissen) und daß infolgedessen die ‹Zukunft› gestern bereits existierte und per Rückschluß auch heute existiert. Dies mag gute Physik sein, ist aber scheußliche Logik, und die Schildkröte der ‹Vergangenheit› wird niemals den Achilles der Zukunft überholen, ganz gleich, wie wir auf unseren wolkigen Wandtafeln Entfernungen zergliedern.

Was wir bestenfalls leisten (schlimmstenfalls führen wir alberne Tricks vor), wenn wir Zukunft voraussetzen, ist, die trügerische Gegenwart gewaltig auszudehnen und sie so zu veranlassen, jegliche Zeitmenge mit jeder Art von Information, Erwartung und Vorkenntnis zu durchsetzen. Im besten Fall ist «Zukunft» die Idee einer hypothetischen Gegenwart, die auf unserer Erfahrung von Abfolge, auf unserem Glauben an Logik und Gewohnheit basiert. In Wirklichkeit können unsere Hoffnungen sie ebenso wenig zum Dasein erwecken, wie unser Bedauern die Vergangenheit ändern kann. Letztere hat zumindest den Geschmack, den Anstrich, die Tinktur unseres individuellen Seins. Die Zukunft indessen bleibt jenseits unserer Vorstellungen und Gefühle. In jedem Augenblick ist sie eine Unendlichkeit sich verzweigender Möglichkeiten. Ein festumrissenes Schema würde den Zeit-Begriff an sich zerstören (hier entschwebte der Pille das erste Wölkchen). Das Unbekannte, das noch nicht Erfahrene und das Unerwartete, all die gloriosen «x»-Kreuzungen sind dem menschlichen Leben eingeboren. Das fest umrissene Schema würde, indem es die aufgehende Sonne ihres Schocks beraubte, alle Sonnenstrahlen ausradieren –

Die Pille hatte wirklich zu wirken begonnen. Er wechselte vollends in seinen Schlafanzug über – eine Reihe von täppischen Handlungen, vorwiegend unvollendet, die er vor einer Stunde begonnen hatte – und tappte ins Bett. Ihm träumte, daß er im Vortragssaal eines transatlantischen Schiffes sprach und daß ein Landstreicher, der dem Anhalter von Hilden ähnelte, höhnisch fragte, wie erklärte der Vortragende es wohl, daß wir in unseren Träumen wissen, wir werden aufwachen, ist das nicht gleichbedeutend mit der Gewißheit des Todes, und falls dem so sei, so sei die Zukunft –

Bei Tagesanbruch setzte er sich mit einem plötzlichen Stöhnen auf, zitternd: wenn er *jetzt* nicht handelte, würde er sie für immer verlieren! Er beschloß, sofort ins Manhattan-Hotel nach Genf zu fahren.

Van war froh über den Wiederbeginn glänzender Strukturen nach einer Woche schwarzen Breis, der das Becken so hoch herauf beschmutzte, daß auch das stärkste Spülen ihn nicht beseitigen konnte. Hat was mit Olivenöl und dem italienischen Toiletten-Typ zu tun. Er rasierte sich, badete, kleidete sich rasch an. War es zu früh, um Frühstück zu bestellen? Sollte er ihr Hotel benachrichtigen, bevor er aufbrach? Sollte er ein Flugzeug mieten? Oder wäre es womöglich einfacher, einfach vom Balkon –

Die Türflügel seines Salon-Balkons standen weit offen. Nebelschwaden zogen noch über das Blau der Berge jenseits des Sees, doch hier und dort war ein Gipfel unter dem wolkenlosen Türkis des Himmels mit Ocker betupft. Vier gewaltige Lasttrekker donnerten einer nach dem andern vorüber. Er trat an die Brüstung des Balkons und fragte sich, ob er je dem vertrauten Drang nachgegeben hatte, einfach platsch-platsch – ja? ja? Man konnte nie wissen, wirklich. Ein Stock tiefer und irgendwie nebenan stand Ada, in die Aussicht versunken.

Er sah ihren bronzenen Pagenkopf, ihren weißen Hals und ihre weißen Arme, die blassen Blumen auf ihrem duftigen Peignoir, ihre bloßen Beine, ihre hochhackigen silbernen Pantoffelchen. Nachdenklich, jugendlich, wollüstig kratzte sie sich den Schenkel unterhalb der rechten Gesäßbacke: Ladores rosa Unterschrift auf Pergament bei Mücken-Dämmerung. Würde sie hochblicken? All ihre Blumen wandten sich ihm zu, strahlend, und mit königlich-gewährender Geste hob sie die Berge, den Nebel und den See mit drei Schwänen auf und bot sie ihm dar.

Er verließ den Balkon und rannte eine kurze Wendeltreppe zum vierten Stock hinunter. In seiner Magengrube hockte der Verdacht, daß es nicht Zimmer 410 sein könnte, wie er mutmaßte, sondern 412 oder sogar 414. Was geschähe, wenn sie nicht verstanden hätte, nicht auf Ausschau gewesen wäre? Sie hatte, sie war.

Als Van «ein bißchen später», kniend und sich räuspernd, dankbar, so dankbar ihre lieben kalten Hände küßte, dem Tode sehr zum Trotz, als das schlimme Schicksal in die Flucht geschlagen und ihre traumhafte Nachglut über ihn gebeugt war, fragte sie:

«Glaubtest du wirklich, ich sei gefahren?»

«Obmanschtschiza (Betrügerin), *obmanschtschiza»*, wiederholte Van mit der Inbrunst und der hämischen Freude wonniger Sattheit.

«Ich bat ihn umzukehren», sagte sie, «irgendwo in der Nähe von Morschej («morses» oder «Walrösser» auf englisch; ein russisches Wortspiel über «Morges» – vielleicht die Botschaft einer Meerjungfrau). Und *du* schliefest, du konntest schlafen!»

«Ich hab gearbeitet», erwiderte er, «meine erste Fassung ist fertig.»

Sie gestand, daß sie bei ihrer Rückkehr mitten in der Nacht aus dem Hotelbücherschrank (der Nachtportier, ein eifriger Leser, besaß den Schlüssel) sich den Band der *Encyclopœdia Britannica* herausgeholt und mit auf ihr Zimmer genommen hatte, hier war er, mit diesem Artikel über Raum-Zeit: «‹Raum› (heißt es ziemlich suggestiv) ‹zeigt Eigentum an, du bist mein Eigentum, kraft dessen, du bist meine Kraft, steife Körper verschiedene Positionen einnehmen können› Hübsch? Hübsch.»

«Lach nicht, meine Ada, über unsere philosophische Prosa», wehrte ihr Liebhaber ab. «Alles, was jetzt zählt, ist, daß ich der ‹Zeit› neues Leben verliehen habe durch das Abschneiden des Siamesischen Raums und der falschen Zukunft. Mein Ziel war es, eine Art von Novelle in der Form einer Abhandlung über die ‹Textur der Zeit› zu schreiben, eine Untersuchung über ihre schleierhafte Substanz, mit illustrierenden Metaphern, die allmählich zunehmen und ganz allmählich eine logische Liebesgeschichte aufbauen, vom Vergangenen zum Gegenwärtigen führend, als eine konkrete Geschichte erblühend und genauso allmählich Analogien umkehrend und wieder in reine Abstraktion zerfallend.»

«Ich frage mich», sagte Ada, «ich frage mich, ob der Versuch, jene Dinge zu entdecken, das bunte Glas wert ist. Wir können die Zeit wissen, wir können eine Zeit wissen. Wir können niemals ‹Zeit› wissen. Unsere Sinne sind einfach nicht so, daß sie sie wahrnehmen. Es ist wie –»

Fünfter Teil

I

Ich, Van Veen, grüße Euch, das Leben, Ada Veen, Dr. Lagosse, Stepan Nootkin, Violet Knox, Ronald Oranger. Heute ist mein siebenundneunzigster Geburtstag, und ich höre, von meinem wundervollen neuen Everyrest-Sessel aus, einen Spaten kratzen und Fußschritte im schnee-gleißenden Garten knirschen und meinen alten russischen Kammerdiener, der tauber ist als er denkt, nasenberingte Schubladen im Ankleidezimmer herausziehen und wieder hineinschieben. Dieser Teil Fünf ist nicht als Epilog gedacht; er ist die wahre Einleitung meiner siebenundneunzig Prozent wahren und drei Prozent wahrscheinlichen *Ada oder Das Verlangen, Aus den Annalen einer Familie.*

Von all ihren vielen Häusern in Europa und in den Tropen wurde das Schloß, das erst kürzlich in Ex in den Schweizer Alpen erbaut worden war, mit seiner säulenbestandenen Vorderseite und dem mit Zinnen versehenen Türmchen ihr Lieblingsaufenthalt, besonders im Mitwinter, wenn die berühmte glitzernde Luft, *le cristal d'Ex,* «den höchsten Formen menschlichen Denkens entspricht – reine Mathematik & Entzifferung» (unveröffentlichte Anzeige).

Mindestens zweimal pro Jahr schwelgte unser glückliches Paar in ziemlich langen Reisen. Ada züchtete oder sammelte keine Schmetterlinge mehr, aber ihr ganzes gesundes und aktives hohes Alter hindurch hatte sie Spaß daran, sie in ihrer natürlichen Umgebung zu filmen, am Grunde ihres Gartens oder am Ende der Welt, wie sie flatterten und flitzten, auf Blumen oder Unrat landeten, über Gras oder Granit glitten, sich bekämpften oder paarten. Van begleitete sie zwar auf ihren Film-Reisen nach Brasilien, dem Kongo, Neu-Guinea, zog aber insgeheim einen Long-Drink unter einem Zelt einem langen Warten unter einem Baum vor, bloß damit irgendeine Rarität auf den Köder herniederschwebte und in Farbe gefilmt werden konnte. Man würde ein weiteres Buch brauchen, um Adas Abenteuer in Adaland zu beschreiben. Die Filme – und die gekreuzigten Darsteller (Identifizierungsmonturen) – können nach Vereinbarung im Lucinda Museum, 5, Park Lane, Manhattan, besichtigt werden.

2

Er hatte getreu dem Motto seiner Ahnen gelebt: «Gesund erschien / schon Vater Veen». Mit fünfzig konnte er nur auf einen einzigen in der Ferne sich verengenden Krankenhaus-Korridor zurückblicken (mit einem Paar weißbeschuhter, schlanker Füße, die davontrippelten), auf dem er je entlanggerollt worden war. Jetzt aber merkte er, daß immer mehr verstohlene, sich verästelnde Risse in seinem körperlichen Wohlsein auftauchten, als ob unausweichlicher Zerfall über statische graue Zeit hinweg seine ersten Geheimboten zu ihm aussenden würde. Eine verstopfte Nase verursachte einen Erstickungstraum, und an der Tür der leichtesten Erkältung wartete die Interkostal-Neuralgie mit ihrem stumpfen Speer. Je geräumiger sein Nachttisch wurde, desto wüster häuften sich solch absolute Notwendigkeiten für die Nacht wie Nasentropfen, Eukalyptus-Pastillen, wächserne Ohrstöpsel, Magentabletten, Schlafmittel, Mineralwasser, Zinksalbe, ein Ersatzdeckel für die Tube, falls das Original unters Bett entflieht, und ein großes Taschentuch, um den Schweiß abzuwischen, der sich zwischen rechtem Unterkiefer und rechtem Schlüsselbein ansammelte, von denen beide nicht an seine neue Fleischigkeit gewöhnt waren, auch nicht an seine Beharrlichkeit, nur auf einer Seite zu schlafen, damit er sein Herz nicht hörte: Er hatte eines Nachts im Jahre 1920 den Fehler gemacht, die Höchstzahl seiner noch verbleibenden Schläge (für ein weiteres halbes Jahrhundert) auszurechnen, und nun irritierte ihn die lächerliche Eile des Countdowns und erhöhte die Geschwindigkeit, mit der er sich sterben hörte. Während seiner einsamen und ganz überflüssigen Wanderschaften hatte er eine krankhafte Empfindlichkeit gegenüber Nachtgeräuschen in Luxus-Hotels entwickelt (die Gogophonie eines Lastwagens zählte drei Quälinge; die von jungen Lehrlingen ausgetauschten samstagabendlichen Halbstarken-Schreie auf der leeren Straße dreißig; ein heizrohr-übertragenes Schnarchen vom darunterliegenden Stockwerk dreihundert); jedoch Ohrstöpsel hatten, wiewohl unentbehrlich in Zeiten totaler Verzweiflung, den Nachteil (besonders nach zuviel Wein), das Pulsieren in seinen Schläfen, die unheimlichen Piepser in seiner unerforschten Stirnhöhle und das gräßliche Knirschen seiner Halswirbel zu vergrößern. Auf ein Echo jenes Knirschens, das über die Gefäße dem Gehirn vermittelt wurde, bevor das System des Schlafs das Regiment übernahm, führte er die unheimliche Detonation zurück, die irgendwo in seinem Kopf in dem Augenblick stattfand, da seine Sinne falsches Spiel mit seinem Bewußtsein trieben. Antiacidische Minze und ähnliches erwiesen sich manchmal als unzureichend, jene Art guten alten Sodbrennens zu lindern, das ihn nach gewissen fetten Saucen unweigerlich befiel; aber andererseits freute er sich mit jugendlicher Lust auf die köstliche Wirkung eines in Wasser gelöstem Löffelvoll Natriumbicarbonat, der mit Sicherheit drei oder vier Rülpser so groß wie die Sprechblasen auf den «comics» seiner Kindheit freisetzte.

Bevor er (mit achtzig) den taktvollen und sanften, zotigen und gelehrten Dr. Lagosse kennenlernte, der fortan mit ihm und Ada lebte und reiste, hatte er Ärzte verabscheut. Ungeachtet seiner eigenen medizinischen Schulung konnte er ein schleichendes, leichtgläubiges, eher einem Bauerntölpel anstehendes Gefühl nicht abschütteln, daß der Doktor, der einen Blutdruckmesser aufpumpte oder sein Schnaufen abhörte, längst wußte (aber noch verschwieg), auf welch fatale Krankheit mit absoluter Todesgewißheit die Diagnose hinauslief. Er erinnerte sich verschroben an seinen verstorbenen Schwager, als er sich dabei erwischte, vor Ada zu verbergen, daß seine Blase ihn dann und wann quälte oder daß er nach dem Schneiden seiner Fußnägel (eine Aufgabe, der er sich selber unterzog, da er unfähig war, die Berührung irgendeiner menschlichen Hand an seinen bloßen Füßen auszuhalten) einen weiteren Schwindelanfall erlitten hatte.

Als täte er sein Bestes, seinen Körper auszunutzen, der bald wie ein Teller, von dem man die letzten süßen Krümel absammelt, fortgetragen werden sollte, schätzte er so kleine Leidenschaften wie das Würmchen aus einem Mitesser ausdrücken oder sich mit dem langen Nagel seines kleinen Fingers den Edelstein eines Juckreizes aus den Tiefen seines linken Ohrs herauswühlen (das rechte war weniger interessant) oder sich gestatten, was Bouteillan als *le plaisir anglais* bezeichnet hatte – den Atem anzuhalten und eigenes Wasser einzulassen, glatt und geheim, während man bis zum Kinn in der Badewanne lag.

Andererseits trafen ihn die Schmerzen des Lebens schärfer als in der Vergangenheit. Er stöhnte auf der Trommelfellfolter, wenn ein Saxophon jaulte oder wenn ein subhumaner Jungtrottel den Donner eines höllischen Motorrads losrollen ließ. Das hinderliche Benehmen dummer, feindseliger Gegenstände – die falsche Tasche, das gerissene Schuhband, der beschäftigungslose Kleiderbügel, der mit einem Achselzucken und einem Holterdiepolter in der Dunkelheit des Kleiderschranks herunterstürzt – ließen ihn den Ödipus-Fluch seiner russischen Vorfahren ausstoßen.

Er hatte um die fünfundsechzig herum aufgehört zu altern, aber mit fünfundsechzig hatten sich Muskeln und Knochen bei ihm stärker verändert als bei Leuten, die nie so vielseitige athletische Betätigungen ausgeübt hatten, wie er sie in seiner Jugend genossen hatte. Squash und Tennis machten Platz für Ping-Pong; dann vergaß er eines Tages einen Lieblings-Schläger, noch warm von seinem Griff, im Spielraum eines Clubs, und der Club wurde nie wieder besucht. In seinem sechsten Jahrzehnt ersetzte eine Übung am Punchingball das Ringen und Boxen seiner früheren Jahre. Überraschungen der Erdanziehung machten jetzt das Skilaufen grotesk. Mit sechzig konnte er noch florettfechten, aber schon wenige Übungsminuten machten ihn blind vor Schweiß; so teilte das Fechten bald das Schicksal vom Tischtennis. Er konnte nie sein snobistisches Vorurteil gegen Golf überwinden; ohnehin war es zu spät, um noch damit anzufangen. Mit siebzig versuchte er, vor dem Frühstück in einer abgelegenen Gasse zu trotten, aber das Klatschen und Hüpfen seiner Brüste erinnerten ihn zu schrecklich daran, daß er dreißig Kilo schwerer war als in seiner Jugend. Mit neunzig tanzte er noch auf den Händen – in einem immerwiederkehrenden Traum.

Normalerweise standen ihm ein oder zwei Schlaftabletten bei, das Monstrum der Schlaflosigkeit für drei oder vier Stunden in einem gesegneten Nebel niederzuhalten, aber manchmal, besonders wenn er ein geistiges Pensum erfüllt hatte, ging eine Nacht marternder Ruhelosigkeit in Morgenmigräne über. Keine Pille wurde mit dieser Folter fertig. Dann streckte er sich, rollte sich zusammen, entrollte sich, drehte das Nachttischlicht an und aus (ein glucksender neuer Ersatz – echter *lammer* war inzwischen bis 1930 wieder verboten gewesen), und körperliche Verzweiflung durchdrang sein unauflösbares Sein. Stetig und stark schlug sein Puls; das Abendessen war angemessen verdaut, die tägliche Ration von einer Flasche Burgunder nicht überschritten worden – und doch machte jene elende Ruhelosigkeit aus ihm wieder und wieder einen Verstoßenen im eigenen Haus: Ada lag ein paar Türen weg in tiefem Schlaf oder las gemütlich; die zahlreichen Diener in ihren weiter entfernten Quartieren waren längst zu der feindseligen Vielzahl ortsansässiger Schläfer übergewechselt, die mit der Schwärze ihres Schlummers die umliegenden Hügel zuzudecken schienen; ihm allein wurde die Bewußtlosigkeit vorenthalten, die er so heftig verachtete und so eifrig hofierte.

3

Während der Jahre ihrer letzten Trennung war seine Libertinage im wesentlichen so unerbittlich geblieben wie zuvor; doch manchmal sank die Tabelle der Liebesakte auf einmal in vier Tagen, und manchmal stellte er mit einem Schock fest, daß eine volle Woche in unerschütterter Keuschheit vorübergegangen war. Die Serie vorzüglicher Dirnen konnte immer noch mit Strecken von Amateur-Zauberinnen an Zufalls-Orten abwechseln, konnte immer noch von einem Monat erfinderischer Liebe in der Gesellschaft gewisser leichtfertiger Frauen von Welt unterbrochen werden (da gab es eine rothaarige englische Jungfrau, Lucy Manfristan, verführt am 4. Juni 1911 in dem ummauerten Garten ihres normannischen Herrenhauses und entführt nach Fialta an der Adria; ihrer gedachte er mit einem besonderen kleinen Schauer der Lust); doch jene falschen Romanzen ermüdeten ihn nur; die *palazzina* mit ihren schlecht funktionierenden Wasserleitungen wurde schon bald fortgegeben, das schlimm sonnenverbrannte Mädchen heimgeschickt – und er brauchte schon etwas wirklich Garstiges und Verderbtes, wollte er seine Manneskraft wiederbeleben.

Als er 1922 mit Ada ein neues Leben anfing, war Van fest entschlossen, ihr treu zu sein. Bis auf wenige heimliche und schmerzhaft auszehrende Hingaben an das, was Dr. Lena Wien so trefflich als «onanistischen Voyeurismus» bezeichnet hat, gelang es ihm irgendwie, zu seinem Entschluß zu stehen. Die Feuerprobe war moralisch lohnend, aber körperlich absurd. Wie Kinderärzte oft mit unmöglichen Familien bestraft sind, so bot unser Psychologe einen nicht ungewöhnlichen Fall von gespaltener Persönlichkeit. Seine Liebe zu Ada war ein Zustand des Seins, ein gleichmäßiges Summen von Glück, anders als alles, was ihm beruflich im Leben des Einzelnen und des Wahnwitzigen begegnet war. Er würde prompt in kochendes Pech tauchen, um sie zu retten, genauso wie er beim Hinwerfen eines Handschuhs gesprungen wäre, um seine Ehre zu retten. Ihr Zusammenleben antwortete antiphonisch auf ihren ersten Sommer 1884. Sie weigerte sich nie, ihm zu helfen, in den immer kostbareren, da immer selteneren Genuß eines gemeinsam erlebten Sonnenuntergangs zu kommen. Er sah in ihr all das widergespiegelt, was sein wählerischer und wilder Geist im Leben suchte. Eine überwältigende Zärtlichkeit zwang ihn, sich plötzlich in dramatischen, doch äußerst aufrichtigen Attitüden zu ihren Füßen hinzuknien, verwirrend für jeden, der mit einem Staubsauger eingetreten wäre. Und am selben Tag strotzten seine anderen Abteilungen und Unterabteilungen von Sehnsüchten und Reuegedanken und Plänen zu Vergewaltigung und Aufruhr. Der riskanteste Augenblick war der, wenn er und sie in eine andere Villa zogen, mit neuer Dienerschaft und neuen Nachbarn, und seine Sinne in eisiger, phantastischer Detailliertheit dem pfirsichstehlenden Zigeunermädchen oder der dreisten Tochter der Wäscherin ausgesetzt waren.

Vergeblich redete er sich ein, daß diese niedrigen Gelüste sich ihrer inneren Unbedeutendheit nach nicht von dem Afterjucken unterschieden, das man durch plötzliche Kratzsucht zu mildern trachtet. Dennoch wußte er, daß er riskierte, sein Leben mit Ada zu zerstören, sobald er das entsprechende Verlangen nach einem jungen Mädchen zu befriedigen wagte. Wie schrecklich und unverdient es sie verletzen könnte, sah er eines Tages 1926 oder 27 voraus, als er den Blick stolzer Verzweiflung auffing, den sie auf nichts Besonderes warf, ehe sie zum Auto ging zu einer Ausfahrt, an der teilzunehmen er im letzten Augenblick abgesagt hatte. Er hatte abgesagt – und die Grimasse und das Hinken von Gicht vorgetäuscht –, weil ihm gerade klargeworden war, was auch ihr klarwurde – daß das schöne, auf der Hinterterrasse rauchende Eingeborenen-Mädchen Master ihre Mangoes anböte, sobald Masters Haushälterin zum Film-Festival nach Sindbad abgefahren war. Der Chauffeur hatte die Wagentür schon geöffnet, als Van Ada mit lautem Gebrüll überholte und sie gemeinsam davonfuhren, unter Tränen, redselig, über seine Torheit scherzend.

«Es ist komisch», sagte Ada, «was für schwarze, abgebrochene Zähne sie hierzulande haben, diese Hürchen.»

(«Ursus», Lucette in gleißendem Grün, «Laß nach, o du Unrast der Gluten!», Floras Bänder und Brüste, die Schnecke der ‹Zeit›).

Er entdeckte, daß ein Hauch subtilen Vergnügens zu gewinnen war, wenn man unaufhörlich die Versuchung bekämpfte, während man unaufhörlich davon träumte, ihr irgendwie, irgendwann, irgendwo zu erliegen. Er entdeckte auch, daß, welch Feuer auch immer in jenen Lockungen tanzte, er nicht einen Tag ohne Ada verbringen könnte; daß die Einsamkeit, die er brauchte, um richtig zu sündigen, nicht eine Sache von wenigen Sekunden hinter einem Immergrün-Busch war, sondern eine komfortable Nacht in einer uneinnehmbaren Festung; und schließlich, daß die Versuchungen, wirkliche oder vor dem Schlaf beschworene, an Häufigkeit verloren. Im Alter von fünfundsiebzig genügten vierzehntägige Liebkosungen mit der hilfsbereiten Ada, meist *Blitzpartien,* zur völligen Zufriedenheit. Die nacheinander von ihm angestellten Sekretärinnen wurden schlichter und schlichter (und gipfelten in einer kokosnußhaarigen Frau mit einem Pferdemund, die Liebesbriefe an Ada verfaßte); und zu dem Zeitpunkt, da Violet Knox die glanzlose Reihe unterbrach, war Van Veen siebenundachtzig und völlig impotent.

4

Violet Knox [jetzige Mrs. Ronald Oranger. Hrsg.], Jahrgang 1940, zog 1957 zu uns. Sie war (und ist es immer noch – zehn Jahre später) eine bezaubernde englische Blondine mit Puppenaugen, einem samtenen Teint und einem kleinen Hinterteil mit Tweed-Mulden [. . . . .]; aber, ach, solche Formgebungen konnten meine Phantasie nicht länger beflügeln. Sie trug die Verantwortung für die Schreibmaschinen-Abschrift dieser Memoiren – Trost der zweifellos letzten zehn Jahre meines Daseins. Als gute Tochter und noch bessere Schwester und Halbschwester hatte sie zehn Jahre lang die Kinder ihrer Mutter aus zwei Ehen unterstützt und sparte noch nebenher [etwas]. Ich bezahlte sie [großzügig] monatlich, da ich mir durchaus im klaren war über die Notwendigkeit, ein nicht verlegenes Schweigen von seiten eines verwirrten und pflichtbewußten Mägdleins sicherzustellen. Ada nannte sie *«Fialotschka»* und gestattete sich den Luxus, «Klein Violets» kameen-haften Hals, das rosa Näschen und den blonden Pferdeschwanz zu bewundern. Manchmal, beim Essen, betrachtete meine Ada, während sie bei den Likören verweilte, meine Sekretärin (eine große Liebhaberin von Koo-Ahn-Trow) mit einem verträumten Blick und küßte dann, schnell-schnell, ganz flüchtig ihre errötete Wange. Die Situation hätte bedenklich schwieriger sein können, wäre sie zwanzig Jahre eher eingetreten.

Ich weiß nicht, warum ich den grauen Haaren und dem durchhängenden Apparat vom verehrungswürdigen Veen soviel Aufmerksamkeit widmen sollte. Lebemänner bessern sich nie. Sie brennen, versprühen ein paar letzte grüne Funken und gehen aus. Weitaus größere Bedeutung müssen der Ich-Forscher und seine treue Gefährtin der unglaublichen intellektuellen Aufwallung zumessen, der schöpferischen Explosion, die im Hirn dieses seltsamen, freundlosen, ziemlich abstoßenden Neunzigjährigen stattfanden («Nein, nein!»-Rufe in lektoralen, sororialen, editorialen Klammern).

Heftiger denn je verabscheute er jegliche Schein-Kunst, von den groben Banalitäten der Schrott-Plastiken bis zu den kursiv gedruckten Passagen, mit denen ein prätentiöser Romanschreiber die Wolkenbrüche der Gedanken seines Mithelden ausdrükken will. Er hatte noch weniger Geduld als früher mit der «Sig» (Signy-M.D.-M.D.)-Schule für Psychoanalyse. Das epochemachende Geständnis ihres Begründers («Während meiner Studentenzeit wurde ich ein *Deflorist*, weil ich bei meiner Botanik-Prüfung durchfiel») setzte er als Motto über einen seiner letzten Aufsätze (1959) mit dem Titel *Der Schwindel der Gruppentherapie bei sexuellen Milieuschäden*, die zerstörendste und befriedigendste Explosion ihrer Art (die Gewerkschaft der Eheberater und Kathartiker wollte erst Klage einreichen, zog es dann aber vor, sich abzuregen).

Violet klopft an die Tür zur Bibliothek und läßt den plumpen kleinen, mit einer Fliege geschmückten Mr. Oranger herein, der auf der Schwelle stehenbleibt, die Hacken zusammenschlägt und (da der schwere Eremit sich mit einem ungeschickten Schwenken der wollenen Knüpfdecke umwendet) fast im Trab vorschnellt, nicht etwa, um mit meisterhaftem Zuschlag die Lawine loser Blätter aufzuhalten, die der Ellbogen des großen Mannes auf der Schräge des Lesepults ins Rutschen gebracht hat, sondern vielmehr, um dem Eifer seiner Bewunderung Ausdruck zu verleihen.

Ada, die Ergötzen darin fand, Griboedov ins Französische und Englische, Baudelaire ins Englische und Russische und John Shade ins Russische und Französische (für die Oranger-Ausgaben *en regard*) zu übersetzen, las Van oft mit dunkler Medium-Stimme die veröffentlichten Versionen vor, die von anderen, auf jenem Feld des Halbbewußtseins Tätigen gefertigt waren. Die Versübersetzungen ins Englische brachten Vans Gesicht besonders leicht dazu, sich in groteskem Grinsen zu zerdehnen, was ihm, wenn er sein Gebiß nicht trug, genau das Aussehen einer griechischen Komödienmaske verlieh. Er konnte nicht sagen, wer ihm mehr auf die Nerven ging: das wohlmeinende Mittelmaß, dessen Bemühungen um Aufrichtigkeit sowohl durch den Mangel an künstlerischem Verständnis als auch durch lachhafte textliche Fehlinterpretationen zunichte gemacht wurden, oder der Berufsdichter, der den toten und hilflosen Autor mit eigenen Erfindungen ausschmückte (hie Barthaare, dort Intimstellen) – eine Methode, die des Paraphrasierers Unkenntnis der Herkunfts-Sprache sehr schön tarnte, indem sie die Schnitzer unzureichender Gelehrsamkeit sich mit den wunderlichen Einfällen blumiger Nachahmung mischen ließ.

Als Ada, Mr. Oranger (ein geborener Katalysator) und Van eines Nachmittags im Jahre 1957 (Vans und Adas Buch *Information und Form* war gerade erschienen) diese Dinge besprachen, ging es unserem alten Polemiker plötzlich auf, daß seine sämtlichen veröffentlichten Werke – sogar die äußerst abstrusen und spezialisierten *Selbstmord und geistige Gesundheit* (1912), *Compitalia* (1921) und *Wenn ein Irrenarzt nicht schlafen kann* (1932), um nur einige wenige aufzuführen – keine epistemologischen Aufgaben waren, die ein Wissenschaftler sich stellt, sondern heitere, kampflustige Übungen in literarischem Stil. Er wurde gefragt, warum er sich dann nicht gehenließ, sich nicht ein großes Spielfeld wählte für ein Treffen zwischen Einfall und Absicht; und da eines zum andern kam, wurde beschlossen, daß er seine Memoiren schriebe – zur postumen Veröffentlichung.

Er war ein sehr langsamer Schreiber. Er brauchte sechs Jahre, um die erste Fassung zu schreiben und sie Miss Knox zu diktieren; danach revidierte er das Maschinenskript, schrieb es erneut zur Gänze in Langschrift nieder (1963–1965) und diktierte alles noch einmal der unermüdlichen Violet, deren hübsche Finger im Jahre 1967 eine endgültige Abschrift tippten. V, i, o, l – warum «vol», meine Liebe?

5

Ada, die sich über die Unangemessenheit von ihres Bruders Ruhm ärgerte, fühlte sich durch den Erfolg der *Textur der Zeit* (1924) getröstet und hochgestimmt. Dieses Werk, meinte sie, erinnere sie jedesmal in seltsamer, diskreter Weise an die Sonne-und-Schatten-Spiele, die sie als Kind in den abgelegenen Alleen von Ardis Park zu spielen pflegte. Sie meinte, irgendwie wäre sie verantwortlich für die Metamorphosen der lieblichen Larven, die die Seide von «Veens Zeit» gewebt hatten (ein Begriff, wie er jetzt in einem Atemzug, in einem Lufthauch mit «Bergsons Dauer» oder «Whiteheads Hellem Rand» genannt wurde). Aber ein beträchtlich früheres und schwächeres Werk, die armen kleinen *Briefe von Terra,* von denen es nur ein halbes Dutzend Exemplare gab – zwei in der Villa Armina und der Rest in den Magazinen von Universitätsbibliotheken –, stand ihrem Herzen noch näher wegen seiner nichtliterarischen Assoziationen mit ihrem gemeinsamen Aufenthalt in Manhattan 1892/93. Der sechzigjährige Van lehnte ihren bescheidenen Vorschlag, er möge es zusammen mit den Sidra-Reflexionen und einem sehr lustigen Anti-Signy-Pamphlet über die ‹Zeit in Träumen› neu herausgeben, barsch und verächtlich ab. Der siebzigjährige Van bedauerte seinen Hochmut, als Victor Vitry, ein hervorragender französischer Regisseur, einem gänzlich unautorisierten Film die vor einem halben Jahrhundert von «Voltemand» verfaßten *Briefe von Terra* zugrunde legte.

Vitry verlegte Theresas Besuch auf Antiterra in das Jahr 1940, jedoch 1940 nach der Zeitrechnung auf Terra, also ungefähr 1890 nach unserem Kalender. Die Täuschung erlaubte ein gewisses angenehmes Eintauchen in die Sitten und Gebräuche unserer Vergangenheit (wußtest du noch, daß Pferde Hüte – ja, Hüte – trugen, wenn Hitzewellen über Manhattan hereinbrachen?) und vermittelte den Eindruck – den die Literatur der Physics-fiction schon sehr ausgeschlachtet hatte –, die Kapselinsassin reise im zeitlichen Sinne rückwärts, Philosophen stellten häßliche Fragen, wurden jedoch von den Kinogängern ignoriert, die übertölpelt werden wollten.

Im Gegensatz zum wolkenlosen Gang Dämonischer Geschichte des zwanzigsten Jahrhunderts, wo die anglo-amerikanische Koalition die eine Halbkugel verwaltete und die Tatarei hinter dem Goldenen Schleier geheimnisvoll die andere Hälfte regierte, wurde ein Wechsel von Kriegen und Revolutionen gezeigt, der das Puzzle-Mosaik terrestrischer Autonomien durcheinanderschüttelte. In einem eindrucksvollen historischen Überblick von Terra, den Vitry – gewiß das größte kinematische Genie, das je bei einem Film solcher Reichweite Regie führte oder eine derart riesige Zahl von Statisten einsetzte (manche behaupteten, mehr als eine Million, andere meinten, eine halbe Million Leute und ebenso viele Spiegel) – zurechtgebastelt hatte, sanken Königreiche und erhoben sich Diktaturen, und Republiken saßen halb, halb lagen sie in verschiedenen Posen des Unbehagens. Die Idee war umstritten, die Ausführung makellos. Sieh doch all die winzigen Soldaten, wie sie sehr schnell über die schützengräben-durchfurchte Wildnis trippeln, wo bald hier, bald da *pouf-pouf* in stummem Französisch Schlamm- und Sach-Explosionen hochgingen!

1905 löste sich Norwegen mit mächtigem Erheben und langer Rückenflossen-Welle von Schweden, dem schwerfälligen Mit-Riesen, während das französische Parlament in einem ähnlichen Trennungsakt mit beiläufigen Ausbrüchen von *vive émotion* eine Scheidung zwischen Staat und Kirche wählte. Dann erreichten 1911 norwegische, von Amundsen geführte Truppen den Südpol, und zur selben Zeit stürmten die Italiener in die Türkei. 1914 überfiel Deutschland Belgien, und die Amerikaner rissen Panama durch. 1918 besiegten sie und die Franzosen Deutschland, das unterdessen damit beschäftigt war, Rußland zu besiegen (das erst kurz vorher seine eigenen Tataren besiegt hatte). In Norwegen hatte man Siegrid Mitchel, in Amerika Margaret Undset und in Frankreich Sidonie Colette. 1926 ergab sich nach einem weiteren photogenen Krieg Abd-el-Krim, und die Goldene Horde unterwarf aufs neue Rus. 1933 kam Athaulf Hindler (auch als Mittler bekannt – von *to mittle*, verstümmeln) in Deutschland an die Macht, und ein Konflikt auf noch spektakulärerer Ebene als der Krieg 1914–1918 bahnte sich an, da gingen Vitry die alten Dokumentarfilme aus, und Theresa, dargestellt von seiner Frau, verließ Terra in einer kosmischen Kapsel, nachdem sie über die Olympischen Spiele in Berlin berichtet hatte (die Norweger holten die meisten Preise, aber die Amerikaner gewannen das Fechten, eine hervorragende Leistung, und schlugen die Deutschen im Fußball-Finale drei zu eins).

Van und Ada sahen den Film neunmal, in sieben verschiedenen Sprachen, und erstanden schließlich eine Kopie für den Hausgebrauch. Sie fanden den historischen Hintergrund unglaublich an den Haaren herbeigeholt und überlegten, ob sie einen Prozeß gegen Vitry anstrengen sollten – nicht weil er die B.V.T.-Idee gestohlen, sondern weil er die terrestriale Politik entstellt hatte, wie sie von Van mit soviel Fleiß und Geschick aus übersinnlichen Quellen und Wahnträumen geschöpft worden war. Aber fünfzig

Jahre waren seither verflossen, und die Novelle war nicht urheberrechtlich geschützt; tatsächlich konnte Van nicht einmal beweisen, daß er «Voltemand» war. Reporter spürten jedoch die Urheberschaft auf, und mit großherziger Geste gestattete er die Veröffentlichung.

Drei Umstände trugen zum außerordentlichen Erfolg des Films bei. Ein Faktor war natürlich, daß die kirchlichen Institutionen, die Terras Wirkung auf sensationslüsterne Sekten mißbilligten, den Versuch unternahmen, das Ding verbieten zu lassen. Eine zweite Attraktion war eine kleine Szene, die der schlaue Vitry nicht herausgeschnitten hatte: In einer Rückblende auf eine Revolution im früheren Frankreich wurde ein unglücklicher Statist, der einen der Unterhenker spielte, versehentlich enthauptet, als er den Komödianten Steller, Darsteller eines widerspenstigen Königs, in eine guillotinable Position ziehen wollte. Der dritte und noch menschlichere Grund bestand schließlich darin, daß die herrliche Hauptfigur norwegischen Ursprungs, Gedda Vitry, nachdem sie die Zuschauer mit ihren knappen Röcken und sexy Fetzen bei den existentiellen Sequenzen scharfgemacht hatte, auf Antiterra splitterfasernackt aus ihrer Kapsel herausstieg, wenn auch, natürlich, als Miniatur, ein Millimeter wahnsinnigmachender Weiblichkeit, die wie eine lüsterne Elfe im «Zauberkreis des Mikroskops» tanzte und in gewissen Stellungen, hol mich der Teufel, einen stecknadelfeinen Schimmer Schamflaums enthüllte, gold-bestäubt!

Winzige B.V.T.-Puppen, B.V.T.-Berlocken aus Koralle und Elfenbein tauchten an Souvenirständen auf, von Agony, Patagonien bis Wrinkleballs, Le Bras d'Or. B.V.T.-Clubs sprossen. B.V.T.-Playgirls kamen mit Mini-Menüs aus raumschiffförmigen Straßen-Imbissen herausgetrippelt. Aus der gewaltigen Briefflut, die Vans Schreibtisch während einiger Jahre des Weltruhms überschwemmte, konnte man schließen, daß Tausende mehr oder weniger unausgeglichene Leute an die geheime, von der Regierung verschwiegene Identität von Terra und Antiterra glaubten (so überwältigend war die visuelle Schlagkraft des Vitry-Veen-Films). Die Wirklichkeit Dämonias schrumpfte zu einer beiläufigen Illusion. Tatsächlich hatten wir all das durchgemacht. Politiker, genannt Old Velt und Onkel Joe in vergessenen Comics, hatte es wirklich gegeben. Tropische Länder bedeuteten nicht nur wilde Naturschutzgebiete, sondern Hunger und Tod und Unkenntnis und Schamane und Agenten vom fernen Atomsk. Unsere Welt *war* in der Tat mittleres zwanzigstes Jahrhundert. Terra genas, nachdem sie Folter und Marterpfahl, Schinder und Scheusale, die Deutschland bei der Erfüllung seiner Träume vom Ruhm unweigerlich hervorbringt, ertragen hatte. Russische Bauern und Dichter waren nicht vor Ewigkeiten nach Estotiland und den Unfruchtbaren Gründen gebracht worden – sie starben in genau diesem Augenblick in den Sklavenlagern der Tatarei. Sogar der Gouverneur von Frankreich war nicht Charlie Chose, der höfliche Neffe von Lord Goal, sondern ein schlechtgelaunter französischer General.

6

Nirvana, Nevada, Vaniada. Übrigens, meine Ada, sollte ich nicht hinzufügen, daß meine arme Attrappen-Mama erst bei der allerletzten Unterredung kurz nach meinem voreiligen – ich meine, vorwarnenden – Alptraum über «Sie können, Sir» *mon petit nom*, Vanja, Vanjuscha gebrauchte – hatte sie nie zuvor getan, und es klang so seltsam, so zärt . . . (Stimme verlöschend, Heizkörper klingelnd).

«Attrappen-Mam» – (lachend). «Auch Engel haben Besen – damit sie einem die Seele von schrecklichen Bildern freifegen. Mein schwarzes Kindermädchen trug Schweizer Spitzen mit weißen Kapricen.»

Jähes Eis klirrte die Regenrinne herunter: Stalaktit mit gebrochenem Herzen.

Aufgenommen und wieder abgespielt in ihrer gemeinsamen Erinnerung war ihre frühe Beschäftigung mit der befremdlichen Vorstellung von Tod. Es gibt da einen Gedankenaustausch, den vor dem grünen, bewegten Hintergrund eines unserer Ardis-Bühnenbilder zu inszenieren hübsch wäre. Das Gespräch über «Doppel-Garantie» in der Ewigkeit. Fang kurz davor an.

«Ich weiß, es gibt einen Van in Nirvana. Ich werde in den Tiefen *moego ada*, meines Hades, bei ihm sein», sagte Ada.

«Schon, schon» (hier Vogelgezwitscher und fügsame Zweige und was du immer «goldene Tropfen» nanntest).

«Als Liebende *und* Geschwister», rief sie, «haben wir eine doppelte Chance, in Ewigkeit, in Terrakeit zusammenzubleiben. Vier Augenpaare im Paradies!»

«Fein, fein», sagte Van.

Etwas in der Art. Eine enorme Schwierigkeit. Das seltsame Luftspiegelflimmern, das als Ersatz für den Tod einsprang, sollte nicht zu früh in den Annalen auftauchen und sollte doch die ersten Liebesszenen durchdringen. Schwer, aber nicht unüberwindbar (ich kann alles, ich kann auf meinen phantastischen Händen Tango und Stepp tanzen). Nebenbei, wer stirbt eher?

Ada. Van. Ada. Vaniada. Keiner. Jeder hoffte, als erster zu gehen und dem anderen somit stillschweigend ein längeres Leben einzuräumen, und jeder wünschte, als letzter zu gehen, um dem anderen Qual und Kummer des Alleinseins zu ersparen. Eine Lösung für dich wäre es, Violet zu heiraten.

«Danke. *J'ai tâté de deux tribades dans ma vie, ça suffit.* Der liebe Émile Littré sagt *‹terme qu'on évite d'employer›*. Wie recht er hat!»

«Wenn nicht Violet, dann ein hiesiges Gauguin-Mädchen. Oder Yolande Kickshaw.»

Warum? Gute Frage. Jedenfalls darf ich Violet diesen Teil nicht zum Abtippen geben. Ich fürchte, wir werden eine ganze Menge Leute verletzen! Oh, hör auf, Kunst kann nicht weh tun. Sie kann, und wie!

In Wirklichkeit hat die Frage des Vorrangs beim Sterben kaum noch irgendeine Bedeutung. Ich meine, der Held und die Heldin sollten zu dem Zeitpunkt, da der Schrecken beginnt, einander so nahe, so *organisch* nahe sein, daß sie sich überschneiden, angleichen, unterschmerzen, und selbst wenn Vaniadas Ende im Epilog beschrieben wird, sollte es uns, Schreibern und Lesern, unmöglich sein, herauszufinden (kurzsichtig, kurzsichtig), wer genau überlebt, Dava oder Vada, Anda oder Vanda.

Ich hatte eine Schulkameradin namens Vanda. Und *ich* kannte ein Mädchen namens Adora, kleines Ding in meinem letzten

Floramor. Was läßt mich jene Passage als den reinsten *sanglot* in dem Buch empfinden? Was ist das schlimmste am Sterben?

Denn man erkennt, es gibt drei Facetten (die grob mit der weitverbreiteten Dreiteilung von Zeit übereinstimmen). Da ist, erstens, das Elend, für immer all seine Erinnerungen preiszugeben – das ist ein Allgemeinplatz, aber welch Mut muß der Mensch gehabt haben, wieder und wieder diesen Allgemeinplatz zu durchlaufen und nicht abzulassen von dem dummen Zeug, wieder und wieder die Reichtümer des Bewußtseins anzusammeln, die ihm doch entrissen werden! Dann haben wir den zweiten Aspekt – den scheußlichen, körperlichen Schmerz – aus Gründen, die auf der Hand liegen, wollen wir hierbei nicht verweilen. Und schließlich gibt es die gesichtslose Pseudo-Zukunft, leer und schwarz, ein immerwährendes Nichtwähren, das krönende Paradox der Eschatologien in unserem eingepferchten Hirn!

«Ja», sagte Ada (elfjährig und eine große Haar-Schüttlerin), «ja, aber nehmen wir einmal einen Paralytiker, der allmählich, Schlag auf Schlag, die ganze Vergangenheit vergißt, der im Schlaf stirbt wie ein braver Junge, und der sein ganzes Leben lang geglaubt hat, die Seele sei unsterblich – ist das nicht wünschenswert, ist das nicht eine ganz komfortable Einrichtung?»

«Kalter Komfort», sagte Van (vierzehnjährig und vor ganz anderen Wünschen sterbend). «Du verlierst deine Unsterblichkeit, wenn du dein Gedächtnis verlierst. Und solltest du dann auf Terra Caelestis landen, mit Kopfkissen und Nachttopf, darfst du nicht etwa mit Shakespeare oder wenigstens Longfellow zusammenwohnen, sondern mit Gitarristen und Kretins.»

Sie bestand darauf, daß, wenn es schon keine Zukunft gäbe, man das Recht hätte, sich eine Zukunft auszudenken, und in dem Fall hatte man seine eigene Zukunft, insofern man selber vorhanden war. Achtzig Jahre vergingen rasch – nicht mehr als ein Dia-Wechseln in einem Projektor. Den größten Teil des Vormittags hatten sie damit zugebracht, ihre Übersetzung einer Passage aus John Shades berühmtem Gedicht (Zeile 569–572) zu überarbeiten:

. . . Sovety my dajom
Kak bytj vdovzu: on poterjal dvuch schjon;
On jich vstretschaet – ljubjaschtschich, ljubimych,
Revnujuschtschich ego drug k druschke . . .

(. . . Wir erteilen
Dem Witwer Rat. Zweimal war er verheiratet:
Nun trifft er seine Frauen; beide geliebt,
beide liebend, beide
Aufeinander eifersüchtig . . .)

Van wies darauf hin, daß dies der Haken war – man hat die Freiheit, sich jede Art von Danach vorzustellen, sicherlich: das verallgemeinerte, von morgenländischen Propheten und Poeten versprochene Paradies oder eine individuelle Zusammensetzung; aber die Arbeit der Phantasie wird – bis zu einem hoffnungslosen Grad – durch ein logisches Verbot behindert: Man kann seine Freunde – oder, was dies angeht, auch seine Feinde – nicht zur Party mitbringen. Das Verlagern all unserer erinnerten Verbindungen in ein elysisches Leben verwandelt es unweigerlich in eine zweitklassige Fortsetzung unserer prächtigen Sterblichkeit. Nur ein Chinese oder ein retardiertes Kind kann sich vorstellen, daß ihm in dieser Nächste-Rate-Welt, zur Begleitung von allerhand Schwanzwedeln und Willkommenskriecherei, jene Mücke begegnet, die er vor achtzig Jahren auf dem bloßen Bein hingerichtet hat, und jetzt, hinter der gestikulierenden Mücke, kommt das inzwischen amputierte Bein zurück, stampf, stampf, stampf, hier bin ich, steck mich wieder dran.

Sie lachte nicht; sie sagte sich noch einmal die Verse vor, die ihnen solche Schwierigkeiten bereitet hatten. Die Signy-Hirnschrumpfer würden fröhlich behaupten, daß die drei «beiden« in der russischen Version keineswegs, oh, keineswegs deshalb ausgelassen worden waren, weil das Hineinstopfen von drei sperrigen Amphibrachien in den Pentameter mindestens einen zusätzlichen Vers als Gepäckträger erfordert hätte.

«O Van, o Van, wir haben sie nicht genug geliebt. *Jene* hättest du heiraten sollen, die mit hochgezogenen Füßen in Ballerina-Schwarz auf der steinernen Balustrade hockt, und alles wäre gut gewesen – Ich hätte mit euch beiden in Ardis Hall gewohnt, und statt dieses gratis ausgeteilten Glücks, statt all dem haben wir sie zu Tode *gequält*!»

War es Zeit fürs Morphium? Nein, noch nicht. Zeit-und-Schmerz waren in der *Textur* nicht erwähnt worden. Schade, denn ein Element von reiner Zeit geht in Schmerz ein, in die zähe, stete, massive Dauer des Ich-kann's-nicht-ertragen-Schmerz; nichts Grau-Gaziges daran, massiv wie eine schwarze Walze, ich kann nicht, oh, hol Lagosse.

Van fand ihn lesend im heiteren Garten. Der Arzt folgte Ada ins Haus. Die Veens hatten einen ganzen Sommer des Elends geglaubt (oder sich gegenseitig glauben gemacht), daß es ein leichter Anfall von Neuralgie war.

Ein leichter? Ein Riese mit einem vor Anstrengung verzerrten Gesicht, der eine Schmerzensmaschine strammte und drehte. Ziemlich erniedrigend, daß physischer Schmerz einen gegen derartige moralische Streitfragen wie Lucettes Schicksal völlig gleichgültig machen, und ziemlich erheiternd, falls das das richtige Wort ist, festzustellen, daß man sich sogar in solchen scheußlichen Momenten mit Stilproblemen abgibt. Der Schweizer Arzt, dem man alles erzählt hatte (und der sogar, wie sich herausstellte, an der Universität einen Neffen von Dr. Lapiner gekannt hatte), zeigte heftiges Interesse an dem fast vollendeten, jedoch nur teilweise korrigierten Buch und sagte spaßig, er wolle nicht eine Person oder Personen, sondern *le bouquin* sehen, *guéri de tous ces accrocs* bevor es zu spät war. Es war zu spät. Was jeder für Violets höchste Leistung gehalten hatte, vollendet sauber, in einer besonderen kursiven Schrifttype (die verherrlichte Version von Vans Handschrift) auf besonderes Atticus-Papier gebracht, das Handexemplar zu Vans siebenundneunzigstem Geburtstag in violettes Kalbsleder gebunden, war auf der Stelle von einem regelrechten Änderungsinferno in roter Tinte und blauem Stift ausgelöscht worden. Man kann sogar vermuten, daß, sofern unser zeitgepeinigtes, flachliegendes Paar je zu sterben gedachte, es sozusagen *in* das vollendete Buch *hinein*sterben würde, hinein in Eden oder Hades, in die Prosa des Werks oder die Poesie seines Waschzettels.

Ihr kürzlich erbautes Schloß in Ex war in einen kristallenen Winter eingefaßt. Im letzten *Who's Who* enthielt die Aufzählung seiner Hauptschriften auf Grund eines bizarren Fehlers den Titel eines Werks, das er nie geschrieben, doch viele Schmerzen zu schreiben vorgehabt hatte: *Unbewußtheit und das Unbewußte.* Keine Schmerzen, es jetzt zu tun – aber höchste Schmerzen, *Ada* zu vollenden. «*Quel livre, mon Dieu, mon Dieu*», rief Dr. [Professor. Hrsg.] Lagosse aus, das Handexemplar wiegend, das die flachen, fahlen Eltern zukünftiger Kinder in der braunblättrigen Unschuld, ein kleines Buch im Kinderzimmer von Ardis Hall, nicht länger stützen konnte in dem geheimnisvollen ersten Bild: zwei in einem Bett.

Ardis Hall – Ardeur und Arbor von Ardis – dies ist das *Leitmotiv*, das durch *Ada* klingt, ausschweifende und köstliche Annalen, deren Hauptteil in einem traumhellen Amerika aufgeführt wird – denn sind nicht unsere Kindheitserinnerungen vergleichbar mit den Vineland-bürtigen Karavellen, die träge von den weißen Vögeln der Träume umkreist werden? Der Protagonist, Sproß einer unserer erlauchtesten und reichsten Familien, ist Dr. Van Veen, Sohn des Baron «Demon» Veen, jener denkwürdigen Manhattan- und Reno-Gestalt. Das Ende einer außergewöhnlichen Epoche fällt zusammen mit Vans nicht weniger außerordentlicher Kindheit. Nichts in der Weltliteratur, außer vielleicht Graf Tolstojs Erinnerungen, kann in reiner Freude und arkadischer Unschuld mit dem «Ardis»-Teil des Buches wetteifern. Auf dem fabelhaften Landsitz seines kunstsammelnden Onkel Daniel Veen entwickelt sich in einer Reihe von faszinierenden Szenen eine glühende Kindheits-Romanze zwischen Van und der hübschen Ada, eine wahrhaft ungewöhnliche *gamine*, Tochter von Marina, Daniels bühnennärrischer Frau. Daß die Beziehung nicht einfach gefährliche *cousinage* ist, sondern einen Aspekt besitzt, den das Gesetz verbietet, wird auf den allerersten Seiten angedeutet.

Trotz der vielen Verwicklungen von *plot* und Psychologie geht die Erzählung mit kräftigem Schritt voran. Bevor wir anhalten können, um Atem zu schöpfen und ruhig die neue Umgebung zu überschauen, in die uns der Zauberteppich des Autors sozusagen abgeworfen hat, ist auch ein anderes anziehendes Mädchen, Lucette Veen, Marinas jüngere Tochter, hingerissen von Van, dem unwiderstehlichen Wüstling. Ihr tragisches Schicksal bildet einen der Höhepunkte dieses köstlichen Buchs.

Der Rest von Vans Geschichte dreht sich frei und farbenprächtig um sein langes Liebesverhältnis mit Ada. Es wird unterbrochen durch ihre Ehe mit einem Rinderzüchter aus Arizona, dessen legendäre Vorfahren unser Land entdeckten. Nach dem Tod ihres Mannes sind unsere Liebenden wieder vereint. Sie verbringen ihr Alter mit gemeinsamen Reisen und dem Bewohnen der vielen Villen, eine bezaubernder als die andere, die Van über die ganze westliche Halbkugel errichtet hat.

Nicht die geringste Zierde der Chronik ist die Zartheit bildnerischen Details: eine blumenbewachsene Galerie; eine gemalte Decke; ein hübsches, zwischen den Vergißmeinnichts eines Bachs gestrandetes Spielzeug; Schmetterlinge und Schmetterlingsorchideen am Rande der Romanze; ein verschwommener, von Marmorstufen aus wahrgenommener Anblick; im Park der Ahnen eine verhoffende Hirschkuh in heraldischer Überraschung, und vieles, vieles mehr.

Anmerkungen

Anmerkungen, die nicht vom Autor, sondern vom Übersetzer stammen, sind mit (d. Ü.) gekennzeichnet.

S. 13 *Alle glücklichen Familien, etc.:* Hier werden Fehlübersetzungen russischer Klassiker lächerlich gemacht. Der Anfangssatz von Tolstojs Roman wird von innen nach außen gekehrt und dem Patronymikum von Anna Arkadjevna eine absurde Maskulin-Endung gegeben, während ihrem Nachnamen eine falsche Feminin-Endung angehängt wird. «Mount Tabor» und «Pontius» spielen auf die Transfigurationen (ein Ausdruck von Herrn G. Steiner, glaube ich) und Verrate an, denen große Texte durch anmaßende und unwissende Übersetzer unterworfen sind.

S. 13 *Severnyje Territorii:* Hier und anderswo beruht die Transkription auf der alten russischen Orthographie.

S. 14 *Durak:* russ., Narr.

S. 15 *Kitesch-See:* Anspielung auf die legendäre Stadt Kitesch, die in einem russischen Märchen am Grunde eines Sees aufleuchtet.

S. 15 *Mr. Eliot:* Wir werden ihm auf den Seiten 436 und 478 wieder begegnen, zusammen mit dem Autor von *The Waistline* und *Agonic Lines.*

S. 15 *Kontra-Fogg:* Phileas Fogg, Jules Vernes Globetrotter, reiste von West nach Ost.

S. 15 *Goodnight Kids:* Ihre Namen sind, etwas verdreht, einem Comic strip für französischsprachige Kinder entlehnt.

S. 17 *Dr. Lapiner:* Wie sich herausstellt, tragen die meisten Ärzte in diesem Buch aus irgendeinem dunklen, aber nicht unattraktiven Grund Namen, die mit Kaninchen zusammenhängen. Das französische *lapin* in «Lapiner» entspricht dem russischen «Krolik», dem Namen von Adas geliebten Lepidopteristen (S. 18 *et passim*), und das russische *sajaz* (Hase) klingt wie «Seitz» (der deutsche Gynäkologe auf S. 219); ein lateinisches *cuniculus* verbirgt sich in «Nikulin» («Enkel des großen Rodientologen Kunikulinov», S. 412), und ein griechisches *lagos* in «Lagosse» (der Arzt, der Van im Alter behandelt). Man beachte auch «Coniglietto», den italienischen Blutkrebsspezialisten, S. 361.

S. 17 *misernyj:* franko-russische Form von «miserabel» im Sinne von «erbärmlich».

S. 18 *Jane Austen:* Anspielung auf die schnelle Erzählinformation mittels Dialog in *Mansfield Park.*

S. 18 *Stabianer Blumenmädchen:* eine Anspielung auf die berühmte Wandmalerei (der sog. «Frühling») aus Stabiae im Nationalmuseum von Neapel: ein Mädchen, das Blüten ausstreut.

S. 21 *Belokonsk:* Der russische Zwilling von «Whitehorse» (Stadt in Nordwest-Kanada).

S. 21 *Himbeeren; Schleife:* Anspielung auf lächerliche Schnitzer in Lowells Übertragung der Gedichte Osip Mandelstams (in der *New York Review* vom 23. Dezember 1965).

S. 24 *Aardvark:* Offenbar eine Universitätsstadt in New England.

S. 24 *Gamaliel:* Ein weitaus glücklicherer Staatsmann als unser W. G. Harding.

S. 26 *Lolita, Texas:* Diese Stadt gibt es, oder vielmehr gab es, denn sie wurde meines Wissens nach dem Erscheinen des notorischen Romans umbenannt.

S. 27 *Faragott:* Offenbar der Gott der Elektrizität.

S. 27 *Braques:* Anspielung auf einen *bric-à-brac*-Maler.

S. 32 *Amber:* (franz. *l'ambre*) Anspielung auf Elektrizität.

S. 33 *My lad, my pretty, etc.:* Paraphrase eines Verses von Housman.

S. 33 *ballatetta:* Entstellte Fragmente einer Passage aus einer «Kleinen Ballade» des italienischen Dichters Guido Cavalcanti (1255–1300). Die einschlägigen Verse lauten: «Du ängstliche und schwache kleine Stimme, die aus meinem traurigen Herzen weint, geh mit meiner Seele und jenem Liedchen, das von einem zerstörten Geist erzählt.»

S. 36 *Christosik:* russ., kleiner Christ.

S. 39 *Princesse Lointaine:* Ferne Prinzessin, Titel eines franz. Bühnenstücks.

S. 46 *Lady Amherst:* Im Kopf des Kindes vertauscht mit jener gelehrten Dame, nach der ein beliebter Fasan heißt.

S. 46 *mit einem kleinen Lächeln:* eine Lieblingsformel Tolstojs, auf kühle Überlegenheit, wo nicht Selbstgefälligkeit, in der Redeweise einer Person hindeutend.

S. 47 *pollice verso:* lat., Daumen nach unten.

S. 50 *Sumeretschnikov:* Der Name ist von *sumerkij* (russ. Abenddämmer, Zwielicht) abgeleitet.

S. 53 *liebliches spanisches Gedicht:* in Wahrheit *zwei* Gedichte – Jorge Guilléns *Descanso en jardin* und sein *El otoño: isla.*

S. 60 *Les Amours du Docteur Mertvago:* Wortspiel mit Schivago (*schiv* bedeutet im Russischen «lebendig» und *mertv* «tot»).

S. 62 *Les Malheurs de Swann:* Kreuzung zwischen *Les Malheurs de Sophie* von Mme de Ségur (geborene Gräfin Rostopchine) und Prousts *Un Amour de Swann.*

S. 67 *monologue intérieur:* die Erfindung des sogenannten «Bewußtseinsstroms», wie er von Tolstoj verwendet wird (zum Beispiel in der Beschreibung von Annas letzten Eindrücken, während ihre Kutsche durch die Straßen Moskaus rollt).

S. 70 *Mr. Fowlie:* s. Wallace Fowlie, *Rimbaud* (1946).

S. 71 *en vain, etc.:* «In vain one gains in play
The Oka river and Palm Bay ...» (Nab.)

Verballhornung, geht zurück auf Andrew Marvell, *The Garden:*

«How vainly men themselves amaze
To gain the palm, the oak, or bayes.» (d. Ü.)

S. 75 *diese nachdenklichen Schilfrohre:* Pascals Metapher des Menschen, *un roseau pensant.*

S. 76 *Stern-Chore:* Anagramm, Seitenhieb auf Freudsche Traum-Scharaden (Cymboln in freudianischen *Orchestern,* S. 77).

S. 77 *Kamargskij Komar:* La Camargue, eine Sumpfregion in Südfrankreich, kombiniert mit *Komar,* «Mücke» auf russisch, und franz. *moustique.*

S. 80 *Osberg:* Ein weiteres gutmütiges Anagramm, das den Namen eines Autors durcheinanderrührt, mit dem der Autor von *Lolita* komischerweise verglichen worden ist. Nebenbei: die Aussprache jenes Titels hat nichts mit Englisch oder Russisch zu tun (ohne einer anonymen Eule in einer der jüngeren Ausgaben von TLS nahetreten zu wollen).

S. 82 *petscheneg:* russ., ein Wilder.

S. 86 *La Rivière de Diamants:* Maupassant und seine «La Parure» (S. 90) existierten auf Antiterra nicht.

S. 87 *vibggor:* *v*iolett – *i*ndigo – *b*lau – *g*rün – *g*elb – *o*range – *r*ot.

S. 90/91 *pointe assassine:* der Punkt (in einer Geschichte oder einem Gedicht), der das künstlerische Verdienst zur Strecke bringt.

S. 92 *Atala:* ein Kurzroman von Chateaubriand.

S. 97 *tschort!:* russ., «Teufel!».

S. 102 *milejschij:* russ., liebster.

S. 103 *pascaltrezza:* In diesem Wortspiel, das Pascal mit *caltrezza* (ital., «scharfer Verstand») und *treza* (ein provenzalisches Wort für «Geflecht») verbindet, negiert das französische *pas* das *pensant* von *roseau* in seinem berühmten Ausspruch «der Mensch, ein nachdenkliches Schilfrohr» (s. Anm. zu S. 75).

S. 104 *«handnah»:* man lese von hinten, es geht hier um Symmetrie (im Original: *«deified»*). (d. Ü.)

S. 105 *Katja:* Die Naive in Turgenevs *Väter und Söhne.*

S. 106 *Ada, die gern Orchideen kreuzte:* hier sind es zwei französische Autoren, Baudelaire und Chateaubriand.

S. 113 *Mlle Stopchine:* eine Vertreterin von Mme de Ségur (s. Anm. zu S. 62).

S. 113 *Ashette:* «Cendrillon» im französischen Original, «Aschenputtel» in der deutschen Version.

S. 119 *Jetzt ist der Nil erledigt:* ein berühmtes Telegramm, das ein Afrika-Entdecker abgeschickt hat (Speke, nicht Stanley).

S. 123 *baguenaudier:* franz., Blasen-Senna.

S. 126 *Lowden:* ein Kleiderhaken-Name, der zwei Gegenwarts-Barden auf sich vereint.
S. 126 *Floeberg:* Flauberts Stil wird in diesem Pseudo-Zitat nachgeahmt.
S. 128 *cher, trop cher René:* lieber, allzu lieber (die Worte seiner Schwester in Chateaubriands *René*).
S. 129 *Chiron:* Ein Doktor zwischen Zentauren – eine Anspielung auf den besten Roman von Updike.
S. 129 *Londoner Wochenzeitung:* ein Verweis auf die *New Statesman*-Kolumne von Alan Brien.
S. 133 *blin:* russ., Pfannkuchen.
S. 134 *Heinrich Müller:* Autor von *Poxus,* etc.
S. 135 *Ma sœur te souvient-il encore:* erster Vers des dritten Sechszeilers von Chateaubriands *Romance à Hélène* (*«Combien j'ai douce souvenance»*), die er auf ein Auvergne-Lied dichtete, wie er es auf einer Fahrt zum Mont Dore 1805 vernahm und später in seine Novelle *Le Dernier Abencerage* einfügte. Der letzte (fünfte) Sechszeiler beginnt mit *«Oh! qui me rendra mon Hélène / Et la montagne, et le grand chêne»* – eines der Leitmotive des vorliegenden Romans.
S. 136 *sestra moja, etc.:* Meine Schwester, erinnerst du dich an den Berg und die hohe Eiche und den Ladore?
S. 136 *Lucile:* der Name von Chateaubriands wirklicher Schwester.
S. 139 *Rockette:* entspricht Maupassants *La Petite Rocque.*
S. 141 *choroscho:* russ., in Ordnung.
S. 142 *mironton, etc.:* Refrain eines Volkslieds.
S. 144 *Lettrokalamität:* Wortspiel mit ital. *elettrocalamita,* Elektromagnet.
S. 147 *Bagrovs Enkel:* Anspielung auf *Die Kinderjahre Bagrovs des Enkels* (1858) des weniger bekannten Schriftstellers Sergej Aksakov (1791–1859). (Nab.)
Das Hauptwerk Aksakovs erschien 1856 und ist bei uns mit «Eine Familienchronik» übersetzt. Der Held ist A. selber, im Roman Bagrov. (d. Ü.)
S. 151 *traktir:* russ., Kneipe.
S. 153 *shlafrock:* russ., Morgenrock (aus dem dtsch. Schlafrock).
S. 155 *Über Melonen stolpernd ... arroganten Fenchel:* Hinweis auf Passagen in Marvells *Garden* und Rimbauds *Mémoire.*
S. 163 *amour-propre, sale amour:* Wortspiel, geborgt aus Tolstojs *Auferstehung.*
S. 164 *Toulouse:* Toulouse-Lautrec.
S. 165 *dura:* russ., Närrin.
S. 166 *Der kopflose Reiter:* Mayn Reids Titel wird hier Puschkin zugeschrieben, dem Autor von *Der eherne Reiter.*
S. 166 *Lermontov:* Autor von *Der Dämon.*

S. 166 *Tolstoj, etc.:* Tolstojs Held, Hadschi Murat, ein kaukasischer Häuptling, wird hier mit General Murat verblendet, Napoleons Schwager, und mit dem französischen Revolutionsführer Marat, den Charlotte Corday in der Badewanne ermordete.
S. 168 *Lute:* von «Lutèce», dem alten Namen von Paris.
S. 170 *Die rosige Aurora ... laboriöses altes Chose:* ein Tupfer Baudelaire.
S. 172 *petit bleu:* Pariser Slang für Rohrpost (Eilbrief auf blauem Papier).
S. 173 *cousin:* Moskito.
S. 174 *Glacier Bek:* s. Gedicht auf S. 475/76. (d. Ü.)
S. 183 *nitschevo ne podelaesch:* russ., da kann man nichts tun.
S. 184 *petit vers, etc.:* flüchtige Poesie und Seidenwürmer.
S. 186 *Onkel Van:* Anspielung auf eine Zeile in Tschechovs Stück *Onkel Vanja*: «Wir werden den ganzen Himmel in Diamanten sehen.»
S. 188 *Als-ob-Manipulationen:* Wortspiel mit russ. *obman*, Täuschung.
S. 195 *Dr. Ero:* So definierte der «h»-verschluckende Polizist in Wells' *Der Unsichtbare* dessen verräterischen Freund.
S. 209 *agonj:* russ., Feuer.
S. 210 *Microgalaxies:* auf Terra bekannt als *Die Kinder des Käpt'n Grant* von Jules Verne.
S. 211 *alfavit:* russ., Alphabet.
S. 212 *particule: «de»* oder *«d'»*.
S. 213 *Pat Rishin:* Wortspiel auf *patrician*, Patrizier. Man erinnert sich vielleicht an Podgoretz (russ. «Unterberg»), der dieses Beiwort einem populären Kritiker anhängt, einem Möchte-gern-Experten im Russischen, wie es in Minsk und anderswo gesprochen wird. Minsk und Schach kommen auch im Kapitel VI von *Andere Ufer* vor (Reinbek 1964).
S. 214 *Gerschischevskij:* der Name eines Slawisten vermengt sich hier mit dem Namen eines anderen Slawisten, Schischevki.
S. 219 *Sajaz:* russ., Hase.
S. 220 *ivanilitsch:* Ein Sitzkissen spielt eine wunderbare Rolle in Tolstojs *Der Tod des Ivan Iljitsch*, wo es unter der Last eines Freundes tief aufseufzt.
S. 221 *in der tristesten aller Geschichten:* Man wird an eine tragische deutsche Oper erinnert. (d. Ü.)
S. 221 *«Seagull Theater»:* Möwen-Theater. Das Moskauer Künstler-Theater trägt eine Möwe als Emblem. Tschechov wird oft zitiert. (d. Ü.)
S. 223 *Tusenbach:* Van rezitiert die letzten Worte des unglücklichen Barons in Tschechovs *Drei Schwestern*, der nicht weiß,

was er sagen soll, sich aber gedrängt fühlt, irgend etwas zu Irina zu sagen, ehe er sich in das tödliche Duell begibt.

S. 224 *kontrejtän:* russische Fehlaussprache von *contretemps.*

S. 226 *kameristotschka:* russ., Kammerkätzchen.

S. 228 *Ljovka:* Abwertung oder volkstümlicher Diminutiv von Ljov (Leo).

S. 231 *entrejnu, etc.:* russische Fehlaussprache von franz. *entre nous.*

S. 231 *filius aquae:* «Sohn des Wassers», schlimmes Wortspiel mit *filum aquae,* der Mittelweg, «der Faden des Stroms».

S. 232 *seins durs:* Fehlaussprache von *sans dire,* es versteht sich von selbst.

S. 233 *Lowden:* Lowdon und Auden in einem. (d. Ü.)

S. 235 *Durch Zufall, etc.:* «Durch Zufall nur erhalten blieb uns die Geschicht. / In der Tat, ich hab's. Hier ist's.» (*Eugen Onegin,* sechs, XXI: 1–2).

S. 237 *Fanny Price:* Die Heldin aus Jane Austens *Mansville Park.*

S. 237 *Grib:* russ., Pilz.

S. 237 *vodotschki:* russ., Plural des Diminutivs von *vodka.*

S. 239 *sakusotschnyj stol:* russ., Tisch mit Hors-d'œuvres.

S. 239 *Persty:* Offenbar Puschkins *vinograd:*

So transparent und schmal und lang
Wie Finger einer Mädchenhand
(*devij molodoj, jeune fille*)

S. 244 *pravda:* russ., das ist wahr.

S. 245 *protestuju:* russ., ich protestiere.

S. 245 *serjosno:* russ., ernstlich, ernsthaft.

S. 245 *kleretische Stürme:* Anagramm von «elektrische».

S. 246 *Tetrastes, etc.:* lateinischer Name der imaginären «Peterson-Gans» von der Wind River Range, Wyo.

S. 247 *Great good man:* ein Ausdruck, den Winston Churchill, der britische Politiker, enthusiastisch auf Stalin anwandte.

S. 251 *faljschivo:* russ., falsch, unecht.

S. 252 *rosy ... berjosy:* russ., Rosen ... Birken.

S. 256 *Bart und feuchten Blick ... bedeutsames Bild:* Man denkt an ein biblisches letztes Mahl bzw. dessen Abbildung (s. auch S. 260 und 266, letztes Picknick). (d. Ü.)

S. 256/57 *Josef Grüns Arie «Auf schlürfet ...», etc.:* Giuseppe Verdi, *La Traviata,* Trinklied des Alfred. (d. Ü.)

S. 259 *Trigorin, etc.:* ein Hinweis auf eine Szene in der *Möwe.*

S. 260 *Houssaie:* franz., Steineiche, engl., *hollywood. Golli-vudtosch,* russ., bedeutet «auch als Hollywood bekannt».

S. 261 *passati:* pseudo-russisches Wortspiel auf *pass water,* Wasser abschlagen.

S. 266 *vos, etc.:* franko-russ., Ihre Ausdrucksweise ist ziemlich leichtfertig.

S. 274 *Seidenschmetterling:* Man findet einen ähnlichen bei Pope. (d. Ü.)

S. 289 *topinambour:* Knolle des Heliotrop; Wortspiel mit «Wortspiel», franz. *calembourg.*

S. 290 *Tapper:* «Wild Violet» ebenso wie «Birdfoot» spiegeln den «warmen» Charakter von Vans Gegner und den beiden Sekundanten.

S. 291 *Rafin, Esq.:* Wortspiel mit «Rafinesque», nach dem ein Veilchen benannt ist.

S. 291 *Do-Re-La:* Ladore, musikalisch aufbereitet.

S. 297 *palata:* russ., Krankenstation.

S. 299 *tvoyu matj:* russ., deine Mutter, Ende eines verbreiteten russischen Fluches.

S. 302 *Onkel:* «Mein Onkel hat den höchsten Anspruch» (*Eugen Onegin,* eins, I: 1).

S. 309 Der letzte Absatz von Teil I imitiert, in der bedeutsamen Knappheit des Tonfalls (als wäre er von einer äußeren Stimme gesprochen), einen berühmten Tolstoj-Schluß, mit Van in der Rolle der Kitty Ljovin.

S. 314 *komsi, etc.:* russ., Fehlaussprache von *comme çi, comme ça.*

S. 315 *mestetschko:* russ., Örtchen.

S. 315 *Bâteau Ivre:* Der Titel des Gedichts von Rimbaud wird hier an Stelle des «Narrenschiffs» gebraucht.

S. 317 *da:* russ., ja.

S. 318 *Grant, etc.:* Jules Verne läßt in *Die Kinder des Käpt'n Grant* das Wort *«agonien»* (aus einer geheimen Botschaft) Teil von «Patagonien» sein.

S. 323 *Cyraniana:* Anspielung auf Cyrano de Bergeracs *Histoire comique des États de la Lune.*

S. 323 *Nekto:* russ., quidam.

S. 323 *romantschik:* russ., Novelle.

S. 323 *Sig Leymanski:* Anagramm des Namens eines schelmischen britischen Romanciers, der an *physics fiction* interessiert ist.

S. 326 *Abencerage, Zegris:* Familiennamen granadischer Mauren (ihre Fehde inspirierte Chateaubriand).

S. 328 *Osberg:* Borges, s. S. 80. (d. Ü.)

S. 329 *Das Unkraut, etc.:* s. den 6. Vers aus Melvilles Gedicht *The Ravaged Villa* (1891). (d. Ü.)

S. 330 *Note:* Eton. (d. Ü.)

S. 334 *vyschibala:* russ., Rausschmeißer.

S. 336 *Lalage:* s. Horaz, Oden, Erstes Buch, Sängers Schutz, Verse 10 und 23; Zweites Buch, Warte noch, Vers 16. (d. Ü.)

S. 339 *subsidunt, etc.:* Berge versinken und Höhen kommen herunter.

S. 341 *smorchiama:* Laß uns die Kerze löschen.

S. 342 *Marmlad ... bei Dickens:* oder vielmehr Marmeladov bei Dostoevskij, den Dickens (durch Übersetzungen) sehr beeinflußte.

S. 349 *«Unsre Lieben», etc.:* Swinburne.

S. 349/50 *Larousse:* Wortspiel; *rousse,* franz., «Rotschopf».

S. 358 *pour coigner, etc.:* Wortspiel mit engl. *to coin a phrase,* «einen Ausdruck prägen».

S. 357 *krestik:* anglo-russ., *little crest,* kleiner Kamm, Schopf, Federbusch.

S. 357 *vanouissements:* «Ohnmachten in Vans Armen».

S. 360 *Ich besitze die Kunst nicht, etc.:* Hamlet II, 2, 120. (d. Ü.)

S. 360 *Solange die Maschine, etc.:* Hamlet II, 2, 122. (d. Ü.)

S. 365 *komondi:* franko-russ., *comme on dit,* wie es heißt.

S. 365 *Vieux-Rose, etc.:* Ségur-Rostopchines Bücher in der Bibliothèque Rose-Edition.

S. 366 O *dear Van:* s. Hamlet, Briefe. (d. Ü.)

S. 372 *schuba:* russ., Pelzmantel.

S. 379 *Chat.:* Abkürzung des Namens ihres Beschreibers, Charles Chateaubriand (s. S. 106).

S. 380 *Sumeretschnikov:* Sein Name kommt von russ. *sumerkij,* s. Anm. zu S. 50, s. auch dort.

S. 380 *sdraste:* Abkürzung der normalen russ. Grußformel.

S. 382 *Petarde:* Mr. Ben Wright, Poet aus eigenem Recht, wird den ganzen Roman hindurch mit *pets* (Fürzen) assoziiert.

S. 382 *tschelovek:* russ., Mensch.

S. 383 *Beckstein:* umgestellte Silben.

S. 383 *Liebe unter den Linden:* O'Neill, Thomas Mann und sein Übersetzer verwirren sich in diesem Absatz.

S. 386 *fototschki:* russ., kleine Photos.

S. 387 *Carte du Tendre:* «Karte der Liebe», gefühlvolle Allegorie des 17. Jahrhunderts.

S. 390/91 *«Romanze», zyganschtschina:* Pseudo-Zigeuner-Balladen.

S. 393 *usch gasli, etc.:* russ., die Lichter in den Zimmern gingen schon aus.

S. 395 *Nikak-s net:* russ., sicher nicht.

S. 396 *berühmte Fliege:* s. S. 133.

S. 400 *karavantschik:* russ., kleine (Kamel-)Karawane.

S. 402 *spasmotschka:* russ., kleiner Spasmus.

S. 406 *Fokus-Pokus:* russ., Schwindelmagie.

S. 407 *finestra, sestra:* ital., Fenster, Schwester.

S. 408 *Arinuschka:* russ., volkstüml. Diminutiv von Irina.

S. 413 *H4:* eine Positionsangabe beim Schach; Wortspiel mit dem Namen der Dame.

S. 416 *Pleureusen:* Trauerkleider.

S. 431 *so doch verheiratet, etc.:* S. *Eugen Onegin,* acht, XVIII: 1–4.

S. 431 *Bosche moj:* russ., du lieber Himmel.
S. 432 *Sa tvojo:* russ., auf deine Gesundheit.
S. 437 *gueule, etc.:* affenartiger Gesichtswinkel.
S. 439 *pravoslavnaja:* russ., griechisch-orthodox.
S. 449 *Vesti:* russ., Neuigkeiten, Nachrichten.
S. 456 *Stellen alter Hymnen:* Hamlet IV, 7, 176. Die Königin berichtet vom Tod Ophelias, s. S. 478. (d. Ü.)
S. 457 *Ich lieb dich wie ein Bruder liebt, etc.:* s. *Eugen Onegin,* vier, XVI, 3–4.
S. 460 *Insiste, etc.:* Zitat vom heiligen Augustinus.
S. 461 *Dr. Henry James:* Der Stil von Henry James drückt sich aus in dem kursiven «*hatte*».
S. 469 *Dimanche, etc.:* Sonntag. Frühstück im Grünen usw. (s. auch S. 453, wo Lucette gerade das Tagebuch eines Malers las).
S. 475 *Et, sombre, au dessus du Caucase, etc.:* Parodie auf vier Zeilen in Lermontovs *Der Dämon* (s. auch S. 174).
S. 476 *le beau ténébreux:* in Byrons Düsternis gehüllt.
S. 482 *cameriere:* ital., männlicher Hoteldiener.
S. 484 *Libretto:* das der Oper *Eugen Onegin,* eine Travestie von Puschkins Gedicht.
S. 486 *cart de van:* amerikanische Fehlaussprache von *Carte de vins.*
S. 487 *Traser:* ein mildes, womöglich unzutreffendes Anagramm. (d. Ü.)
S. 487 *Luzon:* amerikanische Fehlaussprache von Lausanne.
S. 489 *Eine Pause:* Dies und die gesamte Unterhaltung parodieren Tschechovsche Manierismen.
S. 492 *Olorinus:* von lat. *olor,* Schwan (Liebhaber der Leda).
S. 492 *Lenclos:* verdrehte *clothes* (unter dem Einfluß von «Ninon de Lenclos», der Kurtisane in Vere de Veres Roman).
S. 493 *Aleksej, etc.:* Vronskij und seine Geliebte.
S. 494 *She Yawns:* Chillon's.
S. 495 *D'Onsky:* s. den Anfang des Buches.
S. 507 *et trève, etc.:* und genug von diesem Bemalte-Decken-Stil von mir.
S. 511 *über-legt:* Anspielung auf das alte Problem, was zuerst kam, Henne oder Ei.
S. 513 *anime, etc.:* lat., Seele.
S. 513 *Lacrimaval:* erfundener italo-schweizerischer Ortsname, «Tal der Tränen».
S. 514 *Raum ist ein Schwärmen, etc.:* s. V. Nabokov, *Fahles Feuer,* das Gedicht, Vers 215/16. (d. Ü.)
S. 516 *coup de volant:* franz., ein Verreißen des Steuerrads.
S. 518 *Traum-Delta:* Anspielung auf den Zerfall eines imaginären Elements.

S. 523 *unglücklicher Philosoph:* Samuel Alexander, englischer Denker (s. S. 515).

S. 525 *Villa Jolana:* benannt nach einem Schmetterling, der zu der Unterart *Jolana* gehört und im Pfynwald vorkommt (s. a. S. 126).

S. 526 *Vinn Landère:* franz. Fehlaussprache von «Vinelander».

S. 526 *à la sonde:* in Küstennähe (dasselbe Schiff erscheint schon auf S. 493).

S. 532 *lucubratiuncula:* ein bißchen Schreiberei im Lampenlicht.

S. 535 *Meerjungfrau:* man erinnert sich an Lucette.

S. 535 *Der Nachtportier, ein eifriger Leser:* s. auch St. Schnecks Roman *Der Nachtportier,* 1966. (d. Ü.)

S. 539 *Stepan Nootkin:* Vans Diener.

S. 548 *Compitalia:* lat., Kreuzwege.

Erzählungen
großer Autoren unserer Zeit
in Sonderausgaben

James Baldwin, Gesammelte Erzählungen
Gottfried Benn, Sämtliche Erzählungen
Albert Camus, Gesammelte Erzählungen
Truman Capote, Gesammelte Erzählungen
Roald Dahl, Gesammelte Erzählungen
Alfred Döblin, Gesammelte Erzählungen
Ernest Hemingway, Sämtliche Erzählungen
Kurt Kusenberg, Gesammelte Erzählungen
D. H. Lawrence, Gesammelte Erzählungen
Sinclair Lewis, Gesammelte Erzählungen
Henry Miller, Sämtliche Erzählungen
Yukio Mishima, Gesammelte Erzählungen
Robert Musil, Sämtliche Erzählungen
Vladimir Nabokov, Gesammelte Erzählungen
Jean-Paul Sartre, Gesammelte Erzählungen
James Thurber, Gesammelte Erzählungen
John Updike, Gesammelte Erzählungen
Thomas Wolfe, Sämtliche Erzählungen

Gesetzt aus der
Garamond-Antiqua (Lichtsatz)
Mohndruck Reinhard Mohn OHG, Gütersloh
Gesamtherstellung
May & Co., Darmstadt